Caesar Rüstow

Die Kriegshandfeuerwaffen

Zweiter Band

SALZWASSER
VERLAG

Caesar Rüstow

Die Kriegshandfeuerwaffen

Zweiter Band

Unveränderter Nachdruck der Originalausgabe von 1864.

1. Auflage 2022 | ISBN: 978-3-75259-755-4

Verlag: Salzwasser Verlag GmbH, Zeilweg 44, 60439 Frankfurt, Deutschland
Vertretungsberechtigt: E. Roepke, Zeilweg 44, 60439 Frankfurt, Deutschland
Druck: Books on Demand GmbH, In de Tarpen 42, 22848 Norderstedt, Deutschland

Die

Kriegshandfeuerwaffen.

Eine genaue Darstellung

ihrer

Einrichtung in den europäischen Armeen, ihrer Anfertigung, ihres Gebrauchs und ihrer allmäligen Entwickelung

von

Caesar Rüstow,

Königl. Preuss. Major im Generalstabe des ersten Armeecorps.

Zweiter Band.

Mit 151 in den Text eingedruckten Holzschnitten und 3 angehängten Tabellen.

BERLIN.

1864.

Vorbemerkungen.

Durch ein Versehen beim Druck sind die verjüngten Maassstäbe bei den Figuren theilweis nicht mit eingedruckt worden; es sei daher bemerkt, dass sämmtliche Geschosse und Visire wieder in natürlicher Grösse dargestellt sind.

Im Text sind im Anschluss an den im ersten Band befolgten Modus sämmtliche Maasse in preussischen oder rheinischen Zollen gegeben, in den dem Buche angehängten Tabellen dagegen der besseren Uebersicht halber in Millimetern, ferner die Gewichte der zusammengesetzten Gewehre in Kilogrammen, die der Geschosse und Pulverladungen in Grammen.

Vorwort zum zweiten Bande.

Der nachfolgende zweite Band meines Buches war schon im Jahr 1858 geschrieben. Sein damaliges Erscheinen verhinderten geschäftliche Rücksichten des Herrn Verlegers, später bedingten die inzwischen gemachten Fortschritte in der Handfeuerwaffentechnik eine Umarbeitung des dritten Abschnitts, an der ich meinerseits durch mehrfache Veränderungen in meiner dienstlichen Stellung verhindert wurde.

Wenn sich auf diese Weise zu meinem grössten Bedauern das Erscheinen meiner Arbeit bis jetzt verzögert hat, so glaube ich doch, dass diese Verzögerung für die Darstellung von Nutzen gewesen ist, denn abgesehen davon, dass sich seit dem Jahre 1857 fast alle grösseren Armeen Europa's in den Besitz neuartiger Kriegshandfeuerwaffen gesetzt haben, welche so bald nicht wieder durch andere ersetzt werden dürften, so ist man auch seit jener Zeit aus dem Gebiet des Schwankens und Experimentirens heraus zu einigen festen Fundamentalsätzen über die besten Constructionen der vorgedachten Waffen gelangt, welche auf lange Zeit hin maassgebend sein müssen und werden.

Meine Arbeit erscheint demnach zu einem Zeitpunkt, in dem man auf dem von mir behandelten Gebiet zu einem gewissen Abschluss gelangt ist, und dies wird meine Darstellungen vor einem baldigen Antiquiren schützen.

Dennoch darf ich nicht behaupten, dass Alles, was ich geschrieben, in diesem Augenblick noch besteht, da in der Waffentechnik ein absoluter Stillstand nicht möglich ist; ja ich muss sogar bemerken, dass sich in dem während des Drucks meiner Arbeit erschienenen 2. Band von W. v. Plönnies ausgezeichnetem und wissenschaftlich höchst gediegenem Werk: „neue Studien über die gezogene Feuerwaffe der Infanterie“, manche neue Mittheilungen finden, welche ich in meine Abhandlung aufzunehmen leider nicht mehr im Stande war. Dennoch dürfte dies kein absoluter Mangel sein, da ich wohl annehmen darf, dass Jedem, der sich in eingehender Weise mit den Kriegshandfeuerwaffen beschäftigt, das vorzügliche Werk des Herrn v. Plönnies bekannt ist.

Wie es nicht anders möglich, habe ich, namentlich für den dritten Abschnitt meiner Arbeit, manche Quelle benutzt, wie solches aus meinen bezüglichen Anführungen im Text hervorgeht, ausserdem sind mir von mehreren Kameraden fremder Armeen schätzbare Mittheilungen gemacht worden, für welche ich den Herren hiermit meinen verbindlichsten Dank ausspreche.

Besonders habe ich es mir angelegen sein lassen, die innige Wechselbeziehung zwischen der Technik und Taktik zu berücksichtigen, welche allein im Stande ist, die Waffenlehre wirklich nutzbringend zu machen und ihr zugleich die in gewisser Weise ihr immer anhaftende Trockenheit zu nehmen.

Dass ich mich einer möglichst objectiven Behandlung des Stoffs befleissigt habe, wird die Art meiner Erwägungen hoffentlich darthun, und erlaube ich mir u. A. nur noch anzuführen, dass die mir von unserm derzeitigen Kriegsschauplatz zugegangenen Mittheilungen meine über die österreichischen Waffen und unser preussisches Zündnadelgewehr ausgesprochenen Urtheile auf's Vollständigste bestätigen.

Ueber die Gründe, welche mich bewogen haben, mich bei der Darstellung der Gewehrfabrikation vorherrschend an die in Suhl üblichen Methoden zu halten, habe ich mich auf Seite 278 ausgesprochen. Die Basis meiner Arbeit bildeten Aufzeichnungen, welche ich mir schon im Jahre 1847 während eines Commandos zur Suhler Gewehrfabrik machte, und für welche mir damals namentlich Herr Major v. Neindorff, jetzt Director der Gewehrfabrik in Danzig, ein treffliches Material freundlichst zur Verfügung stellte.

Diese Aufzeichnungen vervollständigte ich, als ich in den Jahren 1855 und 1856 wieder nach Suhl commandirt ward, um die Umänderung glatter Gewehre nach Minié'schem System zu leiten, und später verschaffte mir eine längere dienstliche Stellung in Erfurt die Gelegenheit, in steter Verbindung mit dem nahen Suhl zu bleiben und alle technischen Fortschritte zu verfolgen, wobei mich Herr Löhlefink, Betriebsführer der Gewehrfabrik der Herren Spangenberg und Sauer, in entgegenkommendster .Weise unterstützte.

Sollte meine Darstellung dennoch den Herren Technikern von Fach nicht immer eingehend genug erscheinen, so bitte ich dieselben, gefälligst das Programm berücksichtigen zu wollen, welches ich meinem Buch zu Grunde legte, und welches meiner Ansicht nach die von mir gewählte Art der Behandluug erheischte.

Der erste Band meines Buches hat sich einer sehr freundlichen und nachsichtigen Aufnahme und Beurtheilung zu erfreuen gehabt; mögen sie auch diesem Theil der Arbeit zu Theil werden!

Königsberg i. Pr., im Juli 1864.

Der Verfasser.

Inhalt des zweiten Bandes.

Dritter Abschnitt.

Eintheilung und Charakteristik der Handfeuerwaffen nach Construction und speziellem Kriegszweck.

Seite

Einleitendes. §. 151. 1

Erste Abtheilung.

Eintheilung und Charakteristik der Kriegshandfeuerwaffen nach der Construction ihrer Haupttheile.

I. Nach der Einrichtung des Laufs.

A. Glatte Gewehre.

Allgemeines. §. 152. 3

1. Infanteriegewehre, Musketen, Bayonettflinten. §. 153. 6

2. Kurze Bayonettflinten, Voltigeur-, Dragoner-, Pionier- und Seegewehre §. 154. 8

3. Karabiner (mousquetons). §. 155. 9

a. Die langen Karabiner 9

b. Die kurzen Karabiner 10

4. Pistolen. §. 156. 10

B. Gezogene Gewehre.

Einleitendes. §. 157. 11

Ursprüngliche Einrichtung der gezogenen Gewehre. §. 158. 14

Die verschiedenen Systeme der gezogenen Gewehre und Betrachtung der nach ihnen construirten Waffen.

1. System der Pflaster- oder Drangladung 20

Frühere Ausbildung des Systems. §. 159. 20

Die neuste Verbesserung der Drangladung. §. 160. 27

2. System der Geschossstauchung.

Charakteristik. §. 161. 37

a. System Delvigne. §. 162. 38

b. System Thouvenin (auch Thouvenin-Delvigne genannt). §. 163. 41

Waffen Thouveninschen Systems (Stift-, Dorn-Pickelgewehre — des armes portatives à tige). §. 164. 165. 45

Schluss. §. 166. 55

3. Das System der Expansionsgeschosse.

Charakteristik. §. 167. 56

Entstehung und erste Entwickelung des Systems. §. 168. . . 57

Seite

a. System der Expansion mit Treibspiegel.
System Minié. §. 169. 58
Waffen nach dem Minié'schen System. §. 170. . . . 60
Rückblick und Folgerungen. §. 171. 74
b. System der Expansion ohne Treibspiegel 83
Einleitendes. §. 173. 174.
Construction von Timmerhanns. §. 175. 89
Construction von Plönnies. §. 176. 91
Die neuste Construction von Nessler §. 177. 92
System Podewils. §. 178. 179. 94
Rückblick. §. 180. 100
4. Das System der Compressionsgeschosse.
Charakteristik. §. 181. 102
Das Lorenz'sche Compressionsgeschoss. §. 182. 102
Weitere Verbreitung des Lorenz'schen Systems §. 183. . . 107
Das Compressionssystem im Schweizer Jägergewehr. § 184. 111
Rückblick. §. 185. 115
5. Das System der Hinterladung.
Allgemeines. §. 186. 116
Waffen dieses Systems. §. 187. 120
a. Percussionirte Kammerladungsgewehre.
1. Die französische Wallbüchse m/31. §. 188. 121
2. Das norwegische und das schwedische Kammerladungsgewehr. §. 189. 122
3. Die Revolver-, Repetir- oder Drehpistolen 124
Allgemeines. §. 190. 124
Der Revolver von Colt §. 191. 126
Der Revolver von Adams-Deane. §. 192. 129
Der Revolver von Lefaucheux. §. 193. 132
Vergleich der drei Arten. §. 194. 135
Rückblick und Schlüsse. §. 195. 137
b. Percussionirte Hinterladungswaffen mit Laufladung.
System Terry. §. 196. 197. 198. 141
c. Die Zündnadelgewehre 147
Allgemeines. §. 199. 147
Die preussischen Zündnadelgewehre nach dem System Dreyse. §. 200. 201. 148
Zündnadelgewehre nach dem System Doersch und v. Baumgarten. §. 202. 153
Waffen dieser Construction. §. 203. 159
Schlussbemerkungen. §. 204. 160
C. Gewehre mit spiraler Laufbohrung. §. 205. 161
D. Vorderladungsgewehre. §. 206. 164
E. Hinterladungsgewehre. §. 207. 166

Seite

II. Eintheilung der Kriegshandfeuerwaffen nach der Einrichtung des Schaftes. §. 208. 166

III. Eintheilung der Kriegshandfeuerwaffen nach der Einrichtung des Schlosses.

A. Stein- oder Feuerschlossgewehre. §. 209. 167

B. Percussionsgewehre. §. 210. 170

C. Zündnadelgewehre. §. 211. 212. 173

Zweite Abtheilung.

Ueber die weitere Eintheilung und die besten Verhältnisse der gezogenen Gewehre.

Vorbemerkung. §. 213. 181

Eintheilung der gezogenen Gewehre nach ihrer Lauf-, resp. Total-Länge. §. 214. 181

Ueber die besten Einrichtungen der gezogenen Gewehre. §. 215. 183

I. Der Lauf. §. 216. 183

Innere Einrichtung der Läufe. §. 217. 184

Material für die Läufe. §. 218. 185

Der Verschluss des Rohrs.

a. Der beständige Verschluss. §. 219. 186

b. Der bewegliche Verschluss. §. 220. 187

Die Zielvorrichtungen des Laufs 187

Das Visir.

Ad *a.* §. 66. Klappvisire. §. 221. 187

Ad *b.* §. 67. Elevationsfähige Klappvisire. §. 222. . . 188

Ad *c.* §. 68. Schiebervisire. §. 223. 192

Derivationsvisire. §. 224. 194

Ueber die Wahl des zweckmässigsten Visirs. §. 225. 226. 196

Das Korn. §. 227. 201

II. Die übrigen Gewehrtheile. §. 228. 202

Dritte Abtheilung.

Eintheilung und Charakteristik der Kriegshandfeuerwaffen nach ihrem speziellen Kriegszweck. §. 229. . 204

Einleitendes 229.

I. Feldgewehre. §. 230. 205

A. Infanteriegewehre. §. 231. 206

1. Infanterie-Handfeuerwaffen zum Gebrauch in geschlossener und zerstreuter Ordnung.

a Linien-Infanteriegewehre (Massengewehre) §. 232. 233. 207

Rückblick. §. 235. 232

b. Gewehre der leichten Infanterie §. 236. 236

2. Infanterie-Handfeuerwaffen zum ausschliesslichen Gebrauch in zerstreuter Fechtordnung.

Jäger- und Scharfschützengewehre. §. 237. 240

B. Die Handfeuerwaffen der Cavallerie. §. 238. 249

Seite

C. Die Handfeuerwaffen der Artillerie.
a. Der Fuss- und fahrenden Artillerie. §. 243. 262
b. Handfeuerwaffen für berittene Unteroffiziere der Fuss-Artillerie, Fahrkanoniere (Fahrer), reitende Kanoniere und Trainfahrer. §. 244. 267
D. Handfeuerwaffen der Pioniere (resp Geniesoldaten). §. 245. 267
II. Positions- oder reine Defensionsgewehre.
Wallgewehre — Wallbüchsen. §. 246. 269
III. Seegewehre. §. 247. 274
Schlussbemerkung. §. 248. 276

Vierter Abschnitt.

Die Anfertigung der Kriegshandfeuerwaffen.

Einleitendes. §. 249 277
Ueber Gewehrfabriken im Allgemeinen. §. 250. 279
Allgemeine Grundzüge für die Gewehrfabrikation. §. 251. 282
Metallarbeiten 284
a. Das Schmieden. §. 252. . . . . —
b. Das Giessen. § 253. 285
c. Weitere Arbeiten an geschmiedeten Stücken 286
1. Schweissen. §. 254. . . . . —
2. Feilen. §. 255. . . . . —
3. Abdrehen. §. 256. 288
4. Fraisen. §. 257. . . . . —
5. Bohren. §. 258. 290
6. Schneiden. §. 259. . . . . —
7. Schleifen. §. 260. 292
8. Poliren. §. 261. . . . . —
d. Weitere Bearbeitung gegossener Stücke. §. 262. 293
Die Holzarbeiten. §. 263. . . . . —
Die Anfertignng der einzelnen Gewehrtheile. §. 264. . . . 293
I. Die Anfertigung der Läufe 294
Anfertigung eiserner Rohre. §. 265. 266. . . . . —
Anfertigung von gedrehten Rohren (canons tortus) und Bandrohren. §. 267. 301
Anfertigung von Gussstahlrohren. §. 268. . . . . —
Weitere Bearbeitung eiserner rauher Rohre und rauher Bandrohre.
Bohren der Rohre §. 269. 302
Das Rauhbohren. §. 270. 303
Das Glattbohren. §. 271. 304
Das Abdrehen der Rohre. §. 272. 308
Das Schleifen der Rohre. §. 273. 310

Seite

Die Arbeiten des Rohrverschraubers. §. 274. 313
Die Arbeiten des Rohrgarniseurs. §. 275. 314
Die Herstellung der Züge oder das Ziehen. §. 276. . . 318
Das Ziehen mit der Hand. §. 277. 319
Frischen und Schmirgeln. §. 278. 323
Das Ziehen mittelst Maschinen. §. 279. 324
Weitere Bearbeitung gussstählerner rauher Rohre. §. 280. . 329
Herstellung kantiger Rohre. §. 281. 331
Die Anfertigung der Schwanzschrauben. §. 282. . . . . —
Arbeiten des Patentschraubenmachers. §. 283. 332
Weitere Bearbeitung der Blockschwanzschrauben. §. 284. . 335
Herstellung der Zündstifte. §. 285. . . . . —
Herstellung der beweglichen Verschlüsse. §. 286. 336
Reihenfolge der Arbeiten, welche zur Herstellung eines gezogenen Laufs nöthig sind. §. 287. 337
II. Die Anfertigung der Schäfte — das Schäften. §. 288. . . 339
a. Herstellung der mit einer Kolbe versehenen Schäfte —
Abrichten des Schaftholzes. §. 289. 340
Weitere Arbeiten. §. 290. 291. 341
b. Herstellung von Pistolen- und Kolbenpistolen-Schäften. §. 292. 345
III. Die Anfertigung der Schlosse. §. 293. . . . . —
a. Anfertigung der Schlossbleche. §. 294. 346
b. Fertigung der Hähne und Sicherungen. §. 295. . . . 346
c. Anfertigung der inneren Schlosstheile 347
1. Nuss, Studel und Stange. §. 296. 347
2. Schlag-, Stangen- und Deckelfedern. §. 297. . . 348
d. Die Schlossschrauben. §. 298. . . . . —
e. Das Zusammensetzen des Schlosses. §. 299. . . . . —
Arbeiten des Percussioneurs. §. 300. 349
IV. Die Anfertigung der Ladestöcke resp. Entladestöcke . . . . —
Schmieden derselben. §. 301. . . . . —
Die weitere Bearbeitung. §. 302. 350
V. Die Anfertigung der Garniturstücke 351
a. Der eisernen. §. 303. . . . . —
b. Anfertigung der Messinggarnitur 353
Das Giessen. §. 304. . . . . —
Weitere Bearbeitung der Gussstücke. §. 305. 354
VI. Die Anfertigung der kleinen Equipagestücke. §. 306. . . . 355
VII. Anfertigung der Bayonnette. §. 307. 308. 357
VIII. Anfertigung des Gewehrzubehörs. §. 309. 360
Die Zusammenstellung des Gewehrs. §. 310. 361
Das Equipiren eines gezogenen Gewehrs für den Anschuss. §. 311. 362
Das Fertig-Equipiren eines Gewehrs. §. 312. 364

Seite

Das Einsetzen oder Härten. §. 313. 367
Die Vollendung des Schaftes. §. 314. 368
Das Brüniren oder Bronziren der Läufe und Schwärzen der Eisengarnitur. §. 315. 369
Das Zusammensetzen des Gewehrs. §. 316. 370
Die Revision der einzelnen Gewehrtheile und der zusammengesetzten Gewehre. §. 317. 372
Allgemeine Grundzüge der Revision. §. 318. 373
Die Revisionen der einzelnen Gewehrtheile. §. 319. 374
Revision der Rohre und Läufe. §. 320. 375
Revision der Schäfte. §. 321. 382
Revision des Schlosses. §. 322. 383
Revision der Lade- und Entladestöcke. §. 323. 384
Revision der Garniturstücke. §. 324. . . . . —
Revision der kleinen Equipagestücke. §. 325. 385
Revision der Bayonnette. §. 326. . . . . —
Revision des Gewehrzubehörs. §. 327. . . . . —
Der Anschuss gezogener Gewehre auf den Strich. §. 328. . . 386
Verfahren beim Anschiessen der Gewehre. §. 329. 388
Revision der Gewehre nach dem Anschuss. §. 330. 391
Die Revisionen des gesammten Gewehrs. §. 331. 393
Die Versendung der Gewehre. §. 332. 394

Dritter Abschnitt.

Eintheilung und Charakteristik der Handfeuerwaffen nach Construction und speziellem Kriegszweck.

§. 151. Nachdem wir nunmehr im zweiten Abschnitt die einzelnen Theile der Kriegshandfeuerwaffen und die Art und Weise ihrer Zusammenfügung zu einem Ganzen im Speziellen kennen gelernt haben, ist es nöthig, die ganze Masse der Gewehre in bestimmte grössere Klassen zu sondern, denn verschiedene Einrichtungen geben auch verschiedene Erfolge, und andrerseits bedingen bestimmte zu erreichende Zwecke auch wieder die Wahl der besonderen Einrichtungen.

Wir erlangen durch eine solche Klassifizirung nicht nur eine klare Uebersicht über die ganze Masse der Handfeuerwaffen, sondern auch eine vollständige und gründliche Einsicht in ihr wahres Wesen, welche die Beurtheilung ihrer Kriegsbrauchbarkeit erleichtert, müssen daher mit jener Eintheilung auch eine Charakteristik verbinden, um entscheiden zu können, welche Einrichtung der Waffe diesem oder jenem Zwecke am besten entspreche.

In dieser Hinsicht die richtigen Gesichtspunkte zu finden, welche allein das richtige Urtheil verbürgen, gerade das ist die Hauptsache für den Offizier, welcher vor Allem genau wissen muss, wie man ein Gewehr zweckentsprechend, den kriegerischen Verhältnissen gemäss, einzurichten habe, und welcher weiter muss beurtheilen können, ob vorhandene Einrichtungen wirklich zweckmässig gewählt sind.

Der Offizier darf nicht einseitig urtheilen, sich nicht blenden lassen durch einzelne vortheilhafte Elemente, er muss das Ganze der Waffe in's Auge fassen, immer daran denken, dass dieselbe im Kriege, im Gefecht gebraucht werden soll, dass die glänzendsten Erfolge auf dem friedlichen Schiessstande nicht auch gleichzeitig beweisen, dass die Waffe kriegstüchtig sei und den sehr reellen Forderungen des Gefechts entspreche, er muss nie vergessen, dass eine innige Wechselbeziehung stattfindet zwischen der Technik und Taktik, gegen welche man sich nicht ungestraft versündigen kann.

Stellen wir uns bei unserm Urtheil auf den richtigen Standpunkt, denken wir immer daran, dass für den Krieg das Einfachste, von aller Künstelei uns Entbindende, das Beste ist, denken wir immer recht streng an die Menschennatur in ihrer vollen Ursprünglichkeit, wie sie im Gefecht der Todesgefahr gegenüber zur Geltung kommt!

Nehmen wir nicht allein den sogenannten guten Schuss zur Basis unseres Kriteriums, noch weniger die Tragweite unserer leider so oft mit dem begriffsverwirrenden Titel: „ferntragende Gewehre" beehrten modernen Handfeuerwaffen, sondern gehen wir dem innersten Wesen beider Begriffe auf den Grund und prüfen wir die wahrhafte Leistungsfähigkeit der Waffe im Gefecht auf Grundlage der in ihm waltenden Verhältnisse. Besteht die Waffe bei dieser Prüfung, verbindet sie mit bedeutender reeller, nicht eingebildeter, Leistung jene Einfachheit der Einrichtung, welche allein die Einfachheit des Gebrauchs und der Behandlung garantirt, jene Dauerhaftigkeit, welche die kriegerischen Verhältnisse verlangen, entspricht ihre Einrichtung ferner der speziellen taktischen Aufgabe der Truppengattung, zu deren Bewaffnung sie dient, dann können, dann müssen wir ihr das Zeugniss der Zweckmässigkeit und Kriegsbrauchbarkeit geben.

Für die demgemäss vorzunehmende Eintheilung, Charakteristik und Beurtheilung bieten sich uns naturgemäss zwei Gesichtspunkte, und zwar ein Mal die Construction der Hauptheile, welche der ganzen Waffe einen bestimmten Character verleiht, andrerseits der spezielle Kriegszweck, welchem das Gewehr als Waffe einer besondern Truppengattung dienen soll, und der ihm einen bestimmten Charakter aufdrücken muss.

Bei der ersten Eintheilung brauchen wir nur die Einrichtung des Laufes, Schaftes und Schlosses in die Betrachtung zu ziehen, weil nur sie im Stande sind, dem Ganzen einen besonderen Charakter zu geben, bei der zweiten Eintheilung müssen wir namentlich die taktische Bestimmung der Truppe in's Auge fassen, welche die Waffe führen soll.

Erste Abtheilung.

Eintheilung und Charakteristik der Kriegshandfeuerwaffen nach der Construction ihrer Haupttheile.

I. Nach der Einrichtung des Laufs.

A. Glatte Gewehre.

§. 152. Unter glatten Gewehren verstehen wir solche, welche das im §. 41. besprochene glatte Rohr haben, daher alle mit der Einrichtung desselben verknüpften Vortheile und Nachtheile besitzen müssen.

Die Vortheile der glatten Gewehre bestehen demgemäss in ihrer verhältnissmässigen Einfachheit und damit zusammenhängenden Billigkeit, denn ein glattes Rohr ist leichter herzustellen, als ein gezogenes, und da man ferner mit einem glatten, auch noch so langen, Rohr nicht mit Sicherheit auf Distanzen schiessen kann, welche eine künstliche Veränderung des durch das Standvisir gewonnenen natürlichen Erhöhungs- oder Visirwinkels nothwendig machen, so bedarf das glatte Gewehr auch keiner zusammengesetzten Visireinrichtung, kommt mithin einige Thaler billiger zu stehen, als ein gezogenes, und wird auch noch später dadurch billiger, dass es weniger und billigere Reparaturen erfordert, als ein gezogenes Gewehr.

Die Einfachheit des glatten Laufs bewirkt, dass das glatte Gewehr leicht zu laden, mithin seine Handhabung einfach und leicht zu erlernen und auszuführen ist; diese Eigenschaft hatte früher einen bedeutenden Werth und sicherte bis in unsere Zeit hinein dem glatten Gewehr das Uebergewicht über das gezogene, die genannte Eigenschaft hat aber ihren schwer wiegenden Werth verloren, seitdem neuere sinnreiche Erfindungen bewirkt haben, dass man ein gezogenes Gewehr ebenso bequem und schnell laden kann als ein glattes.

Auch die bei einem Kriegsgewehr schwer wiegenden und bei dem glatten Gewehr vorhandenen Eigenschaften, dass sich dasselbe leicht reinigen, überhaupt in Stand halten und entladen lässt, sprechen nicht mehr für dessen Beibehaltung, seitdem man gewisse Arten gezogener Handfeuerwaffen besitzt, welche jene Eigenschaften in gleichem Maass besitzen, und um so weniger, als das glatte Gewehr neben seinen soeben aufgeführten guten Eigenschaften sehr viele schlechte besitzt, welche die Folgen des glatten Rohrs sind. Wir können uns also in dieser Hinsicht auf §. 41. des zweiten Abschnitts beziehen und heben nur nochmals hervor, dass es der bei einem glatten Rohr unvermeidliche Spielraum ist, welcher der Trefffähigkeit und somit reellen Wirksamkeit auch der längsten glatten Gewehre schon auf der Entfernung von 300 Schritt ein Ziel setzt und die Wahrscheinlichkeit des Treffens sogar schon auf 150 Schritt derartig in Frage stellt, dass an ein einigermassen sicheres Treffen mannsbreiter Ziele nicht zu denken ist.

Ebenso erfordert der Spielraum im Verein mit der unvermeidlichen Rotation des Geschosses um die Schwerachse die ausschliessliche Verwendung kugelförmiger Geschosse, denn wenn man sich auch vielfach bemüht hat, für glatte Gewehre Spitzgeschosse zu erfinden, deren innere Einrichtung eine Rotation um die Längenachse erzeugen sollte, oder die ohne Rotation wie der Pfeil sich bewegen sollten, so haben alle diese Bemühungen doch zu keinem praktisch nutzbaren Resultat geführt und erscheinen demnach der Vervollkommnung der gezogenen Gewehre gegenüber vorläufig als völlig unfruchtbar.

Nach alle dem bleibt, wenn man sich der ungerechtfertigten Annahme enthält, dass ein glattes Gewehr weniger sorgfältig behandelt werden dürfe, als ein gezogenes, dem ersteren nur der Vortheil der grösseren Billigkeit; die Rücksicht auf diesen Vortheil muss aber fallen, wenn derselbe von zu vielen Nachtheilen begleitet wird.

So ist es denn gekommen, dass die Zahl der für den Dienst

im Felde bestimmten glatten Gewehre fast in allen regulairen Armeen auf ein beinahe verschwindendes Minimum reduzirt ist.

Dieser Fortschritt ist namentlich die Frucht des Krimmkrieges und wurde besonders begünstigt durch die Eigenthümlichkeit des später zu besprechenden Minié'schen Gewehr-Systems, welche die Umwandlung glatter Gewehre in gezogene ermöglichte und schnell und billig auszuführen erlaubte.

Selbstredend stand die Beseitigung der glatten Gewehre im umgekehrten Verhältniss mit der Grösse der Armeen; dieselbe vollzog sich am frühesten in der preussischen Armee, deren Infanterie (und diese Truppengattung muss bei dieser Frage zunächst in Betracht kommen) soweit sie für den Feldkrieg bestimmt war, bereits zu Anfang des Jahres 1856 durchaus gezogene Gewehr besass; in Oesterreich wurde ein gleiches Resultat bis zum Jahre 1859, in Frankreich bis Ende 1860 erreicht, die russische Infanterie wird im Jahre 1864 kein glattes Gewehr mehr besitzen.

Die Beseitigung der glatten Gewehre in den stehenden Heeren kann demnach als fast vollendet betrachtet werden. Wenn sie im Feldkrieg in den Kämpfen des Jahres 1860 in Italien noch eine bedeutende Rolle spielten, namentlich in Garibaldi's Südarmee noch sehr stark vertreten waren, und ein Gleiches zur Zeit in Amerika der Fall ist, so lag und liegt das eben in den besonderen Verhältnissen, vor Allem in dem plötzlichen bedeutenden Bedürfniss an Waffen, welches sich natürlich am schnellsten und billigsten durch den Ankauf glatter Gewehre decken liess, welche in andern Ländern durch die Vermehrung der gezogenen Gewehre überflüssig geworden waren.

Abgesehen aber von diesen vereinzelten Erscheinungen dürfte die Zeit nicht fern sein, da der glatte Lauf nur noch auf der Jagd eine Rolle spielen wird, wo man ihn für die Anwendung des Schrotschusses nicht entbehren kann.

Die jetzt noch existirenden glatten Gewehre, welche mit Ausnahme einiger Karabinerarten und Pistolen überwiegend nur noch für ausserordentliche Kriegsbedürfnisse und eine eventuelle Landesbewaffnung reservirt werden, bis sie auch für solche Zwecke durch gezogene ersetzt werden können, zerfallen in verschiedene Arten, deren Unterschiede namentlich in der Länge und dem Kaliber der Läufe liegen.

Arten der glatten Gewehre.

§. 153.

1. **Infanteriegewehre, Musketen, Bayonnettflinten.**

Unter den mit vorstehenden Benennungen bezeichneten Gewehren versteht man jene längsten glatten Gewehre, welche früher die ausschliessliche Bewaffnung der Linien-Infanterie bildeten.

Die Länge dieser Gewehre entspringt aus der Fechtweise der Truppe, der sie als Waffe dienen sollen; sie sollten das Massenfeuer möglich machen, müssen daher durch ihre Länge das gleichzeitige Feuer zweier Glieder gestatten. Demgemäss haben sie im Einklang mit den in §. 136 entwickelten Sätzen Laufe von einer zwischen 38 und 43" variirenden Länge, deren Kaliber, zum Laden von durchschnittlich 2 Lth. (32 gr.) schweren Kugeln eingerichtet, nach Massgabe der speziellen Grösse des Geschosses und der des Spielraums, welcher zwischen 0,04" und 0,08" (1—2 mm) liegt, zwischen 0,66" und 0,74" (17,5—19,5 mm) schwankt. Den letzteren Kaliber, den grössten der glatten Musketen, hatte die frühere englische Muskete, die nach ihrem brünirten Lauf sogenannte „braune Bess", welche während des Krimmkrieges und nach Beendigung desselben erst dem Minié-Gewehr, dann dem Enfield-Prittchett-Rifle wich.

Die preussischen Bayonnettflinten, deren älteres Modell Fig. 146 zeigt, hatten einen Kaliber von 0,685" bis 0,73" für eine Kugel von 0,64" (16,8 mm), mithin einen Spielraum, dessen Grösse zwischen 0,045" und 0,09" variirte, der Normal-Kaliber der neueren preussischen Muskete (m/39) war auf 0,69", mithin der Spielraum auf 0,05" festgestellt, während der Normal-Kaliber der älteren (früheren Steinschloss-) Flinten — Infanterie-Gewehr n/m — 0,71", mithin der Spielraum 0,07" betrug. Das erstgenannte Gewehr existirt in seiner früheren Gestalt gar nicht mehr, da es in ein gezogenes umgewandelt ist.

Der Kaliber der französischen und einer grossen Zahl von glatten Infanteriegewehren andrer Staaten, welche zum Theil dem vortrefflichen französischen Infanteriegewehr, modèle 1777 corrigé, nachgebildet sind, beträgt und betrug dagegen nur 0,66"—0,68" (d. h. 17,36 — 17,89 mm).

Fig. 146.

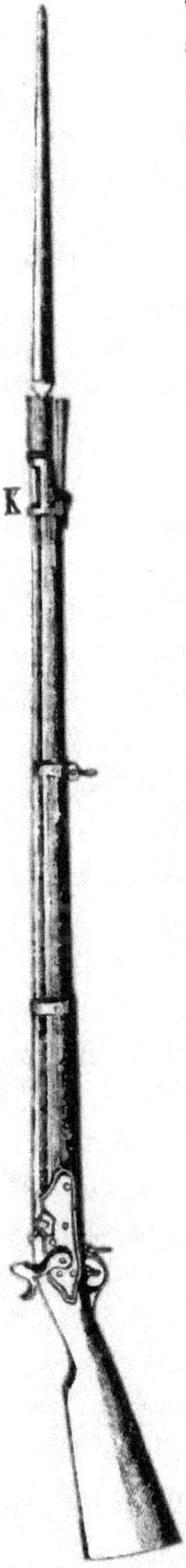

K

Die Bayonnettflinten älterer Construction sind durchweg mit der gewöhnlichen massiven Blockschwanzschraube, Fig. 26, versehen, wogegen seit den letzten 30er Jahren, in denen man sich fast überall für die Annahme der Percussionszündung entschied, bei neugefertigten Gewehren häufig die Patentschwanzschraube angewandt wurde.

Die ältern Bayonnettflinten, so auch die in Fig. 146 dargestellte preussische, hatten ursprünglich das Steinschloss und wurden erst meistens vor 22 bis 14 Jahren auf die im §. 84—86 beschriebene Weise auf Percussionszündung umgeändert. Da diese Zündungsmethode die Sicherheit des Treffens steigerte, so erhielten die Gewehre bei der Umänderung meistens ausser dem früher schon vorhandenen und gewöhnlich (vergl. *k* in Fig. 146) auf dem Oberring verlötheten Korn noch ein Standvisir, welches man auf dem Kreuztheil der Schwanzschraube anbrachte, und dessen Kimme man mit Rücksicht auf ein schnelles Erfassen des groben Korns ziemlich weit und tief einstrich (s. Fig. 26 *D*); bei neueren Gewehren dieser Art, welche von vornherein als Percussionsgewehre angefertigt wurden, verlöthete man das Korn auf dem Lauf, öfters unmittelbar hinter dem Oberring, so dass es noch in dessen hinteres Band hineingreift (Fig. 95 *h*), und gab ihm dadurch eine solide unwandelbare Stellung: das Standvisir wurde dann gewöhnlich mit der Schwanzschraube aus einem Stück geschmiedet. Der Visirwinkel ist dabei fast überall auf circa 30 Min. bemessen, wodurch ein Visirschuss von ungefähr 150—180 Schritt gewonnen wird, je nachdem Ladung und Spielraum der Kugel eine geringere oder grössere Tragweite verleihen. Eine künstlichere Visirung mit Klappen kam nur ausnahmsweise vor, wie wir denn z. B. auf Seite 145 erwähnten, dass die Russen während des Krimmkrieges bei Verwendung der sogenannten balle française (Hohlgeschoss nach Nessler) ihren Musketen ein Klappvisir gaben.

Die Schäftung der in Rede stehenden Gewehre ist stets eine ganze (vergl. §. 75) und solide, namentlich ist der Kolbenhals mit Rücksicht auf eine eventuelle Verwendung im Handgemenge sehr kräftig gehalten (§. 77); die Kolben der ältern Musketen haben meist den in Fig. 63 dargestellten und als mangelhaft bezeichneten Ausschnitt, die der neueren entweder den Ansatz oder die Backe (Fig. 62), oder die französische glatte Form, Fig. 61.

Zur Verbindung von Lauf und Schaft dienen überall 3 Ringe (s. Fig. 146), nur die altenglischen Musketen hatten Schieberhefte und Ladestockröhrchen.

Eine jede Muskete ist, weil sie auch als blanke Waffe dienen soll, mit dem altbewährten Bayonnett versehen, welches auf eine der in §§. 148, 149 beschriebenen Manieren, meist nach Fig. 137 und 141, mit dem Lauf verbunden und entweder stets aufgepflanzt oder für gewöhnlich in einer besondern Scheide in Stelle des Seitengewehrs oder an diesem getragen und nur zum Gefecht aufgepflanzt wird, wie bei den Oesterreichern, Russen, Franzosen etc.

Das Gewicht der Bayonnettflinten incl. Bayonnett schwankt zwischen 9 und 11 Zollpfund; ein sehr leichtes und überhaupt treffliches Modell war und ist das schon erwähnte französische. Die in der Hauptsache danach construirten Gewehre, (in Deutschland im ganzen 7. und 8. Bundescorps, auch in Sachsen etc. früher vertreten und theils noch im Gebrauch) sind trotz der bedeutenden Lauflänge (bei den Grenadiergewehren 42", bei den Voltigeurgewehren 38 und 40") ungemein handlich; die Garnitur ist von Eisen, der Bügel ins Abzugsblech oder den Unterbügel eingehängt (vergl. Fig. 108), das Bayonnett mittelst Haft und Sperrring befestigt. Weniger zweckmässig ist der conische, allerdings sehr leichte Ladestock, und bei dem ursprünglichen alten Modell der Backenausschnitt der Kolbe und die Befestigung des Korns auf dem Oberring.

§. 154.

2. Kurze Bayonnettflinten, Voltigeur-, Dragoner-, Pionier- und Seegewehre.

Die mit vorstehenden Namen bezeichneten und durch sie ihre Zwecke anzeigenden glatten Gewehre unterscheiden sich von den sub 1 besprochenen im Allgemeinen nur durch die Länge des Laufs, welche 38″ nicht übersteigt und nicht unter 30″ beträgt, während der Kaliber meist der der Musketen ist, was schon durch die Nothwendigkeit der möglichsten Einheit der Munition in einer und derselben Armee bedingt wird, mitunter aber auch nähert er sich oder kommt gleich dem grössten Karabinerkaliber. Das Gewicht solcher Gewehre beträgt im Allgemeinen 8 Pfd. oder 4 Kilogr.

Das seiner Lauflänge und sonstigen Einrichtung nach hieher gehörige französische Dragonergewehr (fusil de dragon) hat kein Bayonnett.

§. 155. 3. Karabiner (mousquetons).

Unter Karabinern versteht man solche Gewehre, welche zwar zum Feuern mit zwei Händen eingerichtet, aber doch so leicht sind, dass sie bequem übergehängt werden können und somit dem Soldaten gestatten, seine Hände auch zu andern Verrichtungen zu gebrauchen. Die Karabiner sind demgemäss kurz, und zwar variirt die Länge ihrer Läufe zwischen 29″ und 15″, wonach man sie in lange und kurze Karabiner eintheilt; der Kaliber ist meistentheils, namentlich der der kurzen Karabiner, für 1¼löthige Kugeln berechnet und variirt demgemäss zwischen 0,58″ und 0,62″ (15,26 bis 16,3 mm); mitunter aber auch kommt er, vornehmlich bei langen Karabinern, dem der Infanterie-Gewehre gleich, so u. a. in der französischen Armee, in der der Gleichheit der Munition wegen sogar die kurzen Reiter-Karabiner den Infanterie-Kaliber haben.

a) Die langen Karabiner

haben Läufe von 29—20″ Länge und dienen meistens zur Bewaffnung von Pionieren resp. Geniesoldaten, von Kanonieren der Fuss- und fahrenden Batterien, Infanterie-Pionieren oder Sapeurs, Dragonern, Gendarmen, Sanitätssoldaten, auch von Unteroffizieren und Hornisten der Infanterie. Sie sind selten zum Aufpflanzen eines Bayonnetts, häufiger zu dem eines Seitengewehrs eingerichtet, hingegen ist der Ladestock immer mit ihnen verbunden.

Die Riembügel sind gewöhnlich so angebracht, dass sich das Gewehr bequem über die Schulter oder den Rücken hängen lässt, d. h. der untere an der Kolbe, der obere in der Nähe der Mündung; die Garnitur besteht meistens nur aus einem Unter- und einem Ober-

oder Mundring, statt des letzteren auch wohl nur einem Nasenband, mitunter aus einem oder zwei Schieberhaften und einem Mundring.

Die Ladestöcke sind gewöhnlich conisch, die Percussionsschlosse häufig mit Sicherungen versehen.

b) Die kurzen Karabiner

haben eine Lauflänge von höchstens 20" und dienen vorzugsweise zur Bewaffnung der Reiterei, in welchem Falle sie die in §. 124 beschriebene Karabinerstange erhalten, deren Ring dann, wie an

Fig. 147.

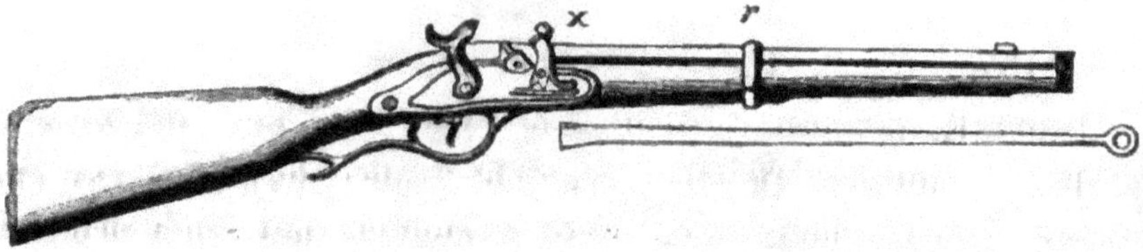

dem in Fig. 147. dargestellten preussischen glatten Reiterkarabiner bei *r* ersichtlich, gleichzeitig zur Verbindung von Schaft und Lauf dient, so dass nur noch ein Mundring nöthig ist.

Die kurzen Reiterkarabiner haben meistens nur ein Korn (vergl. §. 72); der Schaft ist gewöhnlich ein ganzer, das Schloss mit einer Sicherung (*x*) versehen, der conische Ladestock von der Waffe getrennt und an dem Bandelier oder der Patrontasche des Reiters befestigt. Kurze Karabiner, welche zur Bewaffnung von Pionieren, Kanonieren, Sanitätssoldaten etc. dienen, erhalten Riembügel und Ladestockröhrchen, und wird der Ladestock mit der Waffe verbunden, in welchem Fall er auch zuweilen das in §. 132 beschriebene Gelenk erhält.

§. 156. 4. Pistolen.

Unter Pistolen versteht man solche Handfeuerwaffen, welche sich mit einer Hand abfeuern lassen, demgemäss leicht und mit der im §. 79 besprochenen Schäftung versehen sind.

Die Länge ihres Laufs übersteigt nicht 10" und sinkt mitunter bis zu 7", auch 6,50" herab, ihr Kaliber harmonirt gewöhnlich mit dem der kurzen Karabiner, seltener mit dem der Infanteriegewehre, u. a. in Frankreich.

Die Schäftung ist häufig eine ganze, mitunter wie z. B. bei

Fig. 148.

der nebenstehend abgebildeten preussischen Cavallerie-Pistole m/50 eine halbe, was die im §. 79 erwähnten Vortheile gewährt; das Percussionsschloss ist mit einer Sicherheitsruh oder einer sonstigen besonderen Sicherung versehen (s. Fig. 148 bei *x*), der Ladestock von der Waffe getrennt oder mittelst eines Galgens mit ihr verbunden, namentlich bei See-Pistolen.

Eine besondere Gattung der Pistolen sind die schon mehrfach erwähnten Kolbenpistolen, welche ihrer Einrichtung gemäss bald als Pistole, oder, wenn man die Kolbe mit ihnen verbindet, als kurze Karabiner dienen können; mit Rücksicht auf letzteren Zweck ist es vortheilhaft und üblich, dem Rohr die grösste zulässige Länge des Pistolenrohrs zu geben.

Bemerkung. Die speziellen Dimensionen einiger neueren glatten Gewehre sind in der diesem Bande angehängten Tabelle Nr. 1. zusammengestellt.

B. Gezogene Gewehre.

§. 157. Unter einem gezogenen Gewehr verstehen wir ein solches, welches mit einem gezogenen Rohr versehen ist, dessen eigenthümliche Verhältnisse und Einrichtungen wir in den §§. 42—54 des zweiten Abschnitts besprochen haben.

Wir kennen sonach den Einfluss des gezogenen Rohrs auf die Bewegung des Geschosses, wissen, dass dasselbe die Trefffähigkeit des Gewehrs in hohem Grade steigert, dass es das Mittel bietet, sich von der Kugel zu emancipiren und ein Langgeschoss zu verwenden, dessen Form die vortheilhafte Verkleinerung des Kalibers möglich macht, und wissen demnach, dass ein gezogenes Gewehr entschieden den Vorzug vor einem glatten verdient.

Aber es waren Jahrhunderte erforderlich, um dem gezogenen Gewehr ausser seiner hohen Trefffähigkeit auch noch diejenigen Eigenschaften zu verleihen, welche allein möglich machten, dass es ohne Sorge jedem Soldaten als Kriegswaffe gegeben werden konnte, und erst unserer Zeit, und speziell den seit dem Jahre 1828 gemachten Erfindungen, verdankt das gezogene Gewehr seinen nunmehr vollständig entschiedenen Sieg über das glatte und somit seine allgemeine Verbreitung in den Heeren Europa's.

Länger als zwei Jahrhunderte nämlich blieb das gezogene Gewehr fast unverändert so, wie es von seinen Erfindern zu Ende des 16. Jahrhunderts hingestellt war, d. h. mit Eigenschaften ausgestattet, welche trotz seiner Treffähigkeit seine allgemeine Verwendung für den Kriegsgebrauch geradezu unmöglich machten und nur erlaubten, es einem kleinen auserlesenen Theil der Infanterie zu geben, dessen Fechtweise der Natur der Waffe angepasst werden konnte und demnach deren Führung gestattete — jetzt sind wir, wie schon erwähnt, auf dem Punkt, das glatte Gewehr vollständig bei Seite zu werfen, und nicht lange mehr wird es dauern, so werden wir in den Zeughäusern nur noch einzelne Exemplare desselben finden, welche man aus historischem Interesse und aus Pietät aufbewahrt in dankbarer Erinnerung an das Grosse, welches mit der Waffe geleistet worden ist.

Sehen wir denn, wie das gezogene Gewehr ursprünglich beschaffen war, und welche Aenderungen mit ihm vorgenommen werden mussten, um ihm seine heutige Bedeutung zu verleihen.

Wir haben bereits früher wiederholt hervorgehoben, dass, wenn das gezogene Rohr einen reellen Nutzen gewähren soll, das Blei des Geschosses den Balken und Zügen auf's Genaueste und Innigste angeschmiegt werden müsse, damit jeder Spielraum zwischen Seelenwänden und Geschoss wegfalle, und somit letzteres die erstrebte Rotation um seine Längenachse sicher und vollkommen annehme. Diese Operation muss unter allen Umständen eine gewaltsame sein, wenn diese ihre Natur auch nicht immer zur äussern Erscheinung gelangt.

Es ist begreiflich, dass die Art und Weise, auf welche man die Züge so zu sagen zur Erfüllung ihrer Pflicht zwingt, also die Operation der gewaltsamen Anschmiegung des Geschosses an die Seelenwände ausführt, einen wesentlichen Unterschied zwischen den gezogenen Gewehren zu erzeugen im Stande ist, denn es leuchtet ein, dass es schwieriger ist, ein gezogenes Rohr zu laden, wenn das Geschoss von der Mündung aus in die Seele eingezwängt werden muss, als wenn es beim Einführen in die Seele leicht in derselben niedergleitet und erst später ausgedehnt wird.

Die Ladeweise bildet demnach einen Hauptunterschied zwischen den einzelnen Arten der gezogenen Kriegsgewehre; sie wieder influirt auf die Natur des Geschosses, und beide vereint geben somit der Waffe ihren besonderen Charakter, wirken vereint auf die spezielle Einrichtung der ganzen Waffe ein, da eben jedes jener beiden Elemente in innigster Wechselwirkung zu dem andern steht. Es ist in Folge dessen natürlich auch unvermeidlich, dass wir bei der Beschreibung und Betrachtung der verschiedenen Arten der gezogenen Gewehre deren Geschoss in das Gebiet der Betrachtung mit hineinziehen, obgleich darin streng genommen eine Abweichung von dem beabsichtigten Gange unserer Darstellung, weil ein theilweises Vorwegnehmen der Munitionslehre, liegt. Es muss das aber geschehen, weil sich eben sonst eine klare Darstellung von den verschiedenen Systemen der gezogenen Gewehre gar nicht geben lässt, insofern die beabsichtigte Ladeweise eine bestimmte Geschossconstruction und umgekehrt eine für zweckmässig erkannte Geschossconstruction eine ihr entsprechende besondere Ladeweise verlangt. Dennoch können wir uns dabei auf das Nothwendigste beschränken, weil es sich vor Allem um das Princip der Einrichtungen, weniger um eine Fülle von Detailangaben handelt. Glücklicherweise haben sich auch im Laufe der Zeit, und dies ist auch ein Umstand, um dessentwillen wir die Unterbrechung unserer Arbeit nicht in vollstem Maass zu bedauern haben, die Anschauungen wesentlich geklärt, und wenn man in jener Zeit, da das gezogene Gewehr in das Anfangsstadium seiner jetzigen Vollkommenheit trat, und somit seine Kenntniss überhaupt erst eine zur Selbstständigkeit berechtigte Wissenschaft wurde, sahen, dass man häufig unbedeutende Dinge mit Aengstlichkeit registrirte, weil man ihnen besondere, freilich meistens nur eingebildete, Einflüsse zuschrieb, so sind wir dagegen nach und nach zu einigen festen Sätzen gelangt, deren Entwicklung die Hauptsache, und in denen die Grundlage für eine bündige und klare Schilderung und Beurtheilung aller Gewehrsysteme gegeben ist.

Aus dem gleichen Grunde und unserem von vornherein ausgesprochenen Grundsatze gemäss, nur wirklich Praktisches und im Gebrauch Befindliches in den Bereich unserer Darstellung zu ziehen, werden wir daher auch Einrichtungen nicht mehr genau besprechen, welche jetzt schon als veraltet zu betrachten und demnach besser der Geschichte der Kriegshandfeuerwaffen, also dem letzten Abschnitt unseres Werkes, zu überweisen sind.

§. 158.

Ursprüngliche Einrichtung der gezogenen Gewehre.

Bereits im §. 42 deuteten wir an, dass man die ersten gezogenen Gewehre in der Weise lud, dass man dem Geschoss, einer Kugel, genau denselben Durchmesser gab, wie der Seele des Rohrs, so dass, wenn man die Kugel frei in die Mündung legte, sie sich nur bis zu ihrer Hälfte in die Seele senkte. Eine solche Kugel umgab man mit einem Pflaster oder Futter von wollenem oder baumwollenem Zeug, meist Parchent, gerade gross genug, dieselbe vollständig zu umhüllen, und dessen rauhe Seite mit Fett oder Talg gut bestrichen wurde. Beim Laden legte man, nachdem zuerst das Pulver in den Lauf geschüttet war, das Pflaster, die gefettete Seite nach unten, auf die Mündung, darauf die Kugel so, dass die durch Abkneifen des Gusshalses entstandene Fläche genau nach oben oder nach unten zu liegen kam, und drückte sie dann mit der Hand, soweit es möglich, in die Mündung ein, also bis ungefähr zur Hälfte, wobei sich dann das Pflaster natürlich um sie herum legte. Weiter war die Kugel zunächst nicht hinab zu bringen, weil das Pflaster ihren Umfang verstärkte; man musste sie daher anderweitig hinabtreiben. Zu dem Ende klopfte man sie zuerst mit dem Kopf eines Ladehammers (vergl. §. 138) vollends in die Mündung, und schob sie dann mit dem Stiel des Hammers soweit in die Seele hinab, bis der Hammerkopf die Mündung berührte. Nunmehr hatte man die Fähigkeit gewonnen, mit dem Ladestock auf die Kugel einzuwirken, was natürlich von Anfang an nicht möglich war: man klemmte also das Gewehr zwischen die Kniee und schob die Kugel, den Stock mit beiden Händen führend, auf das Pulver nieder; um aber die Ueberzeugung zu gewinnen, dass letzteres auch wirklich erreicht sei, hob man das Gewehr mit der linken Hand leicht vom

Boden auf und schnellte den Ladestock so lange auf das Geschoss nieder, bis er in die Höhe sprang.

Die Züge wurden also bei dieser Ladeweise, wie aus der Beschreibung erhellt, zur Erfüllung ihrer Pflicht gezwungen durch eine künstliche Verstärkung des Kugeldurchmessers mittelst des Pflasters, das Blei muss also einen Ausweg suchen und tritt in die Züge, soweit dieselben noch nicht von dem Pflaster ausgefüllt werden: das Geschoss muss also, von vornherein durch die Züge geleitet und ihrer Windung folgend, niedergleiten und daher beim Abfeuern das Rohr auf demselben, nur umgekehrten, Wege verlassen, erhält mithin die spirale Rotation um die Längenachse — die Züge erfüllten demnach bei dieser Einrichtung des gezogenen Gewehrs ihren Zweck, aber um welchen Preis?

Das Laden des Gewehrs war selbstredend langsam und mühevoll, denn abgesehen von dem Zeitaufwand, welchen das gesonderte Einbringen der Pulverladung, das Auflegen des Pflasters und der Kugel, sowie der Gebrauch des Ladehammers und des Ladestocks herbeiführte, so erforderte das Einschlagen und Niedertreiben der Kugel einen nicht unbedeutenden Aufwand von Kraft, und umsomehr, wenn die Seele des Rohrs bei anhaltendem Schiessen sich allmälig mit Pulverschleim bedeckte. Die gewaltsame Arbeit regte dann natürlich das Blut in hohem Grade auf und machte Arme und Hände zittern, so dass dem Schützen, sobald er unmittelbar nach dem Laden feuern wollte, die nöthige Ruhe fehlte, um, namentlich freihändig anschlagend, sicher zu schiessen und so aus der Trefffähigkeit der Waffe einen wirklichen Nutzen zu ziehen.

Die natürliche Folge alles dessen war dann die Nothwendigkeit, langsam zu feuern, da der Schütze, um sein Gewehr nach abgegebenem Schuss wieder vollständig schussbereit zu machen und einen zweiten wohlgezielten Schuss anzubringen, selbst bei grössster Fertigkeit im Laden und Schiessen mindestens eine Minute Zeit bedurfte. Hiermit ist aber sogleich das Urtheil über eine ausgedehnte Kriegsbrauchbarkeit der Waffe gesprochen, da für die Masse der Infanterie der Hauptwerth, wenn auch nicht unter allen Umständen in einem sehr schnellen Feuer, so doch mindestens in einer schnellen Feuerbereitschaft liegt, die aber mit einem gezogenen Gewehr von der beschriebenen Einrichtung nimmer zu erreichen ist.

So lange das Feuer der Infanterie überhaupt ein langsames war, hätten sich derartige gezogene Gewehre noch am ehesten halten können; sie wurden für die Masse der Infanterie völlig unbrauchbar, als die Erfindung des Steinschlosses das Feuer beschleunigte.

So konnte denn schon aus diesem einen Grunde die alte gezogene Pflasterkugelbüchse nur einem kleinen Theil der Infanterie für den Feldgebrauch gegeben werden, den man dann im Gefecht so postirte, dass die durch das langsame Laden erzeugte stellenweise Wehrlosigkeit nicht schädlich werden konnte. Für eine solche Truppe war Deckung während des Feuerns naturgemäss Hauptbedingung, und sie machte es dann wieder dem Schützen möglich, aus der Trefffähigkeit des Gewehrs durch langsames zwar, aber ruhiges und wohlgezieltes Feuer den vollsten Nutzen zu ziehen.

Zähe Vertheidigung fester Punkte durch, wenn auch langsam sich folgende, aber sicher treffende Schüsse selbst auf weitere Entfernungen, Wegschiessen feindlicher Offiziere, der Bedienungsmannschaften und Pferde der Artillerie u. s. f., das waren die Aufgaben eines solchen Scharfschützencorps — die zerstreute Fechtart, die aufgelöste, dem sichern und ungehinderten Gebrauch der complicirten Waffe entsprechende Kampfordnung sein natürliches Element, wodurch es zugleich möglich ward, die Länge der Waffe möglichst zu beschränken, was bei der Pflasterladung dringendes Bedürfniss, aber natürlich im directen Widerspruch war mit den Forderungen, welche das geschlossene Gefecht der Massen-Infanterie an die Länge der Waffe stellt.

Alle diese Rücksichten, welche zu keiner Zeit übersehen werden konnten, beschränkten die Zahl der gezogenen Gewehre in allen Armeen auf ein Minimum; am meisten wurden sie gebraucht bei den Völkern germanischen Stammes, deren angeborne Kaltblütigkeit den Gebrauch der gezogenen Büchse begünstigte, während z. B. in der französischen Armee bis zur Zeit der neuesten Verbesserungen gar keine gezogenen Gewehre existirten oder wenigstens sich nur ganz vorübergehend erhielten.

Die alte Pflasterkugelbüchse konnte aber immer nur das Gewehr einer besonders sorgfältig ausgebildeten oder einer Truppe sein, deren Glieder durch ihren früheren Beruf nicht nur zur Führung jener Waffe an und für sich, sondern auch zu der durch die

Natur der Waffe bedingten Fechtweise vorzugsweise geschickt waren. So war es mit unserem früheren preussischen, aus Waidmännern gebildeten Jägercorps, welches seit den Zeiten des grossen Churfürsten den Ruf einer Mustertruppe sich erworben hatte und immer Ausgezeichnetes leistete, wenn es der Natur seiner Waffe gemäss verwandt wurde. Die Unvollkommenheit der den gezogenen Büchsen gegenüberstehenden glatten Gewehre stellte dann die Leistungen der ersteren, so unvollkommen sie selbst noch waren, in ein um so glänzenderes Licht, wie dies das berühmte Gefecht von Altenzaum darthut.

Machte die schwierige und langsame Ladeweise der alten Passkugelbüchse eine allgemeine Bewaffnung der Infanterie mit dem gezogenen Gewehr unmöglich, als durch Friedrich's Taktik namentlich das Massenschnellfeuer sehr ausgebildet war, so konnte jene Waffe doch auch dann nicht allgemein werden, als die napoleonischen Kriege dem zerstreuten Gefecht eine ausgedehntere Anwendung gegeben hatten, weil sie, wie aus dem bereits Entwickelten hervorgeht, immer unselbstständig blieb und nur einen relativen Werth hatte.

Aber nicht nur vom taktischen Gesichtspunkt aus war das gezogene Gewehr in seiner ursprünglichen Gestalt eine unvollkommene Kriegswaffe, sondern auch vom technischen, und dies wollen wir noch in Kürze darlegen, um auf diese Weise einen um so sichereren Boden für unsere ferneren Entwicklungen zu gewinnen.

Wenn eine Kugel in ein gezogenes Rohr geladen wird, so tangirt sie die Seelenwände entweder nur oder führt sich doch nur mit einem schmalen ringförmigen Streifen an denselben. Soll sie also dennoch die Rotation um ihre im Rohr mit der Seelenachse zusammenfallende Längenachse so sicher aufnehmen, dass sie dieselbe auch ausserhalb des Rohres unverrückt beibehält und nicht nach einiger Zeit in die Rotation um den Schwerpunkt übergeht, so muss man ihre Umschwungskraft sehr stark machen, oder, was dasselbe sagen will, dem Rohr einen kurzen, stark gewundenen Drall geben. Im richtigen Einklang damit hatten denn auch die alten Pflasterkugelbüchsen einen sehr kurzen oder geschwinden Drall von 1—1¼ Windung für die Länge des Rohrs oder bis zu 18 und 15", der aber nach §. 45, wenn er nicht zu einem Ueberspringen der Züge Seitens der Kugel führen soll, zur Wahl einer schwachen Ladung nöthigt. Zur ferneren sicheren Führung der Kugel im Rohr einerseits und zur Erleichterung des Ladens andrerseits, damit das Pflaster leichter ausweiche, sah man sich weiter genöthigt, die Züge verhältnissmässig tief einzuschneiden, was aber, wenngleich man sie muldenförmig gestaltete, die Reibung des Geschosses an den Seelenwänden, welche schon in Folge des starken Dralls bedeutend war, umsomehr erhöhte. Reibung aber ist Kraftverlust, und gesellt sie sich in bedeutendem Maasse zu der an sich geringen Triebkraft der schwachen Ladung, so ist eine geringe Anfangsgeschwindigkeit der Kugel das unvermeidliche Resultat. Die nachtheiligen Folgen aber einer geringen Anfangsgeschwindigkeit treten bei der Kugel um so greller hervor, als letztere in Folge ihrer Gestalt eine in Bezug auf ihren Querschnitt, dessen Grösse über die des Luftwiderstandes entscheidet, geringe Masse und somit auch eine geringe Fähigkeit besitzt, ihre anfängliche Geschwindigkeit dauernd zu bewahren. Hierdurch aber krümmt sich die Flugbahn nach natürlichen Gesetzen stärker und wird bei grösseren Entfernungen, also weiterer Spannung ihres Bogens, weniger bestreichend, d. h. es verringert sich die Ausdehnung des bestrichenen oder des Raumes, in welchem sich die Kugel innerhalb Mannshöhe über dem Erdboden befindet, und in dem sie demnach überhaupt nur treffen kann.

Je weiter man schiesst, desto höher muss man also nach dem vorher Erörterten den Flugbahnsbogen spannen, desto mehr vermindert sich die Ausdehnung des bestrichenen Raums, desto mehr nimmt die Wahrscheinlichkeit des Treffens ab, und rechnet man hiezu den Umstand, dass die Kugel der alten Büchsen sehr bald in starker Progression an Geschwindigkeit verliert, und dann umsomehr den verschiedenen ablenkenden Einflüssen unterliegt, so kann man sich nicht wohl wundern, wenn die Wirkung der Waffe auf der Entfernung von 400 Schritt ihr Ende fand, was insofern auf die Dauer nicht genügen konnte, als mit der fortschreitenden Verbesserung des Artilleriefeuers selbst die leichten Feldgeschütze noch auf 600 Schritt eine respectable Kartätschwirkung zeigten.

Da ferner die alten Büchsen mit der gewöhnlichen massiven Blockschwanzschraube versehen waren, so konnte es nicht ausbleiben, dass bei dem mit der Pflasterladung verbundenen directen und festen Aufsetzen der Kugel auf die Pulverladung ein Theil des Pulvers geradezu zerdrückt und in Mehlpulver verwandelt wurde, was abgesehen von der dadurch erzeugten absoluten Schwächung der Pulverwirkung auch noch den grossen Nachtheil herbeiführte, dass das Rohr stark verschleimte. Bei fortgesetztem Schiessen und eintretender Erhitzung, also Ausdehnung der Seelenwände wurde es demgemäss nach und nach immer schwieriger, den an den Seelenwänden hängenden Pulverrückstand mittelst des Pflasters niederzuschieben, umsomehr, wenn bei heisser Witterung der Pulverschleim sich verhärtete: das Laden wurde also immer schwieriger, war schliesslich nur mit enormer, dem Schiessen nachtheiliger Kraftanstrengung der Arme und nach 20 bis 30 Schüssen ohne vorhergehende Reinigung der Waffe gar nicht mehr auszuführen.

Selbstredend plattete sich auch bei dem gewaltsamen Eintreiben der Kugel deren obere Fläche stark ab, was, wenn auch nicht von überwiegendem Einfluss, doch immerhin dazu beitrug, die Kugel zur Ueberwindung des Luftwiderstandes weniger befähigt zu machen.

Endlich ist es begreiflich, dass die Pflasterladung bei einem langen Rohr auf doppelte Schwierigkeiten stiess, daher man, wie schon angedeutet, sich darauf beschränken musste, nur kürzere Waffen, sogenannte Büchsen, mit dem gezogenen Rohr zu versehen, welche dann selbstredend zur Führung des geschlossenen Feuergefechts, welches das gleichzeitige Feuer 2er Glieder bedingt, nicht geeignet waren.

Mit der Darlegung dieser hauptsächlichen Eigenthümlichkeiten der ursprünglichen gezogenen Pflasterkugelbüchsen dürfte hinlänglich bewiesen sein, dass sie sowohl in taktischer wie rein technischer Beziehung nicht geeignet waren, eine allgemein brauchbare Waffe der Infanterie zu bilden, daher man denn lieber das, wenn auch im Schuss weniger leistende, aber leicht zu ladende und zu behandelnde und selbstständigere glatte Gewehr selbst für die Zwecke des zerstreuten Gefechts beibehielt und die complicirte gezogene Büchse ausschliesslich einer kleinen auserlesenen Schaar von Jägern oder Scharfschützen anvertraute, deren sekundaire taktische Zwecke und Aufgaben bereits besprochen wurden.

Die verschiedenen Systeme der gezogenen Gewehre und Betrachtung der nach ihnen construirten Waffen.

1. System der Pflaster- oder Drangladung.

§. 159. Dies nunmehr charakterisirte System erhielt sich von der Erfindung der gewundenen Züge bis in die vierziger Jahre unseres Jahrhunderts hinein, also weitaus über 200 Jahre, und machten die nach ihm construirten gezogenen Gewehre alle Phasen der Schlossverbesserung durch, so dass sie erst das Radschloss, später das Steinschloss und endlich das Percussionsschloss hatten.

Es dürfte aus unsern Entwicklungen anschaulich geworden sein, dass unter Festhaltung der Ladung mit gepflasterten Kugeln eine eingreifende Vervollkommnung des gezogenen Gewehrs nicht möglich war, denn mochte man es anfangen, wie man wollte, die Ladeweise blieb eine zeitraubende und anstrengende und bedingte einen kurzen Lauf, und da ferner ein gewisses, nicht wohl wesentlich zu unterschreitendes Gewicht der Kugel immer einen bestimmten Kaliber bedingt, so war auch an eine wesentliche Verkleinerung des Kalibers nicht zu denken, welche ausserdem bei der Form der Kugel nur innerhalb sehr beschränkter Grenzen einen reellen Vortheil gewähren kann. Demgemäss blieb das gezogene Gewehr als gezogene Büchse mit unwesentlichen Veränderungen so, wie wir es im vorhergehenden Paragraphen geschildert haben. Diese Veränderungen wurden herbeigeführt durch die Einführung der Percussionszündung, welche unter allen Kriegshandfeuerwaffen den gezogenen Büchsen zuerst, ungefähr von Anfang bis Mitte der 30er Jahre, gegeben wurde, denn während von der allgemeinen Einführung jener sichern Zündungsweise die Armeen lange Zeit die Scheu vor einer Verlangsamung des Feuers abhielt, so konnte diese Rücksicht natürlich nicht Platz greifen für die mit dem gezogenen Gewehr bewaffneten Truppen, da bei deren Fechtweise ein etwas langsameres Feuer ohne Nachtheil, dagegen die vollständige Sicherheit der Entzündung von hohem Werth war.

Die Uebertragung der Percussionszündung auf die gezogenen Büchsen konnte aber nicht ganz ohne Einfluss auf dieselben bleiben, da die heisse stechende Flamme der Knallpräparate nicht nur eine bedeutend schnellere und gleichmässigere Entzündung der Pulverladung erzeugte und dadurch ihre Wirkung verstärkte, sondern letztere auch noch durch die aus der Zündung sich entwickelnden Gase erhöht wurde.

In Folge dessen wurde die Kugel schneller in Bewegung gesetzt und mit grösserer Gewalt durch das Rohr getrieben und dabei leicht aus den Zügen gerissen, so dass man, um dem zu begegnen, bei unverändert bleibender Einrichtung des Rohrs die Ladung etwas verringern musste, bei Neufertigung dagegen den wie bekannt zuvor sehr kurzen Drall so weit verlängerte, als es sich mit der nothwendigen sicheren Führung und Rotationsgeschwindigkeit der Kugel irgend vertrug. So wuchs denn seit Einführung der Percussionszündung der Drall der Büchsenläufe von 18 bis auf 26 und 36", wodurch selbstredend die Ladung und Reinigung der Waffe in etwas erleichtert, auch die Anfangsgeschwindigkeit der Kugel erhöht wurde, ohne dass aber diese Umstände die nun einmal der Waffe anhaftenden Mängel total zu beseitigen im Stande waren.

Eine weitere sekundaire Verbesserung der Pflasterkugelbüchsen bestand darin, dass man die Blockschwanzschrauben theilweise auskammerte respective die Patentschwanzschraube (vergl. Seite 129 und 184) einführte und somit die Pulverladung theilweise oder vollständig den nachtheiligen Einflüssen der Ladeweise entzog, aber natürlich war auch das keine radicale Verbesserung der Waffe, und erwähnen wir alles Dessen, was eigentlich jetzt schon der Geschichte angehört, nur in der Absicht, um erneut darzuthun, dass man unter Festhaltung der gepflasterten Kugel eben keine eingreifende Verbesserung des gezogenen Gewehrs bewirken konnte.

Ganz ebenso verhielt es sich mit jenen Modificationen des Systems, welche unter Festhaltung an der Kugel die Mängel der geschilderten Waffe beseitigen und dem gezogenen Gewehr eine ausgedehntere Brauchbarkeit für Kriegszwecke geben sollten.

Weit entfernt, uns hier auf eine gründliche Darstellung aller jener Versuche einlassen zu wollen, da die ihnen entsprungenen Waffen schon seit längerer Zeit nicht mehr im Gebrauch sind und nur noch der Waffengeschichte angehören, wollen wir doch der Vollständigkeit wegen die Richtung jener verdienstlichen Bestrebungen in Kürze darlegen.

Haben wir gesehen, dass die Natur der Passkugelbüchse eine nur sehr beschränkte und spezifische Verwendung derselben im Kriege zuliess, so lag dennoch der Wunsch nahe, der gesammten Infanterie die Vortheile einer Bewaffnung mit gezogenen Gewehren zuzuwenden, und fanden deshalb schon in den Jahren 1819 und 1820 bei der hannover'schen Infanterie Versuche mit langen gezogenen Gewehren und Patronen statt, deren Kugeln Spielraum hatten. Selbsredend konnten diese Versuche keine wahrhaft erfolgreichen Ergebnisse haben, da, wie wir wissen, Züge und Spielraum zwei sich direct widerstrebende Begriffe sind.

So ruhte die Sache (wenn wir einstweilen von den aus dem Jahre 1828 datirenden, aber auf anderen Grundlagen ruhenden Versuchen des Franzosen Delvigne absehen) bis zum Jahre 1832, in welchem der kriegserfahrene braunschweigische (damalige) Major Berner die Idee wieder aufnahm und in seinem sogenannten Ovalgewehr zu verkörpern suchte.

Als Basis seiner Bestrebungen stellte Major Berner einen Grundsatz auf, welcher in seiner unumstösslichen Wahrheit uns für alle Zeiten zur Richtschnur dienen kann und muss und demgemäss als klassisch zu bezeichnen ist, den nämlich: dass eine gezogene Waffe, welche zur allgemeinen Bewaffnung der Infanterie solle dienen können, so eingerichtet werden müsse, dass sie sich als Muskete lade und als Büchse abschiesse.

Treffender konnte nicht leicht mit wenigen Worten der Charakter eines für die Infanterie allgemein brauchbaren gezogenen Gewehrs bezeichnet werden.

Wir wissen, dass man an der Muskete, d. h. dem glatten Infanteriegewehr, festhielt, weil sie vermöge ihrer uns bekannten Eigenschaften ein leichtes und schnelles Laden gestattete; man opferte dieser Eigenschaft mit Recht bei der Masse der Infanterie den sicheren Schuss des gezogenen Gewehrs, der nur um den Preis eines langsamen und schweren Ladens und einer schwierigen Behandlungsweise hätte erkauft werden können, man konnte sich aber von dem glatten Gewehr lossagen, sobald es gelang, seine guten Eigenschaften mit den guten des bestehenden gezogenen Gewehrs zu vereinigen, wie das der vorher citirte Berner'sche Ausspruch kurz und treffend angiebt.

Sehen wir nun, wie Berner seine rationelle Idee zu verkörpern suchte, so finden wir leider, dass ihm das nicht gelang, denn statt in Wahrheit ein gezogenes Infanteriegewehr zu schaffen, welches sich leicht wie eine Muskete lud und beim Abschiessen wie eine Büchse wirkte, schuf er nur ein solches, welches bald nach Umständen als Muskete, bald als Büchse zu gebrauchen war, indem er 2erlei Arten von Kugeln verwandte, von denen die eine, Rollkugel genannt, 0,03" weniger Durchmesser als die Seele des Rohrs hatte, in einer gewöhnlichen Flintenpatrone Aufnahme fand und wie bei der Muskete mit dem Hülsenpapier geladen wurde, die andere dagegen eine Pflasterkugel von 0,60", d. h. um 0,01" geringerem Durchmesser als das 0,61" Kaliber haltende Rohr zum Laden aus der Patrone entnommen und dann in althergebrachter bekannter Weise mit einem Pflaster geladen wurde.

Der Lauf des äusserlich ganz wie ein langes Infanteriegewehr construirten Gewehrs hatte 2 Züge mit ziemlich langem Drall von 51", und die in einer constanten Tiefe von 0,02" vom Pulversack nach der Mündung zu allmälig an Breite abnahmen und sich in der Nähe der Mündung in die Balken verliefen, so dass erstere leicht ovalförmig erschien. Daher, und weil Berner ursprünglich Ovalkugeln verwandte, welche er aber später mit rein sphärischen Geschossen vertauschte, erhielt die Waffe den Namen Ovalgewehr.

Aus den obigen, der Vollständigkeit wegen angeführten, Verhältnissen erhellt, dass die Rollkugel einen verhältnissmässig geringen Spielraum hatte, welcher naturgemäss den Schuss des Gewehrs als Muskete etwas verbessern musste, woneben das Laden, weil das Patronenpapier in den Zügen Platz fand, immerhin leicht auszuführen war. Dennoch konnte begreiflicherweise die Rollkugel niemals den sicheren Schuss der Büchse ergeben. Bei der Verwendung der Pflasterkugel dagegen litt das Gewehr im vollkommensten Maass an allen Mängeln der Pflasterladung, welche sogar noch durch die Länge der Waffe erhöht wurden, der der längere Drall und die namentlich unten bedeutende Breite der Züge kein hinlänglich ausgleichendes Gegengewicht gab. So kam es denn auch, dass das Ovalgewehr, wenn man mit Pflasterkugeln lud, nach oft nur zehn Schüssen nur noch mit der grössten Kraftanstrengung zu laden, und der Soldat demgemäss überwiegend auf die Verwendung der Waffe als Muskete mittelst der Rollkugelpatrone hingewiesen war. — Es bedarf ferner wohl keines Beweises, dass das Vorhandensein 2er Munitionsarten, obgleich die Rollkugelpatrone weisses, die Pflasterkugelpatrone blaues Papier hatte, in der Hitze des Gefechts zu sehr fatalen Verwechselungen Veranlassung geben kann und demnach vom praktischen Standpunkt aus nicht zu billigen ist.

Aus allem Diesem folgt, dass Berner mit dem Ovalgewehr nicht das erreicht hatte, was er wollte, und wenn wir uns trotzdem länger mit der Waffe beschäftigt haben, so geschah es, weil dieselbe in der That bei dem ganzen braunschweigischen Infanterie-Regiment eingeführt wurde und damit der erste Fall eintrat, dass eine Linien-Infanterie mit gezogenen Gewehren bewaffnet ward, was immerhin einen wichtigen Abschnitt bezeichnet.

Auch blieb das von Braunschweig gegebene Beispiel nicht ganz ohne Nachahmung, indem das Ovalgewehr auch bei der oldenburgischen Infanterie eingeführt wurde.

Gehen wir schliesslich auf den Ausgangspunkt unserer Darstellung zurück, so können wir nur nochmals aussprechen, dass, wie auch das Ovalgewehr von Neuem beweist, unter Festhaltung an der Passkugel keine eingreifende Verbesserung des gezogenen Gewehrs als Kriegswaffe möglich ist.

Deshalb blieben auch die in England bei der leichten Brigade gemachten Versuche, das gezogene Gewehr unter Nachbildung des Ovalgewehrs dadurch zu verbessern, dass man die Pflasterkugel in

Fig. 149.

eine Gürtelkugel von nebenstehender Form verwandelte und so gewissermassen in dem Gürtel *gg* Fig. 149 die Züge en haut relief darstellte, um auf diese Weise das Laden zu erleichtern und die nachtheilige Abplattung der Kugel zu vermeiden, ohne reellen Erfolg, denn da man nach wie vor mit Pflaster lud, so waren nach wenigen Schüssen die Verhältnisse dieselben, wie bei der reinen Pflasterkugel, was sich auch in dem Umstande greifbar ausspricht, dass man den Soldaten ausser mit Gürtelkugeln mit gewöhnlichen Rollkugelpatronen ausrüstete.

Aus gleichem Grunde konnte auch die versuchte Reduction des Gürtels auf 2 Stücke desselben, an der nachstehend abgebildeten sogenannten Flügelkugel, keine wirkliche Abhülfe bringen, im Gegen-

Fig. 150.

theil führte der Umstand, dass die Flügel *n n* beim Laden öfters nicht in gleicher Höhe sich gegenüber zu stehen kamen, zu einem höchst nachtheiligen Verklemmen der Kugel und zu einer Störung der spiralen Rotation, sodass man auf die Gürtelkugel zurückging.

In richtiger Erkenntniss der Einflüsse der Passkugelladung blieb man übrigens in England bei der Büchse stehen, welche insofern Einiges vor der ursprünglichen Büchse voraus hatte, als die dem Ovalgewehr entlehnten aber constant breiten 2 Züge eine Vereinfachung darstellen.

Wichtiger als die englische 2zügige Büchse, die selbstredend längst nicht mehr im Gebrauch ist, und deren wir nur aus Rücksicht auf eine möglichst vollständige Characteristik der Passkugelladung erwähnten, ist die ihr nachgebildete russische, welche noch jetzt bei einem Theil der Scharfschützen unter dem Namen 2zügiger oder Lütticher Stutzen m/43 im Gebrauch ist, aber auch bald durch ein modernes Gewehr verdrängt werden wird.

Diese Büchse, von dem alten grossen Flintencaliber mit 2 Zügen von bedeutender Tiefe (0,03″) und Breite (0,30″) aber verhältnissmässig langem, nämlich nur halbem, Drall wurde ursprünglich auch nach englischem Vorgang mit einer Gürtelkugel geladen, welche man aber später, als durch Delvigne's Versuche das Spitzgeschoss Bedeutung gewonnen hatte, mit einem solchen von nebenstehender Form, Fig. 151 *a* und *b* vertauschte.

Fig. 151.

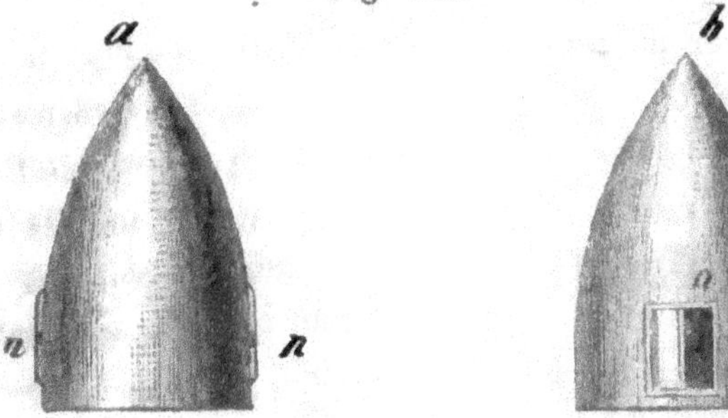

Der Kaliber dieses Geschosses an seiner stärksten Stelle ist um 0,004″ kleiner als der Normal-Kaliber des Rohrs, und ebenso haben die angegossenen Flügel *n n* einen Spielraum von beinahe 0,01″ (0,25 mm) in den Zügen, deren grössere Breite ihnen ausserdem auch seitwärts Spielraum lässt.

Wenn, absolut betrachtet, nicht geleugnet werden kann, dass die Anwendung dieses Spitzgeschosses die Drangladung verbessert, insofern die Form des Geschosses dessen Führung im Rohr mehr sichert, auch von einem Verklemmen der beiden Flügel nicht die Rede sein kann, so ist doch andrerseits zu berücksichtigen, dass, wenn die Elemente des gezogenen Rohrs vollkommen ausgebeutet werden sollen, eine blosse Einfettung des Geschosses nicht genügt, sondern dasselbe zur Beseitigung jeglichen Spielraums mit einem, wenn auch schwachen, Pflaster geladen werden muss. Dann aber treten wieder alle bekannten Nachtheile der Drangladung ein und wird es noch dazu schwierig, das Geschoss ohne Verletzung seiner Spitze bis auf's Pulver niederzuschieben. In richtiger Erkenntniss dessen ist in Russland natürlich auch niemals ein Versuch gemacht worden, dies System auf ein langes Infanteriegewehr zu übertragen, sondern hat man sich darauf beschränkt, dasselbe bei der schon genannten Büchse und dem Cavallerie-Stutzen $^{m}/_{49}$ zur Anwendung zu bringen, deren spezielle Dimensionen aus den angehängten Tabellen erhellen.

So wichtig ferner die Anwendung des Spitzgeschosses bei jenen Drangladungsgewehren ist, so darf doch nicht übersehen werden, dass dessen grosser Kaliber von 0,665″ (17,52 mm) die mit seiner Form verbundenen Vortheile wieder zum grössten Theil aufhebt, denn er steigert das Gewicht des Geschosses der Kugel gegenüber auf die bedeutende Höhe von 49,68 gr. oder beinahe 3 Zolllth. Dies aber zwingt, soll der Rückstoss der Waffe nicht eine unerträgliche Stärke erreichen, zur Wahl einer äusserst schwachen Pulverladung, welche dann wieder nicht im Stande ist, dem Geschoss eine so ausgiebige Anfangsgeschwindigkeit zu geben, dass längere flach gestreckte Flugbahnen erreicht werden, um so weniger, als, wie wir bereits hervorhoben, der Widerstand der Luft stets von der Grösse des Geschossquerschnitts bedingt wird, welcher letztere, wie wir sahen, sehr bedeutend ist. Wiederholt darf ferner nicht vergessen werden, dass schwere Geschosse eine schwere Munition ergeben und mithin immer zu der übeln Alternative führen, entweder den Soldaten unter Belassung einer reichlichen Patronenzahl sehr stark zu belasten oder aber, um letzteres zu vermeiden, die Patronenzahl auf ein unzulängliches Quantum einzuschränken.

Wenn demnach die russische Modification des Drangladungssystems in gewisser Hinsicht eine Verbesserung jenes Systems brachte, so liefert doch auch sie nur einen neuen Beweis für die Unmöglichkeit, unter Beibehaltung jenes Systems eine allgemeine brauchbare oder überhaupt nur zweckmässige gezogene Kriegswaffe zu gewinnen, wenn man nicht, wie wir dies noch sehen werden, sehr wesentlich mit den alten Grundsätzen bricht.

Sehen wir, dass man in Russland mit einem Schritt in das Gebiet neuer Anschauungen hinein die Drangladung mit dem modernen Spitzgeschoss zu vereinigen suchte, so begegnen wir im Jahre 1841 noch einem Versuch, welcher direct darauf gerichtet war, unter Festhaltung an der Kugel die Drangladung in solcher Weise zu verbessern, dass mit und trotz ihr das gezogene Gewehr eine allgemeine Waffe der Infanterie werden könne, und zwar in dem äusserst rationell durchdachten System des schweizerischen Ingenieurs und Schützenoffiziers Wild.

Es würde uns an dieser Stelle zu weit führen, wollten wir die höchst rationellen Anschauungen Wild's und die von ihm zur Erreichung seines Zwecks angewandten theilweis sehr sinnreichen und praktischen Mittel genau besprechen, so viel Lehrreiches auch darin liegt. Wir behalten dies also dem letzten Abschnitt vor und bemerken hier nur, dass Wild's Erfindung in eine Zeit fiel, in welcher bereits Delvigne's Erfindungen der Gewehrverbesserung eine viel ausgiebigere Richtung gegeben hatten, in welcher bereits Dreyse's Zündnadelgewehr existirte, so dass das Wild'sche Gewehr mit seiner Kugel und seinen für den Kriegsgebrauch immerhin bedenklichen Laderequisiten keinen Boden gewinnen konnte.

Bemerken wollen wir nur noch der Vollständigkeit halber, dass Wild's Anschauungen auf dem Boden des Berner'schen Ausspruchs, also auf einem an und für sich richtigen Boden standen, und dass Gewehre Wild'schen Systems, aber nur Büchsen, bis vor ungefähr 6 Jahren bei den Jägern des achten deutschen Bundescorps im Gebrauch waren und dann dem System der Expansionsgeschosse wichen.

§. 160. Die neueste Verbesserung der Drangladung.

Es sollte nach unseren bisherigen Entwicklungen scheinen, als könne im Jahre 1863 ein Drangladungsgewehr füglich gar nicht mehr existiren, und doch finden wir eins, und zwar ein sehr vollendetes, in dem „Schweizer Ordonnanzstutzen", welcher seit dem Jahre 1851 die Waffe der 71 eidgenössischen Scharfschützen-Compagnieen bildet. — Bei diesem Gewehr tragen die Elemente, welche die Leistungen eines gezogenen Gewehrs überhaupt auf das höchste erreichbare Maass bringen, zugleich dazu bei, die Drangladung so weit zu verbessern, dass sie ohne Sorge bei einem Kriegsgewehr anzuwenden ist, und zwar liegen diese Elemente in dem sehr kleinen Kaliber mit seinen sämmtlichen vortheilhaften Consequenzen.

Der Schweizer Stutzen hat den kleinsten Kaliber, welcher bisher bei einer Kriegshandfeuerwaffe angewendet wurde, nämlich von 0,40" oder 10,5 mm. Daraus aber folgt zu Gunsten der Drangladung, dass bei dem kleinen Umfang der Seelenwandung und ebenso des Geschosses auch die Reibung eine geringe, mithin das Geschoss ohne Schwierigkeiten niederzuschieben ist, und wird dies begünstigt auch durch die Form des Geschosses, welche, wie die nebenstehende Fig. 152 zeigt, trotz verhältnissmässig langer Führung die Reibung mit den Wänden auf die Stellen *a* und *b* beschränkt, wogegen der obere, über *b* belegene Theil von geringerem Durchmesser ist. Damit ein gesondertes Auflegen des Pflasters vermieden werde, ist dasselbe von vornherein um das Geschoss gebunden, und zwar, wie Fig. 153 zeigt, mittelst eines so starken Fadens, dass sich derselbe beim Einschieben des Geschosses in die Mündung auf letzterer abstreift. Damit ein weiterer Nachtheil der Drangladung, das Zusammendrängen und theilweise Zerdrücken der Pulverkörner, vermieden werde, ist der Ladestock dicht unter seinem obern Ende mit einer Stellscheibe (s. *s* Fig. 155) versehen, welche bewirkt, dass derselbe nur bis zu ihr in den Lauf eintreten, demnach das Geschoss auch nur bis zu einem ganz bestimmten, stets gleichen Punkt niederschieben kann, so dass das Pulver niemals vom Geschoss erreicht wird. Diese Einrichtung ist dem Wild'schen System entlehnt, bei dem sie denselben rationellen Zweck hatte. Ebenso ist es ein Ueberkommniss jenes, wie wir be-

Fig. 152.

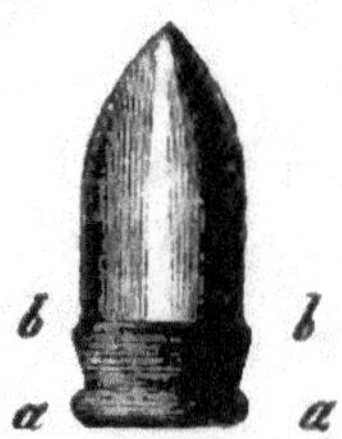

Fig. 153.

reits aussprachen, in vielen Beziehungen sehr sinnreichen Systems, dass das Geschoss selbst an den beiden stärksten Stellen *a* und *b* einen, und zwar um 0,004" oder 0,11 mm kleineren Kaliber hat als die Seele des Rohrs, so dass, indem hauptsächlich das starke Pflaster die Führung übernimmt, die Form des Geschosses erhalten wird. — Die Seele des ungefähr 30,75" oder 810 mm langen Rohrs ist mit 8, den Feldern gleich breiten, also absolut schmalen und gerundeten Zügen versehen, welche einen Drall von ungefähr 34¼" oder 90 cm. haben. Diese günstig gewählten Verhältnisse machen die Anwendung einer sehr starken Pulverladung möglich.

Betrachten wir alle Einrichtungen des Schweizer Stutzens im Zusammenhange, so sehen wir, dass in ihm allerdings eine wirkliche Verbesserung der Drangladung gewonnen, und da es nicht zu leugnen ist, dass eine gute Pflasterführung die Gleichmässigkeit und Sicherheit der Schüsse in hohem Maass begünstigt, so kann die ungemeine Sicherheit des Treffens mit dieser Waffe nicht überraschen. Die Kleinheit des Kalibers, die schmalen und seichten Züge bewirken, dass das Pflaster den Pulverschleim leicht niederschiebt, also die Seele rein erhält, so dass auch bei fortgesetztem Schiessen das Laden nicht wesentlich schwieriger wird.

Aber trotz aller dieser wesentlichen Vervollkommnungen des Drangladungssystems kann letzteres selbst in vorliegender Gestalt nimmermehr eine gezogene Kriegswaffe ergeben, welche für die gesammte Infanterie brauchbar ist, denn ein Mal ist die Bildung scharfer Patronen von zweckmässiger Einrichtung nicht möglich, sondern müssen die in ihre Pflaster eingebundenen Geschosse gesondert von den in Platzpatronen befindlichen Pulverladungen geführt, beides also gesondert geladen werden, und andrerseits kann die Drangladung von der Mündung aus trotz aller möglichen Erleichterung doch immer nur eine verhältnissmässig, aber nicht absolut schnelle sein und muss bei fortgesetztem Schiessen immer an Geschwindigkeit verlieren, was auch daraus erhellt, dass von den Schweizer Scharfschützen ausser dem Ladestock noch ein messingener Setzer zum ersten Einschieben des Geschosses in die Mündung geführt wird, wenngleich derselbe nicht eigentlich reglementsmässig ist und nur dann gebraucht werden soll, wenn das Pulver schlecht ist und einen trocknen Rückstand absetzt.

Selbstredend würden diese Verhältnisse bei einem langen Rohr sich um so greller fühlbar machen, und dies nöthigt zu einer Beschränkung der Rohrlänge und verweist somit die Waffe trotz ihrer Vortrefflichkeit ausschliesslich in die Hände einer Scharfschützentruppe, für welche sie dann allerdings ein treffliches Kriegsgewehr abgiebt.

Freilich bleibt es immer ein Uebelstand, dass das Drangladungssystem unbedingt ein ganz festes Verhältniss zwischen den Kalibern des Geschosses und Rohrs bedingt. Es müssen daher, soll nicht von vornherein eine störende Verschiedenheit in den Geschosskalibern herrschen, die Rohrkaliber mit möglichster Genauigkeit übereinstimmen. Aber selbst, wenn diese die Waffenbeschaffung wesentlich vertheuernde Kalibergleichheit erreicht ist, so kann sie dadurch, dass die Seelen sich im Lauf der Zeit abnutzen und durch die Operation des sogenannten Frischens wiederhergestellt werden müssen, sehr bald wieder verloren gehen, weil das Frischen den Rohrkaliber immer etwas erweitert. Dann aber ist ein entsprechendes Vergrössern des Geschosskalibers durch Nachdrehen der Gussform unvermeidlich.

Kann man nun diesem letzteren Uebelstande auch dadurch bis zu einem hohen Grade begegnen, dass man die Läufe aus dem trefflichen Gussstahl fertigt, so liegt doch schon in der Möglichkeit eines derartigen Falles und in seiner absoluten Schädlichkeit ein erneuter Beweis dafür, dass ein noch so sehr vervollkommnetes Drangladungsgewehr immerhin eine sehr empfindliche Waffe ist und eine universelle Brauchbarkeit ausschliesst.

Es dürfte noch am Platze sein, der Besprechung des Schweizer Stutzens im Anschluss an unsere früheren, im §. 50 angestellten Erörterungen weitere in Betreff des Kalibers folgen zu lassen, da dieser wichtige Punkt nicht oft genug betrachtet werden kann.

Der ungemein kleine Kaliber des Stutzens von nur 0,40″ macht es möglich, dem Spitzgeschoss neben der höchst günstigen bedeutenden Länge von 2¼ Kaliber ein Gewicht von nur circa 17 gr. oder 1,02 Zollloth zu geben, dagegen eine Pulverladung von 4 gr. (0,24 Lth.) also von $\frac{1}{4}$ Geschossschwere anzuwenden, welche trotzdem bei dem Gewicht der Waffe von circa 10 Pfd. den Rückstoss kaum fühlbar macht. Von der relativen bedeutenden Stärke jener Pulverladung kann man sich einen Begriff machen, wenn wir bemerken, dass gezogene Gewehre grossen Kalibers mit Rücksicht auf das nun ein Mal (vergl. §. 135) nicht zu überschreitende Totalgewicht der Waffe und den Rückstoss meistens nur eine Pulverladung von $\frac{1}{9}$—$\frac{1}{8}$, und Gewehre mittleren Kalibers (0,60″—0,53″) eine solche von $\frac{1}{7}$—$\frac{1}{6}$ des Geschossgewichts erhalten können.

Erwägt man nun, dass diese relativ so starke Pulverladung ausserdem ihre Wirkung auf die so kleine Grundfläche des Geschosses, die Kraft ihrer Gase mithin ungemein concentrirt sich äussert und deren Spannung in Folge des engen Seelenraums bis zur Mündung hin eine sehr bedeutende bleibt, so ergiebt sich eine ganz ungewöhnliche bedeutende Leistung des Pulvers, deren günstige Folge eine hohe Anfangsgeschwindigkeit des Geschosses ist. Rechnet man dazu, dass, wie wir schon mehrmals hervorhoben, der kleine Querschnitt des Geschosses zu einer verhältnissmässigen Reduction des Luftwiderstandes führt, die Zuspitzung des Geschosses auch die leichte Ueberwindung desselben begünstigt, so erhellt daraus, dass die anfängliche Geschwindigkeit des Geschosses auch gut bewahrt wird. Das Resultat aber dieser beiden Momente ist, dass das Geschoss in kurzer Zeit eine bedeutende Strecke überfliegt, und, da in der ersten Zeit seiner Bewegung die Geschwindigkeit seines natürlichen freien Falls unter die Richtung der Seelenachse noch gering ist, demgemäss eine ungemein flach gekrümmte Flugbahn beschreibt, deren segensreicher Einfluss auf die Leistung der Waffe im Gefecht, die für den Soldaten allein Werth hat, nicht genug betont werden kann, denn je flacher die Flugbahn, desto grösser ist die Entfernung, bis zu welcher man schiessen kann, ohne das Geschoss über die Mannshöhe erheben zu müssen, desto früher tritt das Geschoss, wenn man sich nach Maassgabe der Entfernung genöthigt sieht, seine Flugbahn über die Mannshöhe hinaus zu erheben, wieder in diese Höhe ein, mit einem Wort, desto grösser ist der bestrichene Raum der Flugbahn. Man kann, wie gesagt, diesen Umstand nicht genug beherzigen, und wir haben ihn daher fort und fort zur Sprache gebracht,*) um so nach unseren Kräften

---

*) Vergl. C. Rüstow. Die neueren gezogenen Infanteriegewehre. Ihre wahre Leistungsfähigkeit und die Mittel, dieselbe zu sichern. 1862 Darmstadt. E. Zernin.

dahin mitzuwirken, dass die Leistungen unserer so vervollkommneten Infanteriewaffe im Gefecht auf den Standpunkt gebracht werden, den sie einnehmen können und müssen.

Hierbei ist aber vor allen Dingen zu berücksichtigen, dass die Entfernungen im Gefecht nicht bekannt sind, sondern geschätzt werden müssen, und dass dabei ganz enorme Fehler begangen werden, welche für selbst verhältnissmässig nahe Entfernungen, z. B. von 500 und 600 Schritt, oft schon nach Hunderten rechnen. Es dürfte nun aber ohne Weiteres einleuchten, dass wenn man sich beim Schätzen irgend einer Entfernung um 100 Schritt auf oder ab geirrt hat, der Raum aber, in dem für die geschätzte und demnach als Maassstab des Zielens in Betreff der Wahl einer Visirposition benutzte Entfernung die Flugbahn des Geschosses sich innerhalb Mannshöhe befindet, also bestreichend ist, nur 50 Schritt beträgt, von einem Treffen nicht die Rede sein kann, denn liegen diese 50 Schritt, wie nachstehende Figur zeigt, ziemlich zu gleichen Theilen

Fig. 154.

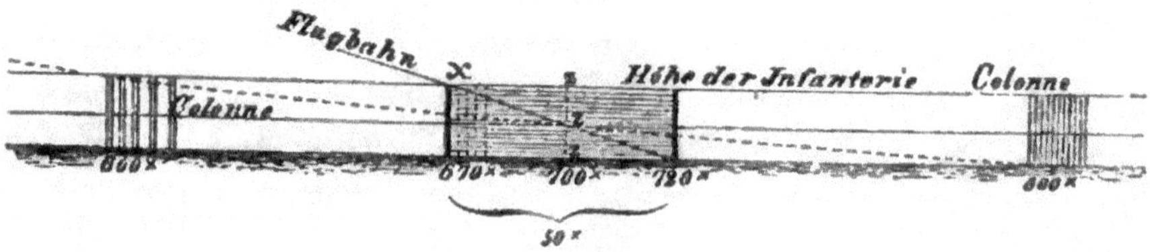

vor und hinter dem in Folge eines Schätzungsfehlers fälschlich als auf 700 Schritt angenommenen Zielpunkte z, beispielsweise der Tete einer feindlichen Infanteriecolonne, so würde unbedingt ein Fehlschuss erfolgen, wenn die Tete nur 600 Schritt entfernt wäre, und könnte nur in dem günstigen Falle noch ein Treffer eintreten, wenn die Colonne die bedeutende Tiefe von über 70 Schritt besässe, so dass ihre Queue noch in den bestrichenen Raum der falsch gebildeten Flugbahn hineinreichte, bis x. Ebenso wird die Tete der Colonne gefehlt, wenn sie statt der geschätzten 700 Schritt 800 Schritt entfernt ist, denn dann macht das Geschoss seinen Aufschlag auf den Boden auf 720 Schritt, also 80 Schritt vor dem Feinde, und es könnte nur in dem äusserst günstigen, und daher sehr seltenen Falle noch treffen, wenn es einen flachen 80—90 Schritt langen Sprung machte.

Ebenso einleuchtend ist es dagegen, dass der Schätzungsfehler von 100 Schritt ganz unschädlich gemacht werden würde, wenn der bestrichene Raum der Flugbahn die durch die punktirte Linie bezeichnete Ausdehnung von 200 Schritt hätte.

Möge dieses eine Beispiel vorläufig genügen, um den eminenten praktischen Werth flach gespannter Flugbahnen erneut anschaulich zu machen. Wie hoch aber in dieser Beziehung der Schweizer Stutzen über anderen Gewehren steht, möge der Umstand beweisen, dass, während man, um die Flugbahn in ein 800 Schritt entferntes Ziel zu leiten, bei einem gezogenen Gewehr grossen Kalibers den Scheitelpunkt der Bahn bis zu 40′, und bei einem solchen mittleren Kalibers selbst noch bis zu fast 28′ über den Erdboden erheben muss, bei dem Stutzen nur eine Erhebung von 25′ nöthig ist, welche sich bei einem andern, später zu besprechenden Gewehr desselben kleinen Kalibers sogar auf 22′ reduzirt. Das sind Zahlen, welche mit überzeugender Klarheit reden.

Wenn auch von minderer Wichtigkeit als die flach gespannte Flugbahn der Geschosse, dieses *A* und *Z* aller technischen, auf wahrhaftige Gefechtsleistung der Kriegshandfeuerwaffen gerichteten, Bestrebungen, aber dennoch von hoher militairischer praktischer Bedeutung ist die aus dem kleinen Kaliber resultirende Leichtigkeit der Munition, die, wenn man an der bisher üblichen Kriegschargirung des Mannes mit 60 Stück Patronen festhält, die von dem Soldaten zu tragende Last nicht unwesentlich, nämlich um einige Pfund erleichtert, respective, wenn man die Belastung des Mannes nicht verringern will, die Möglichkeit gewährt, die Kriegschargirung beträchtlich zu erhöhen. Letztere nämlich wiegt, wenn sie aus 60 Patronen besteht, bei gezogenen Gewehren mittleren Kalibers, d. h. Geschossen von circa 0,52″ Kal., durchschnittlich 4½ Zollpfund oder 2¼ Kilogr., wogegen 60 Stück Patronen des Schweizer Kalibers nur 2½ Pfund oder 1¼ Kilogr., und demnach 100 Stück dergleichen erst 2,1 Kilogr. = 4,2 Zollpfund, also noch nicht ein Mal so viel wiegen, als jene 60 Patronen mittleren Kalibers. Aus diesen materiellen Angaben erhellt die Richtigkeit des vorher Gesagten und ebenso, dass man noch einen Mittelweg einschlagen und beispielsweise die Kriegschargirung auf 80 Patronen erhöhen kann, wobei man nach 2 Richtungen gewinnt, die Last des Soldaten erleichtert und mehr Patronen gewinnt. Beides aber ist von hoher Wichtigkeit, weil einerseits nur ein möglichst leicht gerüsteter Soldat auch mit bestem Erfolg schiessen kann und andererseits die Erweiterung der Wirkungssphäre des Infanteriegewehrs zu einem erhöhten Patronenverbrauch im Gefecht führt. Was letzteren Punkt anbetrifft, so haben wir uns freilich in der Zeit, als der unvermeidliche Uebergang vom glatten zum gezogenen Gewehr uns nöthigte, uns schnell eine genügende Zahl der letzteren durch Umänderung der vorhandenen glatten Flinten des bekannten grossen Kalibers zu verschaffen, wir damit im Zusammenhang bei Annahme des Spitzgeschosses schwere Munition erhielten und in Folge dessen die Kriegschargirung verringern mussten, mit der Betrachtung zu trösten gesucht, dass 48 Minié-Patronen entschieden mehr leisten als 60 Flintenpatronen, daher eine Verminderung der Zahl ohne Gefahr sei — strenggenommen ist dies aber eine Selbsttäuschung, die den realen Verhältnissen nicht Rechnung trägt, denn wenn man ein Mal den Soldaten gelehrt hat, dass er auf grössere Entfernungen als bisher schiessen könne, so schiesst er auch wirklich weiter, also früher und demnach mehr, nebenbei freilich auch noch, was aber für die vorliegende Frage nicht in Betracht kommt, ohne Erfolg, wie wir später nachweisen werden, was dann doppelt zu beklagen ist.

Hieraus folgt also, dass man künftig mehr Patronen braucht als sonst, daher die Möglichkeit, dem Soldaten mehr geben zu können, äusserst schätzenswerth ist; ja setzt man nicht ein Mal den freilich unvermeidlichen Fall eines vermehrten Patronenverbrauchs, so ist die durch eine reiche Kriegschargirung herbeigeführte grössere Unabhängigkeit der Truppe von ihren Munitionswagen schon ein absoluter Gewinn, und ebenso vermehrt sich ausserdem der Inhalt der letzteren in günstiger Weise.

Ein weiterer wichtiger materieller Vortheil der leichten Munition ist die grössere Billigkeit derselben, welche naturgemäss der Ausbildung der Truppe im Schiessen zu Gute kommt, da man für dasselbe Geld mehr Uebungsmunition schaffen kann. Manche Gegner des kleinen Kalibers legen einen Accent darauf, dass grössere und somit schwerere Geschosse mehr Percussions- oder Durchschlagskraft besässen als leichte von kleinem Kaliber, und demgemäss gefährlichere Wunden hervorbrächten. Dies ist aber ein Mal, wie durch zahlreiche gründliche Versuche festgestellt ist, nicht richtig, kann es auch nicht sein, da die Durchschlagskraft bekanntlich ein Product aus Gewicht und Geschwindigkeit des Geschosses und es demnach einfach zu begreifen ist, dass wenn, wie wir dies bereits entwickelt, das leichte Geschoss mehr Geschwindigkeit besitzt, als das schwere, die Grösse dieses Factors die mindere des andern wieder ausgleicht. Ausserdem kann es wohl ganz absolut betrachtet nicht in Frage kommen, ob, wenn ein Mensch todt geschlagen wird, er so zu sagen ein wenig mehr oder minder todt geschlagen wird. Ein unnöthiger Aufwand in dieser Beziehung scheint uns ebenso überflüssig, als jenes luxuriöse Quantum von Dolchstössen, mit denen weiland Caesar ins Jenseits befördert wurde, und von denen gewiss viele nichts mehr zu tödten fanden. Wenn nun erweislich das leichte Geschoss des Schweizer Stutzen im Stande ist, einen Menschen selbst noch auf Entfernungen todt zu schlagen, welche weit jenseits der durch ganz andere Verhältnisse gesteckten praktischen Grenzen des Schiessens im Gefecht liegen, so dürfte dies eine absolut treffliche Leistung des kleinen Kalibers sein.

Dasselbe bietet demgemäss nach den verschiedensten Richtungen hin die bedeutendsten Vortheile und bildet die Grundlage aller reellen Leistungen einer Kriegshandfeuerwaffe. Bei dem Schweizer Stutzen im Speziellen sahen wir, dass es zugleich das hauptsächlichste praktische Mittel zur Vervollkommnung der Drangladung abgab, durch welche die Waffe mit Hülfe des Pflasters, welches zu einer sehr sicheren und gleichmässigen Führung des Geschosses in den Zügen dient, einen ungemein hohen Grad von Strichfestigkeit und Präcision im Schuss erlangt, welche in der trefflichen Schrift: „das deutsche Wehr- und Schützenwesen“ dahin bestimmt wird, dass auf 200 Schritt die bessere Hälfe der Schüsse des Stutzens in einen Kreis fällt, dessen Radius nur circa 3" oder 8 cm beträgt.

Alle jene entwickelten vortrefflichen Eigenschaften des Schweizer Stutzen sind denn auch die Veranlassung gewesen, dass der Ausschuss des im Jahre 1862 unter dem Präsidium des Herzogs von Coburg begründeten allgemeinen deutschen Schützenbundes, — der es sich zur Aufgabe gemacht, das bürgerliche Schiessen der Schützenvereine von allen im Lauf der Zeiten ihm angewachsenen Firlefanz zu befreien und an die Stelle eines bis zur Spielerei verkünstelten nicht Ge-, sondern Missbrauchs der Waffe einen Betrieb der Schiessübungen zu setzen, welcher einen dereinstigen Gebrauch der Waffe im Kriege vorbereitet und somit auf eine Stärkung des vaterländischen Wehrwesens hinarbeitet — jene Waffe, wenn auch mit einigen und zwar zweckmässigen Abänderungen, als deutsche Schützenwaffe angenommen hat. Dieselbe ist demgemäss eine Kriegswaffe und folglich unserer besondern Aufmerksamkeit werth, daher wir sie in der beistehenden Fig. 155 abbilden.

Fig. 155

a

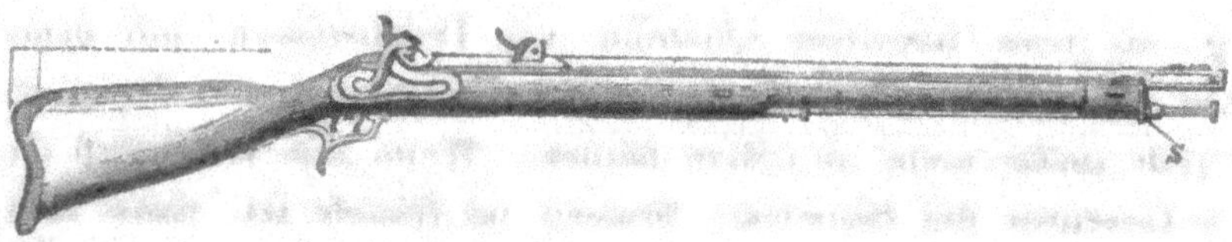

b

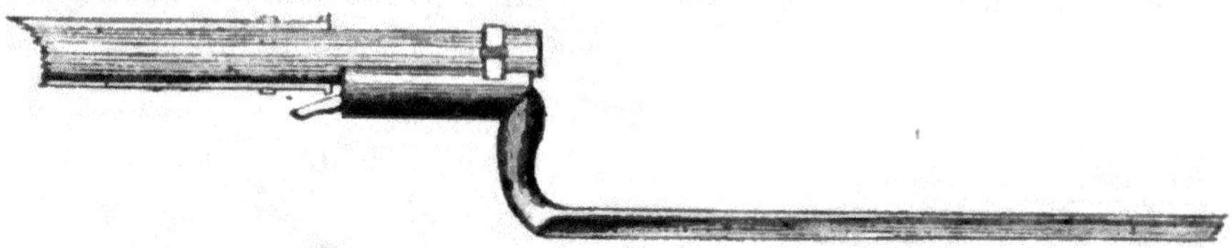

Die wesentlichsten Unterschiede dieser Waffe von dem Schweizer Stutzen bestehen in der Form der Kolbenkappe, welche weniger stark geschweift und demgemäss zum Anschlag mit einer höhern Visirposition mehr geeignet ist, als die fast hakenförmig zum Uebergreifen über die Schulter gestaltete Schweizer Kappe, und in der geringeren Krümmung des Kolbenhalses, welche ebenfalls jenem Zweck besser dient. Das sehr zweckmässige Visir ist dasselbe, welches wir früher in natürlicher Grösse in Fig. 41, Seite 146, dargestellt haben; die Bayonnetbefestigung (Fig. 155 *b*) würde solider sein, wenn sie mittelst einer vollständigen Tülle bewirkt wäre. Die Schützenvereine haben mit dieser Büchse eine Waffe angenommen, welche bei Anwendung eines Pflasters einen sehr sichern Fleckschuss ergiebt, und welche vermöge ihrer weiteren hinlänglich erörterten Eigenschaften auch eine höchst brauchbare Kriegswaffe abgiebt, namentlich, wenn man sich für den Feldgebrauch der Patronen des noch zu besprechenden Jäger-Gewehrs bedient. Selbstredend kann sie aber immer nur eine Scharfschützenwaffe sein.

Von der allseitigen Einführung dieser Waffe lässt sich nicht nur eine Belebung und erspriessliche Entwicklung des in Deutschland zu allen Zeiten beliebten, echt nationalen Büchsenschiessens und somit auch ein Gewinn für die Armeen erhoffen, sondern steht es auch zu erwarten, dass der Werth des kleinen Kalibers in ausgedehnter Weise zur Anschauung gebracht und dadurch mehr gewürdigt werden wird.

2. System der Geschossstauchung.

§. 161. In dem System der Geschossstauchung begegnen wir einer wirklichen, wenn auch nicht zur höchsten Vollkommenheit gelangten, Verkörperung des Berner'schen Gedankens, denn das Wesen des Systems spricht sich darin aus, dass das Geschoss von vornherein einen so bedeutenden Spielraum im Rohre findet, dass es entweder ganz von selbst bis in den Pulversack niedergleitet oder doch durch einen einfachen Druck des Ladestocks dahin zu bringen ist, dicht über dem Pulver einen durch eine entsprechende Construction des Laufes erzeugten Widerstand findet, durch den es aufgehalten und nun erst durch einige kräftige Ladestockstösse mit Hülfe jenes von unten her wirkenden Widerstandes zusammengestaucht, dadurch aber gleichzeitig in seinem Umfang vergrössert und so weit auseinandergetrieben wird, dass es an die Balken heran und in die Züge tritt. Wir sehen hieraus, dass der Modus des Ladens, von dem mit der Manipulation ja nicht allein zusammenhängenden Vorgang im Innern des Rohrs abgesehen, sich nicht wesentlich von dem der Muskete unterscheidet, ja sogar bei Anwendung einer entsprechend construirten Patrone ihm gleich ist, wogegen, wenn das Gewehr abgefeuert wird, die volle Wirkung des gezogenen Rohrs eintritt. — Das System der Geschossstauchung ist in 2 verschiedenen Gestaltungen bei gezogenen Gewehren zur Anwendung gekommen, welche, wenngleich auf demselben Prinzip beruhend, doch gewöhnlich als 2 gesonderte Systeme nach dem Namen ihrer Erfinder benannt werden, und zwar haben wir das System Delvigne, welches, wenngleich Waffen desselben nicht mehr im Kriegsgebrauch existiren, doch um deswillen einer kurzen Besprechung unterzogen werden soll, weil es den Anfang unserer modernen Gewehrverbesserung bildet, und das System Thouvenin: die nach dem ersteren construirten Waffen waren unter dem Namen Kammergewehre, die nach dem letzteren gebauten sind unter dem Namen Stift- oder Dorngewehre bekannt.

§. 162. *a.* System Delvigne.

Wir haben schon an einer andern Stelle darauf hingewiesen, dass das gezogene Gewehr in seiner ursprünglichen Gestalt in der französischen Armee niemals Boden gewann, weil die umständliche Ladeweise jener Waffe nicht im mindesten mit dem Wesen des Franzosen harmonirte. Auch Napoleon I. hielt sehr wenig von der alten Büchse, wie sich das in dem bekannten Ausspruch kundgiebt, den er im Jahre 1812 bei der Besichtigung eines deutschen mit Büchsen bewaffneten Jägerbataillons that: „Das ist doch die unglücklichste Waffe, welche man einem Soldaten geben kann."

Selbstredend aber war man in der, keinem militairischen Fortschritt sich verschliessenden, französischen Armee nicht blind gegen die guten Elemente des gezogenen Gewehrs, und so sehen wir, dass auch in der That in Frankreich die ersten Versuche gemacht wurden, das gezogene Gewehr, unter Festhaltung an der Ladung von der Mündung aus, so zu verbessern, dass es allgemeines Eigenthum der Infanterie werden könne.

Fig. 156.

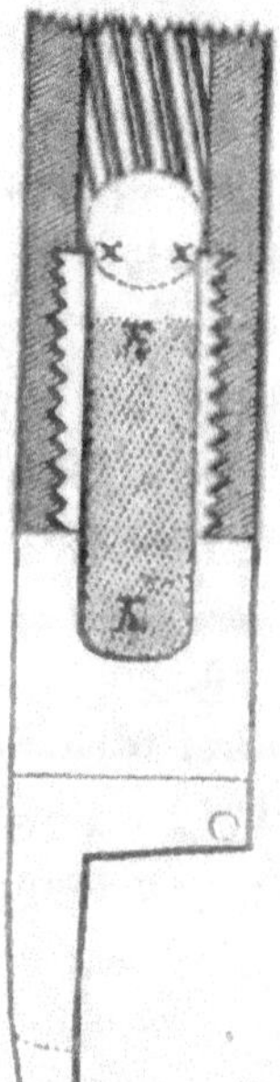

Den ersten Versuch dieser Art machte bereits 4 Jahre bevor das Berner'sche Ovalgewehr bekannt wurde, also 1828, der (damalige) Capitain Delvigne, indem er den später von Berner ausgesprochenen Gedanken durch das im §. 161 im Allgemeinen charaktirisirte System der Geschossstauchung zu verkörpern suchte.

Im Speziellen suchte er dies dadurch zu erreichen, dass er, wie Fig. 156 zeigt, das Rohr durch eine Kammerschwanzschraube schloss, deren fast 2" tiefe cylindrische Kammer *KK* einen beinahe um 0,12" geringeren Durchmesser hatte als die Seele des Rohrs, so dass sich also bei *xx* durch den Kammerrand ein scharf hervortretender Seelenabsatz bildete. Indem er dem Geschoss, einer Kugel, in dem gezogenen Theil der Seele einen bedeutenden Spielraum von 0,04" (circa 1 mm) gab, glitt dieselbe beim Laden leicht bis auf den Kammerrand bei $x\,x$ hinab, blieb auf diesem sitzen und wurde nun mittelst 3 kräftiger Ladestockstösse so gestaucht, dass das weiche Blei sich an die Balken und in die Züge schmiegte, demgemäss beim Abfeuern, zu einer balle forcée umgewandelt, der spiralen Windung der Züge folgen und die Rotation um die Längenachse annehmen musste.

Das Rationelle dieses Ladungsprinzips ist einleuchtend, da neben grosser Leichtigkeit des Ladens die Wirkung des gezogenen Gewehrs erreicht wird, und darum gebührt dem Erfinder der grösste Dank, denn er gab mit seiner Erfindung den Anstoss zu allen neueren Verbesserungen der gezogenen Handfeuerwaffen, wenngleich sein so eben beschriebenes System noch mannigfache Mängel in sich trug.

Ohne dieselbe jetzt noch einer eingehenden Kritik unterwerfen zu wollen, welche mehr der Geschichte angehört, bemerken wir nur, dass, wie dies aus Zeichnung und Beschreibung erhellt, die Kugel nur seitlich durch den Kammerrand unterstützt wird, daher beim Stauchen mittelst des Ladestocks sehr kräftig bearbeitet werden muss, um sich den Zügen anzuschmiegen. Dadurch aber plattet sie sich oben bedeutend ab und verlängert sich sogar nach unten, so dass nicht ein Mal immer der mit der engen Kammer verbundene Zweck einer steten Trennung von Geschoss und Pulverladung erreicht wird. Um dem Leser ein anschauliches Bild von der beim Stauchen der Kugel eintretenden Verunstaltung ihrer Form zu geben, stellen wir in nebenstehender Fig. 157 die Kugel der früheren, im Jahre 1842 bei den österreichischen Jägern eingeführten Kammerbüchsen nach Delvigne'schem System in ihrem Zustand nach dem Laden dar, wobei wir noch ausdrücklich bemerken, dass die Einrichtung der österreichischen Kammerbüchsen sogar noch eine Verbesserung dadurch erfahren hatte, dass die Mündung der Kammer kugelförmig ausgedreht und somit ein die Kugel sicherer stützendes Lager gebildet war. Ist eine derartige Verunstaltung der Geschossform, welche nach Maassgabe der verschiedenen Stärke der Ladestockstösse und der Weichheit des Bleies nicht ein Mal immer gleichmässig ausfällt, an und für sich ungünstig, umsomehr, als je nach dem Grade des Ausweichens der Kugel nach unten hin auch

Fig. 157.

der Anschluss des Bleies an die Züge ungleichmässig ausfällt, und müssen demnach die Ergebnisse des Schiessens ungenügend und ungleichmässig ausfallen, so leuchtet es ferner ein, dass die Construction der Schwanzschraube einen erhöhten Anlass zur Verschleimung des Rohrs bietet, da beim Laden Pulverkörner auf dem den Kammerrand bedeckenden Pulverschleim hängen bleiben, welche beim Ansetzen der Kugel gequetscht werden. Dies wiederholt sich bei jedem Schuss, die Verschleimung nimmt also schnell zu und beeinträchtigt mit der Zeit sogar den sicheren Anschluss der Kugel an Balken und Züge.

Ebenso folgt aus unseren früheren Entwickelungen, dass zur sichern Führung der Kugel und zur Erhaltung ihrer Rotation ein kurzer Drall bedingt wird, der umsomehr zur Wahl einer schwachen Pulverladung nöthigt, als die scharfe Einzwängung der Kugel schon nachtheilig auf den Rückstoss der Waffe wirkt. Verstösse gegen diesen Grundsatz konnten nur die Leistung der Waffe verschlechtern.

Rechnet man hiezu, dass die schnell verschleimende Waffe in Folge der Kammerconstruction auch schwer zu reinigen ist, so sieht man, dass die Elemente des Systems Delvigne den durch sie gewonnenen Vortheil eines bequemen und schnellen Ladens durch zahlreiche in ihnen liegende Mängel wieder beeinträchtigen.

Alle von Delvigne selbst und mehreren anderen französischen Offizieren, deren Name und Bemühungen später erwähnt werden sollen, angestellten Versuche, jene erkannten Mängel abzustellen, konnten demnach nur zu Palliativen, nicht zu einer völligen Beseitigung derselben führen.

Erwähnenswerth ist dabei aber, dass der spekulative Delvigne im Lauf seiner fortgesetzten Versuche auch die Idee fasste, Spitzgeschosse zu verwenden, welche zwar schon in früheren Zeiten bekannt, aber längst wieder in Vergessenheit gekommen waren.

Wenn es Delvigne nicht gelang, dem Spitzgeschoss bei seiner Waffe Geltung zu verschaffen, so lag dies weniger darin, dass dasselbe noch unvollkommen construirt war, als vielmehr in der durch den Obersten Thouvenin erfundenen Verbesserung des Systems der Geschossstauchung, wodurch Delvigne's Kammergewehr überhaupt verdrängt wurde.

Um unsern Lesern einen Ueberblick über die nach Delvigne'schem System construirten Waffen zu geben, welche sich in den Händen von Truppen befunden haben, stellen wir dieselbe und ihre Hauptdimensionen in der diesem Bande angehängten Tabelle zusammen. Aus den Dimensionen ergiebt sich dann leicht, bei welchen Gewehren das System mit den bei der Construction von gezogenen Waffen zu berücksichtigenden Gesichtspunkten am besten in Einklang gebracht worden ist.

Aus dem von uns Entwickelten wird bereits klar geworden sein, dass das System Delvigne's eine wesentliche, wahrhaft erspriessliche Verkleinerung des Kalibers nicht gestattet, somit also das Hauptelement der rationellen Gewehrverbesserung unanwendbar macht, denn möge man die Breite des Kammerrandes noch so sehr beschränken, so würde die Kammer dennoch zu eng ausfallen.

Die starke Verschleimung des Rohrs beeinträchtigt, wenn man, um bessere Schiessresultate zu erzielen, den ursprünglichen Spielraum des Geschosses möglichst verringert, die Leichtigkeit des Ladens, indem sie zu einer Vermehrung und Verstärkung der Ladestockstösse nöthigt. Aus diesem Grunde kann man das System nur auf kurze Gewehre anwenden, es ist also schon um deswillen zu einer Uebertragung auf alle Handfeuerwaffen nicht geeignet, wozu denn noch als weitere hindernde Gründe die complicirte und die Behandlung erschwerende Einrichtung des Laufes sich gesellt.

Trotz alledem aber ist das System von hoher Wichtigkeit gewesen, weil es den ersten radicalen Bruch mit der alten Pflasterladung bezeichnet und die beim Experimentiren mit der Kammerbüchse gemachten Erfahrungen die Gewehrtechnik im höchsten Grade förderten; Delvigne ist demnach als der Vater aller neueren Gewehrverbesserung zu betrachten, dem dafür unser voller Dank gebührt.

§. 163. *b.* System Thouvenin.
(Auch Thouvenin-Delvigne genannt.)

Zu den Offizieren, welche sich bemühten, das Delvigne'sche Kammersystem zu verbessern, gehörte auch der französische Artillerie-Oberst Thouvenin, welcher weniger darauf ausging, eine Verbesserung des Geschosses, als der Waffe selbst herbeizuführen. Mit

Recht erblickte er in der Kammer und den mit ihr zusammenhängenden Uebelständen die Schwäche des Systems, verwarf sie also und ersetzte, an dem Delvigne'schen Prinzip der Geschossstauchung festhaltend, den Kammerrand durch einen stählernen Dorn (tige) oder Stift, der, ungefähr halb so stark als der Kaliber des Rohrs, in der Art in den Kopftheil einer gewöhnlichen Blockschwanzschraube eingeschraubt wurde, dass seine Achse genau mit der Seelenachse zusammenfiel, und der so lang war, dass selbst, wenn das aufgesetzte Geschoss sich über ihn hinweg nach unten verlängerte, das Blei niemals das Pulver erreichen konnte, wie nebenstehende Fig. 158 zeigt.

Fig. 158

Auf diesen Dorn liess er die Kugel, welche er Anfangs auch als Geschoss seiner Waffe wählte, mit Spielraum hinabgleiten und stauchte sie dann wie Delvigne mittelst einiger Ladestockstösse fest, so dass sie sich nach den Seiten ausdehnen und an die Balken und in die Züge treten musste.

Man sieht hieraus zunächst, dass die Unterstützung der Kugel während ihrer Stauchung durch den Ladestock eine ungleich bessere ist, als die durch den Kammerrand herbeigeführte, denn erstere wirkt unter der Mitte und unterstützt eine viel grössere Fläche, als der schmale Kammerrand, der nur eine schmale Zone auf der Seite der Kugel hält, daher das Blei beim Stauchen weit eher nach unten in die Kammer auszuweichen strebt: die Ausbreitung des Bleis auf dem Dorn findet daher schneller, vollständiger und regelmässiger statt.

Wenngleich nun bei dieser also verbesserten Waffenconstruction die Kugel weniger abgeplattet wurde, als bei der Delvigne's, auch ihr Eintritt in die Züge leichter und vollkommener stattfand, als beim Kammergewehr, so entsprach die Wirkung der Waffe doch noch nicht den vom Erfinder gehegten Erwartungen, was einfach dem Umstande zuzuschreiben ist, dass die Geschossform ein Mal an ihren nun hinlänglich bekannten Mängeln litt, andererseits auch die gegossene Kugel in Folge der beim Beseitigen des Gusshalses entstehenden Fläche sich nicht immer günstig auf den Dorn setzte, demgemäss auch beim Ansetzen eine der Sicherheit des Schusses nachtheilige Formveränderung erlitt.

Oberst Thouvenin machte daher Versuche mit dem Spitzgeschoss Delvigne's und Minié's (davon später), welche ungleich günstiger ausfielen, sich aber zu sehr günstigen steigerten, als das Spitzgeschoss nach dem Vorschlag des Capitain Tamisier in nebenstehend dargestellter Weise ausgebildet, d. h. am cylindrischen massiven Untertheil mit 3 scharfen Kannellirungen oder Einkerbungen versehen wurde, welche, unter den stehen bleibenden kalibermässigen cylindrischen Streifen oder Ringen *r r* befindlich, die Reibung des forcirten Geschosses mit den Seelenwänden auf jene Ringe beschränken.

Fig. 159.

Hierdurch ward Thouvenin bewogen, jenes Geschoss seinem System einzuverleiben, welches sich demgemäss, wie Fig. 158 zeigt, durch den in den Boden der Seele geschraubten Dorn *n*, ein massives cylindro-ogirales Geschoss mit Kannelirungen und eine der Form der Geschossspitze entsprechende Aussenkung des Ladestockkopfes characterisirt; alle übrigen Einrichtungen der nach dem System eingerichteten Waffen harmoniren im Allgemeinen mit denen der gezogenen Percussionsgewehre auch anderer Systeme.

Prüfen wir nun auf dieser Grundlage das eigenthümliche Wesen des Thouvenin'schen Systems, so sehen wir vor Allem, dass die Ausdehnung des Geschosses eine ungleich mehr gesicherte, als bei Delvigne's Kammersystem, ja sogar eine völlig gesicherte ist, da der Dorn genau in der Mitte der Geschossbasis angreift und eine bedeutende Fläche derselben unterstützt, so dass das Blei, wenngleich es auch etwas nach unten über den Dorn ausweicht, doch hauptsächlich nach den Seiten ausweichen muss. Hierdurch aber wird sein Anschluss an die Seelenwände sicher und verhältnissmässig leicht gewonnen; ebenso leuchtet es ein, dass der zur Schonung der Pulverladung zwischen ihr und dem Geschoss nöthige leere Raum regelmässig gewonnen wird.

Die Kannellirungen des Geschosses vermindern ferner, indem sie zugleich gestatten, den zur Führung desselben bestimmten cylindrischen Theil verhältnissmässig lang zu machen, die Reibung des Geschosses mit den Seelenwänden zu Gunsten der Anfangsgeschwindigkeit, umsomehr, als die gewonnene sichere Führung auch eine Verlängerung des Dralls möglich macht; aus gleichem Grunde erlauben sie eine Reduction des ursprünglichen Spielraums, wodurch dann der Anschluss des Bleis an die Seelenwände schneller erreicht, also das Laden erleichtert wird; sie tragen ausserdem zur Reinigung des Rohrs bei, da sich der von den Ringen *r r* geschobene Pulverschleim zwischen ihnen festsetzen und so mit hinausgeschoben werden kann und bieten ein geeignetes Reservoir für eine das Geschoss umgebende Fettschicht, durch welche das Gleiten des Geschosses erleichtert, auch die Rohrwand geschmeidig erhalten wird.

Neben diesen augenscheinlichen Vortheilen zeigt das Dornsystem aber auch Mängel, welche selbst bei der richtigsten Bemessung der Constructionsverhältnisse nicht zu beseitigen sind. Dahin gehört vor Allem die Complicirung der Einrichtung durch das Hauptelement des Systems, den Dorn, welcher der so nothwendigen möglichsten Einfachheit der Kriegswaffe hindernd in den Weg tritt, denn nicht nur fügt er der Schwanzschraube ein neues Stück hinzu, sondern es kann auch seine richtige Stellung bei unvorsichtiger Behandlung des Gewehrs, ja selbst in Folge anhaltenden Gebrauchs gestört werden, der Dorn kann sich verbiegen oder wacklig werden, was dann natürlich auf das richtige Ansetzen des Geschosses und somit auf den Schuss nachtheilig einwirkt.

Ebenso erschwert der Dorn die gründliche Reinigung des Laufs in hohem Grade, da das ihn rings umgebende Pulver seinen Rückstand an ihn und die Wände des Pulversacks absetzt, daher beide Theile nur gereinigt werden können, indem man mit einem für den Dorn ausgehöhlten Wischer über den Dorn fährt, wodurch die Reinigung an und für sich schwierig auszuführen ist, und um so schwerer ausführbar wird im Gefecht oder überhaupt, wenn nur unvollkommene Mittel zur Verfügung stehen.

Wie bei der Ladeweise Delvigne's, so erhöht auch beim System Thouvenin die Stauchung den Rückstoss der Waffe durch die enge Form des Pulversacks und den hermetischen Abschluss des Rohrs vor der Pulverladung durch die balle forcée, was immer zur Wahl einer schwächern Ladung nöthigt.

Es ist ferner auch ein Nachtheil für die fortdauernde Gleichmässigkeit der Wirkung, dass dieselbe von dem genauen Innehalten eines bestimmten Maasses bei Abgabe der Ladestockstösse abhängig ist, und darf auch nicht übersehen werden, dass, da der Ladestock behufs Stauchung des Geschosses den unteren Theil der Geschossspitze fassen muss, sich an dieser Stelle ein Rand bildet, welcher die Ueberwindung des Luftwiderstandes benachtheiligt.

Sind dies Alles absolute Mängel, so müssen wir es endlich als einen relativen Nachtheil betrachten, dass die Ladeweise bei einem langen Infanteriegewehr Schwierigkeiten bereitet schon bei einer aufrechten Stellung des Mannes, in unbequemen Körperstellungen aber, wie sie im zerstreuten Gefecht vorkommen, im Liegen, Knieen etc. die Ladung gar nicht auszuführen ist, ohne dass der Mann die gewonnene Terraindeckung grossentheils aufgiebt, da eine richtige Führung des Ladestocks eine annähernd senkrechte Stellung des Laufes bedingt. Dies schliesst aber, verbunden mit den übrigen im System liegenden Mängeln, eine allgemeine Verwendung der Dorngewehre für die gesammte Infanterie aus, und blieben die dahin gerichteten Versuche deshalb auch ohne nachhaltigen Erfolg.

Für eine kürzere gezogene Waffe ergab dagegen das System Thouvenin eine sehr beachtenswerthe Verbesserung, deren Folge denn auch war, dass dasselbe fast in allen Armeen Europa's zur Anwendung gebracht wurde, und Waffen nach demselben noch jetzt theilweise im Gebrauch sind.

§. 164. Waffen Thouvenin'schen Systems.

(Stift-, Dorn-, Pickelgewehre — des armes portatives à tige).

Wenngleich die Zeit, in welcher Waffen des Thouvenin'schen Systems in allen grösseren und kleineren Heeren Europa's anzutreffen waren, uns noch nicht allzu fern liegt, da sie ungefähr die Jahre 1846 bis 1856 umfasst, so hat das System doch bereits in der Art an Bedeutung verloren, dass wir eine detaillirte Beschreibung jener Waffen jetzt nicht mehr für nothwendig erachten, sondern eine Uebersicht der hauptsächlichsten derselben in den angehängten Tabellen geben. Es geht daraus hervor, dass nicht nur ganz neue Gewehre nach jenem System gebaut, sondern auch vorhandene gezogene nach ihm umgeändert, ja selbst vorhandene glatte Gewehre in Dorngewehre umgewandelt wurden.

Letztere Maassregel entsprang dem Wunsche, das gezogene Gewehr auf möglichst billige Weise zum Gesammt-Eigenthum der Infanterie zu machen. Liess sich nun in der That die Umwandlung eines glatten Infanteriegewehrs in ein gezogenes Dorngewehr auf eine leidlich billige Weise ausführen, da zu dem Ende nur der Lauf gezogen, die Schwanzschraube mit dem Dorn versehen, Visir und Korn in einer der Leistungsfähigkeit des gezogenen Gewehrs angemessenen Weise verändert und endlich der Ladestock mit einem zur Anbringung der Aussenkung genügend starken Kopf versehen werden brauchte, so glauben wir doch bereits nachgewiesen zu haben, dass das Thouvenin'sche System für lange Gewehre der Masse der Infanterie nicht brauchbar ist, denn mag man sagen, was man. und mag man es anfangen, wie man wolle, so kann das Laden eines Dorngewehrs doch nie zu dem Grade von Schnelligkeit gebracht werden, welchen das geschlossene Feuergefecht der Linien-Infanterie verlangt.

Der Ladestock muss ein Mal unbedingt gewendet werden, es sind ferner mindestens 2 sorgsam und kräftig geführte Stösse mit demselben nothwendig, um das Geschoss selbst bei reinem Lauf genügend zu stauchen. Wächst aber bei fortgesetztem Schiessen die Verschleimung der Seele, vermindert sich mithin der Spielraum, der von vornherein sehr gering bemessen werden musste, so muss sogar das Geschoss mittelst des Ladestocks sehr kräftig niedergeschoben werden, ehe noch die Arbeit des Aufsetzens beginnt.

Rechnet man hiezu den bereits angeführten Umstand, dass ein langes Dorngewehr nicht in jeder Körperstellung zu laden ist, und die schwierige Behandlung des Gewehrs, so erhellt zur Genüge. dass ein Dorngewehr keine Waffe der Masse ist, für welche im Kriege das Einfachste immer noch nicht einfach genug ist.

Versuche, dasselbe zum Gemeingut der Infanterie zu machen, sind demnach nur ein interessanter Beitrag zur Geschichte der Fortentwicklung des gezogenen Infanteriegewehrs, verdienen aber sonst keine weitere Beachtung, weil sie nicht im richtigen Einklang mit den Forderungen der Taktik stehen.

Anders verhält es sich mit der kurzen Dornwaffe einer leichten und ausgesuchten Infanterie, deren Fechtart und intelligentere Mannschaft die in dem System liegenden Mängel leichter besiegen lassen, umsomehr, als die Kürze der Waffe die Elemente des Systems günstiger gestaltet.

Die ersten Kriegsgewehre Thouvenin'schen Systems wurden im Lande seiner Erfindung, in Frankreich, eingeführt, wo sie als „carabines à tige" oder Dornbüchsen im Jahre 1846 an Stelle der Delvigne'schen Kammerbüchsen traten, mit denen bis dahin die im Jahre 1840 errichteten Bataillone der chasseurs d'Orléans (jetzigen chasseurs à pied) bewaffnet gewesen waren. Diese Dornbüchsen, m/46, bilden theils noch jetzt die Bewaffnung der Fussjäger und Zouaven, sind daher von besonderm Interesse.

Wie aus der Tabelle erhellt, haben dieselben einen ziemlich langen Lauf von ca. 33″ und den französischen Flinten-, für ein gezogenes Gewehr also bedeutenden Kaliber von 0,68″ (17,8 mm). Die 4 Züge sind von progressiver Tiefe, die am Pulversack 0,019″ (0,5 mm), an der Mündung nur 0,011″ (0,3 mm) beträgt und haben einen Drall von 76″ (2 m) Länge.

Das Geschoss hat ohne Papierumhüllung circa 0,02″, mit dem es umgebenden Patronenpapier, welches, getalgt, mit geladen wird, ungefähr 0,01″ Spielraum, bei seinem bedeutenden Kaliber das bedeutende Gewicht von beinahe 3 Zollloth (47 gr.), daher die 4,5 gr. oder circa $\frac{1}{4}$ Loth wiegende Pulverladung nur $\frac{1}{10}$ des Geschossgewichts beträgt.

Knüpfen wir an diese Angaben einige Betrachtungen über die Verhältnisse der Waffe, so können wir zunächst im Einklang mit dem im §. 46 Entwickelten uns mit den Progressivzügen nicht einverstanden erklären, da sie nur dazu führen, dass das unten in sie eingestauchte Geschoss nach der Mündung hin sich immer mehr zusammendrücken muss, was die Reibung vermehrt und die Anfangsgeschwindigkeit vermindert, sie nützen also höchstens dann, wenn bei fortgesetztem Schiessen der untere Theil der Seelenwand sich stark mit Pulverschleim bedeckt und das Blei nicht mehr bis auf ihre Sohle dringt. Im Allgemeinen aber sind sie nachtheilig und heben die Vortheile des langen Dralls wieder auf, sie sind im vorliegenden Falle um so nachtheiliger, als die durch den grossen Kaliber und das schwere Geschoss bedingte relative schwache Pulverladung ersterem überhaupt nur eine mässige Anfangsgeschwindigkeit verleiht. Trotzdem man die Ladung im Verhältniss zum Geschossgewicht sehr gering bemessen hat (nur $\frac{1}{16}$ kugelschwer), ist sie dennoch absolut für das nur 8 Pfund schwere Gewehr stark und bewirkt im Verein mit der Stauchung des Geschosses einen erheblichen Rückstoss.

Die Nachtheile des grossen Kalibers treten also hier bei dem massiven Spitzgeschoss nach jeder Richtung hin zu Tage: geringe Anfangsgeschwindigkeit und ein bedeutender Querschnitt des Geschosses, mithin viel Luftwiderstand ergeben sehr gekrümmte Flugbahnen, wenig bestrichenen Raum, daher wenig reelle Trefffähigkeit auf Entfernungen, welche jenseits des Bereichs des Standvisirs liegen. Um so unbegreiflicher muss es erscheinen, dass man die Büchse mit einem Scalaschiebervisir versehen hat, dessen höchste Position einer Entfernung von über 1600 Schritt entspricht. Dass die Munition äusserst schwer, versteht sich nach dem Obigen von selbst, und liegt darin ein neuer Beweis dafür, dass die Umänderung glatter Infanteriegewehre vom Kaliber 17—18 mm nach Thouvenin'schem System, weil zu dem gleichen Missstand führend, unpraktisch ist.

Der einzige Vortheil, welchen der grosse Kaliber der französischen Stiftbüchse gewährt, und der eben ganz einseitig ist, liegt darin, dass der $\frac{1}{2}$ Kaliber starke Dorn dem Geschoss bei der Stauchung eine sehr umfangreiche Stützfläche bietet.

Erwähnen wollen wir bei dieser Gelegenheit noch, dass die französische Stiftbüchse gleich ihrer Vorgängerin, der Kammerbüchse, den in Fig. 145 dargestellten Bayonnetsäbel oder Yatagan behielt, welche Waffe sich seitdem auch in Deutschland Boden gewonnen hat. Dass, und warum wir davon nicht sehr erbaut sind, werden wir an einer andern Stelle nachweisen.

Von Frankreich aus verbreitete sich das Thouvenin'sche System schnell in die übrigen Armeen und wurde natürlich zunächst auf die Büchsen von Jägern und Scharfschützen übertragen, für welche es, wie wir nachgewiesen, eine erhebliche Verbesserung darbot, namentlich, wenn man es auf vorhandene Büchsen kleineren Kalibers übertrug, respective neue Büchsen kleinen Kalibers fertigte.

Es würde uns sehr weit führen, wollten wir alle jene Waffen

beschreiben, welche nach Kaliber, Zahl, Form und Drall der Züge, sowie in dem Arrangement des anderweitigen Details mannigfach von einander abweichen. Auch die Form der Geschosse war höchst mannigfach, da man in jeder Armee glaubte, durch irgend eine besondere Kleinigkeit besondere Vortheile zu gewinnen, während doch immer nur die Verhältnisse sich günstig geltend machen können, welche allein dem gezogenen Gewehr mit Spitzgeschoss eine reelle Leistungsfähigkeit und Kriegsbrauchbarkeit zu verleihen im Stande sind, d. h. Einfachheit der Waffe und kleines Kaliber als Grundlage des flachen bestreichenden Schusses.

Dabei ist nicht zu leugnen, dass es auch für das Thouvenin'sche System gewisse Constructionsverhältnisse giebt, welche dasselbe, so weit dies überhaupt möglich, in vortheilhaftester Weise ausbilden können, wie dies denn auch hie und da geschah.

Wir wollen uns hier begnügen, einen zusammenfassenden Ueberblick über die zur Anwendung gekommenen Einrichtungen zu geben, indem wir in Betreff des näheren Details auf die erläuternden Tabellen verweisen.

Was zunächst die Kaliber anbetrifft, so begegnen wir einer grossen Mannigfaltigkeit derselben innerhalb der Grenzen von 0,69" (circa 18 mm) — beim früheren preussischen Defensionsgewehr — bis hinab zu 0,53" (13,9 mm) bei der homburgischen Jägerbüchse, wonach sich denn die Verhältnisse des Gewichts von Geschoss und Pulverladung entsprechend ungünstiger und günstiger gestalten.

Der zuletzt genannte Kaliber von 0,53" erscheint schon als etwas zu klein für das System, da der Dorn, wenn er günstig wirken soll, mindestens halb so stark sein muss, als der Kaliber der Seele. Hierdurch aber verengt sich der Pulversack bei kleinem Kaliber in bedenklicher Weise, was bei fortgesetztem Schiessen und starker Verschleimung zu einer Verstopfung des Zündcanals führen kann, ebenso wird die Reinigung erschwert.

Es folgt hieraus zugleich, dass das Thouvenin'sche System eine Anwendung des günstigen kleinsten Kalibers nicht gestattet. Der beregte Umstand lässt gleichzeitig den Verschluss des Rohrs mittelst einer Blockschwanzschraube — wie z. B. beim früheren königlich sächsischen Jägergewehr, dessen Kaliber 0,56" = 14,7 mm betrug — günstiger als den mittelst Patentschwanzschraube erscheinen, welche sich bei mehreren ungeänderten und neuen Dorngewehren findet. — Die Lauflängen variiren zwischen 40″ und 10″ (Kolbenpistolen in Oldenburg und Hamburg). Wie wir schon nachgewiesen, ist das erstere Maass bei einem Feldgewehr des Systems zu bedeutend und lässt sich nur rechtfertigen, wenn die Waffe (wie in Preussen der Fall war) nur reinen Defensionszwecken dienen soll.

Die Lauflänge der noch existirenden bayrischen Jägerbüchse m/54 von 34″ erscheint als ein äusserstes zulässiges Maass für die richtige Führung des Ladestocks und erschwert dieselbe schon im Liegen und Knieen.

Die Zahl der Züge finden wir mit 2, 4, 5, 6, 7 und 8, bei neugefertigten Gewehren indessen überwiegend mit 4, so dass sich hierin schon ein Fortschritt zur Einfachheit kund giebt.

Die Länge des Dralls variirt zwischen 76″ und 36″, zeigt also einen durchgehenden Fortschritt gegen die alten Pflasterkugelbüchsen, was selbstredend der besseren Führung des Spitzgeschosses zuzuschreiben ist. Auch steht meistens die Länge des Dralls im richtigen Verhältniss zu der speziellen Form des Geschosses, d. h. je länger der cylindrische Theil des letzteren, also je sicherer seine Führung, desto länger ist der Drall, je kürzer die Führung des Geschosses, desto kürzer der Drall mit Rücksicht auf die nothwendige stärkere Umschwungskraft.

Verhältnissmässig wenig variirt die Tiefe der Züge, welche im Allgemeinen zwischen 0,015″ und 0,02″ liegt und letzteres Maass nur überschritt bei solchen Gewehren, welche schon früher gezogen waren; daneben finden wir die Tiefe gleichbleibend und progressiv nach der Mündung hin abnehmend, und letzteres im höchsten Grade bei der früheren französischen Stiftflinte (fusil à tige), deren Züge, am Pulversack 0,019″ tief, sich nach der Mündung hin fast vollständig in die Balken verliefen, wodurch man die geringe Eisenstärke an jener Stelle ausgleichen wollte. Auf das Unzulässige und Nachtheilige solcher Einrichtung ist zur Genüge hingewiesen worden.

Als die beste Combination in den Verhältnissen der Züge bei Dorngewehren erscheinen: 4 scharfe seichte Züge von 0,015″ gleichbleibender Tiefe mit einem Drall von $\frac{3}{4}$ Windung für die Länge des Rohrs. — Was die Verhältnisse des Dorns anbetrifft, so finden wir zunächst die Länge derselben bei gleichem Kaliber im Allgemeinen übereinstimmend, was darin seinen Grund hat, dass der hierbei bestimmende Grundsatz ein sehr fixirter ist, da einestheils zwischen dem aufgesetzten Geschoss und dem Pulver ein kleiner leerer Raum verbleiben muss, dieser andererseits aber nicht so bedeutend sein darf, dass bei wagerecht angeschlagenem Gewehr das Pulver aus dem Zündcanal laufen kann.

Weiter findet ein nothwendiges Wechselverhältniss zwischen der Länge und Stärke des Dorns statt: je stärker er ist, desto mehr verengt er den Raum für die Pulverladung, desto länger muss er also sein. Wir sehen also, dass in dieser Richtung ein stärkerer Kaliber einigen Vortheil bietet: der Dorn fällt kürzer aus und ist demgemäss weniger wandelbar, da er noch dazu absolut stark ist.

Fig. 160.

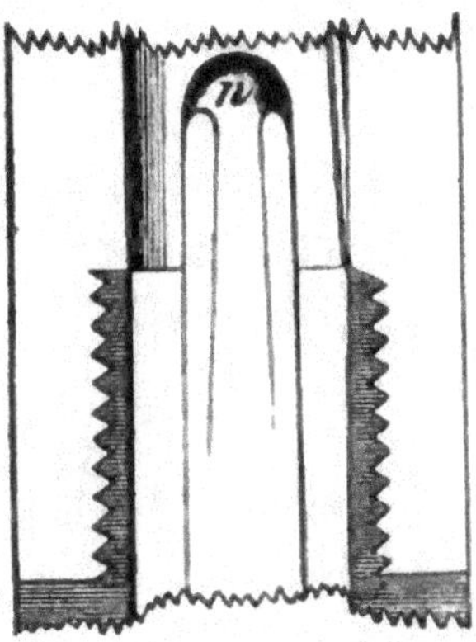

Die Form der Dorne ist theils rein cylindrisch, theils schwach conisch nach oben verjüngt. Letztere Form ist zweckmässig, wenn der Dorn überhaupt absolut stark ist, weil sie die Grundfläche vergrössert. Ebenso empfiehlt sich eine leichte Abrundung der Spitze, wie sie (Fig. 160) bei dem erst kürzlich dem preussischen Zündnadelgewehr gewichenen Mecklenburg-Schwerin'schen Infanteriegewehr vorhanden war, weil dadurch das Blei beim Stauchen excentrisch auseinander gedrängt und somit auch im oberen Theil des Cylindertheils leicht in die Züge gedrückt wird.

Fig. 161.

Gleichzeitig sollte durch diese Form die Anwendung der in Fig. 161 abgebildeten oldenburgischen Patrone ermöglicht werden, welche man zu dem Behuf in Oldenburg, Hannover etc. eingeführt hatte, um die Ladung der langen Dorngewehre zu erleichtern.

Um den Boden dieser Patrone noch leichter zu durchbrechen, war der Dorn der oldenburgischen Infanteriegewehre oben zugespitzt,

Fig. 162.

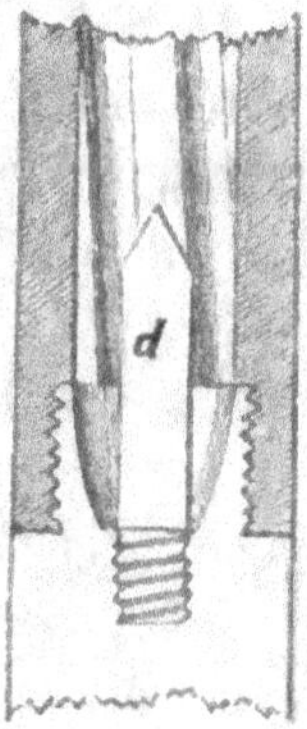

wie Fig. 162 zeigt, eine der sicheren Ausbreitung des Bleis nachtheilige Einrichtung.

Die Form jener Patrone zeigt die mit ihr verfolgte Absicht, ein gesondertes Einbringen des Geschosses zu umgehen, hinlänglich, doch ist es ebenso ersichtlich, dass dabei das vollständige Auslaufen des Pulvers nicht vollkommen sicher gestellt ist. Ausserdem quetscht sich das Hülsenpapier um den Dorn herum über dem Pulver zusammen, was die richtige Lagerung der Ladung beeinträchtigen kann, und ist ferner nicht die völlige Sicherheit vorhanden, dass nicht ein Mal ein Theil der Hülse am Geschoss hängen bleibt, was sehr ungünstig auf dessen Flug influirt. Vorzuziehen bleibt demnach immer eine Patrone, in welcher das Geschoss unter dem Pulver am Boden der Patrone sitzt, so dass nach dem Einbringen des Pulvers das über dem Geschoss sitzende Papier abgerissen werden kann. Der daraus erwachsende geringe Zeitverlust wird durch den Vortheil eines um so sichereren Schusses wieder ausgeglichen.

Ebenso mannigfaltig wie die Waffen selbst finden wir auch die Verhältnisse der zur Anwendung gebrachten Geschosse, deren Kaliber indessen meist in demselben Verhältniss zu dem des Rohrs steht, d. h. um circa 0,01" bis 0,02" geringer ist, je nachdem man dasselbe ohne oder mit Papierumhüllung ladet. Der Umstand, dass man da, wo man nothgedrungen (z. B. bei Umänderungen) Kaliberverschiedenheiten der Rohre gestatten musste, welche dem für den Normal-Kaliber bemessenen Geschoss wesentlich mehr als 0,01" Spielraum gegeben haben würden, sich dazu entschloss, mehrere Geschossnummern zu führen, respective bei Jäger- und Scharfschützentruppen jeder Büchse wie früher ihre besondere Geschossform zu belassen, beweist zur Genüge, dass das System Thouvenin empfindlich gegen selbst mässige Kaliber-, also Spielraums-Verschiedenheiten ist, was stets gegen die allgemeine Kriegsbrauchbarkeit zeugt.

Zu bemerken ist hierbei noch, dass es für Geschosse von Dorngewehren zweckmässig ist, wenn, wie Fig. 163 an dem Mecklenburger Geschoss zeigt, die unteren Reifen des Cylinders etwas schwächer im Kaliber gehalten werden, als der die Basis der Spitze

Fig. 163

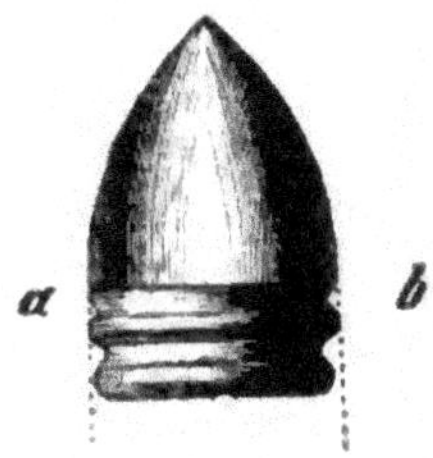

bildende Kreis, dessen Spielraum man dann sehr gering halten kann. Hierdurch gewinnt man den Vortheil, dass sich das Geschoss ohne starke Reibung beim Laden sicher an den Seelenwänden führt und sich central auf den Dorn setzt, demgemäss die sichere Stauchung und ebenso die Führung begünstigt, da nun um so sicherer zu erwarten ist, dass auch der Umfang bei *a b* vollkommen in die Züge gestaucht wird.

Die gemachten Angaben und Erörterungen dürften genügen, um nicht nur die in der Tabelle näher berücksichtigten Gewehre in Betreff der Zweckmässigkeit ihrer Detail-Einrichtungen zu beurtheilen, sondern auch das Gesammturtheil über das System zu begründen, und wollen wir daher unsern Leser nicht mit einer Abbildung sämmtlicher gewesenen und noch existirenden Geschosse und mit Angabe ihrer Dimensionen etc. langweilen. Wer sich dafür besonders interessirt, findet hinlänglichen Aufschluss in Schön's: „Das gezogene Infanteriegewehr", und Schmölzl's: „Ergänzungswaffenlehre", 2 Büchern, deren Kenntniss wir wohl voraussetzen können. Wir unsererseits werden in dem letzten Abschnitt ein übersichtliches Tableau zu geben Gelegenheit finden.

§. 165. Da das System Thouvenin aus den von uns entwickelten Gründen auf dem Punkt steht, aus der Reihe der bei gezogenen Kriegshandfeuerwaffen angewandten Systeme zu verschwinden, so ist es natürlich schwierig, zur Zeit mit vollster Bestimmtheit anzugeben, welche der in der Tabelle aufgeführten Waffen effectiv noch im Gebrauch sind.

Eine längere Existenz scheint denselben noch in Frankreich bestimmt zu sein, wo, wie wir sehen, Fussjäger und Zuaven noch immer die carabine à tige führen, welche aber bei der Garde auch schon einer carabine sans tige, also einer Minié-Büchse gewichen ist. Ausserdem ist die Fussartillerie mit einem Stift-Karabiner (mousqueton à tige) bewaffnet.

In Deutschland sind die bairischen Jäger noch mit der Dornbüchse m/54 bewaffnet, deren Geschoss wir deshalb der Vollständigkeit wegen hier abbilden. Auffallend ist bei dieser Büchse der

Fig. 164.

starke Kaliber, in Folge dessen denn auch das Geschoss so schwer ausfällt, dass die Pulverladung nur $\frac{1}{9}$ seines Gewichts beträgt. Dies ungünstige Verhältniss muss naturgemäss sehr gekrümmte Flugbahnen ergeben, daher die (nach Schmölzl) bis 1000 Schritt reichende Visirvorrichtung keine reelle Ausnutzung zulassen.

Jedenfalls ist auch die geringe Anfangsgeschwindigkeit des Geschosses die Veranlassung dazu, dass man das Visir (Fig. 46) mit einer Vorrichtung zur Correctur der Derivation versehen hat, da, wie später zu zeigen, jene Rechtsabweichung bei grosser Anfangsgeschwindigkeit der Geschosse auf ein Maass reduzirt wird, dessen Correctur überflüssig erscheinen muss. Wir werden später eingehend auf diesen Gegenstand zurückkommen.

Da die bairische Infanterie neuerdings durchweg mit gezogenen Gewehren nach dem System Podewils und von österreichischem Kaliber ausgerüstet worden ist, resp. wird, so lässt sich vermuthen, dass auch in der Bewaffnung der Jäger-Bataillone eine entsprechende Veränderung sich vollziehen werde.

Ausser in Bayern sind Dorngewehre, abgesehen von Hannover, auf dessen Bewaffnung wir sogleich noch eingehen werden, namentlich in den Staaten des 10. deutschen Bundescorps vertreten, welche Zündnadelwaffen noch nicht, resp. noch nicht für alle Truppen eingeführt haben, so in Oldenburg, Mecklenburg, Hamburg bei der Cavallerie, in Braunschweig noch bei dem Infanterie-Regiment (die durch Umänderung der früheren Berner'schen Ovalgewehre erzeugten Dorngewehre). Die schönen Dorngewehre der vormaligen schleswig-holstein'schen Jägercorps sind natürlich im Jahre 1850 in die Hände der Dänen übergegangen, welche sie schwerlich vernichtet haben, sie also wohl noch gebrauchen werden; auch führt die dänische Cavallerie noch Stift-Karabiner.

In Hannover wurden seit dem Jahre 1851 durch Umänderung der früher schon erwähnten gezogenen 7 zügigen Infanteriegewehre, seit 1854 durch Neufertigung, welche in kurzer Zeit abgeschlossen sein wird, Dorngewehre, Pickelgewehre genannt, nach und nach für die gesammte Infanterie beschafft, ebenso Pickelbüchsen für die Unteroffiziere der leichten Infanterie und Pickel-Karabiner für die

Pioniere, alle von dem gleichen Kaliber 0,62" oder 16 mm. Diese sehr schönen und in Betreff mancher Details recht zweckmässig eingerichteten Waffen (vergleiche den zweiten Abschnitt) sind zur Zeit nicht mehr als Dorngewehre im Sinne des Thouvenin'schen Systems zu betrachten, da sie bereits seit mehreren Jahren an Stelle des massiven auf Stauchung berechneten Geschosses ein solches nach dem später zu besprechenden Compressionssystem erhalten haben.

Der Dorn hat demgemäss nicht mehr den Zweck, bei der Stauchung mitzuwirken, sondern lediglich den, das lose aufgesetzte Geschoss stets von der Pulverladung entfernt zu halten, respective die Anwendung der in Fig. 161 dargestellten oldenburgischen Patrone zu ermöglichen. Beide Zwecke sind jedenfalls durch die mit dem Dorn verbundenen Nachtheile zu theuer erkauft, und würde eine Entfernung des überflüssig gewordenen Pickels eine reelle Verbesserung der Waffen sein.

Zu derselben Kategorie von Waffen gehört der österreichische Jägerstutzen No. I., dessen Schwanzschraube ebenfalls mit einem Dorn versehen ist, während dasselbe Compressionsgeschoss, wie bei allen österreichischen gezogenen Gewehren, aus ihm geschossen wird. Wir erwähnen dies ausdrücklich, weil die Waffe in Schmölzl's Ergänzungswaffenlehre, 2. Aufl., S. 26, als „österreichischer Dornstutzen“ unter den Waffen Thouvenin'schen Systems aufgeführt ist, was zu Verwirrungen Anlass geben könnte.

§. 166. Nach dem, was wir begründend über den absoluten Werth des Systems Thouvenin angeführt haben, wird es überflüssig sein, nochmals im Zusammenhange die Verhältnisse anzugeben, welche den Dorngewehren zu geben sind, um sie so vollkommen als möglich herzustellen, da sie ihre Bedeutung für die Zukunft verloren haben, und sei es deshalb nur nochmals ausgesprochen, dass, wenngleich das besprochene System sehr viel für die Vervollkommnung und Verbreitung der gezogenen Kriegshandfeuerwaffen genützt hat, es aber doch nicht im Stande war, letztere zur ausschliesslichen Waffe der gesammten Infanterie zu erheben, da, wie hinlänglich erörtert, in dem System nicht nur absolute Mängel für die Verwendung im Kriege vorhanden sind, sondern auch der relative Fehler vorliegt, dass eine Dornwaffe, wenn die Mängel des

Systems nicht direct nachtheilig wirken sollen, so kurz gehalten werden muss, dass man sie einer Linien-Infanterie nicht geben kann.

3. Das System der Expansionsgeschosse.

§. 167. Geben wir zunächst wieder eine allgemein gültige Charakteristik dieses höchst mannigfach ausgebildeten Systems, so finden wir Folgendes.

Das Gewehr wird von der Mündung aus geladen, sein Lauf ist ganz einfach construirt, das Rohr gezogen und durch eine gewöhnliche Block- oder eine Patentschwanzschraube geschlossen, was für die Sache ganz gleichgültig ist.

Das Spitzgeschoss ist in seinem hinteren cylindrischen Theil mit einer Aushöhlung versehen, deren Verhältnisse, abgesehen von allen Spezialitäten, so bemessen sind, dass die sie umgebenden Bleiwände sich durch die Expansionskraft der beim Abfeuern des Gewehrs entwickelten Pulvergase bis zum Anschluss an Balken und Züge ausdehnen, aber nicht zerreissen können; der ursprüngliche Spielraum des Geschosses ist so bemessen, dass sich dasselbe bequem ladet, andererseits aber in solchen Grenzen gehalten, dass die Arbeitsleistung der expandirenden Gase ihn durch Ausdehnung des Geschosses vollständig aufheben kann.

Demgemäss braucht der Ladestock nur zum Niederschieben des Geschosses bis auf die Pulverladung verwendet zu werden, worauf beim Abfeuern des Gewehrs die Expansionskraft der Pulvergase im Verein mit der Construction des Geschosses jene Functionen übernimmt, welche wir beim System der Geschossstauchung der kräftigen Einwirkung des Ladestocks im Verein mit der passiven Gegenleistung des unteren Widerstandes — Kammerrand oder Dorn — übertragen sehen, und wird hieraus auf den ersten Blick klar, dass das System der Expansionsgeschosse den Berner'schen Gedanken wirklich verkörpert, da die Waffe, von einfachster, von der der Muskete nur durch die Züge verschiedener Construction, sich leicht wie eine Muskete ladet und erst im Moment des Abfeuerns die Leistungen des gezogenen Gewehrs entwickelt, d. h. sich als Büchse abschiesst.

Hiermit ist aber zu gleicher Zeit bewiesen, dass das System die gezogene Handfeuerwaffe auf einen Grad der Vollkommenheit bringt, welche ihre allgemeine Verwendung für den Kriegsgebrauch möglich macht.

§. 168.

Entstehung und erste Entwicklung des Systems.

Angeregt durch Delvigne's verdienstvolle Bemühungen auf dem Gebiet der Handfeuerwaffentechnik suchte auch der französische Capitain Minié des Ersteren System durch eine günstigere Construction des Geschosses zu verbessern. Den Anlass dazu gab ihm eine Entdeckung, welche Delvigne selbst beim Experimentiren mit einem im cylindrischen Theil etwas ausgehöhlten Spitzgeschoss gemacht hatte und deren Wesen er in einem von ihm herausgegebenen Schriftchen: „sur l'emploi et les effets des projectils cylindro-coniques évidés. Extrait du spectateur militaire, cahier d'août 1849" entwickelt. Wir heben daraus nur hervor, dass Delvigne die Erfahrung machte, dass die in die Höhlung seines Geschosses eindringenden Pulvergase zuweilen dessen Wände ausdehnten und dann dazu beitrugen, das Blei in die Züge zu drücken; nur gelang es ihm nicht, die Gewalt des Pulvers genügend zu beherrschen, um aus dieser Erscheinung Nutzen zu ziehen.

Der Grund dafür lag einfach darin, dass die Wände seines Geschosses im Verhältniss zu dem grossen Kaliber zu stark waren, vor Allem aber vertrug sich die Höhlung nicht mit dem System der Stauchung, und erzielte daher auch Minié mit seinem nebenstehend abgebildeten ausgehöhlten Geschoss, wenngleich dasselbe bereits günstigere Constructionsverhältnisse zeigt, keine guten Resultate, da er dasselbe in dem Kammergewehr verwandte.

Fig. 165.

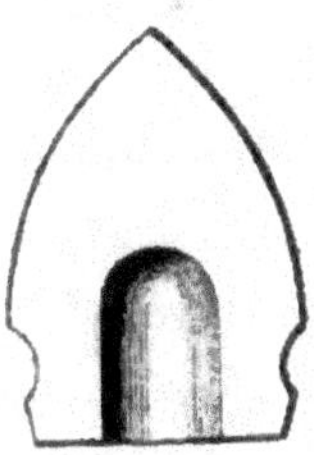

Trotzdem verfolgte er die Idee weiter, auch nachdem Thouvenin's System bereits Boden gewonnen hatte, und fand endlich ein Mittel, die Kraft des Pulvers zur Ausdehnung eines ausgehöhlten Geschosses zu verwerthen, ohne dasselbe zu zerreissen, in einem Mittelgliede, einem Treibspiegel oder culot, wogegen er von der Geschossstauchung gänzlich Abstand nahm, also die Kammer fallen liess.

Wenngleich daher der leitende Gedanke für diese Construction von Delvigne ausgeht, so ersieht man doch, dass Minié etwas vollständig Originelles schuf, daher sein System einfach nach ihm, und nicht, wie es wohl zuweilen geschehen, System Minié-Delvigne zu nennen ist, eine Bezeichnung, welche nur zu Begriffsverwirrungen Anlass giebt und daher vermieden werden muss.

a. System der Expansion mit Treibspiegel.

System Minié.

Fig. 166.

Fig. 167.

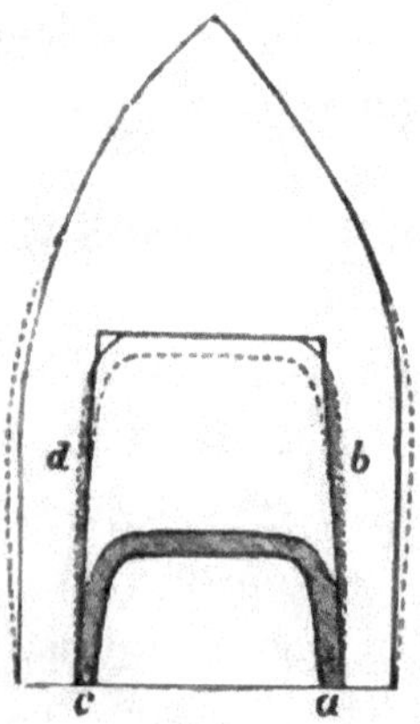

§. 169. Die nebenstehende Fig. 166 veranschaulicht die Geschossconstruction Minié's. Das Geschoss ist demnach mit einer von seiner Basis aus nach oben sich verjüngenden conischen Höhlung *b* versehen, welche bis in die Spitze hineinreicht. In den unteren Theil des Hohlraums ist ein Treibspiegel, culot, von schwachem Eisenblech in Gestalt eines Hütchens oder umgestülpten Näpfchens eingepresst, so dass er sich genau an die Wände der Höhlung anschliesst. Diesem äusserlich am cylindrischen Theil mit Cannelirungen versehenen Geschoss gab Minié für das Rohr der französischen Stiftbüchse, welche er nur durch Entfernung des Dorns für seine Zwecke umänderte, einen um 1 mm = 0,038" geringeren Durchmesser, so dass dasselbe, indem es mit einer Papierumhüllung geladen wurde, einen anfänglichen Spielraum von circa 0,03" besass, mithin ungemein leicht bis auf das Pulver niedergeschoben werden konnte, selbst bei verschleimten Seelenwänden.

Der Vorgang beim Abfeuern ist demgemäss der, dass die sich entwickelnden Gase, bevor sie das Beharrungsvermögen des Geschosses überwunden, d. h. dasselbe in Bewegung gesetzt haben, den ungleich leichteren culot in Bewegung setzen und in der Höhlung des Geschosses vorwärts treiben, so dass derselbe, wie Fig. 167 veranschaulicht, mit seinem grössten Umfang in der Richtung der Parallelen *a b* und *c d* vorrücken und also die Bleiwände um so viel auseinander treiben muss, als er Raum beansprucht, wodurch sich das Blei an Balken und Züge anschliesst.

Die Erfahrung lehrt, dass dieser Prozess beendigt ist, bevor die Pulvergase das Geschoss in Bewegung gesetzt haben, resp. um ein fast unmessbares Zeittheilchen später, wie dadurch bewiesen wird, dass das Geschoss auch dann noch die Abdrücke der Züge zeigt, wenn man das Rohr so weit verkürzt, dass die Spitze mit der Mündung abschneidet, was nicht der Fall sein könnte, wenn die Expansion nicht sofort einträte, weil die höchste Expansion der Gase in dem Moment abschliesst, in welchem das Geschoss selbst sich in Bewegung setzt.

Letzteres nimmt also, der Windung der Züge folgend, die erstrebte Rotation um die Längenachse auf, verwerthet mithin die Züge in einfachster Weise, der culot gestattet eine derartige Schwächung der Bleiwände, dass deren Expansion gesichert ist, und giebt gleichzeitig dem Geschoss die nöthige Festigkeit, deren es für den Transport bedarf.

Gleichzeitig liegen in der Geschossconstruction Elemente, welche günstig auf die Construction der Waffe und die Bewegung des Geschosses einwirken.

Zunächst nämlich bedingt die Höhlung einen verhältnissmässig langen Cylindertheil, der, wie wir bereits mehrfach hervorhoben, eine sichere Führung des Projectils im Rohr bewirkt, und, wenn man ihn mit Cannellirungen versieht, dennoch keine starke Reibung erzeugt. In Folge dessen kann der Drall der Züge eine bedeutende Länge erhalten, was nach unsern früheren Entwicklungen vortheilhaft für die Anfangsgeschwindigkeit und somit die Flachheit der Flugbahn ist. Ferner führt das Geschoss, welches von vornherein den Seelenwänden genau angeschlossen ist, den an letzteren hängenden Pulverschleim mit hinaus, erhält somit die Wände rein und die fortgesetzte Leichtigkeit des Ladens. Die einfache Construction der Waffe erleichtert ihre Instandhaltung Seitens des Soldaten, die Führung des Ladestocks, der nur zum Niederschieben des Geschosses bis auf's Pulver verwendet werden braucht, ist mit keinerlei Schwierigkeiten verbunden, daher sich auch ein langes Gewehr dieses Systems im Knieen und Liegen laden lässt.

Man ersieht aus allen diesen Umständen, dass in dem Minié-Gewehr eine durchaus und allgemein brauchbare gezogene Kriegshandfeuerwaffe gewonnen war, und deshalb hat auch Minié's

System den grossen Fortschritt in der Bewaffnung der Infanterie, den Uebergang vom glatten zum gezogenen Gewehr, zum grössten Theil bewirkt, denn nicht nur ergab das System bei Neufertigungen vorzügliche Infanteriegewehre, sondern es liess sich auch in bester Weise auf jedes vorhandene gezogene Gewehr übertragen, dessen Constructionsverhältnisse nicht gerade dem System zuwiderlaufen, und ebenso, was viel mehr sagen will, ohne wesentliche Kosten auf jedes glatte Gewehr. Dieser letztere Umstand aber musste besonders schwer wiegen in jener Periode, da der Krimmkrieg zu der Ueberzeugung geführt hatte, dass eine allgemeine Bewaffnung der Infanterie mit gezogenen Gewehren äusserst wünschenswerth sei und man doch naturgemäss nicht im Stande war, mit einem Schlage Hunderttausende neuer Gewehre hervorzuzaubern. Da kam nun Minie's Erfindung trefflich zu statten, denn es ist klar, dass man, um aus einem glatten Gewehr ein Minié-Gewehr zu machen, in der Hauptsache nichts weiter nöthig hat, als das Rohr zu ziehen, die Visirung in einer der erhöhten Leistungsfähigkeit der Waffe angemessenen Weise zu verbessern und die Munition zu ändern.

Wie sehr diese günstigen Verhältnisse die Verbreitung des gezogenen Infanteriegewehrs gefördert haben, wird aus der folgenden Darstellung erhellen.

Waffen nach dem Minié'schen System.

§. 170. Wenngleich der Verfasser bereits im Jahre 1855 eine kleinere Schrift unter dem Titel: „Das Minié-Gewehr und seine Bedeutung für den Kriegsgebrauch", herausgab, in welcher er die Entwicklung und Verbreitung des Systems bis zu jener Zeit darstellte, so will er sich doch nicht erlauben, dieselbe bei seinen Lesern als bekannt vorauszusetzen und auf sie zu verweisen, sondern der Vollständigkeit wegen einen zusammenhängenden Ueberblick geben, soweit das überhaupt möglich ist in einer Zeit, in welcher man fast noch nirgends zu einem ganz sichern Abschluss in der Technik der Handfeuerwaffen gelangt ist, in der man fortgesetzt zu bessern sucht, und morgen nicht mehr gilt, was heute war. Daneben ist zu berücksichtigen, dass mit dem Ausspruch der Einführung eines neuen Modells dieselbe noch keineswegs in's Leben tritt, da die älteren

Waffen aufgebraucht werden müssen, bis die neuen in genügender Zahl gefertigt sind und daher mit und neben den neuen herlaufen.

Herr W. v. Plönnies, der Verfasser der rühmlichst bekannten und allseitig anerkannten „Neuen Studien über die gezogene Feuerwaffe der Infanterie", hat sehr Recht, wenn er nichts hält von „jener mühevollen und unzuverlässigen Statistik, welche sich vergeblich abquält, die rasch wechselnden Gestalten aller europäischen Projectile bis in's letzte Detail zu fixiren". Der Versuch dazu ist eine Sisyphus-Arbeit, und da weder der Verfasser noch seine geehrten Leser sich eines Verbrechens schuldig gemacht haben dürften, welches sie zu der quälenden Unterhaltung jenes Biedermanns verdammte, so wollen wir sie uns nicht bereiten. Der Verfasser wird sich daher bemühen, eine möglichst summarische Schilderung der stattgehabten Entwicklung und Verbreitung zunächst des reinen Systems Minié zu geben und seinem System getreu alles langweilende Detail von Maassen und Zahlen so weit möglich der angehängten Tabelle überweisen, denn es handelt sich ja doch hauptsächlich um das Herausheben der charakteristischen Verhältnisse behufs möglichst vollständiger Beleuchtung des Systems und Erkennung der wahrhaft nutzbringenden Elemente.

Wie schon erwähnt, experimentirte Minié mit seinem culot-Geschoss zuerst unter Zugrundelegung der französischen Stiftbüchse, welche er durch Entfernung des Dorns für seine Zwecke herrichtete, und auf Grund der dabei gewonnenen günstigen Resultate liess die französische Regierung im Jahre 1849 4000 Stück glatte Infanterie-Gewehre m/42 nach Minié'schem System umändern, welchen man wegen ihrer Leistungen den vielsagenden Namen fusils de précision gab. — Diese Gewehre vom französischen Flinten-Kaliber 18 mm oder 0,684" erhielten 4 Züge, deren Tiefe genau so wie bei der Stiftbüchse (vergl. §. 164) progressiv nach der Mündung hin abnahm und mit einem Drall von 76", dazu ein Geschoss von nebenstehender Form, dessen Kaliber 17,2 mm = 0,654", dessen Gewicht 47,5 gr. = 2,85 Loth, während die verwendete Pulverladung 5 gr. oder 0,30 Loth betrug.

Fig. 168.

Betrachten wir auf Grund dieser Verhältnisse, welche uns als die der ersten Minié-Gewehre besonders interessiren müssen, jene fusils de précision, so kann es uns eigentlich nicht überraschen, dass das System gerade in Frankreich längere Zeit keinen Boden gewann, da es um die gerühmte précision nicht sonderlich bestellt gewesen sein kann.

Zunächst ist nämlich die progressive Tiefe der Züge mit dem Expansionssystem ganz unverträglich, denn das Geschoss, welches expandirend im Pulversack bis auf die tiefe Sohle der Züge gedrückt wird, und in dessen Hohlraum sich die ausdehnende Spannung der Pulvergase in gewissem Grade auch bei der Vorwärtsbewegung geltend macht, erfährt fortgesetzt eine stärkere Reibung an den Seelenwänden und eine Formveränderung von aussen her, welche eine Verzerrung herbeiführen muss, die nur nachtheilig auf seine Bewegung wirken kann, in jedem Falle aber die Anfangsgeschwindigkeit wesentlich reduziren muss. Die Verzerrung des Geschosses wird um so stärker, wenn, was nach unsern früheren Entwicklungen sehr leicht möglich, die progressive Abnahme der Tiefe nicht in allen Zügen genau gleich ist.

Sehen wir uns ferner das Geschoss an, so finden wir, dass dasselbe einen ursprünglichen Spielraum von 0,03″, also mit Papierumhüllung von mindestens 0,02″ hat. Wenn dies nun auch an und für sich kein der Expansion direct ungünstiges Maass ist, so tritt doch hier der Umstand ein, dass die Züge unten 0,02″ tief sind, so dass, da sich bei der Zahl 4 je 2 derselben genau gegenüber liegen, dass Geschoss, um ihre Sohlen zu erreichen, um 0,02″ + 2 . 0,02″, im Ganzen also um 0,06″ in diametraler Richtung expandiren muss, und das ist sehr bedeutend. Ist demnach das Blei nicht zufällig sehr weich und dehnbar, so wird das Forcement desselben gar nicht vollständig erreicht, es dringen Pulvergase durch den Spielraum neben dem Geschoss vorbei und irritiren um so mehr seine Rotation um die Längenachse.

Setzen wir aber den Fall, dass der Anschluss des Bleis vollständig erreicht werde, so tritt in Folge der progressiven Abnahme der Zugtiefe der andere Uebelstand ein, dass die massive Spitze des Geschosses in Folge ihres Beharrungsvermögens die empfangene Anfangsgeschwindigkeit beizubehalten strebt, während der cylindrische Theil des Geschosses durch die immer stärker werdende Reibung an den Seelenwänden in seiner Fortbewegung aufgehalten wird. Ist nun in Folge von Gussfehlern der Zusammenhang zwischen Spitze und Wänden nicht ganz solide, so reisst die erstere ab, die Pulvergase brechen durch den Hohlraum nach vorn durch und pressen den Cylindertheil mit enormer Gewalt an die Seelenwände, so dass er als ein das fernere Laden verhindernder Bleiring in ihnen sitzen bleibt. Weiter ist die Form des culot nicht günstig. Derselbe ist zu niedrig, hat keine hinlänglich lange Berührung mit den Wänden des Hohlraums, schlägt in Folge dessen leicht um und das Geschoss wird gar nicht expandirt, erhält also auch nicht die erstrebte Rotation und schlägt demgemäss ausserhalb des Rohrs eine ganz unberechenbare Bahn ein.

Es wird hieraus klar, dass jene ersten Präcisionsgewehre keine sicheren und durchaus günstigen Resultate liefern konnten, da die fehlerhaft gewählten Verhältnisse von Waffe und Geschoss sowohl zu einem öfteren Zerreissen des letzteren, als auch zum Verlust der Rotation um die Längenachse, also zu sogenannten Brummern, Anlass gaben. Auch reduzirten, wie wir nachwiesen, die Progressivzüge die Anfangsgeschwindigkeit und somit die Flachheit der Flugbahn des Geschosses.

Aber neben diesen Mängeln, welche den völlig sichern Schuss von dem nothwendigen Zusammentreffen mehrerer begünstigender Umstände abhängig machten, zeigte die Waffe doch auch hinlänglich die vortrefflichen Eigenschaften des Systems.

Das Laden ging leicht von Statten; das Geschoss, obgleich durch seinen langen Cylinder von bedeutender Totallänge, wog dennoch Dank der Höhlung nur so viel als das kürzere Vollgeschoss der Dornbüchse, und ausserdem konnte man die Ladung ohne Vermehrung des Rückstosses verstärken, weil das Geschoss von vornherein lose auf dem Pulver sass und die Spannung der Gase nicht wie bei der Dornbüchse durch das fest aufgekeilte Geschoss unmässig gesteigert wurde.

Ebenso wurde das Geschoss nicht deformirt, wie es bei der Stauchung immer der Fall ist.

Alle diese Umstände waren ganz geeignet, den Werth des neuen Systems augenfällig zu machen und zu seiner weiteren Verbreitung zu führen, wobei es von vornherein leicht erschien, die vorhandenen Fehler zu beseitigen, was denn auch nach und nach mit dem besten Erfolg in anderen Armeen gelang.

Die erste Adoptirung des Minié'schen Systems fand in England im Jahre 1851 statt; man änderte theils glatte Gewehre des englischen grossen Kalibers um, theils baute man neue desselben Kalibers. Beide aber konnten, wenngleich man den Spielraum des Geschosses (Fig. 169) auf 0,01" reduzirte, auch nichts Vorzügliches leisten, da man ihre Verhältnisse denen der ersten französischen Minié-Gewehre gleich gestaltete. Ausserdem ist die äussere conische Form des Geschosses ungünstig, weil sie zu einem Schiefstellen desselben führt und ebenso leidet die Form des culot an den bereits hervorgehobenen Fehlern; sie führt zu einem häufigen Umschlagen desselben, mithin zu mangelhafter Expansion. Der gänzliche Mangel an Cannellirungen begünstigt zwar die vortheilhafte Herstellung der Geschosse durch Prägung, erhöht aber bei dem grossen Kaliber die Reibung zu sehr.

Fig 169.

Günstig dagegen ist die obere Rundung des Hohlraums, welche die Verbindung zwischen Geschossspitze und Wänden solider gestaltet, also dem Abreissen ersterer begegnet; die massige, fast sphärische Form der Spitze bringt zwar den Schwerpunkt mehr nach vorn, wodurch die Vorwärtsbewegung des Geschosskörpers zu Gunsten der Expansion später eintritt, ist aber der Ueberwindung des Luftwiderstandes nicht günstig.

Natürlich konnten diese Uebelstände nicht unerkannt bleiben, und wurde daher auch schon im Jahre 1852 jenes Geschoss mit einem andern vertauscht, welches einen cylindrischen, aber auch ganz glatten Untertheil und eine annähernd ogivale Spitze hatte, und welches sich in dem angeführten Plönnies'schen Werke Seite 58, Fig. 22, abgebildet findet.

In Frankreichs Nachbarlande Belgien, wo man seit Delvigne's Erfindung allen Phasen der französischen Bewaffnung gefolgt war, änderte man auch schon im Jahre 1852 die glatten Infanteriegewehre in Minié-Gewehre um, hatte aber, da man dem ersten Geschoss, wenngleich günstige Cannellirungen, doch einen sehr nie-

Fig. 170.

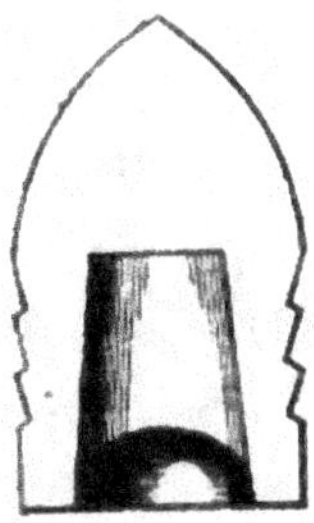

drigen culot und dem Gewehr 4 Progressivzüge gab, mit denselben Uebelständen wie in Frankreich zu kämpfen, daher man auch später, wie wir sehen werden, das Geschoss änderte.

In demselben Jahre führte man in Spanien Minié-Gewehre zunächst bei der leichten Infanterie ein. Diese neu gefertigten Gewehre erhielten den Kaliber von 0,58", welcher nach damaliger Auffassung schon als klein zu betrachten und in der That auch schon recht vortheilhaft war; dagegen aber gab man dem Geschoss einen zu grossen Spielraum, einen niedrigen halbkugelförmig gerundeten, also schlecht construirten culot, der Geschossspitze eine Abstumpfung und hob so die Vortheile des kleineren Kalibers wieder auf. Natürlich ist das Alles später verbessert worden.

Haben wir also bis hieher gesehen, dass man die Minié-Gewehre durch zu enges Festhalten an den von Minié zuerst gewählten Verhältnissen noch nicht auf die Höhe ihrer Leistung gebracht hatte, so begegnen wir dagegen der erfreulichen Erscheinung, dass es von nun ab deutscher Gründlichkeit gelang, die gesunden Elemente des Minié-Systems in harmonischen Einklang zu bringen und dadurch Waffen von durchaus genügenden Eigenschaften und vortrefflichen Leistungen zu erzeugen.

Baden hat das Verdienst, dem Minié-System bei der deutschen Infanterie ausgedehnten Eingang verschafft zu haben, indem es zuerst auf Grund gründlicher, seit 1852 betriebener Versuche, glatte Infanteriegewehre nach jenem System umänderte und neue Gewehre beschaffte, deren rationell gewählte Einrichtungen vielfach als Muster dienten und zur Nachfolge aufforderten.

Die Umänderung, Anfangs nur bei den glatten Gewehren der Füsilierbataillone und den glatten Karabinern der Fuss-Artillerie und Pioniere zur Ausführung gebracht, wurde später auch auf die früheren Wild'schen Büchsen der Jäger, welche zu dem Ende der Munitions-Einheit wegen zweckmässig auf den Flinten-Kaliber gebracht wurden, und endlich auf alle Infanteriegewehre ausgedehnt, ausserdem aber wurden seit 1853 Kolben-Pistolen neuen Modells für die Cavallerie und neue Wallbüchsen für Rastadt angefertigt. Die Figuren 171, 172 und 173 zeigen die Geschosse der Infanterie-

Fig. 171. Fig. 172. Fig. 173.

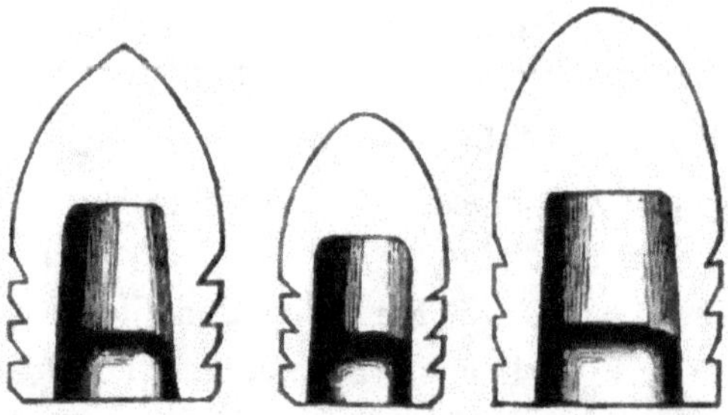

gewehre, Pistolen und Wallbüchsen. Bei allen dreien ist die Form der Spitze und Höhlung zweckmässig gewählt, namentlich die obere Rundung der letzteren gegen die Spitze hin, wodurch eine sichere Verbindung zwischen dieser und den Wänden gewonnen wird; auch stellt die Höhe der culots deren sicheres Vorrücken im Hohlraum und somit die Expansion sehr sicher.

Zeigen demgemäss die Geschosse zweckmässig gewählte Verhältnisse, so gilt dasselbe von den Gewehren. Vor Allem verwarf man die Progressivzüge und nahm dafür solche von geringer (0,01 ") gleichbleibender Tiefe, was als ein sehr wichtiger Fortschritt bezeichnet werden muss. Ausserdem bestimmte man die Zahl der Züge auf 5, was beim Expansionssystem entschieden günstig ist, insofern die bei der ungeraden Zugzahl eintretende Lage der Züge zu den Balken die Expansion in diamentraler Richtung verringert, was dem möglichen Zerreissen der Geschosse entgegen arbeitet, auch grössere Spielraums-Differenzen ermöglicht. Die vortrefflichen Leistungen aller dieser Waffen lieferten den Beweis, dass die dem Expansionssystem nöthigen Verhältnisse richtig getroffen waren; die Geschosse dehnten sich regelmässig und sicher aus, zeigten in Folge dessen eine hohe Trefffähigkeit und Percussionskraft und erhielten den Lauf rein, so dass das Laden fortgesetzt ungehindert vor sich ging; ein Zerreissen von Geschossen kam nicht vor, kurzum man hatte ein in jeder Hinsicht brauchbares und tüchtiges Infanteriegewehr gewonnen.

Dem von Baden gegebenen Beispiel folgten zunächst die beiden anderen Staaten, deren Contingente zum 8. Bundescorps gehören, und in denen sich stets ein höchst anerkennenswerthes Streben kundgegeben hat, die militairischen Einrichtungen im Corps möglichst übereinstimmend zu gestalten, Württemberg und Hessen-Darmstadt. In beiden Staaten fanden zunächst Umänderungen glatter Infanteriegewehre und Karabiner nach Minié'schem System statt, bei denen man in der Hauptsache an den in Baden gewählten Verhältnissen festhielt; dasselbe geschah in Waldeck (seit 1854), und wurden ferner in Nassau die Dorngewehre der Scharfschützen durch Entfernung des Dorns und Annahme des culot-Geschosses in Minié-Gewehre umgewandelt; den Zügen beliess man die ein Mal vorhandene progressive Tiefe, wahrscheinlich um sie nicht zu tief zu machen, was aber bei der Zahl 5 weniger bedenklich gewesen wäre.

Für die churhessischen Füsiliere wurden seit 1853 neue Minié-Gewehre gefertigt, deren culot-Geschoss aber bald einem anderen wich.

In dieser Periode des beginnenden Ueberganges der Infanterie zu einer allgemeinen Bewaffnung mit gezogenen Gewehren brach, wie bekannt, der russisch-türkische Krieg aus, und zeigte sich seit dem Angriff der westmächtlichen Truppen auf die Krimm die grosse Ueberlegenheit nicht nur der gezogenen Gewehre über die glatten im Felde, sondern auch die Kriegsbrauchbarkeit der Minié-Gewehre, mit denen die englische Infanterie theils von Anfang an bewaffnet war, theils im Lauf der Campagne bewaffnet wurde.

Die natürliche Folge dieser Erfahrungen war, dass man nicht nur in allen Armeen sich bestrebte, die Zahl der gezogenen Gewehre bei der Infanterie zu vermehren, sondern dass man namentlich auch das erprobte, einfache und tüchtige Minié-System auf die vorhandenen glatten Gewehre zu übertragen sich beeilte.

So erhielt auch die preussische Armee, in der schon seit 1848 die gesammte Infanterie der Garde und die damaligen 32 Füsilier-Bataillone der Linie mit gezogenen (Zündnadel-) Gewehren bewaffnet waren, das Minié-Gewehr und zwar in so beschleunigter und ausgedehnter Weise, dass schon zu Ende des Jahres 1856 die gesammte Infanterie der Linie und Landwehr 1. Aufgebots mit gezogenen Gewehren bewaffnet war. Dieser enorme und schnelle Fortschritt war die Frucht einer grossartigen Umänderung von 300,000 glatten Infanterie-Gewehren in gezogene nach Minié'schem System, welche sich in der sehr kurzen Zeit von ppr. 18 Monaten vollzog und eben nur möglich war in Folge der Einfachheit und Brauchbarkeit des Systems selbst für Gewehre grossen Kalibers.

Wenngleich dem Verfasser die Versuchung nahe liegt, die

Verhältnisse dieser colossalen und interessanten Umänderung näher zu besprechen, da er selbst die Ehre hatte, bei ihrer Ausführung thätig mitzuwirken, so will er es doch unterlassen. Es ist seiner Zeit über jene Umänderung pro et contra viel gesprochen und geschrieben*), und wollen wir daher hier nur hervorheben, was für den uns vorliegenden Zweck von Wichtigkeit ist.

So sei denn erwähnt, dass in Preussen sowohl neue, noch ganz ungebrauchte Infanterie-Gewehre $^{m}/_{39}$ (mit Patentschwanzschraube) als auch ältere $^{n}/_{m}$ (mit Blockschwanzschraube und früher aus Steinschlossgewehren in Percussionsgewehre umgewandelt) zu Minié-Gewehren umgeändert wurden, und zwar beide mit gutem Erfolg. — Man zog zur Umänderung nur Gewehre vom Kaliber 0,685" (18 mm) bis 0,71" (18,6 mm) heran, so dass der kleinste Kaliber der gezogenen Gewehre 0,69", der grösste gestattete 0,715" beträgt. Die Läufe erhielten nach badischem Muster 5 Züge von constanter 0,01" betragenden Tiefe mit einem Drall von 59½—60"; das Geschoss (Fig. 174 *a* und *b*) hat einen Kaliber von 0,67", so dass, da dasselbe mit der es umgebenden einfachen Patronenhülse geladen wird, sein Spielraum in Gewehren vom Kaliber 0,69" bis 0,01", in solchen vom gestatteten grössten Kaliber 0,715" bis 0,035" beträgt. Die culots haben einen grösseren unteren Durchmesser als die untere Oeffnung der conischen Höhlung, treiben daher, indem man sie einpresst, das Blei auseinander, weshalb die Geschosse nach dem Einsetzen der culots mittelst Durchpressung durch eine Leere wieder auf den Kaliber von 0,67" gebracht werden. Hierdurch erhalten die culots einen festen Sitz im Hohlraum, ohne doch, da sie oben etwas gerundet sind, einen nachtheiligen Absatz in der Höhlung bei *ab*, Fig. 174 *a* zu ergeben. Ueberhaupt ist das Geschoss, wie die Figur zeigt,

Fig. 174.

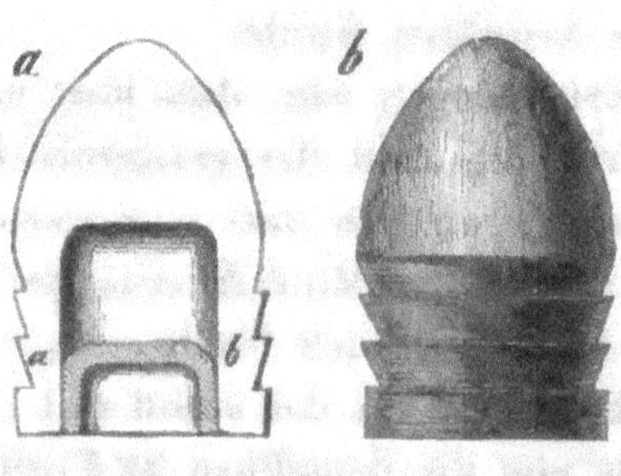

*) Besonders eingehend in einer Schrift: „Rückblick auf Preussens Gewehrumänderung nach Minié'schem System". Berlin, 1857, bei Bath.

zweckmässig construirt und hat nur den von dem grossen Kaliber unzertrennlichen Fehler, dass es sehr schwer ist, nämlich 45,7 gr. = 2,75 Loth wiegt, was zu der unangenehmen Nothwendigkeit führte, die Pulverladung auf ca. $\frac{1}{9}$ seines Gewichts zu beschränken.

Ausser den Infanterie-Bataillonen, welche noch nicht mit Zündnadelgewehren bewaffnet waren, erhielten auch sämmtliche Pionier-Abtheilungen (jetzt Bataillone) Minié-Gewehre, welche durch Umänderung vorhandener glatter Gewehre französischen Ursprungs (von dem früher besprochenen trefflichen Modell) erzeugt wurden. Man verkürzte deren Läufe auf 32″, gab ihnen aber sonst dieselben Verhältnisse, wie den Infanteriegewehren, nur wurde die Visirvorrichtung auf 600 Schritt eingeschränkt, während das Visir des Infanteriegewehrs (vergl. Fig. 48) bis auf 1000 Schritt eingerichtet ist. — Bei Gelegenheit dieser Umänderung wandelte man auch die früher zu Defensionsgewehren Thouvenin'schen Systems umgeänderten Infanteriegewehre $^{m}/_{39}$ durch Entfernung des Dorns zu Minié-Gewehren um.

In Betreff aller dieser Waffen ist zu erwähnen, dass die Piongewehre zur Zeit noch im Besitz der Pionier-Bataillone sich befinden, wogegen die Infanteriegewehre, nachdem die gesammte Infanterie des neu organisirten stehenden Heeres mit Zündnadelgewehren bewaffnet worden ist, sich zur Zeit ausschliesslich in den Händen der Landwehr-Infanterie befinden. Die preussische Infanterie braucht sonach nicht einen glatten Lauf in's Feld zu stellen.

Dem Vorgange Preussens folgte wie natürlich der grösste Theil der kleineren norddeutschen Staaten, deren Contingente der Reserve-Infanterie-Division angehören, in der Annahme des Minié-Gewehrs nach; so änderte man im Laufe der Jahre 1855, 1856 und 1857 in Gotha, Mecklenburg-Strelitz, Meiningen und Weimar die vorhandenen glatten Percussionsgewehre um, und liessen die beiden Schwarzburg neue Minié-Gewehre bauen; das letztere fand auch zum Theil in Gotha statt, da die umgeänderten Gewehre den Bedarf des gerade damals verstärkten Contingents nicht vollständig deckten.

In allen diesen Staaten adoptirte man in der Hauptsache die Verhältnisse des preussischen Minié-Gewehrs, nahm auch im anerkennenswerthen Streben nach Einheit und Uebereinstimmung mit einer grösseren deutschen Armee das preussische Geschoss an: die beiden Schwarzburg brachten diesem Streben sogar das Opfer, für ihre neuen Gewehre den grossen preussischen Kaliber von 0,69" anzunehmen.

Nur in Meiningen konnte man die preussischen Verhältnisse nicht vollständig adoptiren, weil die glatten Gewehre meist kleineren Kalibers 0,665" bis 0,675", daher ohne nachtheilige Schwächung der Läufe nicht auf den Kaliber 0,69" zu bringen waren. Man nahm in Folge dessen auch Anfangs Abstand von der Annahme des preussischen culot-Geschosses, ging aber später auf ein culot-Geschoss zurück.

In Russland führten die Erfahrungen des Krimmkrieges und namentlich die Belagerung von Sebastopol zu einer weiteren Verbreitung des gezogenen Feuergewehrs, welche sich selbstredend am schnellsten durch Annahme des Minié'schen Systems ausführen liess. Man suchte daher schon während des Krieges so viele Minié-Musketen als möglich aus fremden Fabriken zu beziehen*) und durch Umänderung glatter Gewehre in den eigenen Fabriken zu gewinnen, stellte aber ausserdem Ende 1854 ein neues Modell grossen Kalibers auf, nach welchem, wie aus Plönnies: „neuen Studien" erhellt, bereits Ende Juni 1857 200,000 Stück in russischen Fabriken erzeugt worden waren. Dieses Modell, dessen wir bereits auf Seite 113 1. Bandes bei Gelegenheit der Kaliberfrage erwähnten, blieb nicht, sondern wurde später in Folge ausgedehnter und gründlicher Versuche, über welche uns das vorher citirte Werk einen ebenso interessanten als lehrreichen Aufschluss giebt, mit einem zweckmässigen neuen Modell 1857 vertauscht, welches Anfangs nur zur Bewaffnung der Schützen-Bataillone bestimmt war, dann aber, unter der Benennung: „Sechslinien-Infanterie-Wintowka" mit etwas veränderter Visirung (vergl. die Tabelle) auch zur Waffe der gesammten Infanterie bestimmt, und mit dessen Anfertigung so thätig vorgegangen wurde, dass die ganze russische Infanterie mit Ende dieses Jahres damit bewaffnet sein wird.

---

*) Die vom Auslande importirten Gewehre hatten überwiegend die Verhältnisse des badischen Füsiliergewehrs mit dem in Fig. 171 dargestellten Geschoss.

Dieses Gewehr, dessen spezielle Verhältnisse aus der Tabelle erhellen, zeigt den Hauptfortschritt in dem auf 15,239, d. h. 0,579 oder rund 0,58″ reduzirten Kaliber mit den daraus entspringenden Vortheilen. Das zum Gewehr gehörige ordonnanzmässige Geschoss (Fig. 175) hat einen Kaliber von nicht ganz 0,565″, wiegt 34,127 gr. oder circa 2 Loth, die zugehörige Pulverladung 4,798 gr. oder circa 0,30 Loth, was dem $6\frac{1}{7}$ten Theil des Geschossgewichts gleich kommt.

Fig. 175.

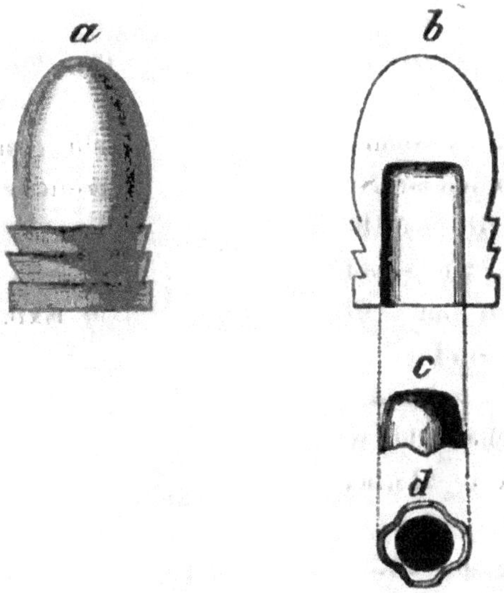

Das Geschoss hat, da die russischen Versuche die Wahrheit des Satzes bestätigten, dass erst bei Geschosskalibern unter 14 mm die Expansion ohne Treibspiegel ohne Nachtheil für die Festigkeit der Geschosswände beim Transport angewendet werden kann, einen culot, der, wie die Fig. *c* zeigt, eine vortheilhafte Höhe hat und dessen leichte Eindrückungen an den Seiten *d* das Entweichen der vor dem culot im Hohlraum befindlichen atmosphärischen Luft (wir werden auf diesen Punkt noch eintreten) ermöglichen. — Ziemlich zu derselben Zeit, als man in Russland das Minié'sche Gewehrsystem in so ausgedehnter Weise unter Zugrundelegung eines neuen Modells zur Anwendung brachte, einigten sich die 3 Staaten des 8. deutschen Bundescorps, Württemberg, Baden und Grossherzogthum Hessen über ein neues gemeinsames Modell ($^m/_{57}$) eines Infanteriegewehrs, nach welchem seitdem eine ausgedehnte Neufertigung von Waffen stattgefunden hat, so dass die Bewaffnung mit denselben bei der Infanterie jenes Corps zur Zeit vollendet sein dürfte.

Dieses Infanteriegewehr $^m/_{57}$ ist nicht nur ein in technischer

Hinsicht höchst vollendetes und ausgezeichnetes Kriegsgewehr, dessen Einrichtung in allen den deutschen Staaten, welche das preussische Zündnadelgewehr nicht annehmen wollen, sofort nachgeahmt werden sollte, sondern interessirt uns für unseren augenblicklich vorliegenden Zweck besonders um deswillen, weil Württemberg und Baden für dasselbe die Expansion mittelst culot beibehalten haben, welche bei den günstigen Verhältnissen der Waffe zu einer hohen Vollendung gebracht ist.

Man schloss sich nämlich in dem gesunden und nicht genug von jedem Patrioten anzuerkennenden Streben nach Kalibereinigung in Deutschland dem österreichischen Kaliber von 13,9 mm d. i. 0,53″ an und gewann hiermit, wie schon bemerkt, gleichzeitig Verhältnisse, welche nicht nur absolut, sondern speziell dem Expansionssystem ungemein günstig sind.

Fig. 176.

Fig. 176 zeigt das in Baden eingeführte Geschoss, welchem das württembergische fast bis zur Vollständigkeit ähnlich ist. Dasselbe hat einen Kaliber von 13,5 mm = 0,51″ und wiegt Dank der Höhlung nur 27,5 gr. oder 1,65 Loth, so dass die 4,5 gr. Pulver betragende Ladung $\frac{1}{6}$ des Geschossgewichts repräsentirt.

Der dem Geschoss incl. Papierumhüllung verbleibende Spielraum in Gewehren des Normalkalibers beträgt mindestens 0,01″, was bei dem kleinen Kaliber die Ladung unter allen Umständen zu einer leichten macht. Das im Verhältniss zur Pulverladung schwere, also träge Geschoss stellt die Expansion unter allen Umständen sicher, die stark conische Form der Höhlung, der hohe culot, die solide Verbindung zwischen Spitze und Wänden stellen ebensoviel äusserst günstige Verhältnisse dar, welche durch die 5 seichten Züge des Gewehrs in ihrem Werth noch gesteigert wurden; kurzum, wir sehen hier eine Vervollkommnung des Minié'schen Systems vor uns, welche dasselbe in seinem ganzen Werth erscheinen lässt. Das Einzige, womit wir bei dem Geschoss nicht einverstanden sind, ist die obere Abplattung der Spitze. Wenn sie freilich, was nicht zu leugnen, den der gleichmässigen Dichtigkeit des Bleis sehr vortheilhaften Guss des Geschosses von oben her möglich macht, so reduzirt sie andererseits des letzteren Befähigung zur nachhaltigsten Ueberwindung des Luftwiderstandes, und würde ohne sie die Flugbahn noch rasanter ausfallen, als jetzt. In dieser Beziehung ist aber ein „zuviel“ nicht möglich. — Die bei dem in Rede stehenden Infanteriegewehre gewählten und als ausgezeichnet bewährten Verhältnisse sind in der Hauptsache, soweit dies eben mit dem besonderen Character derartiger Waffen vereinbar, in den gedachten Staaten auch auf neue Jägerbüchsen, lange und kurze Karabiner übertragen*) worden, und ist somit eine einheitliche und ganz vortreffliche Bewaffnung im 8. Corps hergestellt worden, welche als nachahmungswerthes Muster betrachtet werden kann.

Die bis hieher besprochenen Waffen gehörten, resp. gehören dem reinen System der Expansion mittelst Treibspiegel, also dem eigentlichen System Minié an; wir wollen damit aber nicht aussprechen, dass unser gegebener Ueberblick und unsere Tabelle vollständig und im Moment des Erscheinens unseres Buches sogar noch statistisch richtig sei, denn nicht nur haben wir absichtlich einige Waffen des Systems unerwähnt gelassen, weil wir bereits wissen, dass sie in nächster Zeit anderen weichen werden, wie es ja sogar schon mit einzelnen der von uns erwähnten geschehen, sondern andererseits wollten wir auch in dieser Ameisen-Arbeit nicht weiter gehen, als wir es gethan, weil die Notizen selbst, welche als Anhalt dienen können, und die man, wenn man nicht in jeder Armee persönliche Verbindungen hat, nur aus militairischen Zeitschriften entnehmen kann, oft sehr unzuverlässig, ja geradezu mit Unkenntniss des wahren Verhalts abgefasst sind. Wir haben deshalb, wie Hauptmann v. Plönnies, uns auch nur an Das gehalten, was wir aus eigener Praxis kennen, oder worüber wir ganz zuverlässige Mittheilungen besitzen.

Es muss nun, als zum System der Treibspiegel-Expansion gehörig, noch des englischen sogenannten Enfield-Gewehrs gedacht werden, dessen spezielle Construction aus der Tabelle zu ersehen ist. Aus diesem im Jahre 1852 zuerst und dann successive bei der ganzen englischen Infanterie incl. der in Ostindien und den Colo-

*) Die früher besprochene badische Kolbenpistole wurde auf den Kaliber 0,53″ nachgebohrt und von Neuem mit Zügen versehen.

nieen stehenden Regimenter (die hammelgetalgte Patrone dieser Waffe gab einen Anlass zu dem Aufstand der indischen eingeborenen Regimenter!) eingeführten Gewehr schoss man ursprünglich ein anderes Geschoss, dessen noch Erwähnung geschehen soll, und dessen hauptsächliche, freilich negative Leistung die war, dass man es beseitigte und mit einem culot-Geschoss vertauschte, dessen Treibspiegel (s. Fig. 177) aber nicht aus Eisenblech, sondern aus Buchsbaumholz gefertigt, also mehr ein Pfropfen war, der, die Wände expandirend, in die Höhlung eingetrieben wurde. Nach v. Plönnies ist dies Geschoss in neuester Zeit mit dem in Fig. 178 dargestellten vertauscht, bei dem das Vorrücken des Holzspiegels auf den sehr kleinen Raum $a\,b$ beschränkt bleibt, so dass zur Expansion noch ein anderes Element verwendet wird, welches wir noch zu berücksichtigen haben.

Fig. 177.

Fig. 178.

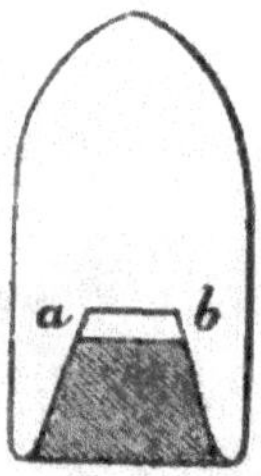

Das Modell des englischen Enfield-Gewehrs ist auch in Amerika viel verbreitet, namentlich in Peru, wo man aber ein Geschoss mit eisernem culot daraus schiesst, und in den vereinigten resp. veruneinigten Staaten Nord-Amerika's, welche zur Zeit Tausende von Gewehren dieser Gattung auch aus deutschen Gewehrfabriken beziehen.

Der kleine Kaliber von 0,56″ = 14,73 mm gestaltet die weiteren Verhältnisse der Waffe natürlich günstig, welche ausserdem mit 3 Zügen von 0,013″ gleicher Tiefe und 75″ Drall gut gewählt sind.

Rückblick und Folgerungen.

§. 171. Die vorher gegebene Uebersicht über die Entstehung, erste Entwicklung und weitere Ausbreitung des Minié'schen Systems hat uns zunächst gezeigt, dass dasselbe durch seine absolute Gediegenheit nicht nur zum ersten Mal von oben zu ladende gezogene Kriegsgewehre ergab, welche allen Anforderungen des Kriegsgebrauchs für sämmtliche Truppengattungen, vor Allem also auch für die Linien-Infanterie entsprachen, sondern auch dadurch namentlich zur allseitigen Verbreitung des gezogenen Gewehrs beitrug, dass es sich bei seiner Einfachheit leicht und ohne wesentliche Kosten auf die vorhandenen glatten Gewehre grossen Kalibers übertragen liess und somit den Uebergang zu einem Kriegsgewehr wahrhaft nutzbringenden Modells in vortheilhaftester Weise vermittelte.

Es ist dies ein Punkt, den man in der That nicht genug würdigen kann, und den man nicht aus den Augen setzen darf, wenn man die zahlreichen Umänderungen glatter in Minié-Gewehre vorurtheilsfrei beurtheilen will.

Wer nur einigermassen mit dem Wesen der Gewehrfabrikation bekannt ist, kennt die Schwierigkeiten, welche die Neuanfertigung einer grossen Zahl von Gewehren in kurzer Zeit bietet. Auf diesem Wege konnte man sich also in keiner grossen Armee so schnell in den Besitz einer solchen Zahl von gezogenen Infanteriegewehren setzen, wie sie ein Krieg von grösseren Dimensionen erforderte; die Eventualität desselben lag aber in jener Periode des Krimmkrieges, welche eben den Werth und die Nothwendigkeit einer allgemeinen Bewaffnung der Infanterie mit gezogenen Gewehren begründete, für fast alle bedeutenderen Staaten Europa's vor, und welchen Werth es dann für eine Armee haben musste, durchaus gut bewaffnet einem minder gut bewaffneten Gegner gegenüber zu treten, das bedarf wohl keines Beweises.

Wir haben nun bereits nachgewiesen, dass sich das System der Geschossstauchung an und für sich zur Uebertragung auf die Waffe der Massen-Infanterie nicht eignete, und dass, wäre das wirklich der Fall gewesen, die Umänderung glatter Gewehre dennoch schwierig und kostspielig gewesen sein würde, denn die Nothwendigkeit eines eng begrenzten Spielraums hätte bei der grossen Kaliberverschiedenheit der glatten Gewehre die Verwerfung zahlreicher Läufe, des theuersten Theils der Gewehre, nothwendig gemacht. Das aber war bei der Umänderung nach Minié's Expansions-System mit Treibspiegel gar nicht nöthig, denn, wie wir gesehen, konnte man z. B. bei der preussischen Umänderung eine Kaliberdifferenz von 0,69" bis 0,715", also eine Spielraumsdifferenz von 0,01" bis 0,035" gestatten, ohne den Werth des gezogenen Gewehrs, einen geringen Unterschied in der Tragweite bei derselben Visirhöhe abgerechnet, zu beeinträchtigen.

Wie sehr die Einfachheit der Waffenconstruction die Umänderung der glatten Gewehre erleichterte und beschleunigte, mag aus der einen Thatsache erhellen, dass es dem Verfasser möglich war, in den Gewehrfabriken Suhl's bei einer äusserst mässigen Benutzung der disponibeln Arbeitskräfte in 18 Monaten die bedeutende Summe von 82,000 Gewehren umändern zu lassen.

Es darf ferner nicht ausser Acht gelassen werden, dass der Ausbruch eines Krieges während der Umänderung die Armee auch nicht in die mindeste Verlegenheit gesetzt haben würde, da, falls noch nicht genug neue Munition vorhanden, die weitere Verwendung der vorhandenen Flinten-Munition aus den bereits fertig umgeänderten Gewehren ohne Weiteres möglich gewesen wäre.

Mit diesen wesentlichen Vortheilen, welche die fragliche Umänderung bot, war allerdings auch ein Nachtheil verbunden, der nämlich einer schweren Munition, denn da die Kugel des glatten Gewehrs 2 Loth oder 32 gr. ungefähr wog, so fiel das Spitzgeschoss, dessen Kaliber man vergrössern und dessen Länge man zur Gewinnung des für eine günstige culot-Wirkung nothwendigen tiefen Hohlraums auf mindestens $1\frac{1}{7}$ Kaliber bemessen musste, natürlich bedeutend schwerer, selten unter $2\frac{1}{7}$, öfters bis zu 3 Loth schwer aus. Dieser Umstand nöthigte z. B. in Preussen zu der Reduction der Kriegschargirung auf 48 Patronen, da man den Soldaten nicht stärker als früher belasten wollte. Das ist ein nicht zu leugnender Missstand, der aber selbstredend dem System nicht angerechnet werden darf: im Gegentheil liefert dasselbe der Natur des Geschosses gemäss die leichtesten Spitzgeschosse so grossen Kalibers, und letzterer ist eben der Quell alles Uebels.

Insofern freilich waren alle jene Umänderungen gewissermassen ein Rückschritt im Fortschritt, aber sie sollten auch eben nur einen Uebergang herbeiführen und waren insofern immer von unberechenbarem Werth, als sie das gezogene Gewehr verbreiteten und den Truppen die Möglichkeit boten, die Mannschaft mit dem Gebrauch dieser neuen Waffe vertraut und eine Ausbildung im sicheren Schiessen möglich zu machen, was mit dem glatten Gewehr nur bedingt ausführbar war. Der geringere Patronenbetrag hätte durch

Sparsamkeit im Gefecht ausgeglichen werden müssen, was freilich, wir geben es gern zu, leichter gesagt als gethan ist.

Die einfachste Abhülfe hätte immer, wie aus dem Folgenden hervorgehen wird, in einer Beschränkung des Geschossgewichts gelegen, dann aber hätte man, was damals, als eine gewisse Exaltation für das „Weitschiessen“ die Gemüther beherrschte, auf den Schuss bis auf 1000 Schritt verzichten müssen, und das wollte man nicht. So blieb denn eben nur das schwere culot-Geschoss übrig.

Ausser dem Vorwurf der zu schweren Munition sind denn natürlich den durch Umänderung entstandenen Minié-Gewehren noch manche andere Vorwürfe gemacht worden, die meistens der oft hervortretenden zähen Liebe zum ein Mal Bestehenden, aber auch eben so oft einem Mangel an reeller Kenntniss der Waffe oder der unbegründeten Besorgniss entsprangen, als solle das nur für eine Uebergangsperiode bestimmte Gewehr für ewige Zeiten bestehen, wohl gar neue Modelle verdrängen.

So schrieb man z. B. zuweilen dem Minié-Gewehr, d. h. dem umgeänderten, einen unerträglichen Rückstoss zu, bedachte aber nicht, dass das Gewehr, da es noch ein glattes war, ungleich bedeutender gestossen hatte: mit letzterem aber muss man die neu entstandene Waffe vergleichen und nicht mit einem neuen gezogenen Gewehr kleineren Kalibers, bei dem das Gewicht der Waffe in dem den Rückstoss mässigenden richtigen Verhältniss zum Gewicht des Geschosses und der Pulverladung steht.

Ebenso klagte man öfters darüber, dass die Gewehre nach verhältnissmässig wenigen Schüssen sich nicht mehr leicht oder gar nicht laden lassen sollten. Das kann selbstredend nur die Folge einer sehr mangelhaft gefertigten Munition sein, mit der sich bei keinem gezogenen, überhaupt bei keinem Gewehr etwas anfangen lässt, und ist uns speziell in unserer ziemlich bedeutenden Praxis auf diesem Gebiete ausser bei einigen im Eisen sehr unreinen Läufen nie vorgekommen. Schlechte Munition kann freilich viel verderben, gute dagegen den Werth der Waffe zur vollen Geltung bringen. So bemerken wir z. B., dass das fatale Zerreissen des Geschosses bei dem Anschiessen der 82,000 Gewehre in Suhl nicht ein einziges Mal vorgekommen ist.

Aus alle Dem wird erhellen, dass keiner der beregten Vorwürfe dem Minié-System zur Last fällt, sondern auf den ungeänderten Minié-Gewehren eben nur der Vorwurf des grossen Kalibers sitzen bleibt, dessen Mängel eben durch nichts vollständig zu beseitigen sind.

§. 172. Wenden wir uns nach dieser kurzen Würdigung des Minié-Systems in Betreff seines allgemeinen und speziellen Werthes für den technischen Fortschritt in einer bestimmten Zeitperiode zu einer Prüfung derjenigen Verhältnisse, welche zu wählen sind, um das System der Expansion mittelst Treibspiegel zur möglichsten Vollendung zu bringen, so könnte eine solche Prüfung beinahe überflüssig erscheinen, nachdem W. v. Plönnies im ersten Abschnitt seines mehrfach angeführten trefflichen Werkes denselben Gegenstand in erschöpfender und ausgezeichneter Weise behandelt hat und diese gediegene Darstellung unseren geehrten Lesern nicht unbekannt sein dürfte. Dennoch wollen wir, des allgemeinen Standpunktes unserer Arbeit wegen, aus Dem, was dort in streng wissenschaftlicher Weise entwickelt und mit Sätzen aus der reichen Erfahrung des Verfassers belegt ist, und aus unserer eigenen Kenntniss und Erfahrung das Wichtigste zusammenfassen, um einen möglichst bündigen Ueberblick über diesen Stoff zu geben.

1. Die Expansion mittelst des Treibspiegels oder culot ist eine ungemein sichere und bei Geschossen über 14 mm Kaliber nicht zu entbehren, wenn man nicht durch die nöthige starke Schwächung der Wände die Transportfestigkeit der Geschosse gefährden oder durch Verkürzung des Hohlraums und somit des ganzen Geschosses ein der Gestaltung der Flugbahn ungünstiges Missverhältniss zwischen dem Kaliber und der Länge des Projectils herbeiführen will.

2. Die sichere Expansion mittelst des culot erfordert ein richtiges Maass des Spielraums. Ist derselbe zu gering, so findet eine Ueberpressung der Geschosswände zum Nachtheil der Anfangsgeschwindigkeit statt, auch treten leicht Verdehnungen und somit Verunstaltungen des Geschosses ein, und wird das Laden erschwert; ist der Spielraum zu gross, so wird der vollkommene Anschluss des Bleis an die Seelenwände und somit die Rotation in Frage gestellt, ausserdem rutscht das Geschoss bei schräg oder horizontal liegendem Lauf vom Pulver weg.

Die Praxis lehrt im Widerspruch mit der früheren Annahme, dass der Spielraum möglichst klein zu halten sei, dass ein zu geringer Spielraum die Leistung der Waffe beeinträchtigt, und stellt das zweckmässige Maass desselben auf mindestens 0,0075" bis höchstens 0,03" fest, was bei Hinzurechnung der mitzuladenden Papierenveloppe den Kaliber des Geschosses im Minimum auf „Gewehrkaliber — 0,0175" bis 0,02"" ergiebt.

3. Diese bedeutende Spielraums-Toleranz beweist die hohe Kriegsbrauchbarkeit des Systems der Treibspiegel-Expansion, denn sie macht nicht nur Kalibererweiterungen, die im Lauf der Zeit bei den Gewehren eintreten, unschädlich für die fernere Leistung der Waffen, sondern auch die erste Beschaffung der Waffen leichter und billiger.

4. Da die erste Ausdehnung der Bleiwände durch den in der Höhlung vorrückenden culot bewirkt werden muss, so ist die Form der Höhlung conisch und zwar in der Art zu gestalten, dass das durch den culot verdrängte Blei den Anschluss an die Seelenwände gewinnt; die Höhe des Hohlraums muss so bemessen werden, dass, wenn der culot dessen obere Schlussfläche erreicht, seine dehnende Gewalt sich bis zur oberen Grenze des cylindrischen Theils des Geschosses geltend machen kann, d. h. circa um $\frac{1}{4}$ der Höhe des Cylinders in die Spitze hineinreichend.

5. Der culot muss so hoch sein, dass er sich beim Vorrücken an den Wänden des Hohlraums genügend führt, gerade und gleichmässig vorrückt und nicht umschlagen kann, widrigenfalls die Expansion benachtheiligt wird. Abgesehen von der genauen mathemathischen Berechnung erscheint für Geschosse mittleren und grossen Kalibers eine Höhe des culot von circa $\frac{2}{5}$ der Höhe der Höhlung zweckmässig.

Dass eine bedeutende Höhe der culots der Wirkung derselben sehr günstig, zeigt sich bei dem in Fig. 176 dargestellten badischen Geschoss, dessen culots niemals umschlagen und auch während des Geschossfluges in der Höhlung sitzen bleiben.

6. Wenngleich das letztere auch durch eine stark conische Form der Höhlung begünstigt wird, so ist dieselbe dennoch nicht absolut rathsam, weil dann beim Vorrücken des culot die auf diese stark geneigten Flächen der Höhlungswände einwirkenden Pulver-

gase zu schnell die Vorwärtsbewegung des Geschosses veranlassen, was die Ausdehnung beeinträchtigt.

7. Die Form der culots ergiebt sich im Anschluss an die der Höhlung als die eines abgestumpften Kegels; seine Flächen sind stärker zu neigen als die der Höhlung, damit sich beim Einsetzen der culots in das Geschoss nicht bei *a b* Fig. 174 *a* ein Absatz bilde, welcher dem Vorrücken des Treibspiegels nachtheilig sein würde. Letzteres, die Basis der schnellsten Expansion, muss möglichst gefördert werden, und dies geschieht gleichfalls durch eine stärkere Neigung der inneren culot-Flächen, s. Fig. 176.

8. Die culots müssen leicht vorgleiten können. Zu dem Ende werden die eisernen mitunter gefettet, wodurch man das Einrosten verhindern will, was aber nicht absolut gelingt, da das Fett mit der Zeit ranzig wird. Man setze daher die culots ohne Fett in das Geschoss ein, scheuere sie aber nach der Anfertigung, wodurch sich die Oxydhaut abreibt und die Oberfläche glatter wird.

9. Die culots müssen fest in der Geschosshöhlung sitzen, damit sie weder beim Transport herausfallen, noch bei der Explosion umschlagen.

Zu dem Ende ist ihr unterer Durchmesser etwas grösser zu machen, als der untere des Geschosshohlraums. In Folge dessen müssen sie eingepresst, und da sie dabei die Geschosse etwas auftreiben, letztere mittelst Durchpressens durch eine kalibermässige Leere wieder auf den Normalkaliber gebracht werden. Wir geben mit v. Plönnies der russischen Methode den Vorzug, wonach die Geschosse in eine kalibermässige, die Auftreibung unmöglich machende Stanze eingesetzt und dann die culots eingepresst werden.

10. Um die Expansion des Geschosses möglichst zu vollenden, bevor des letzteren Trägheit überwunden ist, muss sein Schwerpunkt möglichst vorgeschoben, mindestens vor die Mitte des Geschosscylinders gebracht werden. Tiefe Höhlungen mit oberer Abrundung (Fig. 176), massige, ogivale Geschossspitzen, Kannellirungen des cylindrischen Theils sind Mittel dazu.

Letztere reduziren wie immer die Reibung zwischen Geschoss und Seelenwänden, sind also namentlich bei Expansionsgeschossen grossen Kalibers zu empfehlen, weil das Geschoss, so lange es sich im Lauf befindet, eine fortgesetzte Ausdehnung durch die Pulvergase erfährt. Der Beweis dafür liegt darin, dass aufgefangene Geschosse häufig eine solche Ausdehnung zeigen, dass man sie nicht wieder in die Mündung einfügen kann; diese grössere Ausdehnung ist mithin dadurch entstanden, dass in dem Moment, wo das Geschoss aus der Mündung austrat, der von aussen durch die Rohrwände ausgeübte Druck plötzlich aufhörte, die Gase dagegen den von innen her noch äusserten.

11. Diese nachträgliche und hinter dem vorwärtsgetriebenen culot fortgesetzt stattfindende fernere Ausdehnung des Geschosses hat zur Folge, dass der culot, bis auf den Boden der Höhlung getrieben, nur lose an diesen ansteht und daher ausserhalb des Rohrs, durch keinen Druck von innen mehr gehalten, in Folge seines geringeren Beharrungsvermögens hinter dem Geschoss zurückbleibt, sich also von ihm trennt und dann seinen Weg selbstständig fortsetzt, der bei seiner Gestalt und der daraus resultirenden sehr unvortheilhaften Rotation natürlich ein sehr unregelmässiger und unberechenbarer ist und häufig zu einem bedeutenden seitlichen Abschwirren der culots führt, welches für die eigene Mannschaft unbequem werden kann.

Am besten begegnet man diesem Uebelstande, welcher, abgesehen von den möglichen Verletzungen und Belästigungen der eigenen Mannschaften, in jedem Fall das Geschoss plötzlich um das Gewicht des culot erleichtert, dadurch, dass man die culots hoch und den Hohlraum nach oben zu spitz macht, wie in Fig. 176, so dass sich der culot fest in das Blei einkeilt, auch dadurch, dass man, wie beim russischen culot, Fig. 175, an dessen Seiten Eindrückungen anbringt, welche der über ihm im Hohlraum eingepressten atmosphärischen Luft, deren Spannung sich natürlich geltend macht, sobald der Druck der Pulvergase von innen her aufhört, einen schnellen Abfluss gestattet.

12. Dem möglichen Abreissen der Geschossspitze begegnet man am sichersten durch das richtige Maass des Spielraums (keine Ueberpressungen des Cylindertheils!), durch Abrundung der Ecken an der oberen Fläche des Hohlraums und einen sorgfältigen Guss der Geschosse, welcher Poren im Blei ausschliesst.

13. Die culots müssen aus einem dauerhaften, unveränderlichen und harten Material gefertigt werden, damit sie das Geschoss vor

Verdrückungen beim Transport bewahren und es möglich machen, die Geschosswände verhältnissmässig dünn zu halten; ausserdem aber müssen sie vor Allem recht leicht sein, damit sie durch den Druck der Pulvergase sehr schnell vorwärts bewegt werden, noch ehe dieselbe Leistung der Gase im Stande ist, das Beharrungsvermögen des viel schwereren Geschosses zu überwinden, d. h. dasselbe in Bewegung zu setzen.

Am häufigsten wird Eisenblech angewendet. Dasselbe muss gut und gleichmässig gewalzt, recht zähe sein und eine gleichmässige durchschnittliche Stärke von 0,03" — 0,04" haben.

Ausserdem kann man ein leichtes, feinfasriges, also nicht splitterndes Holz verwenden, und sind dann die culots als massive Pfröpfe darzustellen. Die englischen culots von Buchsbaumholz haben sich gut bewährt und keine Veränderung durch Quellen oder Schwinden gezeigt.

Haben wir hiermit die zweckmässigsten Verhältnisse des Geschosses bezeichnet, so wollen wir in gleicher Weise auch diejenigen hervorheben, welche sich für die Einrichtung der Waffe, besonders des Laufes, empfehlen.

1. Die Erfahrung lehrt, dass völlige Kugelgleichheit der Seele die besten Leistungen des culot-Geschosses ergiebt; eine geringe Vorweite schadet weniger als Fall: letzterer darf durchaus nicht vorhanden sein.

2. Die Züge müssen unbedingt von gleichbleibender Tiefe sein, Progressivzüge stehen im directen Widerspruch mit dem System.

Die Tiefe der Züge ist am besten auf 0,01" festzustellen, 0,0075" ist als das praktische Minimum, 0,015" als Maximum zu betrachten; daneben müssen die Züge scharf sein, stumpfe Kanten zwischen Balken und Zügen beeinträchtigen die sichere Führung.

3. Nach unseren früheren Entwicklungen empfiehlt sich eine ungerade Zahl der Züge; für grössere Kaliber sind 5, für kleinere 3 zweckmässig. Ihre Breite sei gleich der der Balken, doch können letztere von vornherein um eine Kleinigkeit, circa 0,01", breiter sein, da sich bei etwaigen Reparaturen die Züge immer etwas verbreitern.

4. Der Drall der Züge kann und muss lang sein: ½ Umgang auf die Länge des Rohrs ist das beste Maass und ergiebt sich

daraus die Länge des Dralls in Zollen. Sind verschiedene Gewehrarten von nicht wesentlich differirender Lauflänge vorhanden, so halte man im Interesse der Einfachheit eine Dralllänge fest.

b. System der Expansion ohne Treibspiegel.

§. 173. Wenngleich wir bisher nachgewiesen haben, dass das System der Expansion sich bei Gewehren grossen Kalibers nicht ohne den Treibspiegel zur Ausführung bringen lässt, weil sich nur mit seiner Hülfe die Wände des Geschosses bis zu einem genügenden Grade schwächen lassen, und demnach die nothwendige Transportfestigkeit bewahren, so ist es andererseits nicht zu verkennen, und wird durch die im vorigen Paragraphen erörterten Sätze klar, dass, wenn es möglich ist, das Expansionsgeschoss von dem culot zu befreien, dies nur angenehm sein kann, da er als ein zweiter besonderer Körper das Geschoss complicirt und ausserdem, wenn seine Verhältnisse den aufgestellten Forderungen nicht genau entsprechen, zu einer mangelhaften Ausdehnung, Verzerrung, sogar zum Zerreissen des Geschosses Veranlassung geben kann, weil ferner die Möglichkeit vorliegt, dass er sich nach dem Verlassen des Rohrs vom Geschoss trennt, was die beregten Missstände herbeiführt.

Diese Uebelstände machten sich bei den ersten, meist nach französischem Muster gebauten Minié-Gewehren umsomehr geltend, als deren Verhältnisse in Waffe und Geschoss, wie wir nachwiesen, theilweise fehlerhaft bestimmt waren, wie dies aus der Combination von 4 Zügen mit progressiver Tiefe und der niedrigen ungünstigen Gestalt des culot etc. namentlich erhellt. Mangelhafte Expansion und somit Rotation, und deshalb Unregelmässigkeiten der Flugbahn, Trennung der culots vom Geschoss und Zerreissen des letzteren kamen öfters vor und führten zu dem Wunsch, den culot, welchen man an sich für den Stifter alles Bösen hielt, zu entfernen.

So begegnen wir denn früh Versuchen, die Expansion ohne culot zu gewinnen.

Dass solches nicht leicht war, liegt auf der Hand, denn da die Expansion des Geschosses eintreten muss, bevor dessen Beharrungsvermögen überwunden ist, so musste, wenn der der culot-Expansion dienende Gewichtsunterschied des aufzutreibenden und des auftreibenden Körpers eben wegfiel, dafür gesorgt werden, dass die erste

Leistung der Gase direct auf die Wände des Geschosses zur Aeusserung gelangte, was nur durch eine bedeutende Schwächung derselben, namentlich im unteren Theil, zu erreichen war. Darunter aber litt dann selbstredend die Transportfestigkeit der Geschosse in einem bedenklichen Grade, es traten Verdrückungen des Geschosses ein, welche entweder den Kaliber desselben so vergrösserten, dass das Laden unmöglich wurde, oder aber die normale Gestalt des Cylindertheils dermassen alterirten, dass die Expansion gefährdet wurde.

Hieraus erhellt von vorherein, dass die Herstellung von Expansionsgeschossen grossen Kalibers ohne culot unendlich schwierig ist, und die Beseitigung des culot erst ausführbar wird bei kleineren Kalibern, bei denen das Gewicht des Geschosses, also sein Beharrungsvermögen, in ein günstigeres Verhältniss tritt zu der nothwendigen Grösse des Hohlraums.

§. 174. Die ersten uns bekannten Versuche, den culot durch eine angemessene Geschossconstruction zu ersetzen, machte 1852 der preussische Hauptmann (jetzt Major) v. Neindorff, und haben wir über dieselben bereits im Jahre 1855 in unserer Schrift über das Minié-Gewehr Näheres mitgetheilt. Da Geschosse Neindorff'scher Construction nirgends zur Einführung gelangt sind, so abstrahiren wir nach unserem Grundsatz von einer nochmaligen gründlichen Besprechung derselben und begnügen uns, an die nebenstehenden Abbildungen derselben einige Bemerkungen zu knüpfen.

Fig. 179.

Fig. 180.

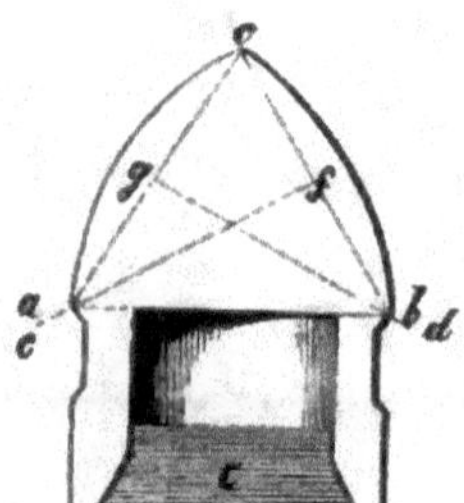

Beide Geschosse sind für ein Gewehr des grossen Kalibers von 0,69" bestimmt, und verdankt das in Fig. 179 dargestellte seine weniger günstige Gestalt dem Umstande, dass der Constructeur das Gewicht der Flintenkugel nicht überschreiten wollte. In beiden Geschossen spricht sich die rationelle Idee aus: möglichste Verringerung der Grundfläche des Geschosses bis zu einem schneidigen Rande, um auf diese Weise den Gasen möglichst wenig Angriffsfläche zur Fortbewegung zu bieten, möglichste Verdünnung der Geschosswände im unteren Theil, um einen schnellen Anschluss derselben an die Seelenwände zu gewinnen und mit Hülfe dessen die volle Ausdehnung der Wände zu erreichen, bevor der Druck der Gase auf die innere Basis der Spitze das Beharrungsvermögen des Geschosses überwunden hat, was auch durch die weite Vorlegung des Schwerpunktes gefördert, und wodurch gleichzeitig der Einfluss der geneigten Kegelflächen des unteren Theils der Höhlung auf die Vorwärtsbewegung paralysirt wird.

Die Geschosse sind demnach für den Schuss gut construirt und ergaben auch sehr gute Leistungen, besitzen dagegen eine äusserst geringe Transportfestigkeit.

Dieselben Eigenschaften müssen allen Geschossen ankleben, welche mehr oder weniger eine Nachbildung der Neindorff'schen Construction aufweisen, wie solches z. B. der Fall ist mit der in Fig. 181 dargestellten *balle évidée* des französischen Capitains Nessler, welche vorübergehend aus den gezogenen Gewehren der französischen Garde m/53—54 geschossen, aber auch wegen der beim Transport eintretenden starken Deformation verworfen und mit dem jetzt ordonnanzmässigen, noch zu besprechenden Geschoss vertauscht wurde. Wenn man sich jene balle évidée genau ansieht, so ist die Aehnlichkeit mit der balle de Neindorff unverkennbar; vortheilhaft an ihr ist die sphärische Rundung des Hohlraums, wodurch die Verbindung zwischen Spitze und Cylindertheil solider wird, ungünstig dagegen die Abstumpfung der Spitze und die starke Neigung der unteren Kegelflächen des Hohlraums, welche, weil der vorwärtsbewegenden Richtung der Gase ausgesetzt, die schnellste Expansion des unteren Geschosstheils beeinträchtigt.

Fig. 181.

Das Gewicht der balle évidée betrug nur 36 gr. = 2,16 Loth, war also nicht viel bedeutender als das der Flintenkugel.

Dieselben Vortheile und Nachtheile, wie das Neindorff'sche Geschoss besitzt auch das in Fig. 182 dargestellte nach dem sogenannten System Prélaz-Burnand, nach welchem vor einigen

Fig. 182

Jahren die schweizerischen Infanteriegewehre grossen Kalibers (französischen Flinten-Kalibers) in gezogene umgeändert wurden. Es war von jenem mysteriösen System in den Zeitungen unendlich viel Wesens gemacht worden, und wir waren daher nicht wenig erstaunt, als wir endlich in den Besitz einiger Patronen gelangten, und sich uns das Geschoss des vielgepriesenen Systems in der Gestalt von Fig. 182 als eine unverkennbare simple Modification des Neindorff'schen Geschosses entpuppte. Die Deformation auch dieses Geschosses beim Transport ist eine sehr bedeutende und zweifeln wir daher daran, dass es sich auf die Dauer halten könne.*)

Der Vollständigkeit wegen wollen wir hier noch erwähnen, dass das zuerst aufgestellte Geschoss des schon mehrfach erwähnten englischen Enfield-Gewehrs (Enfield-Prittchett-Rifle) die nebenstehende Gestalt hatte, von deren Vortrefflichkeit seiner Zeit z. B. auch in der Schrift des englischen Artillerie-Capitains Jervis-White-Jervis „The rifle-musket" viel Wesens gemacht wurde; auf der letzten Seite 3. Capitels jener Schrift wird das Prittchett-Geschoss mit jener Ueberschwänglichkeit, welche den englischen Berichten über neue Waffenconstructionen eigen zu sein pflegt, für das non plus ultra alles Sinnreichen erklärt. Wir konnten uns von Anfang an dieser Anschauung nicht im mindesten anschliessen, und dass wir damit Recht gehabt, beweist wohl am besten der bereits im §. 170 erwähnte Umstand, dass die Engländer zum culot-Geschoss zurückgegangen sind.

Fig. 183

Die Höhlung des Prittchett-Geschosses ist offenbar zu niedrig, um eine sichere Expansion des Bleis herbeizuführen: es kann dies nur geschehen bei einem sehr geringen Spielraum unter Mitwirkung einer Stauchung, welche dadurch eintritt, dass die Trägheit des fast massiven Geschosses sehr spät überwunden wird. Immerhin aber

*) Es ist inzwischen durch Bundesbeschluss vom 28. Januar 1863 die allgemeine Einführung eines neuen Infanteriegewehrs kleinen Kalibers, welche innerhalb 6 Jahren vollendet sein soll, angeordnet.

muss die Führung in den Zügen eine äusserst kurze, die Aufnahme der Rotation sehr unsicher sein, wie wir das auch bei eigenen Schiessversuchen bestätigt gefunden haben.

In Amerika verwendet man aus Infanteriegewehren vom Modell des Enfieldgewehrs und aus gezogenen Pistolen desselben Kalibers kannellirte Geschosse mit einfacher, aber tieferer Höhlung und stärkeren Wänden, welche auf Seite 66 von Plönnies: „Neuen Studien“ abgebildet sind und bei geringem Spielraum gute Resultate geben sollen. Die beschriebenen Constructionen liefern den Beweis, dass, so unrationell die Idee ist, durch eine bedeutende Schwächung des unteren Theils der Geschosswände den culot entbehrlich zu machen, man doch auf diesem Wege zu keiner kriegsbrauchbaren Geschossconstruction gelangt. Immer sind es dieselben Missstände, welche dem hindernd in den Weg treten. Entweder sind die Wände zu schwach, dann verunstaltet sich das Geschoss beim Transport und wird höchst empfindlich gegen einen nur einigermassen bedeutenden Spielraum, der sofort Ueberpressungen und dadurch Verzerrungen veranlasst, oder die Wände sind zu stark, dann tritt die Expansion abermals nur bei äusserst geringem Spielraum ein.

Der Verfasser hat unendlich viel mit Geschossen vom Typus des Neindorff'schen experimentirt und immer diese selben Erscheinungen gefunden; er versuchte unter Anderm die Wände dadurch stärker halten zu können, dass er dem unteren Theil des Geschosses eine äussere conische Verjüngung gab und die Mündung der Kammer einer Patentschwanzschraube (bei einer Büchse vom Modell der früheren preussischen Dornbüchse) correspondirend conisch ausdrehte, so dass das Geschoss beim Einsetzen in die Kammer einen genau centralen Sitz erhielt, aber auch das blieb ohne den gewünschten Erfolg, die Schussresultate waren ungleichmässig, bald vorzüglich, bald schlecht, und bewiesen, dass bei der weiten Höhlung die Expansion nur dann sicher beherrscht wird, wenn die Wände unten ganz schwach sind, was aber den bekannten anderweitigen Nachtheil in sich schliesst.

So ergaben Geschosse Neindorff'scher Construction aus der badischen Kolbenpistole früheren Kalibers (0,496") ganz ausgezeichnete Resultate in Betreff der Präcision und Flachheit des Schusses, waren aber so schwach, dass man sie mit den Fingern verdrücken konnte. — Der Major v. Neindorff erkannte natürlich auch diese schwache Seite seiner Geschosse und suchte ihnen später dadurch die nöthige Transportfestigkeit zu geben, dass er den unteren Theil des Hohlraums mit einem eingepressten Pappspiegel versah. Damit war aber natürlich das Prinzip der Construction aufgegeben und nur gezeigt, dass auch die Pappe ein geeignetes culot-Material ist, wobei übrigens nicht unerwähnt bleiben darf, dass der scharfe Absatz der Neindorff'schen Höhlung da, wo Cylinder und Conus sich trennen, der Wirkung des culot nicht günstig ist.

Unter den mannigfachen Geschossmodellen der Umänderungsperiode müssen wir hier noch eins erwähnen, welches bei den umgeänderten Minié-Gewehren des Meiningenschen Infanterieregiments zur Anwendung gebracht wurde. Die Höhlung dieses Geschosses, Fig. 184, wurde nach dem Vorschlage des Majors v. Fischern vollständig mit Talg ausgegossen. Der Verfasser, welchem der ehrenvolle Auftrag geworden war, die Umänderung jener Gewehre zu leiten, erlangte mit diesen Geschossen ganz vortreffliche Resultate (welche auch bei der Truppe blieben), trotzdem der Kaliber der Gewehre zwischen 0,675" und 0,695" variirte. Die Züge zeigten sich bei aufgefangenen Geschossen, während die Talgsäule nur unmerklich eingedrückt war, vollständig ausgeprägt, und lieferte dies den Beweis, dass die Expansion der Wände wie beim Prittchett-Geschoss durch Stauchung stattfand, indem die Talgsäule gewissermassen ein die Vorwärtsbewegung des Geschosses verzögerndes Medium bildete, so dass die Trägheit der Spitze gegen die Vorwärtsbewegung des hinteren Geschosstheils reagirte.

Fig. 184.

Die Transportfestigkeit der Geschosse war bei der Stärke der Wände natürlich vollkommen, auch zeigte sich selbst bei heissem Wetter kein nachtheiliger Einfluss der Talgsäule auf die Patronen in der Tasche des Soldaten, wogegen es sich, was wir von Anfang an befürchtet hatten, herausstellte, dass beim Schiessen in heisser Witterung eine bedeutende Ansammlung von Pulverschleim und Talg auf dem Boden der Kammer eintrat, welche den Zündcanal verstopfte und öftere Versager veranlasste, daher man später auf das culot-Geschoss zurückging.

§. 175. Construction von Timmerhanns.

In Belgien hatte man auch mit den ungünstigen Einflüssen des culot zu kämpfen gehabt, was uns bei einer Betrachtung der dort gewählten Verhältnisse von Geschoss und Waffe nicht eben befremden kann. Um ihnen zu begegnen, stellte man daher bei in Lüttich im Jahre 1853 vorgenommenen ausgedehnten vergleichenden Schiessversuchen auch Proben mit einem von Peters vorgeschlagenen Geschoss von nebenstehender Form an, bei welchem der conische Zapfen z den Raum der Höhlung verengen, die der Vorwärtsbewegung der Gase ausgesetzte Stossfläche verkleinern, somit dem Zerreissen des Geschosses begegnen und die für die Expansion disponible Kraft letzterer in erhöhtem Maasse zuwenden sollte.

Fig. 185.

Die Construction erwies sich namentlich bei nicht ganz kleinem Spielraum als unzureichend und wurde daher vom General Timmerhanns in der Art verändert, wie es Fig. 186 (das jetzt noch ordonnanzmässige belgische Geschoss) darstellt, d. h. die Grundfläche des Zapfens noch verkleinert und die Höhlung glockenförmig nach unten erweitert, wodurch die Stärke der Wände allerdings geschwächt und die Expansion mehr gesichert, zugleich aber auch unvermeidlich die Transportfestigkeit beeinträchtigt wurde.

Fig 186.

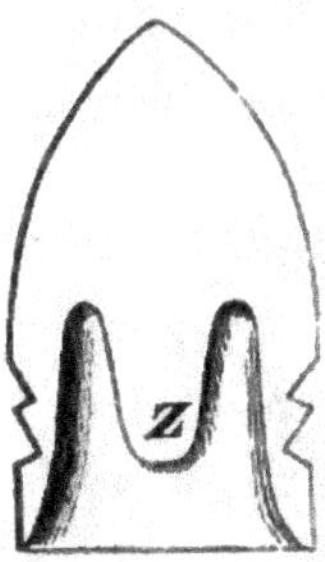

Ausserdem erschwert der Zapfen die Anfertigung, namenlich den dichten Guss des Geschosses, er kann sich sogar verbiegen und somit die Expansion unregelmässig gestalten. Ebenso ist nicht zu übersehen, dass durch den Zapfen der Schwerpunkt des Projectils zurückgelegt wird und ferner die geneigten Flächen desselben der vorwärtsbewegenden Wirkung der Pulvergase ausgesetzt sind.

Die Timmerhanns'sche Construction erwies sich demnach für Geschosse grossen Kalibers, für welche sie gerade berechnet war, auch nicht als genügend, was sich besonders bei den in

Preussen und Russland angestellten Versuchen herausstellte und zur Annahme des culot-Geschosses führte.

In Churhessen dagegen führte man 1854 ein Geschoss nach Timmerhanns für die neuen Füsiliergewehre ein, welches später auch sämmtlichen dem entsprechend umgeänderten Infanteriegewehren gegeben ward. Die untere conische Verjüngung des Geschosses soll dazu dienen, sich in die correspondirend ausgefraiste Mündung der Kammer (s. Fig. 29, 2. Abschnitt) einzusetzen und somit die centrale Stellung der Geschossachse zu sichern. Wenn dies an und für sich äusserst zweckmässig ist, so ist es doch, wie wir schon hervorhoben, nur dadurch zu erreichen, dass die Achse der Kammer genau mit der Seelenachse zusammenfällt und mindestens die Wände der Kammermündung sich genau an die Seelenwände anschliessen, was vollständig nur dadurch zu erreichen ist, dass man die Stange des Fraisens von der Mündung aus ein- und im Rohr selbst führt; natürlich eine Erschwerung der Arbeit. Obgleich der Kaliber des hessischen Gewehrs nur zwischen 0,65″ und 0,66″ variirt, so sind doch die Geschosse in 2 Nummern verschiedenen Kalibers vorhanden, was für den Kriegsgebrauch unpraktisch ist und in jedem Fall kein günstiges Licht auf die Sicherheit der Expansion wirft. Freilich muss ein Theil der Schuld wohl der Waffe zugeschrieben werden, deren Lauf 4 Züge von ziemlich bedeutender Tiefe (0,0175″) und in den untersten 2″ sogar etwas Fall hat, was nach unseren Erfahrungen dem Expansionssystem nachtheilig ist. Auch kann die Form der Kammer nachtheilig einwirken, wenn die Schwanzschraube nicht genau, wie oben angegeben, bearbeitet ist.

Fig. 187.

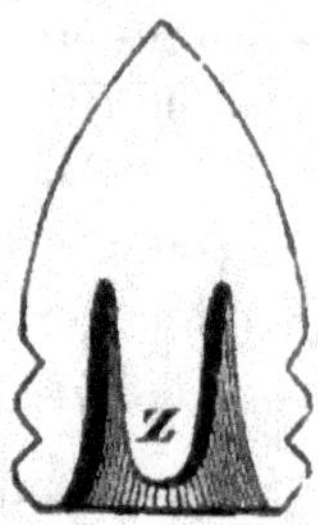

Der Verfasser seinerseits hat mit dem churhessischen Gewehr und Geschossen nach Fig. 187. trotzdem dieselben mit der grössten Sorgfalt gegossen und beim Entfernen aus der Form vor jeder Deformation gewahrt wurden, sehr ungünstige Resultate erreicht, was seine Ansicht über den zweifelhaften Werth des Timmerhanns-schen Geschosses nur bestärken konnte. Die Geschosse schlugen zum Theil queer durch die nur 100 Schritt entfernte Scheibe (Beweis, dass sie die Rotation nicht aufgenommen hatten), hielten, auch wenn sie mit der Spitze vorn durchschlugen, häufig nicht Strich, einige schlugen sogar vor der Scheibe auf. Die Gewehre waren sorgfältig revidirt und tadellos gearbeitet, was sich auch darin zeigte, dass sie, mit anderen Geschossen beschossen, vortrefflich Strich hielten. Das verwendete Pulver war preussisches Gewehrpulver, was sich für alle Expansionsgeschosse als sehr geeignet bewährt hatte.

Da Herr v. Plönnies auf Seite 64 bemerkt, dass man sich in Churhessen dem Minié-System wieder zugewandt habe, so mögen wir wohl nicht allein jene Erfahrungen gemacht haben.

§. 176. Construction von Plönnies.

Die ausgedehntesten und gründlichsten Versuche in Betreff des Systems der Expansionsgeschosse und die dabei im eignen Vaterland und in Russland gesammelten ungemein reichen Erfahrungen brachten den Verfasser der „neuen Studien“, W. v. Plönnies, (damals) Oberlieutenant in der Grossherzoglich hessischen Infanterie, zu der durch Wissenschaft und Praxis begründeten Ueberzeugung, dass eine sichere Ausdehnung von Expansionsgeschossen über 14 mm (ppr. 0,53″) unter Wahrung der nöthigen Transportfestigkeit und Unwandelbarkeit der Wände sich nur durch den culot, bei Geschossen von und unter 14 mm Kaliber dagegen dadurch gewinnen lasse, dass „das Geschoss in der Längenrichtung, also parallel mit der Rotationsachse, in starke und schwache Stellen gegliedert wird, wodurch die Höhlung einen eckigen oder sternförmigen Querschnitt erhält“ und „eine enge Höhlung mit grossem Durchmesser erzeugt wird.“

Fig. 188.

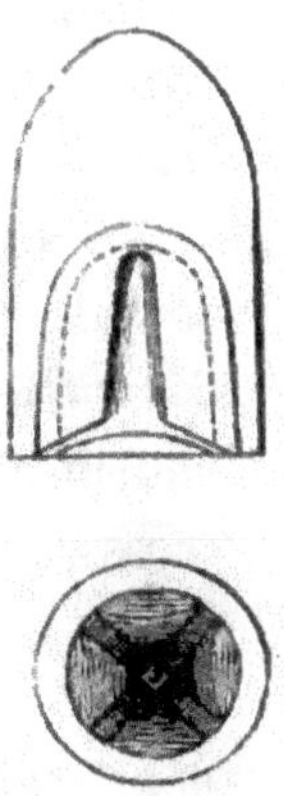

Als das Resultat seiner rastlosen Forschungen hat er schliesslich ein nach jenen Prinzipien construirtes Geschoss, Fig. 188, aufgestellt, welches für das bereits besprochene Gewehr m/57 des achten Bundescorps bei der grossherzoglich hessischen Infanterie, sowie für alle Waffen desselben Kalibers eingeführt ist.

Dies vortreffliche Geschoss, von dessen wirklicher Kriegsbrauchbarkeit und bedeutenden Leistungen wir uns durch eigene Versuche überzeugt haben, hat für das normale Gewehrkaliber von 13,9 mm oder 0,53" mit dem Kaliber von 13,5 mm oder 0,513" einen Spielraum von beinahe 0,02", also mit Papierenveloppe von mindestens 0,01" und ist im höchsten Grade unempfindlich gegen ein noch viel bedeutenderes Maass des Spielraums.

Der Constructeur hat dasselbe ohne Cannellirungen hergestellt, welche bei einem Geschoss des vorliegenden Kalibers behufs Verminderung der Reibung nicht mehr nothwendig sind, um so weniger, als das Expansionsgeschoss ohne Treibspiegel einen gewissen Grad von Elastizität besitzt, man ausserdem im Lauf der Zeit durch Erfahrung von der früher herrschenden Ansicht über den Werth der Cannellirungen als Flugbahnsregulatoren zurückgekommen ist, und gewinnt dadurch den Vortheil, dass dasselbe in einer geschlossenen Stanze geprägt werden kann, eine Erzeugungsart, welche dem Guss allerdings bedeutend vorzuziehen ist.

Das Gewicht des Geschosses beträgt nur 28 gr. = 1,68 Lth. und giebt trotz seiner nur 4 gr., also $\frac{1}{7}$ Geschossschwere betragenden Pulverladung, eine so flache Flugbahn, dass man mit Standvisir und gestrichenem Korn (Visirwinkel 36') bis auf 400 Schritt hin stets auf die Mitte eines aufrecht stehenden Infanteristen halten kann, ohne das Ziel zu fehlen, ein Verhältniss, auf dessen hohen Werth für reelle Gefechtsleistungen wir schon hingewiesen haben.

Plönnies entwickelt in seinem mehrerwähnten Werke den Entstehungsgang seines Geschosses in klarster und gründlichster Weise; wir müssten ihn abschreiben, wollten wir dasselbe eben so gut sagen, und da wir dazu keine Neigung verspüren, so wollen wir lieber annehmen, dass unsere geehrten Leser jenes vortreffliche Buch kennen und nur aussprechen, dass wir die Ausführungen des Verfassers vollständig unterschreiben und in der Plönnies'schen Geschossconstruction eine solche erblicken, welche innerhalb der angegebenen Kalibergrenzen die Beseitigung des culot als vortheilhaft erscheinen lässt und sich für alle Waffen des süddeutschen Kalibers empfiehlt.

§. 177. Die neueste Construction von Nessler.

Wir gedachten bereits in §. 174 eines Geschosses des französischen Jäger-Capitains Nessler, welches im Allgemeinen dem

Neindorff'schen ähnlich war, aber den Anforderungen nicht entsprach. Jener Offizier versuchte daher eine Combination jener mit der Timmerhanns'schen Construction (s. Fig. 189), welche aber aus den schon erörterten Ursachen bei dem grossen Kaliber der französischen Gewehre gleichfalls nicht genügen konnte, so dass er endlich unter Anwendung der Plönnies'schen Prinzipien das in Fig. 190 dargestellte Geschoss construirte, welches denn seit 1857 für alle französischen gezogenen Gewehre ohne Dorn eingeführt ist.

Fig. 189.

Fig. 190.

Wie die Figur zeigt, besteht der oberste Theil des Hohlraums aus einer 3 seitigen Pyramide, deren Flächen nach der Geschossbasis hin in den schmalen schneidigen Rand verlaufen und dem Blei die nöthige Widerstandsfähigkeit gegen das Zerdrücken geben.

Die Construction ist jedenfalls eine sehr sinnreiche und sehr vortheilhaft für den grossen französischen Kaliber, insofern das Gewicht des 17,2 mm (0,653") Kaliber haltenden Geschosses dadurch auf das Gewicht von 32 gr. (2 Zollloth) gebracht ist, so dass die 4,5 gr. betragende zugehörige Pulverladung circa $\frac{1}{7}$ Geschossgewicht hat. Dieses günstige Verhältniss wird selbstredend wieder durch den grossen Kaliber, also bedeutenden Querschnitt, des Geschosses beeinträchtigt.

Bemerkenswerth ist es, dass man endlich im Jahre 1857 den Unwerth der Progressivzüge für das Expansionssystem in Frankreich erkannt und sie durch solche von gleich bleibender, 0,0076" betragender Tiefe ersetzt hat, wodurch, wie es in der instruction sur le tir du fucil rayé d'infanterie etc. heisst, wie natürlich: „le forcement est plus régulier, la justesse plus uniforme, la portée plus grande, et les ruptures sont moins fréquentes".

Es geht hieraus übrigens hervor, dass das Zerreissen der Geschosse trotz der Nessler'schen Construction immer noch vorkommt, was den erneuten Beweis dafür liefert, dass bei Expansionsgeschossen grossen Kalibers ein gut construirter culot immer das Beste bleibt.

Plönnies zeichnet das französische Geschoss mit gerundeter Spitze, die der uns vorliegenden enthält eine durch Abkneifen des Gusshalses entstandene Platte: im letzteren Falle muss ein Zerreissen häufiger eintreten; auch wird der Luftwiderstand weniger erfolgreich überwunden.

§. 178. System Podewils.

Der Oberstlieutenant v. Podewils, Direktor der königlich bayrischen Gewehrfabrik zu Amberg, hat schon vor mehreren Jahren ein selbstständiges System von Gewehren des österreichischen Kalibers 0,53" mit Expansionsgeschossen ohne Treibspiegel aufgestellt, welches in einer ganz kürzlich erschienenen Schrift*) (wir schreiben dies Anfangs Juni) besprochen wird, welche, wenn nicht von dem Erfinder selbst, doch mindestens unter seinem directen Einfluss verfasst, eine klare und wissenschaftlich gründliche Darstellung des ganzen Entwicklungsganges und der Anschauungen und Erfahrungen giebt, welche die endgültige Feststellung des Systems herbeiführten. — Es würde uns zu weit führen, wollten wir den gesammten Inhalt der Schrift hier einer Besprechung unterziehen, ist auch insofern nicht nöthig, als in dem ersten Theil derselben die Hauptsätze für das System der Expansionsgeschosse ohne Treibspiegel entwickelt werden, welche wir bereits erörtert haben; wir wollen uns daher vorzugsweise an Das halten, was speziell das System Podewils begründet, und dies ist der Satz, dass, während man bisher bei allen Constructionen von Expansionsgeschossen vorzugsweise das eine Element, das Geschoss, berücksichtigt und darin Genügendes erreicht habe, das andere Element der Leistung, die treibende Kraft, das Pulver, und sein Einfluss auf das Forcement des Geschosses nicht hinlänglich berücksichtigt worden sei.

Herr v. Podewils hat demgemäss die ausgedehntesten und gründlichsten Versuche in dieser Richtung angestellt, um:

„1) die Art und Weise zu ermitteln, in welcher die Pulverkraft thätig ist, um die Ursache der missliebigen Resultatsschwankungen zu entdecken;

*) Die gezogenen Handfeuerwaffen der königlich bayrischen Infanterie (System Podewils) etc. (Besonderer Abdruck aus dem Militair-Wochenblatt für das deutsche Bundesheer. Darmstadt und Leipzig. Ed. Zernin. 1862.

2) einen dominirenden Einfluss auf die Kraftäusserung des Pulvers und damit die Mittel für den angestrebten Fortschritt zu gewinnen,"

und ist dabei schliesslich zu dem Resultat gekommen, dass ein Mal der Zündstrahl in der Richtung der Seelenachse geführt werden und ungehindert und vehement dieser Richtung folgen müsse, da bei der Entzündnug des Pulvers ein primitiver Gassstrom im Zündcanal frei werde, durch welchen und in dessen Richtung die Basis des Geschosses den ersten Stoss erhält, ehe die ganze Pulverladung (d. h. deren Gas) entwickelt und in Thätigkeit ist.

Der Constructeur verwirft demgemäss die übliche schräge Führung des Zündcanals, indem er der auf Versuchsergebnisse gestützten Meinung ist, dass der in ihm entwickelte ursprüngliche Gassstrom, seiner Richtung folgend, das im Pulversack gelagerte Geschoss an der linken Seite der Basis treffe, dadurch eine schiefe Stellung des Geschosses und durch die Reaction, welche er gegen die später erfolgende Expansion äussert, jene Verzerrungen des Geschosses herbeiführe, welche eine unvermeidliche Folge einer nicht centralen Expansion und die Ursachen ungleicher Schiessresultate sind — und führt dagegen den Zündcanal in der nebenstehend gezeichneten Weise, wobei der Durchmesser des Kanalarms *a b* von dem Laufkaliber beeinflusst werden, im Allgemeinen aber nicht zu enge sein soll, damit er sich sicher mit Pulver füllt, der Arm *b c* aber die in der Figur gezeichnete Weite von circa 0,15" haben soll, damit auch er nicht pulverleer bleibe.

Fig. 191.

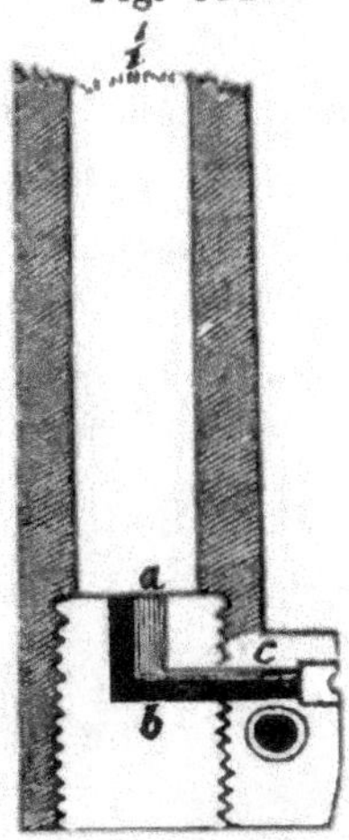

Der Arm *b c* soll immer winkelrecht zu *a b* geführt werden, damit letzterer nicht verkürzt und somit die Vehemenz des in *a b* frei werdenden Gassstroms beeinträchtigt werde, was bei einer schrägen Stellung von *bc* auf *ab* eintreten würde.

Als die günstigen Resultate dieser Zündmethode werden bezeichnet:

1) Stabilität der Resultate;
2) möglichste Verwendung leichter Geschosse;
3) möglichste Verwendung von Geschossen mit starken Bleiwänden.

Resultat 1 soll erreicht sein „durch den Wegfall der störenden Einwirkung schädlicher seitlicher Gasströme“.

In Betreff des Punktes 2 wird behauptet, dass „das Trägheitsmoment des Geschosses“ (unter dessen Einwirkung, wie wir früher nachwiesen, der Expansionsprozess sich vollzieht) „aufhöre, zu den Hauptbedingungen zu zählen, und demzufolge verhältnissmässig leichte Geschosse verwendet werden können, weil der centrale Gasstrom (aus *a b*) auf die Expansionsflächen des Hohlraums wirke, ehe die Stossflächen“ (d. i. also die Basis des Geschosses und die obere Grenzfläche des Hohlraums) „von den Gasen getroffen werde. Aus demselben Grunde können dann (ad 3) auch die Geschosse sehr starke Bleiwände erhalten, da es nicht mehr nöthig ist, die Stossfläche von „der Basis des Geschosses in das Innere desselben auf den Grund des Hohlraums zu verlegen, um zu bezwecken, dass die Expansionsflächen vor der Stossfläche den Druck der Gase erleiden“.

Fig. 192.

Nach diesen Grundsätzen ist denn auch, wie nebenstehende Figur zeigt, das Podewils'sche Geschoss construirt. Dasselbe wiegt bei demselben Kaliber, wie das von Plönnies — 13,5 mm = 0,513″ — 29,64 gr. oder 1,77 Loth und wird mit einer Pulverladung von 4 gr. (also circa $\frac{1}{7,5}$ Geschossgewicht) geschossen. Die eine schwache Cannellirung ist beibehalten worden, um das Laden bei verschleimtem Rohr zu erleichtern und der beobachteten Zusammenziehung der Geschosse am untern Theil zu begegnen, wodurch leicht eine mangelhafte Führung an den Seelenwänden eintreten kann.

Waffen nach dem Podewils'schen System sind in 3 Modellen vom gleichen Kaliber 0,53″, und natürlich mit Verwendung der gleichen Patrone, in der bayrischen Infanterie eingeführt worden, so dass nur noch die Jäger die früher besprochene Dornbüchse führen. Diese Modelle sind folgende:

Modell I. Infanteriegewehr für die Füsilier-Compagnieen. Lauflänge 36″. Standvisir für 300 Schritt, Klappe mit Durchsichten (Lochvisiren) für 500 und 700 Schritt, Uebersicht (Glattvisir) für 900 Schritt.

Modell II. Schützengewehr für die Schützen-Compagnieen

(5. Compagnie der Füsilier-Bataillone) mit 36" Lauflänge und einem Schieberaufsatz, der für 200 bis 1000 Schritt stellbar und mit einer Uebersicht (obersten Kimme) für 1200 Schritt versehen ist.

Modell III. Büchse für ausgesuchte Schützen in den Füsilier- und Schützen-Compagnieen mit 32" Lauflänge, einem Stecher und einem Schiebervisir, welches, wie beim Modell II für alle 100 Schritt, aber bis 1200 Schritt eingetheilt und mit einer Uebersicht für die colossale Entfernung von 1400 Schritt versehen ist.

Auf den Werth dieser weitreichenden Visirung werden wir noch zu sprechen kommen, weitere Verhältnisse der Waffen erhellen aus der Tabelle.

§. 179. Wenden wir uns nach diesen Erörterungen zu einer Prüfung des Systems Podewils, so lassen sowohl die in der genannten Denkschrift aufgeführten Resultate über die Leistungen der Gewehre (vergl. Seite 31, 32 und 35) in Betreff der Trefffähigkeit und Flachheit der Flugbahn ihrer Geschosse, sowie die Ergebnisse der in den Jahren 1858 und 1859 auf Befehl des Königlich Niederländischen Kriegsministeriums angestellten vergleichenden Schiessversuche, über welche uns Plönnies „Neue Studien" Aufschluss geben, keinen Zweifel darüber, dass das System Podewils vortreffliche Kriegswaffen ergiebt; auch sieht die niederländische Prüfungskommission in der Podewils'schen Zündmethode die Ursache der bedeutenden Leistungen der Waffen, wenngleich sie sie nicht unbedingt für eine Kriegswaffe empfehlen mag, wohl aus dem Grunde, weil sie die Ursache der bei den Versuchen beobachteten öfteren Versager in der Verschleimung des eigenthümlich geformten Zündcanals und ausserdem in dessen Form ein Hinderniss für eine leichte Reinigung der Waffe erblickt.

Beides wird in der erwähnten Denkschrift in Abrede gestellt und erklärt, dass sowohl die ausgedehntesten Proben als auch ein mehrjähriger Dienstgebrauch der Waffe jede Besorgniss in dieser Richtung als unbegründet erwiesen hätten, auch der Vermuthung der niederländischen Commission, dass sich bei einer Abnutzung der Rohre das geringe Ausdehnungsvermögen der bayrischen Projectile fühlbar machen werde, mit der Behauptung begegnet, dass dem System eine hohe Unempfindlichkeit gegen Vermehrung des Spielraums eigen und es gerade ein Vortheil desselben sei, dass „die Sicherheit der Expansion nicht wie bei andern durch die Expandirfähigkeit des Geschosses allein, sondern vielmehr durch die expansive Natur der Waffe bezweckt wird“.

Besagte Denkschrift wendet sich auch gegen einzelne Einwände, welche Herr v. Plönnies gegen den Einfluss des primitiven Gasstroms macht, auf welchen Podewils sein System basirt. Plönnies sagt nämlich auf Seite 169 u. A.: „Wir halten diese Hypothese für etwas gewagt, und jedenfalls für abweichend von der üblichen wissenschaftlichen Betrachtung, welche nur von dem gleichen normalen Druck auf die Einheitsfläche der Umschliessung ausgehen kann.“

Schreiber dieses war derselben Meinung; auch er konnte sich nicht zu der Ueberzeugung bringen, dass der allerdings sehr intensive Gasstrahl des bei der Percussionszündung thätigen Zündmittels, verbunden mit den aus der Pulverladung zuerst entwickelten Gasen im Stande sein solle, eine expandirende Thätigkeit früher als die Gesammtmasse der aus der absolut so kleinen Ladung des kleinkörnigen, daher so schnell in Gasform übergehenden, Gewehrpulvers sich entwickelnden Gase zu äussern. Und doch, wenn man erwägt, mit welcher Blitzesschnelle der ganze Prozess der Entzündung, Verbrennung und Kraftäusserung des Schiesspulvers vor sich geht und wie sehr sich demgemäss die Aufeinanderfolge der dabei naturgemäss vorhandenen einzelnen Momente der menschlichen Beobachtung entzieht, so wird man geneigt, der so klar entwickelten und durch unleugbare Thatsachen, deren Zusammenhang mindestens mit dem Behaupteten nicht in Abrede gestellt werden kann, begründeten Podewils'schen Theorie sich anzuschliessen, freilich unter der Voraussetzung, dass, was auch Podewils fordert, ein sehr rasches Pulver, vielleicht sogar ein sehr stark geladenes Zündhütchen angewendet wird. Preussische Versuche mit Podewils'schen Waffen unter Anwendung des gewöhnlichen preussischen Gewehrpulvers haben nämlich keine sonderlich günstigen Resultate geliefert, und ziehen wir daraus eben den Schluss, dass nur bei einem sehr schnell entzünd- und verbrennbaren Pulver sich ein eclatanter Einfluss des primitiven Gasstroms auf die Expansion geltend machen und also der Podewils'schen Zündmethode einen besonderen Werth verleihen könne. — Denn es ist nicht zu verkennen, dass einige Erscheinungen, welche die Denkschrift pro Podewils der Thätigkeit des primitiven Gasstroms bei schräger Stellung des Zündcanals zuschreibt, sich auch anderweit erklären lassen. So wird z. B. auf Seite 20 u. s. f. nachgewiesen, dass, wenn man sehr expansible Geschosse verwendet, dieselben stets einen sehr langen Abdruck der Züge auf der Seite des Zündstollens, dagegen auf der linken Seite einen ungleich kürzer ausgeprägten Zug zeigen, und daraus deduzirt, dass dies nur die Folge des bei schräg geführtem Zündcanal in schräger Richtung links vorwärts zuerst thätigen Gasstroms sein könne, der das Geschoss umlege, d. h. schärfer an die rechte Seelenwand drücke, so dass die Expansion an dieser Seite, auf welcher demgemäss keine Umspielung des Geschosses durch Gase möglich, stärker ausfallen müsse. Es scheint uns hierbei übersehen zu sein, dass der Spielraum des Geschosses bei angeschlagenem Gewehr sich als ein kleiner Spalt über dem Geschoss darstellt, welcher bei der Einwirkung der rechten Hand beim Zielen und Abdrücken sich mehr nach der linken Seite hin verlegt. Hier also findet ein Umspielen des Geschosses Seitens der Pulvergase statt, welches bei sehr expansiblen Geschossen jene selbe Erscheinung hervorrufen müsste. Freilich steht mit dieser Anschauung wieder die Behauptung der Schrift im Widerspruch, nach welcher bei Anwendung der centralen Zündung jene Erscheinung total verschwunden wäre.

Auch der Umstand, dass die österreichischen Compressivgeschosse aus dem bayrischen Gewehr geschossen ungleich bessere Resultate geliefert haben, als aus dem österreichischen Gewehr, liesse sich vielleicht damit erklären, dass das bayrische Gewehr einen um circa 23″ kürzeren Drall hat, als das österreichische, wo durch das Forcement des österreichischen Geschosses begünstigt, seine Rotation noch genauer geregelt wird.

Jedenfalls auch liegt in dem Trägheitsmoment des im Verhältniss zur Ladung schweren Podewils'schen Geschosses ein bedeutenderer Einfluss auf die exacte Expansion, als der Constructeur ihr einzuräumen geneigt ist. Herr v. Plönnies macht auf diesen bei dem Kaliber von 13,9 mm äusserst einflussreichen Umstand mit Recht aufmerksam und zieht aus der Thatsache, dass seine Geschosse auch bei ganz gewöhnlicher Construction der Schwanzschraube eine völlig correcte Expansion zeigen, den Schluss, dass die trefflichen Leistungen der bayrischen Gewehre vielmehr den günstigen Einflüssen des Kalibers als der Eigenthümlichkeit der Zündmethode zuzuschreiben sind.

Wir möchten das nicht unbedingt unterschreiben, da uns die Podewils'sche Theorie, NB. bei Anwendung eines sehr raschen Pulvers, plausibel erscheint, und würde es sehr interessant sein, wenn Herr v. Plönnies (uns steht leider kein bayrisches Gewehr zur Disposition) untersuchen wollte, ob die Leistungen seines Geschosses bei Anwendung der Podewils'schen Zündmethode sich noch über das bereits gewonnene vorzügliche Maass hinaus steigern liessen. — Im letzteren Falle würde sein Geschoss immer den Vorzug vor dem bayrischen verdienen, da es vermöge seiner Construction und dennoch genügender Transportfestigkeit leichter ist, also den Effect der gleich starken Pulverladung steigert, ausserdem seine mehr expansibeln Wände grössere Toleranzen im Spielraum gestatten.

§. 180. Rückblick.

Die beendete Abhandlung über das System der Expansionsgeschosse zeigt, dass dasselbe eine bedeutende Elastizität besitzt und in verschiedener Weise ausgebildet und also zur Herstellung sehr tüchtiger Kriegswaffen benutzt werden kann, wenn nur die allein richtigen und maassgebenden Grundsätze für die Construction des Geschosses und der Waffe inne gehalten werden.

Das Expansionssystem ergiebt um deswillen die brauchbarsten von oben zu ladenden Kriegsgewehre, weil es, in richtiger Ausbildung, nicht nur an und für sich einen bedeutenden Spielraum, sondern auch bedeutende Toleranzen desselben möglich macht: das Laden des Gewehrs ist demnach leicht und schnell auszuführen, die Anfertigung der Waffen wenig diffizil und daher billig, und die Leistungen der Waffe leiden nicht unter einer geringen Veränderung des Rohrs.

Die Schnelligkeit des Ladens ist, da der Stock nicht gewendet werden braucht und nur zum Niederschieben des Geschosses benutzt wird, eine den Verhältnissen des geschlossenen Feuergefechts vollkommen entsprechende, und auch in beengten Körperstellungen lässt sich das Gewehr, Dank der Einfachheit des Systems, laden. Dieselbe erleichtert die Instandhaltung des Gewehrs und stempelt es zu einer praktisch brauchbaren Kriegswaffe.

Fanden wir, dass das Expansionssystem seine höchste Vollendung mit der Annahme eines kleinen Kalibers in den Systemen v. Plönnies und v. Podewils fand, dass dann erst mit der grössten Einfachheit und Dauerhaftigkeit des Geschosses die höchsten Leistungen desselben vereinigt werden, so sehen wir doch auch andererseits, dass bei dem grossen Kaliber selbst durch angemessene Construction ein Gewicht des Geschosses herbeigeführt werden kann, welches keine Verringerung der Kriegschargirung des Mannes erfordert.

Die Franzosen haben mit richtigem Takt diesem wichtigen Umstand und dem weiteren einer einfachen Geschossconstruction den übrigens immer doch nur bedingungsweise sichern Schuss auf grosse Entfernungen geopfert, den sie bei dem grossen Kaliber ihrer Gewehre nur durch ein schweres culot-Geschoss hätten erhalten können.

Dasselbe hätte überall geschehen müssen, wo man die Schmiegsamkeit des Minié-Systems benutzte, um grosskalibrige glatte Gewehre in gezogene zu verwandeln. Wir werden sehen, welchen Werth der Schuss solcher Gewehre auf 1000 Schritt und darüber hat, dem zu Ehren man die schwere Munition (schwer an Blei, leicht an Pulver!) annahm.

Wir müssen hier noch einer sehr praktischen Idee erwähnen, welche einer unserer Kameraden, Major v. Helden-Sarnowski*), in jener Zeit zur Ausführung brachte, als wir unsere Minié'sche Umänderung bewirkten und leider auch ein sehr schweres Geschoss annahmen. Derselbe setzte ein Geschoss vom Typus des preussischen Langblei und dem Gewicht der Flintenkugel (circa 30 gr.) in einen expansionsfähigen Pappspiegel, welcher expandirend die Führung des Geschosses übernimmt. Es wurde hierdurch ein leichtes Geschoss von kleinem Kaliber gewonnen und ausserdem der Vortheil erreicht, dass die Patrone nach dem Einbringen des Pulvers in den Lauf nicht gewendet werden braucht, also ganz wie bei dem glatten Gewehr geladen werden konnte.

---

*) Verfasser der jüngst erschienenen Schrift: Populaire Theorie des Schiessens etc. Erfurt bei C. Villaret.

Leider ist diese höchst praktische Idee nicht ausgebeutet worden: wir erwähnen ihrer an dieser Stelle namentlich, um zu zeigen, welche Elastizität das Expansionssystem besitzt.

Die von uns gegebene Uebersicht über die Waffen nach dem Expansionssystem zeigt, welche bedeutende Verbreitung dasselbe gefunden, und wie es demgemäss hauptsächlich dazu gedient hat, das gezogene Gewehr zum Gemeingut der Infanterie zu machen.

4. Das System der Compressionsgeschosse.

§. 181. Dieses System charakterisirt sich im Allgemeinen dadurch, dass das Beharrungsvermögen des Geschosses dazu benutzt wird, die erste Wirkung der Pulvergase in einer Stauchung des zur Führung an den Seelenwänden bestimmten hinteren Geschosstheiles in der Richtung der Seelenachse thätig werden zu lassen, wodurch derselbe also zusammengedrückt, comprimirt, und demgemäss das Blei genöthigt wird, nach den Seiten einen Ausweg zu suchen und somit den nöthigen Anschluss an die Balken und Züge zu gewinnen.

Es kann demnach das System auf zwei Wegen zur Durchführung gebracht werden, ein Mal, indem man die Compression in der Richtung der Seelenachse durch eine angemessene Construction des hinteren Geschosstheils begünstigt und erleichtert, andrerseits, indem man durch möglichste Verkleinerung des Kalibers sich die Möglichkeit verschafft, das Trägheitsmoment des Geschosses durch eine bedeutende Verlängerung des letzteren zu vergrössern.

Es wird hiernach begreiflich, dass das Compressivsystem mit dem Expansivsystem das gemein hat, dass auch bei ihm nur die Geschossconstruction im Verein mit der Kraft der Pulvergase das Blei in die Züge treibt, der Ladestock also auch nur zum Niederschieben des Geschosses bis aufs Pulver verwendet werden braucht und demnach Einfachheit der Waffe und Leichtigkeit des Ladens gewonnen werden. Daraus aber folgt, dass unter Anwendung dieses Systems von oben zu ladende gezogene Gewehre gewonnen werden, welche den Forderungen des Kriegsgebrauchs entsprechen und zu einer allgemeinen Bewaffnung der Infanterie geeignet sind.

§. 182. Das Lorenz'sche Compressionsgeschoss.

Der österreichische Artillerie-Lieutenant Lorenz stellte im

Jahre 1852 ein Compressionsgeschoss auf, unter dessen Anwendung für gezogene Gewehre die damals noch nicht genügend beseitigten Mängel des Minié'schen Expansionsgeschosses, namentlich dessen schwankende Leistungen und ungenügende Haltbarkeit, sowie der culot vermieden, dagegen der Waffe die in die Augen springenden, uns hinlänglich bekannten, Vortheile des Minié-Gewehrs zugewendet werden sollten. Gleichzeitig wollte der Constructeur dem Spitzgeschoss das ungefähre Gewicht der Musketenkugel geben und musste demgemäss einen Kaliber wählen, dessen Grösse eine besondere, die Compression begünstigende Construction des Geschosses bedingt.

Fig. 193.

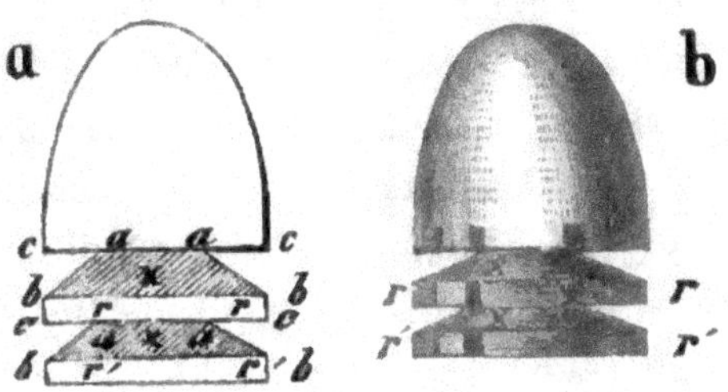

Fig. 193 *a* veranschaulicht die Lorenz'sche Construction: die Spitze des Geschosses ist stark gewölbt und massig gehalten, der cylindrische Theil mit 2 tiefen Einkerbungen versehen, deren Form so bemessen ist, dass die abfallende Linie *ab* als Hypothenuse des das Einschnittsprofil bildenden rechtwinkligen Dreiecks *cab* länger ist als *ac*, die lange Kathete.

Bevor die Pulvergase die Trägheit des ganzen Geschosses zu überwinden vermögen, setzen sie den durch die tiefen Kerben erleichterten und nachgiebigen Cylindertheil in Bewegung, es werden die Reifen *r'r'* und *rr* gewaltsam nach vorn gedrängt und somit die über ihnen befindlichen Kegelabschnitte *xx* keilartig vorgeschoben, die Linien *ab* nähern sich den Katheten *ac*, und das wenig elastische Blei, dessen Volumen sich nicht verringert, muss den ihm nöthigen Platz, welcher ihm in der Längenrichtung genommen wird, in der Richtung der Radien suchen, wodurch es sich an die Balken anschliesst und in die Züge tritt. Das Geschoss wird also in der Längenrichtung verkürzt, wie Fig. 193 *b* zeigt, buchstäblich zusammengedrückt, comprimirt, daher der Name der Geschosse.

Auf Grund dieser leitenden Sätze construirte Lorenz zur Erfüllung der weiteren oben angegebenen Bedingungen das umstehend abgebildete Geschoss, welches, vom Kaliber 13,6 mm oder genau

Fig. 194.

0,5168", und 30,12 gr. schwer, für Waffen des Kalibers 0,53" = 13,9 mm angenommen wurde, mit deren Einführung man in Oesterreich sehr energisch vorging, so dass sie schon jetzt alle älteren Waffen verdrängt haben, und bereits im Jahre 1859 die in Italien kämpfende Infanterie durchaus mit den neuen Gewehren ausgerüstet war.

Von Infanteriewaffen Lorenz'schen Systems existiren in Oesterreich 3 Arten, und zwar ein Infanteriegewehr, welches für $\frac{2}{3}$ der Mannschaft nur mit einem Standvisir, für das übrige $\frac{1}{3}$ (beste Schützen) und die Chargen mit Stand- und Klappvisir zum Schiessen bis auf 900 Schritt versehen ist, und 2 Jägerstutzen No. I und II, ersterer für die Chargen und besten Schützen, letzterer für die übrige Mannschaft der Jägerbataillone bestimmt. Stutzen No. II hat dieselbe Visirung wie das Infanterieschützengewehr, No. I eine Visirung bis 1200 Schritt, ausserdem, wie wir bereits in §. 165 erwähnten, einen mit der Schwanzschraube aus einem Stück bestehenden Dorn, der selbstredend nur den Zweck hat, Geschoss und Pulver stets durch einen kleinen Zwischenraum von einander zu trennen, für das System ganz überflüssig, aus bekannten Gründen eine keineswegs angenehme Zugabe für die Waffe, auch durchaus keine Erfindung des Lieutenants Lorenz ist. Aber wie bekannt haben die Erfinder eines Systems nicht immer die Bestimmung über die Construction der Waffen im Detail, sondern machen sich dabei oft ganz andere Einflüsse geltend.

Die spezielleren Verhältnisse dieser 3 Gewehrmodelle erhellen aus der Tabelle; für den vorliegenden Zweck heben wir nur noch hervor, dass die Züge gleich bleibend tief, aber mit 0,0076" sehr seicht eingeschnitten sind; der Drall ist mit circa $\frac{1}{2}$ für die Länge der Rohre als lang zu bezeichnen.

Das, wie bemerkt, für alle Waffen gleiche Geschoss wird mit 4 gr., also circa $\frac{1}{7,5}$ geschossschwerer Ladung geschossen; die angegebenen Verhältnisse zeigen, dass dasselbe einen normalen Spielraum von genau 0,011", also mit Papierenveloppe von 0,005" bis 0,0075" hat. — Die Leistungen aller dieser Waffen werden österreichischerseits sehr hoch gestellt, wogegen wenigstens die des Infanteriegewehrs bei den niederländischen vergleichenden Schiessversuchen in

Betreff der Präcision des Schusses und der Rasanz der Flugbahn weit hinter denen der anderen beschossenen Waffen und namentlich, was hier besonders wichtig, der bayrischen Infanteriegewehre desselben Kalibers zurückblieben, welche das beinahe ebenso schwere Podewils'sche Expansivgeschoss mit der gleichen Ladung von 4 gr. schossen.

Bei einer näheren Vergleichung beider Waffen resp. ihrer Systeme kann uns diese Erscheinung füglich nicht überraschen, denn es ist einleuchtend, dass das Compressivsystem eine viel höhere Anforderung an das Trägheitsmoment des Geschosses stellt als das Expansionssystem. Bei dem Expansionsgeschoss dringen, wie wir sehen, die Pulvergase in den Hohlraum ein und wirken, noch ehe sie nur die für die Fortbewegung des Geschosses entscheidende Stossfläche treffen, bereits mit ihrer ganzen dehnenden Gewalt auf die für das Forcement des Geschosses wichtigen, der Längenachse ungefähr parallelen, Wandungsflächen des Hohlraums — bei dem Compressionsgeschoss dagegen ist die Stossfläche, welche für den Prozess der Stauchung nöthig, d. i. die Grundfläche des Geschosses, identisch mit der der Ueberwindung des Beharrungsvermögens dienenden. Letzteres muss also bedeutender sein, wenn der Anschluss des Bleis an die Seelenwände erreicht werden soll, bevor der Schwerpunkt in Bewegung gesetzt wird.

Hiezu sind also besonders nöthig eine bedeutende Länge des Geschosses im Verhältniss zum Kaliber und eine möglichst vorwärtige Lage des Schwerpunkts, Bedingungen, welchen wir allerdings in der Lorenz'schen Construction sehr gut entsprechen sehen. Erwägt man nun, dass die in der Richtung der Seelenachse durch den Pulverstoss vorwärts getriebenen Bleitheilchen vor Allem versuchen, in dieser Richtung einen neuen Lagerpunkt zu suchen, so ist es begreiflich, dass die stauchende Gewalt der Gase zum Theil dazu consumirt wird, jede undichte Stelle bes Geschosses zu schliessen, das Blei gewissermassen zu verdichten, dann erst tritt die Vergrösserung des Durchmessers ein. Die natürliche Folge dessen aber ist, dass, da die Arbeitsleistung der Gase für 2 ganz verschiedene Functionen in derselben Richtung in Anspruch genommen wird, ihre Intensität abgeschwächt wird, was sich in einer Verminderung der Anfangsgeschwindigkeit ausspricht, und ist es weiter klar, dass der

Spielraum sehr gering und genau bemessen werden muss, wenn die Stauchung schnell und vollständig sich vollziehen soll.

Das Lorenz'sche Compressionsgeschoss ist daher sehr empfindlich gegen ein bedeutendes Maass, überhaupt gegen ein ungleiches Maass des Spielraums, eine Umspielung des Geschosses durch Gase wirkt der Compression in ungünstigster Weise entgegen, und schreibt daher die Podewils'sche Denkschrift auch dem günstigen Einfluss des centralen Gasstroms besonders die bessere Leitung des Lorenz'schen Geschosses im bayrischen Gewehr zu.

Jene nothwendige Beschränkung und gleichmässige Begrenzung des Spielraums hat aber natürlich bedeutende praktische Nachtheile; denn sie erschwert das Laden bei eintretender Verschleimung in bedeutendem Maass (was sich auch in der italienischen Campagne fühlbar gemacht hat), sie vertheuert die Anfertigung der Läufe, weil sie die Kalibertoleranzen einschränkt, und sie verschlechtert bei eintretender Kalibererweiterung die Resultate des Schiessens, weil sie die Gewinnung der Rotation um die Längenachse überhaupt in Frage stellt.

Es fehlt daher dem Compressionssystem jene Elastizität, welche dem Expansionssystem in so hohem Maasse eigen ist und seinen Werth für den Kriegsgebrauch begründet; das Compressionssystem ist namentlich, wie wir uns durch zahlreiche Versuche überzeugten, ganz unbrauchbar für grosse Kaliber, denn wenn bei diesen das richtige Verhältniss zwischen dem Beharrungsvermögen, also der Länge, und der grossen Stossfläche des Geschosses hergestellt werden soll, so erlangt das Gewicht des Geschosses ein für die Praxis ganz unanwendbares Maass, wogegen, wie wir sahen, beim Expansionsgeschoss durch Anwendung des culot resp. durch Verkürzung des Geschosses und entsprechende Ausbildung des Hohlraums (Frankreich) auch bei dem grössten Kaliber noch gute Leistungen gewonnen werden.

Die Zugtiefe der Lorenz'schen Gewehre ist in richtiger Erkenntniss des Wesens des Systems sehr gering bemessen, aber auch hierin liegt ein Keim ungünstiger Leistungen. Je seichter der Zug, desto weniger wirkt die führende Zugkante, namentlich bei nicht völlig exacter Compression, und andererseits leiden die Resultate, wenn im Lauf der Zeit ein Frischen der Züge nothwendig wird.

wobei sich sowohl die Züge leicht etwas vertiefen, als auch der Kaliber des Rohrs unbedingt vergrössert wird.

Die Praxis lehrt demnach, dass der österreichische verhältnissmässig kleine Kaliber, welcher bei dem Expansionssystem schon so ausgezeichnete Leistungen des Geschosses herbeigeführt, für das Compressionssystem noch nicht klein genug ist: die Nutzanwendung liegt nahe.

Wie wir hören, soll in Oesterreich die Absicht vorliegen, in Zukunft die Schiessbaumwolle in den Handfeuerwaffen Lorenz'schen Systems an Stelle des Pulvers als treibende Kraft zu verwenden. Gelingt es wirklich (was uns aber bei der Ladung jener Gewehre von der Mündung aus und bei der Natur der Schiessbaumwolle zunächst als ein schwer zu lösendes Problem erscheint) eine praktisch brauchbare Patrone zu construiren, so lässt sich annehmen, dass die grössere Kraft der Schiessbaumwolle dem Compressionssystem sehr zu Statten kommen und seine Empfindlichkeit wesentlich mässigen dürfte.*)

§. 183.

Weitere Verbreitung des Lorenz'schen Systems.

Das Lorenz'sche Compressionssystem wurde zuerst (irren wir nicht, 1856) bei der königlich sächsischen Infanterie nachgeahmt. Man übertrug es zunächst auf die Jägergewehre Thouvenin'schen Systems vom Kaliber 14,7 mm oder 0,56", denen man zweckmässigerweise den Dorn nahm, und beschaffte dann neue Gewehre desselben Kalibers für die gesammte Infanterie.

Fig. 195.

Dem Geschoss gab man die in Fig. 195 ersichtliche Form, also nur eine sehr scharf eingeschnittene Nuthe mit stark geneigter Hypothenuse des Querschnitts.

Trotzdem man mit den Leistungen dieser

*) Längere Zeit, nachdem wir dies geschrieben, lasen wir in No. 17. der Allgemeinen Militair-Zeitung, dass der Kaiser von Oesterreich unterm 12. März c. die allgemeine Einführung von Expansionsgeschossen an Stelle der soeben besprochenen Compressivgeschosse für alle gezogenen Handfeuerwaffen befohlen habe, was wir für einen grossen Fortschritt halten.

Gewehre sehr zufrieden war, so sind dieselben dennoch Ende vorigen Jahres nach Amerika verkauft worden, und hat man statt ihrer im Interesse deutscher Kalibereinigung österreichische Infanteriegewehre angekauft, aus denen selbstredend das im vorigen Paragraphen besprochene Lorenz'sche Geschoss geschossen wird.

Ist damit nach einer Seite hin bei der Stärkezahl der königlich sächsischen Infanterie ein bedeutender Schritt weiter zu übereinstimmender Bewaffnung der deutschen Infanterie gethan, so darf andererseits hier nicht unerwähnt bleiben, dass bekanntlich Churhessen und Nassau die anderen Truppen des 9. Bundescorps stellen und eine Einigung in denselben Armeecorps äusserst wünschenswerth wäre. Der Krieg in Amerika ist noch im besten Gange, und das Beispiel Sachsens könnte mit Erfolg nachgeahmt werden. Das wäre jetzt das Beste, da Sachsen nun ein Mal (wir wissen nicht warum) die Waffe des benachbarten Preussens nicht angenommen hat, was nach unserer Meinung noch besser gewesen wäre.

Das kleine Contingent Anhalt-Dessau, welches wie bekannt der Reserve-Infanterie-Division angehört, beschaffte im Jahre 1854 neue gezogene Kammer-Gewehre (nach Delvigne, aber mit Spitzgeschoss), also nach einem in jener Periode bereits stark antiquirten System. Selbstredend bestand die Waffe in jener Gestalt auch nicht lange, sondern änderte man sie, da man zum Expansionssystem kein Vertrauen zu haben schien, nach einigen Jahren nach Lorenz'schem System um, indem man die Kammer erweiterte, also von dem bedenklichen Rande befreite, und ein Geschoss von nebenstehender Gestalt, also vom Typus des sächsischen, mit einer Nuthe, aber stärker gewölbter Spitze annahm, was bei dem grösseren Kaliber des Gewehrs von 0,60" = 15,8 mm zweckdienlich erscheint, da derselbe, wie wir bereits sahen, überhaupt schon sehr stark für das Compressionsgeschoss ist.

Fig. 196.

Möglicherweise, weil die Folgen dieses Umstandes sich geltend gemacht haben, hat das Contingent Bernburg, welches im Jahre 1857 u. s. f. neue Gewehre des modifizirten Dessauer Modells beschaffte, in geringerer Abneigung gegen das Expansionssystem das Geschoss Fig. 196 sehr bald mit einem culot-

Geschoss vertauscht, welches, abgesehen von dem grösseren Kaliber, im Allgemeinen dem neueren badischen $^{m}/_{57}$, Fig. 176, gleich ist.

Da zur Zeit (Juni 1862) bereits fast alle Contingente der Reserve-Division das preussische Zündnadelgewehr eingeführt haben, und der amerikanische Krieg noch immer ein sehr geeignetes Mittel bietet, sich ohne wesentliche pecuniaire Nachtheile solcher Gewehre zu entäussern, welche entweder nach Kaliber oder System den fortgeschrittenen Anschauungen der Zeit nicht mehr entsprechen, so dürften auch wohl die mitten im Herzen Preussens liegenden Anhaltischen Länder in naher Zeit das preussische Zündnadelgewehr einführen.*)

Endlich ist zu bemerken, dass die hannöverschen Pickelgewehre, wie schon im §. 165 erwähnt wurde, seit einigen Jahren dem Compressionssystem angehören, indem man bei ihnen ein Compressivgeschoss — Schirmgeschoss genannt — von nebenstehender Form eingeführt hat, bei dessen starkem Kaliber von circa 0,61" die Stauchung durch die aus der Figur ersichtliche seichte Aussenkung der Basis begünstigt werden soll. Hierdurch aber fällt der untere, zur Führung bestimmte Reifen äusserst schwach aus und ist beim Transport Verunstaltungen unterworfen, welche die bekannten Nachtheile herbeiführen. Ebenso ist die Spitze des Geschosses im Verhältniss zum führenden Theil sehr lang und in diesem Verhältniss besonders der Grund der starken Rechtsabweichung — Derivation**) — zu suchen, welche die Einführung eines besonderen Derivationsvisirs nothwendig oder wünschenswerth erscheinen liessen.

Fig. 197.

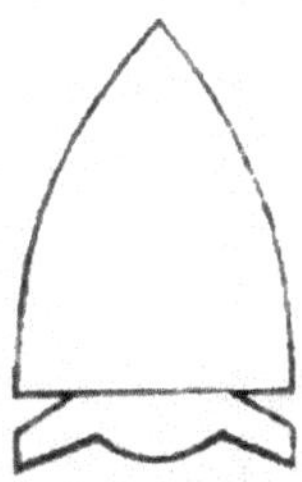

Der Dorn (Pickel) ist trotz des seiner nicht bedürfenden Geschosses, wie früher erwähnt, beibehalten worden, um die Verwendung der oldenburgischen Patronen zu ermöglichen. Er muss, abgesehen von seinem absoluten Nachtheil für die Waffe, auch als relativ nachtheilig für das Schirmgeschoss betrachtet werden, dessen

*) Ist inzwischen auch wirklich geschehen.

**) Die spezielle Betrachtung dieser Erscheinung muss einem späteren Abschnitt vorbehalten bleiben.

empfindlichem unteren Theil er bei ungeschickter Führung des Ladestocks direct schädlich werden kann.

Unter diesen Umständen gewinnt das Factum, dass die übrigen Contingente des 10. deutschen Bundescorps (Holstein natürlich ausgenommen) das preussische Zündnadelgewehr eingeführt haben, eine nahe liegende Bedeutung.

Ausser diesen Waffen nach dem Compressionssystem existirt unseres Wissens nur noch eine im dienstlichen Gebrauch, und zwar das Gewehr $^{m}/_{57}$ der schwedischen Schützenbataillone, dessen Kaliber 14,9 mm = 0,566", wogegen der des zugehörigen Geschosses (Fig. 198) 14,5 mm = 0,551", sein Gewicht 34,35 gr., das der zugehörigen Pulverladung nur 3,4 gr. beträgt.

Fig. 198.

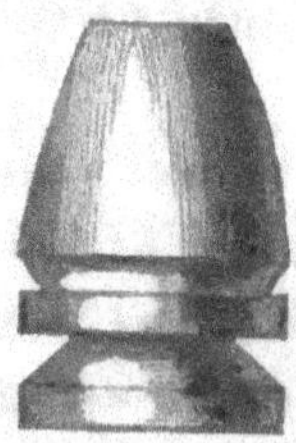

Diese Gewehre sind in Lüttich gefertigt, daher der Name „dites belges“, und mit einem Visir bis auf 900 Schritt versehen, was natürlich nicht viel sagen will.

Anm. Da das Lorenz'sche Compressionssystem mitunter, z. B. auch in Schmölzl's Ergänzungswaffenlehre, unter der Bezeichnung: „System Lorenz-Wilkinson“ aufgeführt wird, so muss zur Erläuterung dessen bemerkt werden, dass im Jahre 1852, kurz bevor der Lieutenant Lorenz sein System für Oesterreich aufstellte, der englische Büchsenmacher Wilkinson ein gezogenes Gewehr mit Compressionsgeschoss zu den vergleichenden Schiessversuchen in Enfield lieferte, deren Resultat die Einführung des sogenannten Enfield-Gewehrs war. Das Geschoss wird uns vom Capitain Jervis-White-Jervis in seiner Schrift: „Die gezogene Muskete“ so dargestellt, wie in Fig. 199, woraus hervorgeht, dass die Kerben in umgekehrter Richtung wie beim Lorenz-Geschoss gestellt sind, und hinzugefügt, dass „diese Geschosse ihre Genauigkeit nach dem Einlegen in eine Patronenhülse verloren hätten, da die 2 sehr tiefen Rinnen das Papier um sich herum eingeklemmt und Stücke davon während ihres Fluges bei sich behalten hätten, was über 300 Ellen hinaus sehr wilde Ergebnisse veranlasst habe“.

Fig. 199.

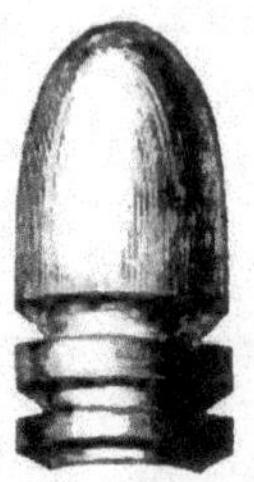

Wenn Dem so gewesen ist, so kann dies nur seinen Grund in der Richtung der Einschnitte von vorn nach hinten gehabt haben, welche überhaupt die Compression weniger begünstigt als die Stellung der Rinnen bei Lorenz.

Des Letzteren Geschoss hat überhaupt eine der Compression ungleich günstigere Gestalt, und sehen wir daher, da die Lorenz'sche Construction selbstständig dasteht, mag nun Lorenz (wie das ja auch schon dagewesen ist) mit Wilkinson zugleich auf die Idee der Compression gekommen sein oder des Letzteren Prinzip schärfer ausgebildet haben, keinen Grund ein, dem Compressionssystem den combinirten Namen Lorenz-Wilkinson zu geben.

§. 184.

Das Compressionssystem im Schweizer Jägergewehr.

Im §. 181 sagten wir, dass der constructive Weg, welcher die Compression überwiegend durch die Formen des Geschosses sicher zu stellen sucht, nicht der einzige sei, um das System der Compression zur Ausführung zu bringen, sondern dass eine wesentliche Steigerung des Trägheitsmomentes des Geschosses zu demselben Resultat führe, wodurch aber die Reduction des Kalibers auf ein mögliches Minimum bedingt werde. Auf diesem Prinzip beruht die Einrichtung des Schweizer Jägergewehrs, welches seit bereits circa 14 Jahren die Bewaffnung der Jäger-Compagnieen der eidgenössischen Linien-Bataillone bildet, und dessen vorzügliche, eine reelle Leistung im Gefecht verbürgende, Eigenschaften bereits in mehreren Schriften*) eine eingehende wissenschaftliche Besprechung erfahren haben.

Jenes Gewehr hat den Kaliber des bereits in §. 160 näher besprochenen Schweizer Ordonnanzstutzens von 10,5 mm = 0,40'', eine etwas grössere Lauflänge von circa 35'' (incl. Schwanzschraube),

*) 1) Steinle. Die Spitzgeschosse und ihr Einfluss auf das Kriegswesen etc. Landau 1857. E. Kaussler.

2) W. v. Plönnies. Neue Studien über die gezogene Feuerwaffe der Infanterie.

3) Das deutsche Wehr- und Schützenwesen nach den technischen Anforderungen der Gegenwart.

4) C. Rüstow. Die neueren gezogenen Infanterie-Gewehre. Ihre wahre Leistungsfähigkeit und die Mittel, dieselbe zu sichern.

(2–4: Darmstadt 1861 u. 1862. E. Zernin.)

ferner 4 Züge, gleich breit mit den Balken, von constanter 0,0076″ betragender Tiefe, mit einem Drall von 81 cm = circa 31″: das Gewicht der Waffe incl. Bayonnett beträgt circa 9⅓ Pfd. (4,65 Kil.)

Fig. 200.

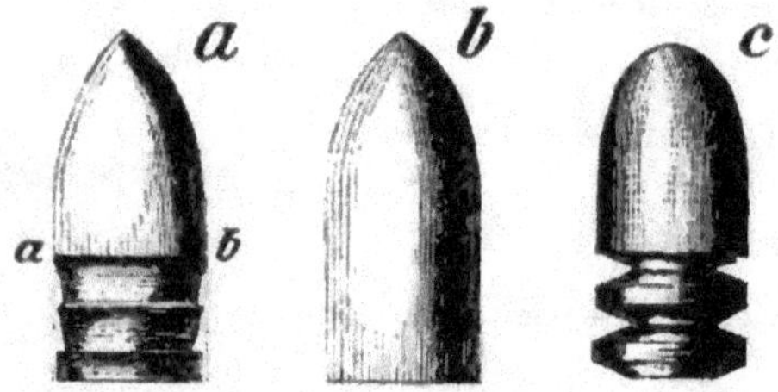

Das Geschoss *c*, Fig. 200, welches seit circa 3 Jahren aus dem Gewehr geschossen wird, hat einen Kaliber von 10 mm = circa 0,38″ (also gegen 0,02″ Spielraum) bei einer Länge von 24 mm, also fast dem 2¼ fachen des Kalibers, und einem Gewicht von 16,62 gr. = 1 Zolllth. Die Pulverladung aber beträgt wie bei den Waffen vom Kaliber 0,53″ 4 gr., d. i. also ¼ des Geschossgewichts.

Das Geschoss befindet sich in einer Papierpatrone und wird mit dem umgebenden Hülsenpapier geladen, so dass sich sein Spielraum im ungünstigsten Falle auf 0,01″ reduzirt.

Betrachtet man auf Grund dieser Angaben die Verhältnisse des Geschosses, so ersieht man leicht, dass bei der durch den kleinen Kaliber ermöglichten absoluten Leichtigkeit des Geschosses dennoch dessen Trägheitsmoment durch die im Verhältniss zu dem kleinen Querschnitt ungewöhnlich bedeutende Länge enorm gesteigert ist und demnach die Stauchung oder Compression sich leicht vollzieht. Den Beweis dafür liefert das Factum, dass selbst das ganz kunstlos geformte Vollgeschoss *b* Fig. 200 den vollständigten Anschluss an Balken und Züge erreichte und die günstigsten Leistungen ergab. Man verliess es nur, um den Vortheil der Einkerbungen für Verminderung der Reibung, also zu Gunsten der Anfangsgeschwindigkeit, zu gewinnen.

Das Geschoss *a*, welches in seiner Gestalt den constructiven Charakter des Compressionsgeschosses zeigt, wurde aufgegeben, weil sich bei ihm, wie bei dem von Wilkinson, ein öfteres störendes Einklemmen des Patronenpapiers zeigte, dessen Grund auch nur in der weniger günstigen Stellung der Einkerbungen gegen die Flugrichtung des Geschosses gesucht werden kann.

So nahm man denn, ohne dessen direkt benöthigt zu sein, das Geschoss *c* vom Typus des Lorenz'schen an, liess also Trägheit und Construction zusammenwirken, und erreichte damit jene brillanten Resultate, welche die niederländischen Schiessversuche von 1858 etc. auf's Neue bestätigt haben und die Prüfungs-Commission bewogen, dem Schweizer Jägergewehr den ersten Platz unter den jetzt üblichen Kriegshandfeuerwaffen einzuräumen.

Wenn es uns für den augenblicklich vorliegenden Zweck besonders darum zu thun ist, nachzuweisen, dass das System der Compression durch die Verringerung des Kalibers auf das praktisch anwendbare kleinste Maass erst seinen vollen Werth erhält, indem es dann erst die Einwirkung der Züge vollkommen sicher stellt, dann aber auch einen absoluten Werth bekommt, indem es Geschosse von grosser Haltbarkeit und höchst einfacher Construction zu verwenden gestattet, so müssen wir weitergehend auch nochmals auf die höchst günstigen anderweiten Einflüsse des kleinen Kalibers von 0,40″ aufmerksam machen, welche wir bereits in §. 160 bezüglich des Schweizer Stutzens einer eingehenden Erörterung unterzogen.

Das Urtheil über die praktische Brauchbarkeit einer Kriegshandfeuerwaffe muss immer an zwei Gesichtspunkte anknüpfen, soweit die Leistung des Geschosses zur Frage kommt, d. i. ein Mal die Präcision des Schusses, deren Maass sich bestimmt durch die Grösse des Kreises, in welchen die bessere Hälfte aller auf einer gewissen Entfernung gethanen Schüsse fallen, und dann die Flachheit der Flugbahn, welche sich in der Grösse des bestrichenen Raumes kund giebt.

In ersterer Beziehung steht (vergl. v. Plönnies Seite 154) das Schweizer Jägergewehr schon von 200 Schritt ab über allen heutigen Kriegshandfeuerwaffen, und was die bestrichenen Räume anbetrifft, auf allen Distanzen hoch über allen.

So z. B. ist noch auf 400 Schritt die Flugbahn beim Jägergewehr bis zur Distanz total bestreichend gegen Infanterie und hinter derselben noch 84 Schritt, giebt also zusammen einen bestrichenen Raum von 484 Schritt; dem höheren Ziel der Reiterei gegenüber ist die Flugbahn noch auf 500 Schritt total bestreichend bis zur Distanz und jenseits derselben noch 70 Schritt, ergiebt also einen totalen bestrichenen Raum von 570 Schritt, d. h. also in's Praktische übersetzt: es kann ein mit einem Schweizer Jägergewehr bewaffneter Schütze feindlicher freistehender Infanterie gegenüber bis incl. 484

Schritt mit ein und derselben Visirposition immer auf die Mitte des Ziels halten, ohne dass sein Geschoss den Feind auf irgend einer Stelle überfliegt — und beim Gebrauch der Visirposition für 500 Schritt dieselbe Zielweise gegen Reiterei von der Gewehrmündung bis auf 570 Schritt unverändert anwenden, ohne dass seine Kugel auf dieser ganzen grossen Strecke sich über den Köpfen der Reiter befände.

Das ist die Frucht des Umstandes, dass, während das Gewehr ohne Nachtheil für das Maass des Rückstosses eine Pulverladung von 4 gr. erhalten kann und erhält, der kleine Kaliber das Geschossgewicht trotz der so günstigen Länge des Projectils auf den nur 4 fachen Betrag des Pulvergewichts herabdrückt und das Geschoss durch die Wirkung dieser ungewöhnlich starken Ladung eine Anfangsgeschwindigkeit von 470 Schritt erhält.

Alle übrigen Vortheile des kleinen Kalibers, deren wir bereits im §. 160 gedachten, kommen selbstredend dem Jägergewehr in gleichem Maass zu Gute; dass dasselbe aber ungleich kriegsbrauchbarer ist, als der Stutzen desselben Kalibers, folgt aus dem System seiner Ladung, aus dem beträchtlichen Spielraum, den das Geschoss erhalten kann, und der das Laden ungemein leicht macht, weiter aus der grösseren Länge des Laufs, der das Gewehr zu einer brauchbaren Stosswaffe und nach dem Urtheil der niederländischen Commission auch ein 2 gliedriges Feuer möglich macht.

Wir haben früher in §. 136 nachgewiesen, dass ein zum gleichzeitigen Feuer zweier hintereinander stehender Glieder bestimmtes Gewehr eine Länge von 54″ haben müsse. Das Schweizer Jägergewehr ist ohne Bayonnett (nur davon kann hier die Rede sein) nur 1,322 m = 50,23″ lang, würde also jener Forderung nicht entsprechen, wenn die bisher beim 2 gliedrigen Feuer üblichen Verhältnisse eintreten.

Die niederländische Commission ist aber der Meinung, dass die grosse Handlichkeit des Schweizer Jägergewehrs gestattet, den bisher üblichen Anschlag, bei welchem die linke Hand das Gewehr ungefähr in der Gegend des Unterringes unterstützt, dahin abzuändern, dass dieselbe dicht am Abzugsbügel angreift. Hierdurch kommt allerdings die linke Hand der Leute des ersten Gliedes so weit zurück, dass dadurch die mindere Länge des Gewehrlaufs unschädlich gemacht wird — ebenso kann auch der Gliederabstand dadurch vermindert werden, dass die Feldkessel nicht auf der hinteren Seite des Tornisters befestigt werden, was abermals dazu beitragen würde, die Leute des ersten Gliedes durch das Feuer der durchgeschlagenen Gewehre des zweiten Gliedes unbelästigt zu lassen. Zur näheren Feststellung dieser Verhältnisse ist kürzlich eine Anzahl Schweizer Jägergewehre an 3 Regimenter der niederländischen Infanterie ausgegeben worden.

Bei alle Dem drängt sich natürlich die naheliegende Frage auf. ob es nicht einfacher wäre, das Jägergewehr durch eine geringe Verlängerung des Laufs zum Massenfeuer absolut geeigneter zu machen. Dem tritt aber die Thatsache entgegen, dass Läufe des kleinen Kalibers selbst von bedeutender Eisenstärke nicht eine solche Widerstandsfähigkeit gegen die dem Schuss nachtheiligen Verbiegungen haben, als solche grösseren Kalibers, und eine selbst geringe Verlängerung jenen Uebelstand noch steigert. Wir glauben aber, dass, wenn man die Läufe durchweg aus Gussstahl anfertigte, eine geringe Verlängerung der Läufe (eine solche um 2" wäre sehr wesentlich nützlich) nicht nachtheilig sein würde.

Sollte es dennoch der Fall sein, dann müssten freilich der oben beregte, leicht auszuführende Anschlag, eine angemessene Ausrüstung des Mannes, eine zweckmässige Rangirung und taktische Form die Mittel bieten, um das nach allen anderen Richtungen hin so vortreffliche Gewehr für das geschlossene Feuergefecht der Infanterie verwenden zu können.

§. 185. Rückblick.

Nach allem über das System der Compressionsgeschosse Gesagten dürfte es feststehen, dass dasselbe eine wahrhaft Nutzen bringende Ausbildung erst durch die möglichste Verkleinerung des Kalibers findet, dessen Maass nach den höchst befriedigenden Leistungen des zuletzt besprochenen Gewehrs mit 0,40" gegeben ist. wogegen das System bei mittleren und grossen Kalibern eine Empfindlichkeit gegen Spielraumsverschiedenheiten zeigt, welche dasselbe in weit minderem Grade als das Expansionssystem für den Kriegsgebrauch befähigt.

Es folgt daraus ferner. dass. um die Compression sicher zu

stellen, Compressionsgeschosse mittleren Kalibers nicht gegossen, sondern **geprägt** werden müssen, damit sie recht dicht ausfallen und ausserdem die Läufe im Interesse der Unveränderlichkeit des Kalibers aus **Gussstahl** zu fertigen sind.

Ausserdem empfehlen sich seichte Züge von höchstens 0,01" Tiefe, eine gerade Zahl derselben, damit der Anschluss an die Balken schnell erfolge und unter dessen Einfluss auch die Füllung der Züge begünstigt werde, und eine stärkere Neigung der Züge, d. h. ein kürzerer Drall derselben, als er beim Expansionssystem üblich, weil hierdurch das Forcement des Geschosses begünstigt wird.

Wenn hierdurch die Leistungen von Gewehren mittleren Kalibers mit Compressionsgeschossen immerhin günstig gestaltet werden können, so werden dergleichen Waffen doch stets gegen solche gleichen Kalibers mit Expansionsgeschossen nach **Plönnies** oder **Podewils** zurückstehen, weil die Expansion das Forcement ungleich sicherer stellt, als die Compression, weil ferner letztere die Arbeitsleistung der Gase zum Nachtheil der Anfangsgeschwindigkeit mehr absorbirt und Compressionsgeschosse behufs Steigerung des Trägheitsmoments immer schwerer sein müssen als Expansionsgeschosse.

In der **Podewils**'schen Denkschrift wird die Meinung ausgesprochen, dass die Leistungen des Schweizer Jägergewehrs noch wachsen würden, wenn die bayrische Zündmethode angewandt würde. Wir möchten das nicht glauben, da bei dem sehr engen und demgemäss langen Lagerraum des Pulvers sich wohl schwerlich noch ein Einfluss einer seitlichen Zündung auf's Geschoss geltend machen dürfte.

5. Das System der Hinterladung.

§. 186. Allgemeines.

Alle bisher besprochenen Systeme gezogener Gewehre halten, wie wir sahen, die **Ladeweise von der Mündung aus** fest, und suchten nur das Einfügen des Geschosses in die Züge so viel als möglich zu erleichtern und dies mit der einfachsten Construction der Waffe, der besten Form des Geschosses und dem zweckmässigsten Verhältniss zwischen diesem und der Pulverladung zu vereinigen; wir sahen, dass bei den Systemen der Expansions- und Compressionsgeschosse, ja sogar bei der verbesserten Drangladung des Schweizer

Stutzens der Ladestock nur noch zum Niederschieben des Geschosses auf's Pulver, nicht mehr zu dessen Eintreibung in die Züge benutzt wird. — Es liegt auf der Hand, dass es noch besser ist, wenn man selbst dieser Einwirkung des Ladestocks entbehren, d. h. den Lauf am Pulversack öffnen und die Patrone direct mit der Hand einsetzen kann.

Dass eine solche Ladeweise für ein Kriegsgewehr unendlich vortheilhaft sei, wurde schon in der ersten Zeit des Gebrauchs von Handfeuerwaffen erkannt, und es daher oft versucht, Hinterladungsgewehre zu construiren. Alle diese Versuche scheiterten indess an der Schwierigkeit, dem hinteren beweglichen Verschluss des Laufs eine solche Festigkeit und Unwandelbarkeit zu verleihen, als sie durch die Explosion des Pulvers und den Kriegsgebrauch erfordert werden.

Unser industrielles, an riesigen technischen Fortschritten so reiches Jahrhundert hat indessen auch diese Schwierigkeit überwunden, und wir haben seit dem Jahre 1830 Kriegshandfeuerwaffen mit Hinterladung, deren bessere Modelle das Handgewehr auf den vorläufig erreichbaren Gipfelpunkt technischer und taktischer Vollkommenheit gehoben haben.

Die Vortheile, welche das System der Hinterladung bietet, sind allgemeiner und ferner spezieller Natur für das gezogene Kriegsgewehr, welche wir aber der Kürze halber zusammenfassen und in ihren Hauptzügen hinstellen wollen.

1. Soll die Hinterladung dem gezogenen Gewehr behufs sicherer Ausfüllung der Züge zu Gute kommen, so muss das Geschoss in dem zur Führung bestimmten Theil um so viel stärker im Kaliber sein, als die Seele des Rohrs, dass es sich, von hinten nach vorn durch die Gewalt der Pulvergase getrieben, in die Seele einquetschen und dabei so viel Blei an die Züge abgeben muss, als zu deren vollständigster Ausfüllung nothwendig ist.

Es folgt hieraus, dass das Hinterladungssystem das einfachste für ein gezogenes Gewehr ist, weil es die einfachste Geschossform ergiebt. Ein kunstlos geformtes, cylindro ogivales Stück Blei von angemessenem, der vorher gestellten Bedingung entsprechendem und demgemäss ohne Schwierigkeit bestimmbaren Kaliber genügt, um die Wirkung der Züge zum vollsten, sichersten Austrag zu bringen und muss unter allen Umständen eine ganz sichere Führung in den Zügen und somit die Rotation um die Längenachse gewinnen.

2. Der Gebrauch des Ladestocks behufs Ladens fällt gänzlich fort. Hierdurch wird nicht nur das Laden an und für sich und somit das Feuern, respective wenigstens die neue Feuerbereitschaft nach dem Schuss beschleunigt, sondern auch die Möglichkeit gewonnen, das Gewehr mit der grössten Leichtigkeit in den beschränktesten Deckungen und unbequemsten Körperstellungen zu laden, ohne nöthig zu haben, auch nur den mindesten Theil der Deckung aufzugeben: ebenso ist das Laden in der Bewegung sehr bequem auszuführen.

Der erstere Vortheil kommt besonders dem geschlossenen Gefecht, dem Massenfeuer, zu Gute und ist vom höchsten Werth in einer Zeit, in der alle Infanterieen sich im Besitz sicher schiessender Gewehre befinden, daher ein Uebergewicht über den Gegner nur durch eine Beschleunigung des Feuers, also die Möglichkeit, ihm in gleicher Zeit das Doppelte der von ihm entsendeten Geschosse entgegen zu werfen, erlangt werden kann. In gleicher Weise wächst dadurch die Defensivkraft der Infanterie gegen die Reiterei, namentlich bei schnell auf einander folgenden Angriffen derselben.

Der zweite Umstand kommt dem zerstreuten Gefecht besonders zu Gute; die ein Mal gewonnene Deckung verbleibt dem Schützen im vollsten Umfang, da er während des Ladens das Gewehr nur vor sich hin zu legen braucht; die geringste Unebenheit des Bodens, im Nothfall das einfache platte Niederlegen auf den Bauch, geben dem Schützen schon eine reelle, dem Mann mit dem von oben zu ladenden Gewehr nur eine partielle Deckung.

Die Möglichkeit, das Gewehr in der Bewegung zu laden, kommt namentlich den Schützenschwärmen zu Gute, welche, angehängt an die Flügel attaquirender Colonnen, die offensive Beinwirkung der letzteren durch ihr Feuer unterstützen sollen, aber auch den geschlossenen Abtheilungen, welche, nach abgegebener Salve zum entscheidenden Offensivstoss mit dem Bayonnett vorbrechend, sehr wohl im Stande sind, im Vorgehen zu laden, um dem durch den Angriff geworfenen, fliehenden Feind dann schleunigst ein verfolgendes vernichtendes Feuer nachzuschicken.

Weiter wird durch den Wegfall des Ladestockgebrauchs der

Vortheil für die Waffe gewonnen, dass die Mündungsgegend des Laufes nicht ausgeschliffen werden kann, was bei nicht centraler Führung des Stocks leicht eintritt.

3. Die Reinigung der Waffe ist unendlich erleichtert und kann im Nothfall selbst im Gefecht ausgeführt werden, da man durch Oeffnung des Verschlusses unmittelbar zu den Theilen gelangen kann, welche der Verschleimung am meisten ausgesetzt sind.

Ein nicht geringerer Vortheil ist der, dass man auch gleichzeitig das Resultat der Reinigung sehen, überhaupt, weil die Seele des Laufs nach Entfernung des Verschlusses total erleuchtet ist, den geringsten Fehler an den Seelenwänden entdecken kann, wozu bei den Gewehren, welche von der Mündung aus geladen werden, entweder der Gebrauch eines Seelenspiegels oder das Herausnehmen der Schwanzschraube nöthig ist.

Ausserdem ist nicht zu übersehen, dass das System die Reinhaltung der Seele überhaupt sehr begünstigt, da das stärkere Geschoss sich von hinten her in den führenden Theil derselben einzwängt und somit den vom letzten Schuss angesetzten Schmutz sehr sicher entfernt.

4. Ein etwa nöthiges Entladen der Waffe ist der Natur des Verschlusses gemäss ungemein einfach zu bewerkstelligen, da man nur nöthig hat, die Patrone mittelst des zum Entladestock ausgebildeten Ladestocks von der Mündung aus nach rückwärts aus dem Lauf zu stossen.

5. Der Schwerpunkt der Waffe wird, da die hinteren Verschlusstheile naturgemäss schwer sind, sehr nach hinten gebracht, was die Handlichkeit des Gewehrs erhöht.

6. Das System der Hinterladung ergiebt die zweckmässigsten gezogenen Reiterwaffen, weil sie nicht nur leicht und selbst zu Pferde bequem zu laden sind, sondern auch die Trageweise der Reiterwaffen im Hang mit der Mündung nach unten niemals ein nachtheiliges Verrutschen der Ladung herbeiführen kann.

7. Die Hinterladung gestattet endlich die gefahrlose Anwendung der höchst vortheilhaften Zündnadelzündung, welche eine Vereinigung der Zündung mit der Patrone ermöglicht und somit die Bedienung des Gewehrs ungemein vereinfacht und erleichtert.

Diesen zahlreichen und für den Kriegsgebrauch hochwichtigen Vortheilen der gezogenen Hinterladungsgewehre gegenüber steht streng genommen nur der einzige Nachtheil, dass der bewegliche Verschluss nicht eine so lange Dauer hat, als der permanente, durch eine fest eingeschraubte Schwanzschraube bewirkte, doch werden wir sehen, dass auch in dieser Richtung die Technik schon bedeutende Fortschritte gemacht hat.

Ausserdem pflegt man einen Nachtheil der Hinterladungsgewehre in der Möglichkeit des schnellen Feuers zu erblicken, indem man meint, dass hierin auch eine Möglichkeit liege für ein schnelles „sich verschiessen" der Mannschaften. Dies ist ein Punkt, welcher in das Gebiet der Taktik hinüberstreift und auf den wir demgemäss später zurückkommen.

Fassen wir schliesslich nochmals das Charakteristische des in Rede stehenden Systems in's Auge, so besteht es also darin, dass, den Lauf geschlossen gedacht, ein weiterer zur Aufnahme des Geschosses und Pulvers bestimmter Raum den hintersten Theil der Seele bildet. Dieser Theil ist glatt und verläuft sich, damit die Einzwängung des Geschosses allmählig vor sich gehe, mit einem conischen Uebergangstheil in den gezogenen Theil der Seele.

Beim Abfeuern drängen die Pulvergase das Geschoss vorwärts, zwängen es in den Uebergangstheil und endlich zwischen die Balken, so dass das Blei, welches in Folge seines stärkeren Kalibers zwischen den Balken keinen Platz findet, in die Züge hinein ausweichen und diese ausfüllen muss, wodurch dann die Rotation um die Längenachse gewonnen wird.

Waffen dieses Systems.

§. 187. Die gezogenen Hinterladungswaffen zerfallen im Allgemeinen in 2 Mal 2 Hauptklassen, je nachdem sich der Pulversack oder das Patronenlager nicht im Rohre, sondern in einer von demselben getrennten Kammer (Kammerladungsgewehr) oder im Rohr (Lauf) selbst befindet, wonach beim Laden das Gewehr am vorderen oder hinteren Ende des Pulversacks zu öffnen ist — und ausserdem nach der Zündungsmethode in percussionirte Hinterladungs- und Zündnadelwaffen.

a. Percussionirte Kammerladungsgewehre.

§. 188. 1. Die französische Wallbüchse m/31.

Bei dieser im Jahre 1831 construirten, jetzt wahrscheinlich nur noch in alten Beständen vorhandenen Waffe befindet sich am hinteren Ende des Rohrs eine dasselbe unten umschliessende und nach hinten sich verlängernde halbcylindrische, oben offene Hülse.

Fig. 201.

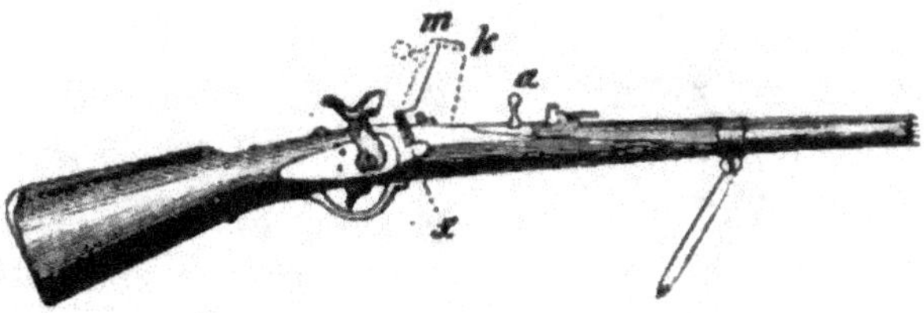

Dieselbe bildet die Unterlage des beweglichen Kammerstücks *k* (Fig. 201) welches an seinem Boden mit 2 seitlich herausstehenden Wellarmen versehen ist, welche in 2 ovalförmige Einschnitte der Hülsenwände eingreifen und sich in diesen vor- und zurückschieben und drehen lassen.

Will man laden, so löst man den hinter dem Kammerboden eingelegten Hebel *x* aus seinem Lager, ergreift den Knopf *a* des Kammerstücks, schiebt dasselbe aus dem Lauf zurück und dreht es aufwärts, so dass es die durch die punktirten Linien markirte Stellung bekommt, die Mündung *m* der Kammer also nach oben steht. Hiernächst wird Pulver und Kugel in die Kammer gebracht, das Kammerstück niedergedrückt, vorgeschoben, so dass sein vorderer Theil wieder in den Lauf eingreift, und der Einfallhebel *x* wieder hinter den Kammerstückboden eingelegt, so dass nunmehr das Rohr fest geschlossen ist.

Die übrigen Verhältnisse der Waffe erhellen aus der angehängten Tabelle. Sie sind insofern sehr schlecht gewählt, als der fast 50″ lange Lauf noch ausserdem Züge mit progressivem Drall hat, deren eingebildete Vortheile der Pflasterkugel nicht ein Mal zu Gute kommen, weil sie sie oft überspringt, indem die Reibung der eingezwängten Kugel durch die enorme Tiefe der Züge von 0,038″ ein Missverhältniss gegen die Wirkung der Pulverkraft erzeugt.

Die Waffe kann daher trotz ihrer Länge und Schwere nichts leisten, in Folge ihrer falsch bemessenen Verhältnisse aber auch nicht in Rechnung gezogen werden, wenn es sich um eine Beurtheilung des Hinterladungssystems handelt, wie dies z. B. auf Seite 124 2. Aufl. von Schmölz'l Ergänzungswaffenlehre geschieht. Namentlich haben die Einflüsse der Kugelform des Geschosses, welche sich bei jeder Waffe zeigen müssen, mit dem Hinterladungssystem nicht das Mindeste zu schaffen.

§. 189.

2. Das norwegische und das schwedische Kammerladungsgewehr.

Das erstgenannte Gewehr bildet seit 1848 die Bewaffnung der norwegischen Schützen, das zweite ist seit 1851 bei der schwedischen Marine-Infanterie eingeführt.

Wir berührten beide Waffen bereits auf Seite 218 2. Abschnitt mit Rücksicht auf ihre eigenthümliche Schlosseinrichtung und wollen nun ihre Verschlussverhältnisse in's Auge fassen, welche, die Kaliberverschiedenheiten abgerechnet, dieselben sind.

Der Lauf des Gewehrs (Fig. 202 zeigt speziell den Verschluss des norwegischen Schützengewehrs) endet in einem circa 4" langen eisernen Kasten *a*, in welchem das oben mit einer Deckplatte *g* versehene Kammerstück *b* ruht, durch dessen Boden eine mit ihren Armen in die Wände des Kastens *a* eingreifende excentrische Welle geht, welche mittelst der aufgeschraubten Kurbel *d* bewegt werden kann. Das Kammerstück *b* greift mit einer vordern Verjüngung *e e* in den zu dem Ende correspondirend ausgefreisten Lauf ein, es enthält eine cylindrische Kammer mit sphärisch gerundetem Boden, an dem der Zündcanal von unten her mündet (vergl. Fig. 87).

Soll geladen werden, so hebt man die Kurbel von dem Stift oder Zapfen *h*, über welchen sie für gewöhnlich und während des Schusses gedrückt ist, ab und dreht sie nach rückwärts über, so dass sie die in der Figur angegebene Lage erhält. Bei dieser Bewegung, welcher die excentrische Welle natürlich folgt, schiebt die Wirkung der letzteren das Kammerstück *b* zuerst in dem Kasten *a* zurück, so dass es sich von dem Lauf ablöst, und hebt es sodann mit seiner Mündung (bei *e e*) nach aufwärts, wodurch es ähnlich wie das der französischen Wallbüchse eine fast senkrechte Stellung erhält und der an seiner unteren Seite befindliche Zündstift *f* in den offenen Kasten *a* tritt, so dass man ein Zündhütchen aufsetzen kann.

Ist dies geschehen, so schüttet man das Pulver der Patrone in die Kammer und setzt das Spitzgeschoss (Fig. 203) fest darauf. Demnächst ergreift man den Knopf *i* der Kurbel und schlägt sie nach vorn zurück. Hierbei drückt die excentrische Welle das Kammer-

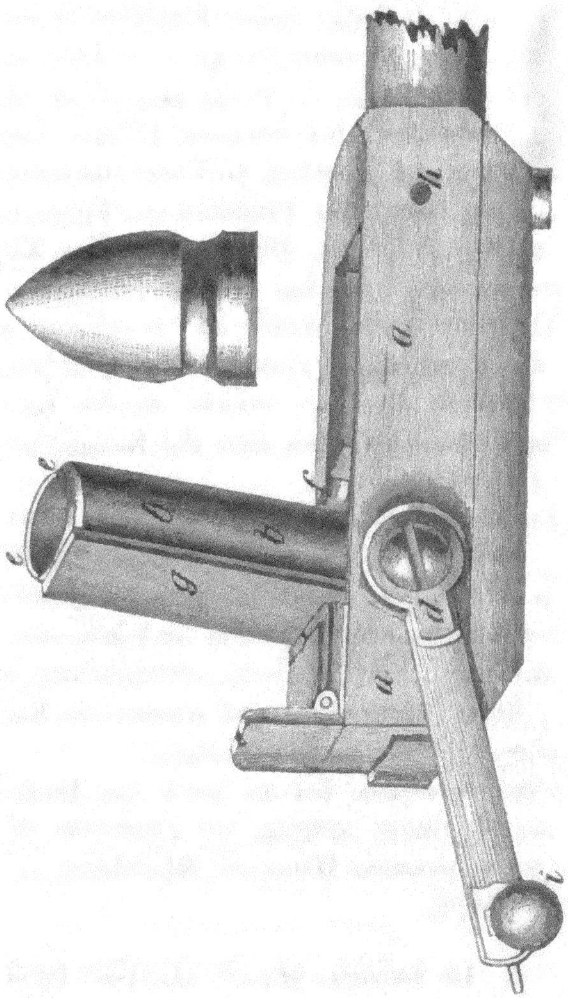

Fig. 202. Fig. 203.

stück *b* erst nieder und dann nach vorwärts in den Lauf hinein, so dass nunmehr derselbe geschlossen ist und das Zündhütchen nach unten heraussteht, wie früher in Fig. 87 angegeben.

Beim Abfeuern treiben die Pulvergase das Geschoss aus der weiteren Kammer mittelst eines conischen Ueberganges in die enge

Seele hinein, welche bei beiden Waffen circa 0,04" weniger Kaliber hat, als der cylindrische Theil des Geschosses, dessen Kaliber beim norwegischen Schützengewehr 0,676", bei dem des schwedischen Marinegewehrs (Fig. 204) beinahe 0,59" beträgt.

Fig. 204.

In Folge dieser Verhältnisse wiegt das norwegische Geschoss 51 gr. = 3 Lth., das schwedische nur 34,7 gr. = wenig über 2 Lth. und da die Pulverladung bei letzterem 4,9 gr., beim norwegischen nur 4,5 gr. wiegt, so leistet das schwedische Gewehr in Betreff der Flachheit der Flugbahn mehr, wobei ihm noch zu Statten kommt, dass der Drall der Züge nur $\frac{1}{7}$, beim norwegischen Gewehr $\frac{1}{8}$ beträgt.

Der Verschluss beider Waffen ist ein einfacher und solider, da die Welle das Kammerstück central in den Lauf drückt; auch trägt die Expansionskraft der Gase, welche aus der Kammer nach vorwärts strömen, dazu bei, dass sich der Kammermund noch fester gegen die Laufwände presst.

Der Kaliber des Geschosses ist mit über 0,04" mehr als der des Laufes etwas zu stark gewählt, wodurch die Reibung des zusammengepressten Geschosses unnöthigerweise gesteigert wird. Beim norwegischen Gewehr wird dies durch die bedeutende Tiefe der Züge (0,028") noch eher motivirt, beim schwedischen, dessen Zugtiefe = 0,014", ist es nicht nöthig und würde eine Kaliberstärke vom Laufcaliber + 0,02" vollständig genügen.

Bei beiden Gewehren hat die durch das Arangement des Verschlusses herbeigeführte Stellung des Zündstifts ihre bedenklichen Seiten, da bei gespanntem Hahn die Möglichkeit vorliegt, dass das Zündhütchen abfällt.

3 Die Revolver-, Repetir- oder Dreh-Pistolen.

§. 190. Die Einrichtung dieser Pistolen, welche eine Verwendung zu Kriegszwecken bis jetzt vorherrschend nur bei der Marine, aber auch fast in allen europäischen Marinen gefunden haben, soll die Vortheile, welche die Hinterladung bei gezogenen Waffen überhaupt bietet, noch dadurch vermehren, dass man im Stande ist, mehrmals hinter einander zu feuern, ohne laden zu brauchen.

Von dergleichen Revolver-Pistolen, von denen zahlreiche Modelle der verschiedensten Art existiren, haben hauptsächlich nur 3 Arten einen praktischen Kriegswerth, und zwar ein Mal die von dem ersten Constructeur*) derselben, dem amerikanischen Obersten Colt; 2) die von den Engländern Adams und Deane; 3) die von Lefaucheux construirten. Alle 3 Arten gleichen sich in der Hauptsache, d. h. sie haben, wie Fig. 205, 208 und 214 zeigen, einen, meist aus Gussstahl gefertigten, hinten offenen Lauf *a*, der mit einem hinter ihm liegenden eisernen Gestell *b* verbunden ist, das seinerseits seine Befestigung in dem nur aus dem Handgriff bestehenden Schaft *c* findet, und in dem Gestell eine Achse *d*, um welche sich ein massiver, eiserner oder stählerner, Cylinder *e* drehen lässt, welcher mit mehreren Kammern versehen ist, die, wie die genannten Figuren zeigen, so gestellt sind, dass sie bei der Achsendrehung des Cylinders *e* successive hinter den Lauf *a* gelangen, und dessen Pulversack bilden.

In die dem Schaft *c* zugekehrten Böden der Kammern sind bei den Arten 1 und 2 die Zündstifte *i i* eingeschraubt, deren Zündcanäle in der Verlängerung der Kammerachse liegen. Bei der Drehung des Cylinders *e* gelangen diese Zündstifte successive vor den Percussionshahn *h*, welcher hinter der Mitte des Gestells angebracht ist, so dass, wenn man abdrückt, das Zündhütchen getroffen und so die in der gerade hinter dem Lauf befindlichen Kammer sitzende Ladung entzündet wird. Hieraus folgt, dass man abermals schussbereit ist, sobald die der abgeschossenen zunächst liegende Kammer in die Richtung des Hahns gelangt ist.

Im System gleichen sich also diese Revolver-Arten vollkommen, während sie im Detail der Einrichtung wesentliche Verschiedenheiten bieten, welche wir mit Rücksicht auf das Interesse, welches diese Pistolen erregen, in Kürze besprechen wollen.

---

*) Erfinder können wir insofern nicht sagen, als dergleichen Pistolen, wenn auch in anderer Form (gewöhnlich mit mehreren Läufen) sich bereits in der letzteren Hälfte des 16. und dem Anfang des 17. Jahrhunderts unter dem Namen Drehlinge vorfinden. (Vergl. Schön: „Das gezogene Infanteriegewehr“, 2. Aufl., Seite 29.

§. 191. *Der Revolver von Colt.*

Der Colt'sche Revolver ist, weil er aus mehreren getrennten Stücken besteht, verhältnissmässig complicirt.

Das Gestell *b* (Fig. 205) endet nach hinten zu mit einem halbkugelförmigen Theil *k*, in dessen Mitte die horizontale Achse *d* befestigt ist. Auf diese steckt man, um die Waffe zusammen zu setzen, nachdem aus einem noch zu besprechenden Grunde zuvor der Hahn *h* in Mittelruh gesetzt ist, den die 6 Kammern enthaltenen Cylinder *e*

Fig. 205.

Fig. 206.

Fig. 207.

dessen Einrichtung an seinem hinteren, *k* zugewandten, Theile die Fig. 207 *a* und *b* verdeutlichen.

Hiernächst verbindet man den Lauf *a* mit der Waffe in der Weise, dass man ihn mittelst eines in seinem hinteren kastenförmigen Theil *g* befindlichen Loches auf die Achse *d* steckt und einen mit einer Sperrfeder versehenen Schieberhaft *l* von der linken, also in Fig. 205 nicht sichtbaren, Seite her durch *g* und einen für diesen Zweck in der Achse *d* angebrachten länglichen Schlitz quer hindurch treibt. Zu noch sicherer Befestigung hat der bei *n* belegene Theil des Gestells 2 kleine Zapfen, auf welche sich 2 entsprechende Löcher des Laufkastens *g* aufsetzen. Sobald der Lauf also mit der Achse *d* verbunden ist, stösst das hintere spundartig geformte Ende des eigentlichen Rohrs, *m*, gegen die vordere Fläche des Kammer-Cylinders *e*, so dass beide Theile mit scharfer Reibung an einander liegen.

Gehen wir zu einer Beschreibung des Dreh- und Schlossmechanismus über, so finden wir denselben folgender Art.

Wie Fig. 205 zeigt, ist der Hahn *h* in die Mitte des Gestells eingelassen und um die Schraube *o* drehbar. Sein flacher im Gestell sitzender Fuss bildet die Nuss und ist mit 2 Rasten versehen, in welche der obere, einem Stangenschnabel gleich geformte Theil des Abzuges *p* eingreifen kann. Eine starke einarmige Schlagfeder (ähnlich der Triebfeder des Stechschlosses, vergl. Fig. 112), welche auf dem die innere Wölbung des Schafts deckenden Beschlage bei *q* befestigt ist, greift in die hintere Fläche des Hahns ein, eine im Gestell liegende Abzugsfeder wirkt auf den Abzug und fungirt als Stangenfeder. Mit dem Fuss des Hahns ist ferner eine kleine eiserne, mit einer Sperrfeder versehene, Stange verbunden, welche durch einen Einschnitt von *k* hindurch gegen die hintere Fläche des Kammercylinders *e*, speziell gegen deren Verzahnung *r* (Fig. 207) wirkt.

Die Thätigkeit dieses Mechanismus nun ist folgende.

Will man, nachdem die Kammern geladen und die Zündstifte mit Hütchen versehen sind, schiessen, so zieht man den Hahn auf. Diese Bewegung bewirkt, dass ein Widerhalter, ein Hebel, welcher, um die Schraube *s* (Fig. 205) beweglich, im Gestell sitzt, und bis dahin mit seinem vorderen Theil von unten her in einem der Ausschnitte *t* der Kammerwalze *e* eingegriffen hatte, von dem Hahn gedrückt, aus *t* hinaus tritt, so dass nunmehr *e* um die Achse *d* sich bewegen kann. Gleichzeitig mit der Bewegung des Hahns schiebt sich die mit ihm verbundene Stange an einem Zahn der Verzahnung *r* in die Höhe und dreht dadurch den Cylinder *e* um seine Achse nach rechts herum, so dass der nächste Zündstift gerade dem Kopf des Hahnes gegenüber zu stehen kommt, sobald letzterer durch weiteres Aufziehen völlig gespannt ist. In diesem Moment springt auch der Widerhalter, vom Druck des Hahns befreit und der Kraft der auf ihn wirkenden Feder (beiläufig bemerkt eines zweiten Arms der gabelartig gespaltenen Abzugsfeder) überlassen von unten her in den gerade über ihm befindlichen Ausschnitt *t* ein, verhindert somit eine weitere Drehung des Cylinders *e*, und hält ihn in seiner augenblicklichen Lage fest: die Waffe ist schussbereit.

Drückt man nunmehr ab, so schlägt, indem dadurch der Schnabel des Abzugs *p* aus der Spannrast des Hahns sich herauszieht, letzterer, der Kraft der nach oben wirkenden Schlagfeder überlassen, vorwärts gegen das ihm gegenüberstehende Piston, das Zündhütchen explodirt und entzündet die Ladung, deren Gase die Kugel aus der Kammer in den etwas engeren gezogenen Lauf hineintreiben, so dass das Geschoss die gewünschte Rotation gewinnt.

Will man nach dem Schuss gleich wieder feuern, so spannt man von Neuem den Hahn, der vorher beschriebene Prozess wiederholt sich, und es tritt die nächste Kammer von links her dem Hahn gegenüber, so dass man also 6 Mal hinter einander feuern kann, ohne frisch zu laden.

Bevor wir zu einer näheren Prüfung der Waffenconstruction schreiten, wollen wir noch einige Einzelheiten derselben erörtern.

Fig. 207 *a* und *b* zeigen an der Endfläche des Kammercylinders *e* die Stifte *u u*; dieselben dienen zur Sicherung der geladenen Waffe gegen unzeitiges Losgehen beim Tragen derselben, indem man den Schlitz *v* des Hahnkopfes auf sie niederlässt, in welchem Fall, wie aus der Zeichnung erhellt, der Hahn noch nicht einem Zündstift gegenübersteht. Die Zündstifte *i* selbst stehen versenkt in den Ausschnitten *w* des Kammercylinders, wodurch dem Umherspritzen ihrer Stücke vorgebeugt werden soll. Der Ausschnitt *x* des halbkugelförmigen Gestelltheils *k* erleichttert das Aufsetzen der Zündhütchen, indem man successive eine Kammer in ihn hineindreht.

Fig. 205 zeigt bei *y* einen Hebel: derselbe dient dazu, den mit ihm verbundenen Ladestock *z* in Bewegung zu setzen, wenn man laden will. Zu dem Ende löst man ihn von dem Vorstand *a* des Laufs, in dessen Hacken ihn eine kleine Sperrfeder hineindrückt, und bewegt ihn abwärts, wobei der Ladestock *z* nach hinten, resp. unten, und somit in die Mündung der hinter ihn eingedrehten Kammer tritt und die Kugel ansetzt.

Die Seele des Rohrs ist mit 7 Zügen versehen, welche auf 76″ einen Umgang machen, also für das kurze Rohr einen ganz ungewöhnlich — und fehlerhaft — langen Drall haben; der sehr kleine Kaliber ergiebt für Pistole No. 2 Kugeln von der in Fig. 206 dargestellten Grösse (0,42"), von denen circa 54 Stück auf 1 Pfund gehen; das Gewicht dieser für Matrosen bestimmten Waffe beträgt 3 Pfund.

Der Lauf ist mit einem Korn versehen, hat hingegen kein Visir; statt dessen ist der Hahnkopf mit der Kimme β versehen, welche natürlich im Moment des Abdrückens dem Auge entschwindet.

§. 192. *Der Revolver von Adams-Deane.*

Er unterscheidet sich von dem Colt'schen zunächst dadurch, dass der Lauf *a* und das Gestell *b* (Fig. 208) ein Ganzes bilden,

Fig 208.
(½)

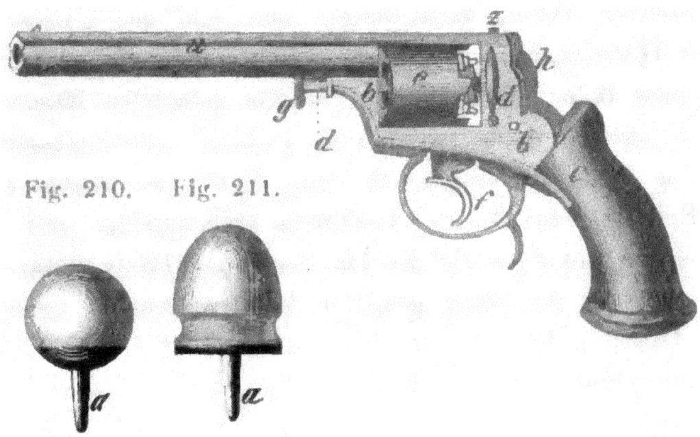

Fig. 210. Fig. 211.

Fig. 209.

was wesentlich zur Vereinfachung der Waffe beiträgt und ihr im Verein mit noch anderen Einrichtungen ein festeres Gefüge giebt.

Dieser Einrichtung zufolge bildet sich unter der Verlängerung der oberen Laufkante ein freier Raum zur Aufnahme des Kammercylinders *e*, welcher mit 5 Kammern versehen und an seiner Endfläche (s. Fig. 209) ähnlich wie der des Colt'schen Revolvers eingerichtet, also auch mit einer Verzahnung *r r* versehen ist.

Auf Grund der Vereinigung von Lauf und Gestell sitzt die Achse *d* natürlich nicht fest im Gestell, sondern wird von vorn her durch ein Loch desselben, resp. durch das Achsenloch der Kammerwalze hindurch und mit ihrem Ende in eine Aussenkung des Gestells hineingeschoben (s. Fig. 212).

Damit sie in dieser Lage festsitze, ist sie an ihrem vorderen Ende mit einem flachen scheibenartigen Kopfe *g* versehen, welcher eine der Form des Laufs entsprechende Aussenkung hat, auf diese Weise längs desselben zurückgeschoben und dann mit seinem kreisförmigen Theil in eine seichte Einfeilung des Laufs eingedreht werden kann, ausserdem wird sie noch durch eine am Gestell befestigte von rechts her (also auf der in Fig. 208 nicht sichtbaren Seite) mit einem Stift in sie eingreifende Feder gehalten.

Aus diesem Arrangement folgt, dass man den Cylinder *e* einfach durch Herausnahme der Achse *d* aus seinem Lager zum Laden herausnehmen resp. einen zweiten bereits geladenen Reserve-Cylinder schnell einlegen kann, wenn man zufällig nicht beabsichtigt, die Kammern in ihrer Verbindung mit der Waffe von Neuem zu laden.

Der Schloss- und Drehmechanismus unterscheidet sich von dem des Colt'schen Revolvers in der Hauptsache dadurch, dass der Hahn nicht für sich mit der Hand gespannt werden braucht, sondern dass ein anhaltender Druck am Abzuge sowohl die Achsendrehung des Kammercylinders als auch das Spannen und Losschlagen des Hahns bewirkt.

Zu dem Ende ist die zum Eingreifen in die Verzahnung *r r* der Kammerwalze *e*, also zu deren Drehung bestimmte Triebstange *k* (Fig. 212) nicht wie bei Colt mit dem Hahn, sondern mit dem Abzuge *f* verbunden, so dass sie beim Zurückziehen des letzteren sich auf der ihr gerade vorliegenden schiefen Fläche *r* der Verzahnung in die Höhe schiebt und somit die Walze in Drehung setzt, wobei sie von der mit ihr verbundenen Sperrfeder *l* angedrückt wird. Ausser dieser Stange ist mit dem Abzuge eine zweite, *m*, verbunden, welche gegen die Rast *n* des Hahns anliegt und mithin beim Zurückziehen des Abzuges den Hahn von dem zuletzt getroffenen Zündstift abhebt und seinen Kopf *o* in der Richtung *x y* zurückbewegt, wodurch gleichzeitig die mit dem Hahnfuss *p* durch die Kette *q* verbundene Schlagfeder *s s* zusammengedrückt, also gespannt wird. Die Folge dieser Combination ist, dass, wenn beim fortgesetzten Fingerdruck auf den Abzug die Stange *m* schliesslich

Fig. 212.

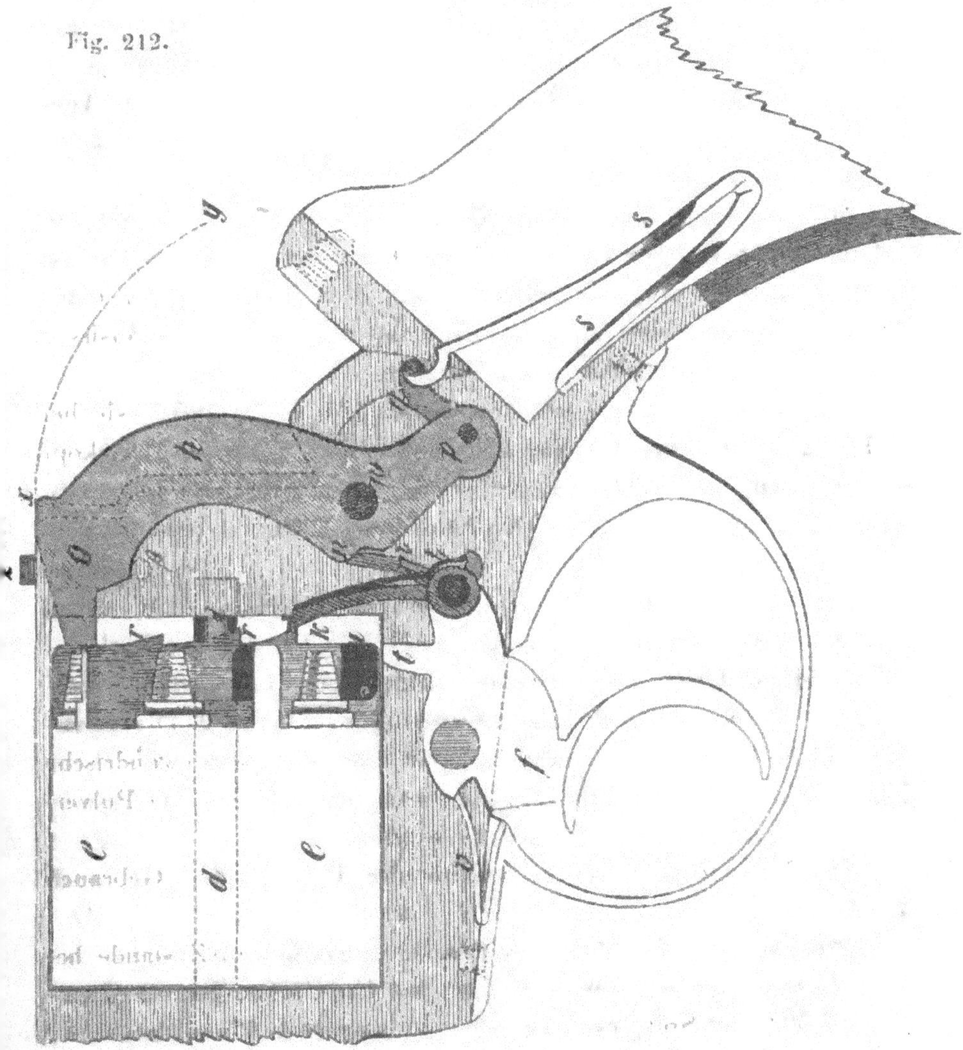

die Rast *n* des Hahnes verlässt, letzterer. durch keinen Gegendruck mehr gehindert, der Wirkung der Schlagfeder *s* nachgebend vorwärts gegen das Piston schlägt, welches in demselben Moment, durch die fortgesetzte Wirkung der Triebstange *k* auf die Verzahnungsfläche, ihm gegenüber angekommen ist. — Dass der Cylinder *e* sich weiter herumdrehe, verhindert der Abzugsstollen *t*, welcher auch in demselben Moment in den correspondirenden der Ausschnitte *u* der hinteren Fläche von *e* (Fig. 209 und 212) eintritt. Lässt man nach dem Niederschlagen des Hahns, also nach dem Schuss, mit dem Druck am Abzuge nach, so kehrt letzterer durch die Wirkung der nun nicht mehr gepressten Abzugsfeder *v* in seine alte Lage zurück. *k* verlässt die Verzahnung, *t* den Ausschnitt *u* und die Stange *m* legt sich wieder in die Hahnrast *n* — der soeben beschriebene Prozess kann von Neuem beginnen.

Wie Fig. 212 zeigt, liegt die Schlagfeder wie bei Colt im Schaft, die Hahnachse bei *w*. Da der Hahn keinen Haken hat, so bleibt sein Kopf beim Zurückgehen auf dem Bogenweg *xy* unter der oberen Fläche des Laufs, so dass die Anbringung des Visirs *z* keine Schwierigkeiten hat.

Die bei *α*, Fig. 208, sichtbare Seitenfeder dient, indem sie bei *β*, Fig. 212, mit einem an ihr befindlichen Stift unter den Hahnkopf greifen kann, zur Sicherung der Waffe gegen unzeitiges Losgehen, wogegen übrigens der ganze Mechanismus selbst die beste Sicherheit bietet.

Die Seele des Rohrs ist mit 5 Zügen versehen, deren Drall kürzer als der des Colt'schen Revolvers, der Kaliber der Seele ist grösser als bei Colt, daher die zugehörigen Kugeln ungefähr 1 Lth. wiegen. Die Kugeln und Spitzgeschosse (Fig. 210 und 211) sind mit einem angegossenen Stift *a* versehen, mit dem sie in eine cylindrische Platte von Leder oder Filz etc. eingesetzt und also auf die Pulverladung in der Kammer aufgedrückt werden.

Die Ladung geschieht einfach mit den Fingern ohne Gebrauch des Ladestocks.

Das Gewicht des Revolvers No. 1. in geladenem Zustande beträgt beinahe 3 Pfund, während das des Colt'schen No. 1. (Lauflänge 7,50″, 30 Spitzgeschosse oder 46 Kugeln à Pfund) gegen 4½ Pfund beträgt.

§. 193. *Der Revolver von Lefaucheux.*

Der Revolver von Lefaucheux ist, was die Zusammensetzung der Waffe, sowie den Schloss- und Drehmechanismus anbetrifft, bis auf einige Verbesserungen im Detail, deren wir noch erwähnen werden, dem von Colt nachgebildet und unterscheidet sich von ihm nur durch die abweichende Ladeweise, welche das, in neuerer Zeit namentlich bei Jagdgewehren beliebt gewordene und vielfach angewandte System von Lefaucheux charakterisirt. Lefaucheux nämlich construirt, um bei Anwendung der Percussionszündung eine Einheitspatrone zu gewinnen, d. h. eine solche, welche Geschoss, Pulver, Ladung und Zündung zu einem geschlossenen Ganzen vereinigt, die Patronenhülse *A*, Fig. 213 *a*, aus dünnem Kupferblech und presst auf ihren Boden einen pappenen Spiegel *s s*, Fig. 213 *b* und *c*, in welchem ein quadratisches Loch ausgeschlagen ist. In dieses Loch wird ein kleines Zündhütchen *z z* so eingepresst, dass, die Patrone geladen und das Gewehr im Anschlage gedacht, seine Oeffnung nach oben steht. Durch ein Loch der Patronenhülse wird von oben her ein messingener, unten zugespitzter, Stift *x x* durch den Spiegel hindurch bis in den Hohlraum des Zündhütchens eingetrieben, so dass er mit der Spitze dicht über der Zündpille zu stehen kommt. Auf den Spiegel wird die Pulverladung geschüttet, und schliesslich in den obersten Theil der Patronenhülse das Spitzgeschoss, Fig. *d*, eingedrückt, welches zu dem Ende unter dem kalibermässigen einen cylindrischen Theil kleineren Kalibers hat, *k k*.

Fig. 213.

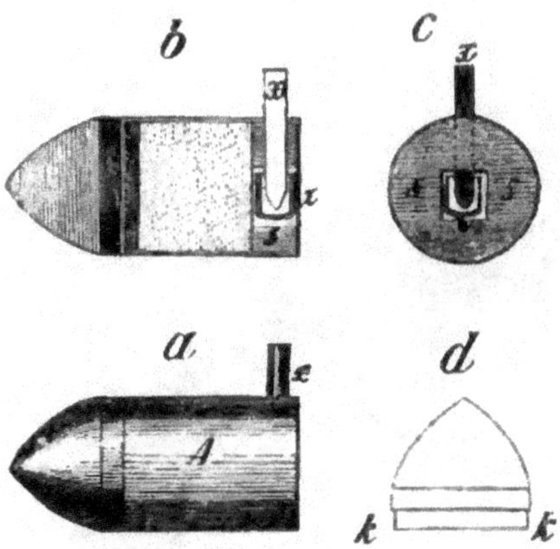

Will man schiessen, so setzt man die Patronen in die 6 Kammern so ein, dass der Stift *x* senkrecht nach oben zu stehen kommt, zu welchem Zweck, wie Fig. 214 und 215 zeigen, am Ende jeder Kammer des Cylinders *e* Ausschnitte, in Fig. 215 bei *a*, angebracht sind. Die Drehung der Kammerwalze beim Spannen des Hahns bringt den vorragenden Stift der nächsten Kammer unter die Richtung des Hahnschlages; drückt man ab, so schlägt die glatte Schlagfläche des Hahns auf den Stift und treibt denselben mit Vehemenz in die

Pille des Zündhütchens, welches demgemäss explodirt und die Pulverladung entzündet. Diesem Lademodus gemäss sind, weil die Zündstifte wegfallen, sämmtliche Kammern vollständig (cylindrisch und kugelgleich) durchgebohrt: die Patronen werden selbstredend vom hinteren Ende der Kammern aus eingeführt, zu welchem Behuf die hintere Schlussscheibe des Gestells, wie Fig. 215 klar macht, nicht fest geschlossen, sondern an der rechten Seite mit einer in dem Charnier α gehenden Verschlussthür A versehen ist, welche zum Laden geöffnet, nach demselben geschlossen und durch die kleine Sperrfeder β festgehalten wird.

Fig. 214.
($\frac{1}{4}$)

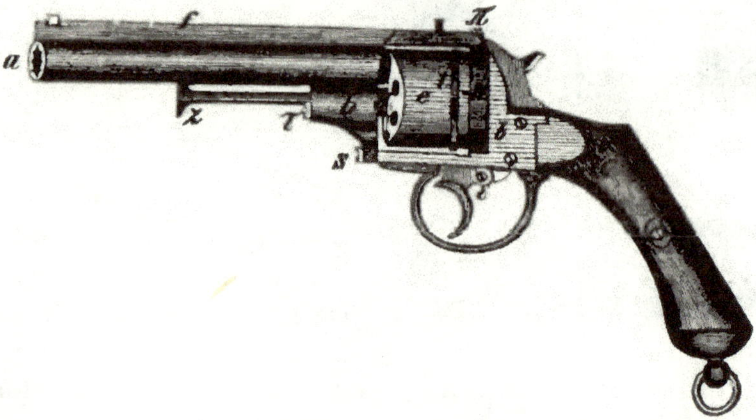

Die Generalansicht, Fig. 214, zeigt nachstehende Verschiedenheiten gegen die Colt'sche Construction.

1. Der Lauf a ist mit einer aufgelötheten Visirschiene f versehen, welche Korn und Visir trägt und mittelst zweier Schrauben π auf der Gestellscheibe k befestigt ist. Sie ist hinten, um die Bewegung des Hahns nicht zu hemmen, gabelartig gespalten.

2. Der Ladestockhebel fällt weg, der Stock z ist Entladestock.

3. Der Lauf a wird mit der Achse d nicht durch einen Schieber verbunden, sondern nur durch die zum Theil in sie eingreifende Schraube τ; Lauf und Gestell b werden ausserdem durch die bereits erwähnten Schrauben π und die untere S mit einander verbunden.

4. Der Widerhalter, welcher bei gespanntem Hahn die Kammerwalze festhält, greift nicht wie bei Colt in Ausschnitte derselben

Fig. 215.

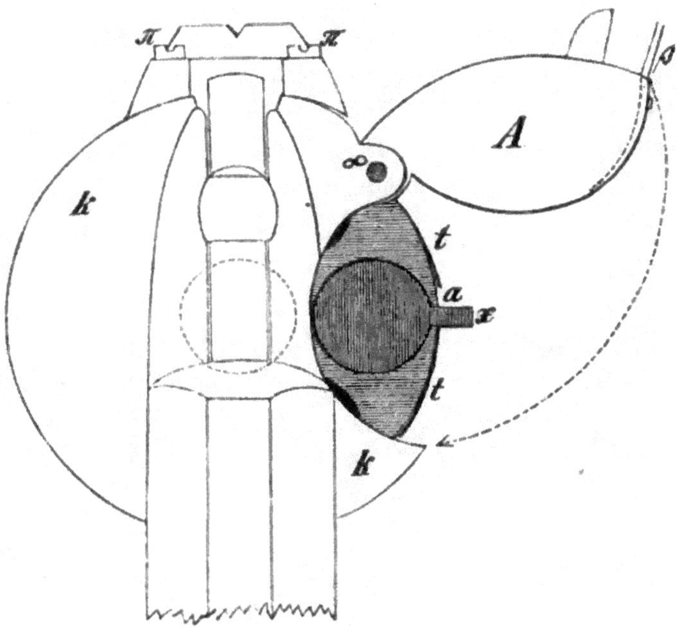

(vergl. Fig. 205 und 207 bei *t*) ein, sondern bildet den vorderen Theil des Abzuges, auf ihn wirkt die Abzugsfeder und drückt ihn bei gespanntem Hahn gegen den Kamm einer Verzahnung *t*, welche an der Peripherie der Walze herumläuft.

5. Hahn und Abzug sind unmittelbar durch die kleine Schraube ε mit einander verbunden.

§. 194. Vergleichen wir nun auf Grund der gegebenen Beschreibung die 3 Revolvers miteinander, so sehen wir, dass der von Adams-Deane einfacher und daher weniger wandelbar gebaut ist, als der Colt'sche, bei dem Lauf und Gestell nicht ein Ganzes bilden, welchen Uebelstand der von Lefaucheux demnach theilt. Beide letzteren Arten bedürfen zum Drehen des Kammercylinders der vorhergehenden Spannung des Hahns, während ersterer nur eines, freilich anhaltenderen Druckes am Abzuge bedarf, um jene Drehung — zusammt mit Spannen und Abdrücken — zu bewirken.

Es folgt daraus, dass man mit Revolvern Adams-Deane schneller schiessen kann, auch die Waffe nicht aus dem Anschlage zu verrücken braucht, was bei den beiden anderen kaum möglich — dafür haben letztere einen Schuss mehr zur Disposition.

Bei Colt ist der freie Raum zwischen der hinteren Fläche der Kammerwalze und der dahinter liegenden des Gestells grösser, und sind die Ausschnitte für die Zündstifte seichter, als beim englischen Revolver, daher die Trümmer der Zündhütchen weiter umher fliegen und den Drehmechanismus leichter stören, also bei Colt mehr Veranlassung zu Versagern vorliegt. Der Revolver Lefaucheux hat mit diesem Uebelstand gar nicht zu kämpfen, steht in dieser Hinsicht also über beiden anderen.

Der Verschluss des Laufes ist beim Colt'schen Revolver am mangelhaftesten, da, wenn der Widerhalter nicht sehr genau in die Einschnitte *t* (Fig. 205) eingreift, der Kammercylinder eine gewisse Beweglichkeit in der Längenrichtung hat, sich daher mit geringerer Reibung gegen das Laufmundstück anlegt. Hierdurch aber bildet sich ein Spalt, durch welchen die Pulvergase herauszudringen vermögen. — Am vollkommensten in dieser Hinsicht ist der Revolver Lefaucheux, dessen Kammerwalze sich hinten direct gegen das Gestell lehnt.

Der englische Revolver bietet den Vortheil, dass sich der Kammercylinder einfach durch Vorziehen der Achse *d* aus dem Gestell heraus nehmen und durch einen zweiten bereits geladenen schnell ersetzen lässt, was bei Colt und Lefaucheux ohne Abnahme des Laufs natürlich nicht möglich. Der Zeitverlust, welcher beim Laden des Lefaucheux'schen dadurch entsteht, dass zuvor die Patronenhülsen aus den abgeschossenen Kammern herausgezogen werden müssen, gleicht sich dagegen wieder dadurch aus, dass kein Zündhütchen aufgesetzt werden braucht, überhaupt das Laden der Einheitspatrone schneller von statten geht.

Es ist ein Fehler der Colt'schen Construction, dass die Visirkimme in den Hahnkopf eingestrichen ist; die Construction von Lefaucheux hat diesen Missstand durch die Visirschiene in einfacher Weise beseitigt.

Die Revolver von Colt und Lefaucheux drücken sich leichter ab, als der von Adams-Deane, bei welchem das aus bekannten Gründen nothwendige anhaltende Drücken am Abzuge die Ruhe des Schützen, mithin ein gutes Abkommen, leicht gefährden kann, umsomehr, als man nicht im Stande ist, ohne die Haltbarbarkeit des ganzen Mechanismus zu beeinträchtigen, den Abzug leicht zu stellen.

Die Revolver von Colt und Adams laden sich ungleich weniger bequem, als der von Lefaucheux, haben aber dafür eine einfache und im Felde unter allen Umständen leicht zu beschaffende, und ausserdem billigere Munition, denn wenngleich man sich zur Herstellung der Lefaucheux'schen Patrone im Nothfall gewöhnlicher Zündhütchen bedienen, auch Patronenhülse und Stift mehrmals benutzen kann, so ist doch der in den Boden der Hülse eingepresste Pappspiegel, wenn die normalen Zündhütchen fehlen, weniger leicht herzustellen, und wird die Munition, wenn man, was am besten. Hülsen von Kupferblech anwendet, verhältnissmässig theuer.

Die Revolver von Colt und Adams haben demnach den Vorzug der universelleren Brauchbarkeit, wogegen der von Lefaucheux nur mehr in Situationen zu gebrauchen ist, welche den Ersatz der Munition erleichtern (z. B. auf Kriegsschiffen), oder wenn die Waffe nur selten gebraucht wird, wie z. B. Seitens berittener Offiziere.

Was die Versager anbetrifft, so können solche beim Revolver Lefaucheux nur dann eintreten, wenn der Stift sich verbogen hat und demgemäss nicht richtig vom Hahn getroffen werden kann, was sich durch Anwendung von etwas hartem Messingdrath leicht vermeiden lässt.

Zwischen den Revolvern von Colt und Adams möchte letzterem wegen seiner grösseren Einfachheit und Dauerhaftigkeit der Vorzug für kriegerische Zwecke zu geben sein.

§. 195. Rückblick und Schlüsse.

Wenden wir uns schliesslich zu einer Prüfung der Revolver-Construction überhaupt vom praktischen Standpunkt aus, so müssen wir uns sagen, dass diese Waffen in ihrer bisherigen Gestaltung, einzelne leicht zu beseitigende Constructionsmängel abgerechnet, neben allen ihren günstigen Eigenschaften noch 2 Hauptfehler haben, und zwar:

1) den keineswegs sicheren Verschluss des Rohrs während des Schusses und

2) die complicirte und demgemäss empfindliche Einrichtung des Schloss- und Drehmechanismus.

Der Fehler ad 1 entsteht, wie wir sahen, dadurch, dass der Verschluss einzig und allein durch die Reibung des Kammercylinders an der Bodenfläche des Rohrs bewirkt wird und demnach nicht hermetisch ist. Durch den vorhandenen Spalt entweichen Pulvergase, und in um so stärkerem Grade, je mehr bei längerem Gebrauch der Waffe die Festigkeit des Mechanismus nachlässt. Hierdurch wird aber nicht nur der Schütze belästigt, sondern es können sogar die Ladungen der übrigen, an der Mündung nur durch die Kugeln geschlossenen, frei liegenden Kammern entzündet werden. Ausserdem verschleimen die Reibungsflächen stark, was zu einer Hemmung der Drehung führen kann.

Die Constructeure sollten zur Abstellung dieses grossen Uebelstandes eine Einrichtung zu ersinnen streben, vermöge deren bei der Drehung des Kammercylinders entweder das Ende des Rohrs in die Mündung der zum Schuss gelangenden Kammer oder ein hervorragender Kammermund in das Rohr einsetzt. Es wird das gewiss nicht leicht, möchte aber doch ausführbar sein unter Anwendung der Prinzipien, nach denen der treffliche Verschluss unserer neuen gezogenen 4 pfündigen Kanonen construirt ist.

Der Fehler ad 2, in Folge dessen man den Mechanismus der Revolvers nicht mit Unrecht mit einem Uhrwerk verglichen hat, ist allerdings schwer zu beseitigen, beeinträchtigt aber entschieden die Kriegsbrauchbarkeit der Waffe.

Aus beiden Ursachen kann und darf der Revolver nur eine sekundaire Waffe sein, nur als Pistole auftreten, und würde die Uebertragung seines Constructionssystems auf längere Gewehre, welche die ausschliessliche Waffe einer Truppe bilden sollen, geradezu unpraktisch und fehlerhaft sein.

Die Revolver-Pistole dagegen ist eine für nahe Entfernungen sehr wirksame Waffe; mit ihr weit schiessen zu wollen, ist wegen der Unmöglichkeit, starke Ladungen anzuwenden, schwer und unnütz. Wir können uns daher auch nicht damit einverstanden erklären, dass Herr Anquétil in seiner sonst sehr schätzbaren Abhandlung*)

*) Anquétil. Notices sur les revolvers. Paris 1854.

über die Revolver einen besonderen Werth darauf legt, dass die Revolver von Adams-Deane bis auf 100 m (133 Schritt) noch sehr sicher schiessen, weil der weite Schuss mit Pistolen überhaupt ein missliches Ding ist, bis 50 Schritt aber auch beide Colt'sche Revolver-Arten Genügendes leisten.

Der Revolver ist seinem ganzen Wesen nach gerade die echte Feuerwaffe für die Nähe, für die Abwehr überraschender naher Anfälle, das Handgemenge. Hier kommt ihm eben gerade nicht bloss die Möglichkeit des schnellsten Feuers, sondern der Umstand zu statten, dass man, ohne wieder laden zu brauchen, sehr schnell Schuss auf Schuss geben kann.

Dieser höchst wichtige Umstand, der für Gewehre von grösserer Wirkungsphäre ganz gleichgültig ist, wird aber eben durch eine so complicirte Construction erkauft, dass deren Uebertragung auf Gewehre, welche die Hauptbewaffnung einer Truppe bilden sollen, durchaus unmöglich ist.

Jene complicirte Construction erfordert selbstredend eine höchst genaue und sorgfältige Arbeit für die Revolver, sollen sie nicht in Kurzem ihren Dienst versagen.

Werfen wir noch einen Blick auf einzelne weniger einflussreiche Mängel der besprochenen Revolver-Arten, so ist ein solcher unter Andern bei Colt und Adams die nicht genügende Deckung der Ladungen besonders in den gerade nicht hinter dem Lauf befindlichen Kammern, in Folge deren das Pulver leicht feucht werden, auch das Geschoss vorrutschen kann. Besonders misslich ist dieser Umstand, welcher sich durch Constructionsmittel schwer beseitigen lässt, bei Colt, während beim englischen Revolver nöthigenfalls der geladene Kammercylinder aus der Waffe herausgenommen und bis zur Zeit des Gebrauchs sicher untergebracht werden kann.

Der Revolver von Lefaucheux wird von diesem Uebelstand selbstredend nicht berührt: das Pulver ist in der Hülse sicher versorgt, und das schnelle Laden mit der Einheitspatrone macht es ausserdem möglich, dasselbe möglichst zu verschieben. Von einem Vorrutschen der Patrone kann bei ihrer Einrichtung gleichfalls nicht die Rede sein.

Bei den Revolvern Colt und Adams fehlt ein zweckmässiger allmäliger Uebergang für das Geschoss aus der weiteren Kammer in die engere Seele des Rohrs, wodurch die Kugel leicht verunstaltet und abgeschält werden kann. Das ist ein Constructionsfehler, welcher bei einer Hinterladungswaffe nicht vorkommen darf, und sich selbstredend leicht dadurch beseitigen lässt, dass man den letzten Theil der Seele mit einer kurzen conischen Erweiterung versieht, welche nach hinten zu den Kaliber der Kammer erreicht, und in welche sich Balken und Züge verlaufen. Bei Lefaucheux ist diese Einrichtung vorhanden.

Bei dem englischen Revolver ist der Abzug im Verhältniss zu dem von ihm beim Abfeuern nach hinten zurückzulegenden Weg viel zu stark gekrümmt, wodurch eine günstige Einwirkung des Zeigefingers beeinträchtigt wird: die Stange des Abzuges muss demnach gerade construirt oder die Kolbe weniger krumm geschäftet werden.

Revolver Colt'scher Construction müssen durchaus ein festes Visir erhalten. Zu dem Ende ist der Kopf des Hahns so niedrig als möglich zu halten oder eine Visirschiene à la Lefaucheux anzubringen.

Um eine möglichst handliche und dauerhafte Form der Revolver-Pistole zu erzielen, erscheint die Anbringung von nur 5 Kammern rathsam. Giebt man dann der Seele einen Kaliber von 0,40", den Kammern einen solchen von 0,42"—0,43", so erhält man ein Kammerstück von verhältnissmässig geringem Durchmesser und doch so viel Eisenstärke zwischen den einzelnen Kammern, dass die Gefahr des Zerreissens ihrer Scheidewände beseitigt ist. Dass ein solcher Fall von den bedenklichsten Folgen, ist klar; um ihm auf's Sicherste vorzubeugen, müssen die Kammern mit sehr starken Ladungen beschossen werden, bevor die Waffe dem Gebrauch übergeben wird, und ist es ausserdem rathsam, den Cylinder aus Gussstahl anzufertigen.

Da es bei den Revolvern mehr auf einen nahen sicheren, weniger auf einen weiten Schuss ankommt, so gebe man den kurzen Läufen einen kurzen Drall, wobei dann die Tiefe der Züge auf 0,015" bis höchstens 0,02" anzunehmen und der Visirwinkel zur Gewinnung einer recht flachen Flugbahn innerhalb der auf 30 bis höchstens 50 Schritt zu bestimmenden Kernschussweite recht klein zu bemessen ist, in Folge dessen man dann keine diffizilen Haltepunkte zum Treffen anzuwenden braucht.

b. Percussionirte Hinterladungswaffen mit Laufladung.

§. 196. *System Terry.*

Dies System, welches für den Kriegsgebrauch bisher effectiv nur bei den englischen Reiter-Karabinern angewendet worden ist, aber schon in nächster Zeit eine weitere Verbreitung finden dürfte, unterscheidet sich, wie schon angedeutet wurde, von dem bisher beschriebenen zunächst dadurch, dass der gezogene Theil der Seele sich in einen cylindrischen glatten Theil verläuft, der zur Aufnahme der Patrone bestimmt ist, also das Patronenlager bildet (*A*, Fig. 216*), an welches sich eine conische Erweiterung anschliesst.

Fig. 216.
(½)

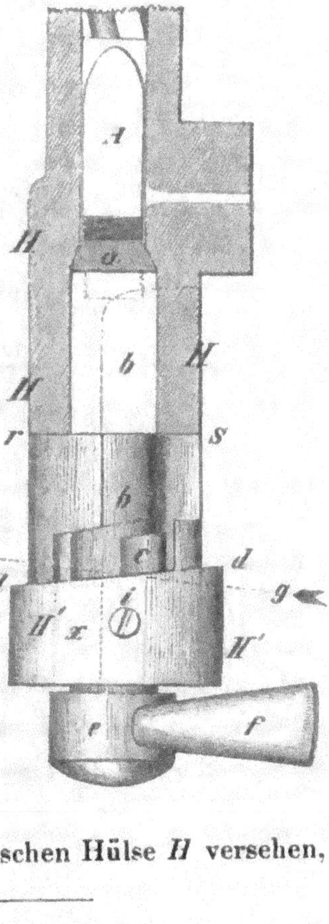

In das Patronenlager *A* mündet der Zündcanal des wie gewöhnlich an der rechten Seite des Rohrs angebrachten Zündstollens und zwar so weit vorwärts seines Endes, als es durch den am Boden der Patrone aufgeklebten Filzpfropfen *F* (Fig. 217) bedingt wird.

Fig. 217.

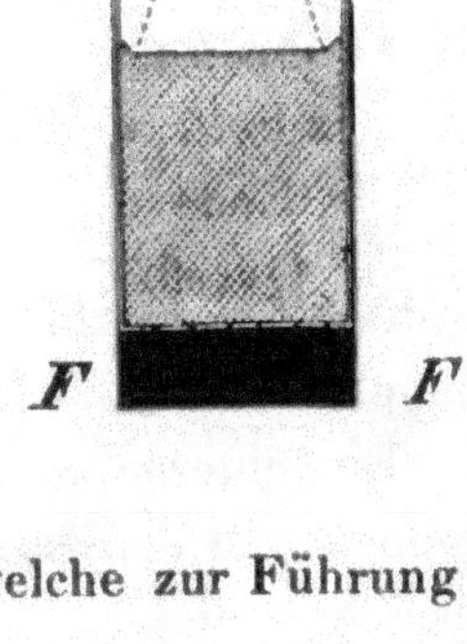

Der Lauf ist an seinem Ende mit einer seine Fortsetzung bildenden cylindrischen Hülse *H* versehen, welche zur Führung und Befestigung

*) Fig. 216 giebt bis zur Linie *rs* den Längendurchschnitt, von *rs* ab die äussere Ansicht.

des Verschlussstücks dient und oben und rechts dicht hinter dem Laufende mit einem, in Fig. 216 bis *rs* punktirten, Ausschnitt versehen ist, der zur Einführung der Patrone in ersteres dient, also die Patronen-Einlage bildet. Dieselbe reicht bis an den hinteren auf die Hülse aufgeschraubten geschlossenen ringförmigen Hülsenkopf *H'*, dessen vordere Seite *dd* eine schiefe Fläche bildet. Eine eben solche schiefe Fläche, aber in der Richtung der punktirten Linie *gg*, mithin mit *dd* zusammen den Gewindegang einer Schraube darstellend, befindet sich in der hinteren Fläche eines Ausschnitts in der unteren Wand der Hülse (in Fig. 216 also nicht sichtbar), welcher *dd* in der Richtung eines Durchmessers gegenüber liegt.

In der Hülse *H* bewegt sich das massive cylindrische Verschlussstück oder der Verschlussbolzen *b*. Derselbe ist mit 2 hervorstehenden Warzen, *c*, versehen, deren obere in der Figur sichtbar ist. Die hinteren Flächen dieser Warzen sind correspondirend mit *dd* und *gg* schief gefeilt, repräsentiren also, während letztere die Gänge des Muttergewindes darstellen, den Gang der Schraube.

Zur Handhabung des Verschlussbolzens *b* dient der auf seinem hintersten starken Endtheil *e* befestigte Hebel *f*. Derselbe wird, wenn man den Verschluss öffnen will, von rechts nach links geschlagen, wodurch die schiefen Flächen der Warzen *c* von denen der Hülse *dd* und *gg* getrennt und die Warzen so weit herumgebracht werden, dass sie vor die in dem Hülsenkopf *H'* ausgefeilten (in Fig. 216 punktirten) Erweiterungen *x* treten und sonach rückwärts herausgezogen werden können. Das Herausfallen des Schlussbolzens *b* aus der Hülse verhindert die Sperrschraube *i*, welche durch *H'* hindurch in einen länglichen Einschnitt auf der Oberfläche des Schlussbolzens eingreift und ihn selbstredend fesfhält, sobald sie gegen das vordere Ende dieses Ausschnittes anstösst.

Auf die vordere Querfläche des Verschlussbolzens *b* ist der stählerne abgestumpfte Kegel *a* aufgeschraubt, dessen Seitenwände genau mit denen der hinteren conischen Erweiterung des Patronenlagers übereinstimmen und demgemäss, wenn er eingeschoben wird, genau an dieselben anschliessen, in welchem Fall dann die vordere Fläche von *a* den Boden der Seele bildet. Wie Fig. 216 zeigt, ist *a* auf *b* aufgeschraubt. Es wird hierdurch die Möglichkeit gewonnen, etwaige im Lauf der Zeit durch Abnutzung eintretende Erweiterungen des conischen Theils des Patronenlagers unschädlich zu machen, indem man *a* etwas aus *b* herausschraubt, so dass er demgemäss weiter in *A* hineinreicht und wieder den festen Anschluss gewinnt.

Vergegenwärtigen wir uns nach dieser Beschreibung die Wirkung des Schlussmechanismus, so ist er folgender.

Soll geladen werden, so schlägt der Schütze (wie beim preussischen Zündnadelgewehr) den Hebel *f* von unten rechts nach links hinüber, so dass die Schlusswarzen *c* vor ihre Durchlasserweiterungen *x* in dem Hülsenkopf treten, und zieht sodann den Schlussbolzen so weit zurück, als die Schraube *i* dies erlaubt. Hierauf ergreift er die Patrone (Fig. 217), führt sie in die Patroneneinlage und in das Patronenlager ein und drückt sie mit dem Daumen an. Demnächst schiebt er den Schlussbolzen vor, so dass *a* in das Patronenlager eintritt, dreht den Bolzen mittelst *f* rechts herum und treibt durch einen Schlag auf denselben die schiefen Flächen der Warzen auf die der Hülse. Das Gewehr ist somit geschlossen und geladen und braucht nur noch das Zündhütchen aufgesetzt und eventuell der Hahn vollends gespannt zu werden, um dasselbe fertig zu machen.

Sobald abgefeuert wird, presst die nach hinten wirkende Kraft der Pulvergase den gefetteten Filzpfropfen *F* (welcher demgemäss wie der Pressspahnboden bei den Kartuschen unserer gezogenen Kanonen wirkt) gegen den Schlusskegel *a* von *b*, und schliesst nun derselbe vollends jeden Spalt, der etwa zwischen *a* und den Rohrwänden vorhanden wäre; wird eine neue Patrone eingeführt, so drängt die Geschossspitze den Pfropfen *F* nach vorn, der demgemäss beim nächsten Schuss den Pulverschmutz des vorigen hinausschiebt und einen Theil seines Fettes an die Seelenwände abgiebt, welche dadurch schlüpfrig erhalten werden.

Zur Vervollständigung unserer Beschreibung bemerken wir noch, dass die Waffe mit einem gewöhnlichen Percussionsschloss versehen, dessen Hahn aber mit Rücksicht auf die nothwendig tiefe Lage des Schlossbleches etwas lang und ausserdem nach innen gebogen ist, weil der Zündstollen möglichst weit nach links gestellt werden muss, um den Zündcanal zu verkürzen und somit dem Feuerstrahl des explodirenden Zündhütchens jene Intensivität zu erhalten, welche durch die geschlossene Patrone gefordert wird, soll nicht ein Versager eintreten.

§. 197. Prüfen wir das System Terry zunächst in Betreff des Verschlusses, so kann es dem mit der Construction des preussischen Zündnadelgewehrs vertrauten Leser nicht entgehen, dass dessen Verschlussprinzip mittelst zweier schiefer Flächen, welche durch den Schlag auf den Leitungshebel *f* aufeinander getrieben werden, hier benutzt ist, und der Verschluss nur dadurch eine Verbesserung erfahren hat, dass zwei diametral sich gegenüber stehende Warzen vorhanden sind, demnach der Verschlussbolzen genau central in das Rohr eingeführt und somit ein einseitiges Ausbrennen an den Verschlusstheilen verhindert wird.

Der Verschluss ist somit ein guter und dauerhafter und wird noch verbessert durch die Wirkung des Filzpfropfens am Patronenboden.

Weniger vortheilhaft ist die etwas enge Form und vor Allem die seitliche Stellung der Patroneneinlage. Sie erschwert das Laden und auch das Herausbringen der Patrone beim Entladen, daher auch an der linken Seitenwand der Hülse sich ein Einschnitt befindet, durch welchen man die Klinge eines Schraubenziehers einführen und mittelst desselben die Patrone seitwärts herausstossen kann. Natürlich muss hierbei sehr vorsichtig verfahren werden, widrigenfalls die Patrone zerstört wird.

Die Terry'sche Patrone enthält, wie Fig. 217 zeigt, das Expansionsgeschoss des Enfieldgewehrs, nutzt also das System der Hinterladung für die Elemente des gezogenen Gewehrs weniger, als für die leichte Ladung aus, denn wenn die Anwendung jenes Geschosses, die im Interesse der Munitions- wenigstens der Geschosseinheit sehr zweckmässig ist, den Nutzen gewähren soll, dass man im Nothfall das Hinterladungsgewehr auch von der Mündung aus laden könne, so liegt es nach unseren früheren Entwickelungen über die Expansionsgeschosse auf der Hand, dass, wenn nicht anfängliche gefährliche Ueberpressungen und weiter äusserst nachtheilige Verzerrungen beim Eintritt des Geschosses in den engeren Theil der Seele veranlasst werden sollen, das Patronenlager nur unmerklich weniger weit sein darf als der gezogene

Theil der Seele, ja dass es (man denke an den unendlich schnellen Vorgang der Expansion) am gerathensten erscheint, die Balken und Züge bis in den Pulversack hineinreichen zu lassen, wie es nach der Beschreibung auch der Fall ist.

Es würde dennoch zweckmässiger sein, die Einrichtung der Seele zwar mit Rücksicht auf die Möglichkeit des Ladens von der Mündung aus auf die Verwendung der für diesen Zweck bemessenen Geschosse zu treffen, hingegen Geschosse grösseren Kalibers wie sie durch das Hinterladungssystem bedingt werden, in der spezifischen Normal-Patrone zu verwenden und zu dem Ende ein wenn auch nur seichtes Patronenlager anzubringen; will man zur Erleichterung solcher Geschosse einen Hohlraum anbringen, so muss derselbe möglichst klein bemessen werden, weil eine Combination der Expansion mit der Zusammenpressung, welche das Geschoss beim Eintritt in den gezogenen Theil der Seele erfährt, die Reibung zum Nachtheil der Anfangsgeschwindigkeit steigert, daher die Wirkung der Expansion auf das mögliche Minimum reduzirt werden muss.

Die Zweifel, welche sich bei der ersten Betrachtung der Patrone unwillkürlich aufdrängen, dass der Feuerstrahl des Zündhütchens bei einer gewöhnlichen Füllung des letzteren nicht im Stande sein möchte, das Hülsenpapier zu durchschlagen, und somit öftere Versager eintreten müssten, sind durch die dem entgegenstehenden Ergebnisse in England, sowie durch diejenigen beseitigt, welche sich bei den ausgedehnten Versuchen mit Gewehren Terry'schen Systems in Baden, Mecklenburg und Suhl herausgestellt haben. Trotzdem wird es sich für Waffen dieser Gattung immer empfehlen, den Zündcanal so kurz als möglich zu halten, um jede Möglichkeit zu Versagern abzuschneiden, was freilich die Construction und Stellung des Hahns in der schon besprochenen ungünstigen Weise beeinflusst.

Ebenso darf die Einfettung des Filzpfropfens das Hülsenpapier nicht erreichen, sonst entstehen Versager.

Obgleich eine stärkere Füllung der Zündhütchen die Zündung unbedingt sichern würde, so erscheint eine solche Maassregel doch nicht zweckmässig, weil man damit gerade einen wichtigen Vortheil des percussionirten Hinterladungsgewehrs — die Unabhängigkeit von jeder besondern Munitionsart — aufgeben würde.

Soll die Waffe, falls die geschlossenen Patronen zufällig aus irgend einem Grunde unanwendbar geworden oder ausgegangen wären, von der Mündung aus geladen werden, so muss der letzte Filzpfropfen natürlich auf dem Boden bleiben, damit das Geschoss seinen Sitz möglichst unmittelbar am Geschosseintritt erhalte; der Verschluss fungirt dann als feste Schwanzschraube.

Es liegt in dem Wesen des Terry'schen Systems seine praktische Anwendbarkeit für den Kriegsgebrauch begründet: Dauerhaftigkeit und Einfachheit sind ihm eigen und müssen daher gezogene Waffen dieses Systems, wenn bei ihrer Construction überhaupt die bestimmenden Grundsätze richtig befolgt werden, einen bemerkenswerthen Platz einnehmen.

§. 198. Aus diesem Grunde werden zur Zeit (Juli 1862) in Baden Versuche mit Jägerbüchsen nach dem Terry'schen System angestellt, welche in ihren Verhältnissen sich dem Infanteriegewehr $^{m}/_{57}$ anschliessen und demgemäss zur Verwendung des in Fig. 176 dargestellten Geschosses geeignet sind.

Bevor man in Mecklenburg-Schwerin das preussische Zündnadelgewehr einführte, experimentirte man längere Zeit mit einem Hinterladungsgewehr, dessen Modell unter Zugrundelegung des Terry'schen Systems in der Gewehrfabrik der Herren Spangenberg und Sauer zu Suhl aufgestellt worden ist.

Das Modell dieses Gewehrs bietet einige Verbesserungen der beschriebenen Terry'schen Construction, die der Beachtung werth sind. Der Leitungshebel liegt nämlich auf dem Verschlussbolzen und wird erst zum Gebrauch beim Oeffnen des Schlusses in die Höhe geklappt und in seiner Lage durch eine starke Sperrfeder gehalten. In Folge dessen ist die Patroneneinlage am oberen Theil der Hülse eingeschnitten und wird, sobald geladen und der Verschlussbolzen vorgeschoben ist, durch den niedergeklappten Hebel vollständig geschlossen. Sie ist sonach gegen äussere Einflüsse besser geschützt, und ist ferner die Handlichkeit des Gewehrs gesteigert, was namentlich bei Reiterwaffen sich geltend machen würde.

Bei einem zweiten Modell sahen wir einen sehr empfehlenswerthen Verschluss. Statt dass nämlich wie in Fig. 216 der Verschlussbolzen 2 Schlusswarzen mit schiefen Endflächen trägt, hat derselbe 2 sich diametral gegenüberstehende aus 5 Gängen bestehende angeschnittene Gewindstücke, welche je ¼ der Peripherie des Schlussbolzens einnehmen, und in dem Hülsenring H', der mit der Hülse aus einem Stück gearbeitet, nicht auf diese aufgeschraubt ist, 2 dem entsprechende partielle Muttergewinde. Soll der Lauf geschlossen werden, so schiebt man die Gewinde des Schlussbolzens durch die für sie durch partielle Ausfeilung der inneren Wand angebrachten Eingänge vorwärts und dreht sie dann rechts herum, wobei sich dann die Gewindgänge in das Muttergewinde eintreiben. Ein Schlag auf den Hebel vermehrt die Festigkeit.

Ein derartiger Verschluss hat eine ungemeine Stabilität, da streng genommen 10 schiefe Flächen sich auf einander treiben, und empfiehlt sich demnach für alle Hinterladungsgewehre mit Laufladung ungemein.

Anm. Es ist begreiflich, dass wenn das System Lefaucheux auf ein Gewehr mit einer Ladung angewendet wird, sein Verschluss in den Hauptzügen dem Terry'schen gleichen kann.

c. Die Zündnadelgewehre.

§. 199. Die auf Hinterladung eingerichteten Zündnadelgewehre gehören den auf Laufladung eingerichteten Hinterladungsgewehren an und haben als charakteristisches weiteres Merkmal das Zündnadelschloss, dessen eigenthümliches Wesen wir bereits in §. 112 des 2. Abschnitts besprachen. Aus jener Charakteristik folgt, dass das Zündnadelschloss das Hinterladungsgewehr auf die Höhe technischer Vollkommenheit bringt, indem es die Bildung einer Einheitspatrone gestattet, welche, weil sie des Stifts entbehren kann, diejenige von Lefaucheux an Einfachheit bedeutend übertrifft. Dadurch, und weil die Wirkung des Schlosses in der Richtung der Seelenachse die Möglichkeit gewährt, die Schlosstheile in unmittelbare Verbindung mit dem Verschlussmechanismus zu bringen, und durch die Einfachheit dieser Schlosstheile selbst, wird eine Handlichkeit und Einfachheit der Waffe gewonnen, welche die Schnelligkeit des Feuers auf ein mit percussionirten Waffen (die

Revolver, und selbst diese natürlich nur bedingungsweise, ausgenommen) nicht erreichbares und ein solches Maass steigert, welches der Waffe zugleich einen bedeutenden taktischen Werth verleiht, insofern es die Wirkung und Anwendbarkeit des Massenfeuers steigert und den defensiven Charakter der Feuerwaffe gewissermassen in einen offensiven verwandelt, da die Ladung des Gewehrs selbst in der Bewegung bequem auszuführen ist und die Möglichkeit, dieselbe auszuführen, streng genommen erst dann aufhört, wenn der Gegner, vor der Bayonnettspitze des Schützen angekommen, den Gebrauch des Gewehrs als blanke Waffe erfordert. Bei allen Percussionswaffen (Lefaucheux ausgenommen) bleibt dagegen das Aufsetzen des Zündhütchens immer ein heiklicher Punkt.

Zündnadelgewehre sind bis jetzt in 2 verschiedenen Constructionssystemen für Kriegszwecke gefertigt worden und zwar:

1) nach dem vom jetzigen Geheimen Commissionsrath Dreyse zu Sömmerda im Jahre 1835 aufgestellten —
2) nach dem aus ersterem hervorgegangenen, aber mit einigen besonderen Abänderungen versehenen der Gewehrfabrikbesitzer Doersch und v. Baumgarten zu Suhl.

Wenn wir selbst das erstere, welches schon lange Zeit vor den bereits abgehandelten Systemen gezogener Gewehre existirte, erst hier abhandeln, so machen wir uns allerdings eines chronologischen Fehlers, weniger aber, wie wir hoffen, eines solchen gegen unser System eines geordneten Ueberblicks schuldig, und möge uns unser verehrter Herr Dreyse mit Rücksicht darauf freundlichst verzeihen, wenn wir sein System nicht gleich hinter dem von Delvigne abgehandelt haben.

Die preussischen Zündnadelgewehre nach dem System Dreyse.

§. 200. Die Zündnadelgewehre wurden schon seit Mitte der 30er Jahre in Preussen unter Wahrung des Geheimnisses ihrer Construction zu Sömmerda angefertigt, aber zuerst im Jahre 1848 unter dem früheren Namen: „leichte Percussionsgewehre“ an einen Theil der Infanterie des stehenden Heeres, und zwar die des Gardecorps und die Füsilier-Bataillone der 32 alten Linien-Regimenter ausgegeben. In den Händen dieser Truppen wurden sie theilweise in Gefechten (in Dresden, Schleswig und Baden) verwendet und bewährten dabei und in einem fortgesetzten längeren Dienstgebrauch ihre Tüchtigkeit in einem solchen Grade, dass ihre Einführung bei der gesammten Infanterie und Cavallerie, zunächst des stehenden Heeres, beschlossen und nach und nach in's Werk gesetzt wurde.

Die von uns erwähnte grossartige Umänderung von 300,000 glatten Musketen in gezogene Gewehre nach Minié'schem System (1855 und 1856) hatte daher niemals den Zweck, wie es von Manchen irriger Weise geglaubt wurde, das Zündnadelgewehr zu verdrängen, sondern war nur eine Uebergangs-Maassregel, weil die in jener Zeit wünschenswerthe schleunige Bewaffnung der gesammten Infanterie mit gezogenen Gewehren sich auf dem Wege der Neufertigung von Zündnadelgewehren nicht ausführen liess.

Da den nach Minié umgeänderten Gewehren der Name: „gezogenes Infanteriegewehr“ beigelegt wurde, so erhielten die „Zündnadelgewehre“ die ihnen ihrer Einrichtung nach gebührende Benennung zurück.

Es geht aus unserer Darlegung hervor, dass sich ein grosser Theil unserer Zündnadelgewehre bereits seit 16 Jahren im Dienstgebrauch der Truppen befindet. Dieser bedeutende Zeitraum, nach dessen Verlauf sich jene Gewehre noch in völlig kriegsbrauchbarem Zustande befinden, hat mehr als genügt, das Urtheil über ihre Tüchtigkeit und Vortrefflichkeit festzustellen.

Den mit den Zündnadelwaffen zu erreichenden speziellen taktischen Zwecken gemäss, existiren zur Zeit in der preussischen Armee 4 verschiedene Modelle derselben, und zwar:

1) Das Infanteriegewehr $^{m}/_{41}$ mit Bayonnett — Waffe der gesammten Linien-Infanterie des stehenden Heeres (216 Bataillone).

2) Das Füsiliergewehr $^{m}/_{60}$ mit aufpflanzbarem Seitengewehr — als Waffe der Füsilier-Regimenter (27 Bataillone).

3) Die Jägerbüchse $^{m}/_{54}$ mit zur Pike ausgebildetem Entladestock — als Waffe der 9 Jäger-Bataillone und des Garde-Schützen-Bataillons.

4) Der Karabiner $^{m}/_{57}$ — als Waffe sämmtlicher leichter Cavallerie-Regimenter des stehenden Heeres (Husaren und Dragoner).

Ausserdem steht eine Bewaffnung auch der 9 Pionier-Bataillone mit Zündnadelgewehren bevor, doch ist das Modell noch nicht festgestellt.

Die oben genannten Gewehre unterscheiden sich in der Hauptsache nur durch die Länge des Laufs von einander, und haben No. 3 und 4 im Interesse der Kürze der ganzen Waffe verkürzte Schlosstheile.

Dagegen ist der Kaliber, sowie die Einrichtung des Laufs dieselbe, demgemäss auch die Patrone (welche nur bei No. 4 etwas weniger Pulver enthält) und somit eine Einheitlichkeit in der Bewaffnung des preussischen stehenden Heeres, gewonnen, deren Werth nicht hoch genug veranschlagt werden kann.

Das Gewehr No. 1 ist in jüngster Zeit in mehreren Infanterieen des 10. deutschen Bundescorps (Oldenburg, Mecklenburg-Schwerin, Hamburg, Lübeck und Bremen) und ebenso in der Reserve-Division bei den Regimentern resp. Bataillonen von Weimar, Meiningen, Altenburg, Gotha, Anhalt, beider Schwarzburg, Reuss, Waldeck und Mecklenburg-Strelitz eingeführt worden, und steht seine Einführung bei den übrigen Contingenten der Division in Aussicht.

§. 201. Die preussischen Zündnadelgewehre haben ausserhalb Preussen, wo man, wie schon bemerkt, ungemein mit ihnen zufrieden ist, öfters eine ziemlich ungünstige Beurtheilung erfahren, und sind selbst in jüngster Zeit noch sogar in militairisch - politischen Brochüren zum Gegenstand unmotivirter Angriffe gemacht worden.

Ein Vorwurf, den man ihnen früher machte, der nämlich, dass die Flugbahn des Geschosses zu gekrümmt sei, war berechtigt, und lag der Grund dafür einfach in den ungünstigen Verhältnissen des ursprünglichen Geschosses, welches, ein Kind einer früheren Periode, weniger nach dem Grundsatz construirt war, dass man der Flugbahn einen so bedeutenden bestrichenen Raum als nur irgend möglich geben müsse.

Der Grund zu jenem Vorwurf ist aber längst gefallen, indem der speculative Erfinder des Gewehrs demselben ein Geschoss, das sogenannte Langblei, gegeben hat, welches bei gleich gebliebenem Kaliber des Laufes den kleineren Kaliber der süddeutschen Expansions- und Compressionsgeschosse besitzt und demgemäss bei dem Gewicht der Pulverladung von nicht ganz $\frac{1}{7}$ des Geschossgewichts derselben Vortheile wie jene Geschosse theilhaftig wird. — Die Visirwinkel sind seitdem bedeutend verkleinert*), die Flugbahnen haben auf allen Distanzen sehr bedeutend an bestrichenem Raum gewonnen, das Gewehr steht auch in dieser Beziehung auf der Höhe der Zeit.

Bei manchen Urtheilen, welche in wissenschaftlichen Werken über unsere Zündnadelgewehre gefällt sind, drängt sich Einem unwillkürlich die Ueberzeugung auf, als müssten bei den Versuchen, welche hie und da mit Zündnadelgewehren angestellt worden sind, Exemplare dieser Waffe benutzt worden sein, welche sehr mangelhafte Copieen der preussischen waren.

Wir möchten dies unter Anderm aus der höchst eigenthümlichen Zeichnung schliessen, welche wir auf Seite 112 und 143 von Schmölzl's Ergänzungswaffenlehre (2. Aufl.) erblicken und ferner aus verschiedenen Urtheilen und Angaben, welche in jenem Werk anzutreffen sind und sehr beredt gegen eine Kenntniss unseres Gewehrs sprechen, so dass wir auf dieselbe noch zurückkommen werden, da uns augenblicklich das Zündnadelgewehr nur in seiner Eigenschaft als Hinterladungsgewehr interessirt.

Auch der belgische Artillerie-Capitain Gillion beehrt das Zündnadelgewehr mit einer seltsamen bündigen Abfertigung auf Seite 345 seines „cours élémentaire sur les armes portatives", welche mit der Bemerkung schliesst, dass dasselbe „trotz der ihm durch einige belgische Büchsenmacher verliehenen Verbesserungen" (sic!) est resté trop compliqué pour être employé utilement comme arme de guerre.

In jener Abfertigung wird auch die Leistung des Zündnadelgewehrs angegriffen und bemerkt, dass die belgische Stiftbüchse viel besser schiesse, eine Behauptung, welche insofern sehr naiv erscheinen muss, als auf Seite 324 zu lesen ist, dass jene Büchse z. B. auf 600 Schritt gegen eine Scheibe von der Höhe eines Reiters und 12 m (d. h. circa 38') Breite das dürftige Resultat von 46% Treffern und auf 200 Schritt gegen Mannsbreiten von nur 32% ergeben hat.

Wenn der Herr Verfasser solche Urtheile fällt, dann hätte er

*) Die Beläge dazu finden sich in meiner bereits angezogenen Schrift: „Die neueren gezogenen Infanteriegewehre etc."

zuvor in Erfahrung bringen sollen, was die Zündnadelgewehre auf den gleichen Entfernungen gegen gleiche Ziele leisten, und wir sind überzeugt, er hätte dann seine Bemerkung ungeschrieben gelassen.

Nichts kann, wie wir schon ein Mal bemerkten, unglücklicher sein, als wenn Jemand dem Zündnadelgewehr den Vorwurf macht, dass es complicirt sei.

Soll sich dieser Vorwurf auf den Verschluss beziehen, so sucht man vergeblich nach seiner Begründung, da der Verschluss höchst sinnreich einfach ist und nur allenfalls dadurch verbessert werden könnte, dass die Kammer mit 2 Warzen versehen würde.

Soll sich der Vorwurf auf das Schloss richten, so müssen wir uns in dieser Beziehung auf Das beziehen, was wir bereits in §. 112 des 2. Abschnitts aussprachen, und welches das Gegentheil beweisen dürfte.

Es bleibt demnach nur die Einrichtung der Patrone übrig, und es lässt sich nicht leugnen, dass, da die Zündungsmethode einen künstlich gepressten Pappspiegel bedingt, die Laborirung der Patrone im Felde nicht so einfach ist als die anderer Gewehre.

Es darf aber dabei doch auch nicht unberücksichtigt bleiben, dass mit der Einführung der gezogenen Gewehre überhaupt alle Patronen eine künstlichere Einrichtung erhalten haben und demnach ihre Anfertigung im Felde mit unvollkommenen Mitteln schwieriger geworden ist und gar von einer unmittelbaren Verwendung feindlicher Munition, wie solche früher bei dem glatten Gewehr möglich, nicht mehr die Rede sein kann, da Kaliber und System dabei ein gewichtiges Wort mitsprechen, und muss ferner erwogen werden, dass die Communicationsmittel bessere geworden sind und dadurch der Nachschub der Munition erleichtert wird. Ferner aber sind die Zündspiegel so leichte Körper, dass man von ihnen nicht nur ein bedeutendes Quantum von dem Soldaten kann tragen lassen, sondern auch den Munitions-Colonnen dergleichen in bedeutenden Massen überweisen kann. Sind aber Zündspiegel vorhanden, so bietet die Anfertigung der Patronen keine Schwierigkeit, da Blei, Pulver und Papier eben nicht anders sind wie bei anderen Patronen.

In der Munition des Zündnadelgewehrs vermögen wir demnach auch nichts Bedenkliches zu erblicken, und werden weitere Einwürfe gegen dasselbe später erledigen.

§. 202.

Zündnadelgewehre nach dem System Doersch und v. Baumgarten.

Diese Gewehre haben mit den Dreyse'schen, wie schon bemerkt, das Prinzip der Hinterlaufladung gemein, unterscheiden sich dagegen von ihnen durch das Arrangement der Schluss- und Schlosstheile und in Betreff der Original-Munition durch den Wegfall des Zündspiegels.

Was die Construction*) des Gewehrs anbetrifft, so ist zunächst zu bemerken, dass die zur Aufnahme und Leitung der Schlusstheile bestimmte Hülse nicht wie beim Dreyse'schen Gewehr auf den Lauf aufgeschraubt, sondern mit ihm aus dem Ganzen gearbeitet ist (Fig. 218 *a H*). Diese Hülse endet, ähnlich wie bei den Gewehren von und nach Terry, mit einem geschlossenen Ringe *H'*,

Fig. 218.

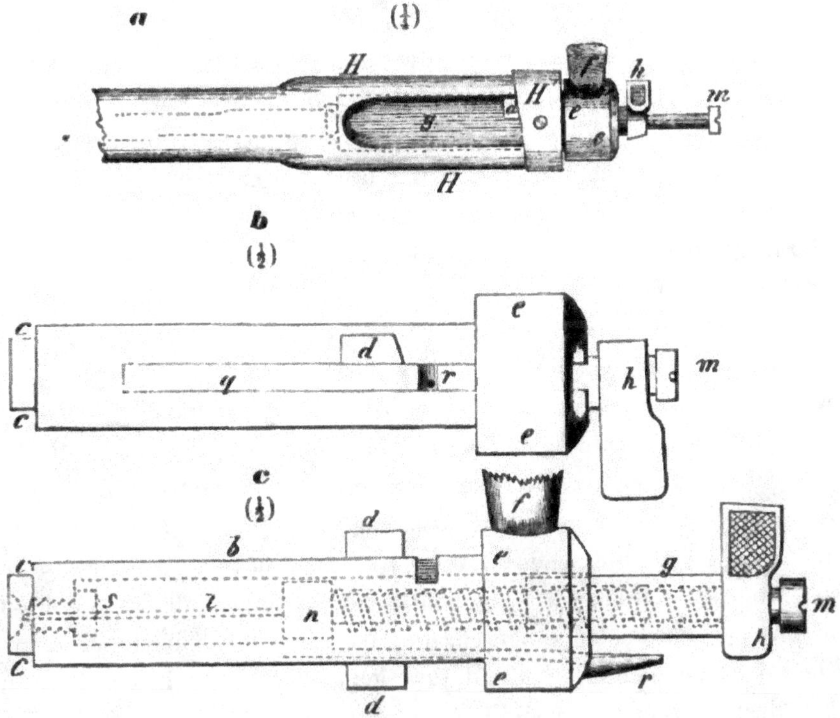

*) Wir bemerken hier nochmals, dass die Construction des preussischen Zündnadelgewehrs in Schön's: „Das gezogene Infanteriegewehr" und Gündell's: „Die Feuerwaffen der Königlich hannoverschen Infanterie" eine genaue Beschreibung und bildliche Darstellung erfahren hat.

und ist oben zwischen diesem Ring und dem Ende des Laufs mit einem Ausschnitt *y* versehen, welcher die Patroneneinlage bildet, also zur Einführung der Patrone dient. Die vordere Seite des Hülsenringes bildet eine schiefe Fläche, und mit ihr correspondirt eine zweite, welche, wie aus Fig. 216 und der zugehörigen Beschreibung erhellt, die hintere Seite eines Ausschnitts bildet, welcher in der unteren geschlossenen Wand der Hülse angebracht ist.

In der Hülse bewegt sich die cylindrische Kammer, Fig. 218 *b* und *c*, welche wie beim Dreyse'schen Gewehr zum Verschluss des Laufs während des Schusses und zur Aufnahme der Schlosstheile dient. Zum ersteren Zweck ist sie mit der vorderen Verjüngung *c* versehen, welche in das Patronenlager des Laufs eingreift, und ferner mit den beiden Warzen *dd*, deren hintere Flächen schief gefeilt sind und genau mit den schiefen Flächen der Hülse correspondiren. Damit diese beiden Warzen beim Zurückziehen der Kammer behufs Oeffnung der Patroneneinlage den Hülsenring passiren können, ist derselbe, wie bei Terry etc. für die Warzen des Schlussbolzens, mit 2 Ausfeilungen versehen. Die gerade Rück- und Vorbewegung der Kammer wird durch einen länglichen Ausschnitt geregelt, in welchen eine durch den Hülsenring hindurch greifende Sperrschraube eingreift, welche auch, wie bei Terry, ausserdem das gänzliche Herausgleiten der Kammer aus der Hülse verhindert, was bei dem preussischen Gewehr bekanntlich durch das Knie in dem oberen Ausschnitt der Hülse bewirkt wird. An der hinteren Verstärkung der Kammer *ee* befindet sich der flache Hebel *f*, welcher zur Bewegung der Kammer resp. dazu dient, die schiefen Flächen der Kammerwarzen auf die der Hülse auf- oder von ihnen abzutreiben.

Die Kammer zerfällt wie beim preussischen Gewehr in 2 durch einen Boden getrennte Theile, davon der vordere, sehr kurz, den Boden des (geschlossenen) Laufes in einem flachen Gewölbe bildet, der hintere, cylindrisch ausgebohrt, zur Aufnahme der Schlosstheile dient. In den Boden eingeschraubt ist das kurze Nadelrohr *s*, welches die Zündnadel leitet und ihre genaue Führung in der Richtung der Seelenachse sicher stellt.

Die in der Kammer befindlichen Schlosstheile sind das Schlösschen *g* mit dem zu seiner Bewegung dienenden Daumenstollen *h*, welches wiederum den Nadelbolzen *i* (Fig. 219) und die diesen umgebende Spiralfeder *k* in sich aufnimmt. In den Nadelbolzen wird die Zündnadel *l* eingeschraubt, ihr starker Kopf *m*, der in das Schlösschen nicht eintreten kann, hält mit dem Kopf des Nadelbolzens *n* zusammen die Spiralfeder so weit zusammengedrückt, als es bei der Ruhe der Feder nöthig, die ihren zweiten Stützpunkt auf dem Boden des cylindrisch ausgebohrten Schlösschens findet. Damit letzteres sich nicht völlig aus der Kammer herausziehen lasse, ist deren Kopf *ee* mit einem Gewinde für die Sperrschraube *o* versehen, deren stumpfes Ende in einen auf der äusseren Fläche des Schlösschens angebrachten länglichen Ausschnitt *p* eingreift.

Fig. 219.
(½)

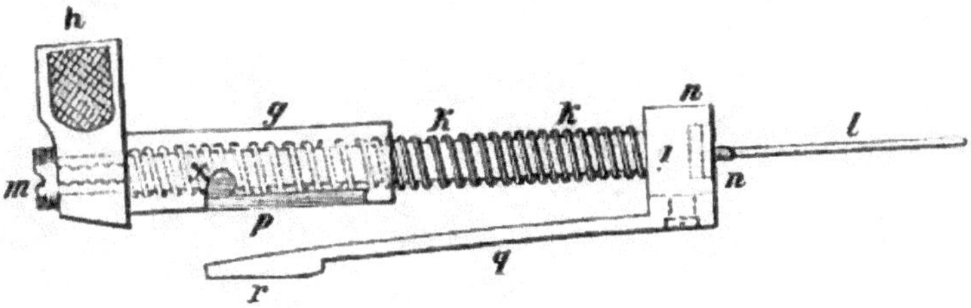

Der cylindrische Nadelbolzenkopf *n*, Fig. 219, hat eine flache Aussenkung, welche mit einem Leder- und einem darauf liegenden Messingplättchen ausgefüllt ist, beide sind selbstredend für die Nadel durchlocht und verhindern, indem sie beim Abfeuern gegen das im Kammerboden verschraubte Nadelrohr (s. Fig. 218 *c*) anschlagen, dass Pulvergase und Schleim nach hinten dringen.

Auf dem Nadelbolzenkopf ist die Sperrfeder *q* befestigt, deren Krappen *r* beim Spannen des Gewehrs thätig wird, und dessen sperrende Wirkung durch den unter ihm liegenden Abzug aufgehoben werden muss, sobald man abfeuern, also die Zündnadel vorschnellen lassen will. — Machen wir uns nach dieser Beschreibung die Vorgänge beim Schliessen, Spannen und Abdrücken der Waffe klar, so sind sie folgende:

a) Nachdem die Patrone in den Lauf gebracht ist, schiebt man mittelst des Hebels *f* die Kammer so weit vor, dass ihr Mund *c* in den Lauf eingreift, dreht sie, nachdem ihre Warzen den Hülsenring passirt haben, rechts herum und treibt die schiefen Flächen durch einen Schlag auf *f* auf einander. Der Lauf ist geschlossen, und hat das Schlösschen die aus Fig. 218 *c* ersichtliche Lage; der Sperrfederkrappen stösst gegen die Kammerverstärkung *ee* — das Gewehr ist in Ruh.

b) Zum Spannen des Gewehrs schiebt man mittelst des Daumenstollens das Schlösschen vor und dreht es leicht rechts, wodurch das gerundete Seitenende *x* des Schlösschenausschnitts *p* (Fig. 219) von der Schraube *o* gehalten und an einem Zurücktreten aus der Kammer gehindert wird. Da andrerseits der Sperrfederkrappen *r* den Nadelbolzen verhindert, sich nach vorn in Bewegung zu setzen, so ist nunmehr die Spiralfeder zwischen Nadelbolzenkopf und Schlösschenboden zusammengepresst, gespannt, also zur Kraftentwicklung bereit.

Fig. 220.

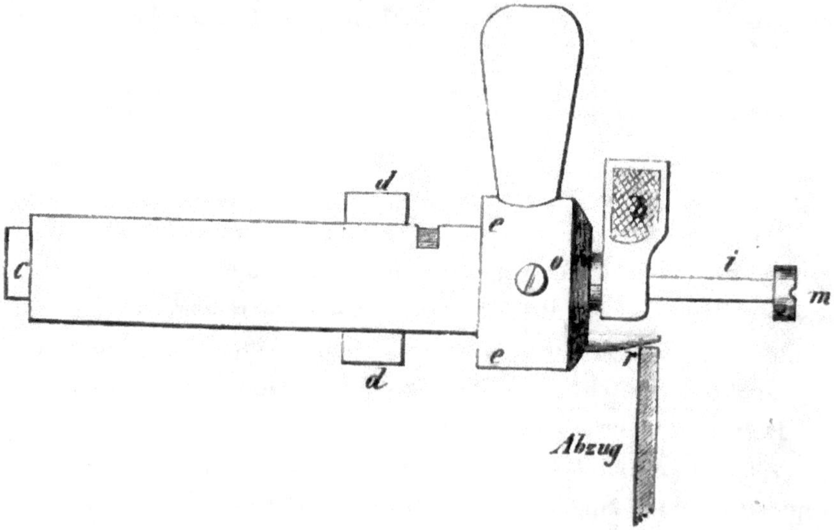

Selbstredend muss der durch die Sperrfeder in seiner Lage festgehaltene Nadelbolzen nach rückwärts aus dem Schlösschen heraustreten, wie dies Fig. 218 *a* und 220 zeigt.

c) Will man abfeuern, so drückt man mittelst des gerade unter dem Sperrfederkrappen *r* liegenden Abzuges ersteren so weit in die Höhe, dass er vollkommen in den für die Sperrfeder in *e* angebrachten Ausschnitt eintritt, also den Nadelbolzen nicht mehr in seiner Lage erhält. Dieser muss daher, der Wirkung der frei werdenden Spiralfeder (welche sich nach *b* natürlich jetzt nur vorwärts bewegen kann) folgend, mit Vehemenz nach vorwärts schiessen und treibt somit die in ihm befestigte Zündnadel mit grosser Gewalt durch das Nadelrohr in die Patrone hinein; die Schlosstheile erhalten also die in Fig. 218 *b* dargestellte Lage, nur selbstredend in Wirklichkeit so, wie Fig. 218 *a* und *c* und 220 die Stellung in der Hülse angeben, da Fig. 218 *b* die Kammer von unten gesehen zeigt.

d) Soll von Neuem geladen werden, so zieht man zunächst mittelst leichter Drehung nach links (damit die Sperrschraube *o* in den Längsschnitt *p* des Schlösschens eintrete) das Schlösschen zurück, treibt durch einen Schlag von rechts nach links gegen den Hebel *f* die schiefen Flächen der Kammer von denen der Hülse ab und führt die Kammer durch die Kammergänge in dem Hülsenring so weit zurück, als es die Sperrschraube im Hülsenring gestattet, wodurch die Theile wieder die in Fig. 218 *c* angegebene Lage erhalten, nur selbstredend so, dass die Kammer dabei zurück gezogen gedacht werden muss.

Die Original-Patrone des Gewehrs besteht, wie schon angedeutet, nur aus dem Geschoss *a* und der an ihm befestigten, mit einem eingeklebten Boden versehenen, Patronenhülse *b*, welche die Pulverladung aufnimmt. Statt des Zündspiegels ist in dem etwas ausgehöhlten Boden des Geschosses (Fig. 221 *b*) eine von einer Zinnfolie umgebene Zündpille *z* angebracht, welche von der Nadel zerstochen und so gezündet wird.

Fig. 221.

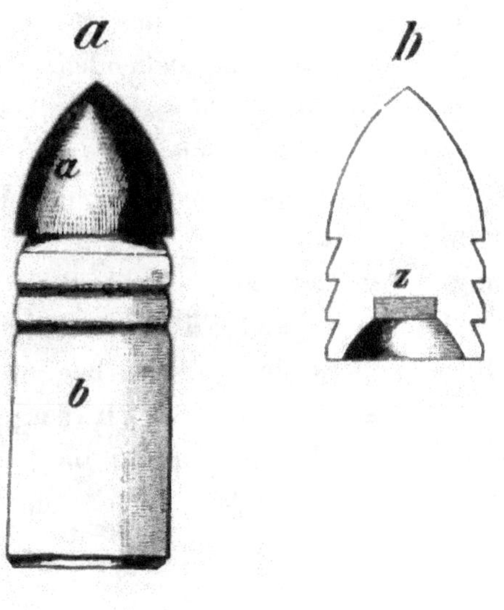

Die, wenn auch geringe Aushöhlung des Geschossbodens erzeugt immerhin einen gewissen Grad von Expansion, daher zur Minderung der Friction der Drall der Züge wesentlich länger ist als beim preussischen Zündnadelgewehr.

Vergleichen wir das in Rede stehende Zündnadelgewehr mit dem von Dreyse, so würden wir uns in Betreff des Verschlusses an Das zu halten haben, was wir bereits in §. 197 aussprachen, nämlich, dass der doppelte Halt, welcher der Kammer durch 2 Warzen und 2 schiefe Flächen gegeben wird, vor dem Verschluss durch eine schiefe Fläche den Vorzug verdient, weil die Kammer dadurch mehr central im Lauf festgehalten und somit ein einseitiges Ausbrennen der Pulvergase an der dem Hebel gegenüberliegenden linken Seite vermieden wird.

Die Lage der Sperrfeder an der unteren Seite des Schlösschens macht die Abzugsfeder des preussischen Gewehrs überflüssig und ermöglicht die Anbringung eines Abzuges von gewöhnlicher Construction, resp. des Stechschlosses. Das hat sein Gutes, denn so sinnreich der preussische Abzug construirt ist, indem er unter Vermeidung des Stechschlosses dessen Wirkung herbeiführt und dadurch den feinen Schuss begünstigt, so lehrt doch die Erfahrung, dass der Soldat sich in der Hitze des Gefechts, namentlich beim Massenfeuer, des stechenden Druckpunktes selten oder nicht bedient, in Folge dessen dann leicht ein Ueberreissen des Abzuges und somit ein Versetzen des Gewehrs im Moment des Abdrückens eintritt, welches ein „zu hoch schiessen" zur Folge haben kann.

In Betreff der Einfachheit des Mechanismus steht das Dreyse'sche Gewehr insofern über dem in Rede stehenden, als es bei derselben Stückzahl der Hauptheile des Schlosses die beiden kleinen Sperrschrauben für Kammer und Schlösschen und somit den Gebrauch des Schraubenziehers beim Auseinandernehmen der Verschluss- und Schlosstheile unnöthig macht.

Ebenso lehrt die Erfahrung, dass der lange Vordertheil der Kammern bei dem preussischen Infanterie- und Füsiliergewehr das vollständige Verbrennen des Hülsenpapiers der Patrone begünstigt, wogegen bei dem verkürzten Verschlusse des Doersch-Baumgarten'schen Gewehrs leicht die Hülse theils unverbrannt im Patronenlager stecken bleibt und demgemäss vor dem Laden entfernt werden muss.

Der längere Drall dagegen und die geringere Tiefe der Züge, welche dem letzteren Gewehr eigen sind, repräsentiren nach unseren früheren Entwicklungen Vortheile für die flache Spannung der Flugbahn.

Was die Munition anbetrifft, so lässt sich nicht läugnen, dass der Wegfall des Spiegels sein Gutes hat, da hierdurch die Möglichkeit geboten wird, sich im Felde durch Anwendung vorhandener Zündhütchen Munition schaffen zu können. Die directe Führung des Bleis an den Seelenwänden des Laufs ist für die correcte und gleichmässige Führung des Geschosses vortheilhaft, verlangt aber natürlich ein kleines Kaliber, wenn das Geschoss nicht zu schwer ausfallen soll, da die geringe Aushöhlung seiner Basis nicht wesentlich zu seiner Erleichterung beiträgt.

Freilich ist hierbei nicht zu übersehen, dass der Pappspiegel sehr bedeutend zur Reinhaltung des Laufs bei fortgesetztem Schiessen mitwirkt, insofern ein nicht zu verachtender Bestandtheil der Patrone ist, da er auch gleichzeitig der Patrone einen festeren Halt giebt.

Aus Allem aber folgt, dass die besprochene eine sehr beachtenswerthe und im Kriege mit Erfolg zu verwendende Waffe ist.

§. 203. Waffen dieser Construction.

Soviel uns bekannt, ist bis jetzt ein Kriegsgewehr der besprochenen Construction nur im Fürstenthum Lippe eingeführt und zwar in Gestalt einer Jägerbüchse für das aus Jägern bestehende Contingent dieses Staates.

Diese Waffe, deren Detailverhältnisse aus der beigegebenen Tabelle erhellen, ist in Betreff des Verschluss- und Schloss-Mechanismus genau so eingerichtet, wie wir es beschrieben haben, und mit einem Stechschloss von der in Fig. 112 dargestellten Construction versehen, dessen Schneller direct auf das unter der Sperrfeder eingelassene Abzugsstück wirkt, welches letztere aber auch ebenso gut mittelst des vorderen Abzuges gegen die Sperrfeder gepresst werden kann, wenn man nicht stechen will.

Der Lauf ist ohne Hülse circa 31″ lang, also nur wenig kürzer als der des preussischen Füsiliergewehrs, die geringere Länge der Hülse ergiebt aber eine geringere Totallänge als bei letzterem Gewehr um circa $1\frac{1}{4}$″. Der Drall der 4 nur 0,01″ tiefen Züge beträgt 36", ist also um 8" länger als bei den preussischen Waffen. — Der Kaliber des Laufs ist dem der preussischen Zündnadelwaffen gleich gemacht, weil man im anerkennenswerthen Streben nach Uebereinstimmung mit Preussen die preussischen Langbleipatronen und nicht die Doersch'sche Originalpatrone anwendet. Die in Folge des längeren Dralls und der seichteren Züge geringere Reibung des Spiegels an den Seelenwänden hat zur Folge gehabt, dass der vordere Theil der Patronenhülse auf der Spitze des Geschosses zuweilen sitzen geblieben ist, daher man, um diesen Missstand zu vermeiden, die Hülse über der Geschossspitze weniger fest geschlossen hat.

Mit den Leistungen der Waffe ist man wie natürlich sehr zufrieden. Die äusseren Verhältnisse der Büchse sind gut gewählt; sie hat unter Anderm ein Visir von der sehr zweckmässigen Einrichtung des neueren grossherzoglich hessischen, dessen wir noch erwähnen werden.

Der Entladestock dagegen ist nicht wie bei der preussischen Jägerbüchse zur Pike ausgebildet, sondern der Lauf zum Aufpflanzen eines Bayonnettsäbels eingerichtet, dieser in Deutschland zur Zeit epidemischen Waffe.

§. 204. Schlussbemerkungen.

Die in die Augen springenden technischen und taktischen Vortheile gezogener Hinterladungsgewehre haben in fast allen europäischen Armeeen die Veranlassung zur Prüfung derartiger Waffen gegeben und wenn auch nur zunächst für den Zweck der Cavallerie-Bewaffnung.

Zahlreiche Modelle sind aufgestellt, und viele derselben sind uns bekannt geworden. Dennoch glauben wir im Interesse unserer geehrten Leser zu handeln, wenn wir jene Constructionen nicht einer näheren Betrachtung unterziehen, da sie sich mehr oder weniger den besprochenen Hauptmodellen nähern und sich meistens nur durch eine mehr complicirte Einrichtung von ihnen unterscheiden, welche denn auch voraussichtlich die Veranlassung geben wird, dass alle jene Modelle niemals zur kriegerischen Anwendung gelangen werden. — Es ist uns unzweifelhaft, dass, abgesehen von den Revolvern, welche selbst in ihrer bisherigen Ausbildung noch eine

Zukunft haben werden, zunächst nur Zündnadelgewehre oder Gewehre der verbesserten Terry'schen Construction eine Einführung in den Dienstgebrauch erfahren werden, da nur sie die dem Kriegsgebrauch angemessene Einfachheit der Construction und somit ein praktisches Element aufweisen.

Zu ihm tritt noch die in §. 189 beschriebene norwegische Construction, und bemerken wir in dieser Hinsicht, dass man in der That in Norwegen das besprochene Gewehr zur Zeit durch ein neues Modell ersetzt, welches sich von dem älteren durch eine zweckmässigere Lage des Hahns (an der rechten Seite) und einen kleineren Kaliber von circa $11\frac{3}{4}$ mm unterscheidet.

So scheint uns auch auf diesem speziellen Gebiete ein vorläufiger Abschluss erreicht zu sein, und sollte ja eine neue besondere Construction in nächster Zeit auftauchen und sich Geltung verschaffen, so glauben wir wenigstens in unserer Abhandlung die leitenden Gesichtspunkte für die Prüfung und Beurtheilung etwaiger neuer Formen hinreichend gegeben zu haben.

C. Gewehre mit spiraler Laufbohrung.

§. 205. Unter Gewehren dieser Gattung verstehen wir solche, deren Läufe zwar keine Züge, sondern glatte Seelenwände haben, deren Seelenquerschnitt aber keinen Kreis darstellt, sondern anders geformt ist und seine Lage, den Windungen einer Spirallinie folgend, beständig ändert, so dass die ganze Seele Drall hat und somit im Stande ist, dem ihren Wänden angeschmiegten Geschoss jene Rotation um seine Längenachse zu verleihen, welche man ihm sonst, wie bekannt, durch spiralförmig gewundene Züge zu geben pflegt.

Der darauf abzielenden Constructionen giebt es 2, welche beide in England erfunden sind, und zwar die von Lancaster mit elliptischer, und die neuere, von dem durch seine denselben Grundsätzen entsprungene Geschützconstruction bekannten Ingenieur Whitworth mit polygonaler, gewöhnlich 6seitiger Laufbohrung.

Ueber die erstere, welche wir bereits in §. 55 des 2. Abschnitts abhandelten, hier nochmals ausführlich zu sprechen, halten wir unseren Grundsätzen gemäss für unnöthig, da dieselbe nicht zu allgemeinerer Geltung gelangt und demgemäss als antiquirt zu betrachten ist, und wollen uns daher nur an die Construction von Whitworth halten, über welche viel gesprochen und geschrieben worden ist.

Whitworth hat eine Büchse construirt, deren Seele die Form eines regulairen sechsseitigen Prismas mit sehr scharf gewundenen Kanten darstellte, und deren praktische Brauchbarkeit unter Andern auch bei jenen im Jahre 1859 in den Niederlanden vorgenommenen sehr gründlichen Schiessversuchen geprüft wurde, von denen uns W. v. Plönnies in seinen „Neuen Studien" so interessante und lehrreiche Mittheilungen gegeben hat.

Fig. 222.

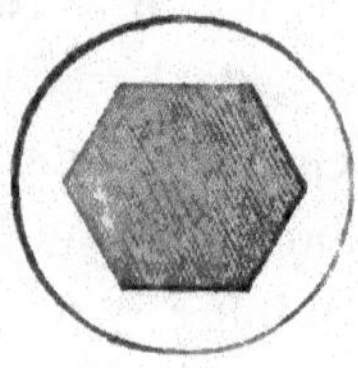

Jene Wirthworth-Büchse hat einen Kaliber von 11,5 mm, d. h. diesen Kaliber hat der Kreis, um welchen das Sechseck umgeschrieben ist, und bei einer Lauflänge von 33,8" (889 mm) den eminenten Drall von nur 19", also fast 2 Umgängen für die Länge des Rohrs. Das zugehörige Geschoss, entweder wie Fig. 223 zeigt, auch 6 seitig prismatisch oder, wie Fig. 224, im unteren Theil cylindrisch geformt mit kurzer Expansionshöhlung, hat bei einem Kaliber von 11,2 mm die colossale Länge von 34,8 mm, ist also 3,10 Mal länger als der Querschnitt und wiegt in Folge dessen 34,74 gr. (= 2,17 Loth), wogegen die Pulverladung nur 4 gr. beträgt, also noch weniger als $\frac{1}{8}$ des Geschossgewichts.

Fig. 224.

Fig. 223.

In Folge der sehr starken Neigung der Seelenflächen ist die Rotationsgeschwindigkeit des Geschosses allerdings sehr bedeutend und somit die feste Lage der Rotationsachse zu Gunsten der Strichfestigkeit wesentlich gesichert; was dagegen die Flachheit der Flugbahn anbetrifft, so wird dieselbe trotz der ungemein günstigen Länge des Geschosses dadurch beeinträchtigt, dass die Pulverladung einerseits verhältnissmässig schwach, andererseits die Reibung des Geschosses an den Seelenwänden in Folge des kurzen Dralls sehr bedeutend ist. Um diese möglichst zu verringern, muss sich daher auch zwischen dem Geschoss und Pulver (wie bei den Whitworth-Geschützen) stets ein Fettpfropfen befinden, welcher die Seelenwände vollkommen mit Fett überzieht und sie geschmeidig erhält.

Man hat also trotz des kleineren Kalibers ein schwereres Geschoss als bei den Gewehren des süddeutschen Kalibers, ein viel schwereres als bei dem Schweizer Jägergewehr, ausserdem geringere bestrichene Räume als bei jenen Gewehren und eine sehr complicirte Munition, und muss daher sogleich die Frage stellen: was hat diese ganze Construction für einen Nutzen, wenn man mit gut gearbeiteten Gewehren mit gewöhnlichen Zügen sogar bessere Resultate erlangt? Diese Frage muss aber um so mehr gestellt werden, als die Herstellung eines Whitworth'schen Rohrs ungleich schwieriger und theurer ist, als die eines solchen mit gewöhnlichen Zügen, als ferner der Fettpfropfen ganz unentbehrlich ist, sollen nicht (was sich ja auch bei den Whitworth-Kanonen gezeigt) die Leistungen der Waffe in schneller Folge an Güte abnehmen und zwar bis zur vollen Unsicherheit und Schlechtigkeit, als endlich die Uebertragung der Whitworth'schen Constructionsverhältnisse auf ein längeres Gewehr praktisch unthunlich erscheint.

Wir legen dabei sogar keinen Werth auf die schwierigere Herstellung der Geschossformen, sobald prismatische Geschosse verwendet werden, weil deren Verwendung nicht nöthig ist, denn auch ein Geschoss nach Fig. 224 wird in Folge seiner enormen Länge so vollständig gestaucht, dass es sich ganz genau den Seelenwänden anschmiegt.

Nach alle Dem können wir in der Whitworth'schen Construction auch nicht die mindesten Vortheile gegenüber rationell eingerichteten gezogenen Gewehren entdecken. Gewohnt, möglichst nüchtern und kalt prüfend gerade solchen neuen Erscheinungen gegenüber zu treten, deren Werth mit ungemeiner Emphase in die Welt hinausposaunt wird, haben wir auch die Whitworth-Waffe, unbeirrt durch alle Lobpreisungen, ruhig geprüft, umsomehr, als gerade englische Berichte über neue Erscheinungen auf dem waffentechnischen Gebiet immer mit grosser Vorsicht aufgenommen werden müssen.

Die Withworth'sche Construction ist absonderlich, ungewöhnlich, neu — aber ist sie darum annehmbar? Letzteres könnte doch nur der Fall sein, wenn sie die bisherigen Waffen auffallend in ihren Leistungen überflügelte. Dies ist nun aber keineswegs der Fall, im Gegentheil, und ausserdem bietet die Whitworth-Büchse sogar praktische Unbequemlichkeiten.

Die einfache Schlussfolge muss demnach und kann nur die sein, dass die Whitworth'sche Construction keinen wirklichen Fortschritt auf dem Gebiet der Kriegshandfeuerwaffen darstellt und selbst bei weiterer Ausbildung keinen zu geben verspricht, mithin zurückstehen muss hinter den einfacheren Constructionen gewöhnlich gezogener Gewehre von kleinem Kaliber und mit jenen zweckmässigen Geschossen, welche wir bereits besprochen haben.

§. 206. D. Vorderladungsgewehre.

Wie bekannt erfordern alle Gewehre, deren Läufe einen beständigen Verschluss, d. h. durch eine fest eingeschraubte Schwanzschraube, haben, die Einführung der Ladung von der Mündung aus, und demgemäss den Gebrauch eines Ladestocks zum Niederschieben des Geschosses bis auf's Pulver, respective zum Aufsetzen desselben in den nunmehr bekannten Fällen, bilden also die grosse und, wie wir sahen, zur Zeit noch überwiegend verbreitete Klasse der Vorderladungsgewehre.

Dieselben verbinden den unleugbaren Vortheil eines sehr sicheren und dauerhaften Laufverschlusses mit mehreren Nachtheilen, welche wir in Kürze hinstellen wollen.

1. Ihre Ladung wird durch den Gebrauch des Ladestocks verlangsamt, und dies um so mehr, wenn der Lademodus oder die Form des Ladestocks ein Wenden des letzteren erfordert; selbst ein sehr gewandter Schütze vermag demgemäss bei richtiger Ausführung der Ladung nicht mehr als 2 Mal in der Minute zu schiessen. Wir registriren einstweilen nur die Thatsache und werden auf den Einwand vieler unserer verehrten Leser, dass dies nichts zu bedeuten habe, später zurückkommen.

2. Die Anwendung des Ladestocks kann die Form des Geschosses auch bei solchen Gewehren beeinträchtigen, deren Lademodus keine Formveränderung desselben bis zum Abfeuern verlangt, und zwar dann, wenn an irgend einer Stelle der Seele eine zufällige

Anhäufung von Rost oder Pulverschleim (bei eisernen Rohren an äschrigen Stellen) oder ein, wenn auch noch so kleiner, aufgeschossener Schiefer ein gewaltsames Vorbeitreiben des Bleis bei einer solchen Stelle erfordert.

3. Die Reinigung des Laufs im Innern ist verhältnissmässig schwierig, und kann ihre gute Ausführung nicht ganz genau controlirt werden, wenn man nicht die Schwanzschraube lösen will: dies kann und darf aber nur durch den Büchsenmacher und überhaupt nur möglichst selten ausgeführt werden.

4. Fehler im Innern des Rohrs lassen sich zwar ziemlich genau mit Hülfe eines stählernen Seelenspiegels, ganz sicher aber nur durch Lösung der Schwanzschraube ermitteln, was nach 3. im Felde öfters schwer ausführbar sein wird.

5. Ein sorgfältiges Laden längerer Gewehre dieser Gattung im Liegen und Knieen ist sehr schwierig, da man den Lauf in solchen Lagen nicht wohl senkrecht halten kann, daher dann das Pulver an den Seelenwänden hängen bleibt, schwieriger bei gezogenen Gewehren als bei glatten, am schwierigsten bei solchen gezogenen Gewehren, welche eine besonders kräftige Einwirkung des Ladestocks verlangen (Dorngewehre); ebenso bietet das Laden Schwierigkeiten in der Bewegung, in engen und niedrigen Räumen, hinter Schiessscharten etc.

6. Die Verwendung von Explosionsgeschossen ist schwierig, am schwierigsten selbstredend bei Dorngewehren.

7. Das Entladen eines Vorderladungsgewehrs, ohne es abzuschiessen, die Entfernung eines in der Seele steckenden Pfropfens etc. verlangt die immer Zeit raubende Anwendung eines Geschossziehers oder Krätzers, bei Gewehren mit glatten Blockschwanzschrauben ist, wenn die Waffe verladen, d. h. das Geschoss, ohne dass zuvor Pulver in den Lauf geschüttet war, bis auf den Boden niedergestossen ist, ein Entladen mittelst Abschiessens äusserst schwierig und zeitraubend, wenn nicht unmöglich.

8. Bei nicht centraler, also ungeschickter, Führung des Ladestocks schleifen sich die Seelenwände in der Nähe der Mündung leicht aus, was namentlich bei gezogenen Gewehren, weil Vorweite erzeugend, nachtheilig ist.

Der Einwand dagegen, dass der Gebrauch des Ladestocks bei

gezogenen Vorderladungsgewehren allmälig die Balken der Seele mit Eindrücken versehe, mithin den guten Schuss untergraben müsse, beruht auf technischer Unkenntniss, und verweisen wir zu seiner Widerlegung auf das sub IV des 2. Abschnitts (Seite 229) über den Ladestock Gesagte, und bemerken nur wiederholt, dass fehlerhafte Constructionen bei der absoluten Kritik irgend einer Einrichtung nicht berücksichtigt werden dürfen.

Selbstredend lassen sich noch einzelne der beregten Nachtheile (z. B. ad 8) durch zweckmässige technische Einrichtungen abschwächen; wir hielten es aber für nothwendig, etwas peinlich bei unserer Kritik zu Werke zu gehen, weil daraus umgekehrt entsprechende Vortheile der Hinterladungsgewehre erhellen.

§. 207. **E. Hinterladungsgewehre.**

Wir haben bereits unter B. 5., der Kürze halber zusammenfassend, eine allgemeine Charakteristik dieser Waffenart gegeben und würden nur nochmals darauf aufmerksam zu machen haben, dass aus dem Vortheil der Vorderladungsgewehre ein, eigentlich der einzige, Nachtheil der Hinterladungsgewehre sich ergiebt, ebenso aber auch umgekehrt die aufgeführten Nachtheile der ersteren ebenso viele Vortheile der letzteren ergeben.

Daraus folgt dann, dass das System der Hinterladung nicht nur einen bedeutenden relativen Werth für gezogene Gewehre, sondern auch einen hohen absoluten Werth für die Kriegshandfeuerwaffen überhaupt hat.

II. Eintheilung der Kriegshandfeuerwaffen nach der Einrichtung des Schaftes.

§. 208. Nach der Einrichtung des Schaftes erhalten wir:

1. Gewehre zum Feuern mit zwei Händen.
2. Gewehre zum Feuern mit einer Hand.
3. Gewehre, welche das Feuern mit einer und zwei Händen ermöglichen.

Zur Gattung 1 gehören alle jene Handfeuerwaffen, deren Schaft mit Kolbenhals und Kolbe versehen ist, demgemäss eine feste Anlehnung an die Schulter gestattet und dieselbe nothwendig macht durch die Länge und Schwere der Waffe, und alle diejenigen, welche gleichzeitig eine Verwendung als blanke Waffe finden sollen, also sämmtliche Bayonnettgewehre, lange und kurze, Wallbüchsen, Büchsen und Karabiner; die Gattung 2 bilden die leichten, nur mit einem zweckmässig gestalteten Handgriff versehenen Pistolen, die Gattung 3 endlich die besonders für jenen Zweck eingerichteten, mit ansetzbarer Kolbe ausgerüsteten Pistolen, demgemäss Kolbenpistolen genannt, welche nach Bedürfniss als Pistole oder als Karabiner gebraucht werden können, und kann man hieher in gewisser Hinsicht auch die kurzen Karabiner rechnen, insofern man diese allenfalls in Folge ihrer Leichtigkeit unter Umständen mit der rechten Hand allein in die Schulter einsetzen und also abfeuern kann.

Selbstredend gewähren die Gattungen 1 und 3, wenn letztere gewissermassen zu 1 gemacht ist, einen sichereren Schuss als 2 und müssen daher überall da zur Anwendung kommen, wo es sich um eine besonders gute und auf weitere Distanzen ausgiebige Feuerwirkung handelt.

III. Eintheilung der Kriegshandfeuerwaffen nach der Einrichtung des Schlosses.

§. 209.

A. Stein- oder Feuerschlossgewehre.

Diese Gewehre sind mit dem auf Seite 220—224 2. Abschnitts besprochenen Stein- oder Feuerschloss versehen, dessen Eigenschaften die Veranlassung zur allmäligen Beseitigung solcher Gewehre in den europäischen Armeen gegeben haben. Im letzten russisch-türkischen Kriege waren dergleichen noch, wenn auch in geringerer Zahl, bei Russen und Türken im Gebrauch, sind aber seitdem auch in jenen Armeen durch Percussionsgewehre ersetzt, und daher in Europa zur Zeit nur noch in den für den äussersten Nothfall dienenden Reserve-Beständen zu finden. Nur in der Türkei, in der sich ja überhaupt der Fortschritt aus tausend bekannten Gründen langsamer vollzieht, sollen auch jetzt noch die Redif- oder Landwehr-Bataillone mit Steinschlossflinten ausgerüstet sein.

Es folgt aus der bekannten Einrichtung des Steinschlosses, dass dasselbe ein damit versehenes Gewehr unter Umständen als Schusswaffe unbrauchbar macht, wofür uns die Kriegsgeschichte zahlreiche Beläge liefert. Es kommt dies daher, weil der Verschluss der Pfanne nicht so fest und dicht ist, dass das in ihr liegende Zündkraut bei anhaltend feuchtem und regnerischem Wetter trocken bleiben kann: das Gewehr versagt dann entweder vollständig oder es brennt vor, d. h. das Pulver auf der Pfanne brennt langsam zusammen und lange nachher erst die Pulverladung im Rohr. Bleibt der Schütze dann nicht ruhig im Anschlage liegen, sondern setzt, einen Versager vermuthend, ab, so geht die Kugel natürlich im hohen Bogen und somit meist wirkungsunfähig in die Luft.

Ferner öffnet sich wie bekannt bei jedem Schuss die Pfanne, bei Regenwetter dringt sogleich Wasser ein, welches durch die beim Schuss erzeugte Wärme nicht vollständig verdunstet wird; beim neuen Laden findet also das in die Pfanne laufende Pulver bereits eine nasse Lagerstätte und wird feucht. Brennt es wirklich noch zusammen, so geschieht dies matt; es lässt viel Rückstand und verschleimt sonach der Zündcanal stark bis zur Verstopfung.

Hieraus folgt, dass ein Steinschlossgewehr unter ungünstigen Umständen als Feuerwaffe werthlos wird und ausschliesslich als Spiess oder Keule verwendet werden muss, daher der Name „Schiessprügel“. — Abgesehen aber von diesen schlimmsten Möglichkeiten, so birgt die Einrichtung des Steinschlosses auch noch eine Menge von Veranlassungen zu Versagern, von denen wir folgende hervorheben wollen.

1. Abnutzung der vorderen Schlagkante des Steins, so dass dieselbe sich nur mit einem kleinen Theil ihrer Fläche an der Stahlbahn der Batterie reibt und nur wenige matte oder keine Funken erzeugt.

2. Abnutzung der Batterie, mit demselben Erfolg.

3. Erschlaffung der Deckelfeder, mithin Aufhören des nöthigen Widerstandes gegen den Hahnschlag.

4. Verstopfung des Zündcanals bei anhaltendem Feuern, so dass kein Pulver mehr auf die Pfanne läuft.

Versagt demgemäss ein Steinschlossgewehr sehr häufig seinen Dienst als Feuerwaffe, so ist ausserdem auch seine Wirkung eine mangelhalhafte aus nachstehenden Ursachen.

1. Die Pfanne absorbirt bei trichterförmigen Zündlöchern, welche eine Selbstbeschüttung der Pfanne herbeiführen, nicht immer gleich viel Pulver von der Ladung, indem sie und der Zündcanal verschleimen; hierdurch wirkt die Ladung ungleichförmig und treibt die Kugel unter sonst gleichen Verhältnissen nicht immer gleich weit, da das in der Pfanne sich entwickelnde Pulvergas ohne Einfluss auf die Bewegung des Geschosses bleibt. Noch ungleichmässiger ist die Wirkung beim Vorhandensein cylindrischer Zündlöcher, welche den Schützen nöthigen, einen Theil des in der Patrone enthaltenen Pulvers als Zündkraut auf die Pfanne zu schütten, wobei ein Verlust von Pulver durch Verschütten fast unvermeidlich ist.

2. Der Schlossmechanismus verlangt eine sehr starke Schlagfeder, der Abzug kann demgemäss nicht leicht gestellt werden, erfordert also eine bedeutende Kraftaufwendung beim Abdrücken, die leicht zu einem Verreissen des Gewehrs aus seiner Lage, also zu einem schlechten Schuss führt.

3. Die Pnlverexplosion auf der Pfanne macht dem Schützen das Festhalten des Zielpunktes während des Abdrückens, das „durch's Feuer sehen" schwer, damit auch einen sicheren Schuss.

4. Die Entströmung einer bedeutenden Gasmenge durch den Zündcanal in die offene Pfanne erzeugt in Verbindung mit der meist rechtwinkligen Stellung des Zündlochs zur Seelenachse einen bedeutenden Backenschlag, der dem Soldaten einen festen Anschlag und somit ein ruhiges Zielen verleidet: dies führt wieder zu einem schlechten Schuss.

Der ominöse Name: Schiessprügel und die humoristischen Darstellungen, welche früher hin und wieder die Erscheinung eines schmalbäckigen Soldaten „vor und nach dem Scheibenschiessen", im letzteren Falle mit hamsterartig geschwollener rechter Wange, illustrirten, liefern die tragikomischen Beläge für die Wirkung des Backenschlages.

Alle diese Umstände dürften hinreichen, um zu beweisen, dass das Steinschloss den Forderungen, welche an das Schloss eines Kriegsgewehrs zu stellen sind, nicht genügt, daher fallen musste, als man ein besseres erfand.

Der einzige Vortheil, welchen ein Steinschlossgewehr bietet, ist der, dass seine Ladung, eine Selbstbeschüttung der Pfanne vorausgesetzt, sehr einfach ist, daher ein schnelles Feuer gestattet, so lange es losgeht. Dieser Umstand sicherte dem Gewehr seine Existenz noch lange, nachdem man bereits den Werth der Percussionszündung erkannt hatte, weil das mit ihr zusammenhängende langsamere Feuer namentlich den alten Infanteristen ein Dorn im Auge war und sie um so mehr zu Widersachern der neuen Zündmethode machte, als sich ihre glorreichen Kriegserinnerungen aus der Periode des Steinschlosses datirten.

Uebrigens werden Steinschlossgewehre noch lange im Gebrauch bleiben in uncivilisirten Ländern, deren Bewohner sich wohl stets Pulver, wenn auch noch so schlechtes, aber nicht immer jene Zündungen verschaffen können, welche eine chemisch schwierigere Bereitung erfordern, als z. B. Zündhütchen etc., wogegen sich zu Feuersteinen geeignete Kiesel ziemlich überall finden.

So hat es denn z. B. der Verfasser in Suhl mehrfach gesehen, dass alte Percussionsgewehre in Steinschlossgewehre zurück verwandelt wurden behufs ihres Exports in überseeische Länder.

B. Percussionsgewehre.

§. 210. Percussionsgewehre sind alle diejenigen, welche auf Percussionszündung eingerichtet sind. Sie sind heut zu Tage in allen Armeen Europa's eingeführt, und nur die preussische Armee und die in den §§. 200 und 203 erwähnten deutschen Infanterieen haben ausser ihnen noch die Zündnadelgewehre.

Alle heutigen Percussionsgewehre sind (nachdem die österreichischen Zündergewehre, s. §. 111, 2. Abschnitt, abgeschafft) mit Ausnahme derer nach der Construction von Lefaucheux (vergl. §. 193) mit Zündstiften oder Pistons versehen und werden demgemäss mit Zündhütchen oder Kapseln abgefeuert, deren Entzündung einen Hammerschlag, also am Schloss einen Hahn bedingt.

Der Hauptvortheil, welchen die percussionirten Handfeuerwaffen den Steinschlossgewehren gegenüber boten und bieten, und welcher ihren Sieg über letztere entschied, ist der einer fast unfehlbaren Zündung, die selbst dann noch stattfindet, wenn die Gewehre längere Zeit im Regen gebraucht worden sind. Kommen Versager bei Percussionsgewehren vor, so sind sie meistens Schuld des Soldaten, welcher das Hütchen nicht fest genug auf den Zündstift aufsetzte, so dass die Knallmasse beim Schlage des Hahns noch nicht auf der Schlagfläche des Zündstifts lag, ein Theil der Schlagkraft des Hammers also auf das Antreiben des Hütchens verloren ging. Sonst kann ein Versager nur durch fehlerhafte Stellung des Hahns zum Zündstift (vergl. Fig. 70 Seite 189), durch eine lahme Schlagfeder oder durch ein taubes Zündhütchen erzeugt werden, Umstände, denen man fast bis zur Vollständigkeit begegnen kann.

Ausser der höchst sicheren Zündung der Pulverladung, welche die Handfeuerwaffe nie ihren Dienst als Feuerwaffe versagen lässt, kommen dem Percussionsgewehr aber noch eine Menge namhafter Vortheile zu Gute.

1. Der intensive Feuerstrahl der Zündmasse sichert nicht nur die Entzündung der Ladung auch dann noch, wenn bei eintretender Verschleimung der Waffe der Zündcanal verschleimt und keine Pulverkörner mehr in den Zündcanal des Zündstifts gelangen, sondern gestattet auch durch die Schnelligkeit, mit welcher die Ladung zur Entzündung und zum Zusammenbrennen gebracht wird, die Wahl einer verhältnissmässig geringen Ladung zu Gunsten des Rückstosses der Waffe.

Auch bildet sich hierdurch ein sehr rascher Schuss, der immer ein guter ist.

2. Die Schlagfeder kann bedeutend schwächer sein, als die der Steinschlosse; hierdurch ist nicht nur eine leichtere Stellung des Abzuges ermöglicht, sondern es wird auch die Kraft des Hahnschlages, dadurch die Erschütterung der Waffe gemässigt: beides aber wirkt günstig auf die Sicherheit des Schusses.

3. Bei richtiger Construction des Hahnmantels und Zündstifts gehört ein dem Schützen gefährliches Herumspritzen von Kupferstückchen des Zündhütchens zu den Seltenheiten: der Schütze kann also während des Abdrückens durch's Feuer sehen.

4. Die Gasentströmung aus dem Zündcanal wird durch die Kraft, mit der die Schlagfeder den Hahn auf den Zündstift nieder-

drückt, fast zu Null; ausserdem aber bricht sich die Strömung durch die Brechung des Kanals, wodurch der Backenschlag zur Unmerklichkeit gemässigt wird.

Diesen zahlreichen guten Eigenschaften der Percussionsgewehre tritt nur der eine Nachtheil entgegen, dass das Aufsetzen des Zündhütchens mit den Fingern die Ladung, also die Schnelligkeit des Schussbereitschaft verzögert, auch ist es nicht leicht, das Zündhütchen bei strenger Kälte oder in der Dunkelheit mit den Fingern aufzusetzen, was aber geschehen muss, da man noch keine, den Forderungen des Kriegsgebrauchs genügende, mechanische Vorrichtung zum Aufsetzen der Hütchen erfunden hat.

Diesen Uebelständen muss man durch möglichste Grösse der Zündhütchen zu begegnen suchen: es wird dadurch leichter, sie zu ergreifen und zu handhaben; auch eine Aufbiegung des Randes zu einer Art Krempe, wie solches in der Schweiz üblich, ist in dieser Richtung zu empfehlen.

Was die Schnelligkeit des Schussbereitmachens anbetrifft, so genügt dieselbe bei sonst zweckmässigem System der Waffe insofern, als auch ein weniger gewandter Soldat unter nicht gerade ungünstigen Umständen allenfalls im Stande ist, das Gewehr in einer halben Minute zu laden und fertig zu machen. Lässt also eine mit Percussionsgewehren bewaffnete Infanterie einen angreifenden Feind bis auf die vorzügliche Distanze von 200 Schritt herankommen und giebt ihm dann eine Salve, so kann sie, selbst wenn der Gegner sich im Laufschritt bewegt, bereits wieder schussbereit sein, sobald derselbe auf 100 oder 80 Schritt angekommen ist; einer ruhigen Salve auf dieser Distanze wird der Feind schwerlich Stand halten, im Gegentheil so erschüttert sein, dass er umkehren muss.

Uebler freilich stellen sich die Verhältnisse, wenn der Angreifer, falls er durch die Salve auf 200 Schritt nicht wesentlich erschüttert war, Halt macht und seinerseits feuert, während der Vertheidiger ladet.

Auch muss man wohl berücksichtigen, dass, wenn die Leute wild werden, die Ladung überholpert und dadurch verlangsamt wird, so dass man, um sich vor Illusionen zu bewahren, richtiger rechnet, wenn man annimmt, dass eine mit Percussionsgewehren bewaffnete Truppe in 2 Minuten 3 Mal laden und schiessen könne. Wir müssen später auf diese Verhältnisse näher eingehen und bemerken daher hier nur noch, dass percussionirte Hinterladungsgewehre mit geschlossenen Patronen natürlich eine grössere Feuergeschwindigkeit entwickeln können.

Als eigenthümliche Gattungen von Percussionsgewehren haben wir das ältere norwegische Kammerladungsgewehr und die Revolver kennen gelernt.

Bei den ersteren benachtheiligt die nach unten gerichtete Stellung des Zündstifts den festen Sitz des Hütchens auf demselben; auch ist es ein Uebelstand, dass das Zündhütchen vor dem Einbringen der Pulverladung aufgesetzt werden muss, (widrigenfalls das Pulver aus dem Kanal läuft) was immer sein Bedenkliches hat; diese Gründe haben wohl hauptsächlich zur Einführung der in §. 204 erwähnten neuen verbesserten Construction geführt.

Bei den Revolvern von Colt und Adams müssen die Zündhütchen aus dem vorher angegebenen Grunde gleichfalls vor dem Laden der Kammern aufgesetzt werden.

Dass die Construction von Lefaucheux die Percussionszündung insofern verbessert, als sie eine Einheitspatrone mit Zündung herstellt, liegt auf der Hand, und würde sie sich daher sehr zur Einführung auch ausserhalb des Revolver-Gebiets empfehlen, wenn die Munition nicht zu complicirt und kostbar wäre, da man im Felde nicht wohl darauf rechnen kann, dass der Soldat nach abgegebenem Schuss die ledige Hülse wieder in die Tasche steckt, um sie später von Neuem zu gebrauchen.

Da Hinterladungsgewehre den Gebrauch geschlossener Patronen ermöglichen (bei Vorderladungsgewehren würden sie bei gesenktem Lauf vorrutschen) so beschleunigen sie selbstredend die Ladung des Gewehrs, wenngleich das Zündhütchen gesondert aufgesetzt werden muss.

C. Zündnadelgewehre.

§. 211. Sie haben, wie bereits bekannt, das Zündnadelschloss, durch dessen Mechanismus eine stählerne Nadel in der Richtung der Seelenachse in die zum Entzünden der Pulverladung bestimmte Knallmasse hineingetrieben wird, also durch Stich die Zündung bewirkt.

Dieser Einrichtung gemäss kann die Zündung unmittelbar mit

der Patrone verbunden werden, und diese Möglichkeit erzeugt jene Einfachheit der Handhabung, welche den Zündnadelgewehren eigen und einer ihrer wesentlichsten Vorzüge ist.

Wir sahen bereits, dass die Dreyse'schen sowohl, als die aus ihnen hervorgegangenen Zündnadelgewehre von Doersch-Baumgarten von hinten geladen werden. Diese Ladeweise nimmt der Nadelzündung alles Bedenkliche und erhöht die Schnelligkeit und Einfachheit der Bedienung, welche durch die Einheitspatrone gegeben ist, noch mehr; die Zündnadelgewehre in dieser Gestalt gewähren dabei noch den Vortheil, dass sie unter allen Umständen, auch bei der strengsten Kälte, bedient werden können.

Das Zündnadelschloss selbst zeichnet sich durch die derbe und einfache Construction seiner einzelnen Theile und durch deren sehr einfache und kunstvoll ungekünstelte Zusammenfügung aus.

Wir sind überzeugt, dass alle bewussten und unbewussten Gegner des Zündnadelgewehrs ob dieser unserer Aeusserung die Hände über dem Kopf zusammenschlagen werden, und doch ist es so. Man vergleiche doch nur die derben in einander geschachtelten Cylinder eines preussischen Zündnadelschlosses mit den feinen und zierlichen Theilen eines Percussionsschlosses, das massive derbe Schlösschen, die starke Sperrfeder, den Nadelbolzen etc. beispielsweise mit der Nuss, der Stange, der Stangenfeder etc.; man betrachte vorurtheilsfrei die scharfkantigen Rasten, den zierlichen spitzen Stangenschnabel, die Stifte, die Schraubenöhre u. s. f., und sage sich dann ehrlich, wo das Diffizile liegt. Aber freilich, wir haben die Zündnadel nicht erwähnt, jenes anrüchige Wesen, welches in mancher neueren Schrift, deren Tendenz mit dem Zündnadelgewehr gar nichts zu schaffen hat, die Zielscheibe mancher schlechten Witze hat abgeben müssen, und unter der Firma: „Stricknadel" sogar das schöne Geschlecht in die Flintendebatte hineingezogen hat.

Nur auf diese Zünd- oder Stricknadel (mag man sie so nennen, sie wird uns ja hoffentlich auch noch einstmals auf den Strumpf bringen!) ist durchaus kein gebrechlicher Gegenstand, sondern fest genug für die Functionen, denen sie zu dienen hat, ausserdem wohl geschützt und im Nothfall, d. h. wenn sie wirklich ein Mal brechen sollte (alles Irdische ist vergänglich) in ungemein kurzer Zeit durch eine andere zu ersetzen. Wie steht es dagegen mit dem schnellen Ersatz eines gebrochenen Zündstifts, einer Stange, Stangenfeder u. s. w.?

Was die Einfachheit der Zusammenfügung der Schlosstheile anbetrifft, so erhellt dieselbe, wie wir schon früher bemerkten, aus der Thatsache, dass ein Zündnadelschloss ohne Anwendung irgend eines Instruments, als Schraubenzieher, Federhaken u. s. f. einfach mittelst der Finger vom Soldaten zerlegt und wieder zusammengesetzt werden kann.

Trotz alledem sind dem Zündnadelgewehr ausserhalb Preussen mannigfache Vorwürfe gemacht worden, nicht nur in Bezug auf seine Eigenschaften als gezogene Hinterladungswaffe, sondern auch in Betreff seiner Zündungsweise und der damit zusammenhängenden Einrichtungen.

Die ersteren Einwände haben wir bereits in §. 201 berücksichtigt, auf die letzteren würde noch einzutreten sein, denn sie sind auch zum Theil in Schriften erhoben, welche als Autoritäten auf dem waffentechnischen Gebiete betrachtet zu werden pflegen. Und darum kann man über sie nicht mit Stillschweigen hinweggehen; man ist das namentlich den Bundesgenossen schuldig, welche im Vertrauen auf die Tüchtigkeit der preussischen Waffen dieselbe zu der ihrigen gemacht haben, und man ist es der Armee schuldig, denn jene Urtheile, so unbegründet sie sind, involviren doch gewissermassen den Vorwurf, als ob man in Preussen kopflos und ohne zu prüfen verfahren wäre, als ob in der preussischen Infanterie kein richtiges und gesundes Urtheil über den Werth einer Kriegswaffe vorhanden sei.

So findet sich z. B. in der bekannten und viel verbreiteten „Ergänzungswaffenlehre“ von Schmölzl ein umfangreiches Sündenregister, begründet auf hergezählte Fehler, welche sich glücklicherweise an unserm Gewehr nicht vorfinden. Beleuchten wir denn jene Einwürfe, welche sich auf Seite 145 und 146 der 2. Auflage jener Schrift verzeichnet finden!

Ad 1—6 müssen wir zunächst im Allgemeinen bemerken, dass Versager beim preussischen Zündnadelgewehr nicht häufiger vorkommen, als bei Percussionsgewehren, dass aber die Ursachen der Versager weit leichter zu entdecken und demnach zu beseitigen sind, als bei letzgenannten Gewehren.

Im Speziellen fände sich Folgendes zu bemerken:

Ad 1.*) Von einer ungemein schnellen Abnutzung einer vorschriftsmässig starken Spiralfeder (von gutem Material kann natürlich nur die Rede sein) haben wir in unserer Praxis nie etwas bemerkt, auch ist uns ein derartiger Fall nicht bekannt geworden. Sollte übrigens ein Mal der Austausch einer neuen gegen eine unbrauchbar gewordene Spiralfeder nöthig werden, so erfordert derselbe keineswegs ¼ Stunde Zeit, sondern kann sogar von einem ungewandten Soldaten in höchstens 2 Minuten, von einem geschickten Mann in noch viel kürzerer Zeit bewerkstelligt werden, Dank der ungemein einfachen Einrichtung des Schlosses. Selbstredend muss dabei vorausgesetzt werden, dass die Feder zur Stelle ist: müsste sie freilich mittelst eines Ganges von 13 Minuten Zeitdauer herbeigeholt werden, dann käme freilich ¼ Stunde heraus. Ein solcher Umtausch lässt sich also im Gefecht sogar ausführen.

Dass bei lahmer Feder schon „ein ungleiches Gewebe des Patronenpapiers" die Nadel am Eindringen in die Patrone verhindern solle, vermögen wir nicht zu begreifen, da wir es nie erlebt haben. Auch „eine zu feste Füllung des Pulvers ist dazu nicht im Stande, sondern höchstens eine Klumpenbildung im Pulver. Aber selbst in diesem Falle genügt unter tausend 999 Mal ein nochmaliges Spannen und Abdrücken des Gewehrs, die Nadel bis in die Zündpille vordringen zu machen.

Ad 2 und 3. bemerken wir, dass ein Verbiegen der Nadel auch bei anhaltendem Feuern höchst selten vorkommt, da ihre Bewegung sehr genau geregelt ist. Allerdings legt sich bei „sehr stark" verschleimtem Gewehr die Patrone weniger weit vor, als bei dem ganz reinen; trotzdem verbiegt sich aber die Nadel beim Eindringen in den Pappspiegel nicht, am Blei aber kann sie sich gar nicht verbiegen, da die in Fig. 85 des gedachten Werkes dargestellte Phantasiepatrone nicht existirt, auch niemals existirt hat.

Ueberhaupt sind die Zündnadeln ungleich stabiler, als man gewöhnlich anzunehmen pflegt, denn bei der Doersch'schen Original-

*) Der geehrte Leser wird hoffentlich verzeihen, dass wir die Schmölzl-schen Einwürfe nicht besonders abdrucken lassen. Jenes Werk dürfte Jedem, der sich für Handfeuerwaffen interessirt, hinlänglich bekannt sein.

patrone (Fig. 221) sticht die Nadel in die Zinnfolie der Zündpille hinein und verbiegt sich dennoch nicht, ja sie kann sogar ohne Schaden in das Kupferblech eines Zündhütchens getrieben werden.

Ad 4. (Versager dadurch, dass sich Brand in dem Nadelrohr ansetzt, der die Nadel verhindern soll, weit genug vorzudringen, wenn man sie nicht fast nach jedem Schuss mit Speichel befeuchtet.) Kommt nicht vor, wenn das Nadelrohr richtig construirt ist; dies muss vorausgesetzt werden.

Ad 5. Bei stark ausgebrannten Nadelrohren kann allerdings sich soviel Pulverschleim in der Bohrung festsetzen, dass der Marsch der Nadel momentan gehemmt wird; befeuchtet man dann aber ein Mal die Nadel mit Speichel, was bei der schnellen Bedienung des Gewehrs wahrlich keinen nennenswerthen Aufenthalt giebt, so ist dem Schaden abgeholfen; Nadel und Nadelrohr haben wir zu dem Ende nie herausnehmen brauchen.

Ad. 6. Nichts hält ewig; Reparaturen sind bekanntlich auch bei Percussionsgewehren keine Seltenheit. So brennen z. B. auch die Zündstifte mit der Zeit in solchem Grade aus, dass man sie ersetzen muss, ein Nadelrohr lässt sich übrigens sehr leicht repariren.

Ad. 7. Diesen Punkt (difficile Anfertigung der Munition) haben wir schon in §. 200 besprochen. Im Laboratorium brauchen übrigens nur die Zündspiegel gefertigt zu werden, alles Uebrige lässt sich auch im Felde machen. Bleibt wirklich bei weniger geeignetem Patronenpapier die Hülse unverbrannt im Patronenlager sitzen, nun so wirft man sie vor dem erneuten Laden heraus, wie wir dies schon jetzt bei Jägerbüchsen und Karabinern thun. Ist das ein Unglück? Wir laden trotzdem noch schnell genug, ja, wenn wir stets so verfahren müssten, immer noch ein Mal so schnell, wie bei Percussionsgewehren.

Ad 8. Eine langjährige Erfahrung lehrt, dass die Zündnadelpatronen von tadelloser Dauerhaftigkeit sind.

Ad 9. Die Magazinirung und der Transport der Zündnadelpatrone ist, da die Zündpille wohl gedeckt liegt, nicht im mindesten gefährlicher, verlangt nicht mehr Aufmerksamkeit und Sorgfalt, als derjenige andrer Munition, mit der ja auch nicht zu spassen ist. Im feindlichen Feuer ist die Gefahr allerdings, da in jeder Patrone die Zündung steckt, etwas grösser; einschlagende Geschützgeschosse bringen aber auch andere Munitionswagen zum Auffliegen, und gegen die Explosions- und Brandgeschosse der Handfeuerwaffen wird auch den mit Percussionsgewehren bewaffneten Truppen nichts anderes übrig bleiben, als die Patronenwagen durch starke Metallfutter zu schützen.

Ad 10. ist zu bemerken, dass ein Mal der Eintritt eines gänzlichen Mangels an Munition für die Zündnadelgewehre ein Zusammentreffen von Umständen voraussetzt, welches selten eintreten wird, andrerseits aber andere gezogene Gewehre in solchem Fall nicht minder leicht als Feuerwaffe unbrauchbar werden, insofern auch bei ihnen die Möglichkeit, die Munition anderer Gewehre anzuwenden, von ihrem Kaliber und System abhängt; und auf diesem Gebiete sieht es ja in Deutschland, trotzdem in den letzten Jahren viel gebessert ist, noch immer schlimm genug aus. Viel besser würde es freilich darum stehen, wenn z. B. die gesammte deutsche Infanterie Zündnadelgewehre hätte.

Ad 11. Die hier als Tadel gegebene Bemerkung: „Versagt die Zündpille, so muss die Patrone herausgenommen und das Gewehr mit einer andern geladen werden" enthält ein, freilich wohl unabsichtliches, Lob des Zündnadelgewehrs, für welches wir uns zu besonderen Dank verpflichtet fühlen.

Ad 12. In Betreff dieser Bemerkung erlaubt sich der Verfasser aus seiner eigenen Dienstpraxis einfach die Thatsache anzuführen, dass er bei der Mobilmachung im Jahre 1859 als Chef einer Landwehr-Compagnie in seine mobile Compagnie noch gegen 80 Wehrmänner einstellen musste, welche bis dahin nur das Minié-, also ein Percussionsgewehr geführt hatten, und dass er diese Leute dennoch binnen 2 Tagen so weit brachte, dass sie die Zündnadelgewehre vollkommen richtig zu gebrauchen und zu behandeln verstanden. Das aber hätte eben wieder nicht geleistet werden können, wenn das Gewehr nicht so ungemein einfach, sein Gefüge nicht so leicht zu verstehen wäre.

Was hier alte gediente Soldaten leisteten, kann freilich von den neu eingestellten Rekruten nicht erwartet werden, bekanntermassen aber rücken solche auch in keiner gut organisirten Armee bei einer Mobilmachung sofort ins Feld, sondern werden, und wenn auch noch so kurze Zeit, zunächst im Depot bei den Ersatzkörpern ausgebildet. Der Einwurf ist demnach nicht recht verständlich.*)

Die Erfahrung lehrt übrigens, dass ein Mann, der noch gar kein Gewehr kannte, den Mechanismus eines Zündnadelgewehrs schneller begreift, als den eines Percussionsgewehrs.

Es ist uns mehrmals begegnet, das Leute, welche nur letzteres Gewehr kannten und hinterher das Zündnadelgewehr kennen lernen sollten, dasselbe complicirt nannten. Aber worin fanden sie denn, wenn man näher nachforschte, das Complicirte? Seltsam, aber wahr — in den ihnen neuen Benennungen der einzelnen Theile.

Nun drehe man ein Mal die Sache um und lasse einen Menschen, der nur das Zündnadelgewehr kannte, ein Percussionsgewehr kennen lernen: er wird es aus demselben Grunde complicirt nennen. es wird für ihn aber auch wirklich complicirter sein, da es mehr integrirende Theile hat und sein Gebrauch namentlich beim Laden viel complicirter ist.

Aber auch die Behandlung ist complicirter. Man denke nur an das richtige Auseinandernehmen und Zusammensetzen eines Percussions- und eines Zündnadelschlosses. Den Vorurtheilsfreien wird es nicht schwer fallen, zu sagen, was leichter ist.

Auf S. 345. des schon angeführten Werkes vom Capitain Gillion heisst es in Betreff des Zündnadelgewehrs: „Défauts: — mécanisme très-compliqué: fuite de gaz par le conduit de l'aiguille, donnant lieu à crachement vers la figure du tireur, et à un prompt encrassement de mécanisme intérieur de la culasse mobile“.

Ob sich diese allerdings sehr unangenehmen Erscheinungen bei dem „von einigen belgischen Büchsenmachern verbesserten Zündnadelgewehr“ gezeigt haben, wissen wir nicht, das aber wissen wir zu unserer Beruhigung, dass sie dem mit jenen mysteriösen Verbesserungen nicht gesegneten preussischen Zündnadelgewehr, Dank seiner zweckmässigen Construction, fremd sind.

Wir sprechen es deshalb auch zum Schluss unsrer Betrachtungen unumwunden aus, dass wir in dem Zündnadelgewehr ein technisch hoch vollendetes, sehr einfaches, leicht zu behandelndes, äusserst

*) Er lautet: Die Behandlung des ganzen Mechanismus erfordert weit besser instruirte Leute, als man, besonders bei schneller Mobilmachung, zur hierzu nöthigen Heranbildung die Zeit findet.

schnell und bequem zu ladendes Kriegsgewehr von bedeutendem taktischen Werth erblicken.

§. 212. Vielleicht fragt uns mancher unserer preussischen Kameraden, nachdem er die letzte Abhandlung gelesen: Warum giebst du dir überhaupt die Mühe, die Einwürfe zu widerlegen, welche man gegen unsere treffliche Waffe vorbringt? Wir wissen, was wir in ihr besitzen, was wir von ihr zu halten haben, es kann uns im Grunde gleichgültig sein, was Andere darüber denken.

Nun ja, das ist in mancher Hinsicht schon wahr, aber die Zeiten haben sich geändert. Wir haben das Gewehr nicht mehr allein, wir haben es gern gesehen, dass manche unserer Deutschen Bundesgenossen, deren territoriale Verhältnisse ein gemeinsames kriegerisches Wirken mit uns vereint sehr wahrscheinlich machen, das Zündnadelgewehr angenommen haben, und es wäre wünschenswerth, dass es eine noch weitere Verbreitung fände. Warum soll man da dem Gewehr nicht Freunde zu gewinnen suchen, falls sich dies durch eine einfache wahrheitsgetreue Hinstellung von Thatsachen thun lässt?

Ich für meine Person habe mich seit langer Zeit, seitdem überhaupt das Infanteriegewehr eine selbstständige wissenschaftliche Bedeutung gewonnen hat, mit dieser interessanten Waffe eingehend beschäftigt, Alles vorurtheilsfrei geprüft und bin zu den Ansichten gelangt, die ich als Frucht langjähriger Studien und Erfahrungen niedergelegt habe. Ich habe mich in Folge dessen auch auf das literarische Gebiet gewagt, und man hat mir gesagt, dass ich mich in meinen Schriften eines objectiven vorurtheilsfreien Standpunktes befleissigt hätte. Aus diesem Grunde hielt ich mich ohne Unbescheidenheit für einigermassen berufen, auch unser Zündnadelgewehr, soweit es mir ohne Verstoss gegen bestehende Bestimmungen möglich, einer eingehenderen Besprechung zu unterziehen, und es würde mich freuen, wenn Diejenigen, welche unsere Waffe angenommen haben, darin einen kleinen Beitrag zur richtigen Würdigung derselben finden, und wenn Solche, deren Urtheil über die Waffe uns nicht gleichgültig ist, dieselbe auf Grund meiner Darlegung mit anderen Augen als bisher betrachten sollten.

Zweite Abtheilung.

Ueber die weitere Eintheilung und die besten Verhältnisse der gezogenen Gewehre.

§. 213. Wir haben, um den Gang unserer Darstellung nicht zu unterbrechen, die gezogenen Gewehre zunächst nur nach ihrem Ladungsmodus und den sich daraus ableitenden Systemen eingetheilt und besprochen, wollen nun aber mit Rücksicht auf die hohe Wichtigkeit dieser Klasse der Handfeuerwaffen nochmals näher auf sie eintreten und namentlich untersuchen, wie man auch ihre äusseren Verhältnisse auf Grund der neuesten Erfahrungen und technischen Fortschritte am zweckmässigsten zu gestalten habe. Eine derartige Untersuchung bietet uns dann gleichzeitig eine geeignete Gelegenheit zur Ergänzung dessen, was im 2. Abschnitt unseres Buches enthalten ist, da wir die Abfassung eines besonderen Supplements zum 1. Band, namentlich im Interesse unserer Leser, nicht für angemessen halten.

Eintheilung der gezogenen Gewehre nach ihrer Lauf- resp. Total-Länge.

§. 214. Die ganze Masse der gezogenen Gewehre zerfällt ohne Rücksicht auf die Systeme, denen sie angehören, auch in verschiedene Gattungen, deren Verschiedenheit wie bei den glatten Gewehren in der Länge des Laufs, resp., da die Hinterladungsgewehre hierbei ein gesondertes Element vertreten und mit den Vorderladungsgewehren wegen der Verschlusstheile nicht in eine Kategorie gebracht werden können, in ihrer Totallänge als Schusswaffe beruht.

Wir erhalten demgemäss folgende Gattungen.

1. Lange gezogene Gewehre zum Gebrauch in geschlossener Ordnung, also für zweigliedriges Feuer construirt: gezogene Linien-Infanterie- oder schlechtweg Infanterie-Gewehre, auch wohl gezogene Musketen (fusils rayés) genannt, für Linien-Infanterie, mit langen Läufen von 39—42" (resp. einer Totallänge von 54—57") und Bayonnetten versehen.

2. Kürzere gezogene Gewehre als Füsilier-, Jäger-

Seegewehre, mit Läufen von 35—38″ (resp. einer Totallänge von 50—53″), mit Bayonnetten versehen oder zum Aufpflanzen eines Seitengewehrs eingerichtet, für moderne leichte Infanterie und Marine-Infanterie.

3. Büchsen (Carabines) oder Stutzen, für Jäger, Scharfschützen, auch wohl die Unteroffiziere einer leichten Infanterie bestimmt, mit einer Lauflänge von 26—34″ (resp. einer Totallänge von 41—48″), selten zum Aufpflanzen eines Stossbayonnetts, sondern meist eines Hirschfängers, Bayonnettsäbels (Yatagans) oder Haubayonnetts eingerichtet, und mit möglichst vollkommenen und feinen Visir- und Abzugsvorrichtungen versehen, meist auch zum Ueberhängen eingerichtet.

Die in Deutschland üblichen Büchsen charakterisirten sich früher und zum Theil noch jetzt durch eine der der Pirsch- und Scheibenbüchsen verwandte äussere Form, einen achtkantigen kurzen Lauf von höchstens 30″ Länge und ein Stechschloss. Längere Büchsen mit Ringen wurden zuerst (1840) in Frankreich eingeführt, während die deutschen Büchsen älteren Modells wie Fig. 225 zeigt, meistens die Schiebeverbindung haben.

Fig. 225.

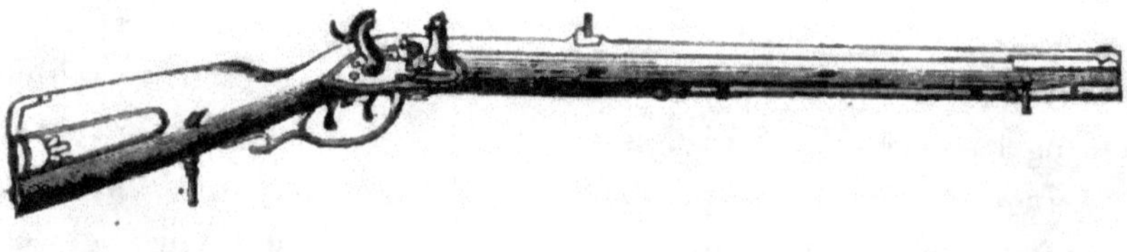

Die Kolbe dieser, der früheren preussischen Jägerbüchse mit Dorn, zeigt auch bei *a* das früher in §. 78 erwähnte Magazin zur Aufnahme der nöthigen Zubehör- und Reservestücke.

4. Wallbüchsen, zur Vertheidigung der Festungen bestimmt (also reine Positions- und Defensions-Waffen), den vorigen im Allgemeinen ähnlich, aber schwer und kräftig gebaut, mit starken Läufen, von grossem Kaliber und einer Lauflänge von mindestens 38″, (einer Totallänge von mindestens 53″), mit einem Gewicht von circa 15—20 Zollpfund.

5. **Gezogene Karabiner** (mousquetons rayés) für Fussartilleristen, Pioniere, Reiterei, Sanitätssoldaten und Hornisten, **lange** und **kurze** (vergl. §. 155); letztere werden, sofern sie achtkantige Läufe haben und zur Bewaffnung von Reiterschützen dienen, auch wohl Reiterbüchsen genannt.

6. **Gezogene Pistolen** für berittene Offiziere und Unteroffiziere, Cavalleristen, reitende Artilleristen, Fahrer der Artillerie, See-Offiziere und Matrosen, für Reiter zuweilen mit ansetzbarer Kolbe ausgerüstet und dann Kolbenpistolen genannt.

Ueber die besten Einrichtungen der gezogenen Gewehre.

§. 215. Ueber dieses Capitel findet sich eine neuere ganz vortreffliche Abhandlung in v. Plönnies „neuen Studien" und ebenso in der höchst beachtenswerthen Schrift: „das Deutsche Wehr- und Schützenwesen nach den technischen Anforderungen der Gegenwart", dennoch veranlasst uns der Charakter möglichster Vollständigkeit, der unserer Arbeit eigen sein soll, zu einer Hinstellung der in dieser Beziehung wichtigsten Punkte.

I. Der Lauf.

§. 216. In Betreff seiner äusseren Verhältnisse, seiner Länge, seiner Metallstärke und seiner Form können wir in der Hauptsache Bezug auf alles das nehmen, was wir im zweiten Abschnitt entwickelt haben.

Die Metallstärken sind so zu bemessen, dass wenn nicht eine besondere Leichtigkeit der ganzen Waffe gefordert werden muss, der Lauf ein Gesammtgewicht von 4—4,5 Pfd. erhält, damit das Gewicht des ganzen Gewehrs auf 9—10 Pfd. komme, was im Interesse der Anwendung einer möglichst starken Pulverladung mit Vermeidung eines fühlbaren Rückstosses geboten ist.

Kürzere und nothwendig leichte Waffen, als Karabiner und Pistolen, sind selbstredend von dieser Forderung ausgeschlossen.

Die Grundsätze für die Länge der Läufe sind theils schon ausgesprochen, theils werden sie in der folgenden Abtheilung weiter ausgeführt werden.

Die Form ist am besten rein kegelförmig ohne jegliche Schweifung, nur am untern Ende achtkantig zur leichteren Anbringung des Visirs; selbstredend sind die unteren Kanten abzuschleifen behufs besserer Lage des Laufs im Schaft.

Die ältere durchaus achtkantige Form der Büchsenläufe ist, weil durch nichts begründet und ohne Werth, gegen jene Form zu vertauschen.

Der Lauf ist, weil die Vermeidung alles Blinkenden für das Kriegsgewehr zweckmässig, unter allen Umständen zu brüniren.

Innere Einrichtung der Läufe.

§. 217. In Betreff der Verhältnisse der Züge können wir uns um so mehr auf Das zurückbeziehen, was wir bereits vor fünf Jahren aussprachen, als wir bei Gelegenheit der Abhandlung der Systeme weitere Erläuterungen gegeben haben.

Fig. 226.

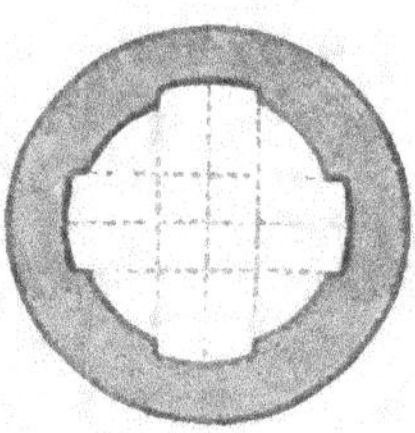

Besonders ist festzuhalten, dass die Züge scharfe führende Zugkanten haben müssen, und um so mehr, wenn die Pulverladung stark, der Drall lang ist, weil die Pulvergase das Bestreben haben, das Geschoss in der geraden Richtung der Seelenachse aus dem Lauf hinaus zu treiben. Das zweckmässigste Profil der Züge ergiebt sich, wenn man, wie in Fig. 226, die führenden Zugkanten als Parallelen zum Seelendurchmesser construirt.

Dass eine möglichst lange Führung des Geschosses durch möglichste Länge seines cylindrischen Theils zur Sicherung der Rotation wesentlich beiträgt, wurde bereits erörtert.

In Betreff des Kalibers haben sich unsere Ansichten in Folge neuerer Erfahrungen mehr begrenzt, wie solches schon aus unserer Abhandlung über die Schweizer Gewehre vom Kaliber 0,40" erhellt. Die Befürchtung, dass bei Anwendung dieses kleinsten, so ungemein vortheilhaften Kalibers die relative Festigkeit der Läufe bei Vermehrung ihrer Länge bis auf das bei langen Infanteriegewehren übliche Maass leiden werde, da die Widerstandsfähigkeit der Läufe gegen Verbiegungen weniger durch ihre Metallstärke als durch die Grösse ihres inneren Durchmessers gesteigert wird, dürfte, wie wir bereits in §. 184 bemerkten, bei allgemeiner Verwendung des Gussstahls beseitigt werden.

Es liegt auf der Hand, dass man bei Zündnadelgewehren, deren Patrone des Pappzündspiegels nicht unbedingt bedarf, während er für sie sehr vortheilhaft ist, gerade durch dies Mittel die Möglichkeit gewinnt, die Vortheile des kleinsten Geschosskalibers mit denen eines etwas stärkeren Rohrkalibers zu verbinden, was für die Zukunft zu berücksichtigen sein würde. Unter Festhaltung der analogen Verhältnisse des preussischen Zündnadelgewehrs würde dies z. B. bei einem Langbleikaliber von 0,40″ einen Rohrkaliber von ppr. 0,47″ ergeben.

In der Schweiz hat man, vielleicht durch die oben entwickelten Rücksichten bewogen, für die neu zu fertigenden Linien-Infanterie-Gewehre einen Kaliber von 12 mm angenommen (0,456″), was auch in Holland geschehen soll.

Material für die Läufe.

§. 218. Seit dem Jahre 1857, in dem wir den 1. Band der Oeffentlichkeit übergaben, hat die Verwendung des Gussstahls zur Anfertigung von Gewehrläufen bedeutend zugenommen, nachdem man sowohl in der Herstellung des hiezu geeigneten Stahls, als auch in der Bearbeitung desselben durch Construction zweckmässiger Maschinen, namentlich Bohr-Maschinen, bedeutende Fortschritte gemacht hat.

In ersterer Beziehung bemerken wir, dass man den betreffenden Gussstahl sehr kohlenstoffarm und zwar mit einem Kohlenstoffgehalt von 0,50—1 % herstellt, wodurch er wesentlich an Weichheit und somit an Bearbeitungsfähigkeit gewinnt, und wodurch die Herstellungskosten gussstählerner Läufe, zumal, da auch der Stahl selbst billiger geworden ist, sich nur um eine Kleinigkeit höher stellen, als die eiserner. Dies geringe plus wird aber durch die längere Dauer der stählernen Läufe bis zur Vollständigkeit aufgehoben.

Die hauptsächlichen Vorzüge des Gussstahls sind seine grosse Reinheit, welche wenig Ausschuss veranlasst und die sauberste Herstellung der Seelenwände zulässt, sein ungemein gleichförmiges Gefüge, seine Festigkeit und Dauerhaftigkeit, welche ihn gegen äussere und innere Abnutzung schützt, seine geringere Neigung zum Rosten.

Aus allen diesen Gründen empfiehlt sich der Gussstahl im höchsten Grade zur Herstellung gezogener Läufe, bei denen die Erhaltung der ursprünglichen Form, namentlich der Seele, von der grössten Bedeutung ist, und müssen wir demnach einen gussstählernen Lauf zu den Bedingungen für die zweckmässige Herstellung einer modernen gezogenen Kriegshandfeuerwaffe zählen.

Der Verschluss des Rohrs.

§. 219. *a.* **Der beständige Verschluss.**

Der einfachste Verschluss des Rohrs wird durch eine massive Blockschwanzschraube gewonnen, welche am besten mit einem Haken versehen wird (vergl. §. 57).

Die Blockschrauben sind in neuerer Zeit um deswillen wieder mehr beliebt, als die völlig ausgekammerten Patentschwanzschrauben, weil es, wie bereits ausgeführt wurde, seine technischen Schwierigkeiten hat, die Mündung der Kammer auf's Genaueste der Peripherie der Seelenwandung anzuschliessen.

Für Gewehre mit der Podewils'schen Zündmethode empfiehlt sich dagegen, weil die obige Rücksicht wegfällt, unbedingt die Patentschwanzschraube*), weil sonst der genaueste Anschluss des engen Kanals der Schwanzschraube an seine Verlängerung im Zündstollen unnöthige technische Schwierigkeiten erzeugt.

Ueber die besten Verhältnisse der Aufbohrung u. s. f. giebt §. 57 den nöthigen Aufschluss.

Wie bekannt kommt bei dem beständigen Verschluss wie auch bei den percussionirten Hinterladungswaffen die richtige Stellung des Zündcanals in Frage.

Die früher allgemeine Annahme und Praxis, dass man den Zündcanal schräg vorwärts gegen die Seelenachse richten müsse, um auf diese Weise jede Veranlassung zum Backenschlag zu beseitigen und ausserdem die Beschüttung des Zündcanals mit Pulver zu begünstigen, hat durch die Podewils'sche Theorie von der Wirkung des primitiven Gasstroms auf das Geschoss einen nicht wegzuleugnenden Stoss erlitten, und wird man daher, wenn man nicht die

*) Sie ist für die neuen gezogenen Gewehre der Nassau'schen Infanterie (System Podewils, Kaliber 0,53") angenommen worden.

Podewils'sche Kanalführung annehmen will, in Zukunft wohl thun, die Kanalachse möglichst wenig stumpfwinklig zur Seelenachse zu stellen, um auf diese Weise die möglichen Nachtheile einer ersten seitlichen Gasströmung gegen das Geschoss zu paralysiren.

Bei percussionirten Hinterladungsgewehren mit geschlossenen Patronen (Terry) ist Bedacht auf eine möglichste Kürze des Kanals zu nehmen, damit der Feuerstrahl des Zündhütchens recht intensiv wirke und das Patronenpapier durchbrenne, widrigenfalls ein Versager eintritt.

b. Der bewegliche Verschluss.

§. 220. Ueber ihn haben wir schon bei den Hinterladungsgewehren das Nöthige gesagt und können nur als ein „ceterum censeo" fort und fort wiederholen, dass ein doppelter Schuss mittelst zweier schiefer Flächen oder mehrerer partieller Schraubengänge seine Dichtigkeit erhöht und sonach zu wählen ist.

Die Zielvorrichtungen des Laufs.

Das Visir.

Bevor wir uns über die zweckmässigste Art des Visirs für die gezogene Feuerwaffe aussprechen, wollen wir zur Vervollständigung dessen, was wir in den §§. 66—68 gegeben, die Beschreibung noch einiger neuerer Visirarten vorausschicken, um auf diese Weise eine noch bessere Basis für unser Urtheil hinzustellen.

§. 221. Ad a. §. 66. **Klappvisire.**

Hieher gehört noch das österreichische Klappvisir, mit dem die Stutzen No. II und die für die besten Schützen bestimmten gezogenen Infanteriegewehre versehen sind, von nachstehender Einrichtung.

Mit dem in den Lauf eingeschobenen Visirfuss *a* ist mittelst der Visirschraube *b* eine Klappe *C* (österreichisch Aufsatzstöckel) verbunden, und mit dieser wieder durch 2 Schrauben *dd* eine breite Aufsatzfeder *e*, darin die beiden Visirlöcher *g* und *h* mit den Grinseln d. h. Kimmen *i* und *k* angebracht sind. Diese Feder hat eine Aufkröpfung *m*, welche für gewöhnlich auf dem Visirfuss *a* aufliegt und so, mit einer Kimme (*x* Fig. 227 *a*) versehen, das Standvisir bildet.

Fig. 227.

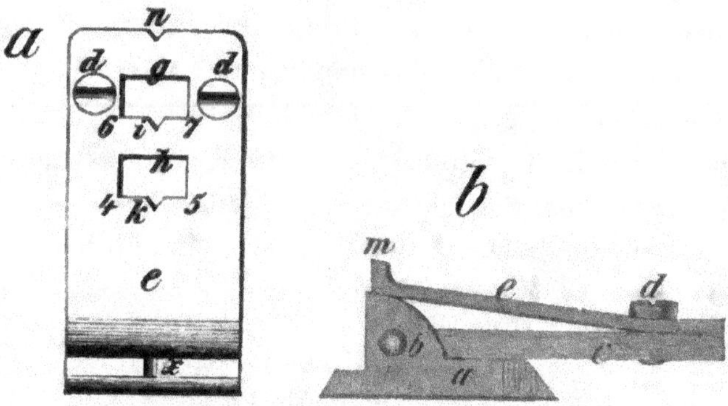

Will man weiter als auf 300 Schritt schiessen, so klappt oder stülpt man *c* auf, so dass die Feder *e* mit *m* über den Visirfuss überspringt und nun senkrecht steht, wobei sie dem Aufsatzstöckel und dieser ihr die nöthige Stabilität verleiht.

Für die Distanzen 800 Schritt und 900 Schritt enthält *e*, wie Fig. 227 *a* zeigt, in ihrer oberen Kante noch eine Kimme *n*; die unteren Kimmen *k* und *i* sind, wie auch die eingeschlagenen Zahlen angeben für resp. 400 und 500 Schritt und 600 und 700 Schritt bestimmt, wobei die österreichische Zielvorschrift besagt, dass bei Benutzung des Grinsels für die nähere Distanz mit feinem Korn in den Unterleib, für die weitere mit vollem Korn in den Kopf zu zielen sei, eine Zielweise, deren Bedenkliches noch besprochen werden wird.

§. 222. Ad b. §. 67. **Elevationsfähige Klappvisire.**

1. Das Visir des württembergischen und badischen Infanteriegewehrs $^{m}/_{57}$, nach der Construction des württembergischen Hauptmanns Dorn, zeichnet sich, wie Fig. 228 zeigt, durch seine grosse Einfachheit aus.

In den auf dem Lauf verlötheten eisernen Visirsattel *ee* ist der Visirfuss *a* eingefalzt. Dieser ist an seiner linken Seite mit einer sich dem Lauf anschliessenden Backe versehen, auf welcher aussen 2 Gradbogen mit dazwischen liegenden, in die Richtung der Radien gestellten, Entfernungsstrichen eingerissen sind. Mit dem Visirfuss *a* ist mittelst der Visir- oder Pivotschraube *s* die aus Stahl gefertigte federharte Visirklappe *cc* verbunden, mit letzterer durch die-

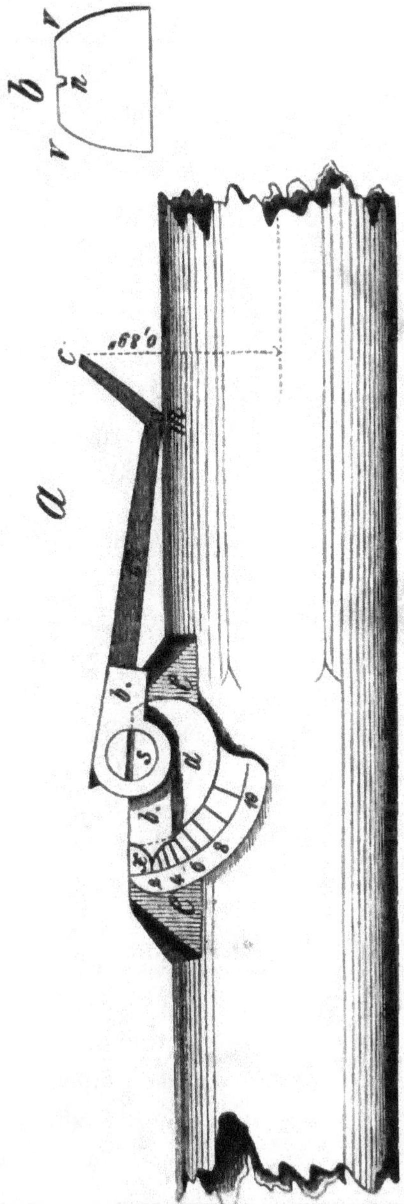

Fig. 228.

selbe Schraube der gleichfalls stählerne und federharte Zeiger *bb* mit der Spitze *x*. Die Klappe *c* ist aufgebogen oder aufgekröpft und bildet, sobald sie ganz auf den Lauf niedergedrückt ist, mittelst der in die obere Kante der Aufkröpfung eingestrichenen Visirkimme *n* das Standvisir, wobei die Spitze des Zeigers *x* auf 2 zeigt. Will man weiter schiessen, z. B. auf 400 Schritt, so hebt man die Klappe so weit in die Höhe, bis der Zeiger *b* mit der Spitze *x* auf den Strich 4 sich eindeckt, und ist nunmehr die Kimme *n* um so viel elevirt, als es der Kernschuss auf 400 Schritt nöthig macht.

Wie Fig. 228 *b* zeigt, ist die Kimme *n* viereckig eingestrichen; die obere Visirkante *vv* ist etwas schmal und könnte noch breiter gehalten werden, wodurch eine bessere Controle ihrer wagerechten Lage beim Anschlag erzielt wird.

2. Das Bedenken, dass trotz der schätzenswerthen Einfachheit dieses Visirs ein möglicher Verlust der e i n e n Klappe die Waffe g ä n z l i c h der Visirung berauben könnte, gab die Veranlassung dazu, dass bei dem g r o s s h e r z o g l i c h h e s s i s c h e n Gewehr desselben Modells ein Visir

angebracht wurde, welches, wie Fig. 229 zeigt, ein besonderes Standvisir *a* hat. Dasselbe ist in der Hauptsache dem schon früher dargestellten hessischen Visir, Fig. 42, ähnlich, zeichnet sich aber dadurch vor ihm aus, dass die Standvisirkimme *x* zwischen den quadrantenförmigen Backen des Visirfusses gedeckt, somit die innere Seite des Standvisirs gegen Blendungen geschützt liegt. Es hat dies Visir noch einen Bestandtheil weniger als das unter 1 beschriebene, dem dafür freilich in vortheilhafter Weise die emporstehenden Backen fehlen, was für die Handhabung der Waffe angenehm ist.

Ein Visir von genau derselben Construction findet sich bei der bückeburgischen Zündnadeljägerbüchse (§. 203).

3. Bei der grossherzoglich hessischen Jägerbüchse, deren Visir nach demselben Constructionsprinzip eingerichtet, kann aus einem später zu entwickelnden Grunde die Klappe *k* nicht gabelförmig über die Backen des Visirstuhls über-

Fig. 229.

Fig. 230.

greifen. In Folge dessen muss dann die Klappe auf andere Weise in ihrer jedesmaligen Stellung fest gehalten werden, und ist dies speziell erreicht durch ein bogenförmiges Federstück *a* mit den beiden elastischen Armen *bb*, welches mittelst der Pivotschraube *c* auf dem rechten, nicht mit der Gradeintheilung versehenen, Backen des Visirstuhls befestigt ist.

Genau dieselbe Einrichtung des Visirs findet sich bei den älteren russischen Minié-Gewehren des grossen Kalibers (7 Linien-Gewehre — 0,68''), welche der 6 Linien-Wintofka gewichen sind.

4. Die Visire dieser neueren russischen Gewehre (§. 170) — der sechslinien-Infanterie- (Massen-) und der Schützen-Wintofka haben gleichfalls Visire desselben vortheilhaften Constructions-Prinzips mit einer elevationsfähigen Klappe.

Die Klappe der Infanterie-Wintofka ist, wie Fig. 231 zeigt, verhältnissmässig kurz, da man in Russland praktischer Weise die Grenzen des Schiessens für die Masse der Infanterie auf 600 Schritt festgestellt hat. Die Klappe hat einen Fuss *a*, welcher, mit einer Kimme versehen, bei ganz niedergelegter Klappe das Standvisir bildet und für Entfernungen bis incl. 370 Schritt benutzt wird, indem man innerhalb der Kernschussweite (260 Schritt) und bis 370 Schritt stets auf die Mitte des Gegners zielt. Zum genaueren Schiessen auf mittlere Entfernungen zwischen 370 Schritt und 600 Schritt stellt man die Klappe auf den einen am Visirstuhl oder Kasten angebrachten Strich *b* ein, für 600 Schritt wird die Klappe ganz, d. h. so weit erhoben, dass der Klappenfuss *a* sich auf die Basis des Visirstuhls auflegt und dann ebenso, wie vorhin, durch die in der Aufkröpfung *c* angebrachte Visirkimme gezielt.

Fig. 231.

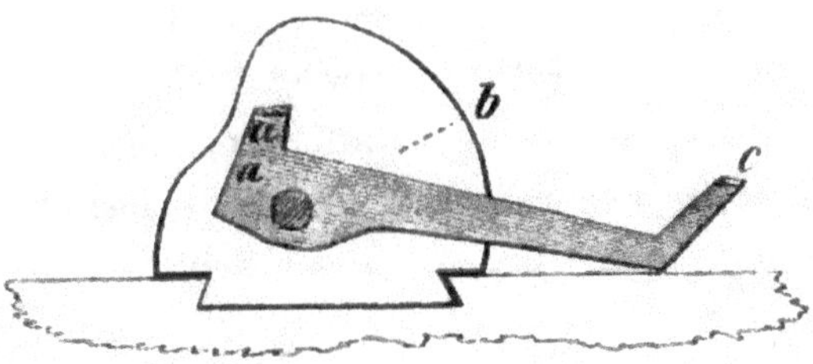

Bei dem Schützengewehr ist die Klappe ebenso eingerichtet, aber länger, weil zum Schiessen auf Entfernungen über 600 Schritt bestimmt, und ist demgemäss auch die linke Backe des Visirstuhls mit mehreren Entfernungsstrichen versehen. Die feste Einstellung der Visirklappe auf diese Striche wird wie beim Schweizer Visir (Fig. 41) durch eine an der rechten Seite befindliche Druckschraube bewirkt.

5. Ein Seitenstück zu dem in Fig. 43 dargestellten dänischen Backvisir bildet das Visir des schwedischen Marinegewehrs, welches nach Schmölzl nachstehende Gestalt hat.

Fig. 232.

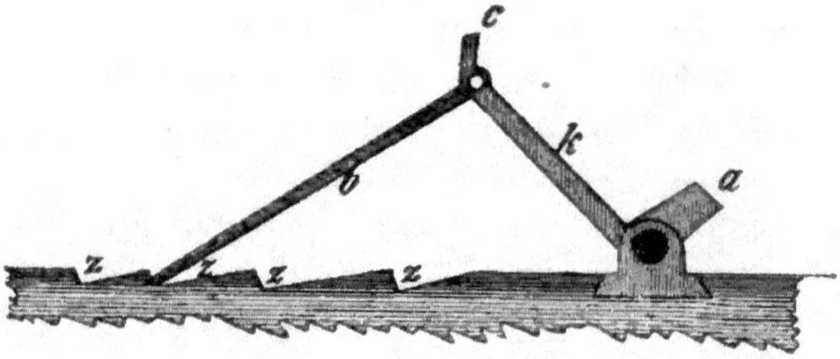

Die Klappe *K*, welche ganz niedergelegt mit ihrem Fuss *a* das Standvisir bildet, kann hier durch die Strebe *b* elevirt werden, indem man letztere nach Maassgabe der Entfernung in einen der Einschnitte *zz* des sägeförmig zugefeilten Visirsattels einstellt, wodurch die in der Aufkröpfung *c* der Klappe angebrachte Visirkimme die der Entfernung angemessene Höhe über der Seelenachse erhält.

§. 223. **Ad c. §. 68. Schiebervisire.**

Hierher gehört noch das Visir des englischen Enfield-Gewehrs.

Der Visirsattel *ss* ist nach der Mündung zu mit 2 Backen versehen, deren obere Kante stufen- oder treppenförmig nach hinten abfällt; am hinteren Ende des Sattels befinden sich die Scharnierbacken *a*, zwischen denen mittelst des Pivotstiftes *c* die Klappe *K* befestigt ist, welche in Folge der Form ihres Fusses *o* sowohl nach vorn als nach hinten niedergeklappt werden kann, wodurch einem möglichen Zerbrechen derselben vorgebeugt werden soll. Am oberen Ende ist das Blatt *b* befestigt, welches, mit der Kimme *x* versehen als Standvisir dient und speziell für 100 Yards (121 Schritt) richtig liegt, wenn man die Klappe, nachdem der Schieber *d* zurückgeschoben, vollständig zwischen die Backen des Sattels niederlässt (Fig 233 *a* und *b*). Will man weiter schiessen, so schiebt man den Schieber *d* aufwärts und legt ihn auf eine der Stufen des Sattels nach Maassgabe der eingeschlagenen Entfernungszahl nieder, wodurch die Kimme *x* in *b* entsprechend elevirt wird. Liegt *d* völlig an *b* herangeschoben auf dem obersten Absatz bei 4, so liegt Kimme *x* für 400 Yards oder ppr. 485 Schritt richtig.

Fig. 233.

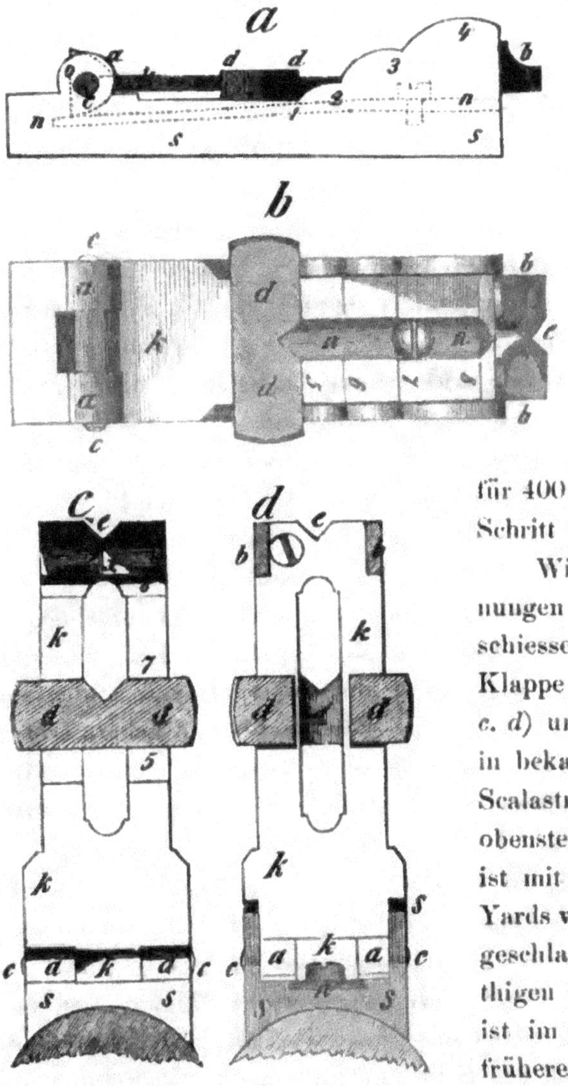

Will man auf Entfernungen jenseits 400 Yards schiessen, so schlägt man die Klappe *K* vertical auf (Fig. *c. d*) und stellt den Schieber in bekannter Weise auf die Scalastriche ein; die nun obenstehende Fläche von *b* ist mit der Kimme *e* für 900 Yards versehen. Um der aufgeschlagenen Klappe den nöthigen festen Halt zu geben, ist im Visirsattel wie beim früheren badischen (Fig. 45) eine liegende Sperrfeder *nn* angebracht, welche sich gegen den Klappenfuss *a* sperrt.

Auffallend ist bei diesem Visir die weite Form der Kimme, welche ein Schiessen mit gestrichenem Korn wo nicht unmöglich macht, doch mindestens sehr erschwert — günstig dagegen die Construction des Schiebers, welcher eine vollkommene Federklammer bildet. — Dieses Visir hat in Nord-Amerika und Peru Nachahmung gefunden, und sind ferner einzelne Elemente desselben, wie wir sehen werden, auf das Visir des hannöverschen Pickelgewehrs übergegangen.

§. 224. **Derivations-Visire.**

Schon auf Seite 151 und 152 des 1. Bandes wurde die besondere Einrichtung des Schiebervisirs der bayrischen Dornbüchse beschrieben, welche darauf gerichtet ist, die allen gezogenen Gewehren eigenthümliche, Derivation genannte, Seitenabweichung der Geschosse zu corrigiren. Wenngleich seit dem Jahre 1857 die Natur dieser Erscheinung hinlänglich aufgeklärt worden ist, so wollen wir uns dennoch zunächst darauf beschränken, die Visireinrichtungen zu beschreiben, welche auf jene Abweichung basirt sind, und später auf eine nähere Prüfung ihres Werthes eingehen.

Ausser bei der bayrischen Dornbüchse existiren Derivations-Visire unseres Wissens nur noch bei dem hannöverschen Pickelgewehr und der grossherzoglich hessischen Jägerbüchse.

Die Einrichtung des hannoverschen Visirs ist folgende:

Der mittelst eines Schwalbenschwanzes in den Lauf eingefalzte Visirstuhl *ab* ist wie der Visirsattel des englischen Enfield-Gewehrs mit 2 nach vorn verlängerten, auf ihrer oberen Kante stufenförmig gestellten Backen *cc* versehen. Zwischen den beiden Scharnierbacken *d* ist um den Pivotstift *e* drehbar die prismatisch gefeilte Klappe *f* angebracht, auf welcher der kastenförmige Schieber *g* sich befindet, dem die Klemmfeder *h* (Fig 234 *d*) eine grössere Reibung, also Stabilität, verleiht. An dem vorderen oder oberen Ende des Schiebers *g* befindet sich der Aufwurf *k*, in welchen, wie Fig. 234 *c* zeigt, 2 Visirkimmen, *l* und *m*, eingestrichen sind.

Ist der Schieber ganz herunter geschoben (Fig. *a*), so bildet der Aufwurf *k* mit Kimme *l* das Standvisir für 200 Schritt, wobei die beiden Seitenlappen des Schiebers *nn* auf dem Visirstuhl ruhen. Soll auf 300 Schritt geschossen werden, so zieht man den Schieber auf der Klappe soweit in die Höhe, dass die Lappen *nn* gegen den Treppenabsatz bei 3 anstossen, wodurch Visirkimme *l* entsprechend erhöht, aber auch zugleich, da die Visirklappe *f* schräg zugefeilt ist, um etwas nach links gerückt wird. Analog ist das Verfahren beim

Fig. 234.

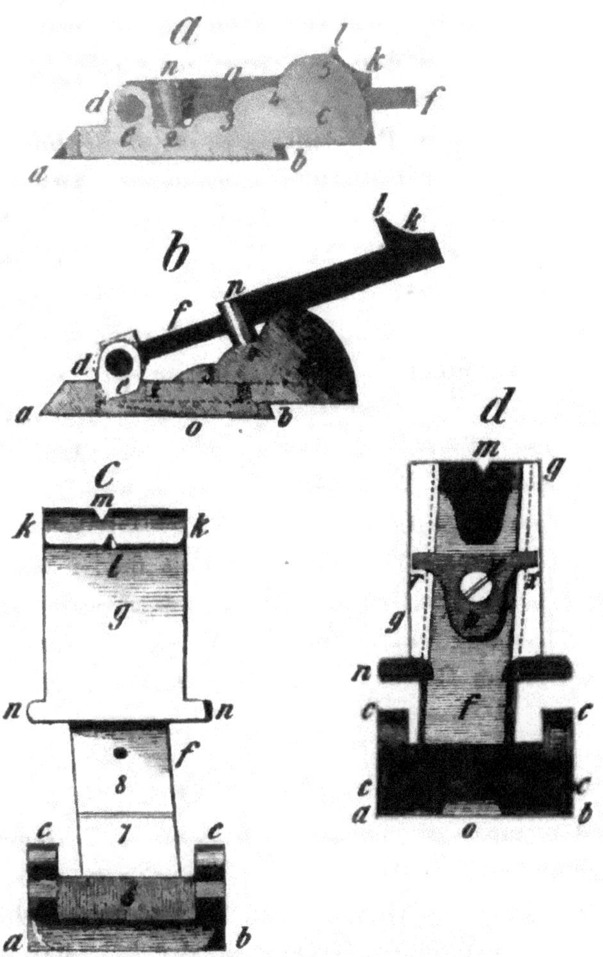

Schiessen auf 400 Schritt (s. Fig. 234 *b*) und 500 Schritt. Um auf 600 Schritt zu schiessen, wird die Klappe mit ganz niedergeschobenem Schieber senkrecht aufgerichtet, in welcher Stellung sie durch die im Visirstuhl befestigte Sperrfeder *o* erhalten wird; auf 700 und 800 Schritt stellt man den Schieber auf die entsprechenden Striche und zielt, wie auch auf 600 Schritt, durch die nun oben befindliche Visirkimme *m*.

Aus den Zeichnungen erhellt, dass in Folge der schrägen Zufeilung der Klappe mit den Elevationen der Kimmen gleichzeitig ein entsprechendes Links-Stellen derselben stattfindet, welches für die grösseren Distanzen noch dadurch vermehrt wird, dass die dann benutzte Visirkimme *m* bereits links der Kimme *l* eingestrichen ist. Die Neigung der Klappe zum Visirstuhl beträgt 93¼ Grad.

Bedeutend einfacher als bei dem vorstehenden ziemlich complicirten Visir findet die Correctur der Derivation bei dem in Fig. 230 bereits dargestellten Visir der hessischen Jägerbüchse statt.

Hier sind nämlich die beiden Backen des Visirstuhls an ihrer inneren Fläche nicht senkrecht, sondern, wenn gleich unter sich parallel, bogenförmig zugefeilt, so dass sie gewissermassen die Gänge eines Schraubengewindes darstellen.

Die Visirklappe ist auf dem Pivotstift nach der Seite hin beweglich: hebt man sie also der Entfernung angemessen zwischen den Backen in die Höhe, so weicht sie (und mit ihr also die Visirkimme) von den schiefen Flächen geleitet nach links hin aus; die Visirkimme fällt also aus der verticalen Visirebene entsprechend nach links aus und corrigirt sich so die Rechtsabweichung des Geschosses; gewiss eine sehr sinnreich einfache Vorrichtung.

Wir begnügen uns mit diesen Ergänzungen unserer früher gegebenen Beschreibung der existirenden Visire, wobei wir ausdrücklich bemerken, dass ausser den beschriebenen noch manche andere existiren. Sollten dem geehrten Leser dergleichen vorkommen, so wird es ihm wenigstens nicht mehr schwer fallen, sie in die betreffende Hauptkategorie einzureihen, deren Charakter sie tragen und tragen müssen. Eine absolute Vollständigkeit ist, wie wir schon früher bemerkten, auf diesem Gebiete weder möglich, noch von besonderem Werth.

Ueber die Wahl des zweckmässigsten Visirs.

§. 225. Wir haben nunmehr eine grosse Zahl der verschiedensten Visire kennen gelernt, und es liegt die Frage nahe, welche Construction man bei dem gezogenen Gewehr anzuwenden habe. Die Frage ist nicht schwer zu entscheiden, wenn man den beim Kriegsgewehr entscheidenden Gesichtspunkt festhält, dass „Einfachheit und Dauerhaftigkeit der Construction sich mit möglichster Einfachheit und Sicherheit des Gebrauchs“ vereinen müsse.

Die gewöhnlichen Klappvisire sind einfach, sobald sie nur eine Klappe haben, und sicher, sobald diese Klappe hinter dem Standvisir liegt, sodass sie beim Rückstoss des Gewehrs nicht nach vorne überfallen und den Visirwinkel ändern kann. Wir haben aber gesehen, dass, sobald man nur bis auf 600 oder 700 Schritt mit Sicherheit schiessen will, man mindestens von 100 zu 100 Schritt einen Kernschuss erzeugen muss und dann entweder genöthigt ist, ein

Visirloch oder mehrere in die Klappe einzuschneiden oder mehrere Klappen mit dem Standvisir zu verbinden. Visirlöcher aber beengen das Gesichtsfeld, sind unbequem, namentlich bei trüber oder mit Staub und Pulverdampf erfüllter Athmosphäre, und führen leicht zu Irrungen, wenn mehrere derselben dicht über einander liegen, — mehrere Klappen sind unbequem beim Gebrauch, müssen zum Theil vor dem Standvisir angebracht werden, was den schon beregten Missstand leichten Vorfallens erzeugt, und insofern nicht dauerhaft, als sie leicht wackelig werden. Beim Gebrauch muss der Soldat, wenn die Entfernungszahlen nicht auf die Klappe aufgeschlagen sind, überlegen, welche Klappe zu wählen ist, und sind die Klappen nummerirt, so ist es wieder unbequem, die einzelnen Klappen von einander abzuheben und aufzurichten. Beschränkt man bei einer Klappe die Zahl der Visirlöcher zu sehr, so ist man genöthigt, mehrere Entfernungen in eine Kimme zusammen zu fassen, was dann mit Rücksicht auf die mit der Zunahme der Entfernungen immer geringer ausfallende Ausdehnung des bestrichenen Raums zu der Nothwendigkeit verschiedener Haltepunkte führt, deren Anwendung im Gefecht durchaus unzweckmässig ist.

Demgemäss sind Klappvisire beim gezogenen Gewehr nur bedingungsweise, nicht absolut als zweckmässig zu bezeichnen.

Die Schiebervisire gewähren den Vortheil, dass sie mittelst des Visirschiebers die Möglichkeit bieten, jenseits der Wirkungsweite des Standvisirs Kernschüsse für jede Distanze zu erzeugen, also die vortheilhafte Zielweise auf die Mitte des Ziels anzuwenden, auch gewähren sie, sofern der Ausschnitt der Klappe genügend weit gehalten wird, ein bedeutend freieres Gesichtsfeld als die Visirlöcher der Klappvisire — dagegen aber ist das Einstellen des Schiebers auf den richtigen Scalastrich nicht leicht, und sind die Visire, wie aus unsern Beschreibungen und Zeichnungen erhellt, sämmtlich sehr complicirt und dadurch auch in ihrer Dauerhaftigkeit gefährdet.

Aus allen diesen Gründen sind auch die Schiebervisire für das gezogene Kriegsgewehr nicht praktisch anwendbar.

Anders dagegen verhält es sich mit den elevationsfähigen Klappvisiren vom Typus des Schweizer-Visirs.

Diese Visire gewähren bei jedem Schuss ein vollständig freies Gesichtsfeld, die breite Fläche der Klappe erleichtert die Controle der richtigen Lage des Gewehrs, die Klappe ist sehr handlich und leicht zu eleviren, das ganze Visir einfach und dauerhaft.

Der Einwurf, dass das Einstellen der Klappe auf den richtigen Gradstrich im Gefecht schwer auszuführen sei, ist nicht stichhaltig. Der Gebrauch jeder anderen Visirposition als des einfachen Standvisirs setzt unbedingt eine Situation des Schützen voraus, in welcher er Zeit, Bequemlichkeit und Ruhe genug hat, die dazu nöthige Manipulation auszuführen. Man rühmt die Einfachheit der gewöhnlichen Klappvisire, aber was ist an ihnen so einfach? Der Mann muss die Klappe aufrichten, was, wenn mehrere derselben übereinander liegen, vielleicht aneinander gerostet sind, durchaus nicht so leicht ist, er muss die richtige Klappe wählen, oder, wenn Visirlöcher vorhanden und mehrere Entfernungen in eines derselben zusammengefasst sind, überlegen, wie er nun gerade für diese Entfernung zu zielen, ob auf die Beine oder den Kopf des Gegners etc. zu halten habe. Das setzt eine Kaltblütigkeit voraus, welche im Gefecht nur wenigen Menschen eigen ist. Viel besser ist also der Mann daran, der eine elevationsfähige Klappe zur Verfügung hat. Er schätzt die Distance, ergreift die grosse, leicht zu handhabende Klappe und stellt sie auf den betreffenden Strich ein, was — man möge es nur praktisch versuchen!*) — durchaus nicht schwierig ist. Damit ist aber auch seine Thätigkeit und Ueberlegung beendet, denn er kann nun mitten auf's Ziel halten, er hat ja immer einen Visir- oder Kernschuss, und das ist gerade für weitere Entfernungen von höchster Wichtigkeit, weil die Ausdehnung des bestrichenen Raums immer geringer wird.

Die Einfachheit und demnach Dauerhaftigkeit der Visire dieser Gattung lässt nichts zu wünschen übrig. Wir sehen z. B., dass das Hessische Visir (Fig. 229) nur aus drei compacten Theilen besteht: dem Visirfuss oder Stuhl mit dem Standvisir, der Klappe

*) Wenn wir im ersten Band bei Gelegenheit der Beschreibung des Schweizer-Visirs die Einstellung der Klappe auf den Gradstrich für nicht leicht ausführbar erklärten, so sind wir seitdem durch eigene Erfahrung von dem Gegentheil überzeugt worden. Wir werden niemals Anstand nehmen, frühere Irrthümer offen einzugestehen und hoffen unsern Lesern damit den besten Beweis für unser redliches Streben nach Objectivität der Darstellung zu geben.

und der Pivotschraube; dasselbe ist beim Visir der russischen Infanterie-Wintofka der Fall. Dennoch geben wir dem ersteren Visir wegen der durch die Gabelarme erzeugten Stabilität der Klappe den Vorzug. Das Badische Visir ist durch den nach unten gerichteten Quadranten sehr zweckmässig, doch fehlt ihm ein besonderes Standvisir, was bei einem möglichen Verlust der Klappe zu Missständen führt. Eine Combination des Hessischen und Badischen Visirs in der Art, dass von ersterem der Visirfuss mit seinem Standvisir und die Klappe, von letzterem der nach unten gerichtete Quadrant und demgemäss der Zeiger entnommen würde, welcher dann eine Verlängerung des linken Gabelarms zu bilden hätte, würde ein sehr zweckmässiges Visir ergeben. Halten wir uns aber an Bestehendes, so erklären wir das Hessische Visir für das zur Zeit zweckmässigste und demnach anzunehmende.

Dies Visir wird wesentlich an Handlichkeit gewinnen, die Entfernungsstriche werden in noch deutlicherer Weise auseinanderrücken, wenn die Länge der Klappe verringert wird. Dies aber kann geschehen, wenn man die Grenze des Schiessens rationell einschränkt und auf die Möglichkeit verzichtet, bis auf 1000 Schritt schiessen zu können. Jene rationelle Grenze des Schiessens liegt aber, wie wir dies schon in unserer letzten Schrift ausführten, nach unseren Anschauungen und Erfahrungen über die reelle, nicht eingebildete Leistungsfähigkeit der Waffe, welche vor Allem nach der Grösse des bestrichenen Raums beurtheilt werden muss, auf der Entfernung, auf welcher die in der Praxis vorkommenden Fehler im Schätzen der Entfernung nicht mehr ausgeglichen werden durch die Grösse des bestrichenen Raums der Flugbahn, denn es leuchtet ein, dass wenn man sich erfahrungsmässig beim Schätzen einer gewissen Entfernung um 100 Schritte auf und ab zu irren pflegt, auf dieser Entfernung aber nur 60 oder 70 Schritt bestrichenen Raum disponibel hat, von einer reellen Leistung der Waffe im Gefecht nicht mehr die Rede sein kann.

Dieser Wahrheit gemäss sollte die Grenze des Schiessens bei dem gezogenen Gewehr bestimmt werden und würde sich demgemäss stellen für Gewehre grosser Kaliber auf höchstens 600 Schritt, für Gewehre mittleren Kalibers (0,53″ — 0,58″) auf 700 Schritt, für Gewehre des kleinsten Kalibers (0,40 — 0,46) auf höchstens 800

Schritt. — Wird dieser Grundsatz adoptirt, so gewinnt die Technik des Visirs in der oben angegebenen Weise.

In Betreff der weiteren Verhältnisse des Visirs beziehen wir uns auf das bereits im 1. Band Entwickelte und heben nur nochmals hervor, dass eine möglichste Breite der Fläche, in welche die Visirkimme eingestrichen wird, die Controle der waagerechten Lage derselben erleichtert: man bestimme sie also auf mindestens 0,60", lieber mehr.

W. v. Plönnies verlangt eine 4eckige Form der Visirkimme, weil dieselbe nicht nur ein schnelles Nehmen des gestrichenen Korns begünstige, sondern es auch wegen der sich neben dem Korn bildenden lichten Dreiecke leichter sei, das Korn genau in die Mitte der Kimme zu nehmen. Wir halten dies nicht für durchaus nothwendig, da die Erfahrung mit den bei uns üblichen 3eckigen Visirkimmen lehrt, dass sie ein schnelles und richtiges Erfassen des Korns ermöglichen.

Fig. 235.

Sehr wichtig ist es, dass die Visirkimme genügend weit vom Auge des Schützen entfernt sei, weil sonst die Kimme zu weit und das Korn in ihr zu schmal erscheint, was stets das Zielen erschwert. Plönnies verlangt, dass das Visir 52 cm = 19,76" vom Kolbenende entfernt sei, damit die Kimme sich noch etwas jenseits der deutlichsten Sehweite des Auges befinde. Wir stimmen mit dieser Ansicht überein, und würde nur bei sehr kurzen Waffen z. B. Karabinern von dieser Forderung abgesehen werden können, weil das Korn dem Visir näher liegt.

§. 226. In Betreff der auf Correctur der Derivation abzielenden Einrichtungen des Visirs sind unsere Ansichten die früheren geblieben, und werden wir auf diesen Punkt nochmals begründend zurückkommen. Wir halten es für völlig genügend, wenn ein Gewehr auf 200 Schritt auf den Strich eingeschossen wird, weil sich dadurch die Derivation für die Distanzen, auf denen man auf einzelne Leute schiesst, hinlänglich corrigirt. Will man durchaus, was aber nur für Scharfschützengewehre Werth haben kann, ein Derivationsvisir haben, so wähle man das der grossherzoglich hessischen Jägerbüchse.

Major v. Helden-Sarnowski, der bekannte Verfasser der höchst praktischen „populairen Theorie des Schiessens", macht den Vorschlag, dass man, um jede Verkünstelung zu vermeiden, die Derivation dadurch corrigiren solle, dass man die obere Fläche des Visirs einfach schief nach rechts feilt, so dass, da der Schütze bei richtigem Anschlage jene Fläche waagerecht legen muss, er hierbei gleichzeitig die Kimmen um das entsprechende Maass nach links dreht. Der Grad der Neigung der rechten Visirkante gegen die linke würde natürlich für die weiteste Entfernung zu bestimmen sein, auf welche man überhaupt schiessen will, die geringere Erhebung der Klappe auf den näheren Distanzen bringt dann selbstredend auch eine geringere Drehung der Visirkimme nach links zu Wege. Die Idee ist jedenfalls praktisch und der Beachtung werth, nur meinen wir, dass die Einübung des Anschlages ihre Schwierigkeiten haben würde.

Das Korn.

§. 227. In Betreff der Verhältnisse des Korns beziehen wir uns im Allgemeinen auf das im 2. Abschnitt Entwickelte.

Beim gezogenen Gewehr darf die obere Zielkante des Korns nicht breiter als 0,04" oder ungefähr 1 mm sein, Stahl und Eisen sind als Material zu wählen. Plönnies verlangt, dass man das Korn stets als Bayonnetthaft verwende, um das Anlöthen eines besonderen Bayonnetthaftes zu vermeiden, was für die Fabrikation allerdings vortheilhaft ist. Um jede Beschädigung des Korns beim Aufpflanzen des Bayonnetts zu vermeiden, muss dann aber dafür gesorgt werden, dass der Bayonnettring einen genügend hohen Durchlass für dasselbe enthalte.

Nicht günstig ist bei diesem Modus, dass, um die genügenden Dimensionen des Korns als Bayonnetthaft zu erzeugen, man dasselbe auf eine breitere Unterlage zu stellen pflegt, was beim Zielen nicht gerade bequem ist. Wenn möglich muss man lieber das Korn nicht zu niedrig halten, damit man seine Basis breiter gestalten und so direkt als Bayonnetthaft verwenden könne. Es ist das möglich, wenn unseren Forderungen gemäss das Schiessen auf die sehr weiten unfruchtbaren Entfernungen wegfällt, wodurch das Visir niedriger wird.

II. Die übrigen Gewehrtheile.

§. 228. In Betreff des **Schaftes** brauchen wir unseren früheren Erörterungen nur noch hinzuzufügen, dass man in neuerer Zeit fast allgemein die schon früher von uns empfohlene glatte Form der Kolbe eingeführt hat, u. a. auch in Preussen beim Füsilier-Gewehr $^{m}/_{60}$ und dem Infanteriegewehr $^{m}/_{62}$, was als durchaus zweckmässig zu bezeichnen ist.

In Betreff der besten Construction **des Schlosses** beziehen wir uns gleichfalls auf unsere früheren Entwickelungen.

Im Allgemeinen bekunden die neueren Schlossconstructionen der gezogenen Percussions-Gewehre das Streben nach einfachen soliden Einrichtungen, und ist daher das einfache Krappenschloss mit vorliegender Schlagfeder wieder vielfach angewandt worden. Bei dem Infanteriegewehr $^{m}/_{57}$ des 8. Deutschen Armeecorps hat man die durchgreifende vordere Schlossschraube durch eine in den Schaft versenkte Basculschraube ersetzt, in deren ausgefeilten Kopf ein vorn an der inneren Fläche des Schlossblattes angebrachter Haken eingehängt wird.

In der leichten Stellung des Abzuges ist man mitunter weiter gegangen, als uns nach unseren früher entwickelten Ansichten zweckmässig erscheint; ein Druck von 6 Pfund oder circa 3 Kilogr. sollte als das äusserste Minimum betrachtet werden.

Für den **Ladestock** gezogener Gewehre kleineren Kalibers empfiehlt sich die bei dem vorher erwähnten Modell gewählte, aus Fig. 236 ersichtliche Form. Die beiden Waden bei *a* und *b* geben

Fig. 236.

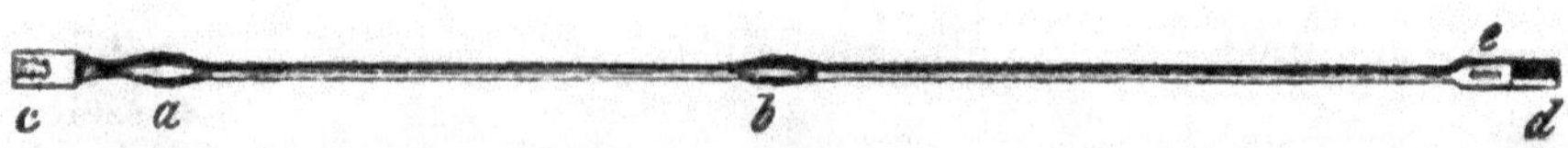

demselben einen sicheren Halt in der Nuthe, und verhindert die obere *a* das Ausschleifen der Seelenwände an der Mündung. Der untere, mit Messing umlöthete, Setztheil *d* ist dünn genug, um eine übermässig weite Nuthe und Pfeife unnöthig zu machen und dennoch genügend stark zu einem richtigen Erfassen des Geschosses, so dass der Stock zum Laden nicht gewendet werden braucht. Der obere Messingkopf dagegen, in dem sich die Muttergewinde zum Aufschrauben vom Geschosszieher etc. befinden, ist fast kalibermässig stark, so dass er sich beim Gebrauch an die Seelenwände anlegt und jedes Schlottern unmöglich macht. Seine Stärke erleichtert zugleich das Ziehen des Stocks bei der Chargirung. Der Schlitz in dem Setztheil bei *e* dient zum Durchstecken eines klingenartigen Knebels beim Gebrauch des Stocks als Entladungs- und Reinigungs-Instrument.

Diese zweckmässige Construction liefert einen neuen Beweis dafür, dass die Verkleinerung des Kalibers günstig auf alle Einrichtungen der Waffe zurückwirkt.

Bezüglich der G a r n i t u r sind auch schon früher die zweckmässigsten Formen angegeben worden, und wollen wir nur nochmals bemerken, dass R i n g e die beste und solideste Verbindung von Lauf und Schaft ergeben. Die Verbindung durch Schieberhafte erfordert unnöthige und bei vorkommenden Reparaturen der guten Beschaffenheit des Laufes nachtheilige Löthungen und ist heut zu Tage um so mehr zu vermeiden, als, wie schon früher bemerkt, eine kantige Form des Laufes nicht mehr zu wählen ist.

Mittel- und Unterring müssen stets nach unten gerichtete einfache Sperrfedern (vergl. Fig. 96) erhalten, weil, wenn die Federn nach oben gerichtet sind, ein ungeschicktes Niederschieben des Ringes beim Zusammensetzen des Gewehrs ihnen leicht nachtheilig werden kann.

Empfehlenswerth ist die beim Infanteriegewehr des 8. Deutschen Bundescorps gewählte Form des A b z u g s b l e c h s oder O b e r b ü g e l s, welcher, nach hinten zu mit einem hakenförmigen Ansatz *a* versehen, der rechten Hand eine sehr sichere und zweckmässige Lage beim Anschlage des Gewehrs giebt.

Fig. 237.

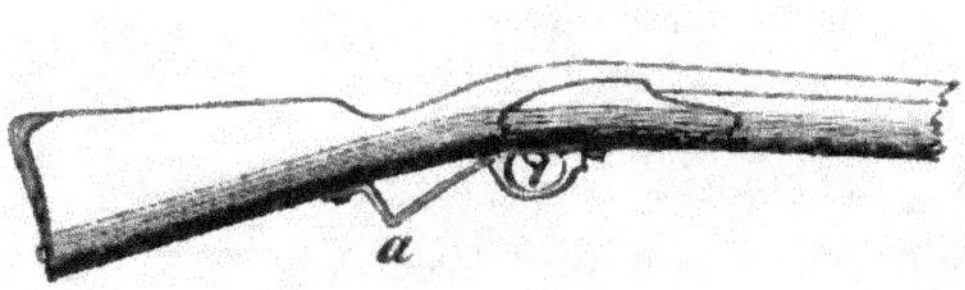

Dies wären die wesentlichsten Punkte, welche im Allgemeinen für die Einrichtung der gezogenen Gewehre zu berücksichtigen sind — einzelne Spezialitäten werden in der nächsten Abtheilung ihre Erledigung finden.

Dritte Abtheilung.

Eintheilung und Charakteristik der Kriegshandfeuerwaffen nach ihrem speziellen Kriegszweck.

§. 229. Wir haben in dem bisherigen Verlauf unserer Abhandlung bereits mehrfach gelegentlich darauf hindeuten müssen, dass diese oder jene Einrichtung einer Handfeuerwaffe irgend einem speziellen Kriegszweck besonders entspreche, während wir dabei aber vor Allem die technisch-constructive Seite berücksichtigten. Wir müssen daher zum Schluss, da wir nunmehr einen vollkommenen Ueberblick über das Material besitzen, im Zusammenhang untersuchen, wie die bekannten Einrichtungen zur Erlangung eines bestimmten Zwecks zu combiniren sind, um eine wahrhaft zweckentsprechende Waffe zu erzeugen. Wir betreten damit jenes interessante Gebiet, auf dem die Technik und Taktik sich innig berühren und durchdringen, wir betreten so zu sagen den Boden der taktischen Waffenlehre. Die Beziehungen der Waffenlehre zur Taktik beleben erstere oft trockene Wissenschaft, geben ihr Geist und Leben und machen sie erst wahrhaft nutzbar für den praktischen Soldaten. Was helfen uns die scheinbar trefflichsten, kunstvollsten technischen Constructionen, wenn sie nicht den Forderungen entsprechen, welche die Taktik, der Truppengebrauch im Gefecht an die Waffe zu stellen hat? Es kann eine Handfeuerwaffe als solche absolut sehr schön und brauchbar und daneben relativ ganz unzweckmässig und unbrauchbar sein. Man denke sich z. B. ein nach allen Regeln der Technik vollendet gebautes gezogenes langes Bayonnettgewehr und dies einem Sanitätssoldaten in die Hände gegeben, so würde es relativ, d. h. für die speziellen Aufgaben dieses Mannes, ganz unbrauchbar sein.

Daraus folgt also, dass die Technik erst Gutes schaffen kann, wenn sie nach den taktischen Aufgaben und Zwecken der Truppe fragt, für welche sie eine Waffe schaffen soll. Fasst sie diese in's Auge und combinirt sodann die anerkannt besten Constructionen in der jenen Zwecken entsprechenden Weise, so wird sie wahrhaft Treffliches leisten.

Wir haben diesen Gesichtspunkt schon in unserer Erstlingsarbeit*) festgehalten und müssen fort und fort auf ihn zurückkommen, namentlich in einer Zeit, in der oft mit Vorliebe nach dem Absonderlichen, Neuen. Mährchen-, darum aber auch oft Nebelhaften gehascht und somit der gesunde praktische reelle Boden verloren wird. Letzterer aber ist allein das Gefecht, wie es ist, nicht wie es zuweilen geträumt wird, ist die Menschennatur, auch wieder, wie sie ist, nicht wie man sie sich zuweilen zu denken beliebt, um hohlen Theorien einen trügerischen Boden zu geben, ist die taktische Aufgabe der Truppe. An diese sich zu halten, sie nicht aus dem Auge zu verlieren, ist eine dringende Nothwendigkeit namentlich in einem langen Frieden mit seinen unvermeidlichen Ausgeburten. Daran zu erinnern, ist nicht überflüssig dem Factum gegenüber, dass es z. B. eine Zeit gab (sie liegt Gott sei Dank! hinter uns) in der man einen Fusskanonier mit einem langen Infanterie-Bayonnettgewehr bewaffnete. Ein Blick, ein einziger reeller Blick auf die taktische Aufgabe dieses Mannes und dann auf seine Flinte hätte genügen müssen, um die Unnatur einer solchen Bewaffnung klar zu machen, und dennoch blieb die Waffe längere Zeit in den beiden Händen, welche vor Allem dazu bestimmt waren, Wischer und Richtbaum zu führen.

Wie die Artillerie ihre Geschütze mit Rücksicht auf den speziellen Kriegszweck, welchem sie dienen sollen, in Feld-, Belagerungs-, Festungs- und Schiffsgeschütze sondert und jeder dieser Species eine zweckentsprechende Einrichtung giebt, so muss auch die ganze Masse der Handfeuerwaffen mit Rücksicht auf den besonderen Kriegszweck in verschiedene Kategorieen gesondert werden.

Wir wollen demgemäss unsere Eintheilung dahin treffen, dass wir zunächst die ganze Masse der Gewehre scheiden in Feld-, Positions- und Seegewehre und die Feldgewehre abermals nach den vier Haupttruppengattungen sondern in Infanterie-, Cavallerie-, Artillerie- und Pionier-Handfeuerwaffen.

I. Feld-Gewehre.

§. 230. Die Feldgewehre sollen im Feldkrieg geführt werden und müssen demgemäss, abgesehen von allen Spezialitäten, eine

*) Einem Leitfaden durch die Waffenlehre.

seiner besonderen Natur entsprechende Einrichtung besitzen, also leicht zu transportiren und ohne künstliche Mittel zu handhaben, mithin sehr einfach und handlich sein, eine möglichst einfache und leichte Munition haben und ausserdem sehr dauerhaft sein, um auch bei oft unvermeidlicher Vernachlässigung ihren Dienst nicht zu versagen.

A. Infanterie-Gewehre.

§. 231. Die Handfeuerwaffe ist die Hauptwaffe der Infanterie und muss demgemäss mit allen der Technik zu Gebote stehenden Mitteln so vollkommen als möglich ausgebildet werden.

Wenngleich neuere Taktiker im Anschluss an Napoleon's I. Anschauung den Grundsatz vertreten, dass eine einzige gute Mittel-Infanterie, die in allen Zweigen des Infanteriedienstes ausgebildet ist, namentlich seit der allgemeinen Einführung des gezogenen Gewehrs den heutigen taktischen Aufgaben der Infanterie am besten entspreche, so bringen die bestehenden Heeres-Einrichtungen jenen Grundsatz doch durchgängig noch nicht zur Geltung, und wir finden in allen grösseren Armeen Europa's eine Eintheilung der Infanterie in verschiedene Gattungen, welche theils nur dem Namen und der äusseren Erscheinung, nicht dem Wesen nach verschieden sind, theils aber auch durch eine Sonderung der Mannschaften nach ihren speziellen körperlichen und geistigen Eigenschaften gebildet werden.

Abstrahiren wir einstweilen von einer genauen Beleuchtung des „Für“ und „Wider“ dieser Einrichtungen und halten uns an das, was ist, so finden wir im Allgemeinen 3 Hauptgattungen von Infanterie und zwar:

1. Linien-Infanterie, welche in geschlossener, aber auch in zerstreuter Ordnung kämpfen, also allen Zwecken der Infanterie dienen soll, die Masse der Infanterie und den Kern der Schlachtordnungen, den Hauptbestandtheil der heutigen Heere bildet. Ihre Bataillone werden gewöhnlich Musketiere oder Füsiliere genannt.

2. Leichte Infanterie im modernen Sinne des Wortes, gebildet aus intelligenten, körperlich kräftigen, ausdauernden, gewandten und beweglichen, vorzugsweise also kleineren Leuten, welche in geschlossener Ordnung, wenn auch in kleineren beweglicheren Abtheilungen, häufig in zerstreuter Ordnung kämpfen und

das Element einer tüchtigen Feuerwirkung mit dem einer besonderen Schnelligkeit der Bewegungen, mit einem hohen Grade also von Manövrirfähigkeit und geschickter Terrainbenutzung vereinigen soll, eine Infanterie, wie wir sie in einigen Armeen unter dem Namen: Schützen, Füsiliere im engeren, Jäger im weiteren Sinne des Wortes, in Frankreich, wo diese Art der Infanterie zuerst cultivirt wurde, in den chasseurs à pied, den Zuaven und den eingeborenen afrikanischen Schützen finden.

3. Scharfschützen oder Jäger im engeren Sinne, welche ausschliesslich in zerstreuter Ordnung fechten, mithin vor Allem das Element eines wohlgezielten, sicheren, selbst weittragenden Feuers zur Geltung bringen und nebenbei auf Grund der in dieser Waffe meist vertretenen Elemente im kleinen Kriege, im Vorposten- und Marschsicherungsdienst als gewandte findige Patrouilleurs dienen sollen.

Findet man neben diesen 3 Hauptgattungen der Infanterie mitunter noch eine Reserve- (Eliten-) Infanterie, zusammengesetzt aus körperlich besonders kräftigen, grossen, auch wohl altgedienten Leuten, als Garden und Grenadiere, bestimmt, vorzugsweise in geschlossener Ordnung mit Feuer- und blanker Waffe eine endliche Entscheidung des Kampfes herbeizuführen, so wird doch eine derartige Infanterie überall analog der Linien-Infanterie ausgebildet, so dass wir ihre Waffe nicht im Speziellen zu berücksichtigen haben und uns demgemäss begnügen können, unserer obigen Eintheilung folgend die Infanterie-Gewehre einzutheilen in solche, welche zum Gebrauch in geschlossener und zerstreuter Ordnung, und in solche, welche ausschliesslich zum Gebrauch in zerstreuter Ordnung dienen sollen.

1. Infanterie-Handfeuerwaffen zum Gebrauch in geschlossener und zerstreuter Ordnung.

a. Linien-Infanteriegewehre (Massengewehre).

§. 232. Ein Infanteriegewehr, welches bald zum Kampf in geschlossener, bald zu dem in zerstreuter Ordnung dienen soll, hat einmehreren Bedingungen zu genügen, denn es muss durch seine Einrichtung ein wirksames Massenfeuer und einen wirksamen Massenkampf mit der blanken Waffe ermöglichen und ferner eine möglichste Trefffähigheit auch selbst auf weitere Entfernungen besitzen, da die Kraft des zerstreuten Gefechts in dem zur höchsten Wirksamkeit gesteigerten Feuer besteht.

Prüfen wir die Forderungen, welche diese drei Elemente an die Einrichtung der Waffe stellen.

Das Massenfeuer in geschlossener Ordnung soll den Feind auf ein Mal, in einem Moment, mit einer möglichst grossen Zahl von Geschossen überschütten, also physisch und moralisch im höchsten Maass erschütternd wirken. Dies erfordert, dass soviel Gewehre als möglich, am besten alle der feuernden Truppe zu Gebote stehenden auf ein Mal zur Wirkung kommen. Wenn es dabei im Interesse der Verkürzung der Front wünschenswerth wäre, so viel Leute als möglich hintereinander zu stellen, so lehrt doch bekanntlich die Praxis, dass, will man nicht zu dem problematischen Mittel des Niederknieens des ersten Gliedes schreiten, ein gleichzeitiges Feuer von nur zwei hintereinander stehenden Gliedern möglich ist, wenn nicht die richtige, für die Ausführung geschlossener Bewegungen nothwendige, Fühlung der Mannschaften verloren gehen soll.

Den Abstand zweier hintereinander stehender Glieder hat die Erfahrung mit Rücksicht darauf, dass der ausgerüstete Infanterist seinen Tornister und meistens noch auf dessen Rückseite ein Kochgeschirr trägt, auf 2′ vom Rücken des Vordermanns bis zur Brust des Hintermanns bemessen und kann derselbe auch ohne Benachtheiligung eines bequemen Flankenmarsches nicht wesentlich reduzirt werden. Hieraus folgert sich, da zur Ausführung des Massenfeuers das zweite Glied einfach auf die Lücken des ersten überrückt, zunächst ein bestimmtes Längenmaass der Waffe. Es muss nämlich die Mündung des Gewehrs des zweiten Gliedes um mindestens einige Zoll über die im Anschlag vorgestreckte linke Hand des Vordermanns hinausragen, damit dieselbe nicht durch die ausströmenden Pulvergase des durchgeschlagenen Gewehrs verletzt werde. Der Abstand von rechter zu rechter Schulter zweier hintereinanderstehender Leute ist nun aber gleich dem Gliederabstand + der auf 6″ zu veranschlagenden Stärke des Mannes im ersten Gliede. Hierzu tritt der Abstand der linken Hand des Vordermannes im Anschlage von der Schulter mit circa 21—22″ — Summa 24″ + 6″ + 22″ = 52″, und rechnet man hinzu weitere 2″, um welche die Mündung des Gewehrs im zweiten Gliede die linke Hand des Mannes im ersten überragen soll, so würde sich eine Totallänge der Waffe von 54″ als nothwendige Bedingung für das Massen-Infanteriegewehr ergeben.

Es ist natürlich nicht zu leugnen, dass mit der Länge eines Gewehrs sein Gewicht zunimmt, seine Vorderwichtigkeit wächst und demnach seine Handlichkeit im Anschlage abnimmt, und ist dies der Grund gewesen, weshalb man, wie auch aus unseren Tabellen erhellt, in neuerer Zeit bei Aufstellung neuer Modelle gezogener Infanteriegewehre die Totallänge auf weniger als 54″ festgestellt hat, wie denn z. B. das Oesterreichische Infanteriegewehr nicht ganz 51″, das Bayrische nur circa 50,5″, das Englische Enfield-Gewehr nur wenig über 53″ misst.

Uns will vom praktischen Standpunkt aus eine derartige bedeutende Verkürzung des Massengewehrs durchaus nicht räthlich erscheinen, denn, wenn wir auch einräumen wollen, dass unsere Berechnung reichlich genommen ist, dass man ferner durch Entfernung des Kochgeschirrs von der Rückenklappe des Tornisters den Gliederabstand vermindern kann, auch bei der Verkürzung des Gewehrs dessen Schwerpunkt dem Körper des Schützen mehr nähert und somit eine sichere Unterstützung des Gewehrs im Anschlage auch bei minder weit ausgestreckter linker Hand gewinnt, so darf doch andererseits nicht vergessen werden, dass die Glieder beim Vorgehen zum Massenfeuer, namentlich in schwierigem Boden, mitunter den richtigen Abstand verlieren, das zweite Glied beim Halten und Fertigmachen ihn nicht schnell genug wieder aufnimmt, zu weit vom ersten abbleibt und dann Verletzungen der Leute des ersten Gliedes eintreten, welche durch eine reichlich bemessene Totallänge der Waffe zur Unmöglichkeit gemacht werden.

Wir sind nun ein Mal der unumstösslichen Ansicht, dass man von den Soldaten in dem erregenden Getümmel des Gefechts nicht zuviel erwarten dürfe und die Technik demgemäss unangenehmen Möglichkeiten vorbeugen muss. Wir haben in jüngster Zeit geradezu extravagante, unbegreifliche Ansichten in Betreff der Längenbestimmung des Massengewehrs hören müssen und halten uns daher um so mehr dazu verpflichtet, vor Ausschreitungen in dieser Hinsicht zu warnen, welche sich nur durch höchst fatale Erfahrungen bestrafen können.

Wie wir schon früher erwähnten, so hat man in Folge der in den Niederlanden 1859 gewonnenen Erfahrungen über den Werth der verschiedenen neueren Kriegsgewehre sich bewogen gefunden, die Brauchbarkeit des trefflichen Schweizer Jägerwehrs für das Massenfeuer zu prüfen, wobei unter Berücksichtigung der geringen Totallänge jenes Gewehrs von vornherein bestimmt wurde, dass der Anschlag in der Weise geändert werde, dass die linke Hand nicht gegen den Schwerpunkt der Waffe hin ausgestreckt, sondern, wie man es bei leichten Jagdgewehren zu thun pflegt, gegen den Abzugsbügel gestemmt werde. Lässt sich ein solcher Anschlag bei dem Gewicht der Waffe wirklich mit Erfolg durchführen, so können dadurch natürlich mehrere Zoll an der Totallänge gespart werden, namentlich, wenn ausserdem von den Leuten kein Kochgeschirr oder dasselbe nicht hinten auf der Tornisterklappe, sondern oben auf dem Tornister getragen wird, in welchem Fall der Gliederabstand immerhin um einige Zoll verringert werden kann, ohne dass der bequeme Flankenmarsch beeinträchtigt wird. Selbstredend setzt die letztere Tragweise des Kochgeschirrs eine Kopfbedeckung ohne langen oder steilgestellten Nackenschirm voraus, widrigenfalls der Mann im Anschlage gehemmt wird, oder kleine Leute gezwungen werden, den Tornister so tief zu hängen, dass er ihnen die Posteriora in unangenehmster Weise drückt, was namentlich auf längeren Märschen unerträglich ist.

Wir sehen demgemäss, dass es Mittel giebt, um die Totallänge des Infanteriegewehrs ohne Gefahr zu verringern, doch hat dies natürlich seine Grenzen, und wird man niemals im Stande sein, unter das Längenmaass des Schweizer Jägergewehrs von 50,25" hinabzugehen, wenn man die Truppe auch noch so zweckmässig ausrüstet und ausbildet.

Natürlich ist eine Verkürzung der Waffe unter das von uns berechnete Maass von 54" von besonderem Werth für die Vorderladungsgewehre, weil sie den Gebrauch des Ladestocks verlangen, dessen gute Führung namentlich den kleineren Leuten (und deren Zahl nimmt mehr zu als ab) durch eine geringere Länge des Gewehrs wesentlich erleichtert wird. Bei Hinterladungsgewehren fällt diese Rücksicht selbstredend ganz weg, doch braucht man die Länge in keinem Fall über 54″ auszudehnen: es ist dies ein durchaus genügendes Maximalmaass.

Nächst der Forderung, dass das Gewehr der Linien-Infanterie eine der Natur des Massenfeuers entsprechende Länge haben müsse, ist eine weitere aus der Natur jenes Feuers hervorgehende die, dass sich das Gewehr möglichst schnell müsse laden lassen. Bei dem anerkannt besten und demgemäss am häufigsten angewandten Massenfeuer, der Salve, giebt die ganze Truppe auf ein Mal ihr Feuer weg und es tritt jene unangenehme Pause ein, in welcher sie, mit Laden beschäftigt, gewissermassen wehrlos ist. Je kürzer diese Pause, je schneller die Truppe wieder schussbereit ist, desto besser, desto eher kann sie entweder von Neuem feuern oder mit geladener Waffe zum Angriff vorgehen.

Der Werth, wenn nicht absolut des schnellen Feuerns, welches ja natürlich durch das schnelle Laden bedingt wird, so doch schneller Schussbereitschaft wurde zu allen Zeiten bei der Massen-Infanterie gewürdigt und war dies, wie wir sehen, ja auch der Grund, weshalb die Linien-Infanterie so lange im Besitz des schnell zu ladenden glatten Gewehrs blieb, bis das gezogene in der Weise vervollkommnet war, dass es eben so schnell als das glatte geladen werden konnte, was bei Vorderladungsgewehren bekanntermassen unter Anwendung der Expansions- und Compressionsgeschosse möglich.

Es liegt aber auf der Hand, dass eine noch weiter ausgedehnte Ladegeschwindigkeit nur vortheilhaft sein kann, denn wenn man aus der Kriegserfahrung geltend macht, dass selten mehr als eine Salve gegeben, ein stehendes Feuergefecht von Massen selten oder nie ausgeführt wird, so kann es immerhin eintreten, und ist dann selbstredend der im Vortheil, welcher in gleicher Zeit mehr Blei auf den Gegner werfen kann, als er von ihm empfängt. Ebenso tritt der Werth des schnellen Ladens besonders hervor bei der Verfolgung eines geworfenen Feindes durch das für diesen Zweck sehr brauchbare Rottenfeuer und ferner bei der Vertheidigung der Infanterie gegen Cavallerie. Bei gut geleiteten Angriffen der Reiterei auf Infanterie folgt oft dem ersten Chok schnell ein zweiter. Dies zwingt die Infanterie, deren Gewehre eine halbe Minute Zeit zum Laden beanspruchen, mit dem Feuer sparsam zu sein, denn liess man bei der ersten Attaque die beiden ersten Glieder eine

Salve geben und warf dadurch die Reiterei, so wird gegen eine schnell darauf attaquirende 2. Linie nur das Feuer des 2. Gliedes und dies selbst nur dadurch disponibel sein, dass es gleich nach der Salve seine Gewehre mit dem bereits geladenen des 3. Gliedes wechselte. Dieser Umstand führt meistens dazu, dass man der Regel nach nur das 2. Glied feuern lässt, wodurch man aber natürlich ein schwächeres Feuer erhält. Diese Nothwendigkeit fällt, sobald ein Gewehr in ¼ Minute zu laden ist. Man kann dann stets beide vorderen Glieder der angegriffenen Front feuern lassen und wird dennoch bei einem erneuten Angriff wieder schussbereit sein; ausserdem sind für einen gewiss äusserst selten eintretenden Nothfall die geladenen Gewehre des 3. Gliedes immer noch disponibel.

Der Werth des schnellen Ladens beim Massenfeuer, mag man sich dasselbe nun von der grössten oder kleinsten Abtheilung ausgeführt denken, springt so eclatant in die Augen, dass er eines weiteren Beweises kaum bedarf, und sind demgemäss die Hinterladungsgewehre die besten Waffen für das Gefecht in geschlossener Ordnung, und unter ihnen wieder die Zündnadelgewehre, weil sie mit ihrer die Zündung enthaltenden Einheitspatrone die bequemste und schnellste Bedienung im Gliede möglich machen.

Die Hinterladungsgewehre gewähren dabei noch den grossen Vortheil, dass sie sich in der Bewegung laden lassen und demgemäss ein offensives Element in sich tragen. Hat man den Gegner durch eine Salve geworfen und geht vor, um das vom Feind verlorene Terrain zu nehmen, so kann man im Vorgehen laden lassen und ist somit doppelt kampfbereit, indem man sowohl mit dem Bayonnett nachstossen oder eine verfolgende Salve auf bester Dstanz geben kann.

Weiter ermöglichen die Hinterladungsgewehre selbst beim geschlossenen Feuergefecht eine Ausnutzung des Terrains für die Deckung der Truppe, wie sie sonst nur in der zerstreuten Ordnung möglich ist. Eine geschlossene Abtheilung, welche Vorderladungsgewehre führt, kann sich zwar auch hinter dem Kamme einer Höhe, einem Grabenrand etc. niederlegen (und es wird dieser Modus den Wirkungen der heutigen Geschütze gegenüber überhaupt nothwendig werden) und liegend eine Salve geben, zum Laden aber muss sie aufstehen oder sich wenigstens sehr weit erheben und somit eine

Zeit lang den gewonnenen Vortheil aufgeben, die mit Hinterladungsgewehren bewaffnete Abtheilung dagegen kann nach dem Feuer ruhig liegen bleiben und in dieser Lage sehr bequem laden.

Diese Möglichkeit giebt denn auch gleichzeitig den Weg an, auf welchem man dem, dem Hinterladungsgewehr so häufig gemachten, Vorwurf, dass es durch seine Feuergeschwindigkeit Anlass zur Munitionsverschwendung gebe, am einfachsten und sichersten begegnen kann, denn die Gefahr der Munitionsverschwendung liegt im zerstreuten Gefecht, welches (alle Friedenstheorieen vom Einfluss der Gruppenführer etc. vermögen dies nun ein Mal nicht aufzuheben) die Schützen mehr oder weniger der Führung entzieht, vor Allem in Betreff des Schiessens. Wenn man das weiss, und andrerseits für kleine geschlossene Abtheilungen die Vortheile des Terrains im höchsten Maass, Dank der Eigenthümlichkeit der Waffe, ausgenutzt werden können, nun so halte man seine Schützen, wo es irgend geht, in kleinen geschlossenen Trupps, die sich ja durch lockere Fühlung, Bildung eines Gliedes etc. alle Bequemlichkeiten der zerstreuten Ordnung verschaffen können, zusammen und lasse sie auf Commando feuern. Dass dies möglich sei, wird für eine disciplinirte Truppe wohl Niemand bestreiten wollen.

Wir müssen es demgemäss wiederholen, dass wir ein Hinterladungsgewehr für die beste Waffe für das geschlossene Gefecht halten. Wir geben im Speziellen dem Zündnadelgewehr den Vorzug und rangiren dahinter das in Suhl construirte, in §. 198 beschriebene Gewehr der verbesserten Terry'schen Construction.

Wenden wir uns nun zu weiteren Eigenschaften, welche dem in Rede stehenden Infanteriegewehr angehören müssen, so ist es zunächst der flache rasante Schuss im Zusammenhang mit der beim geschlossenen Feuer anwendbaren Visirung.

Denkt man an die Stellung der Mannschaften im Gliede, welche namentlich nach vorhergegangenen Bewegungen in schwierigem Terrain und auf ungünstigem, höckrigem, sandigem, aufgeweichtem oder frisch aufgepflügtem Boden beim Halten zum Feuern selten eine normale sein wird, denkt man daran, dass diese Stellung in den meisten Fällen bei den kurz zugemessenen Momenten für die beste Anbringung des Feuers vor dem Fertigmachen nicht mehr wesentlich gebessert werden kann und man froh sein muss, wenn man nur schnell eine leidliche Richtung gewinnt, erwägt man weiter, dass die Leute mit Spannung auf das Commando des Führers warten, und man selbst bei einer tüchtigen Truppe froh sein kann. wenn die Wirkung des Feuers nicht durch das Vorschiessen einzelner Wilder vor dem Commando geschwächt wird, so folgt hieraus, dass man sich beim Massenfeuer dem auf wirksame Schussweite feuernden oder schussbereiten Feinde gegenüber nur des einfachen festen Standvisirs bedienen kann, dass vom Aufschlagen einer Klappe. wo möglich mit Wahl eines Visirlochs, dem Einstellen eines Schiebers, dem Eleviren einer elevationsfähigen Klappe ebenso wenig die Rede sein kann, als von der Wahl eines bestimmten Haltepunktes auf den Körpern der gegenüberstehenden Feinde. Die höchste Leistung, welche man ohne Selbsttäuschung von dem Soldaten fordern darf, ist, dass er überhaupt ziele, aber ohne Künstelei auf den dicken Haufen, auf die Mitte des Ziels, den Unterleib des Gegners. Was darüber ist, streitet gegen die Menschennatur und ist daher als unpraktisch und unerreichbar zu verwerfen.

Ist man. wie wir hoffen, über diesen Punkt mit uns einig, so hat nun die Technik dafür zu sorgen, dass die Waffe bei jener Zielweise mit dem Standvisir und gestrichenen Korn auf die Mitte des Ziels den Feind nicht verfehle und ausserdem so weit als möglich unter Anwendung dieser Zielweise zu brauchen sei.

Das Erste wird erreicht, wenn, wie wir dies schon in §. 64 erörterten, der Visirwinkel des Standvisirs so bemessen wird, dass, die Visirlinie *vkl* in Fig. 32 auf die Mitte des Ziels gerichtet gedacht, die Flugbahn des Geschosses bis zu ihrem 2. Schnitt mit der Visirlinie, also bis zum Punkt des Visir-, oder wie man sich beim kleinen Gewehr meist auszudrücken pflegt, Kernschusses sich nirgend, auch in ihrem höchsten Punkt, nicht über die Kopfhöhe eines feindlichen Infanteristen erhebt.

Dies würde, wenn man die reelle Höhe des kleinsten Infanteristen zu 5' = 60'' annimmt (die Franzosen gehen noch unter dies Maass hinab), bedingen, dass der höchste Punkt der Flugbahn nicht mehr als 30'' über der Visirlinie zu liegen käme, ja man wird in der Praxis wohl daran thun, noch unter dieser Höhe zu bleiben, um den möglichen Fehlern vorzubeugen, welche beim Feuern durch dass Höherreissen des Gewehrs beim Abdrücken eintreten können, und weil ferner der Zielpunkt: Mitte des Ziels, nicht mit mathematischer Genauigkeit genommen werden kann, und der Schütze häufig auf den etwas höher als die Mitte liegenden, aber leicht fassbaren, Leibriemen des Gegners abzukommen suchen wird.

Im Zusammenhang damit, aber keineswegs immer durch diese Erwägung, sondern häufig durch ganz andere, weniger praktische, Absichten veranlasst, finden wir bei den existirenden Infanteriegewehren die höchste Erhebung der Flugbahn über die Visirlinie des Standvisirs gewöhnlich auf 24—22″ eingeschränkt, wog gen sich unter Erwägung jener Umstände nichts einwenden lässt. Der Kernschuss des Standvisirs fällt dabei auf 250, 275 bis 300 Schritt, der Endpunkt der Flugbahn, welche sich ja wie bekannt mit steter Senkung noch jenseits der Kernschussweite fortsetzt, auf 330, 360 bis 400 Schritt.

Selbstredend schlagen bei der von uns als allein im Gefecht durchführbar bezeichneten Zielweise die Kugeln diesseits der Kernschussweite über, jenseits derselben unter dem Zielpunkt ein, doch kann darauf vom praktischen Gesichtspunkt aus kein Gewicht gelegt werden, denn wenn ein feindlicher Soldat durch einen Schuss gefällt und somit ausser Gefecht gesetzt wird, so ist der Zweck des Schiessens glänzend erreicht, und wird kein vernünftiger Mensch danach fragen, ob die Kugel, welche dies bewirkte, im Unterleib oder in den Beinen sass.

Die zweite Aufgabe der Technik ist nun die, zu bewirken, dass die Waffe unter Anwendung des Standvisirs und der angegebenen Zielweise bis auf möglichst weite Entfernungen zu gebrauchen sei, d. h. die Flugbahn des Geschosses so flach zu gestalten, dass ein Mal ohne Erhebung ihres Scheitelpunktes über die Kopfhöhe des Infanteristen die Kernschussweite möglichst weit von der Mündung hinaus verlegt werden könne, und dann noch das Geschoss jenseit derselben möglichst weit über den Boden hinstreiche, bevor es diesen erreicht.

Das ganze Geheimniss zur Erreichung einer so flach gespannten Flugbahn liegt nun in der Hauptsache in der möglichst grossen Anfangsgeschwindigkeit des Geschosses und seiner Fähigkeit, dieselbe (welche ja in Folge des Luftwiderstandes in jedem Moment abnimmt) möglichst lange zu bewahren, resp. nur sehr allmälig daran zu verlieren. Die Mittel, welche die Technik zur Erreichung dieses Zwecks bietet, sind: das gezogene Rohr, welches die Anwendung des Langgeschosses ermöglicht, und eine starke Pulverladung im Verhältniss zum Gewicht des Geschosses. Beides lässt sich, wenn das Gewicht der Waffe nicht über das richtige Maass vermehrt, oder andererseits der Rückstoss derselben nicht bis zu einem dem Schützen lästigen Grade erhöht werden soll, nur durch den kleinen Kaliber erreichen. Dieser ist die Hauptsache, alle übrigen zu demselben Zweck aufzuwendenden Mittel haben dagegen nur einen fast verschwindenden Werth.

Wie sehr der kleine Kaliber mit seinen Folgen auf die Flachheit der Flugbahn influirt, das haben wir bereits in den §§. 160 und 184 hinlänglich erörtert, dafür liefern die Leistungen der Schweizer Gewehre vom Kaliber 0,40" den schlagenden Beweis und ebenso die von uns in unserer letzten Schrift nachgewiesene Veränderung, welche die Flugbahn des preussischen Zündnadelgewehrs durch die Verkleinerung seines Geschosskalibers erfahren hat.

Die Nutzanwendung also alles Dessen muss sein, dass man den Kaliber des Linien-Infanterie-Gewehrs soweit verkleinern müsse, als es mit Rücksicht auf die Haltbarkeit des Laufs (vergl. §. 217) nur immer möglich ist: man gewinnt dann damit jene leichte Munition, welche wir gleichfalls als ein wichtiges Erforderniss für diese Waffe bezeichneten, und somit eine reiche Ausrüstung des Soldaten mit Patronen, eine sehr wichtige Sache, wenn man z. B. der Thatsache gedenkt, dass bei Magenta einige französische Garde-Regimenter über 100 Patronen pro Kopf verschossen.

Wenn ein Gewehr innerhalb einer gewissen Grenze eine völlig bestreichende Flugbahn gegen ein 5' hohes Ziel ergiebt, so folgt daraus, dass jene Grenze weiter von der Mündung der Waffe fortrückt, sobald das zu beschiessende Ziel höher als 5', z. B. 8' hoch, wie dies der Fall ist, wenn wir Reiterei zu beschiessen haben, denn dann fällt die Visirlinie auf einen 4' vom Boden entfernten Punkt und kann der Scheitelpunkt der Flugbahn diesseits der Kernschussweite bis gegen 4' über die Visirlinie erhoben werden, wodurch selbstredend der Bogen der Flugbahn von der Mündung des Gewehrs bis zum Berührungspunkt mit dem Erdboden wesentlich verlängert wird. Beim bayrischen Infanteriegewehr z. B. stellt sich das Verhältniss des totalen bestrichenen Raums gegen Infanterie und Cavallerie wie 403 Schritt : 556 Schritt, d. h. es kann mit dieser Waffe von 0—556 Schritt stets auf die Mitte des Reiters gehalten werden, ohne dass man ihn fehlt.

Man würde aber nicht wohl daran thun, wollte man aus dieser Thatsache den Schluss ziehen, dass man unter allen Umständen das Feuer auf Cavallerie schon auf eine so weite Entfernung abgeben solle, denn ein Mal kann man sich bei einer so bedentenden Distanze schon leicht verschätzen und eine noch 600 Schritt entfernte Reiterlinie schon im Feuerbereich des Standvisirs wähnen, in welchem Fall die Salve ganz ohne Wirkung bleiben würde, andererseits ist zu bedenken, dass auf jener weiten Entfernung die Kugeln tief einschlagen und die Reiterei ein unten weniger dichtes Ziel bietet, als geschlossene Infanterie, wodurch gleichfalls die Wirkung reduzirt wird. War aber die Salve wirkungslos, und setzt die Cavallerie ihren Angriff und nun jedenfalls in beschleunigter Gangart, fort, so muss unter dem moralischen Eindruck desselben geladen werden. Während dessen braust die Attaque näher, die Infanteristen werden wild, überstürzen sich beim Laden, was in Wirklichkeit zu einer Verlangsamung führt, und es ist mindestens fraglich, ob Alles bis zur nächsten Salve, welche nun den Einbruch verhindern muss, fertig ist, und ob mit der Ruhe gezielt und geschossen wird, welche beherzter Reiterei gegenüber allein Erfolg verheisst, für welche bekanntlich vorgestreckte Bayonnette kein Hinderniss des Eindringens sind.

Die Infanterie wird demnach sehr wohl daran thun, der Cavallerie gegenüber ihr Feuer nach Massgabe von deren Schnelligkeit auf nähere und nächste Entfernungen aufzusparen, wie es bisher geschah, denn das Zurückhalten mit dem Feuer wirkt deprimirender auf die Cavallerie, als eine wirkungslose oder wirkungsarme Salve auf grosse Entfernung. Anders liegt die Sache, wenn in der Nähe des Bataillons ein der Reiterei nicht sichtbares Terrainhinderniss sich befindet, welches die Attaque in's Stocken bringen muss, oder wenn die Cavallerie wegen schlechten Bodens oder aus anderen Gründen nicht schnell weiter kann; dann nutze man immerhin die Leistungsfähigkeit des Gewehrs auch auf grössere Distanzen aus.

Von höchster Wichtigkeit ist es, dass die Führer der geschlossenen Abtheilungen genau die Distanzen kennen, innerhalb deren auf Infanterie und Cavallerie mit dem Standvisir und Zielen auf die Mitte geschossen werden kann, und dass sie diese Distanzen genau schätzen und ihre Truppe so weit an den Feind heranführen, resp. in der Defensive so lange mit dem Feuer warten, bis bei jener reellen Gebrauchsweise des Gewehrs ein Erfolg möglich ist. Das kann und muss man von ihnen verlangen.

Wenn wir bei unseren Betrachtungen die Flugbahn der Geschosse mit deren Aufschlag auf den Boden begrenzt haben, während sie bei spitzen Einfallwinkeln und leidlich festem Boden sehr wohl im Stande sind, abzuprallen und somit den bestrichenen Raum der Flugbahn zu verlängern, so thaten wir dies absichtlich, um alle nur möglichen, aber nicht verbürgten, Wirkungen ausser Rechnung zu lassen.

Da beim Salvenfeuer Alles vermieden werden muss, was dem der Ruhe der Truppe und damit der Wirkung des Feuers so höchst nachtheiligen Vorschiessen Einzelner in die Hände arbeiten könnte, so verlangen wir noch, dass der Abzug des Linien-Infanteriegewehrs nicht zu leicht stehe, und beziehen uns desfalls auf das früher Ausgesprochene.

§. 233. Das Feuergefecht ist, wenngleich die hauptsächlichste, doch nicht die einzige Kampfweise der geschlossenen Infanterie-Abtheilungen. Um Terrain zu gewinnen, den Feind aus einem Abschnitt zu vertreiben, muss man vorwärts. Diese Offensive führt oft zum Feuergefecht, indem sie uns zunächst auf eine wirksame, reellen Erfolg verheissende, Entfernung an den Feind heranbringt. Man hält, giebt eine Salve, erschüttert den Feind und geht ihm nun auf den Hals, um ihn vollends aus seiner Stellung zu werfen und sie selbst zu gewinnen, und schickt dem Geworfenen ein decimirendes Schnellfeuer nach.

Wir wissen, dass Viele mit diesem Modus nicht einverstanden sind. Warum willst Du, sagen sie, das moralische Element abschwächen, welches im Vorgehen liegt, indem Du Halt machst und feuerst? Die Vorbereitung des Angriffs durch Feuer ist Sache der Schützen; hältst Du im Vorgehen, so bringst Du die Leute nicht wieder vorwärts, fällst in ein nutzloses stehendes Feuergefecht, verdirbst Dir die Offensive.

Wir meinen dagegen, dass es doch wohl nicht thöricht sei, zu schiessen, wenn man ein gutes Werkzeug dazu in Händen hat. Schützen werden gewöhnlich durch Schützen paralysirt, und der Mensch ist nun ein Mal so, dass er gern dem den Schlag zurück giebt, der ihn ihm gab. Die Schützen sollen allerdings auf die geschlossenen Abtheilungen schiessen, aber thun sie es, wenn Schützen auf sie schiessen? Meistens nicht. Es gehört dazu viel kaltblütige Ueberlegung, die nicht Vielen eigen ist. So bleiben die geschlossenen Abtheilungen des Feindes oft unversehrt, namentlich wenn ihnen das Terrain Deckung bietet, und gehen wir zu ihrem Angriff vor, so erhalten wir Feuer. Sollen wir das Handgemenge suchen, ohne zuvor mit unserem guten Gewehr Bresche gelegt zu haben? Eine erfolgreiche Salve dürfte uns denn doch wohl die Sache leichter machen, denn ist der Feind brav, so decimirt er uns im Vorgehen durch sein Feuer und wir kommen physisch und moralisch geschwächt an seine Bayonnette.

Traut man seit dem Jahre 1859, das Feuer der geschlossenen Abtheilungen missachtend, einer jeden Truppe die Bravheit zu, dass sie sich unbeirrt durch das Feuer des Feindes mit dem Bayonnett auf ihn stürzen werde, so mag man ihr auch ein Mal so viel zutrauen, dass sie im Vorgehen hält, feuert und dann den Angriff fortsetzt. Die vielgerühmten Bayonnettangriffe der Franzosen führten schliesslich auch meistens zu nahem Massenfeuer, und das ist's, was auch wir verlangen, darunter leidet das offensive Element nicht. Hat nun gar eine Infanterie ein Hinterladungsgewehr, der Gegner Percussionsgewehre, so kann sie immer noch darauf rechnen, ihm auf eine 2 Salven zurückzugeben. Unsere Gewehre haben an Leistungfähigkeit gewonnen, möge also dem Feuer sein Recht bleiben.

Man verzeihe diese Abschweifung, sie lag zu nahe.

Das Feuergefecht also der geschlossenen Abtheilungen, davon gingen wir aus, wechselt mit dem Draufgehen ab; es bereitet letzteres vor, in der Defensive immer, wenn man sie richtig versteht, in der Offensive nach unserer Meinung, und es folgt ihm, wenn der Feind geworfen ist, als verheerendes Schnellfeuer. Das Draufgehen kann zum Handgemenge führen, mindestens muss man darauf vorbereitet sein, und darum bedarf das Gewehr der Linien-Infanterie einer Einrichtung für diesen Zweck, einer blanken Waffe.

Die nothwendige Länge des Gewehrs und seine Construction weisen darauf hin, dass es als blanke Waffe füglich nur eine Stosswaffe sein könne, die Feuerwaffe muss also mit einer solchen verbunden und somit zur Stosswaffe gemacht werden.

Das geeignetste Mittel hiezu ist erfahrungsmässig das Stossbayonnett mit solider dreikantiger oder vierkantiger, durch Hohlkehlen erleichterter, Stossklinge, kräftigem Halse und langer Tülle oder Hülse: letztere muss fest auf dem Lauf sitzen, damit sich das Bayonnett nicht verdrehe oder leicht herunterschlagen lasse: dazu führt am besten und sichersten die früher beschriebene Ringbefestigung.

Obgleich das Bayonnett dem Gewehr mehr Vorderwichtigkeit giebt und demgemäss den Anschlag erschwert, so wird man es doch, bei den geschlossenen Abtheilungen wenigstens, vom Beginn des Gefechts ab mit dem Gewehr verbinden müssen oder spätestens dann, wenn man die Grenze erreicht, jenseit deren Fern- und Nahgefecht sich nahe berühren. Ersteres möchte vorzuziehen sein, um jeder Möglichkeit zu begegnen, und findet auch in den meisten Infanterieen statt; in einzelnen, z. B. der preussischen, überhaupt bei allen Linien-Infanterieen, welche ein besonderes Seitengewehr tragen, ist sogar das Bayonnett permanent mit dem Gewehr verbunden, was dann auch sein Gutes hat, da, wollte man das Bayonnett noch neben dem Seitengewehr in der Scheide tragen, die Hüften des Mannes durch das doppelte Gewicht noch mehr incommodirt werden würden, als es schon durch das Seitengewehr geschieht.

Die österreichische und russische Linien-Infanterie, die compagnies du centre der Franzosen etc. tragen gar kein Seitengewehr, sondern für gewöhnlich das Bayonnett in einer Lederscheide am Leibriemen: sie erlangen hierdurch in jedem Fall den Vortheil, dass der Soldat einen geringeren Druck auf die Hüften erfährt, als wenn er das immer viel schwerere Seitengewehr trüge, und das Gewehr auf Märschen sich bequemer trägt. Da, wo jeder Infanterist ein Seitengewehr trägt, motivirt man dies meistens dadurch, dass dasselbe ein zweckmässiges Bivouaksgeräth, z. B. zum Holzspalten zu verwenden, auch dann sehr brauchbar sei, wenn der Mann sich durch Gebüsch und Gestrüpp einen Weg bahnen müsse. Uns will für solche Zwecke selbst das leichteste Feldbeil ungleich geeigneter erscheinen, und würde also in dieser Beziehung eine Vermehrung derselben in den Compagnieen geeigneter erscheinen. Ein Jeder, der viel zu Fuss marschirt ist, wird mit uns die Erfahrung gemacht haben, dass jede bedeutende anhaltende Belastung der Hüften, besonders in der Hitze, lästig und ermüdend wirkt und uns ferner einräumen, dass ein Seitengewehr beim Laufen sehr unbequem ist, und wäre es nur dadurch, dass man es, um Schlägen desselben gegen die Beine zu begegnen, festhalten muss, wodurch man die beim Laufen wichtige Beweglichkeit des linken Arms verliert.

Auch selbst die Möglichkeit, das Seitengewehr mittelst entsprechender Form der Parirstange zu einem Mittel zu gestalten, um das Gewehr beim Schiessen im Liegen aufzulegen, ist nur von zweifelhaftem Werth, da es z. B. bei hartem Boden unmöglich ist, die Klinge in den Boden zu stossen, auch es für einen geübten Schützen ein Leichtes ist, sich durch Aufstemmung des linken Ellenbogens einen geeigneten Bock zu bilden.

Mehr als alle diese, der vorurtheilsfreien Kritik gegenüber nicht stichhaltigen, Gründe wirken auf Conservirung des Seitengewehrs Tradition und besondere Liebhabereien und der Wunsch hin, das Selbstgefühl des Soldaten dadurch zu heben, dass er auch ausser Dienst die Ehre hat, eine Waffe zu tragen. So hoch wir dergleichen Einwirkungen schätzen, so fragt es sich doch, ob nicht dasselbe erreicht wird, wenn der Soldat ausser Dienst sein Bayonnett trägt, wenn man durch Wegfall des Seitengewehrs so viele Vortheile erlangt. Aenderungen und Fortschritte in Bewaffnung und Taktik öffnen ja immer neue Gesichtspunkte, lassen Vieles überflüssig erscheinen, was in früheren Perioden nothwendig und gut war, also kann es auch in diesem Punkt der Fall sein. Kommt der Soldat im gewöhnlichen Friedensleben mit Nichtsoldaten in thätliche Conflicte, bei denen es ihm, dem Träger der Waffe, wünschenswerth sein könnte, sich einer Waffe zum Angriff und zur Vertheidigung zu bedienen, so kann auch er ausnahmsweise sich der Streitmittel bedienen, mit denen seine Gegner kämpfen, und welche erfahrungsmässig in Schemelbeinen, Bierkrügen und Seideln etc. zu bestehen pflegen, Waffen, aus denen Entschlossenheit, Jugendkraft und Gewandtheit Erkleckliches zu machen vermögen.

Die Hinterladungsgewehre gewähren auf diesem Gebiete noch ganz besondere Vortheile, indem sie die Möglichkeit gewähren, den Entladestock zu einer Pike zu gestalten, welche für gewöhnlich in der Nuthe ruht und erst zum Gebrauch herausgezogen wird. Die Lage der Pike, dicht unter dem Lauf und in einer der Seelenachse parallelen Richtung, ist eine ganz vortreffliche und zur Führung eines sicheren und kräftigen Stosses höchst geeignete.

Die weiteren Vortheile einer solchen Einrichtung springen in die Augen. Die Pike macht das Bayonnett entbehrlich; als integrirender Theil der Waffe vermehrt sie deren Gewicht nicht und giebt, zum Gebrauch herausgezogen, nur ein unmerkliches Vordergewicht. Das Ziehen oder Pflanzen der Pike kann, da es sich ungemein leicht, sogar in der Bewegung ausführen lässt, bis zum äussersten Moment verschoben werden.

Das Gewehr bleibt sonach als Schusswaffe ungemein handlich, und lässt man das Seitengewehr des Infanteristen fallen, so vereinfacht und erleichtert sich dessen Ausrüstung zum Nutzen der Beweglichkeit sehr wesentlich.

Die Pike kann, sofern man, was sogar im Interesse der Haltbarkeit des Schaftes räthlich und deshalb in neuerer Zeit häufig ausgeführt ist, das dünne untere Holz der Ladestocksnuthe wegschneidet, also die Nuthe blosslegt, genügend kräftige Dimensionen erhalten und zu noch grösserer Haltbarkeit, wie es bei der Pike der preussischen Jägerbüchse der Fall, an den Seitenflächen gerundet werden. Ebenso wird ihre Stabilität gesichert und ihre, Schlägen gegenüber nothwendige, federnde Nachgiebigkeit erhöht, wenn man die Feder, welche die herausgezogene Pike halten muss, in der Gegend des Mittelringes eingreifen lässt, und die Feder recht kräftig macht.

Die Einwürfe, welche man gegen die Pike vorbringt, dass sie bei kräftig geführten Stössen nicht fest genug sitze, sondern zurückfliege und dass ihre Klinge bei kräftigen Schlägen im Handgemenge leicht breche, werden sich damit vollständig erledigen.

Für die seltenen Momente, in denen die Pike im Handgemenge wirklich gebraucht wird, reicht ihre Stärke mehr als vollständig aus.

Bayonnettangriffe führen, ausgenommen beim Kampf um Oertlichkeiten, aus denen man sich in des Wortes wahrer Bedeutung gegenseitig hinauswerfen muss, selten oder nie zum wirklichen Bayonnettkampf. Ventilire man doch die wahre Bedeutung der bombastischen Phrase: Die Position wurde mit dem Bayonnett genommen! Einer hat Kehrt gemacht, der Andere ist mit gefälltem Gewehr und obligatem Hurrah in die Stellung hinein gelaufen und hat dann auf nächste Entfernung nachgeschossen: die Kugeln, nicht die Bayonnette, bedeckten das Feld mit Leichen. Blieb der Vertheidiger zähe stehen und gab auf nächster Entfernung eine leidlich gezielte Salve in den dicken Haufen hinein, so wandte sich das Blatt aller menschlichen Berechnung nach gerade um.

Den ärztlichen Nachweisen zufolge, sind im italienischen Kriege 1859 nicht mehr und nicht weniger Verwundungen und Tödtungen durch Bayonnettstiche vorgekommen als in früheren Kriegen, trotz der gepriesenen zahllosen Bayonnettangriffe, und darum meinen wir, dass es wohl immer so bleiben und sein werde und dass demgemäss die Pike für die reelle Anwendung vollkommen und trefflich genügt.

Beute man doch das eigenthümliche Naturell seiner Soldaten nur richtig aus! Der deutsche Soldat ist, wie überhaupt der Germane, zu einem zähen Feuergefecht besonders geeignet, für ihn ist die Gewehrverbesserung also von besonderem Werth, und er muss Nutzen daraus ziehen. Was kann es einer braven Infanterie schaden, wenn sie sich feindliche, mit dem Bayonnett angreifende, recht dicht heran kommen lässt? Auf 100 oder selbst 50 Schritt ein ruhiges: „Legt an“, zum Ueberfluss noch der Mahnruf: „mitten drauf gehalten“ und dann „Feuer“ — das muss doch einen glänzenden Erfolg haben, und sollte sich denn das nicht ausführen lassen? Dann, wenn sie drüben purzeln, dass es eine Freude ist: „Tambour“ und „vorwärts marsch“ und den Nachstoss gegeben und dann nachgeschossen: so muss die echte Defensive geführt werden.

Auch bei dem selten vorkommenden Kampf zwischen einzelnen Reitern und einzelnen Infanteristen reicht die Pike vollkommen aus, dem Hiebe parirt man nicht mit dem Bayonnett, sondern mit dem Lauf. — Wenn geschlossene Abtheilungen mit dem Bayonnett angreifen, so muss, wenn ein wirklicher Zusammenstoss mit dem Feinde stattfindet, auch das 2. Glied durch die Lücken des ersteren hindurch thätig werden können und die Länge der ganzen Waffe dies natürlich erlauben. Normirt man dieselbe für die Zwecke des

Schiessens in der von uns verlangten Weise, so genügt eine Länge der Bayonnettklinge, resp. des herauszuziehenden Endes der Pike von 18—22", um eine hinlänglich lange Stosswaffe zu erzeugen.

Bei einem wirklichen Handgemenge kommt es unvermeidlich auch zu Stössen und Schlägen mit der Kolbe und verweisen wir daher nochmals auf das auf §. 173 2. Abschnitts für die Construction des Kolbenhalses Verlangte.

§. 234. Wir würden nun endlich zu untersuchen haben, wie das Gewehr der Linien-Infanterie mit Rücksicht auf das von ihr auch öfters zu führende Gefecht in zerstreuter Ordnung einzurichten sei, wobei wir den Werth der aufgelösten Ordnung hauptsächlich für das Feuer berücksichtigen müssen.

Indem man dem Schützen beim zerstreuten Gefecht die vollste Freiheit über seinen Körper und seine Bewegungen lässt und zugleich wünscht, dass er aus jedem geeigneten Terraingegenstande Nutzen für Deckung seines Körpers und die beste Handhabung der Waffe ziehe, so will man damit erreichen, dass die Feuerwirkung der Schützen eine möglichst bedeutende werde, und müsste demgemäss die Technik Alles aufbieten, um, unbeschadet der für das geschlossene Gefecht unentbehrlichen Einrichtungen, die Leistungsfähigkeit des Gewehrs im Feuer auf das höchste Maass zu spannen.

Da wir das gezogene Gewehr kleinen Kalibers bereits als nothwendig für die Linien-Infanterie bezeichneten, so sind mit ihm die Elemente möglichster Trefffähigkeit gegeben und hat man nur noch nöthig, Einrichtungen zu treffen, welche jene Trefffähigkeit auch noch jenseits der dem geschlossenen Feuergefecht gesteckten Grenze ausnutzen lassen, da es nicht zu leugnen sein dürfte, dass der im Terrain gedeckte und nicht an's Commando gefesselte Schütze mehr Ruhe und Zeit zu einem überlegten Gebrauch seiner Waffe hat.

In zwei grossen europäischen Armeen, der österreichischen und der französischen, hat die Masse der Infanterie nur ein Standvisir. Dem Schuss des österreichischen Infanteristen ist dieselbe Grenze gesteckt, wie in der geschlossenen Ordnung, dem französischen Infanteristen, der als Schütze ausschwärmt, schreibt die Schiess-Instruction vor, dass er auf 400 m (533 Schritt) den Daumen der linken Hand in der Höhe des Unterringes über den Lauf legen und über den mittelsten Knöchel zielen, auf 600 m (800 Schritt) denselben Finger aufrichten und über den Fingernagel zielen solle.

Beide Manieren wollen uns nicht gefallen: die Schussgrenze des Oesterreichers liegt auf ungefähr 300 Schritt, also noch innerhalb von Distanzen, welche, wie wir sehen werden, noch eine ausgiebige Leistungsfähigkeit verbürgen, dem Franzosen sind nur zwei grössere Distanzen (darunter eine zu weite) und für sie Zielmethoden gegeben, welche man bei einem nur flüchtigen Blick auf die vorkommende Entwicklung der menschlichen Hände, als höchst relativ und immaginair bezeichnen muss. Letzteres dürfte auch den intelligenten Franzosen vollkommen klar und daraus der Schluss zu ziehen sein, dass sie absichtlich das Schiessen auf Entfernungen jenseit Standvisirschussweite vermeiden wollen, wozu sie bei ihrem Gewehr grossen Kalibers und den damit zusammenhängenden Einflüssen auf die Flugbahn des Geschosses auch allen Grund haben.

Wir sind nun der Meinung, dass dem Schützen ein brauchbares Mittel geboten werden müsse, um die Leistungsfähigkeit des Gewehrs, soweit dieselbe einen reellen Nutzen im Gefecht verspricht, ausbeuten zu können, und ist dies Mittel in einem zweckmässigen Visir zu finden.

Sahen wir, dass, wenn sich der Mann des Standvisirs und der Zielweise auf die Mitte des Zielobjects bedient, die Flugbahn des Geschosses je nach dem Kaliber der Waffe ihren Endpunkt auf circa 350—450 Schritt erreicht, so muss, um ein weiter entferntes Ziel zu treffen, der Schütze entweder auf dem Ziel einen höheren Zielpunkt wählen, was aber natürlich auch bald seine Grenze erreicht und nach unseren früheren Erörterungen überhaupt nicht zu empfehlen ist, oder aber eine höhere Visirposition, die einen grösseren Visirwinkel ergiebt, wählen. Damit er dann mit der erhöhten Visirkimme abermals mitten auf das Ziel zielen könne, muss dieselbe für jede Distanze einzustellen sein, was sich bekanntlich sehr leicht und sicher mittelst des elevationsfähigen Klappvisirs erreichen lässt, und fragt es sich dann nur, für welche Distanze die höchste Position der Kimme zu bemessen sei. In dieser Beziehung kommen wir fort und fort auf unseren im §. 225 aufgestellten Grundsatz zurück, dass die Grenze des Schiessens auf der Entfernung liege, auf welcher die Grösse des bestrichenen Raums nicht mehr die Fehler auszugleichen vermag, welche erfahrungsmässig beim Schätzen der Entfernung gemacht werden.

Nun lehrt uns aber die tägliche Erfahrung, dass es von 500 Schritt an schwierig ist, eine Entfernung selbst unter günstigen Boden- und Witterungsverhältnissen auf 50 Schritt genau zu schätzen, dass die Fehler im Schätzen mit der Zunahme der Entfernung ganz unverhältnissmässig wachsen und endlich im Gefecht das Schätzen um so schwerer und also schlechter wird, als sich zu den rein physischen auch noch moralisch-optische Täuschungen gesellen. Erwägt man dabei, dass der Feind auf Entfernungen zwischen 500 und 700 Schritt sich selten oder nie mehr in tiefen Formationen befindet, so kann auch die Formation des Gegners einen von uns begangenen grösseren Schätzungsfehler nicht ausgleichen.

Diese Wahrheiten dürften Demjenigen, welcher sich nicht absichtlich auf Grund der glänzenden Resultate, welche das friedliche Scheibenschiessen auf genau bekannte Entfernungen zu liefern pflegt, über die mögliche Leistung der Waffe im Gefecht täuschen will, genügen, um die Grenze des Schiessens möglichst eng zu ziehen, und wir glauben daher, unsererseits schon sehr weit zu gehen, wenn wir sie auf der Entfernung stecken, auf welcher die Flugbahn der Geschosse gegen ein Ziel von der im Felde vorkommenden bedeutendsten, also Reiterhöhe, mindestens noch 80 Schritt bestrichenen Raum aufweist. — Dies aber ist der Fall für das österreichische Infanteriegewehr auf 600 Schritt, für das preussische Zündnadelgewehr auf 700 Schritt, für die bayerischen und die anderen süddeutschen Gewehre gleichen Kalibers, ebenso für die englischen Enfield-Gewehre auf 800 Schritt, für das Schweizer Jägergewehr selbst nur auf 850 Schritt, für Gewehre aber des grossen Kalibers, also auch das französische, auf höchstens 550 Schritt. Es wird hieraus klar, in welcher enormen Weise die reelle Leistungsfähigkeit der neueren Gewehre überschätzt wird, da viele der angeführten Waffen mit einem bis 1000 Schritt und darüber hinausreichenden Visir versehen sind, denn man kann im Durchschnitt annehmen, dass die reelle Leistung aller jener vorher aufgeführten Waffen gegen Infanterie auf einer um 100 Schritt geringeren als der angegebenen Entfernung aufhört. Auch darf man nicht unberücksichtigt lassen, dass eine Grösse des bestrichenen Raums von circa 80 Schritt auf 800 Schritt derselben Grösse auf 600 Schritt durchaus nicht gleich zu erachten ist, da man auf 800 Schritt sich in höherem Maass als auf 600 Schritt verschätzt.

Man wird uns vielleicht den Vorwurf machen, dass wir durch unsere Einschränkung der Schussgrenzen die Möglichkeit abschnitten, eine Wirkung durch gut placirte Schützen auch auf grössere Entfernungen zu erlangen, wenn letztere bekannt sind und daher mit Erfolg geschossen werden könnte; doch vermag uns das in unseren Anschauungen nicht zu beirren. Auf den grossen Entfernungen ist der bestrichene Raum stets absolut klein, und daher schon eine geringe Vergrösserung oder Verminderung des Visirwinkels beim Abdrücken und Abkommen im Stande, die Flugbahn in einer Weise zu verlegen, welche das Treffen illusorisch macht. Das Gewehrgeschoss kann nur durch seinen directen Einschlag wirken, ist nicht im Stande, wie z. B. die Granate eines Geschützes einen fehlerhaften Einschlag durch Sprengstücke auszugleichen, der bestrichene Raum seiner Flugbahn spielt also stets eine grosse Rolle. Das vergesse man nie! Das Feuer auf grosse Entfernungen gehört der Artillerie und muss ihr bleiben, ein Treffer ihrer massigen zerstörungsfähigen Geschosse macht viele Fehler wieder gut und kann von bedeutender Wirkung sein; die Infanterie dagegen thut am besten, wenn sie ihre Patronen, statt sie auf grosse Entfernungen zu verknallen, für die Distanzen spart, auf denen sie, Dank unseren technischen Fortschritten, eine unzweifelhafte Wirkung erzielen kann. Durch das Herumschiessen auf himmelweite Entfernungen ist in der Schlacht, wie in dem kleinsten Gefecht noch niemals eine Entscheidung gewonnen worden; eine jede Patrone, welche auf 1000 Schritt mit höchst zweifelhafter Wirkung verschossen wird, geht für die höchst wahrscheinliche Wirkung verloren, welche sie innerhalb der Distanzen hätte ergeben können, auf denen der bestrichene Raum der Flugbahn nach Hunderten von Schritten misst.

Giebt man dem Soldaten ein Mittel an die Hand, um auf enorme Entfernungen zu schiessen, so wird er davon Gebrauch machen; hat man ein Mal die Schützen losgelassen, so ist ihr Feuer nicht mehr zu halten. Lässt man sie dagegen auf Entfernungen los, auf denen selbst bei schlechtem Distanzeschätzen und selbst mangelhaftem Zielen die Elemente des Treffens in der Flugbahn reich vertreten sind, so wird man Erfolg haben — dann sind die Patronen nicht verloren und wenn sie noch so schnell verschossen werden.

Als ein sehr wirksames Mittel zur Erhöhung der Leistungsfähigkeit der Waffe im Gefecht ist ein Visir zu betrachten, mit dem man für jede Distanze einen Kernschuss erzeugen, die bequeme Zielweise mitten auf's Ziel anwenden kann, darum verlangen wir für das Gewehr der Linien-Infanterie ein elevationsfähiges Klappvisir.

Wir müssen nun noch einen Blick zurückwerfen auf die Brauchbarkeit des mit Rücksicht auf das geschlossene Feuergefecht bemessenen Standvisirs für das Feuer in aufgelöster Ordnung.

Wenn man bei dem Zielen mitten auf's Ziel von der Gewehrmündung bis zu dem Ende der Flugbahn treffen soll, so setzt dies allerdings voraus, dass der feindliche Infanterist sich in voller Figur frei sichtbar zeige. Das ist nun beim Schützengefecht oft nicht der Fall, wenn sich Schützenlinien im coupirten, unebenen oder bedeckten Terrain gegenüber stehen oder liegen. Es folgt daraus, dass man beim Zielen auf die Mitte den Gegner nicht treffen würde, wenn derselbe nur einen Theil seines Körpers, vielleicht in einer Höhe von nur 18″, zeigt. Der Zielpunkt läge dann auf 9″ der Höhe und würde man den Feind also auf den Distanzen nicht treffen, auf welchen sich die Flugbahn des Geschosses entweder + 9″ über der Visirlinie, oder — 9″ unter ihr befände; ersteres wäre der Fall diesseits, letzteres jenseits der Kernschussweite. Da Visirlinie und Flugbahn in einem untrennbaren Verhältniss zu einander sich befinden, so müsste man also im ersteren Fall die Visirlinie um so viel tiefer unter den Mittelpunkt des Ziels richten, im zweiten um so viel höher über die Mitte, dass die Flugbahn in das Ziel hineingeleitet wird. Das würde in dem vorher angenommenen Fall für Distanzen ausreichen, auf denen die Flugbahn 18″ über oder unter der Visirlinie sich befindet, für solche, auf denen der Abstand der Flugbahn von der Visirlinie mehr als 18″ beträgt, müsste man innerhalb Kernschussweite unter, oder, wenn dies nicht möglich, vor das zu treffende Ziel auf den Boden, jenseits Kernschussweite über das eigentlich reelle Ziel, also z. B. auf die Kopfbedeckung des Gegners zielen. Dergleichen Verhältnisse sind unvermeidlich, wenn mit Rücksicht auf eine möglichst lang gespannte Flugbahn deren höchster Punkt bis zu 22" oder 24" über die Visirlinie gehoben wird, und es lässt sich nicht leugnen, dass das Schiessen erschwert wird, wenn man kein Abkommen mehr auf dem Ziele selbst findet. Dennoch muss man sich der Wirkung des Massenfeuers wegen in diese Unbequemlichkeit fügen und kann das umsomehr, wenn man erwägt, dass die Fälle, in denen das Gewehr in jener subtilen Weise gebraucht werden muss, für die Linien-Infanterie verhältnissmässig selten eintreten, ausserdem Schützen-Gefechte dieser Gattung entweder auf nächsten oder auf Entfernungen geführt werden, welche auf oder in der Nähe der Kernschussweite liegen. Ausserdem absorbiren dergleichen stehende Schützen-Gefechte immer nur kleinere Abtheilungen, die man dann aus den besten Schützen der Bataillone zu bilden pflegt, wenn man keine leichte, für das zerstreute Schiessgefecht besonders befähigte, Infanterie oder Scharfschützen zur Verfügung hat. Von den besten Schützen der Bataillone kann man aber auch eine intelligentere Führung der Waffe fordern. Den Schützen-Abtheilungen der Linien-Infanterie eine andere, auf das feinere Feuergefecht berechnete Einrichtung des Standvisirs zu geben, würde ganz unangemessen sein, da eintretende Verluste zu einem Wechsel von deren Mannschaft führen, ausserdem beim Feuer von Schützenschwärmen gewöhnlich dieselbe Gebrauchsweise des Gewehrs wie beim Massenfeuer anwendbar ist.

Hinterladungs- und besonders Zündnadelgewehre können im zerstreuten Gefecht allerdings zu einem schnelleren Verbrauch der Munition führen, als Vorderladungsgewehre, da von einem Beherrschen des ein Mal frei gegebenen Feuers in der Praxis keine Rede sein kann. Die Ueberzeugung davon giebt aber auch die Mittel an die Hand, mit denen jener Möglichkeit zu begegnen ist. Man sei überhaupt sparsam mit der Anwendung der zerstreuten Ordnung, halte die Schützen in kleinen geschlossenen Abtheilungen zusammen und lasse sie auf Commando feuern, oder lasse sie erst auf Entfernungen los, auf denen ihr Gewehr wirklich etwas leisten kann: dann schadet es durchaus nicht, wenn die Patrontaschen etwas früher leer werden, es wird dann um so schneller eine Wirkung erreicht.

Wenn wir verlangten, dass die Linien-Infanterie, sofern sie das Bayonnett nicht immer auf dem Gewehr trägt, dasselbe beim Beginn des Gefechts aufpflanzen solle, so müssen dies auch die Schützen thun, weil sie ein Mal häufig mit den geschlossenen Abtheilungen vereint kämpfen, andererseits dadurch auch im zerstreuten Gefecht gegen jede Ueberraschung in chicanösem Terrain besser gesichert und auf ein mögliches Draufgehen vorbereitet sind. Die Handhabung der Waffe wird ihnen ja dadurch erleichtert, dass sie häufig Gelegenheit zum Auflegen oder Anstreichen finden.

Man könnte noch fragen, ob, wenn man ein Mal dem Gewehr der Linien-Infanterie ein für weitere Entfernungen brauchbares Visir giebt, es nicht mitunter gerathen sein möchte, das Feuer der geschlossenen Ordnung auch auf Entfernungen jenseits der Wirkungsweite des Standvisirs anzuwenden, indem man vor dem Feuer die Entfernung und die Einstellung der Klappe auf den ihr entsprechenden Strich commandirt.

Wir möchten dies dennoch nur für sehr kleine geschlossene Abtheilungen und für grössere nur dann gelten lassen, wenn sie sich in ausgesprochenen Vertheidigungsstellungen, durch Terrainhindernisse gedeckt, befinden und sich angreifen lassen wollen. Immer aber bleibt die Gefahr, dass beim Anrücken des Feindes in der Hitze des Gefechts die Zurückstellung der Klappe vergessen und somit das spätere Feuer unwirksam wird. Je näher die Entfernung, desto grösser die Trefffähigkeit in Verbindung mit der Rasanz der Flugbahn. Man decke also lieber die Truppe, bis der Feind in die Wirkungssphäre des Standvisirs gelangt und gebe ihm dann möglichst oft Feuer. Das dieser Modus namentlich der richtigere ist, wenn man über Zündnadelgewehre verfügt, dürfte leicht einzusehen sein.

Eine Vorrichtung zur Correctur der Derivation bedarf das in Rede stehende Gewehr unbedingt nicht, denn auf den Entfernungen, auf welche man mit Bequemlichkeit auf einzelne Leute zielen und schiessen kann, und das ist bis auf 300 Schritt, beträgt die durch Derivation verursachte Ablenkung selbst bei Gewehren grossen Kalibers nur wenige Zoll, führt in keinem Fall zu einem Verfehlen der Mannsbreite und ist daher ganz ohne Einfluss, bei guten Gewehren mittleren und kleineren Kalibers ist die Abweichung noch unbedeutender und am unbedeutendsten bei dem Langblei des preussischen Zündnadelgewehrs. Jenseits 300 Schritt wird das

Zielen und Schiessen auf einzelne Leute dadurch, dass das Ziel dem Auge immer schmaler erscheint und schliesslich durch das Korn gedeckt wird, überhaupt so schwierig, dass man es am besten bleiben lässt. Aus diesem Grunde, und weil jenseits 300 Schritt die Abweichungen der Geschosse nach beiden Seiten links und rechts zunehmen, muss man von jener Entfernung ab sich breitere Ziele wählen, bei denen dann eine geringe Abweichung nach rechts gar nicht zur Sprache kommen kann.

Wenn es z. B. nachgewiesen ist, dass selbst Gewehre des grossen Kalibers auf 400 m oder 533 Schritt eine durchschnittliche Abweichung von 50 cm oder 19 Zoll ergeben, man aber auf dieser Entfernung aus den vorher angegebenen Gründen auf Ziele von mindestens Sectionsbreite, d. i. also einer Front von 4—6 Mann, schiesst, so hat letztere eine Breite von 70—100″, bleibt also, wenn man mitten darauf hält, eine Breite von 35—50″ für die Abweichung disponibel. Das man dann freilich nicht den mittelsten Mann trifft, liegt auf der Hand, ist aber selbstredend ohne alle praktische Wichtigkeit.

Plönnies giebt auf Seite 244 die Notiz, dass das hessische Geschoss auf 750 m = 1000 Schritt eine Derivation von 2,5 m = circa 8′ ergiebt. Das sind ungefähr 6 Mannsbreiten, und würde diese Abweichung, wenn man mitten aufs Ziel halten will, eine Front von circa 14 Rotten voraussetzen. Nach unsern früheren Erörterungen kommt die Distanz von 1000 Schritt für das Gewehr der Linien-Infanterie aber nicht mehr in Betracht; aber käme sie es selbst, so repräsentiren 14 Rotten eine so schmale Front, wie man sie im Gefecht selten haben, noch seltener beschiessen wird.

Wir kommen demnach darauf zurück, dass es zur Vermeidung aller Künstelei für das Linien-Gewehr mehr als genügt, wenn man dasselbe auf 200 Schritt auf den Strich einschiesst. Es leistet dann bis 300 Schritt und selbst darüber gegen mannsbreite Ziele Ausgezeichnetes und ist darüber hinaus bis zur praktischen Schiessgrenze selbst gegen verhältnissmässig schmale Ziele von 4—12 Rotten Front nach Massgabe der Entfernung zu gebrauchen. Es ist hiernach einleuchtend, dass selbst mit Hinzurechnung der Derivation die Seitenabweichungen der Geschosse verschwindend klein sind gegenüber den Fehlern, welche durch ein Verschätzen der Distanzen auf Grund der Verhältnisse des bestrichenen Raums durch Längenabweichungen entstehen können.

Wir begründen hierauf auch den der Praxis am meisten entsprechenden Vorschlag, dass man, obgleich der Soldat über das Vorhandensein der Dirivation aufzuklären ist, den Schützen nicht ein Mal vorschreiben solle, deren mögliche Einflüsse durch Linksanhalten zu corrigiren, sondern immer mitten aufs Ziel zu halten, da die Erfahrung lehrt, dass durch fehlerhafte Lage des Gewehrs im Anschlag auch häufig bedeutende Linksabweichungen eintreten, das Zielen auf die Mitte der Front und Höhe demnach das Treffen am meisten verbürgt. Sorge man nur stets dafür, dass der Soldat sich auf Distanzen jenseits 300 Schritt immer genügend grosse Ziele sucht — sie werden dann nach Breite und Tiefe am ehesten jene Dimensionen bieten, welche den Erfolg des Schiessens im Gefecht sicher stellen.

§. 235. Rückblick.

Fassen wir zum Schluss alle Eigenschaften zusammen, welche sich in dem für das geschlossene und zerstreute Gefecht der Linien-Infanterie construirten Gewehr finden sollen, so würden wir in den Hauptzügen Folgendes finden.

1. Ein gezogenes Gewehr kleinen Kalibers vom System der Hinterladung, der Expansions- oder Compressionsgeschosse und von einer zwischen 52″ und 54″ liegenden Totallänge.

2. Kräftiger solider Bau der ganzen Waffe, namentlich im Kolbenhals, möglichste Einfachheit der Construction.

3. Ein elevationsfähiges Klappvisir mit besonderem Standvisir nach Maassgabe des Hessischen Visirs Fig. 229.

Der Visirwinkel des Standvisirs bei gestrichenem Korn so bemessen, dass die Flugbahn bis zur Kernschussweite total bestreichend für ein 5′ hohes Ziel beim steten Zielen auf die Mitte; die höchste Visirposition der Klappe für die Distanze, auf welcher die Flugbahn gegen ein 8′ hohes Ziel noch mindestens 80 Schritt bestrichenen Raum giebt.

4. Ein einfacher Abzug, so gestellt, dass zum Abdrücken ein Druck von mindestens 6 Pfund erforderlich ist.

5. Ein solides Stossbayonnett mit Französischer Ringbefestigung oder bei Hinterladungsgewehren eine solide Pike als Entladestock.

6. Totalgewicht der Waffe höchstens 10 Pfund mit möglichst rückwärtiger Schwerpunktslage.

Als vortreffliche Gewehre dieser Gattung erscheinen unter den vorhandenen demgemäss vor Allem das preussische Zündnadelgewehr, das Infanteriegewehr des achten deutschen Bundescorps, das englische Enfield - Gewehr und das russische Infanteriegewehr, und, abgesehen von der nach unserer Ansicht zu geringen Länge das bayrische Infanterie- und das Schweizer Jägergewehr.

Wenn wir bei unseren Betrachtungen von der Taktik, von der taktischen Verwendung der Truppe ausgingen und darauf unsere Forderungen für die Construction der Waffe begründeten, so muss andererseits aber auch die Waffe auf die Taktik zurückwirken.

In dieser Beziehung wollen wir nur besonders darauf hinweisen, dass, wenn ein Gewehr besonders für's Massenfeuer gebaut ist, die Rangirung der Mannschaft auch der Art sein müsse, dass die Leute des zweiten Gliedes ihr Gewehr bequem durch die Lücken des ersten anschlagen können, was bekanntlich nicht möglich, sobald im ersten Gliede sehr grosse, im zweiten Gliede wesentlich kleinere Leute stehen, die dann durch den im Anschlag gehobenen rechten Arm des Vordermanns gehindert werden, gut zu zielen. Dies Feuergefecht in geschlossener Ordnung verlangt demgemäss eine zweckmässige Rangirung der Mannschaft.

Ebenso muss die Eigenthümlichkeit der Waffe auf die Ausbildung der Mannschaft zurückwirken. Die Schiessübungen der Linien-Infanterie müssen darauf gerichtet sein, ein Mal dem Manne zu zeigen, dass er mit dem in der geschlossenen Ordnung allein möglichen Zielen wirklich Erfolge erreicht, und wie weit, und ferner darauf, dem Manne jene Zielweise zur zweiten Natur zu machen. Dies bedingt häufige Uebung des Massenfeuers mit scharfen Patronen in grösseren Abtheilungen von mindestens Zug- und Compagniefronten nach Scheiben, welche durch darauf gemalte Figuren wirklich eine feindliche Front darstellen, damit sich der Soldat an das schnelle Erfassen des Zielpunktes gewöhnt, welcher im Gefecht eben kein schwarzer Spiegel oder Strich auf weissem Grunde ist, es bedingt den Ausschluss des blossen Markirens der Griffe bei der

Uebung der Chargirung, welches nichts nützt, sondern nur schadet, es bedingt eine recht häufige Uebung des Ladens und Schiessens mit Platzpatronen, wobei wirklich etwas gelernt und Feuerruhe in die Truppen gebracht wird.

Die Ausbildung für das Feuer in zerstreuter Ordnung bedingt vor Allem die gründlichste Uebung im Schätzen der Entfernungen, ohne welche alles Schiessen ohne Werth ist, dass Schiessen nach gedeckten Gegnern, das Feuer mit Platz- und scharfen Patronen im sich bewegenden Schützenschwarm.

Infanterie, welche Hinterladungsgewehre führt, muss auch in zerstreuter Ordnung geübt werden, in kleinen Abtheilungen auf Commando zu feuern, vor Allem aber auf den Werth des Massenfeuers fort und fort hingewiesen werden; alle taktischen Bewegungen müssen die Idee des Massenfeuers im Hintergrunde haben, damit die Leute in der Masse findig werden, beim Halten zum Feuern schnell Richtung und Abstand nehmen, damit sie beim Fertigmachen rasch auf die Schiesslücke kommen; ebenso empfiehlt sich die Uebung des Massenfeuers im Knieen und Liegen, das Laden in der Bewegung vorwärts, die häufige Uebung des Wechsels zwischen Feuergefecht und Angriff mit der blanken Waffe, damit auf diese Weise den Leuten der starre Begriff von der rein defensiven Natur des Feuergefechts genommen werde.

Nicht minder muss die Natur der Waffe und ihres Gebrauchs bei der Ausrüstung und Bekleidung des Mannes berücksichtigt werden und auf diese zurückwirken.

Das Schiessen verlangt einen klaren Kopf und klare Augen, einen freien Hals und freie Schultern, also vor Allem eine leichte Kopfbedeckung ohne steifen Nackenschirm, die auf Märschen nicht drückt, beim Schiessen in keiner Weise genirt und doch Schutz gegen Sonne und Regen gewährt, mit leichtem ledernen Sturmriemen. Diesen Rücksichten tragen die Kopfbedeckungen der meisten Europäischen Infanterieen nicht oder nicht hinlänglich Rechnung. Mit schweren, schimmernden Metallbeschlägen versehen, von metallenen Schuppenketten gehalten, repräsentiren sie immer noch mehr eine Schutzwaffe gegen feindliche Hiebe, als einen Schutz gegen die Witterung. Jene Eigenschaft aber kann der Kopfbedeckung der Infanterie gänzlich fehlen, denn sie kommt nie zur Geltung,

Im Handgemenge von Infanterie mit Infanterie decken die heutigen Helme und schweren Czakos gegen einen soliden Kolbenschlag nicht, und das wäre doch das Einzige, wogegen sie decken müssten, beim Handgemenge zwischen Infanteristen und Reiterei sind gewandte Paraden mit dem Gewehr — und diese soll ja doch der Infanterist durch die Uebung im Bayonnettfechten erlernen — gleichfalls bessere Deckungen gegen Hieb und Stoss des Reiters, als die passive schwere Schutzwaffe. Die wenigen Verwundungen, welche sie wirklich erspart, kommen nicht in Betracht gegenüber der Belästigung auf dem Marsch und beim Schiessen. Die Argumente sind freilich oft wunderbar. Sagte uns doch eines Tages ein alter Soldat bei einer Discussion über die beste Tragweise des Gepäcks, des Säbels und der Patrontaschen in allem Ernste, dass der Wegfall der Kreuzung der breiten Riemen auf der Brust zu bedauern sei, da der durch die übereinander liegenden dicken Riemen gebildete (übrigens äusserst partielle!) Panzer manche Kugel abgehalten habe.

Gegen den Einbruch einer reell attaquirenden Cavallerie schützt die Infanterie nur das im richtigen Moment auf nahe Entfernung abgegebene Feuer, und nicht das Bayonnett und die Kopfbedeckung. Die Cavallerie-Abtheilung, welche eine Infanteriemasse, der einzelne Reiter, welcher einen einzelnen Infanteristen nicht niederreitet, hat keine Ueberlegenheit mehr über seine Gegner, denen nunmehr das Gewehr eine gleich wirksame Angriffs- und Vertheidigungswaffe wird.

Diesem unumstösslichen Satz gegenüber hat die Kopfbedeckung des Infanteristen als Schutzwaffe keinen Werth, man kann sie daher so leicht machen, als es die Rücksicht auf Haltbarkeit und Schutz gegen den Regen nur irgend gestattet. Einem Jäger, der sich den ganzen Tag in Wald und Flur herumtreibt und dabei mit klarem Auge und sicherer Hand schiessen will, fällt es sicher nicht ein, sein Haupt mit einer mehrere Pfund schweren und hohen Kopfbedeckung, als z. B. einem aus dickem Leder gefertigten Cylinder, zu belasten, und in derselben Lage befindet sich der Infanterist. Ein freier, gegen die Unbill der Witterung geschützter, aber beweglicher Hals gehört ebenfalls zum guten Schiessen, namentlich darf die Halsbekleidung nicht so hoch sein, dass sich beim Beugen des Kopfes im Anschlag die Halsmuskeln pressen und das Auge trübt;

die Tragriemen des Tornisters müssen ebenfalls weich sein, damit das Gewehr eine sichere Lage an der Schulter finde und die Kolbenfläche nicht rutsche.

Wir sehen aus alle dem, dass die Waffe in innigster Verbindung und Wechselbeziehung zum Gebrauch und zur Ausrüstung der Truppe steht und ebensowenig ohne Rücksicht auf diese Beziehungen betrachtet und behandelt werden darf, als umgekehrt bei der Betrachtung der letzteren Verhältnisse die Natur der Waffe unberücksichtigt bleiben darf.

Erst dann werden die enormen Fortschritte auf dem Gebiet der Waffentechnik wahrhaft nutzbringend sein und die Feuerwirkung im Gefecht auf das ihr gebührende Maass steigern.

b. Gewehre der leichten Infanterie.

§. 236. Wenngleich es in der Natur der leichten Infanterie liegt, dass sie die Vortheile des Terrains in ausgedehntester Weise benutzen und demgemäss vielfach die zerstreute Fechtart anwenden muss, als deren Basis die Formation in kleineren beweglichen Abtheilungen, also in Compagniecolonnen zu betrachten ist, so weisen diese Verhältnisse die leichte Infanterie doch keineswegs ausschliesslich auf das zerstreute Gefecht hin, sondern soll die der Mannschaft inwohnende geistige und körperliche Gewandtheit und Beweglichkeit auch der Bewegung und dem Kampf in geschlossener Ordnung zu Gute kommen, wenngleich letztere vorwiegend an kleinere, Abtheilungen gebunden erscheint.

Demgemäss möchte es auf den ersten Blick scheinen, als könnte und müsste die Waffe der modernen leichten Infanterie genau dieselbe wie bei der Linien-Infanterie sein, doch zeigt eine nähere Betrachtung, dass man sie dem Zweck der Truppe angemessen ändern und verbessern kann.

Ein Mal nämlich ist die leichte Infanterie fast überall schon zweckmässiger ausgerüstet und bekleidet, als die Masse der Infanterie, namentlich findet man bei ihr leichtere und zweckmässigere Kopfbedeckungen, welche eine Tragweite des Kochgeschirrs auf der oberen Tornisterkante ermöglichen. Hierdurch und weiter dadurch, dass die geschlossenen Abtheilungen meist klein sind, wird die Möglichkeit geboten, den normalen Gliederabstand zu verringern, womit nach unseren früheren Erörterungen eine Verkürzung der Waffe und eine mehr rückwärtige Unterstützung derselben durch die linke Hand möglich ist.

Die Kürzung der Waffe führt aber zu einer Erleichterung derselben, welche für die leichte Infanterie doppelt wünschenswerth erscheint, so dass man die Totallänge des Gewehrs auf 50,5″—52″ bestimmen kann.

Im Kaliber und System muss dasselbe dagegen vollkommen mit dem Gewehr der Linien-Infanterie übereinstimmen, damit die Munition eine gemeinsame sei.

Ferner empfiehlt sich eine geringe Aenderung im Arrangement der Visirung, und zwar in Betreff des Standvisirs.

Wenn es nämlich bei der Linien - Infanterie besonders darauf ankam, die volle Rasanz der Flugbahn dadurch auszubeuten, dass man den Kernschuss des Standvisirs so weit als möglich hinaus legte, um so mit der Zielweise auf die Mitte des Ziels bis zu einer möglichst weiten Entfernung hin wirken zu können, wodurch die Anwendung und der Erfolg des Massenfeuers im höchsten Grade begünstigt wird, so sahen wir doch, dass durch diese vortheilhafte Einrichtung das Schiessen auf nicht ganz frei sichtbare, sondern theilweis gedeckte Gegner auf einzelnen Distanzen erschwert wurde. Da nun aber die leichte häufiger als die Linien - Infanterie in die Lage kommt, das zerstreute Gefecht in schwierigem Terrain zu führen, so erscheint es auch angemessen, diesem Verhältniss in der Einrichtung der Waffe Rechnung zu tragen. Es geschieht dies einfach dadurch, dass man den höchsten Punkt der Flugbahn diesseits des Kernschusspunktes weniger weit von der Visirlinie ablegt, z. B. nur 18″, so dass Ziele von dieser Höhe innerhalb der Kernschussweite noch getroffen werden, wenn man sie einfach aufsitzen lässt, jenseit Kernschussweite, wenn man auf den höchsten Theil derselben zielt.

Naturgemäss wird hierdurch die Kernschussweite verkürzt und mit ihr die ganze Spannung der Flugbahn, sobald man beim Massenfeuer, wie nicht anders möglich, mitten auf's Ziel hält. Das schadet aber nicht; ist der Salvenbereich des Standvisirs geringer, so mag die leichte Infanterie vermöge ihrer Beweglichkeit desto rascher näher an den Feind herangehen.

Die weiteren Verhältnisse des Visirs sind wie beim Gewehr der Linien-Infanterie einzurichten, und wäre nur mit Rücksicht auf die verkürzte Wirkungsweite des Standvisirs die erste Position der Klappe anders zu bemessen.

Angenommen z. B., die Flugbahn des Massen-Standvisirs reicht bis 350 Schritt, und die Flugbahn ergäbe im Kernschuss auf 400 Schritt 120 Schritt bestrichenen Raum (*ab*) für ein 5' hohes Ziel, wovon dann ungefähr 65 Schritt diesseits, 55 Schritt jenseits des Zielpunktes liegen, so giebt es, falls man die erste Position der Klappe auf 400 Schritt bestimmt, innerhalb 300 und 400 Schritt keinen Punkt, den man nicht mittelst der Visirmittel und des Zielens auf die Mitte ablangen könnte — die erste Position der Klappe ist also für 400 Schritt richtig bestimmt (Fig. 238). Nehmen wir

Fig. 238.

Fig. 239.

dagegen an, dass die Flugbahn des Standvisirs des leichten Infanteriegewehrs nur bis 300 Schritt reiche, so würde, wie aus Fig. 239 erhellt, wenn man gleichfalls die 1. Klappenposition für 400 Schritt wählen wollte, der Raum zwischen 300 Schritt und 335 Schritt unbestrichen und nur durch ein Höherhalten mit dem Standvisir mindestens bis zur Brust des Gegners unter Feuer zu bringen sein; es ist daher angemessener, die erste Position der Klappe für 350 Schritt zu bestimmen.

Dieser eine Fall, der den Verhältnissen des preussischen Zündnadelgewehrs entspricht, kann als Beispiel für das Verfahren dienen, welches bei noch flacher gespannten Flugbahnen einzuhalten wäre.

In Betreff der Grenze des Schiessens müssen dieselben Grundsätze wie beim Linien-Infanteriegewehr leitend sein.

Wie letzteres bedarf auch das Gewehr der leichten Infanterie einer blanken Waffe für den Nahekampf.

Es ist in jüngster Zeit üblich geworden, die leichte Infanterie nach dem Vorgange der französischen chasseurs à pied und Zouaven mit einem Seitengewehr, Bayonnettsäbel oder Yatayan (vergl. Fig. 145) zu bewaffnen, dessen Gefäss so eingerichtet ist, dass man es mit Hülfe einer am Lauf angebrachten Vorrichtung auf das Gewehr aufpflanzen kann.

Diese Idee lag in Frankreich nahe, wo man das Seitengewehr als eine Auszeichnung für die Eliten betrachtet, während die compagnies du centre der Linie das Bayonnett in der Scheide tragen. Man sparte dadurch bei der leichten Infanterie das Bayonnett und erreichte mit dem Bayonnettsäbel zwei Zwecke. Weniger motivirt ist dies Verfahren in den Armeen, deren ganze Infanterie das Seitengewehr trägt, wenngleich man auch da das Bayonnett spart und das Gewehr für gewöhnlich erleichtert.

Vergleicht man aber jenes aufgepflanzte Seitengewehr mit dem Stossbayonnett in Bezug ihrer Brauchbarkeit, so steht letzteres entschieden höher, denn seine Verbindung mit dem Gewehr ist unbedingt solider, es ist leichter und giebt nicht jene fatale Vorderwichtigkeit, welche von dem aufgepflanzten Seitengewehr unzertrennlich ist. Ausserdem ist das Gewehr mit Bayonnett eine viel handlichere und wirksamere Waffe, da die Klingen jener Seitengewehre meistens etwas gekrümmt und daher zur Führung eines soliden Stosses nicht sonderlich geeignet sind. Denkt man an eine Wirkung durch Hauen, so genügt ein Blick auf die Lage der Klinge zum Lauf (die Schneide in der Horizontalebene durch die Seelenachse), um sich zu überzeugen, dass der einzige praktisch anwendbare Hieb die Terz ist, wobei immer noch die Vorderwichtigkeit der Waffe zu überwinden bleibt. Bei Hinterladungswaffen lässt sich das Seitengewehr besser, nämlich in der Art aufpflanzen, dass die Schneide senkrecht unter dem Lauf des fertig gemachten Gewehrs liegt, wodurch der sehr in der Hand liegende Hieb von oben nach unten, also die Prim, ermöglicht würde, doch ist diese Anbringungsweise bisher noch nicht, auch nicht bei dem preussischen (Zündnadel-) Füsiliergewehr $^{m}/_{60}$. angewendet worden.

Nach alle dem sind wir der Meinung, dass ein solides, wohl befestigtes Stossbayonnett, bei Hinterladungsgewehren die Pike den Vorzug vor dem aufpflanzbaren Seitengewehr verdiene.

Soll der leichten Infanterie, als einer Elite, ein Seitengewehr als Auszeichnung gegeben werden, dann freilich ist es zweckmässig, dasselbe zum Aufpflanzen einzurichten, weil man dadurch das Bayonnett spart.

In allen übrigen Einrichtungen, mit Ausnahme derjenigen, welche durch die eventuelle geringere Länge der Waffe beeinflusst werden, muss das Gewehr der leichten Infanterie dem der Linien-Infanterie gleichen, denn Einfachheit und Dauerhaftigkeit sind auch ihm nothwendig, und eine möglichste Uebereinstimmung der Theile aller Handfeuerwaffen einer Armee liegt im Interesse der Fabrication.

2. Infanterie-Handfeuerwaffen zum ausschliesslichen Gebrauch in zerstreuter Fechtordnung.

Jäger- und Scharfschützen-Gewehre.

§. 237. Wenn man in neuerer Zeit öfters die Ansicht hat aussprechen hören, dass seit der allgemeinen Einführung des gezogenen Gewehrs bei der Infanterie und der durch ausgedehntere Schiessübungen von derselben erlangten grösseren Schiessfertigkeit besondere Jäger- oder Scharfschützen-Abtheilungen überflüssig geworden seien, so sind wir der entgegengesetzten Meinung und unterschreiben in dieser Beziehung alles, was W. Rüstow auf S. 12 seiner „allgemeinen Taktik" in Betreff der Scharfschützen ausspricht, wenngleich wir die Anforderungen an ihre Leistungen nicht ein Mal so hoch stellen können und mögen. Man darf nie vergessen, dass die Waffe allein den Schützen nicht macht, dass gerade die grosse Präcision in der Bildung der Geschossflugbahn beim gezogenen Gewehr erhöhte Forderungen an die Sicherheit und Gewandtheit des Schützen stellt, welche sich von der ganzen Masse der Infanterie nimmermehr im Gefecht erfüllen lassen.

Deshalb vertraten und vertreten wir die Ansicht, dass für die Masse die Elemente des gezogenen Gewehrs ausgebeutet werden müssen, welche dessen Leistungen über die des früheren glatten

Gewehrs stellen und die Wirkung der Waffe selbst bei einem mangelhaften Gebrauch derselben verbürgen d. h. die bedeutende Rasanz der Flugbahn, welche frei sichtbaren Truppen gegenüber von höchstem Werth ist, denn dann prävaliren die eigenthümlichen Elemente der Waffe selbst bei kunstlosem Gebrauch.

Wenn es sich dagegen um das Treffen kleiner Ziele und um das sichere Schiessen auf weitere Entfernungen über die Grenzen des totalen bestrichenen Raums hinaus handelt, dann ist, wie wir sahen, im ersteren Fall eine kunstvollere Handhabung der Waffe und im zweiten ein besonderes genaues Schätzen der Entfernungen nöthig, dann also müssen die in der Waffe liegenden Elemente einer trefflichen Leistung durch die Eigenschaften des Schützen getragen und verwerthet werden.

Es ist nun aber eine schwierige Sache um jenes „mit Bewusstsein schiessen", um das kaltblütige sichere Schiessen im Gefecht; es gehören dazu besondere körperliche, geistige und moralische Anlagen, die man nicht bei Jedem findet, oder eine früh begonnene und stets fortgesetzte Gewöhnung und Uebung im Gebrauch der Waffe, welche die militairische Ausbildung allein nicht geben kann, und darum wird man trotz aller Gewehrverbesserungen und trotz der allgemeinen Bewaffnung der Infanterie mit gezogenen Gewehren immer einzelne Abtheilungen beibehalten müssen, gebildet aus Leuten, deren bürgerlicher Beruf, Lebensweise oder deren besondere Anlagen sie zu Scharfschützen geeignet machen.

In Deutschland hat man seit Jahrhunderten die gelernten Jäger zum Dienst der Scharfschützen ganz besonders geeignet erachtet, und mit Recht, denn ein Mensch, der sich gewöhnt und geübt hat, schnell und sicher auf Wildpret zu schiessen, wird auch im Gefecht schneller und überlegter sein Ziel suchen und finden, als ein anderer, der, seines Zeichens ein Handwerker, durch mühsame Unterweisung gelernt hat, nur nach der Scheibe zu schiessen. Der Waidmann schiesst in sehr reeller Absicht: er will eine Creatur tödten; er muss in einem und demselben Augenblick die Entfernung des zu treffenden Stücks schätzen und auf dem kleinen Ziel den Zielpunkt wählen, welcher die Kugel in einen edlen Theil hineinbringt, er muss ruhig abdrücken und klar durch's Feuer sehen, um das Resultat des Schusses beobachten zu können, und er muss zugleich die oft bedeutende Aufregung beherrschen, welche die Leidenschaft in ihm erzeugt. Wenn es nun nicht zu leugnen ist, dass selbst das stärkste „Hirschfieber" nur ein geringes Stadium eines soliden Kanonenfiebers sei, so kann doch Niemand in Abrede stellen, dass alle jene Bedingungen, welche der sicher treffende Schuss des Jägers verlangt, auch bei dem feinen Schuss im Gefecht erfüllt werden müssen, daher der Mensch für letzteren am meisten befähigt ist, welcher sich geübt hat, auf lebende Wesen zu schiessen.

Hebt man vielfach hervor, dass die hohe Jagd, was allerdings in Folge des leider oft übertriebenen Abtreibens der Wälder und der Ereignisse des Jahres 1848 der Fall, bedeutend gelitten habe, dass viele junge Forstleute noch weiter nichts erlegt hätten, als Hasen und Hühner, nur den Gebrauch der Schrotflinte kennen und noch niemals eine Kugel in das Blatt eines Rehbocks oder Hirsches gesendet hätten, mithin auch keine geübten Büchsenschützen seien, so vermag uns das in unserer Ansicht nicht zu beirren. Wer nicht mit Ueberlegung auf einen Hasen oder ein Huhn hält, der trifft sie auch trotz des streuenden Schrotes nicht; es bringen also auch die Leute, welche bloss die niedere Jagd exercirten, ganz reelle Grundlagen für den „überlegten" Schuss in den Kriegsdienst mit. Wer einen Hasen treffen will, darf eine solide Kartätschendistanze nicht für 40 Schritt halten, er muss beim Zielen und Abdrücken die Flüchtigkeit, also Beweglichkeit seines Ziels berücksichtigen, und wer ein Huhn schiessen will, darf nicht blind in's Volk hineinknallen, sonst blamirt er sich und kommt mit jungfräulicher Jagdtasche heim.

Also auch dergleichen Forstmänner, die nur den Gebrauch der Schrotflinte kannten, eignen sich zu Scharfschützen: sie bringen Vertrautheit mit der Feuerwaffe mit und haben in ihrem forst- und waidmännischen Beruf sich noch manche andere werthvolle Eigenschaften angeeignet, als da sind: schnelle Orientirung im Terrain, Benutzung desselben für den Schuss, Verschlagenheit, Ausdauer im Ertragen von Strapazen und Entbehrungen.

Es ist demgemäss höchst zweckmässig, die gelernten Jäger in besonderen Jäger- oder Scharfschützen-Abtheilungen zu vereinigen, wie es früher in der preussischen Armee der Fall war, deren Jäger stets Ausgezeichnetes geleistet haben.

Reichen sie nicht aus, um genügend starke Scharfschützen-Abtheilungen zu bilden, so muss man allerdings, wie es auch in Preussen seit der Vermehrung der Jägertruppe geschehen, andere geeignete Elemente mit ihnen verbinden, wenn man es nicht vorziehen will (was uns sehr zweckmässig scheint) die Jäger in ihrer Eigenthümlichkeit zu belassen und neben ihnen andere Scharfschützen-Abtheilungen aus den weiteren geeigneten Mannschaften zu formiren.

An solchen ist nun durchaus kein Mangel. Man findet sie namentlich in waldreichen Gegenden unter Holzhauern und Köhlern, denen meistens das edle Waidwerk (wenn auch nicht immer auf dem Wege legaler Studien) nicht fremd ist, unter den Leuten, welche die Jagd fleissig exercirt haben, wohlhabenden Bauersöhnen, jungen Oeconomen, Gärtnern und Winzern, in Gegenden, wo das Scheibenschiessen ein beliebtes, von früh an betriebenes Vergnügen bildet, in Gegenden, wo die Gewehrfabrikation blüht, unter den Leuten endlich, welche eine besondere Anlage für das Schiessen besitzen, was sich bei der übrigen Infanterie ja schnell genug herausstellt.

Wer wollte den Werth solcher Scharfschützen - Abtheilungen leugnen namentlich für Localgefechte, in denen es sich entweder um zähes Festhalten von Positionen oder um das feine Schiessen auf kleine, weil gedeckte, Ziele handelt. Der Feldzug von 1859 zeigt, wie hoch die Qualität der Schützen steht, zeigt dies in den bedeutenden Verlusten der Franzosen an Offizieren in allen Fällen, wo österreichische Jäger fochten.

Eine angemessene Ausbildung der Truppe muss vollenden, was die Mannschaft an Schiessfertigkeit mitbrachte: Jäger und Scharfschützen müssen vorzugsweise nach Zielen schiessen, welche den im Gefecht vorkommenden möglichst ähnlich sind, also nach Scheiben, welche gedeckte Feinde in allen möglichen Körperstellungen darstellen, und nach beweglichen Figuren, welche sich vorwärts, zurück oder nach der Seite bewegen, ferner nach weiter entfernten Zielen auf unbekannte, zu schätzende, Entfernungen, denn ihre Aufgabe im Gefecht ist das Wegschiessen feindlicher Offiziere, einzelner gedeckter Schützen, einzelner Reiter, der Bedienung und Bespannung feindlicher Batterieen, das in die Luft sprengen von Protzen und Munitionswagen, also das feine Schiessen, welches kaltblütige Ueberlegung im Zielen, und das weite Schiessen, welches genaustes Schätzen der Entfernungen erfordert. — Ausserdem sollen die Scharfschützen und vor Allem die Jäger, erstere vermöge ihrer körperlichen und geistigen Befähigung und ihrer besonders gründlichen Ausbildung in der dem zerstreuten Gefecht nothwendigen Terrainbenutzung, letztere durch die in ihrem früherem Beruf erlangte Findigkeit, Gewandtheit und Verschlagenheit im Marschsicherungs- und Kundschaftsdienst in bedecktem, durchschnittenem und unebenem Terrain als Patrouilleurs verwandt werden.

Diesen Zwecken muss die Einrichtung der Waffe entsprechen. Die Forderungen, welche an die Feuerleistung der Scharfschützen gestellt werden, bedingen die ausschliessliche Anwendung der zerstreuten Fechtordnung, die Waffe muss also vor Allem für diesen Zweck nach den Grundsätzen construirt werden, welche bereits bei den Gewehren der Linien- und leichten Infanterie entwickelt wurden, nur mit dem Unterschiede, dass die aus jenen Grundsätzen sich ableitenden Bestimmungen nicht durch die Rücksicht auf die Anwendung des Massenfeuers in 2 Gliedern beeinflusst werden.

Das Scharfschützengewehr kann also vor Allem kürzer sein: es wird dadurch unbedingt handlicher für den Schuss, wenn auch sein Gewicht nicht verringert wird, denn letzteres hängt ja, wie wir wissen, von dem Widerstande ab, welcher dem Rückstoss entgegengesetzt werden muss.

Diesem Grundsatz gemäss finden wir denn seit alter Zeit als Waffe der Jäger und Scharfschützen jenes kurze gezogene Gewehr, welches unter dem Namen Büchse oder Stutzen bekannt ist.

Die Länge seines Laufes bestimmt sich durch die Forderung, die Visirlinie, also den Abstand des Korns vom Visir, nicht zu sehr zu verkürzen, wodurch das scharfe Zielen beeinträchtigt werden oder man genöthigt sein würde, die Dimensionen der Visirkimme und des Korns unter die Maasse zu bringen, welche wir früher als zweckmässig bezeichnet haben. Eine Totallänge der Waffe von 41" erscheint demgemäss als das mindeste Maass, unter welches nicht hinabgegangen werden darf.

Die Form des Laufes ist wie bei allen übrigen Handfeuerwaffen conisch zu wählen, da, wie wir schon früher nachwiesen, die durchaus achtkantige Form desselben durch nichts motivirt wird, nur die Anfertigung von Rohr und Schaft erschwert und die Anbringung von Ringen verhindert. Letztere aber bilden, wie wir schon mehrfach aussprachen, die beste Verbindung von Lauf und Schaft und sind der früher bei den Büchsen üblichen Schieberverbindung unbedingt vorzuziehen. Bei der geringen Länge der Waffe genügen 2 Ringe vollkommen.

Was die Visirung des Laufes anbetrifft, so greifen bei dem Scharfschützengewehr die Rücksichten, welche wir bereits bei dem Gewehr der leichten Infanterie besprachen, in erhöhtem Maasse Platz.

Der Jäger und Scharfschütze muss fein schiessen, muss mit Sicherheit selbst sehr kleine Ziele treffen können und darin durch die Einrichtung des Visirs unterstützt werden.

Trotz allem Vertrauen in die reelle Schiessfertigkeit des Scharfschützen würden wir dennoch auch für ihn unbedingt gegen einen Gebrauch des „feinen" Korns sein, wenn es sich darum handelt, innerhalb der Kernschussweite kleine Ziele direct zu bezielen. Auch der Jäger soll zu grösserer Sicherheit stets mit „gestrichenem Korn" schiessen, und muss man demgemäss dafür sorgen, dass er innerhalb der Kernschussweite niemals tief unter das Ziel halten, sondern es höchstens aufsitzen lassen müsse. Zu dem Ende erscheint es zweckmässig, die Höhe des Standvisirs resp. die niedrigste Lage der Steigklappe so zu bemessen, dass der entstehende Visirwinkel die Flugbahn nur bis zu 12" über die Visirlinie erhebt, wodurch dem Scharfschützen die Möglichkeit geboten wird, alle Ziele innerhalb der Kernschussweite aufsitzen zu lassen.

Wenn dadurch selbstredend die Gebrauchsweite des Standvisirs verringert wird, so ist dies ohne Belang, da wie bekannt die Scharfschützen ein geschlossenes Feuergefecht nicht führen und es bei ihrer Fechtweise sehr wohl angängig ist, dass sie schon für das Feuer auf 300 Schritt ihre Klappe einstellen.

Was nun die höchste Position der Visirklappe oder, was dasselbe sagen will, die Grenze des Schiessens anbetrifft, so darf man in dieser Beziehung auch selbst bei Scharfschützen, obgleich sie in jedem Fall eine grössere Gewandtheit im Schätzen der Entfernungen besitzen werden, als die Masse der Infanterie, nicht zu weit gehen.

Wir erachten es als ein fast schon ideales Maximum, wenn man die Grenze des Schusses auf die Entfernung legt, auf welcher die Flugbahn des Geschosses noch einen bestrichenen Raum von 50 Schritten gegen Ziele von Reiterhöhe nachweist, und müssen dabei wiederholt darauf aufmerksam machen, dass eine gleiche Ausdehnung der bestrichenen Räume auf verschiedenen Distanzen nicht absolut als gleich betrachtet werden kann, da die Schätzungsfehler auf der grösseren Entfernung bedeutender sind.

Unter Berücksichtigung jener Bedingung würde sich die höchste Visirposition bei Scharfschützenbüchsen des kleinsten (Schweizer) Kalibers auf circa 1200 Schritt, für solche des süddeutschen Kalibers auf 1100—1000, für Büchsen grösseren Kalibers auf 900 bis 800 Schritt stellen.

Ist man hie und da über diese Maasse hinausgegangen, so muss dies als der wahren Leistungsfähigkeit der Waffe widersprechend betrachtet werden.

Es kommt ferner noch in Frage, ob es nicht gerathen sei, das Visir der Waffe mit einer Vorrichtung zur Correctur der Derivation auszustatten, um die Trefffähigkeit des Gewehrs auf Entfernungen jenseits 300 Schritt gegen schmale Ziele, als einzelne Infanteristen oder einzelne in Front anreitende Reiter, sowie die Kasten der Protzen und Munitionswagen, zu erhöhen, da das Zielen auf die Mitte des Ziels dem Seitwärtsanhalten unbedingt vorzuziehen und nicht zu leugnen ist, dass man vortrefflichen Schützen kein Mittel vorenthalten solle, welches die Leistung der Waffe erhöhen kann.

Nach unseren früheren desfallsigen Erörterungen würde man berechtigt sein, der Scharfschützenwaffe ein Derivationsvisir zu geben und dann mit Rücksicht auf Einfachheit und praktische Brauchbarkeit das Visir der grossherzoglich hessischen Jägerbüchse zu wählen haben.

Gegen den noch hie und da existirenden Modus, das Korn und Visir der Jägerbüchsen schiebbar einzusetzen, um eventuelle Abweichungen des Geschosses corrigiren zu können, müssen wir uns, durch Erfahrung dahin gelangt, nur das Allereinfachste zu empfehlen, unbedingt aussprechen, da es praktisch nachtheilig ist, indem dann leicht Fehler des Schützen auf die Waffe geschoben werden, und ein öfteres Seitwärtstreiben der Visirmittel stattfindet, welches deren festen Sitz auf die Dauer gefährdet.

In Kaliber und System hat sich die Waffe selbstredend den übrigen Infanteriewaffen anzuschliessen, da Einheit der Munition in einer und derselben Armee unbedingt angestrebt werden muss, und die Grundbedingungen für die Leistungsfähigkeit gezogener Gewehre dieselben sind, mag die Waffe lang oder kurz sein. Wenn der Scharfschütze oder Jäger eine grosse Schnelligkeit des Ladens am ehesten entbehren kann, so empfiehlt sich andererseits das System der Hinterladung für die Büchse um der vielen anderen Vortheile willen, welche es dem Feuer in der zerstreuten Gefechtsordnung bietet.

Da der sichere Schuss durch möglichste Leichtigkeit des Abdrückens wesentlich begünstigt wird, so ist eine möglichst leichte Stellung des Abzuges eine nothwendige Bedingung für die in Rede stehende Waffe, und kann man darin so weit gehen, als die technischen Rücksichten gestatten, da eben keine Rücksicht auf das Feuer in geschlossener Ordnung genommen werden braucht.

Aus diesem Grunde hatten die Jägerbüchsen und Stutzen, und haben zum Theil noch das Stechschloss, dessen Einrichtung und Wirkung im 2. Abschnitt besprochen wurde. So sehr dasselbe ein gutes Abkommen erleichtert, so ist es doch als ein unbedingtes Erforderniss für die Waffe keineswegs zu betrachten und bietet überhaupt mehr Vortheile für den feinen Schuss auf dem friedlichen Schiessstande als im Gefecht, indem die Aufregung des Schützen, sofern gestochen war, durch unzeitige Berührung des Abzuges leicht ein zu frühes Losgehen des Gewehrs erzeugen, andererseits dazu führen kann, dass die Stechvorrichtung gar nicht benutzt wird, wie es Einem ja auch öfters auf der Jagd ergeht, obgleich die Aufregung durch Jagdleidenschaft wesentlich geringer ist als die Aufregung im Gefecht.

Ausserdem bleibt das Stechschloss immerhin eine complicirte und empfindliche Einrichtung, welche der Kriegswaffe am besten fehlen sollte.

Ganz überflüssig ist das Stechschloss bei einer Büchse des preussischen Zündnadelsystems, da der Abzug bereits eine Stechvorrichtung hat, daher auch die preussischen Jägerbüchsen zweckmässigerweise kein Stechschloss haben.

Da die Büchsen kurz sind, so können sie sehr wohl zur Erleichterung auf Märschen über die Schulter gehängt werden, was bekanntlich bei einem langen Gewehr ganz unzweckmässig, namentlich wenn dasselbe mit einem Bayonnett versehen ist. Zu dem Ende muss der hintere oder untere Riembügel an der Kolbe befestigt, der Gewehrriemen stets lang geschnallt werden.

Da die Jäger ihrer Findigkeit im Terrain wegen häufig zum Kundschaftsdienst verwendet werden, so darf ihrem Gewehr, sofern dasselbe ein Percussionsschloss besitzt, eine solide Sicherung nicht fehlen, um beim Durchkriechen von Unterholz und Gestrüpp ein unzeitiges Losgehen des Schusses zu verhüten. Ueber die Wahl einer solchen haben wir uns schon früher ausgesprochen.

Es fragt sich schliesslich noch, ob die Büchse einer blanken Waffe bedürfe.

Da jede, durch einen auf den Lauf gepflanzte blanke Waffe unvermeidlich entstehende, Vorderwichtigkeit dem sicheren Schuss nachtheilig ist, die Scharfschützen ausserdem im innigen Zusammenhang mit ihrer Gefechtsweise stets im Terrain Schutz finden, so folgt daraus zunächst, dass eine permanente Verbindung ihrer Schusswaffe mit einer blanken Waffe durchaus überflüssig ist. Da sie dagegen niemals der Möglichkeit eines Handgemenges entzogen sind, so ist es nothwendig, sie mit einer blanken Waffe zu versehen.

Dass ein handfestes Bayonnett eine solche am besten ergiebt, darüber haben wir uns bereits hinlänglich ausgesprochen, und scheint es daher auf den ersten Blick unzweifelhaft, dass auch die Büchse ein Bayonnett erhalten müsse, welches natürlich für gewöhnlich in der Scheide zu tragen wäre.

Nun sind aber Jäger und Scharfschützen eine Elitetruppe, der man überall ein Seitengewehr giebt, und da liegt es denn wieder sehr nahe, dass man letzteres zum Aufpflanzen auf den Lauf einrichte, um dem Manne eine doppelte Last zu ersparen.

Viele deutsche Jägertruppen führen in Folge dessen den den Franzosen nachgeahmten Yatagan: wir sind der Meinung, dass man ihnen lieber den zweckmässigern, zum Stoss viel besser geeigneten, deutschen und waidmännischen Hirschfänger geben solle, wie ihn früher unsere preussischen Jäger führten, die Garde-Jäger ihn noch führen.

Bei Hinterladungsbüchsen ist der Pike mit Wegfall des Seitengewehrs der Vorzug zu geben: will man dem Manne ausserdem durchaus ein solches geben, so gebe man ihm den aufpflanzbaren

Hirschfänger, den er aufpflanzen möge, wenn, was schwer anzunehmen, die Pike brechen sollte.

Noch sei zu erwähnen, dass eine möglichst dunkle Erscheinung, die Vermeidung alles Glänzenden für das Scharfschützengewehr besonders nothwendig, daher der Lauf unbedingt zu brüniren, die Garnitur schwarz zu halten ist.

Unter den neueren Jägerbüchsen zeichnet sich ganz besonders die Württembergische durch die Zweckmässigkeit ihrer äusseren Ausstattung aus.

B. Die Handfeuerwaffen der Cavallerie.

§. 238. Nachdem die glänzenden Reiterführer unseres grossen Friedrich, Seydlitz und Ziethen, die Taktik der Cavallerie in der dem Geiste und der Natur dieser Waffe allein entsprechenden Weise ausgebildet und im Sinne des grossen Königs die Reiterei gelehrt hatten, ihre Stärke im ungestümen Reiten, in der der Ueberraschung in die Hände arbeitenden Schnelligkeit und der unwiderstehlichen Wucht des Chocs zu suchen, in ihrem Ross die beste wirksamste Waffe zu sehen, gegen welche die Wirkung ihrer anderen Waffen verschwindet, haben alle Reitereien Europas mit vorübergehenden Ausnahmen an jenen unumstösslich wahren Grundsätzen fest gehalten und wohl daran gethan.

Das siegverbürgende Element der Reiterei ist verwegenes flüchtiges Reiten, mit der Wucht ihres Anpralls wirft sie, durch kein Bayonnett aufzuhalten, die Infanterie nieder und überrennt die feindliche Reiterei, welche weniger stürmisch reitet, die blanke Waffe vollendet nur in nächster Nähe, was der kühne Ritt vorbereitet — aus der Ferne kann der Reiter nicht wirken.

Eine Reiterei, welche den Choc einer feindlichen haltend erwartet, eine Salve giebt und dann erst anreitet, unterliegt, weil die Wucht der heranjagenden derjenigen überlegen ist, welche sie nach der Salve noch gewinnen kann.

Den Beweis für die Richtigkeit dessen liefern uns zahlreiche Beispiele aus der Kriegsgeschichte, liefern uns noch die letzten grossen napoleonischen Kriege. Die französische Reiterei war allmälig decimirt, ihres tüchtigen Kerns beraubt, schlecht beritten, sie verliess sich auf das Feuer und wurde geworfen: eine Cavallerie, welche ein stehendes Feuergefecht führen will, ist immer schlecht.

Trotzdem nun die Reiterei wie gesagt in neuerer Zeit an dem echten Reiterwesen festhält, und ihre taktische Aufgabe demgemäss die Feuerwaffe ausschliesst, finden wir sie dennoch durchweg mit Handfeuerwaffen versehen, weil sie deren für einige wenige Fälle bedarf.

Aber diese Feuerwaffen müssen demnach in ihrer Einrichtung dem Wesen der Reiterei angepasst sein, sie dürfen eben nur eine ganz secundaire, untergeordnete Rolle spielen.

Eine europäische Cavallerie mit langen Flinten zu bewaffnen, etwa weil die kriegerischen Reitervölker Africas und Asiens solche führen, wäre ein enormer Fehler. Jene Reitervölker kennen die geschlossene Attaque nicht, sie fechten zerstreut, jagen an den Feind heran, pariren plötzlich, feuern und jagen zurück. Eine solche Fechtweise könnte die europäische Reiterei zum grossen Theil nicht ein Mal durchführen, weil sie nur bei einer Gewandtheit im Reiten möglich, wie sie nur bei einer steten Uebung von Kindesbeinen an zu erlangen ist. Dem europäischen Reiter, welcher meistentheils erst künstlich zum Reiter ausgebildet ist und demgemäss geschlossen kämpfen muss (sprächen selbst nicht andere wichtige Gründe für diese Fechtweise) darf die Feuerwaffe in keiner Weise hinderlich in seinen Bewegungen sein, sie darf ihn nicht in der Führung der Zügel und der blanken Waffe geniren, muss sich also auch vor Allem zu Pferde bequem laden und abfeuern lassen.

Wenn durch diese Forderungen der Feuerwaffe der Reiterei ein bestimmter Charakter aufgeprägt wird, so werden dennoch spezielle Zwecke zu einigen Verschiedenheiten der Waffen führen können, namentlich über ihre Länge entscheiden, und finden wir demgemäss in der That fast in allen Reitereien ganz kurze Feuergewehre — Pistolen — und etwas längere — Karabiner.

Da die Reiterei, sofern das Terrain es irgend erlaubt, gern zum Marschsicherungs-, Kundschafts- und Vorpostendienst verwendet wird, so bedarf sie einer Handfeuerwaffe zunächst zum Signalisiren, und muss man von derselben in dieser Richtung vor Allem verlangen, dass sie unter allen Witterungsverhältnissen losgehe, also mit einer sicheren, Percussions- oder Zündnadelzündung, versehen sei.

Auf Treffsicherheit und Tragweite kommt es hierbei nicht an, man kann also mit Rücksicht auf eine recht bequeme Führung die Waffe sehr kurz und somit leicht halten, mit einem Wort eine Pistole wählen, welche sich wie bekannt mit einer Hand abfeuern lässt. Wenngleich die kürzere und leichtere Waffe nur eine geringere Ladung erhalten kann, so schadet dies der Signalfähigkeit dennoch nicht, da kurze Feuergewehre einen starken Knall geben.

Eine Pistole kann dem Reiter dann ausserdem noch in manchen Fällen Dienste leisten, in denen es ihm unmöglich ist, von seiner blanken Waffe Gebrauch zu machen, z. B. bei Eskortirungen von Gefangenen etc. in einem Terrain, welches die directe Verfolgung eines Entspringenden erschwert oder unmöglich macht, während die Möglichkeit, erschossen zu werden, die Eskortirten von Fluchtversuchen abhalten wird, ferner beim Patrouilliren bei einem plötzlichen nahen Zusammenstoss mit einer feindlichen Infanteriepatrouille in einem Terrain, welches den Infanteristen das Annehmen einer dem Reiter direct unzugänglichen Deckung möglich macht, weiter beim directen Angriff auf eine Batterie zur Wirkung gegen die sich hinter den Geschützen deckenden Kanoniere, endlich im Handgemenge bei der Verfolgung eines schnelleren fliehenden Feindes, ausserdem, wenn es sich darum handeln sollte, Etwas in Brand zu schiessen.

In allen diesen Beziehungen würde der Pistole eine möglichste Trefffähigkeit zu geben sein, was heut zu Tage sehr einfach durch einen gezogenen Lauf erreicht wird.

Eine glatte Pistole muss, wenn sie sich leicht soll laden lassen, einen bedeutenden Spielraum haben, hierdurch aber wird der bei dem kürzeren Lauf (vergl. S. 87. erster Band) und vom Pferde herab an und für sich sehr unsichere Schuss so völlig unsicher, dass der Reiter den Gegner sicherer trifft, wenn er ihm die Pistole an den Kopf wirft, also die ganze Waffe als Geschoss behandelt, was freilich ihrer Bestimmung zuwiderläuft. Der gezogene Lauf verbessert den Schuss und erschwert bei Anwendung eines zweckmässigen Systems das Laden nicht, muss also gewählt werden. Je flacher dabei die Bahn des Geschosses, desto besser, daher wie bekannt, ein langes Spitzgeschoss kleinen Kalibers zu wählen und die Ladung so stark zu bemessen ist, als es der Widerstand der Waffe gegen den Rückstoss, der bei dem einhändigen Schuss erst recht nicht zu stark sein darf, nur immer zulässt. Man darf desshalb auch in der Erleichterung der Waffe nicht zu weit gehen, sondern muss besonders darauf rücksichtigen, dass dieselbe möglichst hinterwichtig ausfalle, damit die Handhabung nicht erschwert werde.

Möglichste Leichtigkeit des Ladens zu Pferde ist ein Haupterforderniss für die Reiterpistole, sie wird durch ein Expansions- oder Compressionsgeschoss gewonnen, aber selbst das Dornsystem ergiebt bei der Kürze des Laufs eine leichte Ladung, woneben die Schwierigkeit der Reinigung ebenfalls durch die Kürze des Laufes gehoben wird.

Es muss bei der Construction der Pistole ferner nicht ausser Acht gelassen werden, dass sie beim Nichtgebrauch entweder im Pistolenholfter oder in einer besonderen Tasche am Leibe des Reiters steckt und dabei mit der Mündung nach unten zeigt; das Geschoss darf demnach nicht vorrutschen, auch darf sich kein Pulver neben ihm vorbei durch die Züge drängen.

Diese Rücksicht lässt die Ladeweise von rückwärts am günstigsten erscheinen, wobei zu bemerken, dass das Zündnadelsystem bei der Kürze der ganzen Waffe ohne eine wesentliche und dann nicht vortheilhafte Verkürzung der Verschluss- und Schlosstheile nicht mit Vortheil anzuwenden ist, daher man auch in Preussen das System noch nicht auf die Pistolen übertragen hat. Dagegen liegt es nahe, dass eine Revolver-Pistole dem Reiter wesentliche Vortheile bietet, da er nicht nöthig hat, nach jedem Schuss von Neuem zu laden. Wir würden uns auf Grund unserer früheren Entwickelungen mit Rücksicht auf möglichste Dichtigkeit des Verschlusses für einen Revolver nach Lefaucheux erklären, und müsste nur eine derbe und möglichst solide Construction gewählt werden.

Wendet man die Vorderladung an, so muss bei Expansions- und Compressionsgeschossen der Spielraum möglichst gering bemessen werden, damit das Geschoss beim Reiten nicht vorrutsche; noch sicherer ist das Aufsetzen eines Pfropfens auf die Geschossspitze.

Ganz gesichert ist der feste Sitz des Geschosses bei Anwendung des Dorns, und hält man den Spielraum möglichst gering, so ist auch das Laden nicht schwierig, während die weiteren bekannten Nachtheile des Dorns durch die Kürze der Waffe paralysirt werden. Eine doppelläufige Dornpistole mit recht kurzen Läufen ist daher auch eine ganz zweckmässige Reiterwaffe, wie sich überhaupt die Anwendung des Doppellaufs für Reiterpistolen sehr empfiehlt.

Den Kaliber der Pistolen wird man, soweit man nicht den Revolver wählt, dem der übrigen Handfeuerwaffen der Armee gleich zu machen haben.

Was die Visirung des Laufes anbetrifft, so kann dieselbe nur aus Standvisir und Korn bestehen, und ist der Visirwinkel so zu bemessen, dass der Reiter innerhalb der Kernschussweite immer denselben Zielpunkt nehmen kann: diese Zielweise reicht dann auch noch für eine Strecke jenseit der Kernschussweite aus. Da ein weiter Schuss mit der Pistole doch ohne Werth ist, so lege man den Kernschuss auf höchstens 30 Schritt: dann kann man auch ohne Künstelei im Zielen allenfalls bis auf 50 Schritt schiessen, und das genügt vollkommen.

Die Schäftung muss den einhändigen Anschlag begünstigen. Im Allgemeinen verdient die Schäftung der älteren Reiterpistolen, wie sie uns Fig. 240 zeigt, den Vorzug vor der neueren, häufig zu scharf gekrümmten. Wählt man den halben Schaft (vergl. Fig. 148) so ist die Mündung durch einen Aufwurf zu verstärken.

Fig. 240.

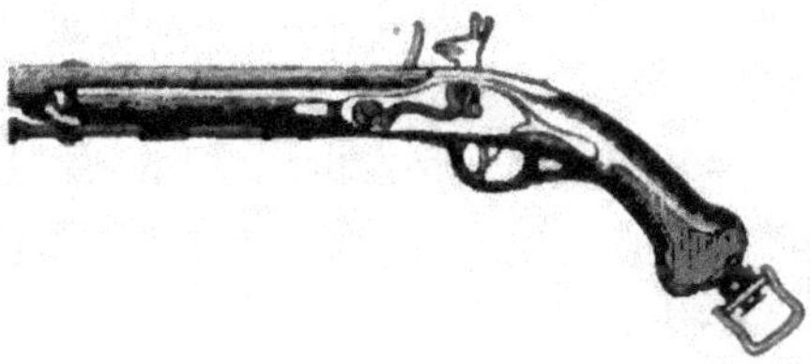

Percussionirte Pistolen sind mit einer Sicherung zu versehen, der Abzug darf, damit der Schuss bei einer plötzlichen heftigen Bewegung des Pferdes nicht unzeitig losgehe, nicht zu leicht gestellt werden.

Bei Vorderladungspistolen ist es, sofern der Setztheil des Ladestocks nicht aus besonderen Gründen (z. B. beim Dornsystem) sehr stark gehalten werden muss, zweckmässig, den Stock mittelst eines Galgengelenks mit dem Lauf zu verbinden, damit er nicht, gesondert von der Waffe, am Kartuschbandelier des Reiters befestigt werden brauche (s. Fig. 240).

Will der Reiter gleich nach dem Schuss zur blanken Waffe greifen, so muss er vorher die Pistole in den Holfter stecken, was immer ein Aufenthalt, daher schon öfters die Veranlassung zum Wegwerfen, also zum Verlust der Pistole gewesen ist. Um dem vorzubeugen ist es zweckmässig, die Pistole mittelst eines Riemens mit dem Holfter zu verbinden. Zu dem Ende muss die Kappe mit einem Ringe (Fig. 240) versehen und der Riemen so lang sein, dass er den richtigen Anschlag nicht hindert. Ist diese Vorrichtung vorhanden, so kann der Reiter gleich nach dem Schuss die Pistole nach der linken Seite über's Pferd werfen und den Säbel aufnehmen.

§. 239. Während man die schwere und Mittel-Reiterei gewöhnlich nur mit Pistolen bewaffnet, was bei ihrer fast ausschliesslichen Verwendung als Reserve-Kavallerie auch vollständig genügt, rüstet man die leichte, auch mitunter einzelne Abtheilungen oder Leute der Mittel-Reiterei entweder mit einer längeren Feuerwaffe, einem Karabiner, aus oder giebt ihr eine gezogene Kolbenpistole mit längerem Lauf zum Ersatz des glatten Karabiners.

Es soll eine solche längere und sicherer und weiter als eine Pistole schiessende Waffe die Reiter zur Führung des zerstreuten Gefechts befähigen, welches den Flankeurs theils bei der Aufklärung und Recognoscirung des Terrains für den Choc, theils zur Vorbereitung desselben gegen feindliche Reiterei (durch Maskirung der geschlossenen Abtheilungen) oder Infanterie-Carres dient. Letzteren gegenüber sollen auch die Flankeurs den Versuch machen, durch das Feuer, welches sie heranjagend abgeben, der zu attaquirenden Front die Salve abzulocken, so dass die geschlossen gebliebene Masse um so sicherer anreiten kann.

Endlich auch hat man bei einer solchen Bewaffnung der Reiterei die Möglichkeit in's Auge gefasst, unter Umständen einen grösseren Theil derselben absitzen und ein Fussgefecht gegen Infanterie führen lassen zu können.

Es liegt auf der Hand, dass, wenn die Kavallerie in dem bei diesen Thätigkeiten vorausgesetzten Verhältniss zur Infanterie verbleiben soll, sie den verbesserten Feuerwaffen der letzteren gegenüber ebenfalls mit einer glatten Waffe nicht mehr auskommt, sondern gleichfalls die gezogene wählen muss, und tritt diese Nothwendigkeit namentlich ein, wenn man wichtige Terrainpunkte, welche von der Infanterie nicht schnell genug erreicht werden können, durch abgesessene Reiter so lange vertheidigen lässt, bis die Infanterie herankommt und das ihr gebührende Feuergefecht übernimmt. Reiter, welche nur mit einem glatten Karabiner bewaffnet sind, würden trotz ihrer in solchen Fällen vorauszusetzenden Terraindeckung den feindlichen Infanterieschützen gegenüber in einer zu ungünstigen Lage sich befinden, um an einen, wenn auch nur kurzen, aber einigermassen erfolgreichen Widerstand denken zu können, und ist es daher nothwendig, dem Karabiner einen gezogenen Lauf zu geben.

Damit sich derselbe leicht und bequem auch zu Pferde laden lasse, muss ein angemessenes System gewählt werden, und ist es klar, dass für den Reiterkarabiner das System der Hinterladung, welches den Ladestock entbehrlich macht, und im Speziellen das Zündnadelsystem mit seiner Einheitspatrone die meisten Vortheile gewährt.

Das System der Hinterladung begegnet ausserdem dem möglichen Vorrutschen der Ladung, welches leicht eintritt, sobald der geladene Karabiner sich im Hang befindet, also mit der Mündung nach unten zeigt und beim schnellen Reiten lebhaft geschüttelt wird; auch schon, wenn der Karabiner noch im Schuh steckt, ist ein Vorrutschen des Geschosses möglich, welches wie bekannt bei der Vorderladung einigen Spielraum haben muss.

Der Karabiner des Reiters muss ein kurzer sein: er incommodirt auf diese Weise Reiter und Pferd am wenigsten und fällt handlich aus, selbst wenn man den Lauf stark im Metall hält, was nothwendig ist, um ein einigermassen bedeutendes Gewicht der ganzen Waffe zu gewinnen, welches die Rückwirkung einer möglichst starken Pulverladung zu paralysiren im Stande ist. Eine solche aber muss man wählen, um dem Geschoss eine möglichst rasante Flugbahn zu geben, welche allein geeignet ist, die Unsicherheit des Schusses vom Pferde herab auszugleichen.

Die Visirung der Waffe muss einfach sein. Ein Standvisir mit einer Kernschussweite, innerhalb deren die Flugbahn, das Zielen auf die Mitte vorausgesetzt, vollständig rasant ist und allenfalls eine breite, hinter dem Standvisir liegende, leicht fassbare Klappe, welche beim Fussgefecht das Feuer auf 300 — 350 Schritt möglich macht, genügen vollständig, wogegen eine Visirung mit weiteren Visirpositionen nicht am Platze sein würde, denn zu Pferde kann sich der

Reiter doch nur des Standvisirs bedienen und beim Fussgefecht befindet er sich hinter Deckungen, welche es ihm möglich machen, die feindliche Infanterie bis auf nähere Entfernungen herankommen zu lassen.

Erhält der Lauf den nöthigen kleinen Kaliber, welcher, wie wir wissen, die Basis der flachen Flugbahn ist und selbstredend beim Reiterkarabiner besonders vortheilhaft auf alle übrigen Constructionsverhältnisse einwirkt, so kann der Kernschuss des Standvisirs bis auf 200 Schritt gelegt werden. Ist das der Fall, so können Flankeurs beim Gebrauch des Standvisirs bis auf 300 Schritt gegen Massen feuern. — Um das Korn möglichst vor Beschädigungen zu schützen, erhält der Mundring am besten einen Aufwurf, wie solcher beim preussischen Zündnadelkarabiner sich findet. Das Korn sitzt dann in einer Mulde, welche zugleich das Zielen erleichtert, da es zum schnellen Erfassen des Korns beiträgt.

Es liegt auf der Hand, dass möglichste Flachheit der Flugbahn wie überhaupt, so im Speziellen gerade bei solchen Truppen die Hauptsache ist, welche auf die Ausbildung des Mannes im Schiessen nur ein geringes Zeitmaass verwenden können.

So sehr es daher zu wünschen, dass die Feuer-Waffen der Cavallerie denselben Kaliber wie die der Infanterie haben, so müsste man sich doch dieses Vortheils begeben, sofern der letztere Kaliber nicht klein genug ist.

Wenden wir uns noch zu einigen weiteren, aus der Natur der Truppengattung folgenden speziellen Einrichtungen des Reitercarabiners.

1. Wendet man die Vorderladung mit Expansions- oder Compressionsgeschossen an, so wird der Ladestock am besten nicht mit der Waffe verbunden, denn das würde, damit der Stock nicht verloren gehen könne, einen Ladestockgalgen bedingen, der aber beim Karabiner nicht praktisch ist, da, wenn die Waffe zum Gefecht in den Karabinerhaken gehängt wird, der Stock in Folge der starken Erschütterungen beim Reiten leicht in der Nuthe vorgleiten kann, dann aber am Gelenk herumbaumelt und Reiter und Pferd incommodirt. Demgemäss ist der Stock in bekannter Weise, getrennt von der Waffe, am Bandelier des Reiters zu befestigen.

2. Der Schaft des Reitercarabiners sei ein ganzer, weil er den

Lauf besser schützt. Ein tüchtiger eiserner Mundring von der besprochenen, für die Conservirung des Korns sehr wichtigen, Einrichtung muss die Mündung umfassen.

3. Schloss und Abzug der von vorn zu ladenden Karabiner müssen nach der bereits bei den Pistolen gleicher Art entwickelten Grundsätzen construirt werden.

4. Wenngleich bei einzelnen Reitereien der Karabiner beim Nichtgebrauch über den Rücken gehängt getragen wird, so ist eine solche Trageweise, weil unbequem beim Reiten und der Führung der blanken Waffe, doch nicht zu empfehlen und daher jene Befestigungsweise vorzuziehen, bei der die Mündung der Waffe in einem an der rechten Seite des Pferdes befestigten Schuh steckt und der Kolbenhals mit einem Schlagriemen festgeschnallt wird, so dass die Kolbe neben dem rechten Schenkel des Reiters ruht. Bei der Führung des Feuergefechts zu Pferde ist es natürlich nicht angängig, den Karabiner nach jedem Schuss in jene Lage zurückzubringen, sondern muss er in solcher Weise mit der Ausrüstnng des Mannes verbunden werden, dass letzterer ihn nach dem Schuss fallen lassen und sofort zur blanken Waffe greifen kann.

Am besten erreicht maneine derartige Befestigung durch Einhängung des Karabiners in den seit Jahrhunderten bewährten Karabinerhaken (Fig. 109), welcher an der Waffe einen Laufring erfordert. Letzterer muss, wenn die Waffe von der Mündung aus geladen wird, auf der früher beschriebenen Karabinerstange (Fig. 110) spielen, damit die Kolbe beim Laden auf die linke Seite des Mannes hinübergebracht werden könne. Bei Hinterladungscarabinern, deren Mündung beim Laden einfach nach links hinüber gelegt wird, ist die Karabinerstange nicht nöthig, sondern genügt ein an der unteren Seite des Kolbenhalses mit einem 2. Ringe oder einem Kettenstück befestigter Ring.

Das Gewicht des Reitercarabiners sollte 6 Pfund unter keinen Umständen übersteigen.

§. 240. In einigen Reitereien setzte man, als man sich entschloss, die Vortheile des gezogenen Laufs auch der Reiterwaffe zuzuwenden, an Stelle der glatten Karabiner gezogene Kolbenpistolen von der mehrfach besprochenen Einrichtung. Man erreichte hierdurch den Vortheil, dass man dem Manne die Pistole erhielt, ihm aber auch zugleich die Möglichkeit gewährte, durch Ansetzen der Kolbe einen kurzen Karabiner herzustellen, mit dem er beim Flankiren allenfalls bis auf 200 Schritt schiessen könne.

Es ist nicht zu leugnen, dass eine solche Einrichtung einen gewissen Werth hat, nur darf man nicht übersehen, dass daraus einige technische Schwierigkeiten erwachsen. Soll nämlich die Pistole, als Karabiner gebraucht, die Wirkung des letzteren einigermassen erreichen, so darf sie nicht zu kurz und muss ziemlich schwer sein, um eine genügend starke Pulverladung erhalten zu können; dadurch aber fällt sie für den Gebrauch als Pistole leicht zu schwer und namentlich zu vorderwichtig aus, was den Schuss mit einer Hand erschwert, und ist dennoch zu kurz und zu leicht, um namentlich bei einem Fussgefecht so viel leisten zu können als ein Karabiner. Es sind das eben die unvermeidlichen Folgen der Zwittereinrichtung, welche dem reinen Charakter der Waffe immer schadet.

Es erscheint demnach ein kurzer Karabiner von solcher Leichtigkeit, dass man ihn im Nothfall, mit der Kolbe in die Schulter gestemmt, auch mit einer Hand abfeuern kann, als die bessere Waffe für die leichte Reiterei, wogegen sich Kolbenpistolen zur Bewaffnung der Mittel- und schweren Cavallerie empfehlen für den Fall, dass dieselbe Flankeurs vornehmen muss: wenigstens könnte man dergleichen Kolbenpistolen — selbstredend mit gleichem Kaliber und gleicher Munition wie die der anderen Reiter — den Mannschaften der Flankeurzüge zu theilen.

§. 241. Bekanntlich existirte im 16. und 17. Jahrhundert in den meisten Armeen Europas eine berittene Infanterie, welche theils mit Piken, theils mit Infanterie-Musketen bewaffnet war, unter dem Namen Dragoner; sie war bestimmt, zum Gefecht abzusitzen und dann vollständig als Infanterie zu fechten, die Pferde sollten ihr nur Transportmittel sein, um sie schneller an den Feind heranzubringen.

Es liegt auf der Hand, dass der reine Charakter einer solchen Truppe sehr schwer zu erhalten ist, da der Dienst zu Pferd und die stete Beschäftigung mit dem Pferde das infanteristische Element nothwendig beeinträchtigen, das cavalleristische zum Ueberwiegen bringen muss; in den meisten Fällen wird man bei solchen Versuchen eine schlechte Infanterie und eine mangelhafte Reiterei erhalten.

Dieser naturgemässe Gang der Dinge liess bei den Dragonern zunächst die Piken verschwinden, dann verkürzte man die Gewehre, schliesslich wurden die Dragoner reine Reiterei, wenngleich man immer noch die Idee festhielt, dass sie Fussgefechte führen sollten, und ihnen demgemäss hie und da einen langen Carabiner, eine Dragonerflinte gab.

Eine solche Bewaffnung hatte allenfalls eine Begründung, so lange das glatte Gewehr prävalirte, bei dem nur durch eine grössere Länge grössere Treffweite zu erzielen war, die längere Waffe hat keinen Werth mehr, sobald man, wozu man ja nach unseren Entwickelungen völlig berechtigt ist, der Cavallerie durchweg gezogene Gewehre giebt, denn dann leistet der kürzeste Karabiner, ja eine Kolbenpistole mehr, als die beste glatte Flinte, mit der man den Reiter nur unnöthigerweise belästigt.

Für wirkliche Dragoner im alten Sinne des Wortes hat ein langes, sogar mit einem Bayonnett ausgerüstetes Gewehr Sinn, für Dragoner, welche vor Allem Reiterei sind, erscheint ein langes Gewehr, welches beim Reiten im Gliede Mann und Pferd nur belästigt, beim Laden zu Pferd bedeutende Schwierigkeiten bietet und schwer anzuschlagen ist, als ein Unding und der Natur der europäischen Cavallerie direct widersprechend.

Die Verbesserung der Infanteriefeuerwaffen hat in den letzten Jahren (jetzt scheint der Paroxismus vorüber) manch' seltsames Hirngespinnst zu Tage gefördert; so tauchte u. A. mehrfach die Idee einer berittenen Infanterie auf. Der Theorie nach ist sie gewiss ausgezeichnet, denn wer wollte die Wichtigkeit der Möglichkeit verkennen, eine tüchtige Infanterie durch die Geschwindigkeit der Pferde schnell auf einen entscheidenden Punkt werfen zu können. Die Praxis aber ist gegen eine solche Schöpfung, denn abgesehen davon, dass die Masse der zusammengekoppelten Pferde dem Feinde herrliche Zielpunkte für sein Feuer bietet, so ist auch die Pferdemasse unter dem feindlichen Feuer schwer zusammen zu halten. Aber wenn diess selbst zu erreichen, wenn es ferner möglich wäre, alle Verwirrungen und den Verlust der Pferde fern zu halten, so ist eine derartige Truppe in ihrer reinen Natur dennoch nicht zu erhalten.

Der Soldat muss sein Pferd sorgsam behandeln, und er muss ordentlich reiten lernen, denn gedrückte Pferde sind auch nicht ein Mal mehr als Transportmittel brauchbar. So wird denn unwillkürlich dem Dienst bei den Pferden und zu Pferde eine besondere Sorgfalt zugewendet, und ehe man sich's versieht, ist nolens volens die Reiterei fertig; sie entsteht trotz der als Gegenmittel dessen vorgeschlagenen kurzen Sporen, trotz des fehlenden Schleppsäbels.

Wenn die organisatorischen Verhältnisse einer Armee geeignet sind, eine reine Dragonertruppe zu schaffen, so sind es die der russischen. Lange Dienstzeit der Mannschaft und angeborene Liebe des Slaven zum Pferde liefern dort treffliche Elemente, und doch, was ist aus der grossartigen Schöpfung des Kaisers Nicolaus, dem früheren Dragonerkorps geworden? Wie rühmte man seiner Zeit die herrliche Organisation und Ausbildung jenes Corps, mit welcher Spannung sah man zur Zeit des Krimmkrieges seinen Leistungen im Felde entgegen! Was leistete es dagegen? Jetzt ist das Corps längst aufgelösst und regimenterweise vertheilt.

Dass man bei den russischen Dragoner-Regimentern die Idee des Fusskampfes noch festhält, möchte aus den Verhältnissen des neuen gezogenen Dragonergewehrs folgen, und würde die Einführung dieses gezogenen Gewehrs nur eine richtige Consequenz der Feuerwaffen-Verbesserung sein.

Das längere Gewehr würde dann immer noch seine Berechtigung haben, in der französischen Armee dagegen, wo die Dragoner vor Allem Reiterei sein sollen, erscheint die Bewaffnung derselben mit der langen glatten Dragonerflinte, deren Lauf 35″ Länge hat, als unzweckmässig, und musste es noch mehr frappiren, als vor einigen Jahren eine Ordre publicirt ward, nach welcher sämmtliche leichte Cavallerie-Regimenter das Dragonergewehr (fusil de dragon m/53) erhalten sollten.

Diese lange Flinte wird beim Nichtgebrauch mit der Kolbe nach vorn zur rechten Seite des Reiters befestigt, im Gefecht am Riemen über den Rücken gehängt, da die Länge und Schwere der Waffe (sie wiegt etwas über 8 Pfund) die Befestigung mittelst des

Karabinerhakens verbietet, was selbstredend beim Reiten im höchsten Grade unbequem ist und das Laden zu Pferde erschwert.

Eine derartige Feuerwaffe steht demnach im directen Widerspruch mit den taktischen Aufgaben der Reiterei, und kommen wir daher nochmals darauf zurück, dass bei einer richtigen Würdigung derselben, der alleinigen Basis zweckmässiger Waffenconstructionen, ein kurzer gezogener Hinterladungs-Karabiner als die beste Waffe für Reiterei erscheint, da er die Cavallerie in ihrem eigentlichen Element nicht behindert und für die Zwecke eines eventuellen Fussgefechts genügend Ausgiebiges leistet.

Wie alle Zwitterschöpfungen niemals völlig genügen können, eine zu grosse Vielseitigkeit gewöhnlich zur Lückenhaftigkeit führt, so scheint es denn auch angemessen, allen Ideeen von Dragonern im alten Sinne des Wortes ein für alle Mal zu entsagen und dagegen die Leichtigkeit und Beweglichkeit eines Theils wenigstens der Infanterie zum möglichen Maximum zu steigern.

Die leichte Reiterei mag dann das Gefecht zu Fuss üben, soweit sich das mit ihrer vor Allem wichtigen Reiterausbildung verträgt, um die Infanterie in den besprochenen Fällen auf kurze Zeit ersetzen zu können, und möchte es sich dann auch empfehlen, die Particularbedeckung selbst der Fuss- und fahrenden Batterieen, deren Beweglichkeit und Schnelligkeit die der Infanterie so wesentlich übertrifft, bei raschen Bewegungen vorwärts aus leichter Cavallerie zu bilden.

§. 242. Man hat öfters die Besorgniss aussprechen hören, das unter der Bewaffnung mit einem sicher schiessenden Gewehr der echte Reitergeist leiden könne, indem man der Ausbildung im Schiessen zu viel Sorgfalt zuwenden werde.

Wir vermögen diese Sorge, deren Ursprung erfreulich ist, nicht zu theilen, weil gerade das gezogene Gewehr durch Herbeiführung einer flachen Geschossflugbahn die Möglichkeit bietet, die Feuerwirkung der Reiterei zu steigern, ohne die Ausbildung im Schiessen zu erhöhen. Zielen und Abdrücken lernen musste der Reiter auch mit dem alten glatten Karabiner, warum soll man ihm die Möglichkeit rauben, aus dieser erlangten Fertigkeit vorkommenden Falls einen grösseren Nutzen zu ziehen, zumal wenn mit der Verbesserung des Schusses eine leichtere Handhabung der Waffe verknüpft ist?

Die richtige Erkenntniss von dem eigentlichen taktischen Wesen der Reiterei, die Ueberzeugung von dem entscheidenden Werth der überraschenden Schnelligkeit und der bis zur höchsten Potenz gesteigerten Offensivkraft wird stets dafür sorgen, dass die Cavallerie in der Feuerwaffe nur eine secundaire Waffe, einen nur in seltenen Fällen wichtigen Verbündeten sieht, und dass dies der Fall sei und bleibe, dafür hat die rationelle Technik zu sorgen.

C. Die Handfeuerwaffen der Artillerie.

a. Der Fuss- und fahrenden Artillerie.

§. 243. Die Frage, ob es nothwendig und rathsam sei, den Fuss-Kanonier mit einer Handfeuerwaffe auszurüsten, ist von der Artillerie oft und lebhaft discutirt worden.

Viele Stimmen sind für eine solche Bewaffnung, darunter auch die eines, in zahlreichen blutigen Kriegen erprobten, höheren Artillerie-Offiziers; diese Stimmen stützen sich auf die Lehren der Kriegsgeschichte, zeigen uns zahlreiche Beispiele, wie ganze Batterieen nur durch die Gewehre der Mannschaften gerettet wurden; die Gegner einer solchen Bewaffnung fürchten wohl zumeist, dass der Fussartillerist mit dem Gewehr werde gedrillt werden, damit er seine Paraden mit demselben so gut mache, wie der Infanterist, denn die Ausbildung im Schiessen bietet gerade für den Kanonier keine Schwierigkeiten, auch kann die Ausbildung am Geschütz und die Liebe zu demselben nicht füglich leiden, wenn die Ausbildung mit dem Handgewehr nur als Nebensache betrieben wird.

Der Zweck unserer Arbeit gestattet uns natürlich nicht, das „Für“ und „Wider“ jener Frage eingehend zu erörtern — wir haben nur zu untersuchen, wie, wenn man den Kanonier mit einer Handfeuerwaffe ausrüstet, letztere zu construiren sei, wobei wie immer die Aufgabe des Mannes im Gefecht und die Natur der Fälle, in denen er von der Waffe Gebrauch zu machen haben würde, maassgebend sein müssen.

Die Hauptaufgabe der Kanoniere im Gefecht ist wie bekannt die Bedienung der Geschütze, welche die Kraft des Mannes in hohem Grade in Anspruch nimmt und den Gebrauch beider Hände erfordert, und damit ist zugleich ausgesprochen, dass der Kanonier keine Handfeuerwaffe gebrauchen kann, welche ihn in der Bedienung des Geschützes hindert, oder ihn durch ihr zu seiner sonstigen Ausrüstung hinzutretendes Gewicht ermüdet: er kann demgemäss kein langes Infanteriegewehr gebrauchen, welches er während der Geschützbedienung doch wegstellen müsste, und welches ihm bei allen Bewegungen der Batterie ein fortgesetztes Hinderniss sein würde. — Eine solche Bewaffnung wäre ein Unding, und wenn sie wirklich einst da gewesen ist, so beweist sie eben nur, wie weit mitunter die Verkennung des innersten eigensten Wesens einer Truppe gehen kann.

Hält man diesen ersten Satz fest, so fragt es sich weiter, in welchen Fällen kann denn überhaupt dem Kanonier die Handfeuerwaffe nöthig und von Nutzen sein?

Der erste dieser Fälle ist nun wohl der, dass feindliche Cavallerie in die Batterie einbricht und es den Kanonieren nicht mehr möglich ist, sich in nahe stehende Infanterie-Carrés zu retten. In diesem Fall ist der Handkampf mit den Reitern unvermeidlich, für welchen dann dem nur mit einem Seitengewehr bewaffneten Kanonier nichts zu Gebote steht, als diese unvollkommene Waffe, welche namentlich gegen Reiter, die mit Lanzen oder langen Pallaschen und mit Pistolen bewaffnet sind, ganz unzureichend ist. Zwar stehen den Kanonieren noch Wischer, Hebe- und Richtbäume, allenfalls auch die an den Protzen befestigten Aexte und Picken zu Gebote und sind — denn Noth bricht Eisen! — oft und mit Erfolg in solchen Fällen verwendet worden, aber es ist doch zu bedenken, dass diese Geräthe ein Mal nicht für die gesammte Mannschaft ausreichen und ferner ein Bruch derselben für die fernere Bedienung der Geschütze sehr nachtheilig werden kann.

Auch selbst, wenn nur — man denke an Lübeck! — feindliche Infanterie in die Batterie eindringt, sind die Kanoniere mit jenen improvisirten Waffen dem mit der Bayonnettflinte bewaffneten Infanteristen gegenüber im entschiedensten Nachtheil, wogegen sich die Sache ganz anders stellt, wenn sie sich und ihre Geschütze mit einer Feuerwaffe vertheidigen können.

Die zu einem so hohen Grade gesteigerte Beweglichkeit der

fahrenden und selbst der Fussbatterieen, welche mit aufgesessenen Mannschaften lange Strecken im Trabe zurücklegen können, macht es der aus Infanterie bestehenden Particularbedeckung oft geradezu unmöglich, rechtzeitig wieder in solcher Entfernung ihrer Batterie eintreffen zu können, dass sie derselben gegen einzelne feindliche Schützen, welche sich in der Nähe der Batterie einnisten, Schutz zu gewähren im Stande wäre. Führen die Kanoniere ein Feuergewehr, so würde es den Reservemännern immerhin möglich sein, jene Gegner wenigstens so lange in Schach zu halten, bis die Particularbedeckung herangekommen ist und das Feuer übernimmt.

Mehrere Schriftsteller citiren als einen Beleg für die Wichtigkeit der Bewaffnung der Fusskanoniere mit einer Handfeuerwaffe das Beispiel der bayerischen Batterie Weisshaupt, welche 1812 auf dem Rückzuge aus Russland nur dem Umstand ihre Rettung verdankte, dass der Führer seine Manschaften mit den Gewehren und Patronentaschen einer im Bivouac erfrorenen Infanterie-Abtheilung ausrüstete, in Folge dessen es der Batterie gelang, alle Angriffe der verfolgenden Kosacken mit Erfolg abzuschlagen und sich also zu retten.

Geben wir nun auch gern zu, dass eine derartige Auflösung einer Armee, wie die der französischen 1812, in Folge deren eine Batterie ganz auf sich selbst angewiesen, jeder Unterstützung der anderen Waffen beraubt ist, zu den allerseltensten Ausnahmen gehört, so kann sie doch eintreten, und es erscheint im Kriege immerhin gerathen, auf alle Fälle gefasst und vorbereitet zu sein.

Nehmen wir aber optimistisch selbst an, dass der besprochene Fall sich nie wieder ereigne, so kann es dagegen leicht vorkommen, dass eine Batterie in einem insurgirten Lande isolirt marschirt, und dann ist eine Bewaffnung der Kanoniere mit einer Handfeuerwaffe von hohem Werth, nicht nur zum Widerstand auf dem Marsch gegen plötzliche Ueberfälle bewaffneter Banden, sondern auch für die Schildwachen, welche zur Deckung des Parks im Quartier aufgestellt werden.

Entscheidet man sich auf Grund dieser Rücksichten für eine Bewaffnung der Kanoniere mit Feuergewehren, so fragt es sich, wie diese Waffen am zweckmässigsten einzurichten seien, wobei uns natürlich die bisherigen Betrachtungen leiten müssen.

Die erste Rücksicht auf ungehinderte Bedienung des Geschützes erfordert eine kurze, leichte Waffe, welche beim Nichtgebrauch um- oder übergehängt getragen werden kann, also eine Pistole am Leibriemen oder in einer besonderen leichten, vielleicht mit dem Brodbeutel zu verbindenden Tasche — oder einen kurzen, mittelst eines Riemens über den Rücken zu hängenden Karabiner. Für die Wahl des letzteren spricht seine Befähigung zum Gebrauch als blanke Waffe, indem man seinen Lauf zum Aufpflanzen des Seitengewehrs einrichten oder ihn, wenn er auf Hinterladung construirt, mit einer Entladestockpike versehen kann.

Die Kürze der Waffe ist vollständig dadurch gerechtfertigt, dass es sich für den Kanonier immer nur um ein Feuer auf nahen und nächsten Entfernungen handeln kann, ein weites Schiessen ein offenbarer Fehler wäre. Man will sich den Feind eben nur vom Leibe halten und kann dabei stark auf den moralischen Eindruck rechnen, den die drohend entgegengehaltene Mündung einer geladenen Feuerwaffe macht.

Wichtiger als weitreichende Feuerwirkung ist für die in Rede stehende Waffe die Möglichkeit einer bedeutenden Feuergeschwindigkeit, da ein Handkampf in der Batterie niemals von langer Dauer sein kann. Schuss auf Schuss muss fallen können, das Laden so wenig als möglich Zeit rauben, denn es ist der Moment der Wehrlosigkeit der Kanoniere.

Von den Pistolen erscheint dieser Bedingung gemäss ein Revolver am zweckmässigsten, unter den Karabinern ein Hinterladungs-, am besten ein Zündnadel-Karabiner. Allenfalls wäre auch, da die Waffe selten gebraucht, daher schwerer abgenutzt wird, ein Revolver-Karabiner nach Lefaucheux am Platze.

Wählt man mit Rücksicht auf Uebereinstimmung der Munition, wenigstens der Geschosse, die Vorderladung, so muss das System der Expansions- oder Compressionsgeschosse angewendet werden.

Dass der kleine Kaliber mit seinen hinlänglich bekannten Consequenzen im vorliegenden Falle vom höchsten Werth, liegt auf der Hand, doch wird man sich bei der Kaliberfrage im Allgemeinen nach der Infanterie zu richten haben. Es ist das aber keine Nothwendigkeit, da gerade die Wahl eines keinen Kalibers es leicht möglich macht, ein Quantum Reserve-Munition ohne ins Gewicht fallende Beschränkung des Raums für die Geschützmunition in der Protze oder in einem kleinen Laffetenkasten unterzubringen.

Sicherheit des Treffens, verbunden mit möglichst flacher Geschossflugbahn, damit der Mann unbedingt immer mitten aufs Ziel halten könne, sind nothwendige Bedingungen, daher unbedingt der gezogene Lauf kleinen Kalibers zu wählen ist.

Die Visirung auch eines Karabiners kann ganz einfach sein, nur aus einem Standvisir bestehen, für dessen Höhe im Verhältniss zum Korn die bekannten Grundsätze maassgebend sein müssen, und wodurch eine Kernschussweite von 100—150 Schritt sich ergiebt.

Bei Vorderladungs-Karabinern ist es zweckmässig, den Lauf zum Aufpflanzen des Seitengewehrs einzurichten, damit die Waffe im Handgemenge auch als blanke gebraucht werden könne. Eine derartige Einrichtung findet sich bei den Karabinern der Französischen und der Artillerie des 8. deutschen Bundescorps. Einem Hinterladungs-Karabiner giebt man am besten einen zur Pike geformten Entladestock, wodurch man den Vortheil gewinnt, das Seitengewehr ganz fallen lassen zu können, denn letzteres hindert, mag man es einrichten, wie man wolle, den Mann in seinen sonstigen Thätigkeiten, beim Laufen, bei der Geschütz-Bedienung, beim Besteigen der Protzen etc.

Giebt man dem Karabiner eine Lauflänge von 16, höchstens 20″, so wird sein Gewicht 6 Pfund nicht übersteigen; ein solches Gewicht belästigt den Mann nicht, auch wäre es zu ermöglichen, dass man die Karabiner für gewöhnlich an Protze und Geschütz befestigt, wodurch bei einer Bedienung von 8 Mann das Gewicht des Geschützes um höchsten 50 Pfund, also pro Pferd des Sechs-Spänners um 8 Pfund stiege. Dennoch würde es gerathener sein, den Karabiner von dem Mann tragen zu lassen, damit er ihn sogleich zur Hand hat.

Zu dem Ende ist, damit der Karabiner bequem über den Rücken gehängt werden könne, der untere Riembügel an der Kolbe, der obere in der Nähe der Mündung zu befestigen.

Wählt man dagegen die Bewaffnung mit Revolver-Pistolen, so können diese sehr wohl an Geschütz und Protzen in sicheren regendichten Lederbehältern untergebracht werden.

Als Grundsatz würde festzuhalten sein, den Kanonier auch bei

Paraden mit übergehängtem Karabiner defiliren zu lassen, damit jede Veranlassung zur Drillerei von Handgriffen wegfalle, die nicht dem Ernstgebrauch der Waffe zum Schiessen gelten. Wird die Waffe rein als Waffe behandelt, so kann sie der Artillerie keine Schwierigkeiten in der Ausbildung des Mannes bereiten, denn den Gebrauch von Visir und Korn lernt derselbe schon am Geschütz, und die Behandlung der Waffe kann durch deren einfache Construction erleichtert werden.

Erhält der Karabiner ein Percussionsschloss, so muss dasselbe eine Sicherheit erhalten, weil der Hahn ein Mal hängen bleiben könnte: für letzteren empfiehlt sich daher auch die dänische Form (Fig. 71). — Der Abzug darf nicht zu leicht stehen, denn der Kanonier, gewohnt, handfest zuzugreifen, würde dadurch nur in Verlegenheit gebracht werden.

Construirt man die Handfeuerwaffe des Fuss-Artilleristen in solcher Weise, so dürfte es nicht zu leugnen sein, dass mit einer solchen reelle Vortheile erreicht werden.

Hätten wir zu wählen, so würden wir uns ohne Bedenken für einen kurzen Zündnadel-Karabiner mit Pike entscheiden.

b. Handfeuerwaffen für berittene Unteroffiziere der Fuss-Artillerie, Fahr-Kanoniere (Fahrer), reitende Kanoniere und Trainfahrer.

§. 244. Die vorgedachten Mannschaften bedürfen einer Handfeuerwaffe nur für das eigentliche Handgemenge, wenn feindliche Infanterie oder Cavallerie in der Batterie sitzt, die reitenden Artilleristen möglicher Weise auch zur Abwehr insurgirter Landbewohner, welche einen Angriff auf die Batterie in einem Terrain machen, in welchem man zu Pferde dem Angreifenden nicht direct beikommen kann, als z. B. im Wald, in Hohlwegen etc.

In allen diesen Fällen genügt eine Pistole, welche nach den für die Cavallerie-Pistolen aufgestellten Grundsätzen einzurichten ist.

D. Handfeuerwaffen der Pioniere (resp. Geniesoldaten).

§. 245. Die Pioniere (unter denen wir nach dem speziell in Preussen bestehenden Modus Pioniere, Pontonniere und Genie [Sappeurs und Mineurs] verstehen) können bei richtiger Unterstützung Seitens der anderen Truppengattungen, namentlich der Infanterie, nur selten in den Fall kommen, einer Feuerwaffe zu bedürfen, meist nur, wenn sie bei den von ihnen zu verrichtenden technischen Arbeiten überfallen werden: es handelt sich dann für sie vor Allem um ein schnelles, aber kein weites Feuer, und muss ausserdem die Waffe den Nahkampf möglich machen, mithin als blanke Waffe zu gebrauchen sein.

Die Arbeit, nicht der Kampf ist die Hauptaufgabe der technischen Truppen, daher eignet sich für sie am besten ein Karabiner nach Art des für die Fusskanoniere vorgeschlagenen, der allenfalls ein wenig länger sein kann, da es dem Pionier meistens möglich sein wird, ihn während der Arbeit abzulegen, der Lauf kann also eine Länge bis zu 20″ erhalten.

Die Rücksicht auf möglichste Einfachheit der Behandlung und Schnelligkeit des Ladens spricht für Anwendung des Hinterladungs- am besten des Zündnadelsystems: der gezogene Lauf kleinen Kalibers muss jene Flachheit der Flugbahn erzeugen, welche auch bei kunstlosem Zielen und weniger ausgedehnter Schiessausbildung eine gute Wirkung garantirt; ein Standvisir mit Kernschuss für 150 bis 200 Schritt, eine Klappe zum Schuss auf 300 Schritt ergeben die geeignete und genügende Visirung.

Ein nach diesen Sätzen construirter Karabiner besitzt die nöthige Leichtigkeit, welche, da jeder Pionier schon mit schwerem Schanzzeug belastet ist, zur Bedingung gemacht werden muss.

Die Kürze und Leichtigkeit der Waffe gestatten das Ueberhängen derselben, was nothwendig wird, wenn die Pioniere beide Hände gebrauchen, wie z. beim Tragen von Faschinen, Sturmleitern etc. In dieser Weise können sie dann auch die Waffe am Leibe, mithin zur Hand behalten, wenn sie in der Nähe des Feindes Hindernisse beseitigen oder Verbindungen herstellen.

Es folgt hieraus sogleich, dass ein langes Infanteriegewehr mit Bayonnett, wie es hin und wieder als Waffe der Pioniere verwendet worden ist, eine ganz falsche Bewaffnung derselben bildet. Der Pionier wird durch ein Bayonnett geradezu belästigt und bedarf desselben durchaus nicht, da er doch mit einem als Handwerkzeug dienenden Seitengewehr, einem Faschinenmesser, ausgerüstet werden muss, welches dann naturgemäss zum Aufpflanzen auf den Karabiner eingerichtet werden kann und in dieser Verfassung eine furchtbare blanke Waffe für den Handkampf bildet.

Hinterladungskarabiner können ausserdem immer noch die Pike erhalten. Für percussionirte Pionierkarabiner ist eine Sicherung am Schloss und eine dem Hängenbleiben des Hahns begegnende Form des letzteren nothwendig.

Wird die Feuerwaffe der Pioniere nach diesen Grundsätzen hergerichtet, so wird sie ein Gewicht von circa 7 Pfund nicht übersteigen und entspricht somit allen aus dem Wesen dieser Truppengattung herzuleitenden Forderungen.

Anm. Giebt man der Infanterie besondere Pionier- oder Sappeur-Sectionen bei, so würden auch deren Mannschaften eine Handfeuerwaffe der vorgeschlagenen Art zu erhalten haben.

Mit demselben Karabiner werden ferner alle Sanitätssoldaten und ebenso die Hornisten der Infanterie zu bewaffnen sein, wenn man die Ausrüstung der letzteren mit einem Gewehr für nothwendig hält.

II. Positions- oder reine Defensionsgewehre.

Wallgewehre — Wallbüchsen.

§. 246. Da die Vertheidigung der Festungen nicht der Artillerie allein, sondern auch dem Fussvolk zufällt, so spielen in ihr die Handfeuerwaffen eine wichtige Rolle, deren Umfang durch die stattgehabte Verbesserung der Infanteriegewehre bedeutend zunehmen wird, da die Wirksamkeit derselben nun nicht mehr auf die Ausfälle und die letzten Stadien der Belagerung beschränkt werden braucht, sondern auch schon auf weitere Entfernungen ausgebeutet werden kann.

Trotz dieser ausgedehnten Brauchbarkeit der neuen gezogenen Infanteriegewehre erscheint es aber dennoch sehr zweckmässig, auch fernerhin noch besondere reine Defensionsgewehre in den Festungen zu halten, deren Geschosse nicht nur eine hohe Trefffähigkeit auf sehr weite Entfernungen, noch über den Rayon der nutzbaren Wirkung der gezogenen Infanteriegewehre hinaus, gegen selbst kleinere

Ziele, sondern auch eine besonders bedeutende Percussionskraft besitzen, welche sie zur Wirkung gegen leichtere Deckungen des Gegners befähigt.

Schwere, lange Spitzgeschosse und eine starke Pulverladung sind die Mittel zur Erlangung solcher Effecte, sie erfordern selbstredend den gezogenen Lauf und ein entsprechend bedeutendes Gewicht des Gewehrs, welches letztere dann der Waffe ihren besonderen Charakter aufdrückt als einer solchen, welche von einem Mann nicht andauernd transportirt, nicht freihändig gebraucht werden kann.

Beides ist im vorliegenden Fall aber auch ganz ohne Nachtheil, da der sichere Schuss an und für sich zum Auflegen des Gewehrs zwingt, die Natur der permanenten Deckungen stets die Mittel dazu bietet, ein andauernder Transport des Gewehrs endlich niemals nöthig ist, indem sowohl die Ziele, als auch die Aufstellungen der Schützen stabil sind.

Hält man dergleichen Wallgewehre heut zu Tage für überflüssig aus dem Grunde, weil die durch Umänderung glatter entstandenen gezogenen Infanteriegewehre grosse Kaliber besitzen und demgemäss schwere Spitzgeschosse schiessen, so ist diese Rechnung nicht richtig, denn die Pulverladung aller jener Gewehre muss und kann aus früher hinlänglich entwickelten Gründen verhältnissmässig nur schwach sein, wogegen wir gerade für die Defensionsgewehre eine sehr starke Ladung fordern müssen, weil nur eine solche jene rasante Flugbahn ergiebt, welche das Treffen auf grosse Entfernungen sichert und eine hohe Percussionskraft erzeugt.

Die Fälle, in denen dergleichen Gewehre eine wichtige Verwendung finden können, kommen in allen Stadien der Belagerung vor.

Auf sehr weiten Entfernungen kann man mit ihnen auf Gruppen recognoscirender Offiziere, auf Patrouillen, auf kleine Truppenabtheilungen und Fahrzeuge schiessen, welche etwa bei Tage sich zwischen den Angriffslinien bewegen, auch das Feuer auf die Bedienungsmannschaften entfernter Batterien richten, welche künftig um so häufiger vorkommen werden, als die gezogenen Kanonen beim Angriff in ausgedehnter Weise zur Anwendung gelangen. Leichtere Schartenblendungen werden dabei der grossen Percussionskraft der Geschosse nicht widerstehen können.

Auf mittleren Entfernungen von 400—600 Schritt werden die

Wallbüchsen über das Feuer der in Schützengräben postirten feindlichen Schützen eine bedeutende Ueberlegenheit entwickeln und den auf solchen Entfernungen placirten Batterieen um so gefährlicher werden, als selbst festere Schartenblendungen der Percussionskraft der Geschosse nicht widerstehen, und der Schuss auf einzelne sichtbare Kanoniere bereits sicher ist.

Auf näheren und nächsten Entfernungen ermöglicht die hohe Sicherheit des Schusses, vereint mit der starken Percussionskraft ein äusserst wirksames Feuer gegen die an den Sappenteten arbeitenden Sappeurs, welche hinter einem Wälzkorb von bisheriger Einrichtung nicht mehr sicher sind, ferner gegen die Batterieen des Angreifers und die feindlichen Schützen, deren leichte Sandsackdeckungen von den Geschossen durchschlagen werden.

Das Feuer gegen die Wälzkörbe kann dadurch noch gefährlicher gemacht werden, dass man Brandgeschosse verwendet, wozu man die langen Geschosse leicht herrichten kann. Nicht minder ermöglicht deren Länge das Eingiessen einer Stahlspitze, welche das Geschoss zur Beschädigung feindlicher Geschütze, zum Durchschlagen von Eisenplatten, starken Faschinen und mit Erde gefüllten Schanzkörben befähigt.

Dass die Verbesserung der Handfeuerwaffen und namentlich der Gebrauch der Spitzgeschosse auf die Construction derartiger Gewehre den vortheilhaftesten Einfluss übt, bedarf kaum der Erwähnung, wenn man erwägt, dass die aufgeführten Wirkungsarten früher beim ausschliesslichen Gebrauch von Kugeln sich nur, und zwar nur im minderen Maasse, durch eine Vergrösserung des Kalibers erzielen liessen, in Folge dessen man allein schwere Geschosse, aber natürlich von nachtheilig grossem Querschnitt erhielt.

So finden wir denn die alten Kugelwallbüchsen, welche im Allgemeinen 4löthige Kugeln schossen, meist vom Kaliber 0,80″ oder circa 21 mm und darüber und dabei 20 — 24 Pfund schwer, jetzt kann man 4 Loth schwere Spitzgeschosse bei entsprechender vortheilhafter Länge schon mit einem Kaliber von 0,65″, also dem früheren Flintenkaliber, gewinnen; aber man bedarf jenes Gewichts nicht ein Mal durchaus, und erhält somit absolut verhältnissmässig leichte und dennoch relativ schwere Waffen, welche den Rückstoss einer sehr kräftigen Pulverladung zu paralysiren im Stande sind.

Den angegebenen Zwecken der in Rede stehenden Gewehre muss nun ihre Einrichtung auf's Vollkommenste entsprechen.

Der weite Schuss hat für sie einen vollkommenen Sinn und völlige Berechtigung, da der Schütze nicht nur für seine Person gedeckt steht, also die nöthige Ruhe und Kaltblütigkeit zum schärfsten Zielen haben, sondern man auch Leute mit so scharfen Augen auswählen kann, dass sie auf 1000 Schritt und darüber noch scharf zu zielen im Stande sind, weil man ferner, und das ist wie bekannt von der grössten Wichtigkeit, alle Entfernungen von der Festung aus genau kennt, und der Schütze demgemäss einen völlig sicheren Gebrauch von der Visirung machen kann.

Da die Wirkung der Waffe mit jedem Schuss Hauptsache ist, so kommt es auf ein schnelles Feuer zwar nicht an, doch empfiehlt sich die Hinterladung auch hier um deswillen, weil sie die Bedienung der Waffe erleichtert, insofern der Schütze während des Ladens sein Gewehr ruhig auf der Brustwehrkrone oder der Schartensohle liegen lassen kann, was namentlich in engen Kasematten und in den Winkeln crenelirter Mauern nicht ohne Werth ist. Ausserdem begünstigt die Hinterladung die Anbringung einer Zünd- und Brandmasse an der Geschossspitze, liefert bei kleinstem Kaliber die schwersten Geschosse und erlaubt bei Zündnadelbüchsen mit Spiegelführung sogar die Herstellung der Langgeschosse aus Stahl oder Gusseisen.

Nächst dem System der Hinterladung begünstigt das System der Expansionsgeschosse die Handhabung der Waffe am meisten; Geschosse nach dem Compressionssystem lassen sich ebenfalls trotz des grossen Kalibers verwenden, da man ihnen die richtige Länge im Verhältniss zum Querschnitt geben kann.

Die Länge des Laufes muss mit Rücksicht auf eine lange Führung des Geschosses und eine genügend weite Auseinanderstellung der Zielvorrichtungen der beim Linien-Infanteriegewehr gleich sein. Eine grössere Länge wäre namentlich bei Vorderladungsbüchsen der Bequemlichkeit des Ladens nachtheilig, ist auch durchaus nicht nöthig, da man ja die nöthige Schwere des Laufes durch bedeutende Metallstärken herbeiführen kann. Visir und Korn kommen dabei um so weiter auseinander zu stehen, als natürlich auf das Aufpflanzen einer blanken Waffe auf die Mündung nicht gerücksichtigt werden braucht, das Korn also dicht an der Mündung befestigt werden kann.

Den Kaliber des Laufs bestimme man auf ein Geschossgewicht von 4 Loth, beim Expansionssystem auf 3¼ Loth, damit der Kaliber nicht zu stark ausfalle.

Die Visirung muss eine sehr vollkommene sein. Am besten ist natürlich die einfache elevationsfähige Klappe. Da es auf ein sehr feines Zielen und Schiessen ankommt, so streiche man die Entfernungsstriche für Distanzen von 50 zu 50 Schritt ein, um immer gute Kernschüsse zu haben. Eine Vorrichtung zur Correctur der Derivation ist dem Charakter der Positionswaffe gemäss hier ganz gerechtfertigt und sogar vortheilhaft, da es sich um das Treffen auch kleinerer Ziele auf grosse Entfernungen handelt: es würde also die bekannte Construction des hessischen Büchsenvisirs zu wählen sein.

Die Visirkimme sowohl wie das Korn sind nach den früher entwickelten Sätzen herzurichten, den Kernschuss des Standvisirs lege man auf höchstens 200 Schritt, um auf nähere Entfernungen recht bequem zielen zu können, und weil es bei dem eigenthümlichen Gebrauch der Waffe nicht von Belang ist, wenn man schon früh anfangen muss, die Klappe einzustellen: die äusserste Visirposition dürfte für 1200 Schritt zu bemessen sein, denn wenngleich eine solche Waffe noch auf Entfernungen darüber hinaus eine bedeutende Trefffähigkeit ergiebt, so macht sich doch auch bei ihr für das reelle Treffen auf den grossen Entfernungen die Abnahme des bestrichenen Raums geltend, und die Wirkung eines einzelnen treffenden Geschosses ist nicht wie bei den massiven Artillerie-Geschossen ein Aequivalent für zahlreiche Fehlschüsse. Darum auch hier keine Ueberschwenglichkeit, keine Illusionen.

Obgleich die aufgelegte schwere Waffe sehr fest liegt und beim Abdrücken nicht leicht verworfen werden kann, so muss dennoch der Abzug möglichst leicht gestellt werden, um ein recht sicheres Abkommen zu begünstigen. Am besten ist das Stechschloss, gegen dessen Anbringung hier keine praktischen Bedenken sprechen.

Der Schaft der Waffe ist wie natürlich kräftig zu halten, der Kolbenfläche mit Rücksicht auf den öfteren Gebrauch hoher Visirpositionen eine möglichste Höhe und Breite zu geben; die Verbindung zwischen Schaft und Lauf wird am besten durch Ringe bewirkt, da selbstredend auch bei der Wallbüchse keine praktische Veranlassung vorliegt, den Lauf kantig zu formen.

Zur Aufbewahrung des nothwendigsten Zubehörs ist die Kolbe mit einem Magazin zu versehen.

Werden Wallbüchsen nach den entwickelten Grundsätzen construirt, so wird ihr Totalgewicht 15—16 Pfund nicht übersteigen, mithin die Waffe einen genügenden Grad von Handlichkeit besitzen.

Dergleichen Wallbüchsen können dann, in den Händen ausgewählter guter Schützen, auf der angegriffenen Front und besonders auf dominirenden Werken vertheilt, dem Feinde viel zu schaffen machen, indem sie ihn selbst in sehr entfernten Batterieen beunruhigen und das Vortreiben der Annäherungswege erschweren helfen.

Man ist in neuerer Zeit noch weiter gegangen und hat in besonders schweren Standbüchsen oder Amüsetten Positionswaffen zu schaffen gesucht, welche nur noch sehr entfernt den Charakter der Handfeuerwaffen tragen, eher mit Falkonetten zu vergleichen und doch keine Geschütze sind.

Nach unserer Meinung gehören auch solche Waffen jenen Amphibialschöpfungen an, welche, ohne einen bestimmten Charakter zu tragen, nicht mehr Handfeuerwaffe sind und deren Vortheile entbehren und ebensowenig die Leistungen der Geschütze erreichen, mithin nach keiner Seite hin Reelles leisten.

Dergleichen schwere Standbüchsen mochten allenfalls noch früher, als nur glatte Kanonen existirten, eine gewisse Berechtigung haben; seitdem gezogene Kanonen existiren, deren kleinere Kaliber äusserst beweglich und handlich sind und eine bedeutende Präcision des Schusses ergeben, dabei die Anwendung wirksamer Hohlgeschosse gestatten, die doch immer mehr leisten werden, als die kleinen Hohlgeschosse der Standbüchsen, haben jene Waffen keinen Werth mehr, und erscheint es ungleich gerathener, da, wo man kleine Projectile auf grosse Entfernungen mit Erfolg verwenden kann, sich der schweren gezogenen Handfeuerwaffe zu bedienen, deren vortrefflichste Herstellung der Technik keine Schwierigkeiten bietet.

III. Seegewehre.

§. 247. Die Handfeuerwaffen für den Gebrauch zur See zerfallen naturgemäss in zwei Klassen, d. h. in die für die Marine-Infanterie und die für die Matrosen.

Erstere ist für den Dienst auf der Flotte besonders organisirt, versieht auf den Kriegsschiffen so zu sagen den Garnisondienst, führt das Gewehrfeuer bei Seegefechten aus und soll bei Landungen und kleineren Unternehmungen zu Lande mit Schuss- und blanker Waffe wirken. — Man bewaffnet sie demgemäss wie die Linien- oder noch besser wie die moderne leichte Infanterie, für deren Handfeuerwaffe bereits die leitenden Gesichtspunkte erörtert sind; die Rücksicht auf ein möglichst schnelles Feuer und eine bequeme Handhabung in beengten Stellungen lässt das System der Hinterladung am vortheilhaftesten erscheinen, eine Brünirung der Läufe ist, wie an und für sich, wegen der auf der See leichter eintretenden Oxidation doppelt zweckmässig.

Die Matrosen bedürfen einer Handfeuerwaffe nur ausnahmsweise und zwar beim Entern zur Steigerung der Angriffs- und Vertheidigungsfähigkeit, bei nächtlichen Unternehmungen in Booten zum Signalisiren, bei Ladungen, welche mit Ueberfällen verknüpft sind, sei es um Lebensmittel zu requiriren, Brandstiftungen zu bewirken, Gefangene zu machen, Nachrichten einzuziehen, zu recognosciren etc.

Für alle diese Fälle genügt eine Pistole vollkommen, da es sich ja immer nur um ein Feuer in nächster Nähe, niemals um ein weiteres Schiessen handeln kann; beim Entern, wo man sich besonders hart auf den Leib kommt, ist ein schnelles Feuer dringend nothwendig, wogegen man wenig oder keine Zeit und Ruhe zum Laden hat. Letzteres muss also ungemein schnell ausgeführt werden oder ganz wegfallen können.

Hiernach ist die Revolverpistole die geeignetste Matrosenwaffe und daher auch in den meisten Marinen eingeführt.

Will man den Revolver nicht wählen, so möge man wenigstens die Hinterladung anwenden. Ein solider Verschluss ist bei der schwachen Ladung auch bei Anwendung der Percussionszündung leicht herzustellen. — Die älteren Marinepistolen haben die Vorderladung und glatte Läufe; der Ladestock muss, damit ihn der Matrose nicht verliere, durch ein Gelenk mit dem Lauf verbunden sein. Der glatte Lauf ist insofern nicht übel, als er auch das Schiessen mit Rehposten möglich macht.

So lange der Matrose die Pistole nicht gebraucht, darf sie ihn in seinen Dienstverrichtungen nicht im mindesten hindern, wird daher am besten in den Gürtel gesteckt. Zu festerem Sitz muss sie dann eine Klemmfeder erhalten (§. 131, 5). Letztere lässt sich bei Revolvern nicht anbringen, diese müssen also in eine besondere umzuhängende Tasche gesteckt, oder es muss eine Tasche am Gürtel angebracht werden. Zu grösserer Sicherheit ist eine Schnur mit der Kolbe zu verbinden und überzuhängen.

Damit man die Marinepistolen für gewöhnlich im Schiffsraum aufhängen könne, ist das Ende des Griffs mit einem Kappenringe nach Art des in Fig. 122 gezeichneten zu versehen, welcher dann auch zum Befestigen der Umhängeschnur zu verwenden ist.

Die ganze Waffe muss kurz und leicht sein, die Länge der Läufe kann bis zu 5" reduzirt werden, daher auch, wenn man den Revolver nicht wählen will, Doppelpistolen anwendbar sind.

Die Visirung muss selbstredend ganz einfach sein, der Kernschuss so nahe gelegt werden, dass man innerhalb seiner Weite stets auf denselben Punkt halten kann.

Schlussbemerkung.

§. 248. Indem wir hiermit den 3. Abschnitt beschliessen, glauben wir die wichtigsten Gesichtspunkte hingestellt zu haben, welche die Technik zu berücksichtigen hat, wenn sie eine Waffe für einen speziellen Kriegszweck schaffen soll, und darauf, nicht auf ein peinliches Registriren aller Details, kam es uns an.

Auf dem Boden des Detail zeigt sich täglich ein neues Leben: ob aber das Detail brauchbar, ob nicht müssige Variation sei, darüber kann man nur urtheilen, wenn man sich fort und fort die taktische Aufgabe der Truppe, ihr innerstes Wesen vergegenwärtigt und nebenbei die ewige Wahrheit festhält, dass für den Krieg das Einfachste das Beste ist.

Vierter Abschnitt.

Die Anfertigung der Kriegshandfeuerwaffen.

§. 249. Ueber die Anfertigung der Kriegshandfeuerwaffen sind in der deutschen Militair-Litteratur überhaupt nur wenige, in den letzten Decennien gar keine Schriften erschienen, und doch ist eine einigermassen vollständige Kenntniss der Gewehrfabrikation dem Offizier sehr nützlich, denn sie vervollständigt nicht nur seine Kenntniss der Waffe, sondern setzt ihn auch in den Stand, einen Fehler richtig zu beurtheilen, und giebt ihm ein Urtheil über das, was vom Arbeiter geleistet und mithin gefordert werden kann, was ihm namentlich dann von wesentlichem Nutzen sein wird, wenn er als Mitglied der bei den Truppen bestehenden Gewehr-Reparatur-Commissionen fungirt.

Natürlich kann es nicht in unserer Absicht liegen, auf's Detaillirteste in das rein Technische einzugehen: eine erschöpfende Darstellung dieses Gegenstandes würde ein Buch für sich beanspruchen, und unsere Abhandlung soll nur einen Abschnitt eines solchen bilden. Dieser Umstand wird unserer Darstellung aber hoffentlich eher nützen als schaden, weil er es uns möglich macht, das ermüdende Detail zu kürzen und uns auf das Wesentlichste zu beschränken. Wir werden somit nur mehr einen möglichst vollständigen Leitfaden geben, dessen Kenntniss dem noch nicht mit der Gewehrfabrikation bekannten Leser den Besuch oder längeren Aufenthalt in einer Gewehrfabrik nutzbar machen und überhaupt ein möglichst treues Bild des ganzen Verfahrens geben soll, verständlich auch Demjenigen, der nicht Gelegenheit hat, mit eigenen Augen sehen zu können.

Da man unbedingt Anderen am klarsten zu beschreiben im Stande ist, was man aus eigener Anschauung und Erfahrung gründlich kennt, so möge es uns erlaubt sein, uns vorwiegend an die Fabrikations-Methoden zu halten, welche in den Gefehrfabriken Suhl's befolgt werden. Die preussische Stadt Suhl, bekanntlich im Herzen des Thüringer Waldes gelegen, hat einen schon seit vielen Jahrhunderten bestehenden, weit verbreiteten und wohlbegründeten Ruf: es arbeitet für zahlreiche Staaten und Nationen und befriedigt sie durch die Tüchtigkeit der gelieferten Waffen. Aber die eigenthümlichen örtlichen Verhältnisse der Stadt geben auch dem Fabrikationsbetrieb ein eigenthümliches Gepräge. Suhl liegt inmitten einer holzreichen, aber steinkohlenarmen Gegend, von der nächsten Eisenbahnstation der Werra-Bahn über 3 Stunden, von der nächsten der Thüringer Bahn gegen 8 Stunden entfernt und noch durch keinen Schienenweg mit diesen verbunden. Hieraus erklärt sich die vorwiegende Verwendung der Holzkohle, die geringe Ausnutzung der Dampfkraft, die überwiegende Beschränkung auf die der Wasserkraft, welche allerdings, Dank dem waldreichen Gebirge, in den meisten Perioden des Jahres, sehr trockene Sommer ausgenommen, genügt, um so mehr genügt, als die Bewohner der Stadt und Umgegend, schlicht und genügsam und seit Jahrhunderten mit Vorliebe der Production des Eisens und seiner Verarbeitung zu Waffen zugewandt, die Arbeitslöhne nicht in dem Grade steigern, dass ein höchst ausgedehnter Maschinenbetrieb nothwendig wäre. Hieraus erklärt sich die Erscheinung, dass in Suhl weit mehr als in anderen grossen Gewehrfabriken mittelst Handarbeit geschaffen wird, erklärt sich die Erscheinung, dass die Etablissements von Suhl nicht den grossartigen Eindruck machen, als die anderen Gewehrfabrikstädte, welche mehr den Stempel unserer industriellen, auf Dampf- und grossartige Maschienenbenutzung basirten Zeit tragen.

Trotz alledem ist auch Suhl mit der Zeit fortgeschritten, es leistet viel und zeichnet sich besonders durch die tadellose Solidität seiner Arbeit aus, daher es doppelt gerechtfertigt erscheinen dürfte, wenn der Verfasser, dem Jahre lang auch in dienstlicher Stellung die Gelegenheit geboten wurde, die Suhler Fabrikation kennen zu lernen, sich in seiner Darstellung an diese hält.

Sehr interessant für den Soldaten ist Suhl um deswillen, weil hier in Folge des so zu sagen cosmopolitischen Charakters der Fabrikation, Gewehre für die verschiedensten Länder, von den verschiedensten Modellen und Systemen gefertigt werden. Auf diese Weise pulsirt in der kleinen Stadt ein technisch lebendiges Leben, fern aller Stabilität, und man kann dort viel Gutes und Zweckmässiges, natürlich auch Unzweckmässiges sehen und kennen lernen und sich somit auf positivem und negativem Wege belehren und ein Urtheil bilden.

Da die Gewehrfabrikbesitzer jedem Offizier mit liebenswürdiger Zuvorkommenheit ihre Werkstätten und Modelle zeigen, so können wir daher auch nur jedem Kameraden, der diese Zeilen liest, rathen, einen Abstecher in das romantisch gelegene Städtchen nicht zu scheuen, wenn ihn sein Weg zufällig oder absichtlich nach Thüringen führt.

Ueber Gewehrfabriken im Allgemeinen.

§. 250. Die Grösse der heutigen Heere und ihr nambaftes Bedürfniss an Handfeuerwaffen aller Art bedingt einen grossartigen Fabrikations-Betrieb: die Concentration der Gewehrarbeiter in Fabriken erleichtert die Untersuchung der Tüchtigkeit der gelieferten Waffen, ihre Revision, und bietet gleichzeitig das Mittel, Arbeiter verschiedener Arbeitszweige auf's Gründlichste auszubilden, sodass nicht ein einziger Mann ein ganzes Gewehr vollständig anfertigt, sondern nur gewisse bestimmte Theile, in deren Anfertigung er dann eine hohe Kunstfertigkeit erlangen kann. Hierdurch aber wird nicht nur die Güte der Arbeit erhöht, sondern auch dieselbe beschleunigt und billiger, denn wenn z. B. ein Mensch sein ganzes Leben lang nichts weiter thut, als die Köpfe von Schlossschrauben abdrehen, so ist es einleuchtend, dass ihm diese Arbeit nach einiger Zeit nie mehr misslingt, er also auch keinen Ausschuss erhält, mithin billiger arbeiten kann, umsomehr, als er jeden Vortheil für die Ausführung seiner Arbeit kennen und ausbeuten lernt, mithin sehr schnell arbeitet. Ob eine derartige monotone Thätigkeit sehr amüsant sei, das ist freilich eine andere Frage, doch der Mensch ist ja in dieser Hinsicht glücklich organisirt, denn: „die Gewohnheit nennt er seine Amme“, und ein gesicherter auskömmlicher Verdienst setzt über Manches hinweg.

Die Gewehrfabriken sind entweder Staats- oder Privat-Fabriken. — Im ersteren Falle werden sie von Directoren, welche aus den Offizieren der Armee gewählt werden und selbstredend durch längeres Wirken in Gewehrfabriken die nöthige Sach- und Geschäftskenntniss in technischer und administrativer Hinsicht erworben haben müssen, geleitet; im zweiten Falle verbleibt die Regelung des Betriebes den Fabrikbesitzern und werden nur Revisions-Commissionen in den Fabrikorten stationirt, welche die Prüfung der Waffen in ihren Theilen und im Ganzen bewirken, somit für die Tüchtigkeit der für den Staat abgenommenen Waffen verantwortlich sind und nur insoweit auf den Betrieb der Fabrikation influiren oder zu influiren suchen, als es der geregelte und zweckmässige Verlauf der Revisionen und die Innehaltung der vom Staat den Fabrikanten gestellten Termine erfordert.

Staaten, in denen sich keine Gewehrfabriken befinden, machen ihre Gewehrbestellungen gewöhnlich in Privat-Fabriken, da die Staats-Fabriken in der Regel nur für den Bedarf der eigenen Armee eingerichtet sind, und lassen die Waffen entweder im Fabrikort durch ein zu dem Ende dorthin entsandtes Revisions-Personal oder im eignen Lande untersuchen, durch welch' letzteren Modus selbstredend leicht Verzögerungen eintreten können.

Staats-Fabriken gewähren dem Staat den Vortheil der Selbstbeschaffung der Rohmaterialien, wodurch ihm natürlich der Betrag als Gewinn zufällt, welchen der Fabrikant als Provision berechnet, Staats-Fabriken können ferner beliebig in Festungen gelegt und somit gesichert werden und sind niemals jenen Betriebsstockungen unterworfen, welche durch von auswärts her bewirkte Entziehung von Arbeitern oder in Folge von Krisen des Geldmarktes in Privat-Fabriken möglicher Weise entstehen können.

Hingegen fällt aber auch dem Staat sämmtlicher Ausschuss zur Last, welcher in Folge schlechten oder im Lauf der Aufbewahrung verdorbenen Materials eintritt: die Einrichtungen der Fabriken sind ferner luxuriöser, die Zahl der Beamten ist bedeutender als in Privat-Fabriken, welche sich eher mit weniger stattlichen und vollkommen eingerichteten Gebäuden, mit weniger Leuten behelfen.

Rechnet man hiezu die Macht der Concurrenz, welche auf die Preise influirt, so lässt sich behaupten, dass die grössere Billigkeit auf Seite des Bezuges der Waffen aus Privat-Fabriken liegt, umsomehr, als es dem Staat den im eignen Lande gelegenen Privat-Fabriken gegenüber stets möglich ist, dieselben zu beeinflussen, in manchen Beziehungen zu begünstigen (z. B. durch Zusicherung der Ueberlassung des Kohlholzes etc.), wofür um so eher niedrige Preise gestellt werden können. Contracte mit Conventionalstrafen bei nicht pünktlicher Lieferung werden gegen Missfälle hinlänglich sichern.

Die Directionen der Staats-Fabriken, resp. die bei Privat-Fabriken angestellten Revisions-Commissionen bestehen, wie schon angedeutet, zunächst aus Offizieren, welche in neuerer Zeit mehr aus der Infanterie gewählt werden, während sie früher vorzugsweise der Artillerie anzugehören pflegten, bei deren Offizieren man eine höhere technische Kenntniss voraussetzte. Diese Annahme traf einigermassen in jener Zeit zu, als die Handfeuerwaffen überhaupt nur einen Appendix der Artillerie bildeten, ist aber heut zu Tage nicht mehr stichhaltig, seitdem mit der Vervollkommnung der Handfeuerwaffen sich ein reges Interesse für deren Technik auch in der Infanterie erzeugt hat, unter deren Offizieren selbstredend die grössere Liebe zu der Waffe und deren vollkommenere Würdigung vorausgesetzt werden kann, welche die Erwerbung einschlägiger technischer Kenntnisse in hohem Maass begünstigt.

Aus diesem Grunde, und weil die sonst noch etwa nöthige administrative und büreaukratische Befähigung naturgemäss nicht an der Waffe klebt, sondern individuell ist, erscheint es durchaus angemessen, die Leitung der Gewehrfabrikation Infanterie-Offizieren anzuvertrauen.

Den Directoren, resp. Vorstehern der Revisions-Commissionen sind zunächst noch Offiziere als Directions- und Commissions-Assistenten und Hülfsoffiziere zur Unterstützung beigegeben und ausserdem eine den Forderungen des Betriebes entsprechende Zahl reiner Techniker, gelernter Büchsenmacher, als eigentliches Revisionspersonal. Diese Männer, Revisoren, Controlleurs, Oberbüchsenmacher etc. genannt, denen die detaillirteste Prüfung der von den Arbeitern zur Vorlage gebrachten einzelnen Waffentheile, sowie der zusammengestellten Waffen obliegt, müssen vereidigte Staatsbeamte sein, damit sie die Interessen der Armee auch wahrhaft wahrnehmen. Ihre praktisch-technische Befähigung für ihren

Beruf, vor Allem also ihre eigene Tüchtigkeit als Arbeiter, welche sie allein zur richtigen Beurtheilung fremder Arbeit befähigt, hat eine gründliche Prüfung festzustellen, ausserdem ist von ihnen diejenige Charakterfestigkeit zu fordern, welche ihnen zur Ausübung einer unparteiischen aber rücksichtslosen Strenge nothwendig ist, denn Nichts widerstreitet den Interessen der Armee mehr, als ein, wenn auch natürliches und äusserst erklärliches, doch in diesem Falle geradezu strafbares Mitleiden mit dem Arbeiter bei Vorlegung tadelhafter Arbeit.

Nur die strengste Pflichterfüllung Seitens der Revisoren, welche mit ihrem Stempel für ihre Revision verantwortlich bleiben, kann dem Staate kriegstüchtige gute Waffen garantiren und den Nachtheilen vorbeugen, welche der Armee aus durchgelassenen Material- und Arbeitsfehlern erwachsen können.

Dergleichen Beamte haben einen schweren Dienst, weil sie nicht nur körperlich sehr angespannt werden, sondern auch im Verkehr mit den Arbeitern mit Widerwärtigkeiten mancher Art zu kämpfen haben — es ist daher billig, dass man sie reichlich besoldet.

Ausser den Revisoren sind den Directionen und Commissionen natürlich noch die nöthigen Schreiber, eventuell Rechnungs-Beamte, Magazin- und Materialien-Verwalter, Betriebsführer, Werkführer etc., endlich auch Schützen zur Verfügung zu stellen, welche den Anschuss der gezogenen Gewehre auf den Strich bewirken.

Allgemeine Grundzüge für die Gewehrfabrikation.

§. 251. Wie schon bemerkt, erfordert ein grossartiger Fabrikationsbetrieb eine Trennung der Arbeiter nach Branchen, so dass sie theils einzelne Theile anfertigen, theils einzelne Theile mit einander verbinden, theils endlich die ganze Waffe aus den einzelnen Theilen richtig zusammenstellen.

Auf diese Weise beschäftigt ein Gewehr eine grosse Zahl von Händen, und es ist von grosser Wichtigkeit, den Betrieb so zu leiten, dass niemals ein Mangel an fertigen einzelnen Theilen eintritt, damit diejenigen Arbeiter, welche bereits mehrerer Gewehrtheile bedürfen, fortgesetzt beschäftigt werden können.

Da es nothwendig ist, dass die ein Mal festgestellten Abmessungen eines Gewehrmodells bei der ganzen nach ihm anzufertigenden

Anzahl von Gewehren möglichst genau inne gehalten werden, damit man im Lauf des Gebrauchs der Waffe schadhaft gewordene Theile möglichst leicht und schnell durch vorhandene neue ersetzen könne, ohne zu einer Zeit raubenden Nacharbeit gezwungen zu sein, so wird ein Mal durch genaueste Nachmessung der einzelnen Theile des Modellgewehrs eine maassgebende Abmessungs- oder Dimensions-Tabelle entworfen, welche als Grundlage für die Fabrikation und Revision dient, und werden ferner auf Grund des Modellgewehrs und der gewonnenen Dimensions-Tabellen genaue Muster — Schablonen und Leeren — angefertigt, nach denen man die Arbeiter arbeiten lässt.

Man sollte hiernach auf den ersten Blick glauben, es müsse sich auf solche Weise eine derartige Uebereinstimmung der correspondirenden Gewehrtheile gewinnen lassen, dass man ohne Weiteres die Theile eines beliebigen Gewehrs mit den gleichen eines beliebigen anderen vertauschen könne, doch ist dies leider unmöglich, da, wenn man auch noch so viel durch Maschinen arbeiten lässt, doch immer noch sehr viel für die Handarbeit übrig bleibt, bei der kleine Abweichungen unvermeidlch sind.

Damit soll aber nicht gesagt sein, dass man es überhaupt nicht bis zu jenem Ideal der Fabrikation bringen könnte, ja es ist dies sogar z. B. in Frankreich mit den Schlosstheilen zur Herstellung sogenannter identischer Schlosse vorübergehend versucht und erreicht worden, aber der Ausfall an Stücken und die Verzögerung der Arbeit ist dann eine so bedeutende, dass die Erreichung solchen Ziels nur mit den grössten Opfern an Geld und Zeit möglich ist.

Man hat sich in Folge dessen überall dazu verstanden, für alle Waffentheile ein, natürlich in möglichst enge Grenzen gebanntes, Maximum und Minimum der Abmessungen festzustellen, welche sich um so mehr von der normalen Abmessung entfernen können, je weniger wichtig eine Abweichung von der letzteren für die Leistung der Waffe ist. Demgemäss darf man z. B. für den Kaliber gezogener Läufe, so wie auch die Abmessungen der Balken und Züge nur äusserst geringe Toleranzen stellen, dagegen grössere z. B. bei den Abmessungen einer Kolbenkappe.

Ganz normal kann und muss man die Abmessungen bei solchen Gewehrtheilen fordern, deren Vollendung mittelst normal arbeitender Vorrichtungen erreicht werden kann, wie z. B. bei den Gewinden der Schrauben, welche mittelst normaler Schneideeisen angeschnitten werden, sodass man höchstens in der Zahl der Schraubengänge eine geringe Toleranz gestatten darf.

Selbstredend muss das Streben der Fabrikation immer dahin gerichtet sein, die normalen Abmessungen so viel als irgend möglich einzuhalten, wozu die Anwendung zweckmässiger, gleichmässig und sicher arbeitender Maschinen und die möglichste Verwendung eines sehr reinen Materials die besten Mittel bieten und deshalb in neuerer Zeit auch in ausgedehnter Weise ausgenutzt werden.

Bevor wir denn zur Beschreibung der Fabrikation der einzelnen Theile der Handfeuerwaffen schreiten, wollen wir, um uns Wiederholungen zu ersparen, zunächst in kurzen Zügen die Hauptarbeiten, besprechen, welche an den meisten Stücken auszuführen sind und sich demgemäss immer wiederholen, wobei wir unsere geehrten Leser bitten, sich gefälligst auch dessen erinnern zu wollen, was bereits im 1. Abschnitt bei der Besprechung der Materialien gesagt wurde.

Alle bei der Gewehrfabrikation vorkommenden Arbeiten zerfallen zunächst in Metall- und Holzarbeiten.

Metall-Arbeiten.

Alle Metallarbeiten beginnen mit der Bildung der rohen, aber möglichst genauen Form des zu fertigenden Stücks aus dem Rohmaterial, was bei Eisen und Stahl durch das Schmieden, bei Messing und Neusilber durch das Giessen geschieht.

§. 252. *a.* Das Schmieden

besteht, wie schon früher erwähnt und aus dem täglichen Leben bekannt, in der Hauptsache darin, dass man ein Stück Eisen oder Stahl im Feuer erwärmt, und dann, seine hierdurch gewonnene Weichheit und Fügsamkeit benutzend, es mittelst Hammerschlägen in seinem Gefüge verdichtet und in bestimmte Formen bringt.

Die letztere Operation erleichtert man sich durch das Schmieden im Gesenk. Hierbei wird ein Stahlstück, in welchem sich die künftige Form des zu schmiedenden Stücks ausgesenkt befindet, in die obere Stirnfläche des Ambosses geschoben, darauf das glühende Schmiedestück, welches bereits aus freier Hand in die ungefähre Form des Gesenks geschmiedet ist, in's Gesenk gebracht und mit kräftigen Hammerschlägen in dasselbe hineingetrieben. Ist das betreffende Stück sehr stark, so enthält das Gesenk nur die Hälfte seiner Form, die andere Hälfte dagegen befindet sich in einem Aufsetz- oder Setzhammer, welchen der eine Arbeiter handhabt und auf das Schmiedestück aufsetzt, während ein zweiter Arbeiter als Zuschläger die beiden Gesenke zusammentreibt, sodass das zwischen ihnen befindliche Eisenstück die richtige Form gewinnt, der Ueberschuss an Material tritt dabei nach der Seite heraus und bildet einen Grat.

Je nach der Zeitdauer und dem Grade der Dehnbarkeit und Fügsamkeit, welche das Schmieden eines Stücks beansprucht, muss demselben eine grössere oder geringere Wärme, oder es müssen demselben nach einander mehrere Hitzen oder Wärmen gegeben werden, wobei nicht zu vergessen, dass der Stahl einer kürzeren Erhitzung bedarf als Schmiedeeisen (vergl. §. 16).

Eine richtige Führung der Hammerschläge ist beim Schmieden die Hauptsache, daher das Tempomässige der Schläge, das Pausiren mittelst gleichzeitiger tauber Schläge. Gewöhnlich schmieden zwei Mann; der Meister führt mit einem leichteren Hammer die Hauptstreiche und dreht und wendet mit der Zange das Schmiedestück; der Zuschläger schlägt nach, damit das Eisen nicht einseitig ausweicht oder Risse entstehen.

Was sonst noch beim Schmieden zu beachten, erhellt aus §. 12β., und wäre hier nur noch zu bemerken, dass man alle Stücke wesentlich grösser schmiedet, als sie künftig sein sollen, damit die oberen Schichten des Materials, welche weniger kernig, mitunter auch unrein sind, recht vollständig weggenommen werden können, sodass das fertige Stück recht gesund ausfällt.

Sofern das Handschmieden nicht ausreicht, was namentlich bei grösseren Stücken vorkommt, bedient man sich eines Wasser- oder Dampfhammers, der gleichzeitig die Arbeit beschleunigt: wir kommen hierauf noch zurück.

§. 253. *b.* Das Giessen

besteht wie bekannt darin, dass man die nöthige Quantität des betreffenden Materials in gut feuerfesten Tigeln schmilzt und in dem hierdurch herbeigeführten flüssigen Zustande in Formen giesst, welche man meistens aus Sand bereitet.

Die Formen müssen scharf und rein und grösser sein als das zu giessende Stück, damit dessen Oberfläche, welche oft porös und blasig ausfällt, entfernt werden kann. In welchen Fällen das Gussstück seine künftige Form von vorn herein, in welchen nur eine provisorische erhält, wird später gesagt werden.

c. Weitere Arbeiten an geschmiedeten Stücken.

Wie schon bemerkt erhalten die Eisen- und Stahltheile durch das Schmieden nur ihre allgemeinste rohe Form und müssen dann erst weiter bearbeitet werden.

Die desfallsigen Arbeiten wiederholen sich bei den meisten Stücken und beschränken sich in der Hauptsache auf die nachstehenden.

1. Schweissen.

§. 254. Was unter Schweissen zu verstehen, sagt §. 12. Geschweisst müssen werden alle solche Stücke, welche sich von vornherein nicht aus einem Stück schmieden lassen, demgemäss aus zwei ursprünglich getrennten Bestandtheilen zu einem innig verbundenen Ganzen zusammengesetzt werden müssen, ferner solche, welche zu Röhren geschmiedet werden müssen, deren Kanten man beim Schmieden noch nicht gleich zusammentreiben kann. Zur Vereinigung bedarf es dann der Schweisshitze, deren hohe Temperatur beim Ausschmieden nicht zu brauchen, auch völlig überflüssig ist.

Aeusserst wichtig ist, wie schon in §. 12 β erörtert wurde, das schnelle Zusammentreiben der schweissenden Trennungsflächen, widrigenfalls eine Schweissnath entsteht.

2. Feilen.

§. 255. Die Bearbeitung des Eisens und Stahls mit der Feile, das Feilen, spielt in der Gewehrfabrikation eine bedeutende Rolle.

Die hier zur Verwendung kommenden Feilen gleichen vollkommen denen, welche Jeder aus dem täglichen Leben kennt und bei jedem Eisenarbeiter sehen kann, und unterscheiden sich unter einander nur durch die vom jedesmaligen Zweck bestimmte Form des Querschnitts der stählernen Klinge (viereckig, dreieckig oder segmentförmig) und die Auseinanderstellung und Tiefe der kreuzweisen Einhiebe. Je weiter die Einhiebe auseinanderstehen und je tiefer sie sind, desto gröbere Feilspähne nimmt die Feile weg, desto kräftiger bearbeitet sie also das Stück, je enger an einander die Einhiebe stehen, und je seichter sie sind, desto weniger greift die Feile die Oberfläche des Eisens an. Dies kann bis auf das feinste Abziehen gebracht werden, bei dem keine Feilspähne mehr abfallen, sondern nur feiner Feilstaub.

Die Arbeiten mit der Feile zerfallen demnach nach der Art der angewendeten Instrumente in das grobe Bestossen, das Fertigfeilen nach Schablone und Leere und in das Schlichten.

Das Bestossen hat zum Zweck die Wegnahme des Schmiedegrats und der das Stück bedeckenden Oxyd- oder Schmiedehaut, sowie des grössten Theils des überschüssigen Materials: es wird demgemäss mit groben vierseitigen Feilen unter Anwendung beider Hände ausgeführt.

Das Fertigfeilen soll dem Stück möglichst genau die vorgeschriebenen Abmessungen innerhalb der gestatteten Grenzen geben, muss deshalb mit grosser Sorgfalt und Sauberkeit ausgeführt werden. Der Arbeiter giebt dem Stück die richtige Form nach einer aus Gussstahl gefertigten und gehärteten Schablone, welche die genauen Umrisse des zu bearbeitenden Stücks liefert und deshalb während der Arbeit neben dieses und mit ihm zusammen, so dass beide sich decken, zwischen die Backen des Schraubstocks gespannt wird, welcher an der Werkbank befestigt ist — die richtige Stärke nach Maassgabe einer Leere (Fig. 241).

Fig. 241.

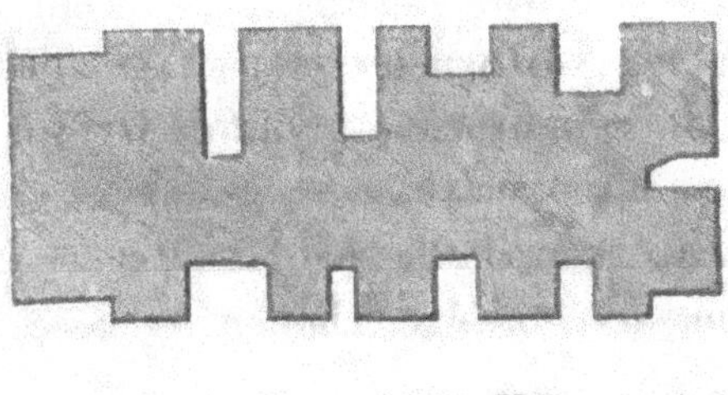

Diese, eine gussstählerne Platte, enthält, wie die Fig. 241 zeigt, an ihrem Umfange Einfeilungen, welche die normalen Stärken des Stücks an den verschiedenen Stellen angeben. Sie wird demgemäss vom Arbeiter ab und zu auf die Kanten des Stücks aufgesetzt und danach beurtheilt, wie viel Eisen noch fortzunehmen ist.

Kleinere Stücke, deren Lage beim Feilen oft verändert werden muss, spannt man in einen Feilkloben, eine Art kleinen Schraubstocks, der frei mit der linken Hand gehalten wird.

Die Güte der Feilarbeit ist an der richtigen Führung der Feilstriche zu erkennen; letztere müssen unter einander möglichst parallel, dürfen nicht kreuz und quer laufen, widrigenfalls leicht ungleiche Stärken entstehen.

Das Schlichten oder Abziehen geschieht mit einer ganz feinen Schlichtfeile: sein Zweck ist die Entfernung jeder Ungleichheit, die Vollendung des Stücks auf die vorgeschriebene Dimension, die Entfernung der gröberen Feilstriche und die Vorbereitung der Oberfläche für das Poliren oder Schmirgeln.

3. Abdrehen.

§. 256. Das Abdrehen hat zum Zweck, die Herstellung einer regelmässigen Rundung, der Cylinder- oder Kegelform eines Stücks.

Es besteht im Allgemeinen darin, dass man das abzudrehende Stück in eine Drehbank spannt (wie man sie der Hauptsache nach bei jedem Drechsler sehen kann), welche entweder durch den Fusstritt des Arbeiters oder, falls die Bank grösser, durch Wasser- oder Dampfkraft bewegt wird, und zwar in der Art, dass es, sobald die Bewegung der Bank beginnt, sich fortgesetzt genau um seine Achse dreht. Während dieser Bewegung lässt man dann einen scharfen stählernen Drehzahn auf die Oberfläche des Stücks einwirken, von welcher er die oberste Schicht in Form eines kreisförmigen Spahns abnimmt, was nach Bedürfniss längere oder kürzere Zeit stattfinden kann.

Da die schnelle Achsendrehung des eingespannten Stücks im Verein mit der Einwirkung des scharfen Zahns oder Hakens eine sehr scharfe Friction, also eine bedeutende Erhitzung sowohl des abzudrehenden Stücks als auch des Instruments erzeugt, so bringt man über der Drehbank ein mit Seifenwasser gefülltes Gefäss an und lässt aus demselben, so lange die Arbeit dauert, beständig einen Strahl auf die Drehstelle fliessen, wodurch die sich berührenden Metalltheile fortgesetzt gekühlt und geschmeidig erhalten werden.

4. Das Fraisen.

§. 257. Das Fraisen ist streng genommen eine Art Feilerei, insofern es auch darin besteht, dass man mittelst stählerner Instrumente, auf deren Oberfläche sich scharfe Einschnitte oder Einhiebe befinden, das festgelegte Eisenstück bearbeitet, unterscheidet sich aber darin sehr scharf vom Feilen, dass die Instrumente nicht mittelst der Hand, sondern durch das Getriebe von Maschinen in Bewegung gesetzt werden.

Die Fraisen sind meistentheils stählerne Scheiben oder Rädchen, deren Peripherieflächen oder deren Seitenflächen mit zahlreichen scharfkantigen Einschnitten versehen sind (Fig. 242). Sie werden, wenn sie in Thätigkeit treten sollen, in eine Maschine gespannt, deren Getriebe ihnen eine schnelle Achsendrehung verleiht, und an der sich ferner Vorrichtungen befinden, welche dem zu bearbeitenden Eisen- oder Stahlstück eine bestimmte feste Lage zu den Fraisen geben. Wird die Maschine in Bewegung gesetzt, so fassen die sich drehenden Fraisen mit ihrer Schneidefläche das zu bearbeitende Stück und reissen Spähne von dessen Oberfläche ab. Die Führung der Fraisen ist so eingerichtet, dass sie das Stück nur so lange bearbeiten können, bis dasselbe seine Dimension erlangt hat, respective der zu fraisende Einschnitt etc. genügend tief geworden ist: dann drehen sie sich wirkungslos weiter, bis die bewegende Kraft gehemmt wird. Spätere Spezialbeschreibungen werden dies noch klarer machen.

Fig. 242.

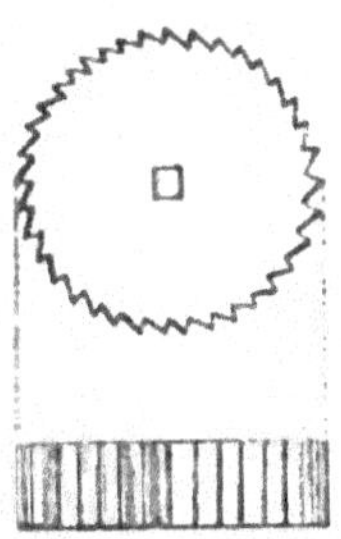

Aus demselben Grunde, wie beim Abdrehen, um eine nachtheilige Erweichung der Fraisen sowohl als des zu bearbeitenden Stücks durch die eintretende Erhitzung zu vermeiden, werden beide Theile beständig mit Seifenwasser gekühlt.

Da die Fraisen sehr schnell und regelmässig arbeiten, so ersparen sie nicht nur zahlreiche Feilstriche, sondern begünstigen auch die Herstellung identischer Formen; ausserdem ist die Arbeit billig, da meistens nur ein Arbeiter zur Leitung der Maschinerie nöthig ist, und wird deshalb das Fraisen in der Gewehrfabrikation in sehr ausgedehnter Weise zur Anwendung gebracht.

Noch sei bemerkt, dass die Fraisen, wie auch schon angedeutet, keineswegs immer die Gestalt von Scheiben zu haben brauchen. So ist z. B. das Ausdrehen halbkugelförmiger oder conischer Austiefungen auch nur eine Fraiserei, denn ein sogenannter Kugelknopf, mittelst dessen man die innere Höhlung der Geschossformen ausdreht, ist eine kugel- oder spitzgeschossförmige Fraise, mittelst deren man die beiden Backen der Form mit den entsprechenden Austiefungen versieht.

Ebenso bedingt das Fraisen nicht absolut die Anwendung einer Maschinerie: man kann z. B. eine kleine Fraisscheibe zur Gewinnung ebener kreisförmiger Flächen auch dadurch um ihre Achse bewegen, dass man sie in eine sogenannte Brustleier oder einen Drauf spannt. Die Fraise würde dann z. B. bei *a* liegen, das Polster *b* stemmt man gegen die Brust und dreht nun die Scheibe mittelst der Hand an dem Griff *c* schnell um ihre Achse.

Fig. 243.

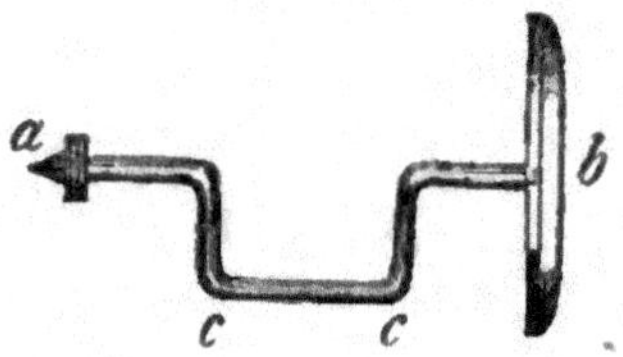

§. 258. 5. Das Bohren zur Erzeugung cylindrischer oder conischer Hohlräume kann entweder aus dem Vollen stattfinden oder zur Erweiterung bereits beim Schmieden erzeugter Höhlungen dienen. Im ersteren Fall muss ein Spitzbohrer die Arbeit beginnen, im zweiten sind Bohrschneiden nöthig oder muss die Bohrerklinge eine scharfkantig vierseitig pyramidale Form haben.

Da sich beim Bohren eine bedeutende Reibung, also Erhitzung erzeugt, so muss eine fortgesetzte oder häufige Kühlung des Instruments und des auszubohrenden Stücks stattfinden und der Bohrer gut gefettet werden.

Ob die Bohrer durch ein Maschinentriebwerk oder nur durch die Hand mittelst des in Fig. 243 dargestellten Draufs in Bewegung gesetzt werden, richtet sich natürlich nach der Grösse des Stücks und des zu erzeugenden Lochs und wird aus der späteren Darstellung erhellen.

6. Das Schneiden.

§. 259. Es dient zur Erzeugung von Schraubengewinden. Sollen die Wände von Hohlräumen Gewinde erhalten, so werden letztere **ein**geschnitten: zu dem Ende wird das zu bearbeitende

Fig. 244.

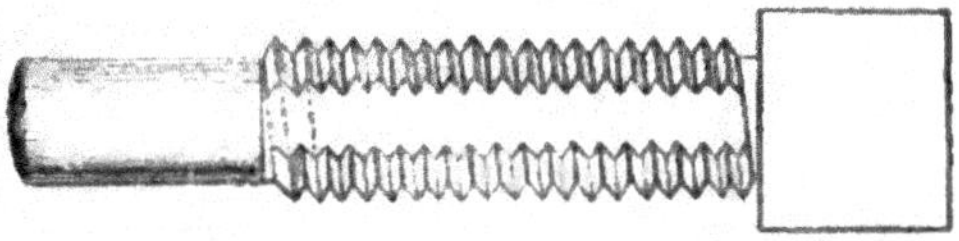

Stück fest und senkrecht eingespannt und dann das Gewinde mittelst besonderer Schneidbohrer von nebenstehender Form nach und nach, d. h. zuerst sehr seicht, dann allmälig immer tiefer eingeschnitten. Die Schneidespähne sammeln sich hierbei in den Löchern, resp. an den flachen, nicht mit Gewindeschneiden versehenen Kanten des Bohrers, wodurch verhindert wird, dass sich die Spähne auf die Schneiden legen und die Schraubengänge beschädigen.

Soll die äussere Fläche von Gewehrtheilen Schraubengewinde erhalten (wie z. B. bei den Schwanzschrauben, allen Schrauben etc.), so müssen dieselben **an**geschnitten werden. In diesem Fall bringt man das zu bearbeitende Stück in eine sogenannte Schneidekluppe, welche, auf der Werkbank befestigt, aus zwei Backen besteht, deren innere Wände ähnlich, wie die äusseren des Schneidbohrers eingerichtet sind und nach Bedürfniss weniger oder mehr eng an einander gestellt werden können, je nachdem die Arbeit vorrückt, da natürlich auch hier die Gewinde anfangs seicht und erst nach und nach schärfer angeschnitten werden.

Zur Ausführung der Arbeit wird das zu bearbeitende Stück in die Kluppe gespannt und, nachdem deren Backen entsprechend an einander gestellt, in ihr um seine Achse gedreht, wobei dann die Backenschneiden die Gewindegänge anschneiden; ein allmäliges schärferes Zusammenstellen der Backen vertieft die Gewinde bis zu dem geforderten Grade.

Statt das Stück in der Kluppe um seine Achse, kann man auch, namentlich bei Gewinden von geringeren Dimensionen, die Kluppe um das Stück herumdrehen, welches dann in den Schraubstock zu spannen ist.

Zur Bewegung des Schneidbohrers, resp. des Stücks bedient man sich eines sogenannten Windeeisens, dessen Loch *a* (Fig. 245) über den glatten Schaft des Bohrers, resp. einen entsprechenden Theil des zu bearbeitenden Stücks übergreift, während die Arme *bb* zum Angriff für die Hände dienen und als lange Hebelsarme die Bewegung begünstigen.

Fig. 245.

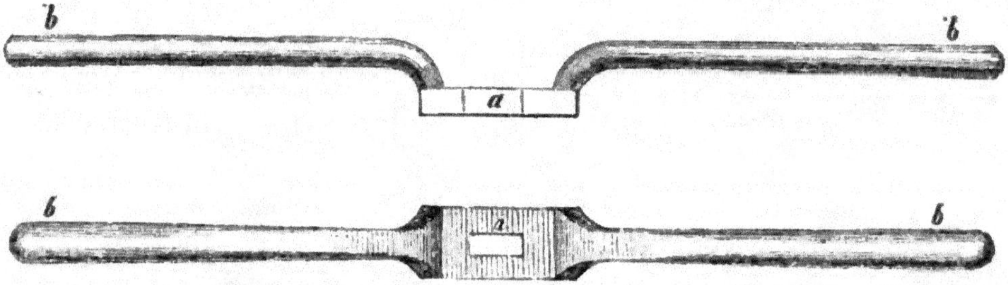

Sehr schwache, feine Gewinde schneidet man an mittelst eines Schneidezeugs, d. i. einer Stahlplatte mit Hohlgewinde, welche man um das eingespannte Stück herumdreht.

§. 260. 7. Das Schleifen

dient theils zur regelmässigen Verringerung der äusseren Dimension runder Stücke, theils zur Herstellung glatter schneidiger Flächen, Kanten und Spitzen und zur schnellen Entfernung von Unebenheiten, so z. B. schleift man Ladestücke rund, die unteren Achtkantflächen der Gewehrläufe glatt und eben, schleift die Ringe weg, welche beim Abdrehen der Rohre entstehen, schleift die Flächen der Bayonnettklingen hohl oder eben, die Kanten der Klingen scharf etc.

Das Schleifen findet, wie auch im alltäglichen Leben, mittelst schnell rotirender Sandsteine statt, deren besondere Einrichtung später beschrieben werden wird.

§. 261. 8. Das Poliren

soll die durch Feilen, Drehen und Schleifen erzeugten Flächen auf's Feinste glätten und ebnen, weil eine glatt polirte Fläche nicht nur schwerer rostet, als eine (und wenn auch nur durch feine Feilstriche) rauhe, sondern auch dem Ganzen ein hübscheres Ansehen giebt, was immer berücksichtigt werden kann und muss, wenn die Zweckmässigkeit nicht unter äusserer Schönheit leidet.

Das Poliren wird entweder mit Schmirgelhölzern aus freier Hand oder noch häufiger (vergl. §. 23.) mittelst Polirscheiben ausgeführt, gegen deren mit fein gepulvertem Schmirgel bedeckte Peripherie, welche durch Triebräder in eine schnelle Drehung versetzt wird, man das zu polirende Stück drückt.

d. Weitere Bearbeitung gegossener Stücke.

§. 262. Gegossene Stücke werden, wenn sie nachträglich zu einer conischen oder cylindrischen Form gebogen werden müssen, selbstredend nicht geschweisst, sondern gelöthet, ausserdem werden alle durch Guss erzeugte Stücke mit Feilen und Fraisen bearbeitet oder nach Bedürfniss abgedreht, gebohrt, geschnitten und schliesslich polirt.

Die bisher aufgeführten Metall-Arbeiten sind die hauptsächlichsten und kommen, wenn auch nicht bei allen, so doch bei den meisten Stücken zur Anwendung: alle weiteren Detail-Arbeiten an einzelnen Theilen werden im weiteren Verlauf der Darstellung beschrieben werden.

§. 263. **Die Holz-Arbeiten,**

welche von den Schäftern zur Herstellung des Schaftes ausgeführt werden, lassen sich am besten zum Theil mit der Stellmacher-, zum Theil mit einer feinen und sauberen Tischler-Arbeit vergleichen und werden im Allgemeinen auch mit denselben Instrumenten, mit Hobel, Schnitzern, Bohrern etc. ausgeführt.

In neuerer Zeit hat, und namentlich in England, die Bearbeitung des Schaftholzes mittelst Maschinen bedeutenden Boden gewonnen, und werden namentlich durch Wasser- oder Dampfkraft getriebene Bandsägen zum Zuschneiden der Hölzer, und Fraisen zur Herstellung der Aushöhlungen etc. zur Anwendung gebracht.

Die Anfertigung der einzelnen Gewehrtheile.

§. 264. Wie schon in den §§. 250 und 251 bemerkt wurde, so erfordert ein grossartiger Fabrikationsbetrieb eine Theilung der Arbeit, und dies geht so weit, dass nicht ein Mal alle einzelnen Theile des Gewehrs von einem und demselben Arbeiter von Anfang bis zu Ende gefertigt werden, sondern verschiedene Hände beschäftigen, daher oft Zwischenarbeiten erwähnt werden müssen: ausserdem werden die Arbeiten häufig durch Revisionen gekreuzt.

Eine recht übersichtliche Darstellung der Gewehrfabrikation ist daher mit Schwierigkeiten verknüpft, welche wir aber dadurch zu überwinden hoffen, dass wir die Detailbeschreibungen möglichst systematisch geben.

I. Die Anfertigung der Läufe

zerfällt in die des Rohrs und der Verschlusstheile und die Herstellung ihrer Verbindung.

Anfertigung eiserner Rohre.

§. 265. Die eisernen Gewehrrohre werden aus starken gewalzten Schienen oder Platinen gefertigt, welche zu dem Behuf nach Maassgabe der Dimensionen der herzustellenden Rohre in entsprechend lange Stücke zerlegt werden.

Beispielsweise haben die Schienen, aus denen man neue Rohre der preussischen gezogenen Infanteriegewehre m/39, also des alten grossen Kalibers, anfertigte, eine Länge von ppr. 10′, eine Stärke von circa $\frac{3}{4}$″ und eine Breite von 3″: man zerlegt sie mit Meissel und Hammer in Stücke von 15,25″ Länge, aus deren jedem man ein Rohr fertigt.

Ein solches Platinenstück enthält natürlich bedeutend mehr Eisen, als für das fertige Rohr nöthig ist, weil theils auf den beim Schmieden unvermeidlichen Abbrand gerücksichtigt werden muss, theils die Festigkeit des Rohrs gewinnt, wenn es von vornherein starke Dimensionen hat und erst nach und nach in ihnen verringert wird: ebenso kann eine regelmässige innere und äussere Form nur hergestellt werden, wenn reichlich überschüssiges Material zum Fortnehmen vorhanden ist.

Aus den erwähnten Laufplatten oder Platinen bildet der Rohrschmied zunächst durch Schmieden und Rollen eine offene Röhre, was in folgender Weise stattfindet.

Es befinden sich in der Rohrschmiede oder dem Rohrhammer ein offener Schmiedeheerd mit Esse und starkem, durch Wasserkraft zu bewegendem, Blasebalg und ausserdem, dem Heerde gegenüber, gewöhnlich 3 Wasserhämmer, welche, wie Tafel I zeigt, im Allgemeinen die Form des in Fig. 6 dargestellten Schwanzhammers haben, aber natürlich kleiner sind, und von einer und derselben, hinter ihren Schwänzen liegenden Welle *A* bewegt werden, deren Wasserrad sich ausserhalb des Rohrhammers unmittelbar neben dem Gebäude befindet und in Suhl, wo man über ein bedeutendes Wassergefälle verfügt, oberschlächtig ist.

Tafel I.

Von jenen 3 Hämmern ist der eine mit einem etwas stärkeren Kopfe *B* versehen und zum Schmieden und Rollen der Platine bestimmt: er wird Platinen- oder Reckhammer genannt. Die beiden anderen leichteren dienen zum Schweissen und Ausschmieden des Rohrs: man nennt sie Schweiss-, auch wohl schlechtweg Rohrhämmer. Die Triebwelle (vergl. auch Fig. 6 *A*) ist hinter den Schwänzen der Hämmer mit 14 Daumen (Fig. 6 *aa*) besetzt, so dass man eine sehr bedeutende Geschwindigkeit der Schläge erzielen kann, wenn man mittelst des in die Schmiede hineinreichenden Hebels den Schützen des Wassergerinnes völlig aufzieht und also die volle Wasserkraft auf das Triebrad wirken lässt.

Unter dem Stiel jedes Hammers, nicht weit hinter dem Kopfe, steht ein Fanghebel *b*, welcher für gewöhnlich dem Hammer eine etwas aufgerichtete Stellung giebt und dadurch den Schwanz von den Daumen der Welle entfernt hält. Nimmt man ihn weg, so sinkt der Hammerkopf und der Schwanz kommt unter die Wirkung der Daumen, welche ihn sodann zum Schlagen bringen.

Die obere Fläche des Ambosses ist beim Platinenhammer glatt, bei den Schweisshämmern dagegen mit halbrunden Gesenken (Tafel I *cc*) versehen; ausser den Wasserhämmern befindet sich noch ein Amboss in der Schmiede, der, gleichfalls mit Gesenken versehen, zum Nachschmieden mit der Hand bestimmt ist.

Die Arbeit selbst geht nun in nachstehender Weise vor sich, wobei wir, um ein bestimmtes Beispiel zu geben, die Herstellung eines Infanteriegewehrs festhalten wollen.

Die Platine wird in dem durch den Blasebalg in Zug erhaltenen Schmiedefeuer zur Hälfte ihrer Länge erhitzt; ist die Hitze richtig eingetreten, was der Schmied mit seinem geübten Auge beurtheilt, so ergreift einer der Schmiede die Platine mit einer starken langarmigen Zange und bringt sie auf den Amboss des Reckhammers, während ein zweiter Arbeiter den Schützen des Wasserrades zieht, die Welle anlässt und gleichzeitig den Fanghebel des Hammers entfernt, worauf, wie zuvor beschrieben, die Welldaumen den Hammer in Bewegung setzen, und letzterer die Schiene bearbeitet, welche der erste Arbeiter auf dem Amboss so wendet, dass sie bald der Länge, bald der Quere nach von dem Hammer getroffen wird. Die Längenstreiche dienen zum Breiten, die Querstreiche zum Recken der Schienen in die Länge: ist beides genügend erreicht, so wird die Platine *b* auf die hohe Kante gestellt, ein circa 26" langer eiserner an einem Ende hakenförmig umgebogener Dorn *a* in der Richtung der Mittellinie neben den gereckten Theil der Platine gehalten, und letztere sodann mittelst langsamer Hammerstreiche (man stellt den Schützen enger, mindert also die Wasserkraft und somit die Geschwindigkeit der Welle) unter entsprechendem Drehen um den Dorn gebogen, gerollt, so dass die

Fig. 246.

Kanten der Platine an einander stossen und dieselbe nunmehr die aus Fig. 247 ersichtliche Gestalt erhält.

Fig. 247.

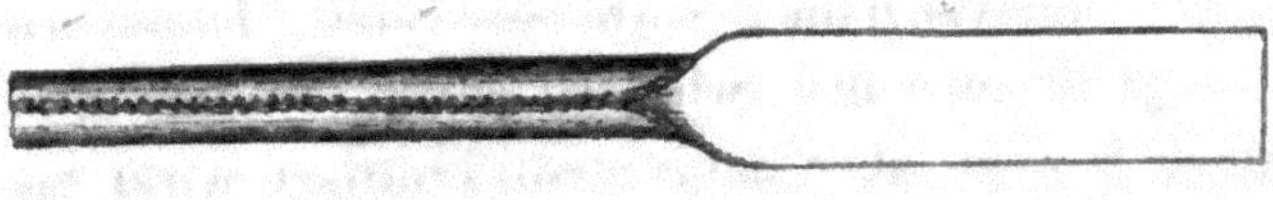

Ist dies geschehen, so wird der Dorn herausgeschlagen, die Platine mit dem noch nicht gerollten Theil in's Feuer gebracht, und diesem eine Hitze gegeben. Sobald letztere eingetreten, bringt man die Platine abermals unter den Hammer, breitet und reckt den erhitzten Theil und rollt ihn über einen Dorn in gleicher Art, wie vorhin beschrieben, so dass nunmehr eine rohe Röhre fertig ist, deren Kanten, wie Fig. 248

Fig. 248.

zeigt, noch ungeschlossen an einander liegen. Der zuletzt gerollte Theil giebt den oberen Theil, der erstgerollte den Pulversack des Rohrs; er wird absichtlich sorgfältiger ausgeschmiedet, damit er eine um so grössere Festigkeit erhält, wie sie diesem Theil eigen sein muss.

Es liegen während dieser Arbeit stets 3 Platinen im Feuer, so dass die Arbeit ununterbrochen fortgeht und in einem Tagewerk ungefähr 20 Rohre geschmiedet werden können. Ausser den beiden schon genannten Arbeitern ist daher noch ein dritter thätig, welcher das Schmiedefeuer besorgt und beim Herausnehmen der Platinen aus dem Feuer etc. hülfreiche Hand leistet.

Hat man in beschriebener Weise rohe Röhren gebildet, so beginnt das Schweissen und Ausschmieden derselben, welches die innige Vereinigung der getrennten Lippen oder Kanten des Rohrs und dessen Verlängerung zum Zweck hat.

Die Rohre kommen zu dem Ende in's Feuer und erhalten zunächst in der Mitte eine Schweisshitze (vergl. Seite 49). Ist dieselbe eingetreten, so nimmt man das Rohr aus dem Feuer, schlägt einen runden stählernen Dorn in die Seele, der bis über die zu schweissende Stelle des Rohrs hinausreicht und bringt letzteres unter den Schweisshammer, welcher mit äusserster Geschwindigkeit (es würden 336 Schläge auf die volle Minute kommen) sich bewegt, weil wie bekannt die Schweisshitze schnell verfliegt, daher geschwind benutzt werden muss, widrigenfalls eine Schweissnaht entsteht.

Während der schnellen Schläge des Hammers wird das Rohr im Ambossgesenk schnell gedreht, so dass es vollkommen rund wird gleichzeitig verlängert sich die geschweisste Stelle. Ist die Schweissung vollendet, so stellt man den Schützen enger, so dass der Hammer sich langsamer bewegt, aber dafür desto kräftiger wirkt und schmiedet also das Rohr nach, wodurch die geschweisste Stelle sich verdichtet. Ist auch das geschehen, so wird das Rohr auf den Handamboss gebracht und mit der Hand nachgeschmiedet, so dass es seine richtige Rundung im Gesenk erhält.

In dieser Weise wird das Schweissen und Ausschmieden fortgesetzt, und zwar wird zuerst der vordere Theil des Rohrs in circa 5—6, dann der Pulversack in 3 Hitzen geschweisst und ausgeschmiedet: es folgt hieraus, dass letzterer Theil weniger lang ausgeschmiedet wird, weil er dicker bleiben muss. Damit er ausserdem eine möglichste Festigkeit erlange, pflegen ihn die Suhler Rohrschmiede, bevor man das Rohr zum Nachschmieden auf den Handamboss bringt, durch senkrechte kräftige Stösse gegen den Boden zu stauchen, um auf diese Weise das Eisen in sich zu verdichten.

Zur Handhabung der Rohre bedient man sich kieferner Stöcke, welche man in die, der zu schweissenden Stelle entlegenste, Oeffnung der Seele steckt, während man die andere mit Hammerschlag (oder Pferdemist) verstopft, um den Luftzug zu vermeiden, welcher ein Verbrennen der schweissenden Stelle herbeiführen würde. Um auch die äussere Fläche des Rohrs gegen den Einfluss der Gebläseluft und das Verbrennen zu schützen, bestreut man die zu schweissende Stelle mit Schweisssand (vergl. §. 24), wodurch gleichzeitig das Schweissen begünstigt wird.

Nachdem das Rohr fertig geschweisst und geschmiedet ist, wobei es äusserlich eine rein conische Gestalt erhalten hat, muss das untere Ende, der Pulversack, noch achtkantig geschmiedet werden, was unter Anwendung dreier Hitzen auf dem Handschmiedeamboss mittelst des Handhammers geschieht.

Demnächst schrotet man unter Anwendung einer Hitze das überflüssige Eisen von der Mündung ab, da das Rohr beim Ausschmieden etwas länger geworden als nöthig, und schmiedet den Mündungstheil nochmals gründlich aus.

Auf solche Weise erhält man als Ergebniss der Schmiedearbeit ein sogenanntes rauhes Rohr, welches immer noch einige Zoll länger ist, als es künftig werden soll, damit man im Stande sei, etwaige bei der Beschussprobe sich zeigende Fehler am Pulversack oder der Mündung durch entsprechende Verkürzung zu beseitigen, und von durchweg engerem als dem künftigen Seelenkaliber.

Selbstredend ändert sich der Verlauf der Arbeit in Betreff der Anzahl der zu gebenden Hitzen und Schweisshitzen nach der Länge des Rohrs.

Sollen die Rohre von Percussionsgewehren keine Patentschwanzschraube erhalten, so schweisst oder staucht man das zur Erzeugung des künftigen Zündstollens nöthige Stück Eisen oder Stahl an das

Fig. 249.

rauhe Rohr an, welches dann demgemäss die nebenstehende Form erhält.

§. 266. Die im Vorstehenden beschriebene Methode zur Erzeugung eines rauhen Rohrs ist die in Suhl allgemein übliche.

In den englischen Gewehrfabriken dagegen reckt und rollt man die Platinen mittelst besonderer Aufbiegewalzen (Fig. 250) und

Fig. 250.

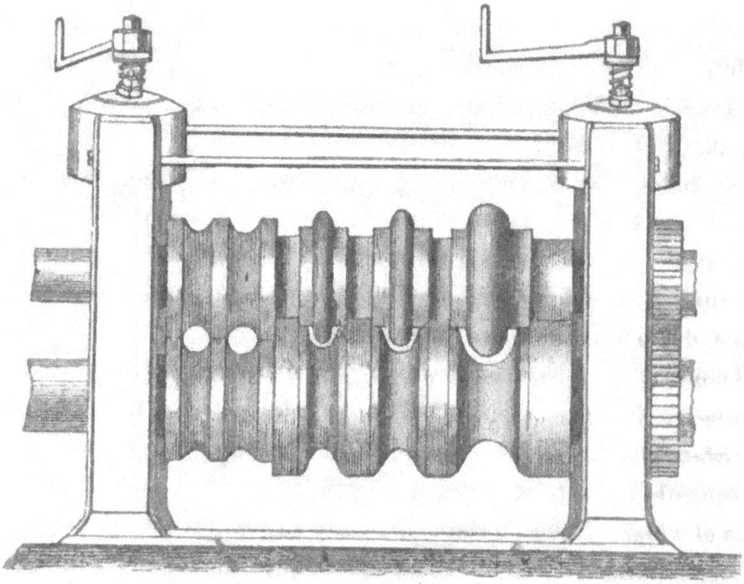

schweisst sie ebenso unter Anwendung von Schweissdornen unter Schweisswalzen, ähnlich den in Fig. 8 dargestellten Rundwalzen, die dem Rohr gleichzeitig die äussere conische Form geben.

Nach unseren Erfahrungen geben wir dem Schmieden der Rohre den Vorzug vor dem Walzen: letztere Methode beschleunigt zwar die Arbeit wesentlich, giebt aber weniger haltbare Rohre.

Ferner wird in einigen Fabriken, z. B. in Lüttich, das Schweissen mittelst Handhämmern bewirkt, was bei gehöriger Gewandtheit der Arbeiter als eine sehr gute Methode anerkannt werden muss; die Hammerstreiche müssen dann aber aus bekannten

Gründen sehr schnell erfolgen. Zu bemerken ist hierbei, dass das Schweissen und Ausschmieden der Rohre mittelst reiner Handarbeit ungleich mehr Hitzen erfordert, als die Arbeit mit dem Wasserhammer, daher langsamer vor sich geht und theurer ist, dass aber gerade die zahlreichen kurzen Hitzen auch zu einer grösseren Verdichtung des Eisens führen, insofern sie den einzelnen Stellen des Rohrs mehr Hammerstreiche zuweisen. Zu ihrer Erzeugung bedient man sich des intensiveren Steinkohlenfeuers, während die Suhler Rohrschmiede ausschliesslich Holzkohlen verwenden.

Anfertigung von gedrehten Rohren (canons tortus) und Bandrohren.

§. 267. Im §. 39 erwähnten wir bereits, dass man in einigen Staaten (z. B. in Hannover, Braunschweig) namentlich gezogene Rohre als gedrehte oder auch Bandrohre darstellt.

Die ersteren werden in der Weise erzeugt, dass man eine schmale Eisenschiene erhitzt und dann entweder um einen Dorn oder um ein schwaches Kernrohr so herumwickelt, dass die Kanten der Schiene sich eng aneinander legen, worauf das Rohr in bekannter Weise ausgeschweisst und ausgeschmiedet wird.

Zur Herstellung von Bandrohren schneidet man Schienen verschieden harten (also mehr oder weniger kohlenstoffhaltigen) Eisens der Länge nach in schmale Streifen, schweisst zwei dergleichen von verschiedener Härte zusammen und schmiedet oder walzt sie aus, zerschneidet sie abermals, erhitzt die Streifen und dreht oder wickelt sie um einen Dorn oder ein schwaches Kernrohr und treibt die Bänder leicht mit dem Handhammer zusammen. Demnächst wird das Rohr geschweisst und ausgeschmiedet.

Die Arbeit muss sehr sorgfältig geschehen, denn werden die gewundenen Bänder nicht fleissig an einander geschweisst, so entstehen leicht Bandbrüche (Querschweissnähte), welche das Rohr verwerflich machen.

Anfertigung von Gussstahlrohren.

§. 268. Die Anfertigung von Gussstahlrohren unterscheidet sich dadurch vollständig von der der bisher besprochenen, dass sie nicht aus Platinen, sondern aus massiven cylindrischen Stäben erzeugt werden, welche man in den Gussstahlfabriken anfertigt. Die Arbeit in den Fabriken besteht demnach nur darin, dass man jene Stäbe in Stücke von einer etwas grösseren, als der künftigen Länge des Rohrs zerlegt, welche sodann bis zur Glühhitze gebracht und durch senkrechte Stösse gegen eine Eisenplatte gestaucht werden, wodurch man die für den Pulversack, resp. Stollen, nöthige Stärke gewinnt. Demnächst werden die Rohre zur Erleichterung der späteren Arbeiten ausgeglüht.

Weitere Bearbeitung eiserner rauher Rohre und rauher Bandrohre.

§. 269. Bohren der Rohre.

Wie aus der bisherigen Darstellung erhellt, so haben die geschmiedeten eisernen rauhen Rohre bereits eine Seele, welche aber noch zahlreiche Ungleichheiten im Kaliber und Unebenheiten besitzt, welche natürlich entfernt werden müssen, was durch das Bohren geschieht.

Dieses zerfällt im Allgemeinen in das Rauhbohren und das Glattbohren, welche Operationen aber nicht in einer Tour fortlaufen, sondern durch mannigfache Zwischenarbeiten anderer Art unterbrochen werden, so dass ein Rohr öfters von der Bohrbank in die Hände anderer Arbeiter geht und von da auf die Bohrbank zurückkehrt. — Der Zweck des Rauhbohrens ist: die beim Schweissen und Schmieden entstandenen Ungleichheiten in der Weite der Seele auszugleichen, also überhaupt eine rein cylindrische Bohrung herzustellen, während das Glattbohren die völlige Ebnung und Glättung der Seelenwände und die Herbeiführung einer durchaus gleichen Weite der Seele (Kugelgleichheit) vom vorschriftsmässigen Kaliber bezweckt.

Diesen verschiedenen Zwecken gemäss werden die beiden Operationen auf verschieden construirten Maschinen vorgenommen, welche man die Rauh- und Glattbohrbank nennt: die Arbeit auf der letzteren bedingt eine fortgesetzte Einwirkung des Arbeiters, wenn auch keine besondere Kraftaufwendung, daher man die Glattbohrbänke von Knaben, den Bohrjungen, bedienen lässt, welche mit ihren geschwärzten Gesichtern, Händen und Kleidern als kleine Teufel das dämonische Element der Gewehrfabrikation repräsentiren.

Das Rauhbohren.

§. 270. Die Rauhbohrbank besteht aus einem eisernen, auf Füssen ruhenden **Trog** *A*, in dessen dicht unter der oberen Kante mit Falzen oder Nuthen versehenen Seitenwänden ein eiserner, in Form eines vierseitigen Rahmens construirter **Schlitten** *abcd* beweglich angebracht ist. In die kurzen Querwände dieses Schlittens

Fig. 251.

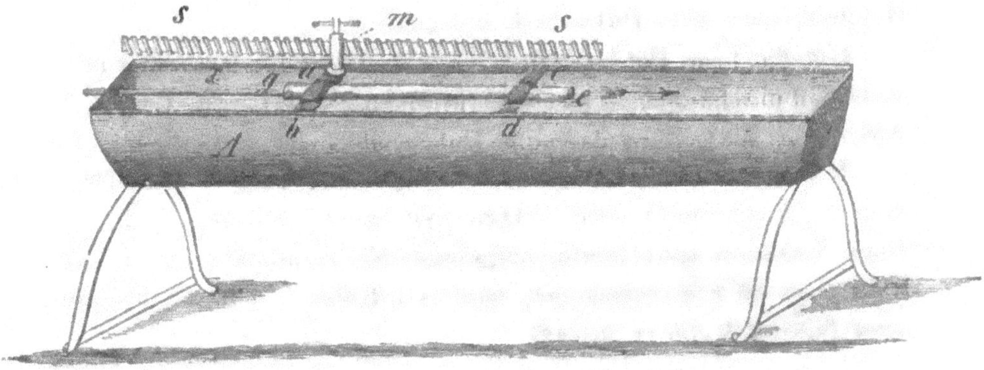

ab, *cd*, welche zu dem Ende mit entsprechenden Vorrichtungen versehen sind, spannt man das Rohr in der Art ein, dass der Pulversack mit ungefähr 1″ seiner Länge über *ab* hinausragt, die Mündung also nach hinten liegt.

Zur schiebenden Bewegung des Schlittens in den Falzen der Trogwände dient eine lange und starke Schraubenspindel *S*, welche in ein auf *ab* an dem Schlitten befestigtes Muttergewinde *m* eingreift und ihrerseits dadurch um ihre Achse bewegt wird, dass 2 mit der Welle des Bohrertriebrades verbundene Haken nach einander in die Einschnitte eines gezackten Rades greifen, welches mit der Spindel verbunden ist. Der **Bohrer** oder **Neber** *x* sitzt mit dem vorderen Ende seiner Stange in dem Wellkopf eines durch Transmission der Bewegung eines Wasserrades sehr schnell sich drehenden Kammrades, dreht sich demgemäss um seine Achse, welche mit der Seelenachse des Rohrs zusammenfällt.

Die Lage des Bohrers zum Rohr ist, bevor die Maschine in Bewegung gesetzt wird, also der Art, dass seine Schneiden an der

Mündung des Rohrs *e* liegen. Sobald man die Maschine anlässt, dreht sich die Bohrstange um ihre Achse und ebenso die Schraubenspindel, durch deren Drehung im Muttergewinde *m* der Schlitten langsam nach der Hinterwand des Troges hin bewegt wird, so dass die Bohrerschneiden allmälig das ganze Rohr passiren und bis zum Pulversack gelangen, also bis *g*. Ist dies geschehen, so entfernt man den Bohrer und spannt einen etwas stärkeren ein, welcher, nachdem auch der Schlitten wieder in seine erstbeschriebene Lage gebracht worden, in gleicher Weise wie der erste, also von der Mündung nach dem Pulversack hin arbeitet.

Um die beim Bohren sich erzeugende Hitze für Rohr und Bohrschneiden unschädlich zu machen, füllt man den Trog vor Beginn der Arbeit mit Wasser, so dass das Rohr vollständig darin liegt.

Wie schon bemerkt, werden 2 Rauhbohrer von verschiedenem Kaliber angewendet; beide haben cylindrische Stangen, auf deren Ende 3 scharfe spiralförmig aufgesetzte Bohrschneiden sitzen. Das Rohr wird so weit ausgebohrt, dass sein Kaliber — 0,04″ des künftigen Normal-Kalibers beträgt.

Bevor das Rohr in den Schlitten gespannt wird, untersucht es der Bohrmeister in Betreff seiner Geradheit, entweder mittelst einer durch die Seele gezogenen Darmseite oder einfach mit seinem geübten Auge, und richtet, wenn sich Krümmungen an den Seelenwänden zeigen, das Rohr im kalten Zustand auf dem Ambos mit dem Handhammer durch Schläge auf die krumme Stelle gerade.

Die beiden Haken, welche, wie erwähnt, das Triebrad der Schraubenspindel in Bewegung setzen, geben letzterer und somit auch dem Schlitten eine etwas zuckende Bewegung, wodurch sich (oft scharfe) Bohrringe an den Seelenwänden erzeugen. Letztere sind, auch wenn man durch ein anderes Arrangement des Getriebes die Bewegung des Schlittens noch sanfter machen wollte, überhaupt nie zu vermeiden, da, wie wir wissen, die Seelenwände noch mannigfache Unebenheiten enthielten, welche die Bohrschneiden stets scharf anfassen, wodurch sich dann umlaufende Ringe erzeugen.

Das Glattbohren.

§. 271. Es wird auf der Glattbohrbank ausgeführt, welche sich, wie Fig. 252 zeigt, in vieler Hinsicht von der Rauhbohrbank

Fig. 252.

unterscheidet. — In den Seitenwänden der offenen Bank *aa* befinden sich ebenfalls Falze oder Nuthen zur Aufnahme eines schiebbar beweglichen Schlittens *b*, und auf deren oberer Fläche eiserne

Bolzen *cc*, gegen welche der Bohrjunge ein hakenförmiges Eisen *d* stemmen kann, um nach Bedürfniss die Bewegung des Schlittens aufzuhalten oder ihr nachzuhelfen.

Der Schlitten kann in der Bank vorwärts und rückwärts bewegt werden und zwar durch Gewichte, welche an Stricken *ss* befestigt sind, die über Rollen laufen und nach Bedürfniss mit dem vorderen oder hinteren Theil des Schlittens verbunden werden können, so dass sie, sich senkend, denselben vor- oder zurückziehen, und demgemäss der Bohrer bald am Pulversack, bald an der Mündung des in den Schlitten gespannten Rohrs *rr* zu arbeiten beginnt.

Der Bohrer wird, wie der der Rauhbohrbank, um seine Achse bewegt und zwar mittelst an seinem Wellkopf angebrachter Riemenscheiben *zz* (d. h. durch um die Peripherie gelegte Lederriemen bewegte Räder); seine Stange ist mit Rücksicht auf die doppelte Bewegung des Schlittens bedeutend länger als die des Rauhbohrers, daher ihre Bewegung, namentlich wenn der Schlitten dem hinteren Ende der Bohrbank sich nähert, eine federnde, wiegende, und sanft an und für sich, da die Drehung des Bohrers langsamer als die des Rauhbohrers.

Die Bohrer laufen an ihrem Schneideende vierseitig pyramidalisch zu, doch lässt man sie immer nur mit 2 Kanten schneiden und treibt gegen die anderen Spähne von weichem Holz, welche den Bohrer fest gegen die Seelenwände des Rohrs drücken, so die federnde Bewegung der Stange unschädlich machen und zugleich als Polirspähne wirken.

Die Zahl der Bohrer ist selbst für eine und dieselbe Art von Rohren unbestimmt, und ist ebenfalls nicht ein für alle Mal festzustellen, wie oft derselbe Bohrer das Rohr zu passiren hat; beides richtet sich vielmehr nach der grösseren oder minderen Härte des Eisens, nach den Zwischenfällen, welche im Verlauf der Arbeit eintreten, ob z. B. fehlerhafte Stellen in der Seelenwand sich zeigen, welche nur durch eine geringe Erweiterung der Seele über das normale Maass hinaus, aber natürlich innerhalb der gestatteten Grenzen, beseitigt werden können, ferner nach der Tiefe der beim Rauhbohren entstandenen Bohrringe etc. Die Bohrjungen müssen die Bewegung des Schlittens aufmerksam verfolgen, harte Stellen des Eisens durch Aufhalten des Schlittens mittelst ihres Hakeneisens länger bearbeiten lassen, mitunter auch nachhelfen und beim Austritt des Bohrers aus dem Rohr die Polirspähne immer wieder ordentlich festschlagen. Damit sie die in jeder Bohrperiode zu erlangende Erweiterung der Seele richtig beurtheilen können, sind sie mit verschiedenen Kalibercylindern von Gussstahl ausgerüstet, welche sie, nachdem sie das Rohr aus dem Schlitten genommen, ab und zu durch die Seele gleiten lassen resp. in dieselbe einpassen, um zu prüfen, um wieviel die Erweiterung der Seele vorgerückt ist.

Der in der Bohrmühle anwesende Bohrmeister controlirt die Arbeit der Jungen, revidirt ab und zu die Geradheit der Seelenwände in der im vorigen Paragraph beschriebenen Weise, treibt zu weite oder schadhafte, z. B. schiefrige, Stellen von Aussen auf dem Amboss *A.* durch Hammerschläge ein und lässt sie von Neuem mit dem Bohrer bearbeiten.

Wenngleich nicht ein für alle Mal bestimmt werden kann, wie oft ein Rohr auf die Glattbohrbank kommen muss, da dies durch die anderweitigen Arbeiten, welche das Glattbohren kreuzen, wesentlich bedingt wird, so lassen sich doch im Allgemeinen drei Perioden unterscheiden, welche im Rundbohren, zweimaligem Glattbohren und Poliren bestehen.

Das Rundbohren schliesst sich unmittelbar an das Rauhbohren an und soll, wie es im Namen liegt, nach Möglichkeit Kugelgleichheit der Seele herstellen, also alle noch vorhandenen Unregelmässigkeiten des Seelenquerschnitts beseitigen, wobei aber von einer vollständigen Entfernung der Bohrringe noch Abstand genommen wird.

Ist diese Arbeit vollendet, so gelangt das Rohr zum Abdrehen resp. zum Anfraisen der Achtkantflächen auf die Rohrabdrehmaschine und demnächst auf die Glattbohrbank zurück, auf welcher nunmehr das Glattbohren vorgenommen wird, dessen Zweck Beseitigung noch vorhandener Bohrringe, schiefriger und äschriger Stellen und Gruben ist, weshalb der Bohrmeister zuvor das Rohr nochmals genau zu richten und schlechte Stellen einzutreiben hat. Der Kaliber des Rohrs wird dabei so weit vergrössert, dass er nur noch 0,015" unter dem normalen Kaliber bleibt.

Nach Beendigung des ersten Glattbohrens gelangt das Rohr zum Rohrschleifer, dann zu einer ersten Revision und demnächst zum Rohrverschrauber, welcher, ohne eine Aufbohrung zu machen, ein seichtes Gewinde für eine Nothschwanzschraube einschneidet, eine solche, den sogenannten Mutzen, zum Zweck der Beschussprobe einpasst und das Rohr zum Beschuss liefert, wonach es zum Rohrverschrauber zurückkehrt, welcher es aufschraubt und, sofern es die Beschussprobe bestanden, reinigt und zu einer zweiten Revision bringt, demnächst mit der Aufbohrung und einem seichten Gewinde von circa 0,01″ Tiefe versieht und es sodann dem Rohrgarniseur oder einem besonderen Verhafter und Löther übergiebt.

Letzterer versieht das Rohr mit Korn und Bayonnetthaft, eventuell dem Visirsattel oder Standvisir und sonstigen äusseren hervorragenden Theilen, z. B. Warzen und Haften, und liefert es sodann in die Bohrmühle zurück, wo das Rohr von Neuem gerichtet und dann auf der Bohrbank von etwaigen beim Löthen entstandenen Fehlern der Seele befreit und polirt und im Kaliber soweit vergrössert wird, dass derselbe nur noch um 0,005″ unter normal bleibt, sofern das Rohr gezogen werden soll.

Nach Beendigung des zweiten Glattbohrens und Polirens gelangt das Rohr zu einer dritten Revision und dann zum Rohrverschrauber, welcher das Muttergewinde für die Patentschraube einschneidet und letztere einpasst, und dann abermals zum Rohrgarniseur, welcher die äussere Gestalt des Rohrs vervollkommnet, Schwanzschraube und eventuell bascule zurechtfeilt.

Bei glatten Rohren bildet das Poliren die letzte Arbeit an der Seele, welche dabei ihren künftigen Kaliber hat; bei Rohren, welche noch gezogen werden sollen, muss der Kaliber dagegen, wie schon bemerkt, noch unter dem künftigen bleiben, weil beim Ziehen des Rohrs immer noch eine Erweiterung der Seele eintritt, oder Fehler in den Seelenwänden sich ergeben können, deren Beseitigung nur durch eine Erweiterung der Seele möglich.

Das Abdrehen der Rohre.

§. 272. Diese Arbeit findet selbstredend nur bei solchen Rohren statt, welche äusserlich entweder vollständig oder doch zum grösseren Theil die Form eines Kegels erhalten sollen, und, wie schon in §. 271 gesagt wurde, unmittelbar nach dem ersten Glatt- oder Rundbohren. — Das Abdrehen, welches auf einer Rohrabdrehmaschine stattfindet, bezweckt hauptsächlich eine regelmässige Ausgleichung der natürlich noch sehr verschiedenen Eisenstärken der Rohrwände an einer und derselben Stelle des Rohrs, in Folge deren, wie nebenstehende Figur in absichtlich greller Weise zeigt, die Kreise der Seele und der äusseren Rohrwand noch nicht concentrisch, mithin Rohr- und Seelenachse nicht identisch sind, was nach früheren Entwicklungen fehlerhaft ist: das Rohr darf nicht, wie man sich ausdrückt, „aus dem Eisen" sein.

Fig. 253.

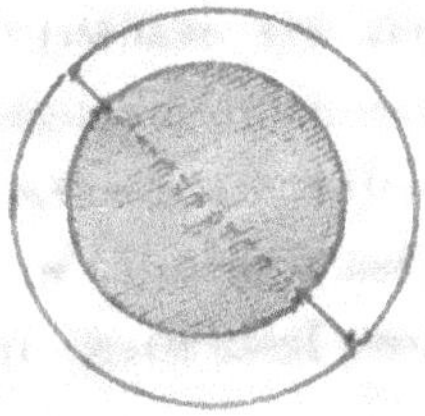

— Um die demgemäss nothwendige Concentricität der beiden Kreise des Querschnitts herzustellen, wird das Rohr auf der Abdrehmaschine horizontal so eingespannt, dass es sich, sobald die Maschine in Bewegung gesetzt wird, ganz genau um die Seelenachse dreht (was man dadurch erreicht, dass die beiden Haltezapfen, welche vorn und hinten in die Seelenbohrung eingreifen, Kegel sind, deren verlängerte Achsen eine Linie bilden), während ein eiserner Schlitten, aus welchem ein scharfer stählerner Drehzahn herausragt, sich mittelst eines Getriebes langsam längs des Rohrs fortschiebt, so dass die Spitze des Zahns das Rohr fasst und in Folge von dessen Drehung einen schmalen Spahn fortnimmt.

Da die Hervorragung des Zahns über den Schlitten eine genau fixirte ist, so wird es klar, dass die Concentricität des Rohrs auf's Vollständigste erreicht wird, da der Drehzahn nur das und so viel Eisen vom Rohr fortnehmen kann, als sich ihm bietet, aber natürlich nicht mehr wirken kann, sobald er das Rohr nicht mehr erreicht.

Es wird hiernach auch begreiflich werden, dass man das Maass der Schwächung der Rohrwand völlig in der Hand hat, da man an solchen Stellen, an denen der Umfang des Rohrs geringer sein muss, den Schlitten, also auch den Zahn, dem Rohr mehr nähern kann. Die Richtung der Bahn, auf welcher der Schlitten sich bewegt, darf demgemäss, weil ja das Rohr bis zum Pulversack die äussere Gestalt eines Kegels erhalten soll, der Seelenachse des sich drehenden Rohrs nicht parallel sein, sondern muss sich nach dem Pulversack hin, wo das Rohr dicker bleibt, mehr von ihr entfernen.

Damit das Rohr während seiner Drehung nicht vibrire, was der concentrischen Form seines Querschnitts schaden würde, wird es von 2 besonderen, auf der Bank der Maschine befestigten senkrechten Haltern auf je ⅓ seiner Länge unterstützt, eine Vorsichtsmaassregel, welche selbstredend nur bei langen Rohren erforderlich ist.

Da, wie schon bemerkt, das Rohr sich ungemein schnell um seine Achse dreht, so erzeugt natürlich die Arbeit des stählernen Zahns eine bedeutende Hitze, welche, wenn man sie nicht mässigte, der Härte des Stahls Eintrag thun und das Rohr selbst beschädigen würde. Deshalb ist auf dem Schlitten ein Blechgefäss befestigt, welches, mit Seifenwasser gefüllt, letzteres mittelst eines Röhrchens im feinen Strahl gerade auf den Zahn und die Drehstelle leitet, so dass jener und ebenso das Rohr beständig gekühlt wird.

Sobald das Rohr abgedreht ist, kommt es auf eine andere Maschine, auf welcher die noch unregelmässige Endfläche des Pulversacks eben gefraist wird und sodann die Achtkantflächen am Pulversack ebenfalls mittelst horizontaler Fraisscheiben angefraist werden.

Die äusseren Dimensionen des Rohrs bleiben beim Abdrehen und Fraisen durchweg noch um 0,02″ stärker als sie künftig sein sollen.

Das Schleifen der Rohre.

§. 273. Die Arbeit des Abdrehens erzeugt ihrem Verlauf gemäss auf der Oberfläche des Rohrs feine, eng aneinander liegende, scharf markirte Kreise, so dass noch von keinem ebenen Verlaufen der äusseren Wand die Rede ist. Nicht minder erzeugen sich dadurch zuweilen Unebenheiten, dass ein Drehspahn sich unter den Zahn schiebt und nun von diesem in's Eisen hineingedrückt wird, oder dass eine dicht an der Oberfläche liegende Schieferhaut von dem Zahn erfasst und abgeblättert wird, so dass eine leichte Vertiefung entsteht.

Diese Ungleichheiten zu beseitigen und die äusseren Rohrwände als ebene Kegelflächen darzustellen, ist die Aufgabe des Schleifens, welches demgemäss unmittelbar nach dem ersten Glattbohren ausgeführt wird.

Die Einrichtung eines Rohrschleifwerks ist meistens der Art, dass an dem in das Innere der Schleifmühle hineinreichenden Ende des Wellbaums des treibenden Wasserrades ein Stirnrad *aa* befestigt ist, an dessen Felgenkranz zahlreiche Zähne oder Zapfen in geringen

Fig. 254.

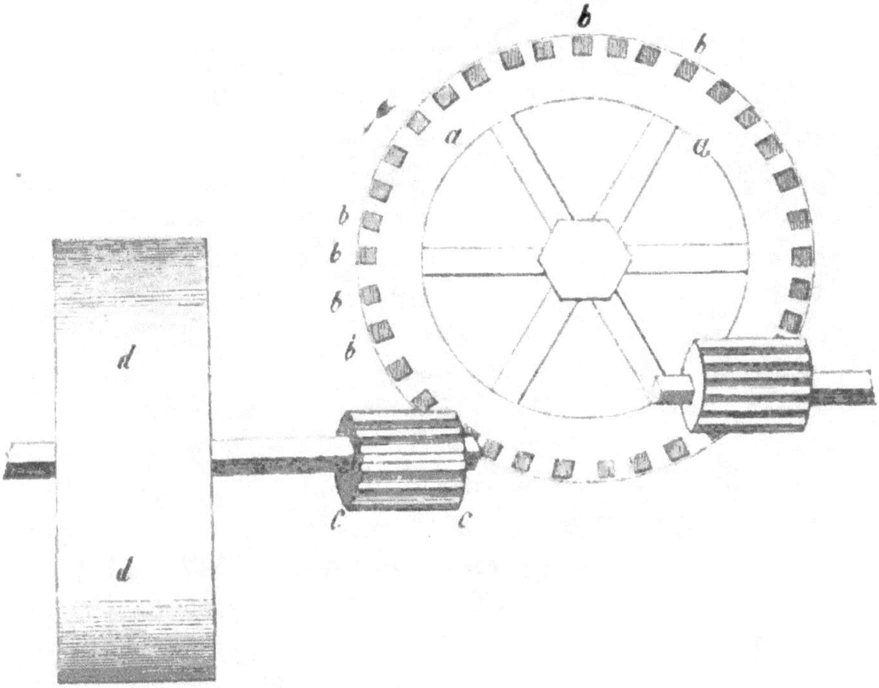

Abständen von einander sitzen, *b*, *b*, *b*. — Diese Zähne greifen in die Rippen eines kleinen, trommelförmigen Rades, eines sogenannten Drillings, *c*, welcher seinerseits um den Wellbaum des Schiefsteins *d* gesetzt ist, dessen eiserne Welle in einem Lager von hartem Quarz ruht und während ihrer Bewegung aus einer nach ihr hinführenden Wasserrinne fortgesetzt durch kaltes Wasser gekühlt wird.

Die Schleifsteine, deren gewöhnlich 2 durch dasselbe Wasserrad getrieben werden, sind sehr gross und aus gutem Sandstein gebildet; sie bewegen sich, da die Zähne des Stirnrades *a* auf der einen Seite von oben, auf der andern von unten her in die Rippen der Drillinge *c* eingreifen, natürlich nicht in derselben, sondern in einander entgegengesetzten Richtung und zwar mit grosser Geschwindigkeit, da die Zähne *bb* am Felgenkranz des grossen Stirnrades an und für sich sehr schnell bewegt, daher sehr schnell nach einander in die enggestellten Rippen der Drillinge eingreifen. Dadurch dreht sich dann auch die Welle der Schleifsteine sehr schnell und um so schneller mithin die Peripherie des mächtigen Steins. — Zu beiden Seiten jedes Steins sind senkrechte hölzerne Ständer errichtet, hinter denen auf einer aus einem schwebenden Brett bestehenden Bank der Rohrschleifer sitzt, so dass er das zu schleifende Rohr bequem auf den Stein halten kann, zu welchem Ende er einen eisernen Dorn behufs besserer Handhabung des sich natürlich erhitzenden Rohrs in den Pulversack oder die Mündung steckt.

Damit er ausserdem das Rohr nach Bedürfniss stärker oder schwächer gegen den Stein pressen könne, befindet sich an den Ständern ein Hebelwerk, welches mit 2 Klötzen endet, unter deren Druck der Schleifer das Rohr bringen kann und welchen er verstärkt oder schwächt, indem er sich mehr oder weniger fest auf seine Bank setzt, die mit besagtem Hebelwerk in Verbindung steht.

Um endlich die Geschwindigkeit des Steins reguliren zu können, ist seitwärts des einen Ständers, dem Schleifer handrecht, ein Hebel angebracht, mittelst dessen der Arbeiter den Schützen des Wasserrades nach Belieben weit oder eng stellen kann.

Die Schleifer schleifen meistens trocken, weil dies die Arbeit fördert, untergraben aber dabei ihre Gesundheit sehr schnell, indem der dann ungehindert umherfliegende Staub, aus den beim Schleifen abgerissenen Eisen- und Steintheilchen bestehend, Lungenkrankheiten erzeugt.

Wie schon angegeben, erhält der Rohrschleifer das Rohr unmittelbar nach dem ersten Glattbohren, um die beim Abdrehen entstandenen Drehringe zu beseitigen, wobei das Rohr um 0,01″ schwächer geschliffen wird, so dass seine äusseren Dimensionen also noch um 0,01″ über normal bleiben; er regulirt die Eisenstärken nach Maassgabe einer **Tastleere**, welche, von nebenstehender Form, ihm angiebt, welcher Umfang dem Rohr an den verschiedenen Stellen seiner Länge zu geben ist. Er muss demgemäss mit Vorsicht arbeiten, zuweilen das Rohr nur eben auf dem Stein spielen lassen, um nicht mehr Eisen fortzunehmen, als nöthig, und gleichzeitig auch darauf achten, dass die Concentricität des Querschnitts nicht aufgehoben werde. Fleissiges und richtiges Drehen

Fig. 255.

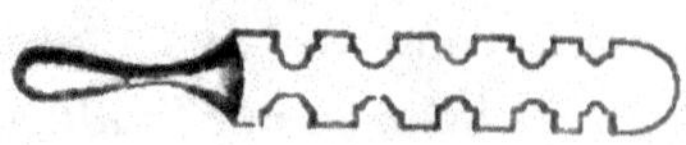

des Rohrs auf dem Stein, ein geübtes Auge und fleissiger Gebrauch der Tastleere führen den Arbeiter hierbei zum richtigen Ziel.

Vor der Erfindung der Abdrehmaschinen wurden die Rohre ausschliesslich durch Schleifen auf ihre äusseren Dimensionen gebracht, was selbstredend weniger genau concentrische Rohre ergab.

Die Arbeiten des Rohrverschraubers.

§. 274. Die Arbeiten, welche dem Rohrverschrauber obliegen, finden, wie bereits aus der Uebersicht in §. 271 erhellt, auch nicht in zusammenhängender Reihenfolge, sondern in verschiedenen Perioden statt, welche durch dazwischen liegende Arbeiten anderer Art bestimmt werden.

Der Rohrverschrauber erhält das Rohr zum ersten Mal nach Beendigung des Schleifens resp. der ersten Revision, welche jener Arbeit zu folgen pflegt, und beginnt seine Thätigkeit mit der Herstellung eines seichten Gewindes für die zum Zweck der Beschussprobe einzupassende Nothschwanzschraube, den Mutzen, passt dieselbe ein und liefert das Rohr zum Beschuss. Ist das Rohr beschossen, so kehrt es zum Verschrauber zurück, welcher es aufschraubt, reinigt, zu einer zweiten Revision liefert und, nachdem es dabei für gut befunden, zur Herstellung der Aufbohrung für das Muttergewinde der Schwanzschraube schreitet, deren Zweck in §. 57 erörtert wurde. Zur Erleichterung des Aufbohrens wird der Pulversack zuvor ausgeglüht, d. h. gelinde erwärmt, und darauf langsam abgekühlt, wodurch das Eisen weicher wird.

Hiernächst wird das Rohr senkrecht, die Mündung nach unten, in einen Schraubstock gespannt, und dann ein Bohrer, welcher in einer Leier, einem Drauf, (vergl. Fig. 243) befestigt ist, in den Pulversack gesetzt, worauf der Arbeiter die Leier mit beiden Händen ergreift und dreht. Er unterstützt diese Arbeit dadurch, dass er mit dem Fuss auf ein Brett drückt, welches durch eine Kette mit einer an der Wand befestigten horizontalen eisernen Stange verbunden ist. In dem freien Ende der letzteren befindet sich ein Loch, dahinein das obere Ende der Leier gesteckt wird, sodass beim Anspannen der Kette die Stange einen starken Hebelsdruck auf den Bohrer ausübt und so dessen Arbeit erleichtert.

Ist der Bohrer bis zu der an ihm bezeichneten Stelle in das

Rohr eingedrungen und demgemäss die Aufbohrung vollendet, so berichtigt der Arbeiter mit der Feile die Endfläche des Pulversacks, d. h. befreit sie namentlich von dem beim Bohren an den Kanten der Seelenwände entstandenen Grat, und geht sodann zum Einschneiden des Schraubengewindes über, zu welchem Ende er aber vorläufig, da das Gewinde nur seicht, nicht fertig eingeschnitten wird, nur einige Schneidbohrer (vergl. Fig. 244) anwendet, deren erster conisch ist, während die übrigen von in sich gleicher, aber der Reihe nach unter einander verschiedener Stärke sind, so dass das Gewinde allmälig tiefer wird.

Die Bohrer werden mittelst des früher beschriebenen Windeeisens (Fig. 245) gedreht und fleissig eingeölt, auch öfters zurückgeschraubt und von den Bohrspähnen befreit, damit letztere die Gewinde nicht verletzen.

In dieser Verfassung und zwar mit einem noch um 0,01″ unter normal starken Muttergewinde gelangt das Rohr zum Garniseur, sodann auf die Glattbohrbank, von da zur dritten Revision und hierauf zum Rohrverschrauber zurück, welcher in vorher beschriebener Weise die Gewinde bis zu ihrer normalen Tiefe einschneidet und die Schwanzschraube richtig einpasst.

Die Arbeiten des Rohrgarniseurs.

§. 275. Die Garniseur-Arbeiten dienen dazu, dem Lauf die äussere und bei gezogenen Gewehren auch die innere Vollendung zu geben; ihn also in ersterer Beziehung auch mit allen den Theilen zu versehen, welche noch mit ihm verbunden werden müssen. Auch diese Arbeiten werden, wie schon angedeutet, von verschiedenen anderen gekreuzt, so dass der Rohrgarniseur den Lauf zu verschiedenen Malen von anderen Arbeitern erhält, und ebenso an andere zurückgiebt.

Zuerst erhält der Rohrganiseur das Rohr, nachdem dasselbe nach bestandener Beschussprobe vom Rohrverschrauber wie beschrieben mit einem noch nicht normalen Schwanzschraubengewinde versehen worden, und schreitet zunächst zum Auflöthen der mit dem Rohr fest zu verbindenden Theile, als des Bayonnett- oder Bayonnettfederhaftes, etwaiger Warzen für Verbindungsschrauben oder Schieberhaften, des Korns, Standvisirs, resp. des Visirsattels, sofern diese letztgenannten drei Theile mit dem Rohr verbunden werden sollen.

Zu dem Ende bestimmt der Garniseur vom Pulversack aus mittelst eines eisernen Längenmaases die richtige Länge des Rohrs und sägt mit einer Bogenfeile (von der Gestalt einer Baumsäge) das überschüssige Eisenstück an der Mündung ab, worauf er, und zwar abermals vom Pulversack aus, die Entfernung des Korns resp. des Hafts etc. nach einem Massstab bestimmt und sodann auf dem Rohr mittelst eines Meissels eine seichte schwalbenschwanzartige Vertiefung von der Länge der gedachten Theile aushaut, deren Fläche er sodann mit der Feile bestösst.

Hierauf wird die Fläche der gemeisselten Austiefung und ebenso die Grundfläche der zu löthenden Theile (also die zusammen zu löthenden Flächen) mit Boraxwasser bestrichen, ein Streifen dünnen Messingsblechs in die Austiefung geschoben und der zu verlöthende Theil mit dem Hammer behutsam angetrieben.

Hierauf wird der Lauf an den zu löthenden Stellen sorgfältig mit Lehm rings umschlagen, Mündung und Pulversack verstopft, der Lauf sodann mit seinem vorderen Ende in ein freies Feuer gebracht und so lange erglüht, bis das Loth in Fluss kommt, danach vorsichtig auf Sand zum Verkühlen niedergelegt und, sobald dies erfolgt, von der Lehmhülle befreit.

Diese Methode des Löthens verdient, wenngleich sie etwas umständlicher ist als die auch übliche ohne Lehmumschlag, den Vorzug vor letzterer, weil die Läufe dabei sich meist gar nicht verziehen und wenig oder nicht zundern. Sollte letzteres dennoch stattgefunden haben, so wird der Zunder äusserlich durch vorsichtiges Schleifen vom Rohrschleifer, innerlich auf der Glattbohrbank beseitigt, worauf das Rohr zum Garniseur zurückkehrt, welcher nunmehr zum Befeilen des Pulversacks schreitet.

Zu dem Behuf schraubt er eine dem Mutzen ähnliche Schwanzschraube, deren hinterer Theil genau die Formen des Pulversacks angiebt, ins Rohr und bearbeitet demgemäss und nach der Stellung des Korns den Pulversack oben kantig, unten rund (vergl. Fig. 28 *b*) mit Meissel und Feile.

Ist dies geschehen, so bestimmt er, falls das Standvisir mit dem Lauf verlöthet wird, mit einem besonderen Instrument über die oberste Fläche des Achtkants hinweg den Platz des Visirs, haut einen Falz für dasselbe aus, bestösst seine Flächen und schreitet sodann zum Auflöthen, was in derselben Weise wie oben beschrieben geschieht, nur mit dem Unterschiede, dass man gewöhnlich nicht mit Messingblech, sondern mit Messingdraht löthet, von dem man entsprechend lange Stückchen neben das Standvisir klemmt, worauf das Ganze mit Lehm umschlagen und dann das Löthen vollzogen wird. Das Löthen mit Messing verdient um deswillen den Vorzug vor dem mit Schlagloth, weil ersteres am festesten hält.

Visirsättel, welche vermöge ihrer verhältnissmässigen Länge, also grossen Berührungsfläche mit dem Lauf, an und für sich gut festhalten, löthet man gern mit Zinn, welches leichter in Fluss kommt, daher eine nur unbedeutende Erhitzung des Laufes erfordert. Man löthet deshalb meistens nur mit dem Löthkolben, d. i. einem kolbigen Stück Eisen, welches man erhitzt und dann an die Verbindungsflächen des Visirsattels mit dem Lauf ansetzt, an welchen ersterer mit Draht gebunden wird. Die Erhitzung des Laufs braucht dabei nur bis zum Blauanlaufen der zu löthenden Stelle gebracht werden.

Den Visirsattel erhält der Garniseur, resp. der Visiraufpasser, wenn man diese Arbeit als eine besondere Branche der Garniseurarbeit abzweigt, bereits rund ausgefraist, so dass er nur noch kleine Nachhülfen für den richtigen Sitz zu geben braucht.

Es ist sehr zweckmässig, wenn der zum Einschieben des Visirs in den Sattel bestimmte schwalbenschwanzförmige Einschnitt oder Falz auch sofort mit der Feile richtig bearbeitet und das Visir provisorisch eingepresst wird, weil, wenn diese Arbeiten erst nach dem Ziehen des Rohrs vorgenommen werden, leicht Verbeulungen des letzteren eintreten können, welche unbequeme Nachhülfearbeiten nothwendig machen. Aus gleichem Grunde muss der Visirfalz, sofern er direct im Eisen des Laufs angebracht wird, auch jetzt ausgearbeitet werden, wobei namentlich darauf zu achten ist, dass seine Grundfläche die Visirebene genau horizontal durchschneidet.

Sind alle diese Arbeiten vollendet, so wird der Mündungstheil behufs des späteren Aufpassens des Bayonnetts vorschriftsmässig abgedreht, und demnächst das Korn, resp. wenn noch ein besonderer Bayonnetthaft vorhanden ist, auch dieser gleichzeitig auf die richtige Länge und Breite abgefraist. Im letzteren Fall wird das Rohr in einer Fraismaschine der Länge nach so eingespannt, dass Korn und Haft zwischen je 2 Fraisen zu liegen kommen, welche beziehungsweise über und unter dem Rohr und zwar senkrecht zur Seelenachse, mithin, sobald sie angelassen werden, die gedachten Theile auf die richtige Länge fraisen. Ist dies vollendet, so wird das Rohr vorgeschoben, und gelangen auf diese Weise Korn und Haft zwischen je 2 andere Fraiser, welche parallel zur Seelenachse arbeiten, mithin jene Theile auf ihre richtige Breite bringen. Die Fraisrädchen sind (vergl. §. 257) so gestellt, dass sie eben nur so lange das Eisen fassen, bis dies die gewünschten Dimensionen erlangt hat, dann aber wirkungslos weiter arbeiten.

Nach Vollendung dieser Arbeiten gelangt das Rohr zum letzten Glattbohren, dann zu einer dritten Revision, darauf zum Rohrverschrauber und dann zum Garniseur zurück, welcher die äusseren Dimensionen herstellt. — Zu dem Ende wird das Rohr gehobelt und geschlichtet, d. h. seiner Länge nach zuerst mit groben, dann immer feineren Feilen bearbeitet, wobei der Arbeiter die Tastleere (Fig. 255) fleissig anwenden muss, um den äusseren Durchmesser des Rohrs überall richtig herzustellen.

Nach dem Hobeln schreitet der Garniseur zum Feilen der Schwanzschraube, eventuell zum Aufpassen und Befeilen der Scheibe oder bascule, worauf der Lauf zur vierten Revision gelangt.

Nach Beendigung derselben werden Kammer und Zündcanal gebohrt, der Zündstift aufgesetzt und die Muschel bearbeitet, worauf der Lauf zu einer fünften Revision gelangt.

Ist auch diese beendet, so wird das Gewehr eingeschäftet und percussionirt und gelangt dann abermals zum Garniseur, welcher die Visirsattel fraist resp. fraisen lässt, das Korn regulirt, endlich Visir und Bayonnett resp. Seitengewehr aufpasst, sofern diese letzteren Arbeiten nicht besonderen Visir- resp. Bayonnettaufpassern übertragen werden.

Ist dabei eine Bayonnettfeder aufzupassen, so erhält der Arbeiter diese bereits fertig gefeilt, während er seinerseits das Loch für den Vorsteckstift durch den Haft bohrt, die Feder durch entsprechendes Nachfeilen des Haftes gehörig aufpasst und endlich den conischen Vorsteckstift durch den Haft treibt. Sitzt die Feder, so erhält der Ansatz der Bayonnettüle seinen Einstrich, und wird der Sitz der Tülle regulirt.

Bei der französischen Ringbefestigung ist bei dieser Gelegenheit der Haft entsprechend zu befeilen und ebenso der Einstrich im Wulst des Sperrringes, welcher letztere dann selbst richtig zusamsammen gefeilt und verschraubt wird. Analog werden die Verhältnisse des Hirschfängerhakens und des Ansatzes für den Bayonnettsäbel und namentlich die Einstriche für die Feder der Gefässe regulirt.

Nach Beendigung dieser Arbeiten wird der Lauf abermals gerichtet und dann in der nachstehenden Weise gezogen.

Die Herstellung der Züge oder das Ziehen.

§. 276. Bevor man zum Einschneiden der Züge schreitet, muss die Seele des Rohrs auf's Sorgfältigste kugelgleich hergestellt werden, was in den meisten Fällen bereits auf der Glattbohrbank geschehen ist.

Um jedoch in dieser Hinsicht ganz sicher zu gehen, und ebenso, um einzelne, wenn auch noch so feine, quer um die Seelenwände laufende Bohrringe zu beseitigen, kolbt*) man das Rohr und zwar am besten auf der sogleich zu beschreibenden Ziehbank, wodurch man den Vortheil erlangt, dass die durch die Kolbschneiden erzeugten feinen Längsstriche im Drall an den Seelenwänden entlang gehen, wodurch man einen höchst vortheilhaften feinen Drallstrich auf den Balken des Rohrs erzeugt.

Gleichzeitig ist das Kolben ein geeignetes Mittel, um den Kaliber auf's Genaueste und Feinste zu reguliren.

Ist das Rohr völlig kugelgleich gekolbt, was man am besten beim Durchdrücken einer bleiernen Kugel durch die Seele erkennt (die Kugel muss stetig saugend durchgehen und darf an keiner Stelle leichter rutschen, resp. mit Schwierigkeit weiter gleiten), und ausserdem an den Seelenwänden frei von Bohrringen, Schiefern, Gruben etc., so schreitet der Garniseurmeister zum Ziehen des

---

*) Die Kolbstange hat einen dem in Fig. 257 dargestellten ähnlichen Kolben, dessen den Zugschneiden ähnliche aber längere und breitere Kolbschneiden der Länge nach durch das Rohr gestossen werden, daher man auch früher das Kolben an Stelle des Glattbohrens zur Vollendung der Seele anwendete und noch jetzt für Schrotflinten anzuwenden pflegt.

Rohrs, welche Operation in Suhl auf der Ziehbank mittelst Handarbeit ausgeführt wird, aber auch mittelst besonderer Ziehmaschinen bewirkt werden kann, welche die Arbeit wesentlich beschleunigen. — Dies letztere ist aber auch eigentlich ihr Hauptvortheil, wenigstens bei Eisenläufen, denn an und für sich gebührt dem Ziehen mit der Hand der Vorzug und zwar um deswillen, weil die Maschine der grösseren oder geringeren Härte des Rohrmaterials keine Rechnung trägt, sondern rücksichtslos weiter arbeitet, wodurch leicht Beschädigungen des Rohrs eintreten können, wogegen man bei der Handarbeit die Beschaffenheit des Materials fühlt und es demgemäss bearbeiten kann.

Das Ziehen mit der Hand.

§. 277. Die hierbei benutzte Ziehbank ist, wie Fig. 256 zeigt, eine auf Füssen ruhende lange Bank *aa* von einer solchen

Fig. 256.

Höhe, dass die Unterarme des Arbeiters wagerecht arbeiten können, sobald das Rohr in die auf der Bank befindlichen niedrigen Böcke oder Träger *b* eingespannt ist.

Auf dem vorderen, dem Arbeiter zunächst befindlichen, Theil der Bank wird ein Mund- oder Drallrohr *cd* eingespannt, an dessen vorderem Ende eine eiserne, in der Figur nicht sichtbare, weil dem Arbeiter zugekehrte, Theilscheibe sitzt, welche mit einer Kreiseintheilung versehen ist. Das Mundrohr kann entweder ein altes unbrauchbares gezogenes Gewehrrohr sein, dessen Züge den dem zu ziehenden Rohr zu gebenden Drall haben oder besonders für seinen Zweck hergerichtet werden. Im letzteren Fall macht man es gewöhnlich etwas stark im Eisen, giebt ihm einen starken Kaliber und 4 tiefe Züge; darf aber diese Verhältnisse nicht übertreiben, widrigenfalls, wie aus der nachfolgenden Darstellung sich erklärt, die Arbeit unnöthigerweise erschwert wird.

Damit die Züge des Drallrohrs den vorschriftsmässigen Drall bekommen, kann man letztere entweder von einem vorhandenen Rohr abziehen oder aber den Drall neu herstellen, wobei man weiter nichts zu wissen braucht, als den Neigungswinkel des Zuges zur Seelenachse, der aus dem Maass der Windung, welche der Zug auf eine bestimmte Länge erhalten soll, mathematisch leicht zu berechnen ist. Praktisch helfen sich die Büchsenmacher, denen mathematische Kenntnisse fehlen, ganz einfach in der von uns in §. 45 beschriebenen Weise, wodurch sie die Neigung des Zuges erhalten, demnach auch den Zugschneiden die richtige Neigung auf dem Ziehkolben geben können.

Der Zweck des Drallrohrs ist nun der, die Bewegung der Schneiden, welche die Züge in dem zu ziehenden Rohr herstellen sollen, der Zugschneiden, so zu reguliren, dass dieselben die Züge sicher in dem richtigen Drall einschneiden, zu welchem Behuf folgendermassen verfahren wird.

Man giesst um die stählerne Ziehstange *zz*, welche genau in die Mitte des Mundrohrs gesteckt wird, Blei in das Rohr. Dies bildet, erkaltet, einen mit der Ziehstange eng verbundenen und das Drallrohr vollständig ausfüllenden Kolben, welcher demgemäss die Züge des Rohrs en haut relief enthält und sich mit diesen Erhabenheiten genau schliessend in den wirklichen Zügen des Rohrs bewegen lässt, wenn man die Reibungsflächen des Bleis und des Rohrs tüchtig einölt. Schiebt man daher, sobald das Drallrohr horizontal eingespannt ist, die Ziehstange *zz*, welche also die feste Achse des Bleikolbens bildet, in dem Rohr vor oder zurück, so muss sie sich genau um so viel drehen, als der Bleikolben.

Mit dieser Ziehstange wird eine zweite fest verbunden, welche in das zu ziehende Gewehrrohr *gh* hineinreicht, welches letztere, genau in der Verlängerung des Drallrohrs, mit dem Pulversack nach vorn auf der Ziehbank eingespannt ist. Diese zweite Stange ist mit einem genau cylindrischen eisernen Ziehkolben (vom Kaliber des zu ziehenden Rohres) versehen, auf welchem die Zugschneiden, d. h. kleine fein gehauene feilenartige Stahlplättchen (Fig. 257), welche in ihrer Breite der künftigen der Züge entsprechen, in besonderen Austiefungen angebracht sind, aus denen sie zunächst nur ganz wenig über den Umfang des Ziehkolbens hervorragen.

Fig. 257.

Die demnach aus 2 Theilen bestehende, aber ein festes Ganze bildende Ziehstange bildet nunmehr die Achse des zu ziehenden und des Drallrohrs, ragt aus letzterem heraus, und ist hier an ihrem vorderen, dem Arbeiter zugewendeten, Ende in einer hölzernen Handhabe *rr* so befestigt, dass sie sich in deren mittlerem viereckigem Theil drehen kann. Wäre dies letztere nicht der Fall, so müsste der Arbeiter mit den Händen der spiralen Achsendrehung der Stange und somit auch der Handhabe folgen, was die Arbeit erschweren und unsicher machen würde.

Fig. 258.

Das Verfahren beim Ziehen ist nun folgendes.

Nachdem das Drallrohr und das zu ziehende Rohr genau und fest eingespannt, und der Leitkolben des ersteren und der Ziehkolben gehörig befettet sind, letzterer darauf so weit in das Rohr *gh* hineingeschoben ist, dass die Zugschneiden eben an der Seelenwand anstehen, schiebt der Arbeiter, indem er den Druck seines Oberkörpers durch Vorsetzen eines Fusses vermehrt, die Ziehstange mittelst der Handhabe kräftig vorwärts, so dass der Leitkolben im Drallrohr und somit auch der Ziehkolben in dem zu ziehenden Rohr *gh*, in spiraler Richtung sich drehend, vorrücken und die Zugschneiden sonach eine seichte Vertiefung, einen Zug, einschneiden oder einfeilen.

Tritt der Ziehkolben aus der Mündung *h* des zu ziehenden Rohrs heraus, so zieht der Arbeiter kräftig, und indem er den zuvor vorgesetzten Fuss zurücksetzt, die Ziehstange zurück, während der andere Fuss an seiner Stelle bleibt.

In dieser Art schiebt der Arbeiter den Ziehkolben vor und zurück, wobei er darauf zu achten hat, dass die Stange genau in der Richtung der Rohrachsen sich bewegt — der Mann darf sich nicht auf die Stange legen, widrigenfalls sie das Mundrohr schleift und der Leitkolben schlottrig wird, was leicht zu einer Veränderung des Dralls im Gewehrrohr führen kann.

Damit die Züge nach und nach ihre normale Tiefe gewinnen, so werden die Zugschneiden nach und nach erhöht, zu welchem Ende der Arbeiter den Kolben aus dem Rohr *gh* hinausstösst und mittelst einer an dem Ziehkolben befindlichen Stellschraube die Schneiden ein wenig mehr über den Umfang des Kolbens hinaushebt.

Fühlt der Arbeiter, dass eine Zugschneide Widerstand findet, also eine härtere Stelle des Eisens trifft, so muss er letztere vorsichtiger und länger bearbeiten; arbeitet er einen Schiefer auf, so spannt er das Rohr aus der Bank und übergiebt es dem Meister, welcher nach Umständen von aussen her mit dem Hammer eine solche Stelle eintreibt, so dass die Zugschneide wieder gesundes Fleisch fasst.

Gerade in dieser Möglichkeit liegt ein grosser Vorzug des Ziehens mit der Hand, wogegen eine Maschine rücksichtslos fortarbeitet und dadurch die Seelenwand in erheblicher Weise beschädigen kann.

Um die Arbeit des Ziehens zu erleichtern und sorgsamer ausführen zu können, schneidet man nicht alle Züge auf ein Mal ein, sondern höchstens 3, meistens nur 2, auch einen, je nachdem die Zahl derselben gross oder klein ist.

Bei einer geraden Zahl von Zügen schneidet man immer 2 sich diametral gegenüberstehende ein, bei einer ungeraden zuerst 2, dann 2, auch 3, wobei man zu besserer Führung ein Futter in einem bereits angeschnittenen Zuge gehen lässt. Ueberhaupt ist es zweckmässig, erst alle Züge mit Anwendung von Futtern egal seicht einzuschneiden, wodurch man dann beim Tieferschneiden die Führung durch die bereits angeschnittenen Züge gewinnt.

Sind zwei Züge fertig geschnitten, so muss der Ziehkolben umgesetzt werden, damit die Zugschneiden eine andere Stelle der Seelenwand fassen.

Zu dem Ende wird die Ziehstange so weit ins Drallrohr hineingeschoben, dass der Ziehkolben vollständig aus dem Gewehrrohr hinaustritt, also dessen Wände mit den Schneiden nicht mehr berührt und sich folglich drehen kann. Sodann setzt man das zuvor gelüftete Drallrohr um, d. h. dreht es so weit um seine Achse, bis die an ihm befestigte Theilscheibe, oder, wenn diese fest bleibt, der an dem Rohr befestigte Zeiger auf ihr, den Theil des Kreises beschrieben hat, um welchen die Züge von einander entfernt sein sollen.

Sind z. B. vier Züge einzuschneiden, so wird nach Vollendung der beiden ersten das Rohr um 90°, bei fünf um 72° umgesetzt etc., wodurch selbstredend die Zugschneiden des durch die Ziehstange mit dem Mundrohr sich um seine Achse drehenden Ziehkolbens eine gleiche Bewegung machen.

Nach dem Umsetzen wird das Drallrohr wieder gehörig eingespannt, und die Arbeit in vorher beschriebener Weise fortgesetzt.

§. 278. Frischen und Schmirgeln.

Sind sämmtliche Züge des Rohrs eingeschnitten, so müssen sie von dem an ihren Kanten befindlichen feinen Grat befreit, auf der Sohle gehörig geebnet, und müssen ferner die auf die Führung des Geschosses besonders influirenden Seitenkanten geschärft werden, was durch die Operation des Frischens geschieht.

Dies gleicht fast vollständig dem Ziehen, nur tritt an die Stelle des eisernen Ziehkolbens ein hölzerner Frischkolben, dessen Schneiden, vom normalen Profil der Züge, feiner eingehauen, also gewissermassen mit der Schlichtfeile zu vergleichen sind.

Ist das Frischen beendet, so schreitet man, um Balken und Züge aufs Sauberste zu ebenen und zu glätten, zur Operation des Polirens oder Schmirgelns.

Behufs dessen wird um eine stählerne Schmirgelstange Blei in das Rohr gegossen, so dass sich um erstere herum ein der inneren Form des Rohrs genau entsprechender bleierner Schmirgelkolben bildet, der vorsichtig aus dem Rohr herausgeschoben, ringsum eingeölt und mit fein gepulvertem Schmirgel bestreut wird.

Das Rohr wird horizontal in einen Schraubstock gespannt, so dass der Pulversack dem Arbeiter zugewendet ist, und in der Gegend der Mündung durch ein auf die Werkbank gesetztes Brett unterstützt.

Der Arbeiter stösst hierauf den Schmirgelkolben mittelst der Stange, welche, wie die Ziehstange, drehbar in einer Handhabe befestigt ist, mittelst letzterer in dem Rohre vor und zurück, wobei der Schmirgel auch die kleinste Unebenheit des Eisens beseitigt und Balken und Züge mit fast unerkennbar feinen, im Drall laufenden, Längsstrichen glättet und die Seelenwände silberhell darstellt.

Bei allen diesen Arbeiten erweitert sich der Kaliber des Rohrs mitunter um eine Kleinigkeit (0,0025″—0,005″), daher das Rohr vor dem Ziehen einen solchen Kaliber haben muss, dass eine eintretende Erweiterung der Art denselben nicht über das zulässige Maximum bringt. Gleich nach dem Schmirgeln gelangt das Rohr zur sechsten Revision.

Der beim Ziehen etc. stattfindende Prozess wird den Leser vollends davon überzeugt haben, wie nothwendig gerade bei gezogenen Rohren eine möglichst tiefe Aufbohrung für die Schwanzschraubengewinde ist, damit die Zugschneiden die Gewinde nicht verletzen.

Das Ziehen mittelst Maschinen.

§. 279. Die Arbeit der Ziehmaschinen muss sich in der Hauptsache ähnlich vollziehen, wie das Ziehen mit der Hand, d. h. die Schneide, welche den Zug herzustellen hat, muss eine vor- und zurückgehende und zugleich eine spirale Bewegung erhalten.

Die einfachsten Ziehmaschinen sind demgemäss diejenigen, welche auch ein Drallrohr haben. In diesem Fall bewegt sich in letzterem ebenfalls ein genau schliessender Leitkolben, welcher die Ziehstange vor- und zurücktreibt und mittelst eines oder zweier auf seiner Oberfläche angebrachter starker Zapfen, welche in einem breiten, in spiraler, dem Drall entsprechender. Windung in den Wänden des Drallrohrs angebrachten, Ausschnitt sich bewegen, den Schneiden zugleich die entsprechende Vorwärtsbewegung im Drall verleiht.

Die Ziehstange mit dem Leitkolben wird durch das Getriebe der Maschine schnell und kräftig vor- und zurückbewegt und dadurch erlangt man den Vortheil, dass man gleichzeitig mehrere Rohre ziehen kann, wobei zur Ueberwachung der Arbeit nur ein Arbeiter nöthig ist.

Fig. 259.

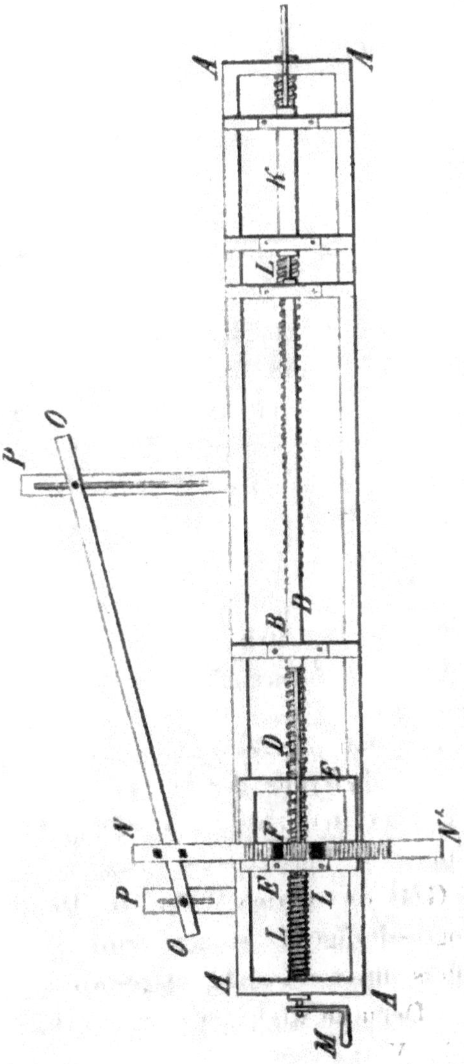

Eine andere, in Lüttich zur Anwendung kommende, recht sinnreiche, Maschine beschreibt der belgische Capitain Gillion in seinem bereits an einer anderen Stelle erwähnten Werk: cours élémentaire sur les armes portatives. Dieselbe ist in der Hauptsache folgendermassen construirt.*)

Die Grundlage des Ganzen bildet eine Bank *AA*, auf welcher das zu ziehende Rohr *B* horizontal eingespannt wird. In letzterem bewegt sich ein hohler Cylinder, der (Fig. 260) das noch zu beschreibende Schneidezeug in sich aufnimmt und mittelst einer an ihm befestigten Stange, *D*, mit dem auf der Bank gleitbar befestigten Schlitten *EE*

*) Die Figur ist dem Gillion'schen Buch entnommen.

verbunden wird. — Dieser Schlitten erhält seine Vor- und Rückbewegung durch ein unter ihm befindliches Getriebe, die Schraube ohne Ende *L*, welche mittelst der Kurbel *M* gedreht werden kann.

Geschieht letzteres, so greifen die Schraubengänge von *L* in die correspondirenden ein, welche an der unteren Fläche der Querwände des Schlittens *E* sich befinden, so dass letzterer und mit ihm also die Stange *D* und das Schneidezeug vorwärts oder rückwärts bewegt wird.

Die rotirende Bewegung der Ziehstange *D* wird folgendermassen erzeugt.

Auf dem Schlitten *E* ist eine oben gezahnte Stange *NN'* in der Art befestigt, dass sie sich nach der Seite bewegen kann; ihr eines Ende *N'* liegt frei, das andere *N* dagegen wird durch 2 Bolzen auf der Leitstange *O O* festgehalten, so aber, dass es auf letzterer vor- und zurückgleiten kann.

Nähert sich also der Schlitten *E* bei der Drehung der Kurbel *M* dem Rohr *B*, so wird natürlich die Zahnstange *NN'*, auf *O* fixirt, nach links quer über den Schlitten hin ausweichen müssen. Hierbei greifen ihre Zähne in die correspondirenden des kleinen Getriebrades *F*, welches mit der Ziehstange *D* fest verbunden ist, drehen es und somit also auch die Stange von links nach rechts um ihre Achse, so dass also die Scheide im Drall vorrückt. Damit dies geschehe, ist, wie die Fig. 259 zeigt, die Leitstange *O O* unter einem Winkel zur Längenrichtung der Bank gestellt, welcher der Neigung der Züge zur Richtung der Seelenachse proportional ist.

Die Falze in den beiden Querstangen *P*, *P*, welche die horizontale Leitstange *O O* tragen, gestatten eine Veränderung der Richtung letzterer und somit eine Veränderung des Dralls.

Wenden wir uns nun zu einer Betrachtung des Schneidezeuges oder der Zugschneidevorrichtung, so müssen wir dabei im Voraus bemerken, dass, als Capitain Gillion schrieb (1856), die Rohre der belgischen Gewehre mit Progressivzügen versehen wurden. Ueber letztere haben wir bereits öfters unsere Ansicht ausgesprochen, die Erfahrung hat sie verworfen. Dennoch wollen wir die Beschreibung nach Gillion liefern, weil die Vorrichtung zum Einschneiden der Progressivzüge sinnreich und darum immerhin interessant ist.

Wie schon erwähnt, befindet sich die Schneidevorrichtung in

Fig. 260.

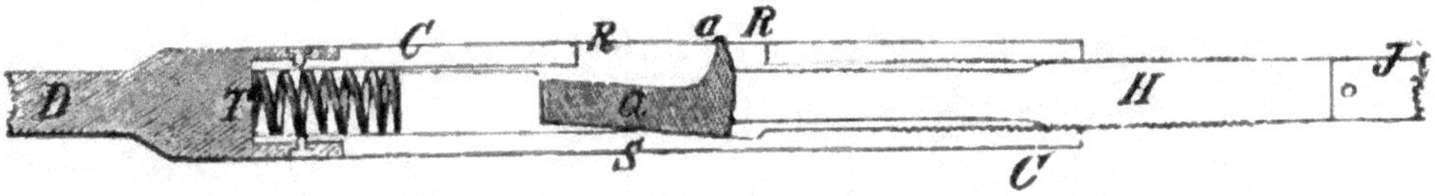

einem hohlen Cylinder (*CC* vergl. Fig. 260), der mittelst der Ziehstange *D* in dem Gewehrrohr vor- und zurückgleitet. Dieser Cylinder ist an seinem hinteren Ende innerlich mit einem Muttergewinde versehen und nimmt hierin einen mit angeschnittenen Gewinden versehenen Dorn *H* auf, der seinerseits wieder mit einer viereckigen Stange *J* verbunden ist, welche in dem auf der Bank befestigten Leitrohr *K* sich bewegt.

Hieraus folgt also, dass bei der Bewegung der Ziehstange der Dorn *H* in Folge des quadratischen Querschnitts der Leitstange *J* nur gerade vor- oder zurückgleiten kann, daher der Cylinder *C*, welcher einer spiralen Bewegung folgt, sich etwas auf ihn auf- resp. zurückschrauben muss.

Wie Fig. 260 ferner zeigt, ist der Cylinder *C* hohl und an seiner oberen Wand mit einem länglichen Ausschnitt *R* versehen, durch welchen die Schneide des Messers *Q* nach oben hinausragt, während die untere Wand des Cylinders eine schiefe Ebene *S* bildet, auf welcher der Stiel des Messers *Q* ruht.

Dies Messer hat, wie wir sehen, die Form eines Hakens, dessen Spitze *a*, von der Form des Querschnitts eines Zuges, die Schneide bildet, und wird gehalten einerseits durch eine Spiralfeder *T*, andererseits durch den Dorn *H*, welcher sich gegen die Spitze lehnt. Durch die Thätigkeit dieses Dorns, auf welchen, wie wir sahen, der Cylinder *C* sich etwas aufschraubt, sobald letzterer von der Mündung des Rohrs nach dem Pulversack hingleitet, wird das Messer auf der schiefen Ebene etwas in die Höhe getrieben, die Spitze *a* also mehr aus ihrem Einschnitt herausgehoben und schneidet somit den Zug nach hinten zu tiefer aus als an der Mündung.

Läuft dagegen der Cylinder *C* vom Pulversack nach der Mündung hin, so schraubt er sich auf *H* etwas zurück, und wird mithin das Messer *Q* durch die Wirkung der Spiralfeder *T* auf der schiefen Ebene abwärts gedrängt, so dass die Schneide *a* die Seelenwand nich tmehr berühren kann.

Dies Auf- und Absteigen des Messers findet wechselsweise bei jedem Gang durch das Rohr statt; die Schneide *a* fängt also stets an der Mündung des Rohrs an zu arbeiten und nimmt einen ganz feinen Eisenspahn von der Seelenwand fort.

Natürlich kann ein Zug nicht mit einer Passage zu seiner vollen Tiefe ausgehoben werden (es geschieht in Lüttich in 12 Gängen) daher muss der Arbeiter nach jedem Gang den Dorn *H* nach Maassgabe eines Quadranten um ein gewisses Maass weiter in den Cylinder einschrauben, wodurch die Messerspitze um eine Kleinigkeit höher gestellt wird.

Ist ein Zug vollendet, so wird das Gewehrrohr *B* nach Maassgabe einer Theilscheibe umgesetzt.

Die Thätigkeit des Arbeiters besteht darin, dass er die Kurbel *M* dreht und dadurch die Ziehstange etc. vor- oder zurücktreibt, dass er das Schneidezeug fleissig ölt und den ausgehobenen Eisenstreifen oder Hobelspahn entfernt, vor jedem Gang den Dorn *H* um einen der Eintheilung entsprechenden Grad dreht und das Rohr nach Vollendung eines Zuges umsetzt.

Nach Gillion kann diese Maschine, wenn das Messer für jeden Zug 12 Gänge macht, in 10 Stunden 12 Rohre fertig ziehen.

Soll eine derartige Maschine zum Ausheben constant tiefer Züge benutzt werden, so muss natürlich die Vorrichtung zum Steigen des Messers während der Passage durch's Rohr fortfallen, was man einfach dadurch erreichen würde, dass man die Leitung des Dorns *H* nicht quadratisch, sondern cylindrisch gestaltet, wodurch *H* natürlich der Achsendrehung des Cylinders *C* folgen würde.

Eine derartige Maschine verdient insofern den Vorzug vor einer solchen, bei welchem ein Maschinentriebrad die Zugschneiden treibt, weil dem Arbeiter immer noch ein gewisses Gefühl für die Natur des bearbeiteten Materials verbleibt.

Die Leistung ist immerhin im Verhältniss zu der Leistung eines Arbeiters, der auf der gewöhnlichen Handziehbank arbeitet, bedeutend und steigert sich natürlich bei seichten constant tiefen Zügen, welche weniger Gänge des Messers pro Zug erfordern.

Es versteht sich von selbst, dass ein also gezogenes Rohr ebenfalls noch gefrischt und geschmirgelt werden muss.

Maschinen werden sich stets dann empfehlen, wenn es sich um

eine schnelle Erzeugung zahlreicher gezogener Rohre handelt oder die Arbeitslöhne hoch und die Arbeitskräfte nicht zahlreich sind, wogegen die Handarbeit ihr Recht behält, wenn man über zahlreiche Arbeitskräfte disponirt und die Löhne mässig sind.

So wandte, als wir in den Jahren 1855 und 1856 unsere Percussionsgewehre in gezogene nach Minié umänderten (wobei es sich also, da ausserdem an den Gewehren wenig Arbeiten auszuführen waren, zur Erhaltung eines ununterbrochenen Betriebes um möglichst schnelle Herstellung gezogener Rohre handelte), der damalige Hauptmann v. Helden-Sarnowski*) als Vorsteher der Umänderungswerkstätte in Cöln mehrere Ziehmaschinen von einer der eben beschriebenen gleichen oder sehr ähnlichen Construction mit gutem Erfolge an, während in dem an Gewehrarbeitern reichen Suhl, wo der Verfasser die Umänderung von circa 82,000 Gewehren leitete, sämmtliche Rohre mit der Hand gezogen wurden, wobei freilich sogar das schöne Geschlecht ein Contingent von Rohrziehern stellte, welches die Ziehstange mit bestem Erfolg handhabte.

Weitere Bearbeitung gussstählerner rauher Rohre.

§. 280. Unter Bezugnahme auf das bereits in §. 218 und 268 über Rohre dieser Gattung Gesagte, bemerken wir hier nur, dass sich die Bearbeitung derselben hauptsächlich nur in Betreff des Bohrens von der nunmehr bekannten der eisernen unterscheidet, da die Rohre aus dem Vollen gebohrt werden müssen.

Es geschieht dies auf besondern Bohrmaschinen, welche in neuerer Zeit sehr vervollkommnet sind, so dass gewöhnlich zunächst nur zwei Bohrer nach einander die Seele ausbohren, wovon der erste den Kaliber bis auf 0,06″, der zweite bis auf 0,03″ unter normal bringt.

Das Rohr wird zuvor genau centrirt, d. h. die Richtung der Seelenachse vorn und hinten an den Endflächen markirt, und dann horizontal in die Maschine *Taf. II.* gespannt, auf der es durch ein Getriebe *a* mit grosser Schnelligkeit um seine Achse gedreht wird, während der Bohrer *b* mit Hülfe der Handhabe *c* vom Arbeiter

*) Jetzt Major im ersten Thüringischen Infanterie-Regiment Nr. 31. Verfasser der bekannten trefflichen Schrift: Populaire Theorie des Schiessens.

horizontal vorgeschoben wird. Der Bohrer wird öfters aus dem Rohr *d* herausgenommen und frisch geölt, aus dem Rohr werden die Bohrspähne sorgfältig entfernt. Die Stelle, an welcher der Bohrer arbeitet, erhitzt sich natürlich sehr stark, und muss daher öfters gekühlt werden, zu welchem Ende der Arbeiter aus dem Troge *e* mittelst des Gefässes *f* das nöthige Wasser schöpft. Nach Beendigung des zweiten Bohrens wird das Rohr glatt gebohrt, und

Tafel II.

zwar um so viel, dass der Kaliber nur noch um 0,015″ unter normal bleibt; alle übrigen Arbeiten nehmen dann denselben Verlauf und werden ebenso ausgeführt, wie bereits für die eisernen Rohre beschrieben wurde.

Die Fortschritte in der Anfertigung des zu Rohren geeigneten Stahls, in der Einrichtung der Bohrmaschinen und die Anwendung gussstählerner Instrumente zur Bearbeitung haben bewirkt, dass gussstählerne Rohre fast ebenso billig herzustellen sind, als eiserne;

die grosse Reinheit des Stahls, die Gleichmässigkeit seines Gefüges mindern den Ausschuss an Rohren und die Nacharbeiten an schlechten Stellen wesentlich, und wird dies dem Stahl mehr und mehr Eingang verschaffen.

Herstellung kantiger Rohre.

§. 281. Obgleich wir uns schon mehrfach darüber geäussert, dass die, früher namentlich bei Jägerbüchsen übliche, achtkantige Form der Rohre durch nichts motivirt und unzweckmässig ist, daher bei neueren Waffen auch nicht mehr angewendet wird, so wollen wir doch hier der Vollständigkeit wegen erwähnen, dass die Kanten solcher Rohre im Rohen angeschmiedet und später die Flächen entweder durch Hobeln geebnet werden, indem man einen Schlitten, aus dem ein scharfer Zahn niederwärts bis auf das horizontal eingespannte Rohr reicht, langsam über dem Rohr fortbewegt und so Spahn neben Spahn fortnimmt, oder aber durch Fraisen mittelst horizontal sich drehender Fraisrädchen, unter denen das Rohr langsam weiter geschoben wird.

Die fernere Ebnung und Glättung der Flächen erfolgt dann durch Schleifen und Poliren.

§. 282. Die Anfertigung der Schwanzschrauben zerfällt, seien sie nun Block- oder Patentschwanzschrauben, in das Schmieden und weitere Bearbeiten derselben.

Geschmiedet werden die Schwanzschrauben aus Stangen weichen und zähen Eisens unter Anwendung einer grösseren oder geringeren Zahl von Hitzen, nach Maassgabe ihrer mehr oder minder complicirten Gestalt, so weit möglich in Gesenken und mittelst Gesenkhämmern, damit sie schon im geschmiedeten rohen Zustand ihrer künftigen Form möglichst entsprechen. Die ersten Hitzen werden unter allen Umständen zum Ausschmieden des Gewindetheils und zum Absetzen der übrigen Theile verwendet, und wird gewöhnlich erst in der dritten Hitze die Schraube von der Stange abgeschrotet (d. h. abgehauen) und dann frei weiter bearbeitet; wie dabei im Speziellen die Hitzen benutzt werden, hat für den Nichttechniker keinen Werth, daher wir den Leser mit einer eingehenden Schilderung dessen verschonen wollen.

Die weitere Bearbeitung der Schwanzschrauben beginnt der Rohrverschrauber, indem er den Gewindetheil auf der Drehbank cylindrisch abdreht und bei Patentschrauben die daran stossende Fläche des Körpertheils winkelrecht zu ersterem eben fraist, bei Blockschrauben die an den Kreuztheil oder den Haken stossende hintere Fläche des Gewindtheils bestösst und eben feilt. Hierauf schneidet er die Gewinde in einer gewöhnlichen Schneidekluppe nach Maassgabe von §. 259 an, vollendet sie mittelst eines normalen Schneideeisens und passt die Schraube sodann ein, wobei er angemessen nachhilft.

Demnächst gelangt die Schraube mit dem Rohr zum Rohrgarniseur und sodann zum Schwanzschraubenmacher, resp. Patentschraubenmacher, welchem letzteren natürlich wesentlich mehr Arbeiten zufallen, als dem Bearbeiter der Blockschrauben.

Arbeiten des Patentschraubenmachers.

§. 283. Sobald derselbe den Lauf vom Rohrgarniseur erhält, berichtigt er zunächst vollends den vom Garniseur bereits bearbeiteten Pulversack mit Rücksicht auf die Stellung von Visir und Korn nach Maassgabe des zuvor eingeschraubten mutzenartigen Instruments (vergl. §. 275), welches genau die normalen Endformen des Rohrs angiebt, schraubt dann die Patentschraube ein und befeilt zunächst ihren Körper in genauester Uebereinstimmung mit den correspondirenden Endflächen des Rohrs, wobei Zündstollen und Muschel noch roh bleiben, sodann den Kreuz- und Schweiftheil, respective den Haken, nach Schablone und Leere, worauf die Patentschraube eingeschraubt zur Revision gelangt (vierte Revision des Rohrs).

Nach Beendigung derselben wird der Zündstollen rund gefraist (resp. kantig gefeilt) und sodann die Kammer gebohrt, zu welchem Ende meisentheils die Schraube ausgeschraubt und so in eine Drehbank gespannt wird, dass der Gewindetheil frei liegt. Demnächst setzt man die Drehbank in Gang, so dass die Schraube sich um ihre Achse dreht, bildet zuerst mit einem Vorbohrer ein cylindrisches Loch und arbeitet sodann, falls die Kammer conisch werden soll, mittelst 2 anderer Bohrer dieselbe richtig aus.

Ist die Schraube von vornherein gut gearbeitet, und war die Aufbohrung im Rohr gerade, also auch das Muttergewinde con-

Fig. 261.

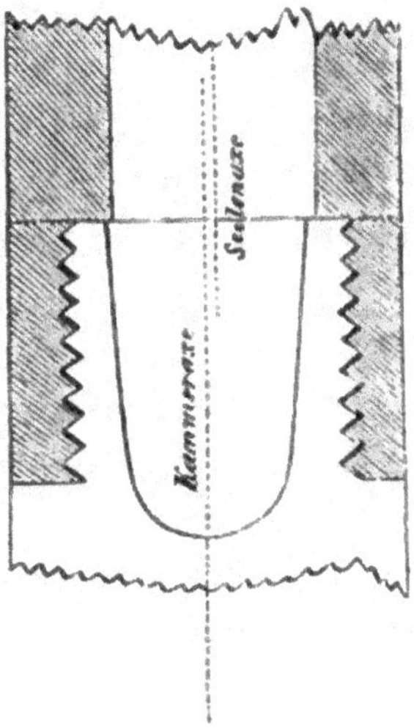

Fig. 262.

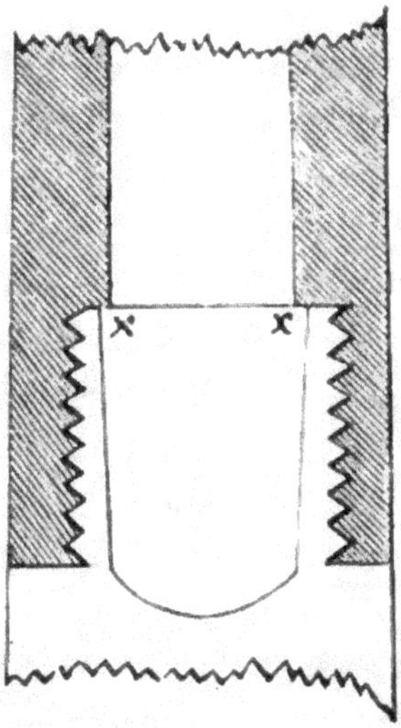

centrisch zur Seelenachse eingeschnitten, so werden conische Kammern, auf diese Weise hergestellt, auch concentrisch zur Seele ausfallen; waren jene Bedingungen nicht erfüllt, so liefert eine solche Bearbeitung, wie Fig. 261 zeigt, eine excentrische Kammer, deren Nachtheile bereits in §. 60 besprochen wurden. Ausser genauester Concentricität muss bei conischen Kammern auch noch die Uebereinstimmung des Kalibers der Kammermündung mit dem der Seele herbeigeführt werden, was um so nöthiger ist, wenn man namhafte Unterschiede im Seelenkaliber tolerirt. Bei den früheren glatten Musketen bestimmte man öfters den Kaliber der Kammermündung nach dem grössten gestatteten Seelenkaliber, wodurch man bei kleineren Gewehrkalibern ein Verhältniss, wie in Fig. 262 dargestellt, also bei *xx* gar nicht zu reinigende Winkel erhielt, woneben noch dieser Absatz den Rückstoss steigerte, indem er den expandirenden Gasen einen nicht zu bewältigenden Widerstand entgegensetzte. Ist andererseits der Kammermund von kleinerem Kaliber als die Seele, so erhält man nolens volens einen mindestens sehr unnöthigen Kammerrand à la Delvigne.

Aus diesen Erörterungen erhellt, dass die sorgfältige und richtige Construction von Patentschrauben mit conischen Kammern technische Schwierigkeiten bereitet, welche nur dadurch mit Erfolg überwunden werden können, dass man entweder die Kammer, nachdem die Schraube fest eingeschraubt ist, von der Mündung aus mittelst eines Bohrers bohrt, dessen Stange in der Seele des Rohrs durch einen Holz- oder Messing-Cylinder geleitet wird, oder mindestens mittelst einer derartigen Vorrichtung den der Seelenachse entsprechenden Mittelpunkt auf dem noch massiven Kopf der Schraube markirt, wodurch man einen sicheren Anhalt für die centrische Bohrung der Kammer erhält, deren obere Weite dann genau nach dem Rohrkaliber bestimmt werden muss.

Diese Verhältnisse haben in neuerer Zeit dazu geführt, dass man sich wieder mehr der Blockschrauben bedient, deren Einfachheit die Arbeit wesentlich erleichtert, denn es ist klar, dass namentlich bei gezogenen Gewehren die genaue Anfertigung conischer Kammern noch mehr Schwierigkeiten bereitet, da streng genommen nicht nur die Balken, sondern auch die Züge sich in sie verlaufen müssten.

Cylindrische Kammern, welche sich, wie solche à la Delvigne oder neuerdings nach der Podewils'schen Construction (vergl. Fig. 191), nicht mit den Seelenwänden vergleichen brauchen, sondern einen engeren Kaliber haben, sind natürlich leichter zu bohren. Hauptsache ist, dass ihre Achse mit der Seelenachse zusammenfällt, was durch die oben angegebene Centrirungsmethode mit Genauigkeit bewirkt werden kann.

Sobald die Kammer gebohrt ist, bringt der Arbeiter die Patentschraube in einen aus zwei Theilen bestehenden eisernen Kasten, dessen innere Seiten mit Aussenkungen von der genauen Form der Schraube und deren Wände mit zwei durchgehenden Leitungen versehen sind, welche genau in der Richtung des Zündcanals und der Zündstiftachse liegen, schraubt den Kasten fest zusammen, und bohrt mit Hülfe jener Leitungen den Zündcanal durch den Zündstollen und ein Loch in der Richtung der Zündstiftachse, welches er sodann mit Hülfe eines Centrumbohrers zu einer Aufbohrung für den Gewindetheil des Zündstifts erweitert, in deren Wände hierauf die Muttergewinde für den Zündstift eingeschnitten werden.

Hiernächst wird die Muschel aus dem Gröbsten nach dem Augenmaass mit dem Meissel bearbeitet, das Gewinde für die rohgelieferte Kanalschraube eingeschnitten, die Fläche für den Kopf der letzteren mittelst eines in eine Brustleier gesteckten kleinen

Fraisers winkelrecht zum Kanal eben gefraist, die Kanalschraube auf die richtige Länge gebracht und eingepasst.

Ist dies vollendet, so wird die Aufbohrung für den Zündstift von dem beim Bohren und Schneiden entstandenen Grat befreit, das Gewinde normal nachgeschnitten, die Fläche für den Teller des Zündstifts eben gefraist, letzterer eingepasst, die Muschel vollends mit der Feile bearbeitet und geschlichtet und endlich, wenn die Schwanzschraube einen Schweif hat, das Loch für die Kreuzschraube in einer Vorrichtung gebohrt, welche den Bohrer im richtigen Winkel arbeiten lässt.

Hat die Patentschraube einen Haken, so erhält der Arbeiter die Scheibe (bascule) geliefert, passt den Haken ein, feilt die Scheibe zurecht, und versieht ihren Schweif mit den Kreuzschraubenlöchern, worauf er die Scheibe mit der Schraube zur Revision bringt.

Weitere Bearbeitung der Blockschwanzschrauben.

§. 284. Bei ihr fällt selbstredend, falls nicht etwa die Podewils'sche Zündmethode gewählt ist, die Bohrung der Kammer weg, wogegen ihre Kopfplatte, wenn nöthig, mit der bekannten Auskehlung versehen wird.

Dem Arbeiter fällt demgemäss das Bohren des Zündcanals durch den an das Rohr geschweissten Zündstollen, das Bearbeiten des letzteren und das Einpassen des Zündstifts zu, sowie auch die Bearbeitung des Kreuz- und Schweiftheils, resp. des Hakens und der Scheibe in angegebener Weise.

Herstellung der Zündstifte.

§. 285. Die Zündstifte werden aus Stahlstangen von ppr. $^1/_2$" Stärke unter Anwendung einer Hitze in einem Gesenk durch Aufsetzen eines Gesenkhammers unter fleissigem Drehen der Stange in der Weise geschmiedet, dass der zur Bildung des Tellers und Vierkants bestimmte Theil einen Cylinder bildet, über den nach beiden Seiten die für Zündkegel und Gewindtheil bestimmten Theile als engere Cylinder hinausragen, demnächst von der Stange abgeschrotet, in Lehmwasser getaucht und im freien Feuer ausgeglüht, wodurch sie eine der weiteren Bearbeitung günstige Weichheit erhalten.

Hiernächst wird von einem besonderen Zündstiftarbeiter der künftige Zündkegel im Allgemeinen rund gefeilt und ein verlorenes, d. h. später fortfallendes, Gewinde angeschnitten, dies in das Futter einer Drehbank geschraubt und dann der eigentliche Gewindetheil und die untere Fläche des Tellers abgedreht, worauf ersterem in einer kleinen Kluppe und später mittelst eines Schneideeisens sein Gewinde angeschnitten wird.

Nunmehr wird der Zündstift abermals mit dem verlorenen Gewinde in die Drehbank geschraubt und sodann mittelst zweier Bohrer der conische Theil des Zündcanals (Fig. 66 *b*) vom Ende des wirklichen Gewindetheils und bis ungefähr zur Mitte des künftigen Kegels gebohrt, hierauf der Gewindetheil in die Drehbank geschraubt und der obere Theil des Zündcanals von der Schlagfläche aus mit einem schwächeren Bohrer gebohrt, so dass nun beide Bohrungen einen durchgehenden Canal bilden. Hierauf dreht der Arbeiter den Zündstift abermals um, räumt den Zündcanal auf, trichtert ihn an seinem unteren Ende (Fig. 66 *b* bei *k*) mittelst eines kleinen conischen Aussenkers von nebenstehender Form aus und bricht die untere scharfe Kante mit einem Stichel ab.

Fig. 263.

Nachdem hierauf wieder der eigentliche Gewindetheil in die Drehbank geschraubt worden, wird der mit dem verlorenen Gewinde versehene Kegel und ebenso der mittlere Theil (Teller und Vierkant) richtig abgedreht, das Vierkant nach der Leere gefeilt, die scharfe Kante an der Schlagfläche des Kegels abgebrochen, das Ganze geschlichtet und polirt.

Endlich wird der Zündstift in bekannter Weise gehärtet und auf Kohlenfeuer blau angelassen, womit er seine Vollendung erreicht.

Herstellung der beweglichen Verschlüsse.

§. 286. Eine detaillirte Beschreibung der dazu nöthigen Arbeiten erscheint, nachdem wir bis hieher absichtlich sehr ausführlich gewesen sind, um uns im weiteren Verlauf der Darstellung im Interesse des Lesers kürzer fassen zu können, nicht mehr nöthig, da die bisher beschriebenen Arbeiten sich im Allgemeinen auch bei Herstellung der beweglichen Verschlüsse wiederholen.

So werden z. B. die Kammerwalzen der Revolver-Pistolen,

wenn sie von Eisen, geschmiedet oder aus massiven Gussstahlstäben gewonnen, dann centrirt, gebohrt, abgedreht, äusserlich befeilt und geschlichtet, an den Lauf gepasst, endlich mit den Zündstiften versehen.

In ähnlicher Weise verfährt man bei Herstellung der Verschlusstheile der übrigen früher beschriebenen Hinterladungsgewehre. Ist dabei eine Hülse auf das Rohr oder den Lauf aufzuschrauben, so schneidet man die nöthigen Gewinde an den hinteren achtkantigen Theil, die Muttergewinde in die Wände des Hülsenkopfes. Längliche und Quer-Ein- und Ausschnitte stellt man am besten durch sicher arbeitende Fraismaschinen her.

Kammern und Verschlussbolzen fertigt man am besten aus cylindrischen Gussstahlstäben und bohrt dann erstere aus dem Vollen aus, was auch geschehen muss, wenn man jene Theile aus Eisen herstellt.

Die grösste Sorgfalt muss namentlich auf die Theile verwendet werden, welche durch directes Ineinandergreifen den eigentlichen Verschluss des Rohrs beim Schuss bilden, wobei es, wie wir wissen, auf die innigste genaueste Deckung der schliessenden Flächen ankommt.

Reihenfolge der Arbeiten, welche zur Herstellung eines gezogenen Laufs nöthig sind.

§. 287. Recapituliren wir zur Vermehrung der Uebersichtlichkeit alle die Arbeiten, welche zur Herstellung eines gezogenen Laufs nöthig sind, so ergiebt sich folgende Reihenfolge.

1. Eisenlauf.	2. Stahllauf.
a. Arbeiten im Rohrhammer.	
1. Recken, Breiten und Rollen der Rohrplatinen.	1. Stauchen des bis zur Glühhitze gebrachten Stahlcylinders auf die Stärke des Pulversacks etc.
2. Schweissen und Ausschmieden des Rohrs zum rauhen Rohr.	2. Ausglühen des Rohrs.

1. Eisenlauf.	2. Stahllauf.
b. Arbeiten in der Bohrmühle.	
3. Richten und Rauhbohren des Rohrs bis auf 0,04" unter Normal-Kaliber.	3. Richten und Bohren des Rohrs auf der Bohrmaschine bis auf 0,06" unter Normal-Kaliber.
4. Rundbohren auf der Glattbohrbank.	4. Richten und Bohren wie ad 3 bis auf 0,03" unter Normal-Kaliber.
5. Abdrehen des Rohrs auf der Abdrehmaschine bis auf die in §. 272 angegebene Stärke; Fraisen des Achtkantes.	5. Abdrehen des Rohrs und Fraisen des Achtkants.

6. Richten und Glattbohren des Rohrs bis auf 0,015" unter Normal-Kaliber.

c. Arbeiten in der Schleifmühle.

7. Wegschleifen der Abdrehringe, wobei die Rohre um 0,01 schwächer werden, richten.

Erste Revision.

8. Herrichtung zur Beschiessprobe und Beschiessprobe.

Zweite Revision.

9. Aufbohren und Einschneiden des Schwanzschraubengewindes bis auf 0,01" unter normal.
10. Feilen des Pulversacks, Aufsetzen und Löthen des Korns, Visirsattels etc.
11. Richten und Glattbohren bis auf 0,005" unter Normal-Kaliber.

Dritte Revision.

12. Fertigschneiden des Schwanzschraubenmuttergewindes auf Normal, Einpassen der Schwanzschraube.
13. Garniren des Laufs auf seine äusseren Dimensionen, Feilen der Schwanzschraube, Aufpassen und Feilen der Scheibe oder bascule.

Vierte Revision.

14. Bohren der Kammer und des Zündcanals, Einpassen des Zündstifts, Ausarbeiten der Muschel.

Fünfte Revision.

Nach dem Einschäften des Laufs, Percussioniren des Gewehrs etc.

15. Fraisen des Visirsattels, Aufpassen von Visir und Bayonnett etc.
16. Richten des Laufs, Kolben, Ziehen, Frischen und Schmirgeln auf Normal-Kaliber.

Sechste und letzte Revision.

II. Die Anfertigung der Schäfte — das Schäften.

§. 288. Die Anfertigung der Gewehrschäfte fällt den Schäftern zu, und sind die von ihnen auszuführenden Arbeiten, wie schon früher bemerkt, den Stellmacher- und Tischler-Arbeiten zu vergleichen. Erwägt man, dass mit dem Schaft viele andere Theile des Gewehrs innig verbunden werden müssen, so folgt daraus, dass die Schäfterarbeiten eine grosse Sorgfalt und Geschicklichkeit erfordern und in um so höherem Grade, wenn die mit dem Schaft zu verbindenden Theile eine complicirtere Form haben, wonach es z. B schwieriger ist, ein Percussions-, als ein Zündnadelgewehr zu schäften. — Die Suhler Schäfter zeichnen sich durch eine grosse Gewandtheit in ihrem Fach aus und stellen ein sehr gesuchtes Contingent auch in die Staatsfabriken Preussens und anderer Länder, namentlich in neuerer Zeit Russlands.

Unseren obigen Andeutungen gemäss verwenden die Schäfter gleiche und ähnliche Instrumente zur Bearbeitung des Holzes, wie die Tischler, daher es auch dem mit der Gewehrfabrikation praktisch nicht Vertrauten leicht ist, sich eine richtige Vorstellung vom Schäften zu machen.

Natürlich erhält der Schäfter zur Ausführung seiner Arbeiten alle mit dem Schaft zu verbindenden Theile geliefert; trotzdem ziehen wir es vor, im Einklang mit dem von uns im 2. Abschnitt befolgten Darstellungsgange jetzt schon die Beschreibung des Schäftens folgen zu lassen, weil unseren Lesern die zu erwähnenden Theile ihrer Construction nach sämmtlich bekannt sind, und daher der logische Gang unserer Darstellung nicht gestört wird, wenn wir die Anfertigung jener Theile später beschreiben.

Es leuchtet ein, dass die vollständige Herstellung eines Schaftes mittelst Handarbeit sehr zeitraubend ist (ein sehr geübter Schäfter liefert in einem Tagewerk höchstens 1¼ Schäfte) und daher, wenn man nicht über eine sehr grosse Zahl von Schäftern verfügt, den rüstigen Fortgang der Fabrikation sehr hemmen kann.

Aus diesem Grunde hat man in neuerer Zeit, und zuerst in England, angefangen, den grössten Theil der Schaftarbeit mittelst sinnreicher Maschinen zu erledigen, welche nicht nur das Schaftholz abrichten, sondern auch Lauf- und Ladestocknuthe, sogar die meisten Einlassungen für's Schloss etc. mittelst Fraisen ausheben, auch die äussere Form des Schaftes so weit herstellen, dass für die Handarbeit nur noch wenig zu thun übrig bleibt.

Unsere Darstellung wird klar machen, wie sehr dergleichen Maschinen die Schaftarbeit beschleunigen; die Suhler Fabriken würden nach unserer Meinung noch ein Mal so viel neue Gewehre liefern können, wenn sie sich durch Einführung solcher Maschinen von der verzögernden Handarbeit unabhängig machen wollten, und hoffen wir daher, dass Suhl, wie überhaupt, so namentlich auf diesem Gebiet sich der Einführung von Maschinen mehr zuwenden möge; nur dann kann es ein zweites Lüttich werden.

a. Herstellung der mit einer Kolbe versehenen Schäfte.

Abrichten des Schaftholzes.

§. 289. Fig. 10 (Seite 64) zeigt die Form des rohen Schaftholzes, welches demgemäss bedeutend mehr Holz enthält, als für den fertigen Schaft nöthig ist.

Der Schäfter beginnt daher seine Arbeit damit, dass er auf der langen Seite des Holzes nach einer aus Eisenblech gefertigten Schablone die Gestalt der Kolbe, Gestalt und Krümmung des Kolbenhalses und die Form des langen Theils mit Bleistift aufzeichnet und das über die Bleistiftlinien überstehende, also überschüssige Holz mit Ballmeissel und Schnitzer grob wegnimmt, darauf die obere Fläche des langen Theils behobelt und den Schaftstolpen mit dem Meissel absetzt. Hierauf hobelt er die obere Fläche des langen Theils mit einem Schlichthobel eben und sägt das Holz vorn bis auf ein bestimmtes Maass ab.

Alle diese vorbereitenden Arbeiten nennt man das Abrichten des Schaftholzes. Bei der Anlage der Schablone muss darauf Rücksicht genommen werden, dass die Längenfasern des Holzes so weit als irgend möglich in die Richtung des Kolbenhalses fallen, damit sie bei der Herstellung desselben nicht zu kurz durchschnitten werden brauchen.

Weitere Arbeiten.

§. 290. Sie beginnen mit dem Einlassen des Laufes, zu welchem Behuf das Holz horizontal in einen Schraubstock gespannt wird. Der Arbeiter bestimmt sodann die Lage des Laufes, legt ihn fest und genau auf die obere Fläche des langen Theils, reisst mit einem Stahlstift die Stellung des Kreuztheils, resp. des Hakens, ebenso die des Bayonnetthaftes vor und lässt die gedachten Theile durch angemessene Ausstemmung des Holzes so weit ein, dass der Lauf festliegt, worauf er die äusseren Umrisse der Laufnuthe mit dem Stift vorreisst und mit einem Schnitzer nachschneidet.

Nunmehr arbeitet er die Laufnuthe mit dem Hohlmeissel grob heraus, lässt den Kreuztheil oder Haken tiefer ein, hobelt die Laufnuthe tiefer und schärfer aus, wobei er sich eines Hobels mit gerundeter Schneide, eines Nuthhobels, bedient und lässt den Zündstollen und ebenso successive mit dem Fortschreiten der Laufeinlassung auch die an der unteren Seite des Laufes etwa vorstehenden Theile tiefer ein, stemmt endlich die Einlassung des Kreuztheils, resp. der Scheibe (bascule) und des Schweiftheils richtig aus, berichtigt schliesslich die Laufnuthe mit dem Laufhobel und behobelt ihre oberen Kanten.

Es ist einleuchtend, dass alle diese Arbeiten mit der grössten Vorsicht und Sorgfalt ausgeführt werden müssen, damit nicht nur die Seitenwände des Laufs auf's Fleissigste an das Holz passen, sondern auch Visir und Korn in eine und dieselbe senkrechte Ebene mit der Seelenachse zu liegen kommen.

Sobald der Lauf eingelassen ist, (wobei also, beiläufig bemerkt, der lange Theil des Schaftes noch vierkantig bleibt) beginnt die erste Bearbeitung des Kolbenhalses und der Kolbe damit, dass der Arbeiter, nachdem er den Lauf eingelegt, die obere Krümmung des Halses, die Kolbennase und die obere Linie der Kolbe und ferner deren Endfläche (Hirnseite) nach einer Hakenleere von umstehender Form zuschneidet, die Mittellinie des Laufes auf den genannten Theilen nach hinten zu verzeichnet, darauf die Kappe

Fig. 264.

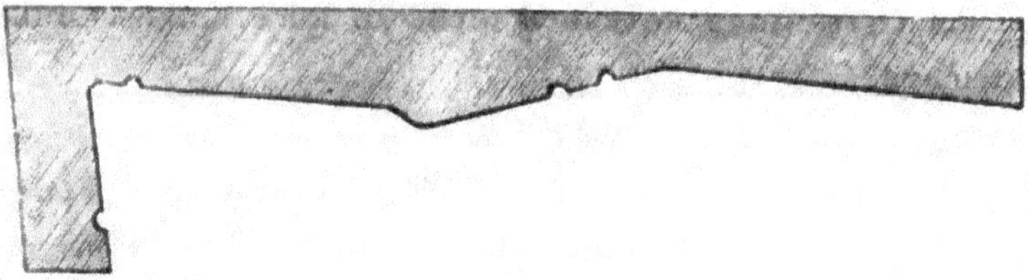

aufsetzt, einlässt und anschraubt und endlich mit Hülfe dieser Grundlagen der Kolbe ihre Form nach Leeren giebt.

Demnächst wird bei Percussionsgewehren das Schloss eingelassen, welche Arbeit damit beginnt, dass der Schäfter das Schlossblech allein an seine künftige Stelle legt, wobei ihm der bereits eingelassene Zündstollen einen Anhalt giebt, seine Umrisse einreisst und mit dem Schnitzer einschneidet, worauf er das Holz innerhalb des Umrisses mit einem Meissel so weit heraushebt, dass der Zündstollen um sein richtiges Maass über das Schlossblech heraussteht, und dann, nachdem er die Löcher für die Schlossschrauben durch die im Schlossblech bezeichnet hat, jene mit einem (hohlen) Löffelbohrer winkelrecht durch den Schaft bohrt und das über das Schlossblech hervorstehende Holz wegarbeitet.

Nun setzt der Schäfter das Schloss zusammen, legt es an den Schaft, bestimmt durch einen leichten Schlag den Platz für das Loch des Stangenbalkens und bohrt dies mittelst eines Centrumbohrers ein. Um ferner diejenigen inneren Schlosstheile, welche an das Holz zu liegen kommen, genau einlassen zu können, schwärzt er sie mit Kienruss, legt das Schloss an und bezeichnet so die Umrisse jener Theile, welche er demgemäss allmälig mit Schnitzer, Meissel und Senker einlässt. Gerade diese Arbeiten machen eine bedeutende Feinfaserigkeit des Schaftholzes nothwendig, widrigenfalls ein Splittern unvermeidlich, daher das Nussbaumholz, abgesehen von seinen sonstigen allgemeinen trefflichen Eigenschaften, für Percussionsgewehre von besonders hohem Werth ist.

Zum Schluss wird die ganze Schlosseinlassung auf's Sauberste bestochen und geschlichtet.

Auf die Einlassung des Schlosses folgt folgerichtig die des Seitenblechs, resp. der Unterlagebleche für die Schlossschraubenköpfe, welche Theile zu dem Ende mit ihren Löchern auf die bereits durch den Schaft gebohrten gelegt und umrissen werden, worauf der Arbeiter das Holz herausmeisselt, die Bleche sauber einlässt und das sie umgebende überschüssige Holz entfernt.

Hiernächst beginnt die weitere Bearbeitung des langen Theils, indem der Schäfter den Abstand des Mittel- und Unterringes vom Stolpen abmisst, die Grenze rings um den Schaft mit Bleistift bezeichnet, so tief als nöthig einsägt, und das Holz mit dem Schnitzer fortnimmt. Ebenso wird der dritte Absatz vom Unterring bis zum Kolbenhals, dann dieser selbst und die Kolbe nach Maassgabe von Leeren bearbeitet.

Ist auch das geschehen, so spannt der Schäfter den Schaft wieder horizontal aber in der Art in den Schraubstock, dass die untere Fläche des Holzes nach oben zu liegen kommt, reisst die Ladestocknuthe genau in der Mittellinie des Schaftes an, schneidet sie nach, hebt sie mit einem Meissel bis zu einer Tiefe von 0,10″, aber natürlich nur bis zum Absatz des Unterringes, von wo ab sie bekanntlich im vollen Holz als Pfeife sich fortsetzt, und dann mit einem schmalen Nuthhobel weiter aus.

Nun erst wird dem Schaft seine richtige Breite und Form gegeben, und werden die Ringe aufgepasst, wobei selbstredend mit dem Oberringe begonnen wird. Es muss dabei sehr sorgfältig verfahren werden, damit die Ringe genau schliessen, die Rundung des Schaftes erfolgt nach Leeren.

Nach Beendigung dieser Arbeit wird die Ladestocknuthe genau in der Richtung des bereits ausgehobenen Schlitzes erst mit einem Löffelbohrer gebohrt und dann mit einem Ramast (gewissermassen einer langen gewundenen Feile) erweitert und geschlichtet.

Nun folgt die Einlassung des Abzugsblechs, Abzuges, Abzugbügels resp. Bügelhakens, wobei zunächst von der Mündung des Laufes aus (mit ihr schneidet bekanntlich das obere Ende des Ladestocks ab) die Stelle bezeichnet wird, an der das Stosseisen zu sitzen kommt. Ist diese Basis gewonnen, so wird die Mittellinie des Abzugsblechs markirt, dann Stosseisen und Galgen durch Ausstemmen entsprechender Löcher, hierauf das Abzugsblech selbst eingelassen.

Sodann bohrt der Arbeiter das Kreuzschraubenloch resp. die

Kreuzschraubenlöcher, legt Lauf und Abzugsblech ein, schneidet die Gewinde in letzterem nach, passt (falsche) Schrauben und lässt dann den Abzugsbügel ein. Ist dessen Fuss durch einen Querstift zu befestigen, so wird das Loch für denselben von der Schlosskammer aus gebohrt, worauf weiter die Gewinde für die den Bügel haltenden Holzschrauben eingeschnitten und letztere eingeschraubt werden.

Nach diesem wird die Ladestockfeder eingelassen, zu welchem Behuf der Schäfter zunächst ein Loch an der Stelle aushebt, an der die Feder in die Pfeife tritt und dann von der Brüstung des Schaftes aus den Platz für das vordere Ende der Feder in der Laufnuthe bezeichnet. Die Feder wird sodann angelegt, umrissen und eingelassen, das Loch für den Stift gebohrt, darauf endlich die noch nicht gebohrte Ladestockpfeife (sie kann füglich erst hergestellt werden, nachdem das Stosseisen eingelassen, also ihre untere Begrenzung gewonnen ist) genau in der Verlängerung der Nuthe mit dem Löffelbohrer gebohrt und mit dem Ramast berichtigt.

Hat die Schwanzschraube einen Kreuztheil und soll durch letzteren ganz oder theilweise die hintere Schlossschraube hindurchgreifen, so legt der Schäfter den Lauf ein, bezeichnet durch das, wie bekannt, im Holz bereits vorhandene Schraubenloch von beiden Seiten der Stelle des Lochs im Kreuztheil, legt den Lauf aus, bohrt das Loch mit Hülfe einer Vorrichtung, in der der Kreuztheil flach aufliegt und erweitert es mit einem Reibahl auf seine richtigen Dimensionen.

Der Schäfter entfernt hierauf alle mit dem Schaft verbundenen Theile mit Ausnahme der Kappe, berichtigt sämmtliche Einlassungen, schlichtet den Schaft äusserlich mit Raspel und Feile und bringt ihn so zur ersten Revision, nach deren Beendigung er das Gewehr zusammensetzt und solcher Gestalt den Schaft einer zweiten Revision unterstellt, nach deren Erledigung die Waffe dem Percussioneur übergeben wird.

§. 291. Wir haben bei dieser detaillirten Darstellung des Schäftens im Allgemeinen das Modell eines Linien-Infanteriegewehrs vor Augen gehabt, wie es jetzt noch am meisten verbreitet ist, und bedarf es wohl nur der Erwähnung, dass bei Hinterladungsgewehren und ebenso bei percussionirten Büchsen mit achtkantigen Läufen der hier beschriebene Gang der Arbeit derselbe bleiben muss, wenn auch die Ausführung in Folge anderer Gestaltung der Theile kleine Abweichungen erfährt. Hinterladungsgewehre sind im Allgemeinen leichter zu schäften, da die Brüstung des Schaftes ganz fortfällt, und die Laufnuthe sich nach hinten bis an den Kolbenhals fortsetzt; ihre Schäfte lassen sich daher auch ganz besonders gut mittelst Maschinen herrichten.

b. Herstellung von Pistolen- und Kolbenpistolen-Schäften.

§. 292. Das Schäften der Pistolen geht auch in der sub *a* beschriebenen Weise vor sich, indem das Holz zuerst in bekannter Weise abgerichtet und dann allmälig in rationeller Folge mit den nöthigen Einlassungen versehen und in die richtige Form gebracht wird, wobei man die Krümmung des Griffs nach Maassgabe einer Hakenleere bestimmt.

Beim Schäften von Kolbenpistolen tritt die Einlassung des Kolbenhakens und der Scheibe hinzu: die Kolbe wird für sich bearbeitet und ihr nach Maassgabe einer Leere die richtige Stellung zum Pistolengriff gegeben, welche hauptsächlich ein sehr fleissiges Zusammenarbeiten der Verbindungsflächen erfordert.

III. Die Anfertigung der Schlosse.

§. 293. Dieselbe wird von den Schlossmachern oder Schlossern bewirkt, welche indessen die nöthigen Schmiedearbeiten nicht selbst ausführen. Diese fallen vielmehr nach dem Grundsatz der Theilung und Concentrirung der Arbeit in den Fabriken besonderen Schmieden zu, welche ihre Arbeit in der Kleinschmiede ausführen: Hahn- und Federschmiede bilden unter ihnen gewöhnlich besondere Branchen.

Unserem früher befolgten Gang gemäss wollen wir die Arbeiten zur Herstellung des Schlosses in der Weise verfolgen, dass wir zunächst das Schlossblech, dann die äusseren und inneren Theile und endlich das zusammengesetzte Schloss berücksichtigen.

Wir können uns dabei füglich kurz fassen und bemerken gleich im Voraus, dass alle Theile des Schlosses geschmiedet und dann unter Anwendung der bekannten Operationen des Feilens, Abdrehens, Fraisens etc. weiter bearbeitet werden, so dass es nur mehr einer bündigen Darstellung des Ganges bedarf, nach welchem die einzelnen Arbeiten aufeinander folgen.

a. Anfertigung der Schlossbleche.

§. 294. Die Schlossbleche werden aus besonders zähem und weichem Eisen geschmiedet, weil sie bekanntlich mit zahlreichen Löchern und Gewinden versehen werden müssen.

Die Arbeit findet in der Weise statt, dass zunächst das Blech aus freier Hand vorgeschmiedet wird, wobei man gleichzeitig, wenn ein Stollenlager vorhanden, solches mittelst eines runden Aufsatzhammers einschlägt und etwaige Stolpen und Warzen absetzt. Hierauf erfolgt das Fertigschmieden im trockenen und nassen Gesenk in 2 weiteren Hitzen, in deren erster man den vorderen, in deren zweiter den hinteren Theil des Blechs fertig schmiedet, nachdem zuvor der beim Fertigschmieden des vorderen Theils entstandene Grat abgefeilt worden ist.

Das fertig geschmiedete Blech wird zunächst aus dem Gröbsten bestossen, worauf man die langen Seitenflächen parallel feilt, mittelst einer angelegten Schlossblechschablone, welche die Löcher für Nusswelle und vordere Schlossschraube enthält, diese Löcher im Blech bezeichnet und demnächst unter einer Bohrvorrichtung fertig bohrt.

Blech und Schablone werden sodann mittelst Stiften, welche man durch die correspondirenden Löcher treibt, fest verbunden und des ersteren Umfang nach Maassgabe der Anlageschablone fertig gefeilt. Ist dies geschehen, so werden die übrigen Löcher mit Hülfe eines Bohrkastens, welcher eine Austiefung von der genauen Form des Schlossblechs und in seinem oberen Deckel Stahleinsätze mit Löchern zum Leiten der Bohrer enthält, unter einer Bohrvorrichtung (der Bohrkasten liegt horizontal auf der Werkbank, die Bohrer wirken in senkrechter Richtung) bezeichnet, vor- und fertig gebohrt. Demnächst wird das Stangenfederstiftloch eingestempelt, das Blech nach Schablone und Leere fertig gefeilt, eventuell das Stollenlager rund ausgefraist, und werden schliesslich die nöthigen Muttergewinde in die entsprechenden Löcher eingeschnitten.

b. Fertigung der Hähne und Sicherungen.

§. 295. Die Hähne werden aus Stangen sehr zähen Eisens

gewöhnlich in 3 Hitzen von 3 Arbeitern in der Art geschmiedet, dass zuerst Hahnkopf und Daumengriff, dann der Hals abgesetzt, hierauf der Hahn von der Stange abgeschrotet und dann erst im Gesenk fertig geschmiedet wird.

Die fernere Bearbeitung beginnt mit dem Durchpressen des Lochs im Hahnfuss. Zu dem Ende bohrt man erst ein rundes Loch vor, legt dann den Hahn in das Gesenk einer Schwengelpresse, so dass das Loch gerade unter den kantigen Stempel der Presse zu liegen kommt und treibt diesen, indem man mittelst des Schwengels die Schraube niederwärts bewegt, durch den Hahnfuss, so dass das Loch vier-, resp. sechskantig ausgepresst wird.

Ist dies geschehen, so wird die innere Fläche des Hahns und der Umfang des Fusses befeilt, der Hahn in dieser Verfassung mit dem fertigen Schlosse zur Revision gebracht und demnächst dem Percussioneur zur Vollendung übergeben.

In ganz ähnlicher Weise werden die Sicherheitsvorrichtungen geschmiedet, bestossen, gebohrt und zur Vollendung dem Percussioneur übergeben, welcher sie natürlich nach Maassgabe der dem Hahn gegebenen Stellung bearbeiten muss.

c. Anfertigung der inneren Schlosstheile.

§. 296. **1. Nuss, Studel und Stange**

werden unter Anwendung von Gesenken zu einer ihrer künftigen möglichst nahe kommenden Form geschmiedet und dann successive durch Fraisen, Feilen und Bohren fertig bearbeitet.

Hat die Nuss einen Stift, so wird sie z. B. in der Weise gefraist, dass die Fraiser zuerst Wellbaum und Stift rund und dann erst, indem ihre unteren gezahnten Flächen von beiden Seiten her gegen den Nusskörper vorrücken und diesen erreichen, letzteren eben und auf die richtige Stärke fraisen.

Damit das Stangenschraubenloch in der Studel die richtige Stellung nach Maassgabe des bereits im Schlossblech vorhandenen erhalte, schraubt man die Studel an letzteres an und bohrt dann das Loch in die Studelplatte, wodurch beide Löcher dieselbe Achse erhalten.

Anlageschablonen und Leeren dienen wie immer als Anhalte beim Fertigfeilen der Theile.

2. Schlag, Stangen- und Deckelfedern.

§. 297. Sie werden vom Federschmiede zunächst in gerader Flucht geschmiedet, wobei die Stifte abgesetzt werden, dann ausgeglüht, bestossen und mit den nöthigen Löchern versehen.

Demnächst werden sie vom Schlossmacher rothwarm gemacht, mit Zange und Hammer auf einem Sperreisen zusammengebogen, abermals ausgeglüht, nach Schablone und Leere fertig gefeilt und geschlichtet, an's Schlossblech gepasst und so weit aufgebogen, als es ihre richtige Wirkung erfordert.

Hierauf werden die Federn gehärtet (d. h. also rothwarm gemacht und in kaltem Wasser abgelöscht) und angelassen, d. h. mit Fett bestrichen, welches dann darauf abgebrannt wird, oder aber bis zum Blauanlaufen auf Kohlenfeuer erhitzt (Deckelfedern), worauf sie mit dem Schmirgelholz aus freier Hand polirt werden.

§. 298. *d.* Die Schlossschrauben

werden aus schwachem Rundeisen im Gesenk mit Hülfe des Setzhammers in der Art geschmiedet, dass zuerst der Schaft rund ausgeschmiedet, darauf die Schraube so von der Stange abgeschrotet wird, dass das nöthige Eisen für den Kopf verbleibt, welcher sodann im Gesenk ausgeschmiedet wird.

Hierauf wird der Kopf bestossen, der Einstrich mit der Bogenfeile eingesägt, der Schaft rund und die untere Kopffläche eben gefraist, der Kopf abgedreht und endlich das Gewinde in einer Kluppe angeschnitten.

§. 299.

e. Das Zusammensetzen des Schlosses

aus den einzelnen Theilen beginnt, nachdem das Schlossblech geschlichtet ist, mit dem Einpassen der Nuss und dem Aufschrauben des Hahns, worauf die Studel und dann die Stange eingepasst wird. Der Schlosser untersucht, ob diese Theile richtig zu einanderpassen, ob die Nuss einen freien spielenden Gang zwischen Schlossblech und Studel hat, die Stange sich frei bewegt und ihr Schnabel richtig zur Peripherie der Nuss steht und ordentlich in die Rasten eingreift. Finden sich hierbei Fehler, so werden sie mit der Feile berichtigt und schliesslich alle 3 Theile fein geschlichtet.

Nachdem dies geschehen, wird die Schlag- und Stangenfeder in's Schloss gesetzt, eventuell die Kette in Schlagfeder und Nuss eingehängt und der Gang des ganzen Schlosses geprüft und berichtigt, worauf das Schloss zu einer ersten Revision gelangt.

Arbeiten des Percussioneurs.

§. 300. Wie schon in §. 295 bemerkt wurde, so wird der Hahn nicht vom Schlossmacher, sondern vom Percussioneur vollendet, welcher zu dem Ende das Gewehr excl. Bayonnett überliefert erhält, damit er im Stande sei, den Hahn in seinem Verhältniss zum Zündstift richtig zu bearbeiten.

Der Percussioneur beginnt seine Arbeiten damit, dass er die Kreuz- und Schlossschrauben auf's Genauste einpasst und also Lauf und Schloss ihre genaue Lage giebt, worauf er sich, indem er den noch weichen Hahn auf den bereits gehärteten stählernen Zündstift schlagen lässt, den Kreis bezeichnet, in welchem der Hahnkopf den Zündstift berührt.

Demgemäss bohrt er die Aussenkung des Kopfes vor, fraist sie nach und nach weiter aus und die Schlagfläche eben, bis die Aussenkung ihre gehörige Tiefe und Weite erlangt hat und ihre Schlagfläche sich mit der des Zündstifts genau deckt, was der Arbeiter dadurch prüft, dass er ein kleines Blättchen feinen Papiers auf den Zündstift legt, den Hahn schlagen lässt und nun zusieht, ob das Papier genau den Kreis der Zündstiftschlagfläche angenommen hat.

Ebenso regulirt der Arbeiter die Entfernung des Hahns vom Zündstift in den verschiedenen Rastenstellungen, worauf er schliesslich den Hahn nach Schablone und Leere vorschriftsmässig zurecht feilt. — Enthält das Schloss äussere Sicherheitsvorrichtungen (vergl. §. 101), so werden diese vom Percussioneur nach Beendigung des Hahns in ihrer Stellung zum Zündstift resp. Hahnkopf, Hahnfuss oder Hals regulirt und fertig gefeilt, worauf das Schloss mit dem Gewehr zur zweiten Revision gebracht wird.

IV. Die Anfertigung der Ladestöcke resp. Entladestöcke.

§. 301. Schmieden derselben.

Die Lade- resp. Entladestöcke werden aus Stahlstäben von

einer der künftigen des Stocks angemessenen Länge (für lange Infanterie - Gewehre gewöhnlich 2′) in der Art geschmiedet, dass man die Stäbe von der Mitte aus allmälig reckt und im Allgemeinen rundet und sie dann im Gesenk mit Anwendung eines Setzhammers vollkommen rund auschmiedet, wonach jeder ausgeschmiedete Theil auf dem Ambos nach dem geübten Augenmaass des Schmiedes mit dem Hammer gerichtet wird.

Hierauf folgt, sofern der Stock einen eisernen Kopf erhalten soll, das Anschweissen des letzteren in der Art, dass sowohl die ausgeschmiedete Stahlstange als auch die zur Bildung des Kopfes bestimmte Eisenstange an ihrem Ende abgekantet und dann, nachdem beide eine Schweisshitze erhalten, zusammengestossen und geschweisst werden, worauf man so viel Eisen, als zum Kopf nöthig, abschrotet und unter Anwendung einer weiteren Hitze Kopf und Hals im Gesenk ausschmiedet.

Den Schluss des Schmiedens bildet das Ausschmieden des dünnen Endes resp. das Biegen der Oese, wenn der Stock eine solche erhalten soll (vergl. Fig. 94), worauf die Stöcke in Lehmwasser getaucht und, nachdem dies getrocknet, im freien Feuer ausgeglüht werden.

§. 302. Die weitere Bearbeitung

beginnt mit der des Kopfes, dessen Endfläche abgefraist wird, so dass der Kopf seine richtige Länge erhält. Demnächst wird dieser äusserlich abgedreht (wenn nöthig mit Messing umlöthet) und mit dem Gewinde für Krätzer und Kugelzieher oder aber mit der conischen Aussenkung für die Geschossspitze und dem Loch für den Knebel oder Zugstift versehen.

Ist der Kopf fertig, so bringt man den ganzen Stock durch Berichtigung des unteren Endes auf seine richtige Länge, härtet ihn durch Erwärmung und Ablöschen im Wasser und lässt ihn hierauf an, indem man ihn mit Talg bestreicht und dies auf ihm abbrennt.

Da die Ladestöcke stärker geschmiedet werden, als sie künftig sein sollen, so müssen sie noch auf ihre richtige Dimension gebracht werden, was durch Schleifen auf einem grossen und zwar beständig nass erhaltenen Schleifstein geschieht, weil die beim trockenen

Schleifen sich erzeugende bedeutende Hitze den Ladestock wieder weich machen und seiner durch Härten und Anlassen gewonnenen Elastizität berauben würde.

Jeder Ladestock wird zuerst auf die Leere der Quere nach geschliffen, wobei ihn der Schleifer entsprechend links und rechts schiebt und um seine Achse dreht.

Haben die Stöcke auf diese Weise ihre richtige Stärke erhalten, so werden sie vom Ladestockschmied gerichtet und dann (gewöhnlich 4—5 gleichzeitig) der Länge nach geschliffen — abgelängt.

Um die bei letzterer Arbeit sich erzeugenden gröberen Schleifstriche zu entfernen und den Stöcken eine glatte Oberfläche und ein hübsches Aussehen zu geben, polirt man sie schliesslich auf den in §. 261 beschriebenen Polirscheiben der Länge nach, nur Kopf und Hals werden der Quere nach polirt, weil man es der Länge nach nicht ausführen kann, und zwar auf einer Scheibe, deren Kranz convex gerundet ist.

V. Die Anfertigung der Garniturstücke.

a. Der eisernen.

§. 303. Alle eisernen Garniturstücke werden aus Eisenstäben geschmiedet und dann in bekannter Weise mittelst Feile etc. weiter bearbeitet.

Die Ringe werden zuerst als gerade Platten im Gesenk ausgeschmiedet, dann, natürlich auch warm, über einen Dorn zu ihrer Form gebogen, so dass die Endkanten oben (an der Seite über dem Lauf) über einander zu liegen kommen und dann an dieser Stelle über einem Schweissdorn unter Anwendung einer Schweisshitze geschweisst, so dass sie nunmehr einen geschlossenen Ring bilden.

Nachdem dies geschehen, erhalten sie abermals eine Schweisshitze, in der sie über einem Pass- oder Kaliberdorn, welcher ihre innere Weite und Form angiebt, also auch den Coulissenabsatz enthält, ausgeschmiedet werden.

Dies ist natürlich nur der allgemeinste Gang der Arbeit, welcher selbstredend durch die spezielle Form der Ringe modifizirt wird. Besonders schwierig ist das Schmieden des Oberringes der

Infanteriegewehre, dessen complicirte Gestalt die Anwendung von circa 11 Hitzen resp. Wärmen und daher ein sehr zähes, weiches und reines Eisen erfordert. Es ist dabei zu bemerken, dass die zur Bildung des Ringes bestimmte Eisenplatte zunächst in Form eines Paralleltrapezes massiv ausgeschmiedet und dann erst unter einer starken Schwengelpresse, welche das überflüssige Eisen (in Fig. 265 punktirt) ausstanzt, zu der Form gebracht wird, welche zur Bildung der beiden getrennten Oberbänder nöthig ist. Das Oehr für den Ladestock wird in der Weise gebildet, dass zuerst bei *o* ein Loch kalt durchgeschlagen wird, welches der Schmied später mit Hülfe eines Sperreisens erweitert, wobei er zugleich das Eisen unter dem Oehr zu seiner Wölbung hämmert. Bei der weiteren Bearbeitung werden die Ringe auf Stahldorne gesteckt und nach der Leere zurecht gefeilt.

Fig. 265.

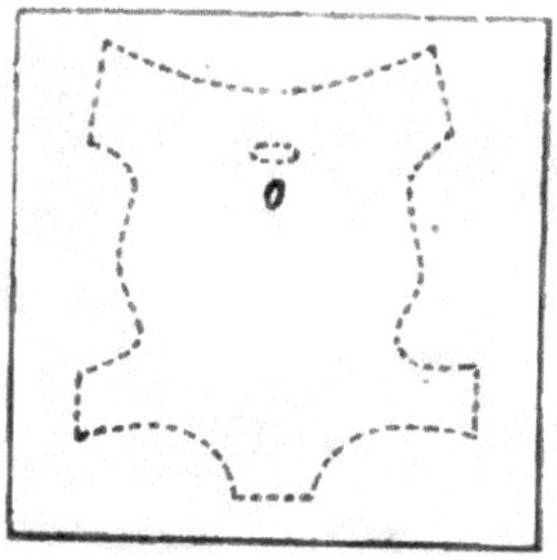

Ringe, welche nach Art derer des englischen Enfield-Gewehrs unter dem Schaft zusammengeschraubt werden, braucht man selbstredend nicht zu schweissen: die beiden Lappen, durch welche die Schraube geht (vergl. §. 117) müssen beim Schmieden des Ringes abgesetzt werden.

Die Schwanzschraubenscheiben oder bascules werden in ähnlicher Weise wie die Schwanzschrauben geschmiedet und dann in der in §. 283 beschriebenen Art vom Schwanzschraubenmacher etc. vollendet.

Die Kappe wird erst in 3 Hitzen in gerader Flucht ausgeschmiedet und dann unter Anwendung einer Wärme im Winkel gebogen, wobei der Schmied die Kappenspitze in ein senkrechtes Loch des Ambosses steckt.

Die weitere Bearbeitung wird mit Hülfe einer Schablone ausgeführt, über welcher man zunächst die Kappe kalt behämmert, so dass sie gut aufpasst. Demnächst bestösst man ihre inneren Flächen, bezeichnet nach Maassgabe der in den Schablonen befindlichen Löcher die Schraubenlöcher, bohrt sie durch, schraubt Kappe und

Schablone zusammen und feilt erstere dem Umfang nach zurecht, worauf man sie von der Schablone trennt und auf die Leere (d. h. also auf die richtige Stärke) feilt. Da die Köpfe der Kappenschrauben in die Kappe versenkt werden, so werden schliesslich die Löcher mit einem conischen Senker conisch aufgetrichtert.

Die Karabinerstangen werden erst gerade an die Platte des Ringes angeschweisst und dann mit Hülfe eines Sperreisens gebogen.

b. Anfertigung der Messinggarnitur.

§. 304. Das Giessen.

Die messingenen Garniturstücke werden, wie bereits früher bemerkt, gegossen und dann ähnlich wie eiserne Stücke weiter bearbeitet. — Die Giesser bilden sich die zum Guss nöthigen Formen in Suhl in der Art, dass sie einen messingenen Rahmen von circa 1' Länge, 7,50" Breite und 1,25" Höhe auf ein hölzernes (Form-) Brett setzen, auf dieses innerhalb jenes Rahmens die Modelle der zu giessenden Stücke (in Suhl Patronen genannt) legen und diese sodann bis zum Rande des Rahmens mit angefeuchtetem Formsand (vergl. §. 24) bedecken, welchen sie durch Hin- und Herrollen einer eisernen 12pfündigen Kugel festdrücken und schliesslich mittelst eines Streichholzes ebnen. Nachdem dies geschehen, wird ein zweites Brett auf den Rahmen gelegt, letzterer zwischen beiden Brettern umgewendet, das nun obere Brett entfernt, die Form um die Modelle herum mit einem Spatel beputzt und dann auf ihrer ganzen Oberfläche mit feinem Kohlenstaub eingepudert, damit sie sich später leicht von der Oberform trennt, welche man nunmehr in der Art bildet, dass man einen zweiten Rahmen von den Dimensionen des erstbeschriebenen genau auf diesen aufsetzt, mit ihm durch Klammern verbindet und dann in vorher beschriebener Weise gleichfalls mit Formsand füllt und ebnet.

Nun wird der obere gefüllte Rahmen behutsam von dem unteren abgehoben und gewendet, so dass die in ihm abgedrückte Oberform oben liegt, worauf man die Modelle vorsichtig herausnimmt und die ganze Form beputzt.

Ist dies geschehen, so verbindet man beide Rahmen zu einer Giessflasche, welche nunmehr die hohlen Formen enthält, und lässt sie in der Nähe eines Ofens 24 Stunden lang trocknen.

Eine solche Flasche enthält die Formen für 2 Ober-, oder 6 Mittel-, oder 7 Unterringe, oder auch für 3 Abzugsbügel und 3 Seitenbleche.

Ist eine genügende Zahl von Giessflaschen präparirt, so schreitet man zum Schmelzen des Messings resp. zum Guss.

Das Schmelzen findet statt in einem geschlossenen Giessofen, der ein cylindrisch ummauertes, unten mit einem Rost geschlossenes Loch enthält. Auf diesen Rost setzt man den zuvor mit Messing gefüllten feuerfesten Schmelztiegel, umgiebt ihn rings mit brennenden Holzkohlen und schichtet nach und nach immer mehr Kohlen auf, bis der Tiegel selbst damit bedeckt ist. Bevor das Messing seine Gaare erreicht, was der Giesser mit geübtem Auge an der Beschaffenheit der aufsteigenden Dämpfe erkennt, spannt er 2 Giessflaschen zusammen und stellt sie in die Nähe des Ofens. Ist das Messing gaar, so räumt er die Kohlen vom Tiegel, bläst die kleinen Stückchen mit einem Blaserohr ab, nimmt sodann den Tiegel mit einer starken Zange vom Rost und giesst jede Form bis zum Ueberlaufen voll. Ist das Messing in den Formen erkaltet, was ungefähr eine hallbe Stunde erfordert, so werden die Kasten geöffnet, die Gussstücke heraus genommen und neue Formen gebildet.

Weitere Bearbeitung der Gussstücke.

§. 305. Die Ringe, welche in Suhl sämmtlich in Form von geraden Platten gegossen sind, werden zunächst grob bestossen, also von der Gussrinde und dem Grat befreit, die zu löthenden Kanten zurecht gefeilt, dann die Ringe so um einen eisernen Dorn gebogen, dass jene Kanten genau aneinander stossen und hierauf zum Löthen vom Dorn genommen. Zur Ausführung des Löthens trägt man kleine Stückchen Schlagloth (vergl. §. 21) mit feingestossenem Borax und Wasser gemengt, auf die zu löthenden Stellen auf und erwärmt dann die Ringe im freien Kohlenfeuer bis zum Rothglühen, dessen Temperatur das Loth in Fluss bringt, so dass es in die Spalte eintritt und das Messing innig mit einander verbindet.

Nach dem Löthen werden die Ringe an ihrer inneren Fläche befeilt, sodann auf einem Passdorn mit Hammer und Stempel zu ihrer richtigen Form bearbeitet, darauf innen blank und endlich auf einem Schablonendorn an den Kanten und auf die Leere, also zur richtigen Stärke befeilt, geschlichtet und zur Revision gebracht. — Bei den Oberringen der Infanteriegewehre schlägt man schon vor dem Löthen das Loch für den Ladestock durch und erweitert es vor dem Fertigfeilen des Ringes mittels verschiedener Reibahle, der Lappen des Mittelringes wird ebenso vor dem Feilen mit dem Loch für die Riembügelschraube versehen und an den Seiten abgefraist. — Ist ein Korn auf dem Oberring anzubringen, so wird dasselbe nach dem Fertigfeilen des Ringes an der inneren Seite des Fusslappens analog der Form des Ringes bestossen, auf das obere Band aufgepasst und verlöthet.

Abzugsbügel, Seitenbleche, Kappen, Nasenbänder etc. werden zu ihrer künftigen Form gegossen, nach Schablonen dem Umfang, nach Leeren der Stärke nach befeilt, die nöthigen Löcher nach Maassgabe der in der Schablone enthaltenen gekörnt, durchgeschlagen, erweitert, schliesslich die Theile geschlichtet und zur Revision gebracht.

VI. Die Anfertigung der kleinen Equipagestücke.

§. 306. Alle diese Theile werden zuerst aus Eisen-, resp. Stahlstangen vor- und in Gesenken fertig geschmiedet, was nach Maassgabe ihrer mehr oder weniger complicirten Form mehr oder weniger Hitzen erfordert.

Die weitere Bearbeitung der geschmiedeten Stücke findet unter Anwendung der bekannten Operationen nach Schablonen und Leeren statt und zwar stets in der Art, dass das Durchschlagen von Schrauben- und anderen Löchern dem Fertigfeilen vorausgeht, wie überhaupt der Gang der Bearbeitung dergestalt vorschreitet, dass erst alle hervorragenden Theile beendet sein müssen, bevor man den Hauptkörper des Stücks bearbeitet, damit, falls sich ja im Lauf der Arbeit Fehler im Material herausstellen, welche das Stück verwerflich machen, möglichst wenig Zeit und Mühe verloren geht, ein Grundsatz, der, wie aus der bisherigen Darstellung erhellt, überhaupt bei der Fabrikation befolgt wird.

Wir abstrahiren demgemäss von einer detaillirten Darstellung aller hieher gehörigen Arbeiten und heben nur Einiges hervor, was zur Verdeutlichung nöthig scheint.

Beim Schmieden solcher Abzugsbleche, welche, wie es bei Gewehren neuerer Construction meistens der Fall, einen Galgen für den Abzug und vorn ein Stosseisen für den Ladestock haben, wird ersterer von der am vorderen Ende überschmiedeten und entsprechend gestreckten Eisenstange abgesetzt und durch Einspannen in einen Schraubstock gereckt und gepresst und dann erst im Gesenk ausgeschmiedet, während das Stosseisen durch rechtwinkliges Umbiegen des vorderen Endes der Stange gebildet wird.

Das Blech wird zunächst gerade geschmiedet und erst im weiteren Verlauf der Bearbeitung der Biegung des Schaftes entsprechend gebogen. Der Galgen wird mittels einer Säge oben zu seinen 2 Blättern gesägt, nachdem er zuvor bestossen und das Loch für die Abzugschraube durchgeschlagen ist. Dann wird der Galgen an den Seiten gefraist und vollends gefeilt, das Loch im Blech für den Abzug entweder mit dem Meissel durchgeschlagen oder besser gefraist und ausgefeilt, ebenso die nöthigen Löcher für die Kreuzschrauben, Bügelschrauben, Bügelfuss oder Haken etc. angebracht. Nun erst wird das Blech fertig gefeilt und geschlichtet, der Abzug eingepasst, in seinem Balken nach Maassgabe des bereits fertigen Abzugsschraubenlochs im Galgen die Stelle des Schraubenlochs bezeichnet und gebohrt, die Schraube eingepasst, sie und der Abzug geschlichtet, darauf wieder in das Blech eingefügt und mit diesem zur Revision gebracht.

Die Equipageschrauben werden analog den Schlossschrauben gefertigt (vergl. §. 298), die Equipagefedern analog den Schlossfedern geschmiedet, die starken Ladestockfedern in der letzten Schmiedehitze unter einer Pressvorrichtung zu ihrer Biegung gepresst.

Die geschmiedeten Federn werden in Lehmwasser getaucht und ausgeglüht, darauf gefeilt und geschlichtet, gehärtet und durch Abbrennen von Talg angelassen, endlich polirt und zur Revision gebracht. — Die Riembügel werden aus sehr zähem Eisen in der Art geschmiedet, dass man erst einen Oehrlappen, dann den Bug, dann das andere Oehr vor- und im Gesenk ausschmiedet. Demnächst bearbeitet man die Oehre, locht sie und biegt schliesslich den Bug mit dem Hammer um eine Schablone.

VII. Anfertigung der Bayonnette.

§. 307. Auch die Bayonnette werden zuerst geschmiedet und dann weiter bearbeitet.

Das Schmieden der Bayonnette ist schwierig und erfordert daher eine grosse Uebung der Arbeiter, namentlich eine sehr sorgfältige Ausführung der verschiedenen Schweissungen.

Die Schmiedearbeit beginnt mit einem vorläufigen Ausschmieden der Stahlspitze, d. h. des stählernen Theils der Klinge zu einer gleichmässig nach der Spitze zu sich verjüngenden pyramidalen Form, welcher Arbeit, falls man nicht Guss- oder Cementir-, sondern Roh-Stahl zu den Klingen verwendet, das Raffiniren des letzteren vorausgeht, indem man das nöthige Stück der Stahlstange in zwei Stücke zerhaut und diese nach Angabe von §. 15 bearbeitet, was natürlich nicht nöthig, sobald man bereits raffinirten oder aber Gussstahl verwendet.

Ist die Stahlspitze ausgeschmiedet, so wird der stärkere Theil derselben zunächst in eine Eisenstange geschweisst, welche zur Bildung des unteren Theils der Klinge und des Halses bestimmt ist, und sobald dies geschehen, das untere $\frac{1}{3}$ der Klinge im Gesenk ausgeschmiedet, worauf der Schmied den Hals ein- und dann die Eisenstange so abschrotet, dass noch genug Eisen zur Bildung eines zweiten Halses verbleibt, an welches er sofort eine zweite Stahlspitze anschweisst.

Demnächst wird der mittlere und obere Theil der ersten Klinge in 2 Gesenken von entsprechender Form ausgeschmiedet und dann in weiteren 3 Hitzen die ganze Klinge zu je einem Drittel mit Hülfe eines Aufsatzhammers im Gesenk gestempelt, d. h. es werden ihre Kanten scharf in die Ecken des Gesenks getrieben.

Soll die Klinge Hohlkehlen erhalten, so werden diese flach eingestempelt und die Kanten auf der oberen Ambossbahn gerade geschmiedet, wodurch die Klinge gerichtet wird, welche man hierauf von der zweiten Klinge abschrotet. Alle diese Arbeiten erfordern zusammen 11 Hitzen.

Nach dem Ausschmieden der Klinge schreitet der Schmied zum Anschweissen des Tülleneisens an den Hals, zu welchem Ende er ersteres mit einer halbrunden Austiefung an der Stelle versieht, an welcher der Hals angeschweisst werden soll, welchen letzteren er sodann rund schmiedet, indem er die Klinge mittelst eines Holzes handhabt, dahinein er sie gestossen. Ist dies geschehen, so schweisst er Hals und Tülle zusammen, schmiedet das Tülleisen oberflächlich zu Blech und giebt dem Hals durch einige Schläge eine ganz leichte Biegung, worauf er in einer weiteren Schweisshitze die vorerwähnte Schweissung vervollkommnet und das Tüllenblech im Gesenk ausschmiedet, wobei der Ansatz oder die Ansätze (bei Bayonnetten französischer Form, Fig. 141) abgesetzt werden.

Hierauf wird das Tüllenblech zwischen einer Gabel erst halbrund und dann vollends rund um einen Dorn, dessen Durchmesser der künftigen inneren Weite der Tülle nahe kommt, gebogen, so dass die Schweisskanten sich genau über einander legen, worauf unter Anwendung zweier weiteren Schweisshitzen erst die Tülle zusammengeschweisst und der Hals vollends gebogen und demnächst die Schweissung vervollkommnet und die Tülle über dem Dorn weiter geschmiedet wird. In den noch folgenden 3 Hitzen stemmt man die Tülle zu ihrer richtigen Länge, schmiedet sie auf dem Dorn mittelst eines Gesenkhammers rund und ebenso die Ansätze im Gesenk richtig aus und biegt den Hals normal.

§. 308. Die weitere Bearbeitung der geschmiedeten Bayonnette beginnt mit dem Bohren der Tülle auf einer Rauh- und einer Glattbohrbank, welche beide, wenngleich natürlich in viel kleinerem Maassstabe, im Allgemeinen die Einrichtung der Rohrbohrbänke haben, d. h. der Bohrer dreht sich um seine Achse und das Bayonnett, in einen kleinen Schlitten gespannt, vor- und rückwärts, so dass die Tülle vom Bohrer bearbeitet wird. Beide Bohrbänke befinden sich im Bayonnettschleifwerk und sind in der Weise angebracht, dass der Rauhbohrer im Zapfen des grossen Bayonnettschleifsteins, der Glattbohrer hingegen im Zapfen der sich natürlich langsamer drehenden Wasserradwelle sitzt, wodurch die verschiedene Geschwindigkeit der Umdrehung erzeugt wird, da, wie bekannt, der Glattbohrer sich sanfter drehen muss.

Nachdem die Tülle in dieser Weise auf jeder Bank von nur einem Bohrer gebohrt ist, wird ihre Endfläche auf der Rauhbohrbank mittelst eines Fraisers, der an die Stelle des Bohrers tritt, abgefraist.

Nach Beendigung dieser Operationen geht das Bayonnett in die Werkstätte zurück, woselbst der Hals bestossen, die Tülle äusserlich abgedreht und dann nebst dem Halse nach Schablone und Leere fertig gefeilt wird. Hierauf werden die Klingen ausgeglüht, gehärtet und durch Abbrennen von Talg angelassen und erhalten sodann ihre Vollendung im Bayonnettschleifwerk durch Schleifen der Klinge.

Diese Operation besteht bei vollen Klingen ausschliesslich in einem Schleifen auf die Leere, zerfällt hingegen bei gekehlten Klingen in das Schleifen auf die Leere und die Hohle, deren ersteres den Zweck hat, die Kanten gerade und gleichmässig nach der Spitze zu verlaufend herzustellen, während letzteres die Erzeugung der Hohlkehlen bezweckt. Letztere Arbeit findet im Gegensatz zu dem Schleifen auf die Leere, welches nass ausgeführt wird, auf kleineren trockenen Schleifsteinen statt, deren Peripherie mit convexen Wulsten (Fig. 266) versehen ist, deren Wölbung der Dimension der einzuschleifenden Röhre entspricht.

Fig. 266.

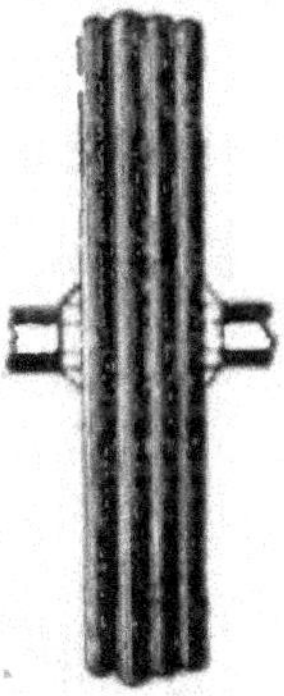

Der Schleifer führt diese Arbeit aus freier Hand aus, indem er das Bayonnett mit der rechten Hand an der Tülle regiert und mit der linken flach auf die Spitze drückt.

Bei dreischneidigen Bayonnetten macht die Lage der Tülle natürlich das vollständige Ausschleifen der inneren Hohlkehle der Länge nach unmöglich, daher sie der Schleifer in ihrem unteren Theil auf kleinen gewölbten Steinen von der aus Fig. 267 ersichtlichen Form der Queere nach schleift. Dasselbe geschieht natürlich, wie man an jedem derartigen Bayonnett sehen kann, in jenem Theil auch bei vollen Klingen.

Fig. 267.

Ist die Klinge fertig geschliffen, was der Schleifer nach Augenmaass und Leeren zu beurtheilen hat, so wird sie auf Polirscheiben von Eichenholz, deren Stirn für hohle Kehlen entsprechend gerundet ist, polirt: der queer geschliffene Theil der Klinge natürlich auch der Queere nach.

Hierauf wird die Tülle mittelst eines Kolbens (ein Cylinder mit 16 der Länge nach laufenden Schneiden) der in einem Drauf vor der Brust bewegt wird, während die Tülle horizontal in einen Schraubstock gespannt ist, nochmals gebohrt, darauf an den Endflächen abgefraist, in allen Dimensionen mit der Feile berichtigt und geschlichtet, dann das Bayonnett zur Revision gebracht und schliesslich Tülle und Hals mit Schmirgelhölzern polirt.

VIII. Anfertigung des Gewehrzubehörs.

§. 309. Ueber die Anfertigung der Gewehrzubehörstücke werden wir nur Weniges sagen brauchen, da sich auch bei ihrer Darstellung die nunmehr hinlänglich bekannten Arbeiten wiederholen, d. h. die eisernen und stählernen Stücke werden geschmiedet, die messingenen gegossen, worauf man so viel als möglich fraist, dann feilt, bohrt, schneidet etc.

Manche Zubehörstücke, z. B. die ledernen, als Korn- und Visirkappen etc., werden meist gar nicht ein Mal in den Fabriken, sondern bei den Truppen selbst hergestellt oder von Handwerkern bezogen, Mündungsdeckel von Messingblech von Klempnern gearbeitet.

Hingegen müssen unbedingt in den Gewehrfabriken gearbeitet werden solche Stücke, welche mit anderen Hauptheilen in Verbindung gebracht werden sollen, als Kugelzieher, Krätzer, Wischer, welche auf den Ladestock gepasst werden müssen, ebenso die Ladestockknebel oder Zugstifte, ferner solche, bei denen es auf eine genaue Innehaltung der Dimensionen ankommt, als z. B. Pistonschlüssel, Schraubenzieher, Federklammern etc. und die Geschossformen, welche eine sehr genaue und sorgfältige Arbeit erfordern.

Kugelzieher älterer Art (Fig. 125 und 126) fertigt man entweder vollständig aus Stahl oder schweisst eine Stahlspitze (aus Abgängen von Ladestöcken) an den hinteren eisernen Kegel; in letzterem Fall wird nach der weiteren Bearbeitung auch nur die Spitze gehärtet.

Die Krätzer schmiedet man aus Stahl in der Art, dass man die Stahlstange spitz ausschmiedet und dann zu einer Gabel auseinander schrotet, welche, nachdem der Kopf im Gesenk ausgeschmiedet ist, im warmen Zustand auf einem kleinen Sperrhorn mit der Zange schraubenförmig übereinander gelegt werden. Sitzen die Krätzerarme, wie bei den Kugelziehern französischer Art, am Kopf des Kugelziehers, so wird der Stahlstab in 3 Arme zerhauen, deren mittelster dann den Kugelzieher bildet.

Kugelzieher, Krätzer, Wischer und Zugstifte werden fertig dem Ladestockschmied übergeben, welcher sie auf den Ladestock aufpasst und dabei mit Feile und Schneideeisen (an den Gewinden) nachhilft.

Bei Herstellung der Geschossformen werden erst beide Backen für sich geschmiedet, dann sorgfältig zusammengefeilt und in's Scharnier gebracht, und werden dann erst die Geschosshöhlungen incl. des Gusshalses mit Hülfe eines sogenannten Kugelknopfes (vergl. §. 257) eingedreht oder eigentlich eingefraist.

Die Zusammenstellung des Gewehrs.

§. 310. Die Zusammenstellung des Gewehrs aus seinen einzelnen Theilen, also das richtige harmonische Zusammenfügen letzterer zu einem Ganzen und die äussere und innere Vollendung der Waffe fällt besonderen Arbeitern zu, welche man Equipeurs[*]) nennt. Dieselben müssen zwar in allen Branchen der Büchsenmacherei zu Hause sein, doch stellt man ihnen meistens (in Suhl immer) besonders gewandte Schäfter als Equipeurschäfter zur Seite, welche speziell dem Schaft seine Vollendung geben.

Ein gutes Equipiren des Gewehrs ist eine Hauptsache bei der Gewehrfabrikation, da der einzelne Arbeiter die Arbeiten seiner Spezialbranche eben nur bis zu einem bestimmten Punkt führen kann, und hat namentlich der Equipeur die Visirrung auf's Sorgfältigste zu reguliren, um dem Gewehr den richtigen Schuss zu verleihen.

Es muss hierbei von vornherein bemerkt werden, dass das Equipiren eines gezogenen Gewehrs sich von dem eines glatten darin unterscheidet, dass ersteres zunächst für das Anschiessen auf den Strich vor- und dann erst fertig equirirt wird, während beim glatten Gewehr kein Anschuss stattfindet, die Vollendungs-Arbeiten also ohne Unterbrechung zu Ende geführt werden.

---

[*]) In Suhl auch Reparirer.

Wollte man letzteren Modus auch bei einem gezogenen Gewehr befolgen, so könnte es sich leicht ereignen, dass viele Arbeiten unnütz ausgeführt würden, indem sich beim Anschiessen des Gewehrs oft noch Fehler, im Lauf namentlich, herausstellen, welche einen Ersatz dieses Theiles zur Folge haben.

§. 311.

Das Equipiren eines gezogenen Gewehrs für den Anschuss.

besteht daher hauptsächlich in der Regulirung der Visirung, dem Gangbarmachen des Schlosses und der Regulirung des Abzuges, während der Schaft noch bleibt: der Equipeur erhält natürlich sämmtliche Theile des Gewehrs geliefert.

Behufs Regulirung der Visirung muss der Equipeur vor Allem prüfen, ob das Korn genau senkrecht über der Seelenachse steht, nicht etwa nach einer Seite hängt, in welchem Fall es durch entsprechendes Befeilen an der Seite über die Achse gebracht wird: ist das Korn verschiebbar, so klopft es der Equipeur genau über die Seelenachse und berichtigt, wenn nöthig, seine Form mit der Feile. — Geleitet wird er bei dieser Arbeit entweder allein durch sein geübtes Auge oder durch ein Loth, welches am Fenster vor der Werkbank aufgehängt wird.

Hiernächst wird die horizontale Stellung der oberen Flächen des Standvisirs zur Verticalebene durch die Seelenachse geprüft, resp. durch entsprechendes Befeilen hergestellt und sodann die Visirkimme genau senkrecht über der Seelenachse mit einer dreikantigen Kimmenfeile eingefeilt oder eingestrichen. Ausserdem muss natürlich die Höhe sämmtlicher Visirkimmen und des Korns über der Seelenachse regulirt werden, damit die Visirwinkel für die verschiedenen Distanzen richtig ausfallen. Es geschieht dies am besten in der Art, dass man den Lauf herausnimmt, die Schwanzschraube löst und dann das Rohr in eine Vorrichtung bringt, in der 2 Kegelzapfen in Mündung und Pulversack eingreifen, so dass auch bei Differenzen im Kaliber durch tieferes oder geringeres Eintreten der Kegel in die Seele deren Achsen genau mit der Seelenachse zusammenfallen. Nun befestigt man zur Seite des Laufes einen fein messenden Maassstab, dessen Basis genau mit der Achse der Kegel parallel, also in gleicher Höhe mit der Seelenachse liegt, stellt den Maassstab successive für alle Visirhöhen ein und berichtigt danach die Höhe der Standvisirfläche, der Visirlöcher und Klappen, der Schieberstellungen oder die Elevation der Klappe, wenn nur eine elevationsfähige vorhanden. Es müssen demgemäss die Klappen zur richtigen Höhe abgefeilt, die verschiedenen Schieberpositionen markirt, resp. die Grade der Elevation auf den Quadrantenbacken bezeichnet werden. In gleicher Weise regulirt man die Höhe des Korns.

Es ist einleuchtend, dass nur ein solches Verfahren richtige Visirwinkel ergiebt, denn wenn man ohne Rücksicht auf Kaliber und Metallstärken nur die Höhe des Standvisirs über dem Lauf und dann nach ihm die höheren Visirpositionen bestimmen wollte, so sind Fehler in den Visirwinkeln unvermeidlich.

In Betreff des Schlossganges prüft der Equipeur nach dem Gefühl seiner geübten Hand, indem er den Hahn aufzieht und wieder langsam vorgehen lässt, ob die Nuss einen leichten spielenden Gang zwischen Schlossblech und Studel hat, ob die Stange sich nicht klemmt, die Ruhen der Nuss frei passirt, wenn man am Abzuge drückt, ob endlich der Stangenschnabel fest in der Sicherheitsruh und so fest oder so leicht, als vorgeschrieben ist, in der Hinterrast steht. Steht der Schnabel zu fest, so muss die Hinterruh flacher gefeilt werden, auch kann eine zu starke Stangenfeder Schuld an dem Fehler sein, in welchem Fall sie schwächer gefeilt wird.

Weiter wird untersucht, ob der Abzug richtig zur Stange steht, dass namentlich bei niedergelassenem Hahn der Abzugsbalken nicht fest am Stangenbalken anliegt, sondern einige Spielung hat, zu welchem Ende nöthigenfalls seine obere Fläche entsprechend abzufeilen ist. Ebenso muss der Abzug frei und ohne sich zu klemmen im Schlitz des Abzugsbleches sich bewegen und beim Abdrücken unter Aufwendung des vorgeschriebenen Drucks den Hahn zum Losschlagen bringen.

Ist für die Zugkraft der Schlagfeder (auch ihre Stärke influirt wie bekannt auf das Maass der Abdrückekraft) ein bestimmt einzuhaltendes Maass vorgeschrieben, so wird geprüft, ob der Hahn beim Niederschlagen das bestimmte Gewicht zieht.

Sind diese Verhältnisse geregelt, so giebt der Equipeur das Gewehr zum Anschuss, dessen Verlauf später beschrieben werden wird. Genügt es den gestellten Forderungen, so erhält es als Zeichen dessen eine bestimmte Stempelung auf der oberen Fläche des Laufs dicht hinter dem Visir, und ebenso wird letzteres, sofern es schiebbar, eventuell auch das Korn nach Maassgabe von Fig. 57 und 58 eingehauen. In dieser Verfassung, resp. mit einem Zettel versehen, auf welchem die beim Anschiessen etwa hervorgetretenen Fehler des Gewehrs vermerkt sind, gelangt letzteres zum Equipeur zurück, welcher, nachdem er die in der Schiesshütte gemachten Einhiebe sorgfältig und deutlich nachgemeisselt hat, die Läufe herausnimmt, sie von einem dazu commandirten Rohrverschrauber aufschrauben und reinigen lässt und demnächst zur Revision liefert, bei welcher untersucht wird, ob sich beim Schiessen keine Schiefer aufgeschossen haben oder sonstige Fehler in der Seele hineingetreten sind, welche eine Nachhülfe nöthig machen.

Die Rohre der fertig eingeschossenen Gewehre werden demnächst, sofern sie tadellos befunden, calibrirt, d. h. es wird mittelst besonderer, sehr genau gearbeiteter Cylinder von Gussstahl, welche man in die Mündung einführt, untersucht, welchen Kaliber die Seele hat, und dieser sodann mittelst Zahlenstempel auf die obere Fläche des Rohrs, gewöhnlich auf das Achtkant, eingeschlagen.

Schadhafte Läufe und ebenso die der beim Anschuss nicht bestandenen Gewehre werden natürlich nicht calibrirt, sondern an die betreffenden Arbeiter zur Nachhülfe abgegeben, nach deren Ausführung sie wieder zum Equipeur gelangen, welcher das Gewehr abermals zusammenstellt und zu einem zweiten Anschuss liefert.

Die für gut befundenen Läufe der beim Anschuss bestandenen Gewehre lässt der Equipeur zuschrauben und setzt dann das Equipiren fort.

Das Fertig-Equipiren eines Gewehrs.

§. 312. Es beginnt mit der äusseren Vollendung des Schaftes durch den Equipeurschäfter. Derselbe entfernt zunächst das überflüssige Holz über dem Oberringe, macht, wenn eine solche vorhanden, durch entsprechende Wegnahme des Holzes die Bayonnettfeder gangbar und passt, wenn dies nicht etwa schon vor dem Anschuss geschehen (wenn z. B. das Korn auf dem Ring sitzt) die Oberringfeder ein, indem er das Loch für ihren Kopf im Oberringe bezeichnet und bohrt, den Ring aufschiebt, von dem Loche aus die Stelle bezeichnet, an welcher das Federstiftloch durch den Schaft zu bohren ist, dieses mit dem Haftebohrer vor der Brust bohrt, die Feder einsetzt und ihren Umriss vorzeichnet, nach welchem er die Einlassung aushebt. Nunmehr setzt er die Feder vollkommen ein, regulirt mit der Feile etc. den Sitz ihres Kopfes im Ringöhr und die Anlehnung ihres Ansatzes an die untere Kante des Ringes und hilft dem Sitz der Feder in der Weise nach, dass sie vollkommen frei spielt.

In gleicher Weise passt er die Mittel- und Unterringfeder ein, nachdem er, falls die Construction dies verlangt, zuvor die Oehre in die Ringe gebohrt hat.

Hierauf werden vom Equipeur die Köpfe und Einstriche sämmtlicher Equipageschrauben geschlichtet, die Löcher im Schweiftheil der Schwanzschrauben, der bascule, in der Kappe, dem Abzugsbügel etc. richtig ausgesenkt, die Kreuz- und Schlossschrauben auf die richtige Länge gebracht und ihre Endflächen mit der Feile berichtigt, worauf der Arbeiter abermals den Gang des Schlosses prüft, jeden Grat und alle Unebenheiten entfernt, welche etwa beim Anschiessen des Gewehrs, namentlich durch die Reibung der harten Federn auf der noch weichen Nuss, der Stange oder der oberen Fläche des Abzugsbalkens etc. entstanden sein können und schliesslich alle Schlosstheile mit einer sehr feinen Schlichtfeile auf's Sauberste abzieht.

In gleicher Weise wird nunmehr die Visirung auf's Sauberste berichtigt, das Visir, sofern dies geschehen soll, verschraubt, die Kimmen werden nachgestrichen,*) die Kanten am Rücken des Korns gerundet.

Sind diese Arbeiten erledigt, so nimmt der Equipeur das Gewehr vollständig auseinander und stempelt alle Theile mit einer und derselben Nummer, er schlägt ferner die Jahreszahl auf den unteren Theil des Laufes und der Schwanzschraube ein, so dass z. B. 18 auf den Lauf, die hinteren Zahlen auf die Schraube zu stehen kommen

*) Sind mehrere Kimmen am Visir, so wird vom Equipeur gewöhnlich nur die Kimme des Standvisirs regulirt, während der Visirmacher die übrigen danach einstreicht und dem Visir die Vollendung giebt. Ist das Standvisir fest auf dem Lauf, so fallen diese Arbeiten gewöhnlich besonderen Visiraufpassern zu.

(selbstredend, wenn dies nach der Construction möglich), er nummerirt die Haupttheile des Gewehrs an den vorgeschriebenen Stellen mit der laufenden Gewehrnummer, bringt auf dem Schlossblech die bestimmte Bezeichnung an (meist der Name des Fabrikorts etc.) und vertheilt endlich, nachdem auch der Lauf aufgeschraubt ist, alle Theile behufs ihrer äusseren Vollendung an die verschiedenen Arbeiter, welche sie demgemäss poliren, härten, anlassen etc.

Das Rohr wird dem Rohrpolirer übergeben, welcher es mittelst zweier Schmirgelhölzer, deren Enden auf der einen Seite zusammengebunden sind, auf der anderen von dem Arbeiter zusammengedrückt werden, der Länge nach, und an Stellen, welche dies nicht gestatten, mit einem einfachen Schmirgelholz der Quere nach polirt. — Alle übrigen Polirarbeiten fallen den Schmirglern zu, welche sich dazu zweier Arten von Scheiben bedienen, die resp. zum Vor- und Feinpoliren bestimmt sind. Die Stirn der ersteren Gattung ist mit Leim bestrichen, darauf Schmirgel getragen ist: auf ihnen wird trocken polirt; die Stirn der zweiten Gattung ist mit Filz bezogen, der mit Baumöl angefeuchtet und dann mit Schmirgel bedeckt ist.

Die Scheiben drehen sich sehr schnell um ihre Achse: die Theile des zu polirenden Stücks, welche ihrer Form nach von der Scheibe nicht gefasst werden können, werden aus freier Hand mit dem Schmirgelholz polirt.

Auf diese Weise werden alle Garniturstücke von Messing und ebenso die Eisentheile, welche nicht eingesetzt werden sollen, als Ringe, Seitenbleche, Köpfe der Riembügelschrauben, Bügel etc. in einer Tour fertig polirt, während man von den einzusetzenden (d. h. also zu härtenden) Eisentheilen zunächst vor dem Härten nur diejenigen Stücke oder Flächen polirt, welche nach dem Einsetzen nicht wieder weiss werden sollen, also: Schwanzschrauben, bascules, Hähne, die äusseren Flächen der Schloss- und Abzugsbleche, die Sicherheitsvorrichtungen, die Kolbenscheiben der Kolbenpistolen etc.

Alle übrigen Theile und Flächen werden nach dem Härten und zwar mittelst der trockenen Polirscheiben polirt, mögen sie nun weiss bleiben oder blau gemacht werden sollen.

§. 313. **Das Einsetzen oder Härten**
findet in der bereits in §. 18 angegebenen Weise statt, indem man die dazu bestimmten Eisentheile (meistens von 25 Gewehren zusammen) in einen eisernen Kasten einsetzt und mit dem Härtematerial so dicht umgiebt, dass kein Theil den andern berühren kann. Als Härtematerial verwendet man gewöhnlich ein Kohlenpulver, welches man durch Zerstossen gebrannter Rindshufe oder Knochen (sofern die Theile hechtgrau werden sollen) oder verkohlten Leders gewinnt, falls die zu härtenden Theile dunkel marmorirt (englisch grau) eingesetzt werden sollen.

Der präparirte Kasten wird in ein Schmiedefeuer gesetzt, mit Kohlen rings umgeben und mit Ziegelsteinen so umsetzt, dass die Luft noch durchstreichen kann. Nachdem man sodann die Kohlen ordentlich in Brand gebracht, lässt man sie circa 4 Stunden lang still fortbrennen, bis die zu härtenden Stücke eine leichte Rothwärme gewonnen haben, was man an einem als Proberuthe mit eingesetzten Stück Draht, dessen Temperatur hin und wieder geprüft wird, erkennen kann. Ist die gewünschte Temperatur eingetreten, so nimmt man die Eisenstücke heraus und löscht sie in kaltem Wasser ab, härtet sie also vollkommen.

Diejenigen, welche nicht mehr polirt werden sollen, als Hahn, Schwanzschrauben etc., beizt man 5 — 6 Stunden lang in Essig, trocknet sie, reibt sie mit Bimstein ab und ölt sie ein, die Theile, welche englisch grau eingesetzt sind, werden nicht abgebeizt.

Alle übrigen Theile werden dem Schmirgler übergeben, welcher sie polirt und wenn nöthig, blau anlässt, was in der Art geschieht, dass man den oberen, durchlochten Boden einer mit einem Doppelboden versehenen Kupferpfanne mit Holzkohlen bedeckt, darauf die zu blauenden Theile legt und so lange erwärmt, bis sie durchweg eine gleichmässige schön dunkelblaue Farbe angenommen haben.

Wie bekannt, muss diese Operation mit allen Theilen vorgenommen werden, welche einer häufigen Reibung unter sich oder mit stählernen Theilen und scharfen Instrumenten ausgesetzt sind, also mit Nuss, Studel, Stange, Abzug und den Köpfen der gehärteten Schrauben, welche alle dadurch einen gewissen Grad von Elasticität verlangen.

Während diese Operationen vor sich gehen, findet auch

§. 314. die Vollendung des Schaftes

durch den Equipeurschäfter statt. Derselbe reparirt die kleinen Schäden, welche durch Bestossen oder Eindrücken in den Werkstätten entstanden sein können und zwar erstere mit Schnitzer und Feile, letztere dadurch, dass er die eingedrückten Stellen mit Wasser befeuchtet und dann das Holz mittelst eines dagegen gehaltenen heissen Stahls herauszieht. Hierauf befeilt er den Schaft mit der Schlichtfeile auf's Sauberste, schabt ihn mit der Ziehklinge (meist einem Stück Degenklinge) oder Glas aus und glättet ihn, was sehr zweckmässig in der Art geschieht, dass man den Schaft leicht mit Wasser netzt, wodurch die Fasern an den Poren sich rauh herausheben, und ihn dann mit der Ziehklinge gegen den Strich glättet, wodurch die Poren gut verschlossen werden.

Hierauf schreitet man, falls dies überhaupt geschehen soll, zum Bräunen des Holzes.

Die von Natur weissen Schäfte (helles Nussbaum- und Ahornholz) werden mit einem Absud von Gerberlohe 2 — 3 Mal überstrichen, dann ausgetrocknet, mit Kalkwasser überzogen, wieder getrocknet und abgebürstet. Dann werden sie mit einem heissen Stahl polirt und mit einer schwachen Beize, gebildet aus Oel, in dem eine braun färbende Wurzel oder die Schalen welscher Nüsse abgekocht sind, 2 — 3 Mal überstrichen.

Die von Natur braunen Schäfte werden einzig und allein in der letzteren Weise behandelt.

Mitunter sieht man gänzlich vom Bräunen der hellen Schäfte ab, so z. B. behalten die Ahornschäfte der preussischen Zündnadelgewehre ihre natürliche helle Farbe und werden nur tüchtig eingeölt.

Wenn man zu Schäften nur Nussbaumholz verwendet, ist es immer zweckmässig, die Farbe der helleren Schäfte durch die oben beschriebene Behandlungsweise der der dunkleren gleich zu machen, weil man dadurch eine Gleichmässigkeit im Aussehen erlangt, welche der Güte der Waffe nicht schadet. Ausserdem aber sehen dunkle Schäfte immer besser aus als helle und werden, wenn sie ein Mal schmutzig werden, nicht gleich so unansehnlich als letztere.

Ein Schwarz-Lackiren der Schäfte kommt Dank den heutigen

rationelleren Grundsätzen über Gewehr-Construction und Behandlung fast nicht mehr vor, bedarf daher hier keiner Erwähnung, ebenso gehört das Poliren der Schäfte in der Art, wie es bei Jagdgewehren üblich, zu den Ausnahmen, weil die Politur bei Kriegswaffen doch nicht lange hält, ausserdem das Leinöl, welches man ausschliesslich zum Einölen der Schäfte verwendet, die treffliche Eigenschaft besitzt, sich in den Poren des Holzes zu meine förmlichen Leim zu verhärten, welcher das Eindringen der Feuchtigkeit verhindert.

Sollen Kriegsgewehrschäfte ausnahmsweise polirt werden, so bildet man die Politur durch Auflösung von Schellack in Spiritus, und trägt sie auf und verreibt sie auf dem Holz mittelst Watte.

Das Brüniren oder Bronziren der Läufe und Schwärzen der Eisengarnitur.

§. 315. Das Brüniren oder Bräunen der Läufe, welches leider noch nicht bei allen Kriegsgewehren zur Ausführung kommt, findet als eine Vollendungsarbeit gleichfalls in dieser Periode statt und besteht in der Hauptsache darin, dass man auf dem Eisen oder Stahl eine künstliche Rostdecke erzeugt und diese entsprechend verarbeitet.

Zur Ausführung dessen verschliesst man das Rohr an den Enden und trägt mit einem Schwamm eine scharfe Beize auf, welche meistentheils aus Salpeter- und Schwefelsäure und Spiessglanzbutter (Chlor-Antimon) besteht, auch hin und wieder noch andere Zusätze hat, welche dem Arbeiter als Geheimmittel vom würdigen Aeltervater überkommen sind und als wichtiges Geheimniss bewahrt werden, wenn auch nicht viel dahinter steckt und höchstens ein Einfluss auf die Farbe damit ausgeübt wird. In keinem Fall sind jene geheimnissvollen Zusätze dem Resultat der Arbeit nachtheilig, deshalb lasse man dem Manne sein Vergnügen, was ja jeder Mensch haben muss.

Nachdem die Beize aufgetragen und der Lauf einer starken Zimmerwärme ausgesetzt worden ist, bildet sich bald eine dichte Rostdecke, welche mit einer Drahtbürste abgerieben und vollends mit einem Lappen abgewischt wird. Diese Operation wiederholt man mehrere Male und zwar so lange, bis der Lauf eine gleichmässig dunkelbraune Farbe angenommen hat. Nnnmehr brüht man den Lauf mit kochendem Wasser ab, um die überschüssige Säure zu entfernen und ölt ihn sodann, um einer ferneren Rostbildung zu begegnen, stark ein.

Im Allgemeinen begünstigt es die Haltbarkeit der braunen Farbe, wenn die Rostbildung langsam eintritt und der Rost recht oft mit der Drahtbürste abgearbeitet wird.

Will man, was, wie wir ja schon mehrmals hervorhoben, äusserst zweckmässig ist, alles Blanke und Blinkende am Kriegsgewehr vermeiden, so empfiehlt es sich, auch die Garniturstücke dunkel zu machen, ihnen eine schwarze Farbe zu geben, welche namentlich bei Eisengarnitur sehr schön herzustellen ist und besonders in England vortrefflich erzeugt wird.

Zur Herstellung der sogenannten ölschwarzen Farbe wird das betreffende Stück zunächst geschmirgelt und dann so lange auf ein Kohlenfeuer gelegt, bis es 4—5 Mal die bekannten Anlauffarben gewechselt hat oder mit ihnen überlaufen ist. Ist dies geschehen, so nimmt man den Gegenstand vom Feuer, überstreicht ihn mit einem in Knochenöl getränkten Lappen und bringt ihn wieder auf's Feuer. Dieses Verfahren wird 3—4 Mal und zwar so lange wiederholt, bis sich keine Flecken mehr auf dem Stück zeigen, welches schliesslich kalt mit einem wollenen Lappen gut abgerieben wird.

Will man eisernen Garniturstücken (oder auch Läufen etc.) die schöne englisch blauschwarze Farbe geben, so wird der betreffende Gegenstand zuerst geschmirgelt, sodann mit einem Polirstahl fein polirt und hierauf so in einen mit Buchenholzkohlenpulver gefüllten Blechkasten gelegt, dass das Stück vollkommen bedeckt ist. Der also gefüllte Kasten wird demnächst auf ein Kohlenfeuer gestellt, welches die Kohle zum Glühen und das Eisen zum Anlaufen bringt. Hat dies 2—3 Mal stattgehabt, so werden die zu schwärzenden Stücke mit feinem Oel bestrichen. Sollten hiernach die Theile noch fleckig erscheinen, so wird die beschriebene Prozedur wiederholt, und werden schliesslich die Stücke mit fein pulverisirtem Blutstein mittels eines wollenen Lappens abgerieben.

Das Zusammensetzen des Gewehrs.

§. 316. Nachdem alle einzelnen Theile des Gewehrs ihre Vollendung in der beschriebenen Weise erhalten haben, kehren sie zum Equipeur zurück, welcher sie in der Weise zusammensetzt, dass er zuerst die Kappe, dann das Abzugsblech und demnächst die Bügel, ferner die bascules, bei Kolbenpistolen auch die Hakenscheibe mit dem Schaft verbindet, wobei er diese Theile nochmals auf's Sorgfältigste mit dem Schaft vergleicht, resp. bei den gehärteten Theilen, welche sich mit der Feile nicht mehr bearbeiten lassen, nöthigenfalls an den Einlassungen nachhilft: namentlich ist der Abzug nochmals in Betreff seiner Geradheit zu untersuchen, da es vorkommen kann, dass er sich beim Härten verzieht. Hierauf werden die Ringfedern und die Ladestockfedern eingepasst und dabei ihre Stifte nochmals genau in der Länge berichtigt, so dass sie sich mit dem Schaftholz eben vergleichen: auch müssen die Federn, ohne sich am Holz zu klemmen, frei spielen.

Nun erst legt man den Lauf ein, schiebt den Unterring auf und schraubt die Kreuzschraube ein; ist eine bascule vorhanden, so wird der Lauf mit seinem Haken eingehängt, dann der Unterring aufgeschoben (bei Karabinern an seiner Stelle der Ring der Karabinerstange) — wird der Lauf durch Schieber befestigt, so treibt man diese durch.

Demnächst wird das Schloss angelegt und fest in seine Einlassung gedrückt, die Kreuzschraube vollends angezogen; die oberen Ringe, resp. die Mundringe, werden aufgeschoben, eventuell angeschraubt, das Seitenblech oder die Unterbleche eingelegt und die Schlossschrauben, resp. die Schlossschraube, wenn das Schlossblech vorn einen Haken zum Einhängen in eine Hakenschraube hat, eingeschraubt — Hierauf streckt der Arbeiter das Gewehr mit der Kolbe auf den Boden und bricht die Mündung (vergl. Fig. 16) vor der Brust mit einem conischen Senker (Spitzkugelknopf) aus und entfernt einen etwa dabei entstehenden Grat mit der Feile oder einem Polirstahl, worauf er den Ladestock einpasst, nöthigenfalls seiner Gangbarkeit in der Nuthe mit dem Ramast nachhilft, die Riembügel aufpasst und ihre Schrauben berichtigt.

Zum Schluss (oder auch, bevor der Ladestock eingepasst wurde) wird das Bayonnett aufgepflanzt und sein Sitz dem Befestigungsmodus entsprechend regulirt.

Sind alle diese Arbeiten beendet, so bringt der Equipeur das Gewehr zur Revision, zerlegt es im Revisionslokal, lässt alle Theile revidiren, setzt das Gewehr dann wieder zusammen und liefert es zu einer letzten Superrevision, nach deren Beendigung, wenn die Waffe genügt, sie von der abnehmenden Behörde, Direction oder Commission, mit einem Abnahmestempel versehen und somit für den Staat abgenommen wird.

Die Revisionen der einzelnen Gewehrtheile und der zusammengesetzten Gewehre.

§. 317. Wir erwähnten bereits im Beginn dieses Abschnitts, dass den Directionen oder Revisions-Commissionen technische Beamte beigesellt seien, welche die Revisionen sowohl der einzelnen Gewehrtheile als auch des zusammengestellten Gewehrs zu bewirken hätten. Jene Revisionen, deren schon öfters Erwähnung geschah, haben den Zweck, dem Staat Gewehre zu geben, welche nicht nur untadelhaft im Material, sondern auch den gegebenen Bestimmungen gemäss gearbeitet sind, und genügt es daher nicht, dass das Gewehr, wenn auch in allen seinen Theilen, erst nach Beendigung der Equipeur-Arbeiten revidirt werde, weil es sich sonst sehr leicht ereignen könnte, dass von den Arbeitern künstlich verdeckte Fehler gar nicht bemerkt würden, weil ferner bei einem solchen Modus der Revision viel Zeit und Arbeitskraft verloren ginge, indem bereits ganz fertig gearbeitete Stücke nachträglich verworfen werden müssten, und man genöthigt wäre, das Gewehr behufs Einfügung neuer tadelloser Theile in den Betrieb zurück zu geben.

Werden dagegen alle Stücke in den verschiedenen Stadien ihres Fortschreitens vor ihrer Vollendung revidirt, so lassen sich Fehler leichter entdecken und abstellen, und geht schlimmsten Falls doch nur ein Theil der Arbeit verloren, was im Interesse des Arbeiters, welcher den Ausschuss zu tragen hat, auch äusserst wünschenswerth ist. — Demgemäss gelangen also alle einzelnen Gewehrtheile je nach der Wichtigkeit ihrer Bestimmung in mehr oder weniger vorgeschrittenem Zustand und ein oder mehrere Male zur Revision.

Es würde uns zu weit führen, wollten wir jede einzelne Revision im Detail beschreiben: wir werden uns daher darauf beschränken, hauptsächlich das hervorzuheben, was dem Offizier in Ausübung seiner dienstlichen Functionen besonders wissenswerth und wiederholt zu einer richtigen Beurtheilung und Kenntniss der Waffe beizutragen geeignet ist.

Allgemeine Grundzüge der Revision.

§. 318. In §. 251 wurde bereits bemerkt, dass es unmöglich sei, die Dimensionen aller Gewehrtheile in genaueste Uebereinstimmit denen des Modellgewehrs zu bringen, und man demgemäss auf Grundlage des Modellgewehrs eine Dimensionstabelle entwerfen müsse, in welcher die Normal-Abmessungen angegeben sind, aber ebenso die zulässigen Abweichungen von derselben, so dass z. B. wenn irgend ein beliebiges Stück eine normale Stärke von 0,25" mit einer Toleranz von 0,01" auf und ab haben soll, angegeben wird: 0,25" ± 0,01"

Diese Dimensions-Tabelle bildet demnach die Grundlage für die Revision. Da es aber sehr unbequem und zeitraubend sein würde, wollte man jede Abmessung mit dem Maassstab nachmessen, so fertigt man zur Erleichterung der Revision besondere Revisions-Instrumente an, welche sowohl die normalen, als auch die zulässigen Abmessungen auf's Genaueste angeben.

Gewöhnlich wird nach Festsetzung eines Gewehrmodells ein vollständiger „Satz Schablonen und Leeren" auf's Genaueste angefertigt, welcher dann als Norm für die Anfertigung der den Revisoren zu übergebenden Schablonen und Leeren dient. Um die Dimensionen solcher Theile prüfen zu können, welche Einschnitte enthalten, fertigt man Rapporteurs an, so z. B. für die Visirkimmen in nebenstehender Form, andererseits sind auch für Hakenleeren (Fig. 264) Rapporteurs nöthig, welche zur Controle der bleibenden Richtigkeit ersterer dienen, und ebenso für die Schablonen, welche der Rapporteur auf's Genaueste ausfüllen muss. — Ausser den Leeren und Schablonen, welche jeder Revisor zur Ausführung der Revision erhalten muss, übergiebt man

Fig. 268.

ihm auch noch anderweite Revisions-Instrumente für bestimmte Zwecke, wovon später die Rede sein wird.

Ein jedes Revisions-Lokal muss hell, mit an den Fenstern umlaufenden Werkbänken, mit Schraubstöcken und einem Amboss ausgerüstet sein und gut eingerichtete Stellagen zum Aufstellen ganzer Gewehre haben.

Ein jeder Revisor führt gussstählerne Stempel mit dem Anfangsbuchstaben seines Namens, mit denen er die für tadellos befundenen Stücke an einer bestimmt vorgeschriebenen Stelle stempelt. Mit diesem Stempel ist er verantwortlich für die Revision.

Während sonach für die Controle der Dimensionen Instrumente vorhanden sind, welche dem Revisor einen untrüglichen Anhalt bieten, muss dagegen das praktisch geübte Auge des Beamten die Hauptrolle spielen, sobald es sich um die Erkennung und Beurtheilung von Material- und Arbeitsfehlern handelt. Erstere namentlich sind oft schwer zu entdecken: eine unganze, ungesunde Stelle im Eisen markirt sich oft nur durch einen kaum erkennbaren schwarzen Punkt oder Strich und ist durch geschickte Feilstriche überdeckt. Da darf der Revisor keinen Anstand nehmen, durch rücksichtslose Hammerschläge dem Fehler näher zu treten. Ist er wirklich vorhanden, und das Stück nicht mehr herzustellen, dann ist es am besten, dass es sofort zerschlagen werde, damit es nicht wieder vorkommen kann, oder muss es mindestens mit dem tief eingeschlagenen Ausschussstempel gezeichnet werden.

Es mag hier gleich am Platze sein, zu erwähnen, dass ein Offizier, welcher private oder dienstliche Gelegenheit hat, sich öfters oder längere Zeit in einer Gewehrfabrik aufzuhalten, sehr wohl thut, gerade die Revisionslokale recht häufig aufzusuchen, weil er da am meisten lernen kann und den meisten praktischen Nutzen für sich zieht.

Die Revisionen der einzelnen Gewehrtheile.

§. 319. Wir haben bei der Darstellung der Gewehrfabrikation angegeben, in welchen Stadien die einzelnen Gewehrtheile zur Revision gelangen. Die Revision muss sich natürlich dahin richten, zu untersuchen, ob alle die Eigenschaften, welche wir als für die einzelnen Theile und ihre gegenseitigen Beziehungen als erforderlich bezeichnet haben, auch wirklich vorhanden sind: man kann sich also, wenn man mit den Erfordernissen einer guten Construction vertraut ist, immer sehr leicht sagen, worauf sich die Prüfung zu richten habe, und wollen wir daher, um uns möglichst kurz zu fassen, nur besonders einzelne Prüfungsmethoden noch näher erörtern.

Revision der Rohre und Läufe.

§. 320. Sehen wir, dass Geradheit des Seelencylinders ein nothwendiges Erforderniss eines guten Rohrs sei, so muss diese besonders in's Auge gefasst werden. Ein sehr geübtes Auge vermag dies ohne Weiteres zu erkennen und namentlich dann, wenn der Revidirende das Rohr frei in den Händen gegen ein Fensterkreuz richtet und beobachtet, ob der auf die Seelenwände einfallende Schatten gerade oder gebrochen erscheint.

Ganz untrüglich dagegen ist die Prüfung mittelst einer mit feinem Silberdraht übersponnenen Darmsaite *ss*, welche, wie die Figur

Fig. 269.

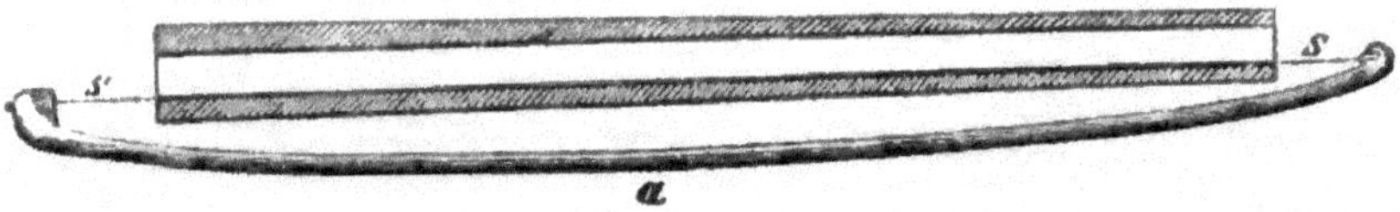

zeigt, an der einen Seite eines gebogenen Lattenstücks *a* befestigt, an der anderen mit einer kleinen Bleikugel versehen ist. Mit dieser lässt man sie durch das zu prüfende Rohr gleiten und spannt dann auch dieses Ende in einen Einschnitt des Lattenbogens fest ein, so dass die Saite ganz gerade liegt. Hierauf hebt man das Rohr gegen das Licht und dreht es langsam um seine Achse. Sind die Seelenwände ganz gerade, so bleibt die Richtsaite sich deckend auf ihnen liegen, ist aber an irgend einer Stelle eine Krümme, so bemerkt man sofort den sich zwischen Saite und Seelenwand bildenden Zwischenraum, denn an dieser Stelle kann die Saite eben nicht aufliegen.

Zeigt sich ein solcher Fehler bei der ersten Revision des Rohrs, zu der letzteres, wie bekannt, noch mit unter der normalen Weite befindlichen Bohrung und mit weit über normal stehenden Eisenstärken gelangt, so kann man den Fehler durch Einschlagen der Stelle mit dem Hammer von aussen und Nachbohren der dadurch entstandenen Erhebung an der Seelenwand beseitigen. — Um die Concentricität des Rohrs zu prüfen, bedient man sich des in Fig. 270 dargestellten Rohrzirkels. Der in das Rohr einzuführende Schenkel *b* wird, wie die Figur zeigt, durch eine kräftige Feder, deren Lappen *aa*, damit sie das Rohr nicht beschädigen, abgerundet und mit Messing bekleidet sind, genau gegen die Seelenwand gedrückt, während an dem äusseren Schenkel *b* eine Zirkelspitze *x* sich befindet, welche man gegen die äussere Rohrwand stellen kann. Dreht man hierauf den Zirkel im Rohr um seine Achse, so muss, wenn das Rohr concentrisch und nicht aus dem Eisen ist, die Zirkelspitze rings herum an dem Eisen spielen. Klemmt sie sich irgendwo oder schlottert sie um das Rohr herum, so ist dies ein Beweis, dass das Rohr nicht concentrisch gearbeitet ist, ein Fehler, welcher sich, falls dies noch thunlich, nur durch erneutes Schleifen beseitigen lässt.

Fig. 270.

Die vorschriftsmässige äussere Stärke des Rohrs an den verschiedenen Stellen seiner Länge prüft der Revisor mittelst der früher schon beschriebenen Tastleeren.

Das sicherste Mittel, um die gefährlichsten Material- und Arbeitsfehler, als: Schweissnähte, Langrisse und Querbrüche, sowie Kaltbruch etc. (vergl. §§. 11 und 12) im Rohr zur Erscheinung zu bringen und somit zu entdecken, ist die Beschussprobe, welche, wie bekannt, nach der ersten Revision ausgeführt wird, welch' letztere auch dazu diente, um zu prüfen, ob das Rohr auf die für die Beschussprobe zu fordernden Abmessungen gebracht ist.

Diese Beschussprobe wird in einem besonderen, von der Fabrik entfernten und frei stehenden Gebäude, der sogenannten Beschiesshütte, ausgeführt.

Das Innere des Häuschens ist durch eine Wand in zwei Theile geschieden, den Laderaum und den eigentlichen Beschiessraum. In ersterem befindet sich ein Tisch, dessen Seitenkanten mit runden Einschnitten versehen sind, gegen welche man die durch die Mutzen geschlossenen Rohre beim Laden lehnen kann, in dem Schiessraum befindet sich eine niedrige pritschenartige Bank, deren Oberfläche mit einer eisernen Platte versehen ist, darin sich 25 Austiefungen zur Aufnahme der zu beschiessenden Rohre befinden, der Probirbank gegenüber ist ein fester gemauerter Kugelfang angebracht. An der rechten Seite der Bank befindet sich ein Zündstift und ein starker Percussionshahn, von welchem eine Drahtleitung durch die Zwischenwand in den Laderaum führt.

Der Beschuss findet statt, sobald eine genügende Zahl von Rohren für denselben hergerichtet ist, gewöhnlich wöchentlich ein Mal, doch richtet sich dies natürlich nach der augenblicklichen Ausdehnung des Fabrikationsbetriebes. Da eine ziemliche Quantität Pulver in der Schiesshütte sich befindet, so wird durch eine auf dem Dach derselben angebrachte rothe Fahne dem Publikum markirt, dass beschossen wird.

Die in bekannter Weise mit den Nothschwanzschrauben oder Mutzen geschlossenen Rohre werden nach der Hütte gefahren und geladen, was in Suhl immer à 25 Stück geschieht. Die Pulverladung, welche mittelst eines Trichters und Lademaasses in das Rohr eingeführt wird, beträgt das vierfache der künftigen ordonnanzmässigen Ladung des Gewehrs, auf das Pulver setzt man einen aus $\frac{1}{4}$ Bogen Papier gebildeten Pfropfen, darauf eine kalibermässige Kugel und auf diese wieder einen Papierpfropfen von gleicher Stärke mit dem ersteren.

Sodann bringt man die Rohre auf die Probirbank, legt sie dort in der Art nieder, dass sämmtliche Mutzen in gleicher Höhe sich befinden, streut vom Zündstift aus über sämmtliche, vorher natürlich frei gemachte Kanäle der Mutzen eine Zündleitung von losem Papier und setzt ein Zündhütchen auf den Zündstift.

Hiernächst werden die Laden des Schiessraums fest geschlossen, die Arbeiter entfernen sich aus demselben und schliessen die Thür nach dem Laderaum: ein Glockensignal deutet an, dass der Beschuss erfolgen wird. Sobald dies gegeben, tritt der den Beschuss leitende Offizier oder der anwesende Ober-Büchsenmacher auf den Hebel, welcher an der Drahtleitung des Hahns sich befindet: der Hahn schlägt los, die Pulverladung entzündet sich und mit ihr die Pulverladungen in den Rohren.

Nach erfolgtem Schuss öffnet man mittelst eines einfachen Mechanismus die Laden des Schiessraums von dem Laderaum aus, so dass der Pulverdampf sich verziehen kann. Demnächst gehen die Arbeiter in ersteren hinein, revidiren, ob alle Rohre losgegangen sind und tragen die abgeschossenen in den Laderaum zurück, woselbst sie von dem Revisor untersucht werden. Die für gut befundenen werden an der unteren Seite des Pulversacks mit einem starken Stempel so tief gestempelt, dass alle späteren Arbeiten nicht im Stande sein dürfen, das Beschusszeichen unkenntlich zu machen, denn es darf sich nie ein unbeschossenes Rohr einschleichen; die gesprungenen Rohre werden nach dem Grade des zum Vorschein gekommenen Fehlers entweder zerschlagen und somit jeder Möglichkeit einer Reparatur entzogen, oder es wird bemerkt, dass sie reparirt werden dürfen.

Die kräftige Explosion der starken Ladung im Verein mit der starken Vorlage öffnet jede schadhafte Stelle, die Schweissnähte reissen weit klaffend auf, Langrisse und Querbrüche öffnen sich und kaltbrüchiges Eisen springt meistens. Kurze Schweissnähte und unbedeutende Langrisse können durch eine erneute sorgfältige Schweissung reparirt werden.

Früher stellte man wohl Feuchtigkeitsversuche an, um schadhafte Stellen an dem stärkeren Rosten zu entdecken, oder presste Wasser in die Rohre, um an dem Durchsickern oder äusseren Rosten Risse jeder Art zu erkennen, doch ist es leicht begreiflich, dass alle solche Proben der Beschussprobe nachstehen, bei welcher die heftige Explosion der Pulvergase jeden schädlichen Riss öffnet und erkennbar macht.

Wie schon früher bemerkt, werden die Rohre nach der Beschussprobe vom Rohrverschrauber aufgeschraubt, gereinigt und zu einer zweiten Revision gestellt, bei welcher namentlich untersucht wird, ob die Seelenwände tadellos geblieben oder durch die Explosion nicht etwa Schiefer aufgeschossen oder Stellen eingefallen sind und Gruben gebildet haben. Gehen Schiefer und Gruben nicht so tief, dass bei ihrer Beseitigung durch erneutes Bohren der Kaliber des Rohrs über das zulässige Maass erweitert wird, so machen sie das Rohr nicht verwerflich.

Selbstredend richtet sich bei jeder neuen Revision des Rohrs die Aufmerksamkeit des Revisors auf die Ausführung der Arbeiten, welche seit der vorhergehenden stattgefunden haben, hält aber dabei das Allgemeine im Auge, denn mit jeder Wegnahme von Metall können möglicherweise auch neue Fehler zum Vorschein kommen.

Wenn das Rohr mit eingepasster Schwanzschraube zur Revision gelangt, so muss besonders die gute Ausführung der Rohrverschrauberarbeit geprüft werden; die Schwanzschrauben - Gewinde müssen in richtiger Zahl vorhanden und scharf und rein geschnitten sein, die Schraube muss sich bis auf ungefähr die letzten 2 Gewinde willig mit den Fingern, darf sich aber dann nur mittelst des Windeeisens völlig einziehen lassen, widrigenfalls der Verschluss nicht dicht ist. Aehnliches gilt von dem Zündstift: derselbe darf sich weder von vornherein mit den Fingern lösen, noch vollends mit denselben einschrauben lassen, sondern muss zur Ausführung beider Manipulationen der Pistonschlüssel nöthig sein; ebenso muss die Kanalschraube, wenn eine solche vorhanden, nicht locker sitzen, sondern nur mit Hülfe des Schraubenziehers zu lösen sein, und müssen sowohl der Teller des Zündstifts als der Kopf der Kanalschraube genau deckend auf den Berührungsflächen des Zündstollens sitzen.

Die richtige Tiefe der Schwanzschraubengewinde im Rohr und an der Schraube prüft man mittelst besonderer Gewindeleeren, die der kleineren Gewinde, indem man sie ein Normalschneideeisen passiren lässt.

Mit einer ganz besonderen Sorgfalt muss die Revision gezogener Rohre vorgenommen werden.

Ihre vollständige, wie wir wissen, höchst nothwendige Geradheit wird neuerdings mit der Richtsaite geprüft, demnächst die Kugelgleichheit, indem man eine bleierne Kugel in die Mündung einschlägt und dieselbe mittelst einer stählernen Stange langsam durch's Rohr schiebt. Ist die Seele kugelgleich, so gleitet das Blei ohne Widerstand gleichmässig und sanft durch dieselbe hindurch, sind engere Stellen vorhanden, so merkt man dies an der schwierigeren Bewegung, und weitere markiren sich durch ein plötzliches leichtes Rutschen des Bleis.

Das durchgepresste Blei, welches einen vollständigen Abdruck der Seelenwände liefert, bietet damit zugleich ein Mittel zur Controle der richtigen Abmessungen derselben, als der Breite der Balken uud Züge und der gleichmässigen Breite beider. Eine ungleichmässige Breite derselben, sowie ein ungleichmässiger Drall markirt sich an der Verdrückung der auf dem Blei ausgeprägten Zugkanten.

Die normale Tiefe der Züge kann man sowohl mittelst eines Stahlplättchens, welches man in die Mündung zwischen die Züge einführt, ebenso sicher aber auch auf der Bleikugel controliren, indem man die Stärke derselben über 2 sich gegenüberliegende Züge (bei ungerader Zahl natürlich von Zug zu Balken) hinweg misst und den gefundenen Rohrkaliber davon abzieht und den Rest durch 2 dividirt; bei ungerader Zugzahl ist natürlich nur der Seelenkaliber abzuziehen.

Diese Messungen vollzieht man mittelst eines Kalibermaassstabes, wie man ihn bei jedem Büchsenmacher sehen kann, indem man das Bleimodell zwischen die beiden stählernen Stangenarme einfügt und den hinteren beweglichen Arm an dasselbe dicht heranschiebt. Mit Hülfe des an dem hinteren Arm befindlichen Nonius vermag man dann bei den unvollkommeneren Instrumenten dieser Art 0,01" = 0,263 mm abzulesen und 0,005" = 0,131 mm zu taxiren, bei vollkommeneren Maassstäben dagegen liesst man 0,005" = 0,131 mm genau ab und taxirt 0,0025" = 0,06575 mm.

Um den Seelenkaliber zu finden, misst man bei geraden Zügen von Balken zu Balken auf der Bleikugel, bei ungeraden Zügen, wo man natürlich nur von Zug zu Balken messen kann, muss man entweder die durch Messung (aber schwierig) zu findende Zugtiefe von der vorher gefundenen Zahl abziehen, oder aber den Kaliber durch Messung mittelst gussstählerner Kalibrir-Cylinder finden.

Dergleichen existiren in Preussen von 0,005" zu 0,005", also z. B. 0,58", 0,585", 0,59", 0,595", 0,60" etc. Fasst 0,585" nur eben, gleitet aber nicht durch's Rohr, so ist dessen Kaliber mit 0,59" anzugeben.

Die Richtigkeit des Dralls ist natürlich aus dem Neigungswinkel des Zuges auf dem Blei zu finden. Hat man Grund, anzunehmen, dass der Drall nicht ganz genau sei, so thut man indess wohl, sich zur Prüfung dessen eines Drallmessers zu bedienen. Ein solcher besteht aus einer langen stählernen Stange, auf welcher eine Eintheilung in ganze auch halbe Zolle oder eine solche im Metremaass angebracht ist. An dem einen Ende dieser Stange ist eine eiserne oder messingene Scheibe mit genauer Kreiseintheilung befestigt und vor derselben ein stählerner Zeiger, welcher, mit einem Oehr frei spielend auf der Stange sitzend, durch ein unten an ihm befestigtes schweres Gewicht in einer steten senkrechten Lage erhalten wird. Vor diesem Zeiger endet die Stange in einer Handhabe, in welcher sie sich wie eine Ziehstange dreht.

Will man den Drall eines Rohres messen, so steckt man die Stange des Drallmessers in das Rohr und umgiesst ihr unteres Ende mit Blei, in der Art also, wie wir dies beim Herrichten der Schmirgelstangen kennen gelernt haben, und spannt sodann das Rohr horizontal in einen Schraubstock.

Hiernächst zieht man die Stange langsam nach dem Pulversack zu aus dem Rohr heraus, wobei sich selbstredend die Scheibe mit ihr um ihre Achse dreht, der Zeiger dagegen senkrecht hängen bleibt.

Man kann nun entweder die Stange bis zu einer bestimmten Länge herausziehen und dann mit Hülfe des senkrechten Zeigers auf der Scheibe ablesen, um den wievielten Theil des Kreises sich die Stange auf dieser Länge um ihre Achse gedreht hat, oder aber die Stange so lange herausziehen, bis die Scheibe sich um einen bestimmten Theil des Kreises gedreht hat und dann auf der Stange ablesen, um welche Länge sie dabei vorgerückt ist, und erhält in beiden Fällen das Maass des vorhandenen Dralles, denn ein Mal findet man, welchen Umgang die Züge bei einer bestimmten Rohrlänge machen, und das andere Mal, welche Rohrlänge für einen bestimmten Grad des Umganges in Anspruch genommen wurde.

Das Material, aus welchem ein gezogenes Rohr gefertigt ist, muss in erhöhtem Maasse allen jenen Anforderungen genügen, welche wir früher aufstellten. In Betreff des Eisens beziehen wir uns besonders auf §. 39 und bemerken im Speziellen, dass man eine leichte Grube in der Seelenwand allenfalls auf der Sohle eines Zuges, in keinem Fall aber an einer Zugkante dulden darf.

Wie schon mehrfach bemerkt, erhält man bei der grossen Reinheit des Gussstahls aus diesem Material häufiger ganz tadellose Rohre, als sie das Eisen zu liefern vermag.

Dies wären im Allgemeinen die erwähnenswerthesten Vorgänge bei der Rivision der Rohre und Läufe. Alle Dimensionen werden selbstredend mit Maassstäben oder Leeren geprüft, und man wird, wenn man sich alles Dessen erinnert, was über die Construction der einzelnen Theile ausgeführt wurde, leicht ermessen können, welchen Abmessungen eine besonders scharfe Prüfung zuzuwenden ist. Die praktische Kenntniss der Revisoren leitet letztere und sie werden selbstständig zu beurtheilen haben, in welchem Fall bei einem sonst tadellos gearbeiteten Rohr in Betreff irgend einer Abmessung eine grössere Toleranz eintreten kann.

Revision der Schäfte.

§. 321. Auch die Revision der Schäfte hat sich im Allgemeinen auf eine Prüfung des Materials, der Arbeitsausführung und der vorgeschriebenen Abmessungen zu beziehen.

Damit überhaupt kein untaugliches Schaftholz verarbeitet werde, ist es zweckmässig, zuvor die rohen Schafthölzer einer Revision zu unterwerfen, bei welcher alles Das in's Auge zu fassen ist, was wir früher in den §§. 25 und 26 erörtert haben; ebenso liegt es im Interesse des Arbeiters, kein Schaftholz in Arbeit zu nehmen, dessen Beschaffenheit von vornherein keinen günstigen Erfolg der Bearbeitung verspricht: das Holz muss völlig gesund, frei von Kern, Splint und Astlöchern und Wurmstichen sein.

Nach §. 290 gelangt der Schaft zur ersten Revision nur mit der Kappe versehen, und werden hierbei vor Allem nochmals das Material und die Ausführung der Arbeit im Holz selbst in's Auge gefasst.

Reine Ausarbeitung der Lauf- und Ladestocknuthe, solide Beschaffenheit der Wand zwischen beiden Nuthen, eine Ausarbeitung der verschiedenen Einlassungen, welche ohne Risse und Brüche sein müssen und dergleichen mehr ist hier besonders zu prüfen und darauf zu sehen, ob nicht etwa ein Arbeitsfehler durch Leimungen verdeckt ist, da an einem neuen Schaft nichts geleimt sein darf. Ein kleiner Ast, wenn er sonst fest mit dem Holze verwachsen, darf höchstens an der Seite der Kolbe geduldet werden.

Bei der zweiten Revision des Schaftes, zu welcher derselbe nach §. 290 in Verbindung mit den übrigen Gewehrtheilen gelangt, ist das Hauptaugenmerk auf eine fleissige Zusammenarbeitung des Metalls und Holzes zu richten. Vor Allem muss die Laufnuthe so sorgfältig ausgearbeitet sein, dass der Lauf sich auf's Genaueste dem Holz anschliesst und nirgend ein Spalt zwischen Lauf und Schaft vorhanden ist, denn ein solcher würde das Eindringen der Feuchtigkeit begünstigen, also zum Rosten des Laufs und zum Quellen des Schaftes beitragen.

Ein Gleiches gilt von allen übrigen Einlassungen: das Schlossblech z. B. muss sich auf's Genaueste in die Ausstemmung des Holzes einlegen etc.

Die früher beschriebene Hakenleere dient zur Controle der Krümmung des Kolbenhalses und der Stellung der Kolbe, sowie des richtigen Sitzes der Kreuzschrauben etc.

§. 322. **Die Revision des Schlosses**

findet nach §. 299 ein Mal statt, bevor dasselbe zum Percussioneur gelangt, also mit rohem Hahn, und das zweite Mal nach §. 300 nach Beendigung der Percussioneur-Arbeiten, zu welcher Revision das Gewehr mitgestellt wird.

Bei der ersten Revision wird im Allgemeinen nach Maassgabe des in §. 311 Gesagten verfahren: es werden die einzelnen Theile und dann der Gang derselben in ihrer Zusammensetzung geprüft. Tadelloses Material, gute Arbeit, richtige Abmessungen der einzelnen Theile, reines Einsetzen des Stangenschnabels in die Rasten der Nuss, reiner und normaler Schnitt der Schraubengewinde etc. sind Bedingungen.

Bei der zweiten Revision wird der Hahn besonders in's Auge gefasst, dann das Schloss mit dem Gewehr verbunden und die richtige Stellung des Hahns zum Zündstift namentlich in seinen verschiedenen Rastenstellungen geprüft. Ob der Hahn den Zündstift richtig deckend treffe, dies prüft man am besten dadurch, dass man ein Blättchen feinen Papiers auf die Schlagfläche des letzteren legt und dann den Hahn vorschlagen lässt, wobei der Umfang der Schlagfläche sich als ein rein gepresster Kreis auf dem Papier darstellen muss. Die nöthige Kraft des Hahns, resp. der ihn treibenden Schlagfeder, kann man in vortheilhafter Weise dadurch prüfen, dass man ein ungefülltes Zündhütchen auf den Zündstift setzt und zusieht, ob dasselbe durch den Hahnschlag fest auf das Piston getrieben wird. Das Kupferhütchen deckt dabei die Schlagfläche des noch weichen Hahns gegen den Eindruck des harten Zündstifts und ist in Folge dessen auch auf dem Zündstift zu belassen, wenn man mehrmals hinter einander abdrückt, um die richtige Stellung des Abzuges zu prüfen. Wenn ein ganz bestimmtes Maass für die Leichtigkeit des Abziehens gegeben ist, so muss der Hahn gespannt und das zum Abdrücken bestimmte Gewicht an den Abzug gehängt werden, andernfalls genügt eine Prüfung mittelst der geübten Hand des Revisors. Wir erinnern in dieser Beziehung übrigens an das in §. 93 Gesagte.

Revision der Lade- und Entladestöcke.

§. 323. Lade- und Entladestöcke werden im fertigen Zustande zur Revision gestellt und zunächst in Betreff der Güte und Tadellosigkeit des Matərials, dann in Betreff der Dimensionen durch Längenmaasse und Leeren und in Betreff ihrer Geradheit geprüft.

Eine weitere Prüfung muss dann feststellen, ob die nöthige Elastizität vorhanden ist, zu welchem Ende man den Stock horizontal in 2 senkrechte eiserne Lager legt, welche je nach der Länge des Stocks mehr oder weniger weit von einander entfernt auf einem Brette befestigt sind, Fig. 271, und deren Höhe über dem Brett gleichfalls durch die Länge des Stocks bestimmt wird.

Fig. 271.

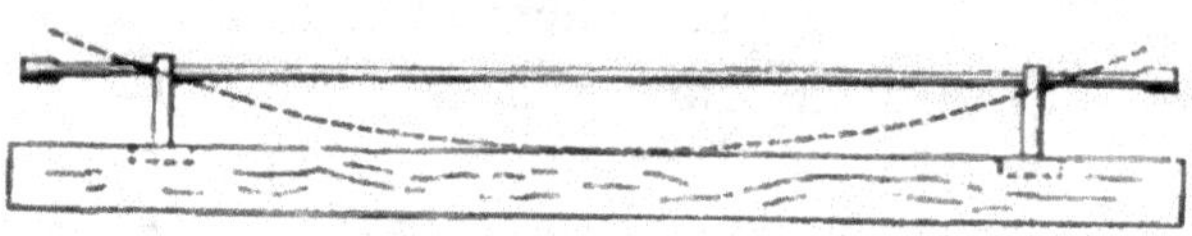

Sobald der Stock in die Lager gelegt ist, schnellt man ihn durch einen kräftigen Druck der Hand gegen das Brett. Sind Härtung und Anlassen gut ausgeführt, so kehrt der Stock in seine normale gerade Lage zurück; ist er zu hart, so springt er, und ist er zu weich, so bleibt er in der Krümmung stehen, hat also nicht genug Federhärte und muss umgehärtet werden.

Revision der Garniturstücke.

§. 324. Sie vollzieht sich in der Hauptsache nach den bisher entwickelten Grundsätzen, und wäre im Speziellen noch zu bemerken, dass bei eisernen Ringen die gute Ausführung der Schweissung, bei messingenen der Löthung besonders in's Auge zu fassen ist. Beim Verdacht von Schweiss- oder Löthnäthen müssen die verdächtigen Stellen durch Hammerschläge geprüft werden.

Gute Feilung, namentlich eine gleichmässige Metallstärke der Ringe ist fernere Bedingung.

§. 325.

Die Revision der kleinen Equipagestücke giebt zu besonderen Bemerkungen keine Veranlassung.

Die Revision der Bayonnette.

§. 326. Sie verlangt ausser den immer wiederkehrenden Prüfungen wieder eine besondere in Betreff der guten Ausführung der Schweissung in der Tülle und zwischen Eisen und Stahl in der Klinge, welche letztere ausserdem einer Biegeprobe unterworfen werden muss, damit man sich von dem richtigen Grade der Federhärte Ueberzeugung verschaffe. Diese Probe wird mittelst des in Fig. 272 dargestellten Probirbretts vollzogen. Man steckt die Spitze der Klinge

Fig. 272.

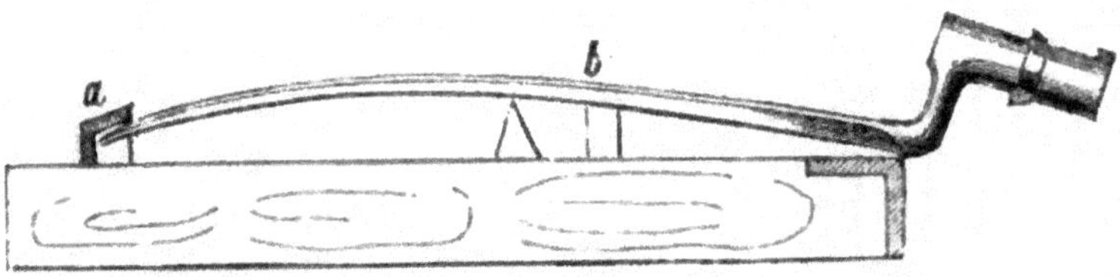

in den eisernen Schuh *a* und biegt die Klinge sodann, indem man sie an der Tülle regiert, über die hintere Leiste *b*, und zwar sowohl, indem der Hals nach oben, als auch nach unten steht. Ist die Klinge gut gehärtet, so kehrt sie nach der Biegung in ihre gerade Lage zurück; bei zu grosser Härte springt sie, bei zu geringer bleibt sie krumm oder biegt sich wenigstens von der Stelle ab, an welcher Eisen und Stahl zusammengeschweisst sind.

Die weitere Revision des Bayonnetts bezieht sich auf dessen richtigen, genau schliessenden Sitz zum Lauf, zu welchem Behuf es mit diesem verbunden zur Revision gestellt wird.

§. 327. Die Revision des Gewehrzubehörs bedarf auch keiner näheren Erörterung, und können wir uns darauf beschränken, hervorzuheben, dass die Revision der Geschossformen eine sehr strenge sein muss.

Dieselben gelangen zur Revision, nachdem zuvor sämmtliche Formen vollgegossen sind. Man überzeugt sich zunächst von dem genauen Schluss der beiden Backen, öffnet sodann die Form, nimmt die Geschosskette heraus und revidirt die einzelnen Formen, welche rein und fein ausgeschmirgelt und ohne Aescher und Gruben sein müssen, welch' letztere man selbst auf der Geschossspitze, wenngleich sie da am wenigsten schaden, nicht dulden darf.

Demnächst schreitet man zur strengsten Untersuchung der Geschosse, deren äussere Beschaffenheit natürlich sämmtliche Fehler der Form auf's Genaueste zur Erscheinung bringt. Beide Geschosshälften müssen sich auf's Genaueste decken, eine Gussnaht ist nicht zu dulden, sondern darf, sofern die Form fest geschlossen war, sich höchstens eine feine Gusslinie auf dem Blei markiren.

Die Dimensionen des Geschosses, für welche keine Toleranzen zu geben sind, werden auf's Peinlichste mit einem feinen Kalibermaassstab nachgemessen, und ist hierbei besonders auch zu prüfen, ob der Cylindertheil der Spitzgeschosse ein reiner Cylinder von vorgeschriebenem Kaliber ist oder nicht etwa, wie das bei mangelhafter Arbeit eintreten kann, einen ovalen Querschnitt hat. — Ist die Form für Hohlgeschosse bestimmt, so müssen die Dorne, durch welche man die Höhlung herstellt, ebenfalls nachgemessen werden.

Der Anschuss gezogener Gewehre auf den Strich.

§. 328. Diese Prüfung des zusammengestellten Gewehrs findet nach §. 311 statt, sobald die für dieselben nothwendigen Equipeur-Arbeiten beendet sind und soll,

1) darthun, ob das Gewehr innerhalb einer bestimmten Entfernung Strich hält, d. h. also, ob das Geschoss innerhalb der Schussebene verbleibt;
2) etwaige Fehler der nunmehr fertig gezogenen Seele zur Erscheinung bringen;
3) eventuell praktisch darthun, ob die verschiedenen Visirpositionen die Flugbahn in der Weise gestalten, wie es bei normalen Visirwinkeln der Fall sein muss;
4) nebenbei praktische Anhalte zur Beurtheilung der Stellung des Abzuges und der Stärke der Triebfedern der Schlosse geben.

Zur Ausführung des Anschusses bedarf man eines wohl eingerichteten Schiessstandes mit zweckmässig eingerichteter Schiesshütte, wenn möglich in unmittelbarer Nähe der Fabrik, damit man bei leicht ausführbaren Reparaturen ein deren bedürftiges Gewehr sofort einer ferneren Prüfung unterziehen könne.

Die Länge der Schiessbahn muss sich nach den Vorschriften richten, welche für den Anschuss gegeben sind, welcher auf 100 bis 200 Schritt stattzufinden pflegt; kann sie länger sein, so ist das zur Ausführung etwa vorkommender Versuche nur um so besser.

Fig. 273.

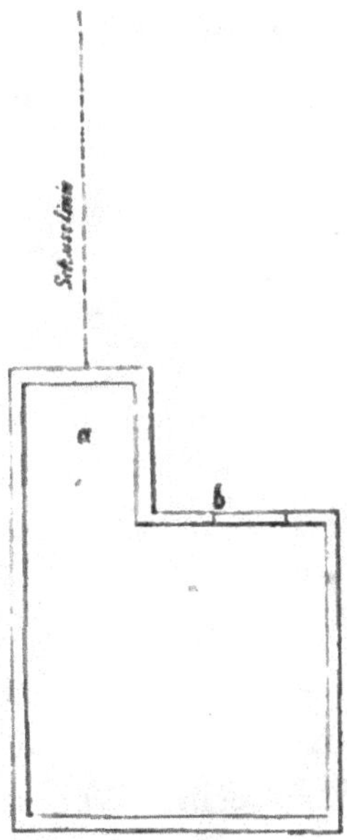

Der Grundriss der Schiesshütte muss nach Fig. 273 gestaltet werden; der kleine Vorbau *a* bildet den Raum, in welchem der Schütze sitzt, der hintere Raum muss Platz genug bieten:

1) für einen Tisch, an welchem der die Schüsse Notirende sitzt;
2) für eine Werkbank mit Schraubstock für den dienstthuenden Büchsenmacher;
3) zur Aufstellung von mindestens 50 zum Anschuss gelangenden und ebenso vielen fertig eingeschossenen Gewehren;
4) zur bequemen Aufstellung des Mannes, welcher die Gewehre ladet;
5) zur ungehinderten und die anderen Beschäftigten nicht störenden Bewegung von 2—3 Handlangern.

Da es sich beim Anschiessen der Gewehre auf den Strich nicht um eine Darlegung einer kunstvollen Schiessfertigkeit, sondern nur um eine sichere Prüfung des Gewehrs handelt, ausserdem die Abgabe von vielleicht 400 Schuss hintereinander von der Schulter dem Schützen nicht wohl zugemuthet werden kann, so findet der Anschuss des Gewehrs von einem Schiessbock statt, auf welchem der Schütze sitzt, und in welchem das Gewehr dadurch eine feste Lage erhält, dass es vorn in einer Gabel, dagegen mit der Kolbe in einem gepolsterten Lager ruht, gegen dessen Rückwand die Kolbenkappe angestemmt wird. Der Schütze hat also nichts weiter nöthig, als auf einen bestimmten Punkt in dem

Verticalstrich der Scheibe zu zielen, wobei er seine Arme bequem auf eine gleichfalls gepolsterte Unterlage legt.

Damit das Sonnenlicht nicht störend auf den Schuss einwirke durch ungünstige Beleuchtung des Korns, ist die vor dem Schiessbock befindliche Schiesslucke mit Laden versehen, welche das Licht sowohl von vorn als auch von den Seiten her abfangen.

Unmittelbar rechts oder links zur Seite des Schiessraums muss sich ein Fenster, *b* Fig. 273, befinden, durch welches der die Schüsse Notirende bequem nach der Scheibe und dem Anzeiger sehen kann.

Die Einrichtung der Scheibe richtet sich nach den für den Anschuss gegebenen Bestimmungen.

So verlangt man z. B. für die preussischen gezogenen Infanterie-Gewehre, dass sie auf 100 Schritt 3 Kugeln hinter einander in einen 4″ (= 10,5 cm.) breiten Strich bringen, und enthält demgemäss die gewöhnlich 6′ hohe und 4′ breite Scheibe in der Mitte einen durch 2 verticale Striche begrenzten 4″ breiten Raum, dessen innere 2″ schwarz sind, und ausserhalb dieses eigentlichen Striches rechts und links 2 weitere je 4″ breite Rechtecke zur genaueren Controle der Abweichung nach rechts oder links, wie immer vom Schützen aus gerechnet.

Soll neben der Controle des Strichhaltens auch gleichzeitig noch festgestellt werden, ob die verschiedenen Visirpositionen die Geschosse in der richtigen Höhe einschlagen machen, so muss selbstredend die Scheibe so hoch sein, wie es der aus der Kenntniss der Flugbahn her bekannte Abstand des Treffpunktes vom Zielpunkt auf 100 Schritt beim Gebrauch der höchsten Visirposition verlangt.

Da es im Interesse einer ganz sicheren Prüfung nur wünschenswerth sein kann, wenn das genaue Zielen und Abkommen bei normaler Lage des Gewehrs möglichst begünstigt wird, so ist es zweckmässig, wenn der Kugelfang sich auf der vorgeschriebenen Anschussdistanz befindet: man kann ihn dann als ein Gewölbe herstellen, in welchem die Scheibe aufgestellt und somit gegen eine ungünstige Beleuchtung geschützt wird.

Verfahren beim Anschiessen der Gewehre.

§. 329. Der Anschuss wird unter allen Umständen von einem Offizier geleitet, welcher gleichzeitig entweder das Resultat des

Schiessens in dem Schiessbuch selbst notirt oder durch einen als Schreiber commandirten Unteroffizier notiren lässt. Strenge Ordnung und Disciplin Seitens des dienstthuenden Personals sind behufs genauer Feststellung der Resultate des Schiessens und zur Vermeidung von Unglücksfällen unbedingt nothwendig.

Bevor der Anschuss beginnt, werden die für denselben bestimmten Gewehre nach Nummern geordnet in der Schiesshütte aufgestellt, und die Nummern in dem Schiessbuch notirt, ebenso wird die richtige Aufstellung der Scheibe mittelst eines Bleiloths controlirt.

Demnächst ladet der mit dem Laden beauftragte Arbeiter das erste Gewehr, ein zweiter Arbeiter reicht es einem Dritten, welcher neben dem Schiessbock steht. Dieser setzt, falls das Gewehr ein Percussionsgewehr ist, den Hahn in Mittelruh und legt das Gewehr in das Lager des Schiessbocks: der Schütze entnimmt ein Zündhütchen aus einem in der Bank des Schiessbocks angebrachten Behälter, setzt es auf, spannt den Hahn, zielt und schiesst.

Der neben dem Bock stehende Arbeiter nimmt das abgeschossene Gewehr aus dem Lager und reicht es dem ersten Arbeiter, welcher ihm dafür ein geladenes Gewehr giebt, dessen Nummer zur Kenntniss für den Notirenden laut genannt wird.

Das Laden kann entweder mittelst der ordonnanzmässigen Patrone oder mit losem Pulver und Geschoss bewirkt werden. Im letzteren Fall hat der Lader eine Mulde mit Pulver neben sich stehen, aus der er mittelst eines Lademaasses die vorgeschriebene Ladung entnimmt und mittelst eines kleinen Trichters in den Lauf schüttet; die Geschosse sind so hergerichtet, wie sie aus der Patrone in den Lauf kommen würden.

Letzterer Modus gewährt den Vortheil, dass er die Fehler ausschliesst, welche aus einer möglichen mangelhaften Laborirung einer Patrone entstehen können, was, da es sich ja nur um die Strichfestigkeit des Gewehrs unter völlig normalen Verhältnissen handelt, nicht ohne Werth ist.

Damit bei Vorderladungsgewehren das Pulver recht genau in den Pulversack gelange, ohne an den Seelenwänden hängen zu bleiben, stellt sich der Lader am besten auf einen aus 2 Stufen bestehenden Auftritt, er kann dann den Lauf ganz senkrecht halten und hat die Mündung genau vor dem Auge.

Sobald ein Schuss gefallen und von dem Scheibenweiser angezeigt ist, notirt der Offizier resp. Unteroffizier denselben im Schiessbuch; fallen bei einem Gewehr 3 Schuss hinter einander in den Strich, so wird dasselbe für fertig erklärt und von dem betreffenden Arbeiter an den für die fertigen Gewehre bestimmten Platz gestellt. Obgleich die zum Anschuss zu commandirenden Unteroffiziere oder Mannschaften sichere Schützen sein und somit dessen sicher sein müssen, dass sie, sofern das Gewehr gut gearbeitet ist, die Kugel in den Strich bringen, so darf dennoch ein einzelner ausserhalb desselben fallender Schuss nicht sofort den Grund zu einer Reparatur abgeben, weil er immerhin die Folge einer zufälligen leichten Verdrehung des Gewehrs gewesen sein kann, die, wenn sie vom Schützen bemerkt wurde, von diesem übrigens angesagt werden muss.

Fallen 2, höchstens 3 Schuss consequent nach einer Seite ausserhalb des Strichs, und zwar in das dem Strich anliegende Rechteck, also mit verhältnissmässig geringer Abweichung, woraus zu schliessen ist, dass eine fehlerhafte Stellung von Visir oder Korn die Schuld daran trägt, so verfügt der Offizier eine Reparatur, welche von dem anwesenden Büchsenmacher sogleich vollzogen wird; ist dagegen die Abweichung sehr stark, so wird das Gewehr mit dem auf einem Zettel gemachten Vermerk: „schiesst rechts oder links“ zurück gestellt und demnächst dem Equipeur zurückgegeben. Dasselbe geschieht und zwar mit dem Vermerk: „flattert“, sobald das Gewehr die Schüsse ohne Stetigkeit rechts und links wirft.

Behufs Ausführung der oben beregten Reparatur untersucht der Büchsenmacher die Visirung. Schoss das Gewehr z. B. links, so kann dies daher rühren, dass das Korn ein wenig nach der rechten Seite hängt, wodurch die Seelenachse links von der Visirebene sich befindet: in diesem Fall ist das Korn durch Befeilen an der rechten Seite über die Seelenachse zu bringen. Steht das Korn tadellos, so muss in diesem Falle, sofern der Fuss des Visirs nach der Seite verschiebbar, das Visir etwas nach rechts hinüber getrieben oder aber, wenn das Visir fest, die Kimme genau über der Seelenachse eingestrichen werden.

Sobald die Reparatur ausgeführt, wird der Anschuss des Gewehrs fortgesetzt. Sollte es noch nicht Strich schiessen, aber sich deutlich zeigen, dass die Reparatur die Abweichung vermindert hat, so kann nochmals reparirt werden, sofern dies ohne wesentliche Veränderungen in den Dimensionen der Visirung möglich ist; bleibt der frühere Fehler, so ist dies ein Beweis, dass er in anderen Ursachen begründet liegt, und muss dann das Gewehr in den Betrieb zurückgegeben werden.

Da bei Hinterladungsgewehren der Anschuss auch zeigen muss, ob der Verschluss gehörig dicht ist, so ist es zweckmässig, dem Schützen einen hölzernen Hammer zu geben, mittelst dessen er vor dem Schuss nochmals einen Schlag auf den Verschlusshebel thut.

Eine Ausführung dessen mit der Hand ist unthunlich, weil hierdurch das Blut zu sehr aufgeregt und somit das sichere Schiessen beeinträchtigt wird: man muss aber Alles vermeiden, was für den Schützen störend sein kann, daher es z. B. beim Einschiessen von Percussionsgewehren gerathen ist, dem Schützen eine mit grossen runden Gläsern versehene Schiessbrille zu geben, welche das Auge gegen die umherspritzenden feinen Trümmer der Zündhütchen schützt.

Bemerkt der Schütze beim Abdrücken Fehler am Abzuge, so muss er dieselben zur weiteren Vermerkung angeben, ebenso ist auf dem Reparaturzettel zu vermerken, wenn wiederholte Versager eine Schwäche der Schlossfeder dargethan haben.

Sobald sämmtliche Gewehre angeschossen sind, werden die für gut befundenen von dem Büchsenmacher mit dem vorgeschriebenen Zeichen auf der oberen Fläche des Achtkants gestempelt, eventuell die Visirfüsse nach Fig. 57 eingehauen, alle Gewehre kehren sodann zum Equipeur zurück, welchem zugleich der Reparaturzettel für die fehlerhaft befundenen übergeben wird.

Dies in den Hauptzügen die Anordnung und der Verlauf des Anschiessens, welches selbstredend nicht genau nach dieser Schablone ausgeführt werden braucht, sondern in Betreff dessen auch einzelne Modificationen eintreten können: strenge Ordnung, Sicherstellung des Resultats und der Strichfestigkeit des Gewehrs müssen vor Allem in's Auge gefasst werden.

Revision der Gewehre nach dem Anschuss.

§. 330. Nach §. 311 werden die Läufe auch der strichfest

befundenen Gewehre herausgenommen, gereinigt, aufgeschraubt und zur Revision gestellt, welche festzustellen hat, ob die Seelenwände des Rohrs sich beim Schiessen tadellos erhalten haben, frei von Schiefern und Gruben sind. Zeigen sich letztere Fehler, so können sie beseitigt, und kann das Rohr wieder tadellos hergestellt werden, falls der Kaliber des letzteren klein genug ist, um die behufs Wegschaffung der schadhaften Stellen nöthige Erweiterung der Seele aushalten zu können, ohne über das zulässige Kaliber-Maximum zu wachsen, und ohne dass Züge und Balken die gestatteten äussersten Dimensionen überschreiten. In jedem Fall muss das Gewehr nach Ausführung der Reparatur zu einem zweiten Anschuss gestellt werden.

Gewehre, welche den Anschuss nicht bestanden haben, sondern mit dem Vermerk eines Fehlers in den Betrieb zurückgeliefert sind, müssen auf's Sorgfältigste revidirt werden, damit man hinter den Fehler komme.

Hat ein Gewehr starke Seitenabweichungen gezeigt, so kann dies seinen Grund in einer fehlerhaft gestellten Visirung, aber auch in einer Verkrümmung des Laufs nach einer Seite haben, weshalb die Seele auf's Genaueste mit der Richtsaite untersucht werden muss. Dergleichen Verkrümmungen können bei im Eisen schwachen Läufen von einem geworfenen, schief gezogenen Schaft herrühren: dann ist letzterer zu verwerfen.

F l a t t e r t ein Gewehr, so muss zunächst eine Bleikugel durch den Lauf gedrückt und somit die Kugelgleichheit geprüft werden, denn der Mangel daran erzeugt am häufigsten das Flattern, ebenso wie bei Expansionsgeschossen Fall und eine progressive Abnahme der Zugtiefe nach der Mündung hin. Ausserdem kann ein Mangel an Schärfe an der führenden Zugkante die Veranlassung des Flatterns sein.

Nach Befund der Fehler werden die nöthigen Reparaturen angeordnet, und wird dann das Gewehr zum 2. Anschuss geliefert. Letzteres muss auch unbedingt geschehen, falls sich kein Fehler entdecken lassen sollte, denn immerhin liegt die Möglichkeit vor, dass der Schütze ein Mal unsicher gewesen sein kann, oder ungünstige Beleuchtung, Wind, namentlich partieller Zug und schlechte Munition Abweichungen vom Strich veranlasst haben können.

Die Aufzeichnungen der Schüsse im Schiessbuch können der Revision einen Anhalt geben.

Haben sich beim Anschiessen Fehler im Schlossgange oder in der Stellung des Abzuges gezeigt, so müssen auch diese auf Grund des Reparaturzettels untersucht und die nöthigen Reparaturen angeordnet werden.

Die Revisionen des gesammten Gewehrs.

§. 331. Nach §. 316 bringt der Equipeur nach Beendigung sämmtlicher Vollendungsarbeiten das ganze Gewehr zur Revision, zerlegt es im Revisionslocal und legt alle abgenommenen Theile in einen besonderen Kasten.

Der Revisor prüft sodann, ob alle Vollendungsarbeiten in der von uns beschriebenen Weise gut ausgeführt sind und ob alle Theile des Gewehrs die vorgeschriebenen Revisionszeichen aufweisen.

Ist Alles gut und richtig befunden, so setzt der Equipeur das Gewehr zusammen und liefert es zur Superrevision, welche gewöhnlich von einem Offizier oder dem Fabriken-Commissarius ausgeführt wird.

Diese Superrevision erstreckt sich selbstredend nicht mehr auf Details, sondern richtet ihr Hauptaugenmerk auf das Ganze der Arbeit, die gute, saubere und fleissige Zusammenarbeitung des ganzen Gewehrs und eine nochmalige Controle der äusserlich sichtbaren Theile.

Sitz des Bayonnetts und Ladestocks, Gangbarkeit des Visirs, richtige Stellung der Kimmen, sowie des Korns, Gang des Schlosses, Stellung des Abzuges, Kraft der Triebfeder des Schlosses, freies Spiel der Ringfedern etc., das sind die Dinge, welche der Superrevidirende ins Auge fassen muss.

Nebenbei wird er wohl thun, hin und wieder bei einem einzelnen Gewehr mehr ins Detail zu gehen: es wirkt dies günstig auf die Strenge der Revision im grossen Ganzen zurück.

Entdeckt er Fehler leichterer Art, so können dieselben von einem dazu bestimmten Equipeur sofort abbestellt werden; sollten sich wesentliche Fehler zeigen, so geht das Gewehr mit einem desfallsigen Vermerk zum Equipeur zurück.

Die für gut befundenen Gewehre erhalten den Abnahmestempel

auf der Kolbe, womit sie in den Besitz des Staates übergehen. Sie werden demnächst gut eingefettet und ins Magazin gestellt, von wo aus sie zur Verpackung resp. Versendung in die Depots gelangen, sobald ein für eine Sendung hinreichendes Quantum abgenommen ist.

Die Versendung der Gewehre.

§. 332. Behufs der Versendung müssen die Gewehre so sicher und fest verpackt werden, dass sie während des Transports durch die unvermeidlichen Erschütterungen, namentlich bei Landtransporten, keine Beschädigungen erleiden können.

Man verpackt sie zu dem Ende in starke Kisten, deren Deckel am besten durch Schrauben befestigt werden, damit eine öftere Benutzung möglich.

Die langen Wände der Kiste sind an der inneren Seite mit senkrechten Falzen versehen, dahinein man Einsatzbretter schieben kann, wie die nebenstehende Fig. 274, welche den Querschnitt einer Kiste darstellt, klar macht. Das untere Brett, *a*, ist mit gerundeten Ausschnitten versehen, welche, bei Infanteriegewehren, in dem einen Brett den Kolbenhals, in dem andern den Schaft in der Gegend des Oberringes stützen. Um das Holz gegen Reibungen zu schützen, umschlägt man die zu stützende Stelle mit einem Bogen Löschpapier, bereitet auch wohl ein besonderes Polster von Werg. Die Bayonnette werden unter dem Schaft angebunden und demnächst die Gewehre der Art in die Lager gestreckt, dass abwechselnd ein Kolbenhals und ein Oberschaft nebeneinander liegen. Ist auf diese Weise die unterste Lage gebildet, so setzt man auf das untere Einsatzbrett *a* ein zweites *b*, welches, wie Fig. 274 zeigt, ebenfalls mit gerundeten Ausschnitten an der Kante versehen ist, welche mit denen in *a* genau correspondiren und somit die zu stützende Stelle des Gewehrs fest umschliessen. In

Fig. 274.

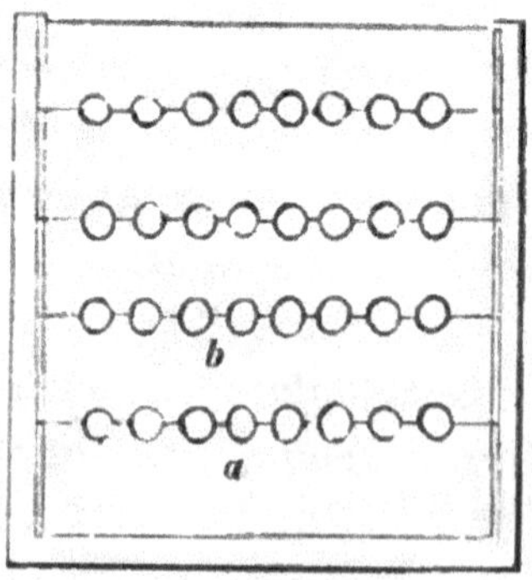

gleicher Weise verpackt man die oberen Lagen, bis die Kiste gefüllt ist, welche in Preussen 32 Infanteriegewehre in 4 Lagen fasst.

Pistolen und Karabiner werden in gleicher Weise verpackt, nur müssen selbstredend die Falze für die Einsatzbretter mit Rücksicht auf die Kürze der Waffe näher an einander liegen, resp., wenn man Infanteriegewehr-Kisten zu ihrer Verpackung benutzt, deren Wände mit mehreren Falzen versehen sein.

Wenngleich die Gewehre vor der Verpackung sorgfältig mit Fett eingeschmirt sind, so muss doch auch während des Transports dafür gesorgt werden, dass die Kisten trocken bleiben und somit jede Veranlassung zum Rosten wegfalle; reiche Strohumhüllung, bei Landtransporten Ausrüstung des Frachtwagens mit einem Plantuch sind die Mittel dazu.

Tabelle I. Glatte Han

BENENNUNG der **Waffe.**	Jahr des Modells.	Länge des Rohrs.	Caliber von Seele.	Caliber von Geschoss.	Rohrverschluss.	Visirmittel.	Schaft.
1. Preussisches Infanterie-Gewehr.	39	1048	18	16,76	Schweif-Patent-schwanzsschraube mit 11 Gewinden.	Standvisir auf der Patentschraube, Korn auf dem Lauf. Kernschuss 180 Schritt.	mit Kolbenb
2. Badensches Infanterie-Gewehr.	41	1083	17,5	16,3	Blockschwanz-schraube mit Schweif.	do.	ohne Back
3. Russisches Infanterie-Gewehr.	44	1050	17,9	17,2	do.	do.	do.
4. (fusil d'infanterie) Französisches Infanterie-Gewehr.	53	1083	17,8	16,7	Blockschwanz-schraube mit Linksgewinde.	do.	do.
5. Russisches Dragoner-Gewehr.	47	895	17,9	17,2	Blockschwanz-schraube.	do.	do.
6. (fusil de dragon) Französisches Dragoner-Gewehr.	53	920	17,8	16,7	do.	do.	do.
7. Preussischer Cavallerie-Carabiner.	n\m	432	15,9	14,1	do.	messingenes Korn 52 mm von der Mündung auf dem Lauf; kein Visir.	Ganzer Sch mit Back
8. (mousqueton de cavalerie) Französischer Reiter-Carabiner.	22 transformé	500	17,8	16,7	do.	do.	do. ohne Bac
9. Russischer Cavallerie-Carabiner.	49	400	17,9	16,7	do.	—	do.
10. (pistolet de cavalerie) Französische Cavallerie-Pistole.	22 transformé	200	17,6	16,7	do.	—	Ganzer Schaft
11. Russische Soldaten-Pistole.	48	225,9	17,9	16,7	do.	—	do.
12. Französische Marine-Pistole.	49	172	15,2	14	do.	—	do.
13. Preussische Cavallerie-Pistole.	50	222	15,2	14	Patentschwanz-schraube.	Standvisir auf der Schwanzschraube, Korn von Stahl auf dem Lauf.	Halber Schaft s. Fig. 14

Schloss-einrichtung.	Zusammengesetzte Waffe. Länge ohne Bayonnett	Länge mit Bayonnett	Gewicht ohne Bayonnett	Gewicht mit Bayonnett	Geschoss.	Gewicht von Geschoss.	Gewicht von Ladung.	Bemerkungen.
Percussions-Krappenschloss nach Fig. 73.	1440	1911	4,26	4,67	Kugel.	29	6,7	Bayonnettbefestigung nach Fig. 136 und 137. Cylindrischer Ladestock. Im Jahre 1855/56 nach Minié umgeändert.
Percussions-Krappenschloss.	1471	1877	4,56	4,9	do.	26,3	10,4	Französische Bayonnettbefestigung nach Fig. 141. Conischer Ladestock. 1853 nach Minié umgeändert.
do.	1447	1850	4,3	4,69	do.	29,8	7,4	Französische Bayonnettbefestigung. Während des Krimmkrieges zum Theil nach Minié umgeändert.
Rückschloss mit Kette nach Fig. 80.	1477	1937	4,39	4,65	do.	28	7	Französische Bayonnettbefestigung. Conischer Ladestock.
Krappenschloss.	1307	1692	3,3	3,7	do.	29,8	6,4	—
nach Fig. 80.	1314	—	4,06	—	do.	28	7	—
Percussions-Krappenschloss mit Deckelsicherung. F. 83.	798	—	2,42	—	do.	17,97	4,26	—
Krappenschloss.	875	—	2,46	—	do.	28	4	—
do.	804	—	2,6	—	do.	29,8	4,265	—
do.	349	—	1,23	—	do.	28	4	—
do.	403	—	1,39	—	do.	28	3,72	—
do.	307	—	0,92	—	do.	—	—	—
Krappenschloss nach Fig. 73, mit Deckelsicherung nach Fig. 83.	380	—	1,34	—	do.	17,97	4,26	—

Tabelle II.*)

Gezogene Gewehre

BENENNUNG der Waffe.	Jahr des Modells.	Länge des Rohrs.	Caliber von Seele.	Caliber von Geschoss.	Züge. Zahl.	Züge. Tiefe.	Züge. Breite.	Drall.	Verschluss.	Visirmittel.	Schaft.
A. Vom System											
1. Russ. Lütticher od. 2zügiger Stutzen.	43	751	17,78	17,5	2	0,76	6,8	1604	Blockschraube.	—	—
2. Russischer Cavallerie-Stutzen.	49	402	17,78	17,5	2	0,63	7,6	802	do.	—	—
3. Schweizer Ordonnanz-Stutzen.	47	810	10,5	10,1	8	0,26	2	900	Patentschraube mit Haken.	Visir n. Fig. 41. Korn mit Fussplatte auf dem Lauf.	steiler Anschlagwinkel, gabelförmige Ausschweifung der Kappe
B. Gewehre vom											
1. Französische Kammerbüchse.	42	862	17,5	17	4	0,5	6	2000	Kammer weit 13.5, tief 32.	Standvisir und Klappe mit 3 Löchern.	ohne Backe.
2. Belgische Kammerbüchse.	42	920	16,9	16,4	6	0,38	= den Balken.	6000	Kammer weit 14,5.	Klappe mit 4 Löchern.	do.
3. Oesterreichische Kammerbüchse.	—	659	18,13	17,48	12	0,36	do.	1318	Kammer an der Mündung ausgerundet weit 12,45. tief 39,57.	Standvisir mit 2 Klappen.	mit Backe.
4. Sardinische Kammerbüchse.	—	748	16,9	16,3	8	0,3	2,35	1335	Kammer an der Mündung conisch ausgefraist. weit 11,3. tief 47.	Klappvisir	die Kappe hakenartig gestaltet.
C. Gewehre vom											
1. Französische Stiftbüchse.	46	868	17,8	17,2	4,	oben 0,3 unten 0,5	7	2000	Blockschraube. Dorn { lang 38 stark 9	Visir n. Fig 45. Korn von Kupfer.	ohne Backe.
2. Französischer Stiftcarabiner.	29 transformé.	600	17,6	17,2	4	oben 0,2 unten 0,5	7	2000	do.	Visir wie vor, nur kürzer.	halber Schaft.
3. Belgische Dornbüchse.	46	866	oben 17,5 unten 17,7	17,2	4	0,3	6,5	2000	Dorn { lang 30 stark 9	Visir n. Fig. 45.	ohne Backe.
4. Oldenburgisches Infanterie-Gewehr.	47	994	17,28	16,74	4	0,79	4,9	1988	nach Fig. 162.	Visir n. Fig. 38. Korn mit Sockel auf dem Lauf.	mit Backe.
5. Preussische Jägerbüchse.	umg. 47	693	14,66	14,39	8	0,52	2,87	942	Patentschraube Dorn { lang 43 stark 6,8	Visir n. Fig. 39. Korn von Neusilber n. Fig. 58.	mit Backe und Kolbenmagazin.
6. Preussisches Defensions-Gewehr.	39 umg. 48	994	18	17,73	4	0,52	= den Balken.	1256	Patentschraube. Dorn { lang 47,6 stark 7,85	Standvisir und 1 Klappe mit 2 Löchern. Korn auf dem Oberring.	mit Backe.
7. K. Sächsisches Jägergewehr.	51	1026	14,65	14,468	4	0,59	4,96	1641	Blockschraube. Dorn { lang 42,5 stark 7,38	Klappvisir mit 2 Klappen.	do.
8. Mecklenburger Infanterie-Gewehr.	51	975	15,18	14,92	4	0,52	= den Balken.	942	Patentschraube. Dorn n. Fig. 160.	do.	do.
9. Hannoversches Pickel-Gewehr.	54	1022	15,7	15,5	7	0,24	3,04	1362	Patentschraube nach Fig. 27. Pickel (Dorn) { lang 22,5 stark 7,5	Visir n. Fig. 234. Korn n. Fig. 138.	do.
10. Bayrische Dornbüchse.	54	—	17,13	17,10	4	0,47	8,2	1569	Blockschraube. Dorn { lang 38,7 stark 9,89	Visir n. Fig. 46. Korn von Kupfer schiebbar.	ohne Backe.

*) Ueber die gewählten Maasse und Gewichte vergl. „Vorbemerkungen".

ilterer Systeme.

der Drangladung.

Schloss-einrichtung.	Länge ohne Bayonnett.	Länge mit Bayonnett.	Gewicht ohne Bayonnett.	Gewicht mit Bayonnett.	Geschoss.	Gewicht von Geschoss.	Gewicht von Pulverladung.	Bemerkungen.
—	1150	1711	4,16	5	Spitzgeschoss nach Fig. 151.	49	5,5	Beide Waffen waren im Jahr 1862 noch im Gebrauch.
—	807	—	2,6	—	do.	49	4,8	
ettenschloss u. Stechschloss.	1255	—	5	—	nach Fig. 152.	16,6	4	Befestigung des 3kantigen Bayonnetts nach Fig. 155.
System Delvigne.								
Rückschloss	1307	—	4,6	Yatayan. 5,3	Kugel.	30	6,25	Die Waffen sind nicht mehr im Gebrauch.
do.	1320	Yatayan 1830	4,6	5,18	do.	30	4	
nach Fig. 90.	1121	Haubayonnett 1814	3,9	—	Spitzgeschoss mit 1 Nuthe.	38,7	4	
—	1100	Yatayan 1610	4,2	5,3	Massives Spitzgeschoss.	35,5	3,5	Frühere Waffe der Scharfschützen oder Bersaglieri.
System Thouvenin.								
Rückschloss.	1262	Yatayan 1835	4,475	5,29	nach Fig. 159.	47	4,5	Neuerdings in eine carabine sans tige umgeändert, schiesst ein Expansivgeschoss nach Nessler mit 4 seitiger Höhlung von 44gr. mit 5gr. Pulver.
Krappenschloss.	962	Yatayan 1535	2,815	3,33	do.	47	3	Waffe der Fuss-Artilleristen.
Rückschloss.	1258	—	4,6	—	ähnlich Fig. 159.	48	4	—
nach Fig. 73.	1439	1923	4,989	5,353	nach Fig. 161.	27,35	3,75	Seit 2 Jahren durch das preussische Zündnadelgewehr ersetzt.
nach Fig. 83.	1119	Hirschfänger 1668	4,53	5,55	Spitzgeschoss mit kegelförm. Spitze und 2 Nuthen.	42	4	Nicht mehr im Gebrauch.
nach Fig. 73.	1439	1923	4,67	5,1	do.	52	5,48	1855 und 1856 durch Entfernung des Dorns etc. nach Minié umgeändert.
Rückschloss nach Fig. 80.	1418	—	—	—	Spitzgeschoss mit 1 Nuthe.	23,24	5,1	Verlor später den Dorn und erhielt ein Geschoss nach Fig. 195, vor 2 Jahren das österreichische nach Fig. 194.
Rückschloss nach Fig. 82.	—	—	—	—	nach Fig. 163.	29,24	3,65	1862 durch das preussische Zündnadelgewehr ersetzt.
Krappenschloss.	1413	—	4,48	5	Spitzgeschoss mit 1 Nuthe.	28,9	3,82	Schiesst seit 1861 ein Compressionsgeschoss nach Fig. 197.
Krappenschloss mit Springkegel; Stechschloss.	1255	Yatayan. 1830	4,48	5,5	nach Fig. 164.	44,8	5	Waffe der bayrischen Jäger-Bataillone.

Tabelle III.

Moderne gezogen

BENENNUNG der Waffe.	Jahr des Modells.	Länge des Rohrs.	Caliber von Seele.	Caliber von Geschoss.	Züge. Zahl.	Züge. Tiefe.	Züge. Breite.	Drall.	Rohrverschluss.	Zielmittel.	Schaft
A. Gewehre nach dem System											
Preussisches gezogenes Infanterie-Gewehr.	39	1048	18	17,5	5	0,26	5,49	1558	Patent-schraube.	Visir n. F. 48 u. 49 Korn auf d. Oberring von Eisen.	mit Back
Englisches Enfield-Gewehr.	52	991	14,7	14,4	3	0,3	6,3	1982	Block-schraube mit Schweif.	Visir n. Fig. 233. Korn von Stahl, Fussstück dient als Bayonnetthaft.	ohne Back Kolbenwink 13° 22'
Badensches Infanterie-Gewehr.	57	1000	13,9	13,45	5	0,25	4,36	1440	Block-schwanz-schraube mit Haken.	Visir nach F. 228. Korn auf dem Oberring mit Stützhaft.	ohne Back
Württembergisches Infanterie-Gewehr.	57	1000	13,9	13,5	5	0,286	4,37	1432	do.	do.	do.
Russisches (6 Linien) Schützen-Gewehr Schützen-Wintofka.	56	937	15,24	14,859	4	0,38	5,58	1338	Block-schraube mit Schweif.	Elevationsfähiges Klappvisir mit Stellschraube. Korn a. d. Lauf.	do.
Russische (6 Linien-) Infanterie-Wintofka.	57	937	15,24	14,859	4	0,38	5,58	1338	do.	Visir nach F. 231. Korn auf dem Lauf zugleich Bayonnetthaft.	do.
Russische Kosacken-Wintofka.	60	846	15,24	14,859	4	0,38	5,58	1338	do.	Standvisir mit 2 Klappen.	do.
B. Gewehre nach dem System											
Französisches Grenadier-Gewehr.	54	1083	17,8	17,2	4	0,196	6,7	2000	Block-schraube mit Schweif.	Standvisir auf der Schwanzschraube.	ohne Back
Französisches Voltigeur-Gewehr.	54	1029	17,8	17,2	4	0,196	6,7	2000	do.	do.	do.
Holländisches Tiralleur-Gewehr.	—	1049	16,7	16,4	4	unten 0,5 oben 0,2	6,5	2000	Block-schwanz-schraube.	Elevationsfähiges Klappvisir, Korn blau von Stahl.	do.
Grossherzoglich Hessisches Infanterie-Gewehr.	57	1000	13,9	13,5	5	0,286	4,37	1431	Block-schraube mit Haken.	Visir nach F. 229. Korn auf dem Lauf.	do.
Bayrisches Infanterie-Gewehr No. 1.	60	942	13,9	13,5	4	0,2	5,2	1500	Kammer nach Podewils Fig. 191. tief 12, weit 6,5.	Klappvisir mit 2 Löchern.	do.
C. Gewehre nach dem System											
Schweizer Jäger-Gewehr.	—	903	10,4	10	4	0,2	4	810	Patent-schraube Kammer tief 25, weit 10,4.	Visir nach Fig. 11. Korn von Stahl zugleich Bayonnetthaft.	Kolbenwink 18° 45'
Oesterreichisches Infanterie-Gewehr.	—	949	13,9	13,6	4	0,2	5,4	2327	Block-schraube.	Visir nach F. 227. Korn von Stahl, sein Sockel Bayonnetthaft.	Kolbenback Kolbenwink 15° 3'
Oesterreichischer Jäger-Stutzen No. 1.	—	711	13,9	13,6	4	0,2	5,4	1745	Block-schraube mit Dorn, vergl. §. 182.	Visir nach Fig. 11.	do.
D. Hinterladung											
Lippe-Bückeburgische Jägerbüchse.	61	ohne Hülse 812	15,17	13,9	4	0,39	5,9	941	nach Fig. 218.	Visir nach F. 229. Korn auf dem Lauf, greift in den Mundring.	ohne Back
Norwegisches Kammerladungs-Infanterie-Gewehr.	60	incl. Kammerstück 1000	des eingeschriebenen Kreises 11,77	11,77	Sechsseitige Seelenbohrung.			838	nach Fig. 203 Durchm. des eingeschriebenen Kreises in d. Kammer 12,33.	rechtwinklich gebrochenes Klappvisir, der kurze Arm Standvisir, der lange mit 3 Löchern.	do.

Handfeuerwaffen.

Minié, Expansion mit culot.

Schloss-einrichtung.	Zusammengesetzte Waffe Länge ohne Bayonnett.	Zusammengesetzte Waffe Länge mit Bayonnett.	Gewicht ohne Bayonnett.	Gewicht mit Bayonnett.	Geschoss.	Gewicht von Geschoss.	Gewicht von Pulverladung.	Bemerkungen.
nach Fig. 73.	1440	1911	4,26	4,67	nach Fig. 174.	45,3	5,17	In den Jahren 1855 u. 56 aus dem Gewehr Tabelle I. 1. nach Minié's System umgeändert.
Vorliegendes Kettenschloss.	1400	1845	4	4,255	nach Fig. 178.	34,74	4	Das Gewehr hat eiserne Schraubringe. Näheres über die Waffe in: „Die gezogene Muskete." Aus d. Engl. nach Capt Jervis-White-Javis. Darmstadt 1855
Vorliegendes ..chloss mit Kette ..nd Sicherheitsrast. Fig. 79.	1396	1880	4,42	4,76	nach Fig. 176.	26,9	4,5	Eiserne Garnitur, franz. Bayonnettbefestigung, Ladestock nach Fig. 236.
do.	1401	1885	4,30	4,60	do.	27,6	4	do.
..ückschloss mit ..ette und besonderer Stangen..eder, s. Fig. 81.	1347	1864	4,36	4,77	nach Fig. 175.	34,127	4,798	Eine sehr gute und detaillirte Abhandlung über die 3 Waffen findet sich in W. v. Plönnies: „Neue Studien etc." 2. Band S. 1. u. s. w.
do.	1347	1864	4,36	4,77	do.	34,127	4,798	
do. ..er Hahn n. F. 71.	1241	—	3,23	—	do.	34,127	4,798	
..der Expansion ohne culot.								
nach Fig. 80.	1477	1937	4,3	4,65	nach Fig. 190.	32	4,5	Das Geschoss ist 1863 mit einem solchen von 4seitiger Höhlung und 36 gr. Gewicht vertauscht. Vergl. W. v. Plönnies: „Neue Studien", 2. Band.
do.	1423	1883	4,21	4,58	do.	32	4,5	
do.	1462	1917	—	5,165	Hohlgeschoss mit Zapfen in cylindrischer Höhlung, nach Petrowitsch.	39	5	
Krappenschloss.	1425	1925	4,71	5,04	Construction v. Plönnies. Fig. 189.	28	4	Näheres über das Gewehr in Plönnies: „Neue Studien", 1. Band.
do.	1328	1853	—	4,55	System Podewils. Fig. 192.	29,64	4	Ueber die bayerischen Gewehre nach Podewils's System vergl. „Die gezogenen Handfeuerwaffen der K. bayerischen Infanterie." Darmstadt 1862.
der Compressionsgeschosse.								
Vorliegendes Kettenschloss.	1322	1830	—	4,65	nach Fig. 200 c.	16,62	4	
Krappenschloss.	1335	1820	—	4,45	nach Lorenz Fig. 194.	30,12	4	Das Geschoss nach Lorenz ist neuerdings durch ein solches nach Podewils ersetzt, im jetzigen dänischen Krieg aber noch verwendet worden.
do.	1097	—	—	—	do.	30,12	4	Die Stutzen haben 8kantige Läufe und Haubayonnette; No. II. ist ebenso construirt wie No. I., hat aber ein Visir nach Fig. 227.
..gewehre.								
Zündnadelschloss nach Fig. 218, 219.	1264	—	4	—	Preussisches Langblei.	32	4,8	Die Büchse ist zum Aufpflanzen eines Bayonnettsäbels eingerichtet.
nach Fig. 87.	—	1930	—	4,36	Expansionsgeschoss ohne culot, Form ähnlich Fig. 177.	24,9	4,86	Ausser diesem Gewehr existirt noch ein zweites, welches eine Rohrlänge von nur 838 mm hat und zum Aufpflanzen eines Bayonnettsäbels eingerichtet ist Vergl. Plönnies 2. Band, S. 303.

CPSIA information can be obtained
at www.ICGtesting.com
Printed in the USA
LVHW110102200422
716647LV00003B/53

9 783752 597554